# 자유를 찾은 혀

DIE GERETTETE ZUNGE. Geschichte einer Jugend
by Elias Canetti

대산세계문학총서
180

# 자유를 찾은 혀
## —어느 청춘의 이야기

# Die gerettete Zunge
## Geschichte einer Jugend

엘리아스 카네티 김진숙 옮김

문학과지성사

대산세계문학총서 180
**자유를 찾은 혀—어느 청춘의 이야기**

지은이 엘리아스 카네티
옮긴이 김진숙
펴낸이 이광호
편집 김은주 박솔뫼
마케팅 이가은 허황 이지현 맹정현
제작 강병석
펴낸곳 ㈜문학과지성사
등록번호 제1993-000098호
주소 04034 서울 마포구 잔다리로7길 18(서교동 377-20)
전화 02) 338-7224
팩스 02) 323-4180(편집) 02) 338-7221(영업)
대표메일 moonji@moonji.com
저작권 문의 copyright@moonji.com
홈페이지 www.moonji.com

제1판 제1쇄 2022년 12월 23일

ISBN 978-89-320-4059-2 04850
ISBN 978-89-320-1246-9(세트)



이 책은 대산문화재단의 외국문학 번역지원사업을 통해 발간되었습니다.
대산문화재단은 大山 愼鏞虎 선생의 뜻에 따라 교보생명의 출연으로 창립되어
우리 문학의 창달과 세계화를 위해 다양한 공익문화사업을 펼치고 있습니다.

조르주 카네티에게

1911~1971

## 차례

### 제1부
### 루세
### 1905~1911



### 제2부
### 맨체스터
### 1911~1913

## 제3부
## 빈
## 1913~1916

## 제4부
## 취리히—쇼이히처가
## 1916~1919



## 제5부
## 취리히—티펜브루넨
## 1919~1921

일러두기

1. 이 책은 Elias Canetti의 *Die gerettete Zunge. Geschichte einer Jugend*(München/Wien: Carl Hanser Verlag, 2014)를 우리말로 옮긴 것이다.
2. 본문의 주석은 모두 옮긴이의 것이다.

# 제1부
# 루세
# 1905~1911

## 최초의 기억

내 최초의 기억은 붉은색 속에 가라앉아 있다. 나는 어떤 소녀의 팔에 안겨 문밖으로 나가고 있다. 내 앞에 펼쳐진 복도의 바닥은 붉은색이다. 왼쪽에는 아래로 내려가는 계단이 있다. 그 계단도 붉은색이다. 우리 건너편에서 같은 높이의 문이 하나 열린다. 미소를 띤 남자 하나가 밖으로 나온다. 그 남자가 내 곁으로 다정하게 다가온다. 남자가 내 옆에 와 멈춰 서더니 내게 말한다. "혀 내밀어!" 나는 혀를 내민다. 그가 주머니에 손을 넣는다. 휴대용 접이식 칼을 꺼낸다. 칼을 펼친다. 그러고는 내 혀에 칼날을 바짝 갖다 댄다. 남자가 말한다. "지금 이 녀석 혀를 잘라버리자." 나는 내민 혀를 다시 집어넣을 엄두를 내지 못한다. 그가 점점 더 가까이 다가온다. 곧 칼날로 내 혀를 건드릴 것이다. 마지막 순간에 남자가 칼을 거두며 말한다. "오늘은 아직 아니야. 내일 하자." 그가 칼을 다시 접어 주머니에 집어넣는다.

매일 아침 우리는 문밖의 붉은색 복도로 나간다. 그 문이 열린다. 뒤이어 미소를 띤 그 남자가 나타난다. 나는 그가 무슨 말을 할지 알고 있으며, 혀를 내밀라는 그의 명령을 기다린다. 나는 그가 내 혀를 잘라내리라는 걸 알고 있다. 매번 공포가 커진다. 하루는 그렇게 시작된다. 그런 일이 여러 차례 반복된다.

나는 이 일을 혼자만의 비밀로 간직한다. 아주 오랜 시간이 흐르고 나서야 어머니에게 그 일에 관해 묻는다. 온통 붉은색이었다는 것에서 어머니는 체코 카를로비바리에 있는 펜션을 기억해낸다. 어머니는 아버지하고 나와 함께 1907년 여름을 그곳에서 보냈다. 두 살배기 아이를 위해 부모님은 불가리아인 보모를 데리고 갔다. 그래봤자 열다섯 살이 채 되지 않은 소녀였다. 아침 일찍, 소녀는 아이를 팔에 안고 어딘가로 가곤 한다. 소녀는 불가리아어만 할 줄 안다. 그러나 번화한 카를로비바리 시내 어디에서도 길을 잃지 않는다. 소녀는 아이와 함께 늘 제시간에 돌아온다. 한번은 소녀가 낯선 젊은 남자와 함께 거리에 있는 것이 사람들 눈에 띈다. 소녀는 그 남자에 대해 아무것도 알지 못한다고, 그저 우연한 만남일 뿐이라고 말한다. 몇 주 지나지 않아 그 젊은 남자가 복도 건너편, 그러니까 우리 바로 맞은편 방에 살고 있다는 사실이 밝혀진다. 밤에 소녀는 여러 차례 그 방으로 잽싸게 건너간다. 부모님은 그 소녀에 대해 책임감을 느낀다. 그래서 소녀를 당장 불가리아로 돌려보낸다.

소녀와 청년 둘 다 일찍 집을 나섰을 것이며, 이런 식으로 처음 만났을 것이다. 분명 그렇게 시작되었을 것이다. 칼의 위협은 효력을 발휘했다. 아이는 그 일에 대해 10년 동안이나 침묵했다.

## 가문에 대한 자부심

도나우강 하류에 위치한 루세, 내가 태어난 그곳은 어린아이에게는 환상적인 도시였다. 내가 만약 그 도시가 불가리아에 있다는 말만 한다면 소개를 제대로 하지 않은 셈이리라. 그 도시에는 정말로 다양한 지역 출신의 사람들이 살았기 때문이다. 그곳에서는 하루에도 일고여덟 가지 언어를 들을 수 있었다. 시골에서 자주 올라오는 불가리아 사람들 외에 튀르키예 사람들도 많았다. 튀르키예 사람들은 자기들끼리 모여 살았다. 그리고 튀르키예인 동네 바로 옆에 세파라드 유대인* 거주 구역인 우리 동네가 있었다. 그 밖에도 그리스인, 알바니아인, 아르메니아인, 집시들이 있었다. 도나우강 저편에서 루마니아 사람들이 건너왔다. 전혀 기억나지 않는 내 유모도 루마니아 사람이었다. 간혹가다 러시아 사람들도 있었다.

어린 시절 나는 이 다양성을 제대로 인식하지 못했다. 하지만 그 다양성의 영향력은 끊임없이 느꼈다. 몇몇 인물들이 내 기억 속에 오롯이 남아 있다. 그들이 특별한 혈통에 속했으며,

* 이베리아반도(스페인)를 기원으로 하는 유대인 그룹. 15세기에 이베리아반도에서 추방되었다.

복장이 다른 사람들과 달랐기 때문이다. 그곳에 살던 6년 동안 우리 집에서 일했던 하인 중에 한번은 체르케스 사람이, 나중에는 아르메니아 사람도 있었다. 어머니의 가장 친한 친구는 올가라는 러시아 여자였다. 일주일에 한 번 집시들이 우리 집 정원 안마당으로 몰려왔다. 그 수가 정말 많아서 내 눈에는 마치 한 민족 전체 같아 보였다. 그들이 내게 준 공포에 대해서는 나중에 다시 이야기하도록 하겠다.

루세는 도나우강 변에 있는 오래된 항구도시로 꽤 요충지였다. 루세 항구는 사방에서 사람들을 끌어모았고, 도나우강은 끊임없이 이야기의 소재가 되었다. 도나우강이 얼어붙었던 특별한 해 이야기, 빙판 위에서 썰매를 타고 루마니아로 건너갔던 이야기, 썰매 끄는 말을 뒤쫓았던 굶주린 늑대 떼 이야기가 있었다.

늑대는 이야기로 접한 첫번째 맹수였다. 불가리아 시골 마을에서 온 소녀들이 들려준 이야기들 속에 늑대인간이 등장했다. 어느 밤에 아버지가 늑대 가면을 쓰고 나를 놀라게 한 적도 있었다.

그 시절 루세에서 경험한 다채로움, 그 열정과 그때 느꼈던 공포를 말로 설명하기란 쉬운 일이 아닐 것이다. 나중에 경험한 모든 일은 이미 루세에서 한 번은 겪었던 것들이었다. 나머지 세상을 그곳에서는 유럽이라고 불렀다. 누가 도나우강을 거슬러 올라가 빈에 가면 사람들은 그가 유럽으로 간다고 말했다. 유럽은 일찍이 튀르키예 제국이 끝났던 지점에서 시작되었다. 세파라드 유대인 대부분은 여전히 튀르키예 시민권을 가지고 있었다. 그들은 튀르키예인 치하에서 늘 잘나갔으며, 발칸 반도의 슬라브족 기독교도들보다 잘살았다. 세파라드 유대인 중 상당수가 부유한 사업가였기 때문에 불가리아의 새 정부는 그들과 우호적인 관계를 유지했다. 오랫동안 재임했던 페르디난드 왕은 심지어 유대인의 친구로 여겨졌다.

세파라드 유대인의 충성심은 꽤 복잡했다. 그들은 신앙심이 깊은 유대인이었다. 그들에게 교구 공동체 생활은 그 의미가 컸으며, 너무 과하지 않게 그들 존재의 핵심을 이루었다. 그러나 그들은 자신들을 특별한 유대인이라고 생각했다. 그것은 스페인 전통과 관련이 있었다. 그들이 스페인에서 추방당한 지 여러 세기가 지났지만, 자기들끼리 있을 때 쓰는 스페인어는 조금도 변하지 않았다. 튀르키예어 몇 마디가 그 언어에 들어와 섞이기는 했지만, 튀르키예어라는 티가 났다. 그 튀르키예어 단어에 해당하는 스페인어식 표현이 거의 항상 있었다. 내가 들은 첫 동요도 스페인어 동요였다. 스페인의 옛날 '연애 이야기'도 들었는데, 강렬하면서도 어린아이에게 거부할 수 없는 가장 큰 매력으로 다가왔던 것은 스페인 특유의 정신세계였다. 세파라드 유대인은 순진하기 짝이 없는 오만함으로 다른 유대인들을 깔보았다. 항상 경멸 조로 내뱉었던 말 '토데스코'는 독일계 또는 아슈케나즈 유대인*이라는 뜻이었다. '토데스카'** 와의 결혼은 상상도 못 할 일이었다. 루세에 살던 어린 시절에

---

* 유럽에 거주하던 유대인.

** 독일계 또는 아슈케나즈 유대인 여자.

들어본 적이 있거나 아는 가문 중에 그런 식의 혼합 결혼을 한 경우는 한 번도 없었던 것으로 기억된다. 내가 채 여섯 살도 되지 않았을 당시 할아버지는 내게 커서 그런 결혼을 하면 절대로 안 된다고 경고하셨다. 하지만 이런 일반적인 차별만 있는 것이 아니었다. 세파라드 유대인 사이에도 '좋은 가문'이 있었다. 아주 오래전부터 부유한 집안들이 그러한 가문이었다. 어떤 사람을 설명하는 말 중 가장 명예로운 표현이 "에스 데 부에나 파미글리아es de buena famiglia"—"좋은 집안 출신이다"였다. 어머니로부터 나는 진절머리가 날 정도로 자주 이 말을 들었다. 열광적으로 부르크테아터를 드나들던 시절에도, 나와 함께 셰익스피어를 읽던 시절에도, 세월이 많이 흘러 당신의 애호 작가가 된 스트린드베리에 관해 이야기하게 되었을 때에도 여전히 어머니는 당신이 좋은 가문 출신이며, 외가보다 더 좋은 집안이 없다는 말을 서슴없이 했다. 당신이 구사하는 문화어로 쓰인 문학이 본인 삶의 본질이 되었지만, 어머니는 문학 속에 담긴 감동적인 보편적 교양과 당신이 끊임없이 길러온 오만방자하기 짝이 없는 가문에 대한 자부심 사이에서 어떠한 모순도 느끼지 못했다.

내가 아직 어머니의 치마폭에 싸여 있던 시절 어머니는 내게 정신세계로 통하는 모든 문을 열어줬는데, 내가 맹목적이고 열광적으로 어머니를 추종하던 그 시절에 이미 그 모순이 내 눈에 들어왔다. 나는 괴롭고 혼란스러웠다. 청소년 시절 내내 어머니와 그 문제에 대해서 수없이 이야기를 나눴고, 어머니를 나무라기도 했다. 하지만 어머니는 꿈쩍도 하지 않았다. 어머니의 자부심은 오래전에 흔들리지 않고 나아갈 수 있는 통로를 찾았던 거다. 어머니는 당신의 그 이해할 수 없는 편협함으로 일찌감치 내가 신분에서 비롯된 그 모든 자만심에 거부감을 가지게 했다. 나는 어떤 식으로든 계급에 자부심을 가진 사람들을 진지하게 대하지 못한다. 나는 그런 사람을 약간 우스꽝스러운 외래종 짐승처럼 바라본다. 자신의 고귀한 신분에 모종의 자부심을 지닌 사람에게 나는 그와 반대되는 편견을 갖는다. 친해진 몇 안 되는 귀족층 사람들이 신분에 관해 이야기하는 것을 나는 우선 못 들은 척 눈감아줘야 했다. 그러기 위해 내가 얼마나 노력했는지를 조금이라도 눈치챘다면, 그들은 어쩌면 나와의 우정을 포기했을지 모른다. 모든 편견은 다른 편견으로 결정된다. 가장 흔한 경우는 반대되는 편견에서 새로운 편견이 생겨나는 것이다.

어머니가 자신이 속한다고 생각하던 그 계급에서는 스페인 출신이라는 것 말고도 돈이 또 하나의 중요한 요소였다. 우리 집안에서, 그중에서도 특히 외가 쪽에서 나는 돈 때문에 인간에게 무슨 일이 벌어질 수 있는지를 보았다. 나는 돈이라면 사족을 못 쓰는 사람들을 최악의 인간이라고 생각했다. 나는 돈 욕심이 추적망상으로까지 확대되는 전 과정을 목격했다. 탐욕 때문에 여러 해에 걸친 소송으로 서로를 파산시키고도 한 푼도 남지 않을 때까지 계속해서 소송을 이어가는 형제들을 지켜보았다. 그들 모두는 어머니가 그토록 자부심을 느끼는, 어머니와 같은 '좋은' 가문 출신이었다. 어머니도 직접 그 소송 과정을 지켜보았고, 우리는 종종 그에 관해 이야기를 나누기도 했다.

어머니는 그 과정을 냉철하게 꿰뚫어 보고 있었다. 세계 명작들을 읽으며, 또 삶에서 직접 경험하며 얻은 인간에 대한 이해 덕분이었다. 어머니는 당신 집안에 팽배하던 허황된 자기 파괴 모티브를 알아차렸다. 어머니는 그에 대해 소설 한 편 정도는 너끈히 쓸 수 있었을지 모른다. 가문에 대한 어머니의 자부심은 한 치의 흔들림도 없었다. 차라리 사랑이었다면 나는 이해할 수 있었을 것이다. 그러나 주인공 중 상당수를 어머니는 전혀 사랑하지 않았다. 몇 사람한테는 화를 냈고, 또 몇 사람은 멸시했으며, 가문 전체에 대해서는 자부심만 느낄 뿐이었다.

나중에 인류라는 더 큰 관계에 적용하면서 내가 그때의 어머니와 꼭 같은 모습이라는 걸 알게 되었다. 나는 내 인생 최고의 시기를 유사 이래 여러 문명 속에 나타난 인간의 온갖 술수를 파헤치는 데에 할애했다. 나는 어머니가 당신의 집안에서 일어난 송사들을 분석한 것처럼 냉철하게 권력을 검사하고 해부했다. 인간과 인류에 관해 내가 언급하지 않은 나쁜 점이라고는 거의 없을 정도다. 그렇지만 인간과 인류에 대한 내 자부심은 여전히 매우 크다. 그래서 인간이 가진 것 중 내가 정말로 싫어하는 것은 단 한 가지, 바로 그들의 적인 죽음뿐이다.

## '카코 라 가이니카'
## 늑대와 늑대인간

자주 듣기도 했고, 또 열렬하면서 동시에 다정한 느낌이 들었던 단어는 '라 부티카la butica'였다. 할아버지와 그 아들들이 일과를 보내는 상점을 사람들은 그렇게 불렀다. 나는 너무 어렸기에 나를 자주 상점에 데리고 나가지는 않았다. 상점은 높은 지대에 위치한 루세의 부촌에서 항구 쪽으로 곧게 내리뻗은 비탈진 거리에 있었다. 큰 상점들은 모두 이 거리에 있었다. 할아버지의 상점은 3층짜리 건물에 있었다. 내 눈에 그 건물은 높고 위풍당당해 보였다. 위쪽 언덕 위에 있는 집들은 모두 1층이었다. 할아버지의 상점에서는 식민지 산물을 대량으로 판매했다. 넓은 가게 안에서는 좋은 향기가 났다. 다양한 종류의 곡물이 담긴 큼지막한 자루들이 열린 채 바닥에 놓여 있었다. 기장이며 보리, 쌀이 담긴 자루들이 있었다. 손이 깨끗하면 나는 자루 속에 손을 넣고 곡식의 감촉을 느껴볼 수 있었다. 편안한 느낌이었다. 나는 곡식을 한가득 손에 쥐고 높이 들어서 냄새를 맡고는 다시 아래로 천천히 떨어뜨렸다. 자주 그러고 놀았다. 가게 안에는 신기한 것들이 많았지만 나는 그 놀이가 가장 좋았다. 그래서 나를 곡식 자루에서 떼어내기가 정말 힘들었다. 차와 커피, 심지어 초콜릿도 있었다. 수북하게 쌓여 있는 물건들은 모두 이미 포장된 상태였다. 여느 상점과 마찬가지로 낱개로는 판매하지 않았다. 열린 채 바닥에 놓여 있는 곡식 자루들이 특히 내 마음을 끌었는데, 너무 높지 않아 손이 닿기 쉬웠으며, 자루 속의 다양한 곡식을 손에 쥐고 그 감촉을 느껴볼 수 있기 때문이었다.

가게에서 파는 물건 대부분은 식료품이었지만, 전부 그런 것은 아니었다. 성냥개비, 비누, 양초도 있었다. 칼과 가위, 숫돌이며 크고 작은 낫도 있었다. 시골 마을에서 물건을 사러 온 농부들은 오랫동안 그 앞에 서서 손가락으로 칼날이 얼마나 날카로운지를 살폈다. 나는 농부들을 흥미롭게, 하지만 약간 겁먹은 눈초리로 바라보았다. 칼을 만지는 것이 내게는 금지되어 있기 때문이었다. 한번은 겁먹은 내 표정을 보고 웃던 농부 하나가 내 엄지를 잡아당겨 자기 엄지에 대고는 자기 피부가 얼마나 단단한지를 보여준 적도 있었다. 나는 한 번도 초콜릿을 선물로 받아본 적이 없었다. 뒤쪽 계산대에 앉은 할아버지는 상점을 엄격하게 운영했으며, 모든 것은 대량으로만 거래되었다. 집에 있을 때의 할아버지는 내게 애정을 표현했다. 내가 할아버지의 이름 전체를, 그러니까 성뿐 아니라 이름까지도 물려받았기 때문이다. 하지만 가게에서 할아버지는 나를 특별히 더 예뻐하는 것 같지 않았다. 나는 절대로 가게에 오래 머물 수 없었다. 할아버지가 명령을 내리면, 명령을 받은 직원이 급하게 달려 나갔다. 가끔은 어떤 사람이 상자를 잔뜩 들고 가게를 나서기도 했다. 나는 허름한 옷차림의 깡마른 사내가 제일 좋았다. 그 사내는 늘 멍청하게 웃었다. 어정쩡하게 움직이며, 할아버지가 무슨 말이라도 할라치면 기겁하곤 했다. 그는 마치 꿈을 꾸고 있는 듯했다. 그 사내는 가게에서 본 다른 사람들과 전혀 달랐다. 그는 내게 늘 다정하게 말했다. 너무 웅얼거려서 그가 하는 말을 나는 하나도 알아듣지 못했다. 그래도 나를 좋아한다는 건 느낄 수 있었다. 그의 이름은 첼레본이었다. 절망적이리만큼 무능하며 가난한 친척이었던 그를 할아버지가 동정하는 심정으로 고용했다. 하인을 부르듯 첼레본을 부르는 소리가 항상 들렸다. 그 사내는 그렇게 내 기억 속에 남았다. 오랜 세월이 흐르고 나서야 그가 할아버지의 동생이라는 사실을 알게 되었다.

우리 집 정문 앞의 먼지로 뒤덮인 거리는 조용했다. 비가 많이 오면 거리는 진창으로 변했고, 마차들은 진창이 되어버린 길에 바퀴 자국을 깊게 남기곤 했다. 나는 거리에 나가 놀면 안 되었다. 우리 집 커다란 정원에 놀 공간이 훨씬 더 많았고 또 안전했다. 가끔 바깥에서 요란한 닭 울음소리가 들려왔다. 소리는 점점 더 크고 격해졌다. 하지만 그리 오래가지는 않았다. 찢어진 검은 옷을 입은 남자 하나가 겁에 질려 벌벌 떨며 닭처럼 꼬꼬댁거리면서 넘어지듯 우리 집 정원 안으로 뛰어들어왔다. 거리의 아이들로부터 도망친 것이었다. 아이들이 남자 뒤에다 대고 "카코! 카코!"라고 외치며 닭 울음소리를 흉내냈다. 남자는 닭을 무서워했고, 그래서 아이들은 그를 뒤쫓았다. 내 눈에는 아이들보다 몇 발짝 앞서가고 있는 남자가 오히려 닭이 된 듯 보였다. 극도로 겁에 질린 남자는 격하게 꼬꼬댁거리며 양팔을 파닥거렸다. 남자는 단숨에 할아버지 댁 계단을 올라갔다. 하지만 감히 안으로 들어가지는 못했다. 그 대신에 다른 쪽으로 뛰어내린 후 그곳에 꼼짝하지 않고 누워 있었다. 아이들은 꼬꼬댁거리며 정문 앞에 서 있었는데, 그들은 우리 집 정원으로 들어올 수 없었다. 남자가 죽은 듯 누워 있자 아이들은 살짝 겁을 먹고는 자리를 떴다. 하지만 밖에 나가서는 곧바로 승리의 노래를 불렀다. "카코 라 가이니카! 카코 라가이니카!Kako la gallinica! Kako la gallinica!"—"카코 겁쟁이 암탉! 카코 겁쟁이 암탉!"* 아이들의 노랫소리가 들리는 내내 카코는 꼼짝도 하지 않고 그대로 누워 있었다. 아이들 소리가 더 이상 들리지 않자 남자는 일어나서 몸을 털고 조심스럽게 주위를 살피며 무서운 듯 잠시 바깥에서 나는 소리에 귀를 기울였다. 그러고 나서 몸을 움츠리곤 살금살금 정원 밖으로 나갔다. 남자는 이제 더는 닭이 아니었다. 파닥거리지도 꼬꼬댁거리지도 않았다. 완전히 망가진 그 구역의 바보로 다시 돌아와 있었다.

가끔 아이들은 그리 멀지 않은 곳에 숨어서 그를 기다렸다. 그렇게 그 끔찍한 놀이가 다시 시작되었다. 보통은 다른 거리로 옮겨 갔기 때문에 나는 그 광경을 더는 구경하지 못했다. 아마도 나는 카코가 불쌍했던 것 같다. 그가 뛰어내릴 때마다 나는 깜짝 놀랐다. 전혀 싫증 나지 않았으며, 매번 똑같은 강도의 흥분 속에서 지켜본 것은 바로 그가 커다란 검은색 닭으로 변하는 모습이었다. 나는 아이들이 왜 그 남자를 뒤쫓아 다니는지 그 이유를 알지 못했다. 뛰어내린 남자가 바닥에 죽은 듯 누워 있으면 나는 그가 일어나지 못할까 봐, 다시는 닭으로 변하지 못할까 봐 두려웠다.

불가리아 쪽에 있는 도나우강 하류는 매우 넓었다. 강 건너에 있는 도시 지우르지우는 루마니아 땅이었다. 사람들 말로는 내게 젖을 먹여주었던 유모가 그곳에서 왔다고 했다. 다부지고

---

* 'gallinica'는 스페인어로 암탉 외에 겁쟁이라는 뜻도 있다.

건강한 시골 아낙이었다는 그 유모는, 데려온 자기 아이에게도 젖을 먹였다고 한다. 나는 그녀를 칭찬하는 말을 항상 들었다. 비록 그 유모를 기억하지는 못하지만, 그녀 때문인지 '루마니아어'는 내게 따뜻한 소리로 남았다.

드물기는 했지만 어떤 해에는 도나우강이 얼기도 했다. 사람들은 흥분한 표정으로 그때의 이야기를 들려주었다. 소녀 시절 어머니는 썰매를 타고 자주 루마니아로 건너갔었다며, 내게 그때 입었던 모피를 보여주었다. 너무 추워지면 산에서 늑대들이 내려왔고, 잔뜩 굶주린 놈들은 썰매 끄는 말들에게 달려들었다. 마부는 채찍을 휘둘러 늑대 떼를 쫓아내려 했지만 헛수고였다. 결국 총을 쏠 수밖에 없었다. 하지만 그 순간 사람들은 총을 가져오지 않았다는 사실을 깨닫게 되었다. 우리 집 하인 중 총을 가지고 다녔던 체르케스 사람을 데리고 갔어야 했는데, 그가 마침 집에 없는 바람에 그 사람 없이 마차가 출발해서였다. 사람들은 늑대를 물리치려고 애를 썼지만, 상황은 점점 더 나빠졌다. 남자 두 명이 탄 썰매를 때마침 만나지 못했다면, 그 남자들이 늑대 한 마리를 총으로 쏘고 나머지 놈들도 쫓아버리지 않았다면, 상황이 매우 안 좋은 방향으로 흐를 수도 있었을 거라고 했다. 어머니는 극한의 공포를 견뎌내야 했다며, 늑대의 붉은색 혀를 생생하게 묘사했다. 그 혀가 아주 가까이까지 왔기 때문에 여러 해가 지난 후에도 계속해서 그때 보았던 늑대의 혀가 꿈에 나타났다고 했다.

나는 늑대 이야기를 들려달라고 자주 졸라댔고, 어머니는 흔쾌히 이야기를 들려주었다. 그렇게 늑대는 내 판타지를 맨 처음 충족시켜준 맹수가 되었다. 늑대에 대한 공포는 불가리아 시골 농가에서 온 소녀들이 들려준 옛날이야기를 통해 한층 더 커졌다. 그 소녀들 중 대여섯이 우리 집에 상주했다. 소녀들은 열 살에서 열두 살 정도로 아주 어렸는데, 가족들 손에 이끌려 시골에서 도시로 보내져 시민 가정에서 하녀로 일했다. 그들은 맨발로 집 안을 돌아다녔으며 늘 명랑했다. 소녀들은 일이 많지는 않았고, 모든 것을 함께했으며, 나와 함께 놀아준 내 첫 친구가 되었다.

저녁에 부모님이 외출하면 나는 소녀들과 함께 집에 남았다. 넓은 거실의 벽 전체에는 끝에서 끝까지 빙 둘러서 낮은 튀르키예식 소파들이 놓여 있었다. 사방에 깔린 카펫과 작은 테이블 몇 개 외에는 그 소파들이 이 방에 항상 있는 유일한 가구였던 것으로 기억된다. 어두워지면 소녀들은 겁을 먹었다. 우리는 다같이 창문 바로 옆에 놓인 소파 하나에 올라가 서로 꼭 붙어 앉았다. 소녀들은 나를 가운데에 앉혔다. 그러고는 늑대인간과 흡혈귀 이야기를 시작했다. 한 이야기가 채 끝나기도 전에 다음 이야기가 시작되었다. 으스스한 이야기들이었다. 하지만 나는 소녀들 사이에 폭 싸여 있는 그 느낌이 좋았다. 너무 무서워서 우리 중 누구도 감히 일어날 엄두를 내지 못했다. 집에 돌아온 부모님은 한데 뭉쳐 벌벌 떨고 있는 우리를 발견하곤 했다.

그때 들었던 이야기 중에서 늑대인간과 흡혈귀 이야기만 기억 속에 남아 있다. 아마도 다른 이야기는 하지 않았던 것 같다. 발칸 지역의 동화가 담긴 책을 펼쳐서 내가 그중 몇 가지를 곧바로 알아보지 못하는 일은 없을 것이다. 나는 그 이야기들 속의 아주 작은 부분까지도 세세하게 기억하고 있지만, 그 이야기들을 들었던 당시의 언어로 기억하고 있지는 않다. 나는 그 이야기들을 불가리아어로 들었으나 독일어로 알고 있다. 은밀하게 이루어진 이 번역이 아마도 내가 어린 시절 겪은 일 중에서 가장 독특할 것이다. 아이들의 언어 발달은 대부분 이와는 다르게 진행되기 때문에 아마도 이것에 대해 조금 더 이야기해야 할 것 같다.

부모님끼리는 독일어를 썼는데, 나는 하나도 알아듣지 못했다. 부모님은 우리 같은 어린아이나 일가친척, 친구들과는 스페인어로 이야기했다. 스페인어, 그중에서도 특히 고대 스페인어가 통용어였다. 나중에도 종종 스페인어를 들었기 때문에 나는 그 언어를 잊어버리지 않았다. 우리 집에서 일했던 불가리아 소녀들은 불가리아어만 했다. 내가 주로 그 소녀들과 같이 지냈기 때문에 아마 그 언어도 배웠을 것이다. 그러나 한 번도 불가리아 학교에 다닌 적이 없고, 여섯 살 때 루세를 떠났기 때문에 나는 그 언어를 아주 빨리 깨끗하게 잊어버리고 말았다. 내 생애 초반의 모든 사건은 스페인어나 불가리아어로 일어났다. 나중에 그 사건들의 상당 부분이 독일어로 번역되었다. 특별히 극적인 사건들, 소위 살인이나 살해 사건과 극도로 끔찍한 공포만이 내 기억 속에 스페인어 원문 그대로 남았다. 그것도 아주 정확하게 조금도 달라지지 않고. 그 밖의 모든 것, 그러니까 대부분을, 특히 옛날이야기처럼 불가리아적인 모든 것을 나는 독일어로 기억하고 있다.

어떻게 그리되었는지는 설명할 길이 없다. 언제, 어떤 계기로 이러저러한 것들을 번역하게 되었는지 나는 알지 못한다. 나는 한 번도 그 문제를 파헤쳐본 적이 없다. 아마도 철저한 방법론적 원칙에 따라 탐구하다가 기억에 남아 있는 가장 소중한 것들을 망가뜨릴까 봐 두려웠던 것 같다. 그래도 딱 한 가지만은 확실하게 말할 수 있다. 그 시절에 일어났던 일들은 내 기억 속에 힘차고 생생하게 살아 있다. 60년 넘게 나는 그 기억으로 먹고살았다. 그러나 그 기억의 거의 전부가 당시에는 알지 못했던 언어들에 들러붙어 있다. 지금 그 이야기들을 기록하는 게 당연하다고 생각된다. 쓰는 과정에서 무언가를 바꾸거나 없애버릴 수도 있다는 느낌은 들지 않는다. 문학책 한 권을 한 언어에서 다른 언어로 번역하는 것과는 다르다. 이것은 무의식 속에서 저절로 이루어진 번역이다. 내가 남용되어 무의미해진 단어를 평소에 극도로 피하기 때문에, 단 하나의 이 유일한 경우에 그 단어를 사용하는 걸 사람들이 양해해주리라 생각한다.

## 아르메니아인의 도끼
### 집시들

스탕달이 『앙리 브륄라르의 생애』에서 탐닉했듯 지형을 자유자재로 묘사하는 것에 나는 흥미가 없다. 유감스럽게도 나는 미술에는 영 소질이 없었다. 그래서 루세에서 살았던 집 정원 주변의 건물들에 대해 대략적으로만 서술할 수 있을 뿐이다.

거리에서 정문을 지나 안마당으로 들어서면 바로 오른쪽에 카네티 할아버지의 저택이 있었다. 할아버지의 저택은 다른 집들보다 더 웅장해 보였으며 실제로도 더 높았다. 다른 단층집들과 달리 그 저택에 위층이 있었는지는 모르겠다. 어쨌든 계단을 더 많이 올라가야 했다는 점에서 더 높다는 느낌이 들었다. 그뿐 아니라 다른 집들보다 훨씬 밝았는데, 아마도 밝은색 페인트를 칠했기 때문이었을 것이다.

할아버지 댁 건너편, 즉 정문 왼쪽에는 아버지의 큰누님 조피 고모가 남편 나탄 고모부와 함께 살던 집이 있었다. 고모부는 성이 엘리아킴이었는데, 내 마음에는 들지 않았다. 내겐 낯선 이름이었다. 아마도 다른 이름들과 달리 스페인어처럼 들리지 않았기 때문이었던 것 같다. 고모 부부에게는 레지네, 자크, 라우리카, 이렇게 세 자녀가 있었다. 가장 어린 사촌도 나보다 네 살이 많았는데, 이 나이 차이는 불행을 낳는 역할을 했다.

고모네 집 옆으로 같은 선상에, 그러니까 안마당 왼쪽으로 고모네 집과 똑같이 생긴 우리 집이 있었다. 이 두 집 모두 집의 가로 면에 있는 테라스까지 계단을 몇 개 올라가야 했다.

이 세 집 사이에 자리한 안마당은 정말로 넓었다. 우리 집 건너편으로 정가운데라기보다는 옆으로 약간 치우친 곳에 두레박으로 물을 길어 올리는 우물이 있었다. 우물물은 충분하지 않았다. 필요한 물 대부분을 도나우강에서 길어 큰 물통에 담아 나귀로 실어 왔다. 도나우강 물은 끓이지 않고는 사용할 수 없었는데, 집 전면에 있는 테라스에다 끓인 물을 솥째 놓고 식혔다.

우물 뒤에는 관목 울타리로 안마당과 구분된 곳이 있었는데 과실수 정원이었다. 딱히 아름다운 정원은 아니었다. 너무 단조로웠는데, 아마도 조성된 지 얼마 안 되었기 때문이었던 것 같다. 외가 친척들 집의 과실수 정원이 훨씬 더 아름다웠다.

우리 집의 폭이 더 좁은 쪽을 통해 정원 안마당에서 뒤로 들어오게 되어 있었다. 우리 집은 뒤쪽으로 길게 뻗어 있었고, 단층집이었지만 굉장히 넓었던 것으로 기억된다. 정원 안마당에서 조금 떨어진 곳에서 우리 집의 긴 면을 따라 집을 한 바퀴 빙 둘러볼 수 있었다. 그렇게 가다 보면 작은 뒷마당이 나오고, 거기에서 부엌으로 들어갈 수 있었다. 마당에는 장작더미가 쌓여 있었고, 닭과 거위가 돌아다녔다. 열려 있는 부엌은 항상 분주했다. 요리하는 하녀는 무언가를 꺼내고 집어넣기를 반복했다. 대여섯 명 정도 되는 소녀들이 이리저리 뛰어다녔으며 모두 바빴다.

이 뒷마당에서 장작을 패는 하인이 있었다. 가장 또렷하게 기억나는 그 하인은 아르메니아 사람으로 늘 우울했으며 내 친구였다. 장작을 패면서 그는 노래를 부르곤 했다. 노랫말을 이해하지는 못했지만, 그의 노래를 들으면 나는 마음이 아팠다. 어머니에게 그가 왜 그렇게 우울한지 물었더니 이야기를 들려주었다. 나쁜 사람들이 이스탄불에 사는 아르메니아인들을 몰살하려 했는데, 그때 가족을 모두 잃었다는 것이었다. 숨어 있던 그는 여동생이 살해되는 것을 직접 목격했다고 했다. 나중에 그는 불가리아로 도망쳤고, 그를 불쌍히 여긴 아버지가 우리 집에 데려왔다고 했다. 장작을 팰 때마다 여동생이 생각나서 구슬픈 노래를 부르는 거라고 했다.

나는 그 하인을 진심으로 사랑하게 됐다. 그가 장작을 팰 때면 나는 뒷마당 쪽으로 창이 난 기다란 거실 끝 소파에 앉았다. 몸을 잔뜩 구부려 창밖으로 내밀고 그를 바라보았다. 그가 노래를 부르면, 나는 그의 여동생을 떠올렸다. 그때부터 나는 여동생을 갖게 해달라는 소망을 늘 품게 되었다. 그의 콧수염은 검고 길었으며, 머리카락은 칠흑같이 검었고, 내 눈에는 특히 덩치가 커 보였다. 아마도 그가 도끼 든 팔을 높이 치켜드는 모습을 보았기 때문일 것이다. 나는 자주 보지 못하는 상점 하인 첼레본보다 그가 더 좋았다. 우리는 몇 마디 대화를 나눈 적도 있었다. 단 몇 마디뿐이었는데도 어떤 언어로 말했는지 도무지 기억나지 않는다. 그는 장작을 패기 전에 나를 기다렸다. 내가 나타나면 살짝 미소를 지으며 도끼를 들었다. 엄청난 분노를 실어 장작을 패는 모습은 무지막지했다. 이내 우울해진 그는 노래를 부르기 시작했다. 도끼를 내려놓은 후 그는 나를 보고 다시 웃었다. 그가 나를 기다리는 것처럼 나도 그가 웃기를 기다렸다. 그는 내 생애 최초의 피난민이었다.

금요일마다 집시들이 왔다. 모든 유대인 가정에서는 금요일이면 안식일을 준비했다. 집 안 구석구석을 쓸고 닦았으며, 불가리아 소녀들은 이리저리 잽싸게 움직였다. 부엌이 가장 바빴다. 아무도 나와 놀아줄 시간이 없었다. 나는 완전히 혼자였다. 그런 날이면 나는 드넓은 거실의 정원 쪽 창문에 얼굴을 바짝 대고 집시들을 기다렸다. 나는 집시에 대한 끔찍한 공포 속에서 살았다. 추측건대 어둠 속에서 보내야 했던 그 긴긴밤에 불가리아 소녀들이 소파에 앉아 집시 이야기도 해줬던 것 같다. 나는 집시들이 아이들을 훔쳐 간다고 생각했고, 나를 노리고 있다고 굳게 믿었다.

이렇게 무서워하면서도 나는 집시들에게서 눈을 떼지 못했다. 정말 화려한 볼거리였다. 정원 문은 집시들을 위해 활짝 열려 있었다. 그들에게 넓은 공간이 필요했기 때문이다. 마치 한 민족 전체가 온 듯 많은 사람이 몰려왔다. 무리 한가운데에는 집시들의 우두머리인 눈먼 증조할아버지가 자리했다. 사람들 말대로 그는 잘생긴 백발노인이었다. 알록달록한 천을 두른 노인은 좌우로 장성한 두 손녀의 부축을 받으며 천천히 걸었다. 다양한 연령대의 집시들이 서로 딱 붙어서 압박하듯 그 노인을 에워쌌다. 남자는 거의 없었다. 대부분이 여자였고, 아이들이 특히 많았다. 아주 어린 아이들은 엄마 팔에 안겨 있었고, 다른 아이들은 이리저리 뛰어다녔는데, 그래도 무리 한가운데에 있는 그 위풍당당한 노인에게서 멀어지지는 않았다. 정말로 촘촘한 행렬이었다. 그렇게 많은 사람이 서로 딱 붙어서 행진하는 모습을 나는 어디서도 본 적이 없었다. 매우 다양한 색깔을 지닌 이 도시에서 가장 흥미진진한 구경거리였다. 그들이 입은 옷에 덧대어진 천 조각들이 알록달록하게 빛났다. 그중에서도 빨간색이 가장 두드러졌다. 그들 중 여럿은 어깨에 자루를 메고 있었다. 그 자루들을 살피며 나는 그 속에 훔친 아이들을 담으리라는 상상을 하지 않은 적이 한 번도 없었다.

집시들은 셀 수 없을 만큼 많아 보였다. 그러나 지금 그 모습을 떠올리며 헤아려보면 30, 40명은 넘지 않았던 듯하다. 그렇다고 해도 안마당에 그렇게 많은 사람이 있는 걸 나는 한 번도 본 적이 없었다. 백발노인 때문에 아주 천천히 앞으로나아가다 보니 그들이 끝없이 오랫동안 안마당을 가득 채우고 있는 것 같은 느낌이 들었다. 하지만 집시들이 안마당에만 머문 건 아니었다. 집을 돌아 장작더미가 있는 부엌 앞 작은 뒷마당으로 이동한 후 그곳에 자리를 잡고 앉았다.

나는 그들이 안마당 정문에 처음 등장하는 순간을 기다리곤 했다. 나는 눈먼 노인이 보이면 바로 "싱가나스! 싱가나스!Zinganas! Zinganas!"*라고 날카롭게 외치며, 기다란 거실을 지나 부엌과 연결된 더 긴 복도를 달려 집 뒤쪽으로 갔다. 어머니는 부엌에서 안식일 음식을 준비하며 이런저런 지시를 하고 있었다. 별식 대부분을 어머니가 직접 요리했다. 나는 부엌으로 달려가는 길에 마주친 소녀들에게는 눈길도 주지 않고 어머니 곁에 이를 때까지 계속해서 소리쳤다. 어머니는 몇 마디 말로 나를 진정시켰다. 하지만 나는 다시 어머니 곁을 떠나 왔던 길을 되돌아갔다. 창문으로 집시 행렬을 흘끗 쳐다보니 벌써 조금 더 가까이 와 있었다. 나는 이 사실을 곧바로 다시 부엌에 알렸다. 나는 집시들이 보고 싶었다. 내 머릿속에는 온통 그들 생각뿐이었다. 그러나 집시들이 보이자마자 그들이 나를 잡아갈지도 모른다는 두려움에 사로잡혔다. 나는 계속 그렇게 왔다 갔다 했다. 아마도 그 때문에 그 집이 두 마당 사이에 길게

---

* "집시들이다! 집시들이야!"

뻗어 있다는 느낌을 강하게 가지게 된 듯싶다.

목적지인 부엌 앞에 도착하면 집시 중 노인이 맨 먼저 자리를 잡고 앉았다. 다른 이들은 노인 주위에 옹기종기 모여 앉아 자루를 열었다. 여자들은 서로 다투는 법 없이 선물을 모두 자루에 담았다. 그들은 나뭇조각을 많이 챙겼는데, 그것에 가장 집착하는 것 같았다. 음식도 많이 받아 갔다. 이미 다 완성된 음식 중에서 몇 가지를 그들에게 주었는데, 음식 찌꺼기를 주는 법은 절대 없었다. 나는 그들의 자루 속에 아이들이 없는 것을 확인하고는 마음이 한결 가벼워졌다. 나는 어머니 앞치마 뒤에 숨어서 집시들 사이를 돌아다녔다. 그러면서 그들을 자세히 살펴보았다. 하지만 나를 쓰다듬으려는 여자들에게 너무 가까이 가지 않으려고 조심했다. 눈먼 노인은 대접에 담긴 음식을 천천히 먹었다. 노인은 쉬면서 여유를 즐겼다. 다른 사람들은 음식을 먹지 않았다. 받은 음식을 모두 자루 속에 담았다. 아이들만이 선물로 받은 과자를 먹어도 되었다. 나는 그들이 아이들에게 다정한 그 모습을 보고 놀랐다. 아무리 봐도 아이 도둑처럼 보이지는 않았다. 하지만 집시에 대한 내 공포는 조금도 사라지지 않았다. 매우 길게 느껴졌던 시간이 지나고, 집시들은 자리를 털고 일어났다. 집시 행렬은 들어올 때보다 조금 더 빠르게 정원 안마당을 지나 되돌아 나갔다. 집시들이 정문을 지나 사라지는 모습을 나는 아까와 같은 창문으로 내다보았다. 그러곤 마지막으로 부엌으로 달려가 "집시들이 떠났어요"라고 알렸다. 우리 집 하인이 손을 잡고 정문으로 나를 데리고 가 문을 잠갔다. 하인이 말했다. "집시들은 이제 다시 오지 않을 거야." 평소에는 낮 내내 정원 문이 열려 있었다. 그러나 금요일에는 문을 닫았다. 혹시라도 뒤늦게 온 다른 집시 무리가 있으면, 닫힌 문을 보고 이미 동료들이 다녀갔다는 사실을 알아차리곤 지나쳐 갔다.

## 동생의 출생

내 인생 초반, 그러니까 내가 아직 높은 어린이용 의자에 앉아 있던 그 시절, 나는 바닥이 굉장히 멀리 떨어져 있다는 느낌이 들었다. 나는 떨어질까 봐 무서웠다. 부코 큰아버지가 오면, 나를 높이 들었다가 바닥에 내려놓았다. 그러곤 내 머리에 손바닥을 대고 엄숙한 표정을 지으며 말했다. "요 티 벤디고, 엘리아치쿠, 아멘!Yo ti bendigo, Eliachicu, Amen!"—"작은 엘리아스를 축복합니다, 아멘!" 이 말을 그는 몹시 힘을 주어 했다. 나는 엄숙한 그 톤이 좋았다. 큰아버지의 축복을 받을 때면 조금 더 자란 것 같은 느낌이 들었다. 사실 큰아버지는 장난기가 많은 사람이었다. 그래서 너무 일찍 웃어버렸다. 나는 그가 나를 놀린다는 걸 알아챘다. 내가 매번 속아 넘어갔던 그 위대한 축복의 순간은 그렇게 수치심 속에서 끝이 났다.

큰아버지는 무슨 일이든 수없이 반복했다. 내게 노래도 많이 가르쳐줬는데, 내가 배운 노래를 직접 부를 수 있을 때까지 멈추는 법이 없었다. 다음번에 올 때면 큰아버지는 이전에 배웠던 노래에 관해 물었다. 그러곤 어른들 앞에 선보이기 위해 나를 끈덕지게 훈련시켰다. 큰아버지가 곧바로 망쳐버리기는 했지만, 나는 늘 그의 축복을 기다렸다. 큰아버지가 조금만 자제했다면 나는 그를 제일 좋아하게 되었을 것이다. 큰아버지는 바르나에 살았다. 그곳에서 할아버지 상점의 지점을 운영했다. 그는 축제 날이나 특별한 일이 있을 때만 루세에 왔다. 사람들은 큰아버지에 대해 존경심을 가지고 이야기했다. 그가 '부코Bucco'이기 때문이었다. 부코는 한집안에서 처음 태어난 아들에게 주는 존칭이었다. 아주 어린 시절에 나는 장남이 얼마나 많은 의미를 갖는지 알게 되었다. 루세에 계속 살았다면 나 역시 '부코'가 되었을 것이다.

4년간 나는 외아들로 살았다. 그 시절 내내 나는 계집아이처럼 치마를 입었다. 사내아이답게 바지를 입고 싶었지만 늘 나중이라는 말로 위로받을 뿐이었다. 나중에 동생 니심이 태어났다. 이를 계기로 나는 바지를 처음 입게 되었다. 그때 일어났던 모든 일을 나는 위풍당당하게 바지를 입고 겪었다. 아마도 그 때문에 내가 그 시절의 모든 일을 아주 자세히 기억하게 된 것 같다.

집에 사람들이 많았다. 불안한 표정들도 보였다. 나는 어머니의 침실로 들어가면 안 되었다. 평소 그 방에는 내 침대도 있었는데 말이다. 그래서 나는 문 앞을 서성였다. 누가 안으로 들어갈 때 잠깐이라도 어머니 모습을 보기 위해서였다. 하지만 문이 너무 빨리 닫혀서 조금도 볼 수 없었다. 앓는 소리가 들렸다. 처음 듣는 소리였다. 누가 내는 소리냐고 물으면 사람들은 대답했다. 저리 가! 어른들이 그렇게 불안해하는 모습을 본 적이 없었다. 적응하기 어려웠던 건 아무도 나를 신경 쓰지 않는다는 사실이었다. (나중에 들으니 길고 힘든 출산이었으며, 사람들은 어머니가 잘못될까 봐 걱정했다고 한다.) 메나헤모프 박사님이 왔다. 평소에 매우 친절했으며 내게 노래를 불러보라고 한 후 칭찬을 아끼지 않았던, 길고 검은 수염이 난 이 의사 선생님 역시 나를 거들떠보지 않았고, 내게 말 한마디 건네지 않았다. 내가 문 옆으로 비켜서지 않자 그는 화난 표정으로 나를 쳐다보았다. 앓는 소리가 점점 더 커졌다. "마드레 미아 케리다! 마드레 미아 케리다!madre mia querida! madre mia querida!"*라는 말이 들려왔다. 나는 머리를 문에 갖다 댔다. 문이 열리자 앓는 소리가 너무 크게 들려서 나는 소스라치게 놀랐다. 그러다 갑자기 그것이 어머니가 내는 소리라는 걸 깨닫게 되었다. 너무도 끔찍한 소리여서 두 번 다시 어머니가 보고 싶지 않을 정도였다.

마침내 침실 안으로 들어갈 수 있게 되었다. 모두가 웃고 있었다. 아버지도 웃고 있었다. 사람들이 내게 남동생을 보여주었다. 창백한 얼굴을 한 어머니는 침대에 꼼짝도 하지 않고 누워 있었다. 메나헤모프 박사님이 "엄마는 안정이 필요해!"라고 했다. 하지만 결코 안정을 취할 수 있는 분위기가 아니었다. 처음 보는 여자들이 방 안을 돌아다녔고, 모두가 내게 다시 관심을 가졌다. 사람들이 내 기분을 풀어주려 했는데, 좀처럼 우리 집에 오지 않는 아르디티 할머니가 말했다. "엄마는 괜찮을 거야." 어머니는 아무 말도 하지 않았다. 나는 그런 어머니가 무

---

* "아이고 맙소사! 아이고 맙소사!"

서워서 밖으로 뛰쳐나갔다. 문 앞을 서성이지도 않았다. 그 후로도 오랫동안 나는 어머니가 낯설었다. 어머니가 다시 친근하게 느껴지기까지 여러 달이 걸렸다.

내가 겪은 다음 사건은 할례 의식이었다. 훨씬 더 많은 이들이 집에 왔다. 할례 의식을 봐도 좋다는 허락을 받았다. 나는 사람들이 의도적으로 나를 데리고 들어간다는 인상을 받았다. 문이란 문은 죄다 열려 있었다. 현관문도 마찬가지였다. 손님들을 맞이하기 위해 보를 씌운 긴 테이블이 큰 거실에 놓였다. 침실 건너편의 다른 방에서 할례가 진행되었다. 남자들만 참관할 수 있었으며, 모두 서 있었다. 자그마한 내 동생을 넓은 대야로 받쳐 들고 있었다. 나는 칼을 보았다. 그리고 무엇보다도 엄청나게 많은 피가 그 대야로 뚝뚝 떨어지는 것을 목격했다.

동생은 외할아버지를 따라 니심이라는 이름을 받았다. 사람들은 내가 맏아들이기 때문에 친할아버지의 이름을 받은 것이라고 설명해줬다. 장남의 지위가 너무나도 강조되어서 나는 할례 의식이 있었던 그 순간부터 그것을 의식하게 되었고, 거기서 벗어나지 못하게 되었다.

식사 시간에도 유쾌한 분위기였다. 나는 바지를 자랑하며 돌아다녔다. 내가 바지를 입고 있다는 사실을 손님들 모두가 알아차릴 때까지 계속해서 돌아다녔다. 누가 새로 오면 나는 현관까지 나가서 맞이했다. 그리고 잔뜩 기대에 찬 표정으로 그 사람들 앞에 계속 서 있었다. 정말 많은 사람이 오고 갔다. 모두 모이자 옆집에 사는 사촌 자크가 없다는 사실이 드러났다. “자전거를 타고 나갔어요”라고 누군가가 말했다. 그의 행동은 비난을 샀다. 식사가 끝날 무렵 자크가 먼지를 폭 뒤집어쓴 채 들어왔다. 나는 그가 집 앞에서 자전거에서 내리는 모습을 보았다. 자크는 나보다 여덟 살 많았으며, 김나지움 교복을 입고 있었다. 그는 자기에게 생긴 좋은 일에 관해 이야기했다. 자전거를 선물로 받았다는 것이었다. 그러고 집 안에 있는 손님들 사이로 조용히 숨어들려고 했다. 하지만 내가 나도 자전거를 갖고 싶다고 말하는 바람에 그의 계획은 수포로 돌아갔다. 자크의 어머니 조피 고모는 넘어지듯 그에게 달려가 그를 데리고 기도하러 갔다. 자크는 내게 위협적으로 손가락질을 하며 다시 사라졌다.

그날 나는 입을 다물고 먹어야 한다는 것도 알게 되었다. 자전거를 가진 그 녀석의 누나 레지네가 땅콩을 입에 넣었다. 나는 레지네가 입을 다물고 씹는 모습을 완전히 넋을 놓고 올려다보았다. 다 씹어서 삼킬 때까지 오래 걸렸다. 레지네는 나도 이제부터 그렇게 먹어야 한다며 그러지 않으면 다시 치마를 입어야 한다고 했다. 그렇게 먹는 법을 나는 분명 재빨리 익혔을 것이다. 세상의 그 무엇을 준다 해도 다시는 바지를 벗고 싶지 않았기 때문이다.

## 튀르키예인 저택
## 두 할아버지

가끔 나는 카네티 할아버지 댁에 가야 했다. 할아버지가 가게에 나가 있는 동안 할머니에게 인사하기 위해서였다. 할머니는 튀르키예식 소파에 앉아 담배를 피우며 블랙커피를 마시고 있었다. 할머니는 늘 집에 있었다. 절대로 집 밖으로 나가지 않았다. 할머니를 집 밖에서 본 기억이 전혀 없다. 할머니 이름은 라우라였다. 할아버지처럼 아드리아노플 출신이었다. 할아버지는 할머니를 '오로'라고 불렀다. 금이라는 뜻이었다. 나는 그 이름의 의미를 전혀 몰랐다. 할머니는 친척 중에서 가장 튀르키예적인 사람이었다. 할머니는 소파에서 일어나는 법이 없었는데, 어떻게 소파로 가서 앉았는지 도무지 알 수 없는 노릇이었다. 할머니가 걷는 모습을 한 번도 본 적이 없기 때문이다. 할머니는 그렇게 소파에 앉아서 이따금씩 한숨을 내쉬며 커피를 한 잔 더 마시고는 담배를 피웠다. 탄식하는 듯한 톤으로 나를 맞이했으며 내게 한마디도 건네지 않은 채 앓는 소리를 내며 나를 놓아주었다. 할머니는 나를 데리고 간 이에게 몇 마디 불평의 말을 했다. 아마도 당신이 아프다고 생각했던 것 같다. 어쩌면 정말로 아팠던 것 같기도 하다. 하지만 분명한 것은 할머니가 동양식으로 매우 게을렀다는 사실이다. 할머니는 지독하리만치 활기찬 할아버지 때문에 틀림없이 힘들었을 것이다.

당시에는 미처 깨닫지 못했지만, 할아버지는 어느 곳에 나타나건 항상 곧바로 모임의 중심에 섰다. 우리 집안에서 할아버지는 무시무시한 폭군이었다. 하지만 기분이 좋으면 뜨거운 눈물을 흘릴 수도 있는 사람이었다. 할아버지는 당신의 이름을 물려받은 손자들과 함께 있을 때 가장 기분이 좋았다. 친구와 일가친척들 사이에서, 그러니까 전 교구 내에서 할아버지는 아름다운 목소리로 인기가 많았으며, 특히 여자들이 그 목소리에 홀딱 반했다. 할아버지는 어느 자리에 초대를 받든 할머니를 대동하지 않았다. 할아버지는 할머니의 미련함과 끝없는 한탄이 늘 못마땅했다. 늘 금세 많은 사람에게 둘러싸인 할아버지는 여러 역할을 연기해가며 이야기했고, 특별한 일이 있을 때면 노래를 불러달라는 청을 흔쾌히 받아들이기도 했다.

카네티 할머니 말고도 루세에는 튀르키예적인 것이 많았다. 내가 맨 처음 배웠던 동요 "만사니카스 콜로라다스, 라스 케 비에넨 데 스탐볼Manzanicas coloradas, las que vienen de Stambol"—"빨간 사과가 나는 곳은 이스탄불"은 이스탄불이라는 도시 이름으로 끝났다. 나는 그 도시가 정말로 엄청나게 크다고 들었다. 나는 그곳을 곧바로 우리 집에서 볼 수 있는 튀르키예 사람들과 연관 지었다. '에디르네'—아드리아노플을 튀르키예어로 그렇게 불렀다—카네티 가문의 두 조부모님이 태어난 그 도시를 종종 그렇게 불렀다. 할아버지는 보통 끝없이 이어지는 튀르키예 노래를 불렀는데, 높은음 몇 개를 특히 오래 끄는 것이 중요했다. 나는 격렬하면서도 박자가 더 빠른 스페인 노래가 더 좋았다.

우리 집에서 그리 멀지 않은 곳에 튀르키예인 부자들이 사는 저택들이 있었다. 여자들을 감시하는 용도의 창살이 창문에 촘촘하게 박혀 있어, 그것을 보고 그들의 저택임을 알 수 있었다. 내가 접한 첫번째 살인은 어떤 튀르키예 남자의 질투에서 비롯된 것이었다. 아르디티 할아버지 댁에 가는 길에 어머니는 나와 함께 그 저택들을 지나갔다. 높은 곳에 있는 창살을 가리키며, 저 위에 튀르키예 여자 하나가 서서는 지나가는 불가리아 남자를 쳐다보았다고 했다. 그때 튀르키예 남자, 그러니까 그 여자의 남편이 들어와서 그녀를 칼로 찔렀다고 했다. 그 당시에 내가 죽은 사람이라는 게 무엇인지 정말로 이해했을 성싶지는 않다. 하지만 나는 어머니 손을 잡고 산책하다가 그 의미를 알게 되었다. 나는 어머니에게, 바닥에서 피범벅이 된 채 발견된 그 튀르키예 여자가 다시 일어났는지 물었다. "절대로!"라고 어머니가 대답했다. "절대로 아냐! 그 여자는 죽었어. 알겠니?" 나는 그 말을 듣기는 했다. 하지만 이해하지는 못했다. 그래서 다시 물었다. 나는 어머니가 몇 번 더 같은 대답을 하게 했다. 마침내 참을 수 없을 지경에 이른 어머니는 다른 이야기로 화제를 돌렸다. 내가 그 이야기 속에서 주목한 것은 피범벅이 되어 죽은 여자만이 아니었다. 살인을 일으킨 그 남자의 질투심이 궁금했다. 그 질투심이 조금은 마음에 들었다. 나는 그 여자가 아예 죽었다는 사실은 부정했다. 하지만 질투심은 별 거부감 없이 내 안으로 스며들었다.

아르디티 할아버지 댁에 도착하면서 이 산책이 끝날 무렵 나는 내 곁에도 그와 같은 질투심이 꿈틀거리고 있음을 알아차렸다. 일주일에 한 번 토요일마다 우리는 아르디티 할아버지 댁에 갔다. 외할아버지는 크고 웅장한 붉은색 저택에 살았다. 저택 왼쪽에 있는 작은 문을 지나면 오래된 정원이 나왔다. 우리 집 정원보다 훨씬 더 아름다운 곳이었다. 정원에는 커다란 오디나무가 있었는데, 낮게 뻗어 내린 가지 위로 내가 쉽게 기어오를 수 있었다. 하지만 나는 아직 나무 위로 올라가서는 안 되었다. 그렇지만 어머니는 위쪽에 있는 나뭇가지를 가리키지 않고 그냥 그 나무를 지나치는 법이 없었다. 그 가지는 소녀 시절 어머니가 아무런 방해도 받지 않고 책을 읽고 싶을 때면 올라가 앉아 있곤 했던 은신처였다. 어머니는 책을 끼고 나무 위로 올라가 쥐 죽은 듯 소리 없이 그곳에 앉아 있었다. 아주 영리하게 잘 숨었기 때문에 아래쪽에서는 어머니가 전혀 보이지 않았다. 누가 불러도 어머니는 듣지 못했다. 책에 푹 빠져 있었기 때문이다. 그 나뭇가지 위에서 어머니는 가지고 있는 책을 다 읽었다. 오디나무에서 그리 멀지 않은 곳에 집으로 올라가는 계단이 있었다. 주거 공간이 우리 집보다 더 높이 있었지만, 통로는 어두웠다. 방을 여러 개 지나 마지막 방에 이르니, 외할아버지가 팔걸이의자에 앉아 있었다. 항상 목도리에 체크무늬 담요를 따뜻하게 덮고 있던 작은 체구의 창백한 남자, 외할아버지는 병환 중이었다.

"리 베소 라스 마노스, 세뇨르 파드레! Li beso las manos, Señor Padre!" 어머니가 말했다. "아버지, 손에 입 맞출게요!"라는 뜻이었다. 그러고 나서 어머니는 나를 앞으로 밀었다. 나는 외할아버지를 좋아하지 않았다. 그래도 외할아버지 손에 입을 맞춰야 했다. 외할아버지는 나랑 이름이 같은 다른 할아버지처럼 유쾌하거나, 화를 내거나, 상냥하거나, 엄격한 적이 단 한 번도 없었다. 외할아버지는 늘 같은 모습이었다. 팔걸이의자에 앉아서 좀처럼 움직이는 법이 없었다. 내게 말을 걸지도 선물을 주지도 않았다. 그저 어머니와 몇 마디 말을 나눌 뿐이었다. 그런 다음 내가 싫어하는 방문의 마지막 절차가 시작되었다. 나는 매번 같은 그 모습이 싫었다. 외할아버지는 교활하게 미소 지으며 나를 쳐다보곤 작은 목소리로 말했다. "아르디티 할아버지랑 카네티 할아버지 중에 누가 더 좋으냐?" 외할아버지는 내 대답을 알고 있었다. 어른 아이 할 것 없이 모두가 카네티 할아버지를 좋아했다. 외할아버지를 좋아하는 사람은 아무도 없었다. 하지만 외할아버지는 진실을 말하라고 나를 채근했다. 외할아버지는 나를 극도로 당황스럽게 만들었다. 매주 토요일마다 같은 일이 반복되었던 걸 보면, 외할아버지가 그것을 즐겼던 것 같다. 나는 아무 말도 하지 못하고 그저 외할아버지를 바라만 볼 뿐이었다. 외할아버지가 다시 물었다. 마침내 나는 거짓말할 힘을 끌어모아 말했다. "둘 다요!" 그러면 외할아버지는 으름장을 놓듯 손가락을 치켜들고 호통쳤다. 그것은 내가 할아버지에게서 들은 유일한 큰소리였다. "팔수!Fálsu!"—"거짓말쟁이!" 그 말을 할 때면 외할아버지는 '아a' 발음에 힘을 주었는데, 그래서 그 말은 위협적인 동시에 탄식하는 것처럼 들렸다. 마치 어제 할아버지 댁에 다녀온 것처럼 아직도 그 말이 귓가에 생생하다.

수많은 방과 복도를 지나 밖으로 나오며 나는 양심의 가책을 느꼈다. 거짓말을 했기 때문이었다. 나는 몹시 우울했다. 변함없이 외가에 의지하고 있으며, 아버지 댁을 방문하는 의식을 결코 포기한 적이 없었지만, 어머니 역시 약간 죄책감을 느끼는 것 같았다. 사실은 친할아버지에게 향하는 것이지만 늘 나 혼자 감당하는 그 비난으로 나를 계속 내몰고 있다는 생각 때문이었다. 나를 위로하기 위해 어머니는 집 뒤에 있는 과일과 장미 정원 '바그체'로 나를 데리고 갔다. 정원에서 어머니는 당신이 어린 시절에 좋아했던 모든 꽃을 보여주며 꽃향기를 깊이 들이마셨다. 어머니의 콧구멍은 꽤 컸는데, 그럴 때면 항상 콧방울이 떨렸다. 어머니는 나도 장미꽃 향기를 맡을 수 있도록 나를 들어 올렸다. 그리고 익은 것이 있으면 과일도 몇 개 따주었다. 하지만 외할아버지에게는 비밀이었다. 안식일이었기 때문이다. 그곳은 내 기억 속에서 가장 멋진 정원이었다. 그리 잘 가꾸지 않아서 잡초가 약간 있기는 했지만 말이다. 외할아버지가 이 안식일 과일에 대해 아무것도 모른다는 것, 어머니가 나를 위해 직접 금지된 무언가를 한다는 것이 내 죄책감을 덜어줬음이 분명하다. 집으로 돌아오는 길에 이미 완전히 기분이 좋았으며, 다시 이런저런 질문을 했기 때문이다.

집에 와서 나는 사촌 누나 라우리카로부터 손자들 전부가 다른 할아버지를 더 좋아하는 것을 외할아버지가 질투한다는 이야기를 들었다. 라우리카는 왜 손자들이 외할아버지를 좋아하지 않는지 그 이유를, 그 가장 큰 비밀을 내게 말해줬다. 외할아버지가 '미스킨mizquin', 즉 인색하기 때문이라는 것이었다. 하지만 이 이야기를 어머니에게 하면 안 된다고 했다.

## 부림절
### 혜성

너무 어려서 아직 참여할 수 없었지만, 우리 어린아이들이 가장 활기차게 느꼈던 축제는 바로 부림절이었다. 유대인들이 사악한 박해자 하만으로부터 구출된 날을 기념하는 축제였다. 하만은 유명한 인물로 그의 이름은 일상어에 녹아들었다. 그가 실존했으며 끔찍한 일들을 꾸몄던 자라는 사실을 알게 되기도 전에, 나는 그 이름을 욕설로 먼저 접했다. 너무 많은 질문을 해서 어른들을 귀찮게 하거나, 잠자리에 들지 않으려 하거나, 내 할 일을 하지 않으면, 탄식처럼 짧게 "하만!"이라는 말이 들렸다. 그 말이 들리면 나는 내 행동이 더는 어떠한 즐거움도 낳지 못한다는 것을 알아차렸다. "하만"이라는 말은 바로 마지막 말이었다. 탄식처럼 나오는 짧은 마지막 말인 동시에 꾸지람이기도 했다. 세월이 조금 더 흐른 후 나는 하만이 유대인을 죽이려 했던 나쁜 사람이라는 사실을 알게 되었고 몹시 놀랐다. 하지만 모르드개와 에스더 왕비 덕분에 그의 계획은 실패했고, 유대인들은 이를 기뻐하며 부림절 축제를 열었다.

어른들은 변장하고 밖으로 나갔다. 거리는 소음으로 가득했고 집 안에는 가면 쓴 사람들이 돌아다녔다. 나는 그들이 누구인지 알아보지 못했다. 마치 동화 속에 있는 것 같았다. 어른들은 밤늦게까지 밖에 나가 있었다. 도처에 퍼져 있는 흥분 상태가 아이들에게까지 전해졌다. 나는 깨어 있는 채로 어린이 침대에 누워 귀를 기울였다. 가끔 부모님이 가면을 쓰고 나타났다가 가면을 벗기도 했다. 특별한 재미였다. 하지만 더 좋았던 건 가면 뒤에 누가 있는지 모르는 상태였다.

어느 밤 나는 결국 잠이 들고 말았다. 그때 거대한 늑대 한 마리가 나타나 나를 깨웠다. 늑대는 내가 누운 어린이 침대로 다가왔다. 길고 붉은 혀를 입 밖으로 죽 늘어뜨린 늑대는 끔찍하게 식식거리고 있었다. 나는 있는 힘껏 소리 질렀다. "늑대다! 늑대!" 하지만 아무도 내 소리를 듣지 못했다. 아무도 오지 않았다. 나는 더욱더 날카롭게 비명을 지르며 울었다. 그때 어디선가 손 하나가 나타나 늑대의 귀를 잡고는 그 대가리를 아래로 잡아당겼다. 아버지가 그 뒤에 서서 웃고 있었다. 나는 계속 비명을 질러댔다. "늑대다! 늑대!" 나는 아버지가 그 늑대를 잡아주기를 바랐다. 아버지가 손에 든 늑대 가면을 내게 보여주었지만 나는 믿지 않았다. 아버지는 내게 오랫동안 설명을 해야 했다. "이걸 좀 봐. 그건 나였어. 진짜 늑대가 아니라고." 하지만 나는 좀처럼 진정하지 못했고, 훌쩍거리며 계속 울었다.

그렇게 늑대인간 이야기는 현실이 되었다. 어둠 속에서 불가리아 소녀들과 한데 모여 나눈 짤막한 옛날이야기들 속에서 내가 무엇을 들었는지 아버지는 전혀 몰랐을 터였다. 어머니는 당신이 들려준 썰매 이야기를 탓했고, 또 그런 가면 놀이를 즐기는 철없는 아버지를 나무랐다. 빈에서 학교에 다니던 시절 아버지는 배우가 되고 싶었다. 그러나 루세에 돌아온 뒤 가차 없이 부친의 사업에 처박히고 말았다. 물론 루세에도 아마추어 극단이 있었고, 아버지는 어머니와 함께 그 무대에 오르기도 했다. 하지만 예전 빈 시절의 꿈에 견줄 수나 있을까. 어머니 말로는 아버지가 바로 이 부림절 축제에 가장 열광했다고 한다. 축제가 시작되면 아버지는 여러 가지 가면을 연달아 바꿔 써가며 몹시 특이한 모습으로 지인들 모두를 놀라고 겁먹게 했다.

내가 늑대에 놀랐던 일은 그 후로도 오랫동안 위력을 발휘했다. 나는 밤마다 악몽을 꾸었으며, 부모님 방에서 함께 자며 두

분을 몹시 자주 깨웠다. 아버지는 내가 다시 잠들 때까지 나를 안심시키려 애썼다. 하지만 잠이 들면 꿈속에 다시 늑대가 나타났다. 그 늑대에게서 우리는 그리 빨리 벗어나지 못했다. 이때부터 나는 상상력을 너무 자극하면 안 되는 위태로운 아이로 여겨졌다. 그로 인해 나는 여러 달 동안 지금은 다 잊은, 지루하기 짝이 없는 이야기들만 들어야 했다.

그다음으로 겪은 사건은 거대한 혜성의 등장이었다. 그 사건 이후로 줄곧 늑대와 혜성, 이 둘이 늘 함께 떠오르는 걸로 보아 둘 사이에 어떤 맥락이 생겨난 게 틀림없다. 혜성의 출현 덕분에 내가 늑대에게서 벗어나게 되지 않았을까 싶다. 어린 시절 늑대에게 느꼈던 공포가 그 당시 사람들 사이에 팽배했던 공포 속에서 사라졌다. 혜성이 나타났을 때처럼 사람들이 흥분한 모습을 본 적이 없기 때문이다. 그뿐 아니라 늑대와 혜성 둘 다 밤에 나타났다. 그것이 이 둘을 함께 묶어 기억하는 더 큰 이유인 것 같다.

혜성을 직접 보기 전에 나는 혜성에 대해 모두가 하는 말을 들었다. 종말이 왔다는 것이었다. 나는 그 말뜻을 상상조차 하지 못했다. 하지만 사람들이 달라졌다는 건 알아차렸다. 사람들이 수군거리기 시작했고 내가 다가가면 가여워하는 시선으로 나를 쳐다보았다. 하지만 불가리아 소녀들은 수군거리지 않고 모든 걸 털어놓았다. 그래서 나는 소녀들의 다듬어지지 않은 표현 방식으로 세상에 끝이 왔다는 말을 들었다. 그것은 그 도시에 만연해 있던 믿음으로 한동안 사람들의 마음을 사로잡았던 것 같다. 나만 해도 그렇다. 특정한 어떤 것을 두려워하지 않았는데도 그 믿음이 내 안에 깊이 각인된 것을 보면 말이다. 교양 있는 사람들로서 내 부모님이 그런 믿음을 얼마나 진지하게 받아들였는지는 잘 모르겠다. 그래도 부모님이 널리 퍼진 그 믿음을 거부하지 않았다는 것만은 틀림없다. 그 전의 경험들로 미루어 보건대 그렇지 않았다면 틀림없이 내게 사실을 정확하게 설명하려고 무언가를 했을 텐데, 부모님은 아무것도 하지 않았다.

어느 밤, 지금 혜성이 왔고 곧 지구에 떨어질 거라는 말이 들려왔다. 나는 잠자리에 들지 않아도 되었다. 누군가가 지금 그게 다 무슨 의미냐고, 아이들도 정원으로 나가야 한다고 하는 소리가 들렸다. 넓은 정원 안마당에 많은 이들이 빙 둘러서 있었다. 그곳에 그렇게 많은 사람이 있는 걸 본 적이 없었다. 우리 집뿐 아니라 이웃집 아이들도 모두 어른들 틈에 끼어 있었다. 어른 아이 할 것 없이 모두 하늘을 올려다보았다. 하늘에는 거대한 혜성이 밝게 빛나고 있었다. 나는 혜성이 하늘의 절반 넘게 뻗어 있는 모습을 본다. 혜성의 전 행로를 따라가며 느꼈던 긴장감이 목덜미에서 느껴진다. 어쩌면 내 기억 속에서 그 혜성이 더 길어졌을지도 모른다. 아마 혜성이 하늘의 절반이 아니라 그보다는 작은 부분을 차지했을 것이다. 나는 다른 사람들에게, 그러니까 당시에 이미 성인이었고 그래서 겁을 먹지 않았던 사람들에게 이 물음에 대한 결정권을 넘겨야 할 것이다. 하지만 그날 밤은 대낮처럼 밝았다. 그때가 사실은 밤이었다는 걸 나는 아주 잘 알고 있었다. 태어나서 처음으로 그 시간에 잠자리에 들지 않아도 되었기 때문이다. 그것이 내게는 진짜 사건이었다. 정원에 모두 모여 하늘을 올려다보며 기다렸다. 어른들은 돌아다니지 않았다. 이상하리만치 고요했다. 사람들은 작은 소리로만 이야기했다. 기껏해야 어른들이 신경 쓰지 않는 아이들만 움직일 뿐이었다. 그 기다림 속에서 나는 모든 이의 마음속에 가득 찬 모종의 두려움을 느꼈던 것 같다. 내 두려움을 덜어주기 위해 누군가가 내게 체리나무 가지를 건넸기 때문이다. 나는 체리를 입에 물고 머리를 위로 쭉 내밀었다. 거대한 혜성을 눈으로 좇으며 긴장한 탓에, 또 혜성의 엄청난 아름다움에 매료된 나머지 나는 아마도 깜빡 잊고 체리 씨앗을 삼켜버렸던 것 같다.

혜성이 사라지기까지는 오랜 시간이 걸렸다. 하지만 아무도 지치지 않았다. 사람들은 계속해서 서로 꼭 붙어 있었다. 그 자리에서는 아버지도 어머니도 보이지 않는다. 내 삶에 중요했던 이들 중 누구도 따로 떨어져 있는 모습으로 보이지 않는다. 모두가 함께 있는 모습만 보인다. 나중에 그 단어를 그렇게 자주 사용하지만 않았어도 나는 그들을 한 덩어리로 본다고, 기다리며 멈춰 서 있는 군중으로 본다고 말할 것이다.

### 마법의 언어
### 불

우리 집에서는 유월절, 부활절 전에 대청소를 했다. 그럴 때면 모든 게 뒤죽박죽이 되었고, 어떤 것도 같은 곳에 그대로 있는 법이 없었다. 내 기억으로는 청소하는 데 2주 정도 걸렸는데, 일찍부터 대청소가 시작되었기 때문에 그때가 가장 큰 혼돈의 시기였다. 아무도 다른 누구를 신경 쓸 겨를이 없었다. 늘 누군가의 길을 가로막았고, 옆으로 밀리거나 다른 곳으로 보내졌다. 재미난 게 가장 많았던 부엌도 기껏해야 잠깐 들여다볼 수 있었다. 나는 며칠을 커피에 넣고 삶은 갈색 달걀이 가장 좋았다.

유월절 저녁에는 거실에 긴 테이블을 놓고 음식을 차렸다. 아마도 이 의식 때문에 그 방이 그렇게 길었던 것 같다. 그 긴 테이블에는 아주 많은 손님이 앉을 수 있었다. 온 집안사람이 유월절 저녁 의식이 치러지는 우리 집에 모였다. 거리에서 낯선 이 두셋을 집 안으로 들여 잔칫상에 앉히고 모든 의식에 참여하게 하는 전통이 있었다.

잔칫상 맨 끝 상석에는 할아버지가 앉아서 이집트에서 유대인들이 탈출한 이야기인 하가다를 낭독했다. 그때가 할아버지에게는 가장 위풍당당한 순간이었다. 할아버지가 당신에게 경의를 표하며 모든 명령에 순종하는 아들과 사위들 위에만 군림한 것은 아니었다. 최고령자이며, 맹금류처럼 매서운 얼굴을 한 할아버지는 그 누구보다도 열정적이었다. 그 무엇도 할아버지를 피해 가지 못했다. 노래하듯 이야기를 낭독하며 할아버지는 아주 작은 움직임 하나하나, 잔칫상에서 일어나는 아주 작은 일 하나하나까지 다 꿰고 있었다. 할아버지는 시선으로, 때론 가벼운 손동작으로 모든 것을 감독했다. 모든 것이 따뜻하고 친밀했다. 모든 것이 정확하게 구상되고 제자리에 있었던 태곳적 이야기 속 분위기 같았다. 유월절 의식을 치르는 저녁이면 나는 그런 할아버지의 모습에 감탄했다. 할아버지가 편하지 않았던 그 아들들도 고상하고 쾌활해 보였다.

참석자 중 가장 나이가 어렸던 내게는 적지 않은 의미를 가진 나만의 역할이 있었다. 나는 '마-니슈타나'를 해야 했다. 이집트 탈출기가 축제의 기원에 대한 질문 형식으로 변형된 것이었다. 참석자 중 최연소자가 의식이 시작되자마자 곧바로, 상위에 차려진 발효되지 않은 빵이며 쓴 약초를 비롯한 낯선 음식 등 마련된 모든 것이 무얼 의미하는지 묻는다. 화자는, 이 경우에는 할아버지가 이집트 탈출기를 자세히 설명하며 최연소자의 질문에 대답했다. 내 질문 없이 그 이야기는 시작될 수 없었다. 나는 손에 책을 들고 읽는 척했지만, 실은 그 질문을 외워서 했다. 나는 그 이야기의 아주 세세한 부분까지 다 알고 있었다. 사람들이 내게 자주 설명해줬기 때문이다. 하지만 낭독이 진행되는 내내 할아버지가 내 질문에만 대답한다는 느낌이 떠나지 않았다. 그렇게 내게도 큰 의미가 있는 저녁이었다. 내가 없어서는 안 될 중요한 존재인 것처럼 느껴졌다. 나를 이 자리에서 밀어낼 수 있을, 나보다 어린 종형제가 없다는 게 다행이었다.

할아버지의 말 한마디 한마디, 움직임 하나하나까지 주의 깊게 좇으면서도 낭독하는 내내 나는 그것이 끝나기를 기다렸다. 그래야 가장 아름다운 순간이 오기 때문이었다. 남자들 모두가 갑자기 벌떡 일어나서 가볍게 춤을 추며 주위를 돌았다. 춤을 추면서 다 함께 "하드 가디아, 하드 가디아Had gadya, had gadya"—

"어린양, 어린양"이라는 노래를 불렀다. 정말 흥겨운 노래였다. 나도 그 노래를 이미 잘 알고 있었다. 하지만 노래가 끝나자마자 삼촌 하나가 자기 곁으로 오라고 내게 눈짓을 했다. 그러곤 가사를 한 줄 한 줄 스페인어로 번역해줬는데, 이것 또한 그 의식에 속했다.

상점에서 돌아온 아버지는 곧장 어머니와 이야기를 나눴다. 부모님은 이 시절 서로를 깊이 사랑했다. 그리고 두 분에게는 둘만의 언어가 있었다. 나는 알아듣지 못하는 언어였다. 부모님은 독일어로 이야기했다. 독일어는 두 분이 빈에서 보낸 행복한 학창 시절의 언어였다. 부모님은 부르크테아터에 대해 이야기하는 걸 가장 좋아했다. 서로 알게 되기 전에도 이미 두 분이 같은 작품, 같은 배우가 나오는 공연을 보았기 때문에 부르크테아터에 대한 추억은 끝이 없었다. 나중에 나는 두 분이 그런 대화를 하며 서로에게 반했다는 사실을 알게 되었다. 두 분 다 연극을 향한 꿈—두 분은 연극배우로 살았으면 했다—을 이룰 수 없었다. 하지만 많은 이의 반대를 무릅쓰고 힘을 합쳐 결혼에 성공했다.

불가리아에 사는 세파라드 유대인 가문 중에서 가장 유서 깊고, 또 가장 부유한 집안 출신의 아르디티 할아버지는 당신이 가장 사랑하는 막내딸이 아드리아노플 출신의 졸부 집안 아들과 결혼하는 것을 반대했다. 카네티 할아버지는 어렸을 때 길에 버려진 고아의 몸으로 자수성가해서 부를 일구었다. 하지만 다른 할아버지의 눈에는 딴따라요 사기꾼에 불과했다. 한번은 외할아버지가 직접 “에스 멘티로소Es mentiroso”—“그 사람 거짓말쟁이야”라고 하는 걸 내가 들은 적도 있다. 그때 외할아버지는 내가 듣고 있다는 걸 몰랐다. 카네티 할아버지는 당신을 무시하는 아르디티 집안의 오만함에 분개했다. 당신의 아들은 어떤 처녀든 아내로 삼을 수 있었다. 그런데 하필이면 이런 아르디티 집안의 딸과 결혼하려 한다는 게 카네티 할아버지에게는 쓸데없는 굴욕 같았다. 그래서 부모님은 처음에 교제 사실을 숨겼다. 부모님은 아주 천천히, 매우 집요하게, 또 손위 형제자매와 친한 친척들의 적극적인 도움에 힘입어 당신들 소망을 실현하는 데 성공했다. 결국 두 노인 양반이 양보했다. 하지만 두 할아버지 사이의 긴장 관계는 여전했으며, 두 분은 결코 서로를 받아들일 수 없었다. 비밀 연애 시절 두 젊은 연인은 끊임없이 독일어로 대화하며 사랑을 키웠다. 이 만남에 얼마나 많은 무대 위 연인들이 역할을 했을지 짐작할 수 있을 것이다.

그래서 부모님이 대화를 시작할 때 소외감을 느낄 만한 이유가 내게는 충분했다. 그렇게 대화하며 부모님은 매우 활기차고 유쾌해졌다. 내게 예민하게 감지된 이 변화를 나는 독일어의 울림과 결부시켰다. 나는 잔뜩 긴장한 채 부모님의 대화에 귀를 기울였다. 그러고는 부모님에게 이런저런 게 무슨 뜻이냐고 물었다. 부모님은 웃으며 그런 걸 알기엔 내가 아직 너무 어리며, 나중에야 이해할 수 있는 것들이라고 했다. 내게 ‘빈’이라는 단어를 가르쳐준 것만도 대단한 일이었다. 그 단어가 유일했다. 나는 이 언어로만 말할 수 있는 놀라운 것들에 관한 이야기일 게 틀림없다고 생각했다. 별 소득 없이 오래 졸라대고 난 후면, 화가 난 나는 그곳에서 나와 거의 사용되지 않는 다른 방으로 뛰어갔다. 그러곤 부모님에게서 들은 문장들을 같은 억양으로 말해보았다. 마법의 주문처럼 혼자서 자주 그 문장들을 연습했다. 혼자 있게 되기가 무섭게 나는 외운 문장들이나 개별 단어들도 연달아 읊어보았다. 너무 빨리 말해서 분명 아무도 내가 하는 말을 알아듣지 못했을 것이다. 나는 특히 부모님이 눈치채지 못하도록 조심했다. 그렇게 나는 부모님의 비밀에 내 비밀로 응수했다.

나는 아버지가 부르는 어머니의 이름이 있다는 걸 알아냈다. 두 분이 독일어로 이야기할 때만 그 이름으로 불렀다. 어머니 이름은 마틸데였는데, 아버지는 메디라고 불렀다. 한번은 내가 정원에 서서 한껏 목소리를 변조해 집 안쪽에다 대고 소리친 적이 있었다. "메디! 메디!" 집에 오면 아버지는 정원 안마당에서부터 어머니를 그렇게 불렀다. 그런 뒤에 나는 그곳을 떠나 잽싸게 집을 돌아서 달렸다. 그러곤 잠시 후에 다시 순진한 표정을 지으며 나타났다. 그곳에는 어머니가 영문을 모르겠다는 표정으로 서 있었다. 어머니는 내게 아버지를 봤느냐고 물었다. 어머니가 내 목소리를 아버지 목소리로 착각한 것이 내게는 하나의 승리였다. 그리고 내게는 집에 막 돌아온 아버지를 붙들고 어머니가 귀신이 곡할 노릇이라고 한 그 사건을 나 혼자만의 비밀로 간직할 힘이 있었다.

부모님은 추호도 나를 의심하지 않았다. 하지만 이 시절에 품었던 수많은 열렬한 소망 중에서도 부모님의 비밀 언어를 알아듣는 것이 내게는 가장 간절한 소망으로 남았다. 그에 대해 왜 내가 아버지를 조금도 원망하지 않았는지는 설명할 길이 없다. 아마도 내 깊은 원망은 어머니에게로 향했던 것 같다. 그 원망은 몇 년 뒤 아버지가 돌아가신 후에 어머니가 직접 내게 독일어를 가르쳐준 후에야 비로소 사라졌다.

어느 날 정원 안마당이 연기로 가득 찼다. 우리 집에서 일하던 소녀 몇이 거리로 뛰어나갔다. 소녀들은 얼마 지나지 않아 이웃집에 불이 났다는 소식을 가지고 몹시 흥분해서 돌아왔다. 이웃집이 이미 완전히 화염에 휩싸였으며, 다 타서 무너져 내리고 있다는 것이었다. 곧이어 우리 집 안마당을 둘러싼 저택 세 채가 모두 텅 비게 되었다. 절대로 소파에서 일어나는 법이 없는 할머니를 제외한 집안 식구들 모두 밖으로 나가 불이 난 쪽으로 달려갔다. 얼마나 급했던지 사람들은 나를 잊어버렸다. 완전히 혼자라는 사실에 나는 겁이 났다. 나도 직접 가보고 싶었다. 아마도 불 쪽으로, 아마도 내가 본 모든 사람이 달려간 방향으로 조금만 더 말이다. 나는 열려 있는 정원 문을 지나 거리로 나갔다. 그건 내게 금기였다. 나는 인파에 휘말렸다. 다행히도 우리 집에서 일하는 소녀 중 가장 나이 많은 둘을 곧 만났다. 이 세상의 그 무엇도 그들의 앞길을 막을 수 없을 것이었다. 소녀들은 나를 자기들 사이에 밀어 넣고는 길을 재촉했다. 불에서 조금 떨어진 곳에 소녀들이 멈춰 섰다. 아마도 나를 위험에 빠뜨리지 않기 위해서였던 것 같다. 거기서 나는 난생처음 불타는 집을 보았다. 집은 이미 전소된 상태였다. 대들보가 쓰러지고 불꽃이 튀었다. 불은 저녁 무렵까지 계속되었다. 날은 점점 어두워지고, 불길은 점점 더 환해졌다. 하지만 불타는 집보다 더 인상적이었던 것은 그 주변에서 움직이는 사람들이었다. 내가 서 있는 곳에서 사람들은 작고 검게 보였다. 사람들이 정말 많았는데, 모두 우왕좌왕했다. 몇 사람은 집 가까이에 있었고, 또 몇 사람은 집에서 멀어지고 있었다. 집에서 멀어지고 있는 이들은 전부 등에 무언가를 지고 있었다. "도둑이야!" 소녀들이 말했다. "저들은 도둑이야! 미처 챙기지 못한 짐을 저치들이 집에서 꺼내 가고 있어!" 소녀들은 화재 못지않게 그 사실에도 흥분했다. 계속해서 "도둑이야!"를 외치며, 자신들의 흥분을 내게 전염시켰다. 작고 검은 형체들은 지치지도 않았다. 그 형체들은 등을 잔뜩 구부린 채 그곳에서 사방으로 흩어졌다. 어깨에 자루를 진 사람들도 있었고, 무엇인지는 알아볼 수 없으나 각진 물건의 무게 때문에 등을 구부리고 뛰는 사람들도 있었다. 저들이 무얼 들고 있는 거냐고 내가 물어도, 소녀들은 계속해서 "도둑이야! 저치들 도둑이야!"만 되풀이했다.

잊히지 않는 기억으로 내게 남은 이 광경은 훗날 어떤 화가의 그림에 합쳐져버렸다. 그래서 나는 원래의 광경이 무엇이고, 또 그 그림들에서 추가된 것이 무엇인지 더는 말할 수 없을 것 같다. 빈에서 브뤼헐의 그림 앞에 섰을 때 나는 열아홉 살이었다. 나는 곧바로 어린 시절 그 불 옆에 있던 수많은 작은 사람들을 떠올렸다. 내게는 그 그림들이 매우 익숙했기에 내가 항상 그림들 사이에서 움직였던 것처럼 느껴졌다. 나는 그 그림들에 엄청난 매력을 느꼈다. 그래서 매일 그곳으로 향했다. 마치 15년이라는 세월이 그 사이에 존재하지 않는 것처럼, 그 화재와 함께 시작된 내 삶의 일부가 이 그림들 속에서 곧바로 이어졌다. 브뤼헐은 내게 중요한 화가가 되었다. 하지만 나는 그를 나중에 접한 다른 많은 화가들처럼 관찰과 숙고를 통해 익히지 않았다. 나는 내 안에서 그를 발견했다. 내가 틀림없이 자신에게 올 것이라 확신하며, 오랫동안 그가 나를 기다려온 것만 같았다.

## 살무사와 문자

어린 시절의 기억 중 하나는 어떤 호숫가에서 펼쳐진다. 나는 넓은 호수를 보고 있다. 흐르는 눈물 사이로 그 호수를 바라보고 있다. 부모님과 내 손을 잡은 한 소녀가 호숫가 보트 옆에 서 있다. 부모님이 이 보트를 타고 호수로 갈 거라고 말한다. 나는 보트에 기어오르기 위해 소녀의 손아귀에서 벗어나려 한다. 나도 갈래, 나도 갈래. 하지만 부모님은 나는 같이 갈 수 없다고 말한다. 나는 내 손을 잡은 소녀와 함께 남아야 한다. 내가 운다. 그들이 나를 설득한다. 나는 더 크게 운다. 한참을 그러고 있다. 그들은 냉정하다. 나를 놓아주지 않는 소녀의 손을 내가 물어버린다. 부모님이 화가 나서 나를 소녀 곁에 남겨둔다. 하지만 이제는 벌로. 부모님이 보트 속으로 사라진다. 나는 있는 힘을 다해 큰 소리로 부모님을 부른다. 이제 부모님은 멀리 있다. 호수가 점점 더 커진다. 모든 것이 눈물 속으로 녹아든다.

뵈르터호수였다. 나는 세 살이었다. 그 일로 나는 두고두고 뒷말을 들었다. 우리가 그 이듬해 여름을 보냈던 트란실바니아의 브라쇼브로부터 나는 숲, 산, 성이며, 성이 있는 언덕 주변에 자리한 집들을 바라본다. 나 자신은 이 그림 속에 등장하지 않는다. 하지만 당시에 아버지가 들려줬던 뱀 이야기는 내 기억 속에 남았다. 아버지는 빈으로 가기 전에 브라쇼브의 기숙사에 살았다. 기숙사가 있던 지역에는 살무사가 많았다. 농부들은 뱀에게서 벗어나고 싶었다. 남자아이들은 뱀 잡는 법을 배웠으며, 죽은 살무사 한 자루에 2크로이처*를 받았다. 아버지는 뱀이 사람에게 아무 짓도 못 하도록 어떻게 대가리 바로 뒤쪽을 잡아 자루에 넣고 때려죽이는지를 내게 보여줬다. 아버지는 방법을 한번 이해하면 쉽다며, 전혀 위험하지 않다고 했다. 나는 아버지에게 매우 감탄했으며, 자루 속의 뱀이 정말로 완전히 죽었는지를 궁금해했다. 나는 뱀이 죽은 척했다가 갑자기 자루 밖으로 튀어나올까 봐 무서웠다. 아버지는 자루를 꽉 묶었으며, 죽은 게 틀림없다고 했다. 그렇지 않았다면 2크로이처를 받을 수 없었을 거라고 했다. 나는 어떤 것이 완전히 죽을 수 있으리라고 생각하지 않았다.

그렇게 우리는 옛 오스트리아-헝가리 제국 지역의 카를로비바리, 뵈르터호수 가, 브라쇼브에서 3년 연달아 여름휴가를 보냈다. 서로 멀리 떨어져 있는 이 세 지역을 연결하여 삼각형을

* 13~19세기에 독일 남부, 오스트리아, 스위스에서 쓰였던 화폐의 단위.

만들면 그 안에 옛 제국 시절이 잔뜩 담겨 있었다.

루세에 살았던 어린 시절부터 오스트리아가 우리에게 끼친 영향에 대해서는 이야기할 게 많을 것이다. 부모님이 모두 빈에서 학교에 다녔다는 것, 부모님끼리는 독일어로 이야기했다는 것이 다가 아니었다. 아버지는 매일 『노이에 프라이에 프레세』를 읽었다. 아버지가 천천히 신문을 펼치는 순간은 위대했다. 신문을 읽기 시작하면 아버지는 내게 더는 눈길도 주지 않았다. 나는 어떤 경우에도 아버지가 내 말에 대답하지 않으리란 걸 알고 있었다. 어머니 역시 아버지에게 아무것도 묻지 않았다. 독일어로도 묻지 않았다. 나는 신문의 그 무엇이 아버지를 그토록 사로잡는 건지 궁금했다. 처음에는 냄새가 범인이리라고 생각했다. 혼자 있을 때면, 또 아무도 나를 보지 않으면 나는 의자 위로 기어 올라가 열심히 신문 냄새를 맡았다. 그러다 아버지의 고개가 신문지를 따라 움직이고 있다는 걸 알게 되었다. 아버지가 테이블 위 두 손 사이에 들고 있는 신문지가 내 눈앞에는 없지만, 아버지의 뒤쪽 마룻바닥에 앉아 놀 때 나는 아버지의 등 뒤에서 아버지 흉내를 냈다. 한번은 막 도착한 손님이 아버지를 불렀다. 아버지가 돌아섰다. 그러곤 내가 가짜로 읽는 시늉을 하는 걸 보게 되었다. 아버지는 방문객을 살피기 전에 먼저 내게 말을 건넸다. 수많은 깨알 같은 글자를 손가락으로 톡톡 치면서 글자가 중요한 거라고 내게 설명했다. 나도 곧 글자를 배우게 될 거라고 했다. 아버지는 글자를 향한 채워지지 않는 갈망을 내 안에 불러일으켰다.

나는 그 신문이 빈에서 온다는 걸 알고 있었다. 먼 곳이었는데, 그곳까지는 도나우강을 타고 나흘을 가야 했다. 사람들이 종종 명의의 진료를 받기 위해 빈으로 간 친척 이야기를 했다. 그때 들은 위대한 전문의들의 이름이 내가 어린 시절 접한 최초의 유명 인사들이었다. 나중에 빈에 가서 나는 로렌츠, 슐레징어, 슈니츨러, 노이만, 하예크, 할반 등 이 모든 이름이 실존 인물들이라는 사실에 놀랐다. 나는 한 번도 그 이름들을 육체와 결부 지어 상상해본 적이 없었다. 그 이름들을 구성하는 것은 바로 그들의 말이었으며, 그 말은 매우 큰 영향력을 지녔다. 그들에게로 가는 길은 머나먼 여정이었다. 그들의 말이 내 주변 사람들에게 일으키는 변화는 가히 혁명적이어서, 그 이름들은 사람들이 두려워하며 도움을 호소하는 영적인 존재로부터 무언가를 넘겨받았다. 그 이름들로부터 돌아오면 특정한 음식물만 허락되었으며, 다른 것은 금지되었다. 나는 그 이름들이, 아무도 알아듣지 못하며 그 뜻을 알아맞혀야 하는 고유한 언어로 이야기한다고 상상했다. 그 언어가 부모님에게서 듣고, 또 알아듣지도 못하면서 남몰래 혼자 연습하는 그 언어와 같으리라고는 생각하지 못했다.

종종 언어에 관한 이야기들이 있었다. 우리 도시에서만도 일고여덟 가지 다양한 언어가 사용되었다. 누구나 그 언어들을 조금씩은 알아들었다. 시골에서 올라온 어린 소녀들만이 유일하게 불가리아어만 했다. 그래서 그 소녀들이 무식하다고 여겼다. 모두가 자신이 구사할 줄 아는 언어들을 줄줄이 읊어댔다. 많은 언어를 할 줄 아는 게 중요했다. 언어 능력으로 자기 자신과 다른 사람의 목숨을 구할 수도 있었다.

예전에 상인들은 여행길에 오를 때 가진 돈을 전부 가죽 전대에 넣어 몸에 둘렀다. 그들은 도나우강 증기선도 탔다. 위험한 일이었다. 외증조할아버지는 갑판 위에서 잠든 척하며, 그리스어로 살인 음모를 꾸미는 두 남자의 대화를 엿들었다. 두 남자는 증기선이 다음 도시에 가까워지면 객실에 있는 상인 하나를 습격해 살해하고 묵직한 전대를 훔친 뒤 선실 창밖으로 시체를 던지고는, 증기선이 정박하는 즉시 배를 뜨려고 했다. 외증조할아버지는 선장에게 가서 자신이 그리스어로 들은 바를 이야기했다. 그 상인에게 이 사실을 알렸고, 승무원 하나가 비밀리에 그 객실에 잠복했다. 다른 이들은 바깥에 배치되었다. 두 살인 공모자는 계획을 실행하려는 순간 붙잡혔고, 훔친 돈을 가지고 도망치려 했던 항구에서 사슬에 묶인 채 경찰에 넘겨졌다. 그러니까 그리스어를 할 줄 알았기 때문에 그 위험을 막을 수 있었던 것이다. 그 밖에도 언어와 관련된 교훈적인 이야기들이 많았다.

## 살인 기도

사촌 라우리카와 나는 소꿉친구였다. 라우리카는 옆집에 사는 조피 고모의 막내딸이었지만, 나보다 네 살이 많았다. 정원 안마당은 우리의 영토였다. 라우리카는 내가 거리로 뛰어나가지 않도록 조심했다. 하지만 정원 안마당은 넓었고, 그 안에서는 어디든 가도 되었다. 딱 하나 우물 가장자리로 올라가는 것만 금지되어 있었다. 언젠가 아이 하나가 거기서 떨어져 익사했다. 우리는 다양한 놀이를 함께했으며, 사이가 좋았다. 마치 우리 둘 사이에 나이 차가 없는 것 같았다. 아무에게도 말하지 않은 우리 둘만의 은신처가 있었다. 우리는 그곳에 작은 물건들을 함께 숨겼다. 한 사람 것은 다른 사람 것이기도 했다. 선물을 받으면 나는 그걸 들고 곧장 뛰어가며 말했다. "라우리카한테 보여줘야 해!" 우리는 어떤 은신처에 그것을 보관할지 상의했다. 우리는 절대로 싸우는 법이 없었다. 나는 라우리카가 원하는 대로 했고, 라우리카는 내가 원하는 대로 했다. 우리는 서로를 너무도 좋아해서 항상 같은 것을 원했다. 나는 라우리카가 그저 계집아이일 뿐이라거나 막내라는 느낌을 가지지 않도록 했다. 내 동생이 태어나고 내가 바지를 입게 되면서, 나는 장남으로서의 품격을 매우 의식하고 있었다. 아마도 그 사실이 우리가 나이 차를 극복하는 데 도움이 되었던 것 같다.

그러다가 라우리카가 학교에 가게 되어 오전에는 집에 없었다. 라우리카의 빈자리가 너무도 컸다. 나는 혼자 놀면서 라우리카를 기다렸다. 라우리카가 집에 오면, 나는 정문에서 바로 붙잡아 학교에서 뭘 했는지 마구 물어댔다. 라우리카는 내게 학교에서 있었던 일을 이야기해줬다. 나는 학교생활을 상상했다. 그리고 라우리카와 함께 있기 위해 학교에 가기를 바랐다. 얼마 뒤 라우리카는 공책을 들고 돌아왔다. 라우리카는 읽기와 쓰기를 배웠다. 라우리카는 내가 보는 앞에서 엄숙하게 공책을 펼쳤다. 공책에 파란색 잉크로 쓴 글자들이 있었는데, 내가 본 그 어떤 것보다 그 글자들이 나를 더 매료시켰다. 하지만 내가 공책에 손을 대려 하자 라우리카는 갑자기 근엄해졌다. 나는 만지면 안 되고 자기만 된다는 것이었다. 자기한테는 다른 사람에게 공책을 주는 것이 금지되어 있다고 했다. 이 최초의 거절에 나는 몹시 당황했다. 라우리카에게 애원하여 얻어낸 거라곤 고작 만지지 않고 손가락으로 글자들을 가리켜도 된다는 게 전부였다. 나는 그 글자들이 무슨 뜻인지 물었다. 딱 한 번 그때에만 라우리카는 대답하며 설명해줬다. 하지만 나는 라우리카도 확실히 알지 못하며 앞뒤가 맞지 않는다는 걸 알아차렸다. 나는 라우리카가 공책을 뒤로 숨긴 것에 상처를 받았기 때문에 이렇게 말했다. "넌 그걸 하나도 모르잖아! 넌 나쁜 학생이야!"

그때부터 라우리카는 공책을 내게서 멀리 치웠다. 라우리카는 곧 더 많은 공책을 가지게 되었고, 나는 이 공책들 하나하나가 다 부러웠다. 라우리카는 내가 부러워한다는 걸 잘 알고 있었다. 그리고 끔찍한 놀이가 시작되었다. 라우리카는 나를 완전히 다르게 대했으며, 내가 어리다는 걸 느끼게 했다. 내가 매일 공책을 보여달라고 조르도록 유도했고, 또 매일 거절했다. 라우리카는 나를 속여서 기대하게 하는 법, 더 오래 괴롭히는 법을 잘 알고 있었다. 누구도 그 방식은 예상하지 못했다 할지라도, 라우리카의 그런 행동이 파국을 맞이하게 되었다는 사실이 나는 놀랍지 않다.

가족 그 누구도 잊을 수 없는 그날, 나는 여느 때처럼 정문에 서서 라우리카를 기다렸다. "글자 좀 보여줘." 라우리카가 나타나기 무섭게 나는 졸라댔다. 라우리카는 아무 말도 하지 않았다. 나는 이제 다시 시작이라는 걸 알았다. 그 누구도 이 순간 우리를 떼어놓을 수 없을 것이었다. 라우리카는 천천히 가방을 내려놓고는 천천히 공책을 꺼내 천천히 넘겼다. 그러다 갑자기 내 코앞으로 공책을 잽싸게 들이밀었다. 나는 공책을 잡으려 했다. 라우리카는 공책을 뒤로 숨기곤 달아나버렸다. 라우리카가 멀찍이 떨어진 곳에서 내 쪽으로 공책을 내밀며 외쳤다. "넌 너무 어려! 너무 어리다고! 넌 아직 못 읽어!"

나는 라우리카를 잡으려고 했다. 라우리카를 쫓아 이리저리 뛰었다. 나는 공책을 보여달라고 애걸복걸했다. 가끔 라우리카가 내게 아주 가까이 다가왔다. 그래서 나는 공책을 잡을 수 있다고 생각했다. 마지막 순간에 라우리카가 공책을 잡아채곤 달아나버렸다. 나는 교묘한 작전을 펼쳐 그다지 높지 않은 담장 그늘로 라우리카를 몰 수 있었다. 라우리카는 그곳에서 더는 빠져나갈 수 없었다. 그때 나는 라우리카를 붙잡고 극도로 흥분해서 소리 질렀다. "공책 줘! 공책 달라고! 공책 내놔!" 이 말은 공책과 글자 모두를 달라는 뜻이었다. 내게 그 둘은 같은 것이었다. 라우리카는 공책을 든 팔을 머리 위로 치켜들었다. 라우리카는 나보다 훨씬 컸는데, 담장 위에 공책을 올려놔버렸다. 내 손은 위에 닿지 않았다. 나는 너무 작았다. 나는 폴짝폴짝 뛰며 헐떡거렸다. 아무 소용 없었다. 라우리카가 그 옆에 서서 조롱하듯 웃었다. 나는 라우리카를 세워둔 채 갑자기 집을 빙 둘러싼 긴 길을 돌아 아르메니아인 하인의 도끼를 가지러 부엌 안마당으로 갔다. 그 도끼로 라우리카를 죽이고 싶었다.

부엌 안마당에는 패인 장작이 층층이 쌓여 있었다. 도끼는 그 옆에 놓여 있었다. 아르메니아인은 없었다. 나는 도끼를 높이 들어 앞으로 내밀고는 그 긴 길을 지나 정원 안마당으로 행진해 갔다. 입으로는 계속 반복해서 살인의 노래를 흥얼거렸다. "아고라 보 마타르 아 라우리카! 아고라 보 마타르 아 라우리카! Agora vo matar a Laurica! Agora vo matar a Laurica!"—"이제 나는 라우리카를 죽이리! 이제 나는 라우리카를 죽이리!"

내가 돌아왔을 때, 도끼 잡은 두 손을 앞으로 내밀고 있는 나를 본 라우리카가 비명을 지르며 도망쳤다. 라우리카는 마치 내가 이미 도끼로 내리쳐서 자기에게 명중이라도 한 것처럼 크게 비명을 질렀다. 라우리카는 잠시도 멈추지 않고 계속 소리를 질러댔다. 라우리카의 더 크게 내지른 비명이 내 전사의 구호를 쉽게 압도해버렸다. 나는 줄기차고 단호하게, 하지만 유달리 크지는 않은 목소리로 계속 중얼거렸다. "아고라 보 마타르 아 라우리카!"

할아버지가 산책용 지팡이를 들고 집 밖으로 뛰쳐나와 내게로 달려와선 내 손에서 도끼를 빼앗았다. 그러곤 나를 크게 야단쳤다. 이제 정원 안마당을 둘러싼 세 집이 모두 웅성거렸다. 각 집에서 사람들이 나왔다. 아버지는 출타 중이었지만, 어머니는 그 자리에 있었다. 가족회의가 열렸고, 살인을 하려 한 아이에 대해 논의했다. 나는 라우리카가 나를 심하게 괴롭혔다고 길게 변론할 수 있었다. 하지만 라우리카를 죽이려고 다섯 살짜리가 도끼를 집어 들었다는 사실, 심지어 내가 그 무거운 도끼를 그런 식으로 들고 왔다는 사실을 누구도 믿을 수 없었다. 나는 사람들이 내게 글자가 매우 중요하다는 사실을 알아차렸다고 생각한다. 유대인들이었다. '경전'은 유대인들에게 큰 의미가 있었다. 그래도 내 안에 몹시 사악하고 위험한 무언가가 있음이 분명했다. 그것이 내가 소꿉친구를 살해할 마음을 먹게 할 수 있었던 것이다.

나는 엄한 벌을 받았지만, 당신조차도 많이 놀랐던 어머니가 나를 위로하며 말했다. "너는 직접 읽고 쓰는 법을 곧 배우게 될 거야. 학교에 들어갈 때까지 기다릴 필요 없단다. 미리 그 전에 배워도 돼."

내 살인 기도와 아르메니아인 하인의 운명 사이의 관련성은 아무도 알아차리지 못했다. 나는 아르메니아인 하인과 그가 부르는 구슬픈 노래의 선율과 가사를 사랑했다. 나는 그가 장작 팰 때 쓰는 도끼를 사랑했다.

## 여행을 향한 저주

라우리카와의 관계는 그래도 완전히 망가지지는 않았다. 라우리카는 나를 믿지 못했다. 학교에서 돌아올 때면 나를 피했으며, 내 앞에서 가방을 열 때는 매우 조심했다. 나는 라우리카의 글자에 더는 관심이 없었다. 라우리카를 죽이려 한 후로 나는 라우리카가 형편없는 학생이며, 자기가 잘못 쓴 글자를 보여주고 싶어 하지 않는 거라고 확신하고 있었다. 어쩌면 나 자신에게라도 그렇게 말하며 자존심을 지킬 수 있었던 것 같다.

라우리카는 내게 끔찍한 복수를 했다. 하지만 라우리카는 그

때도, 또 나중에도 그것을 완강하게 부인했다. 라우리카를 잘 봐준다고 해도 기껏해야, 자기가 뭘 했는지 아마 몰랐던 것 같다고 해주는 게 다일 것이다.

집 안에서 사용하는 물 대부분은 도나우강에서 거대한 통에 담아 위로 날라 왔다. 마차에 특수하게 장착된 통을 나귀가 끌었다. 아무것도 지지 않는 '물지게꾼'은 그 옆에서 채찍을 들고 앞장섰다. 집 정문 앞에서 돈을 조금 내고 물을 내린 후, 커다란 솥에 붓고 끓였다. 펄펄 끓는 물이 담긴 솥을 집 전면의 기다란 테라스로 옮겨, 식을 때까지 적당한 시간을 그곳에 두었다.

라우리카와 내 관계는 어느 정도 다시 회복되어, 우리는 가끔 술래잡기를 하기도 했다. 한번은 뜨거운 물이 담긴 솥이 여러 개 놓여 있었다. 우리는 솥 사이를 이리저리 뛰어다니다가 솥에 너무 가까이 갔다. 라우리카는 어느 솥 바로 옆에서 나를 잡자 밀쳐버렸다. 나는 뜨거운 물에 빠지고 말았다. 머리를 제외하고 온몸을 데었다. 자지러지는 비명을 들은 조피 고모가 나를 꺼내곤 옷을 끌어 내렸다. 내 살갗도 전부 같이 벗겨졌다. 사람들은 내가 죽을까 걱정했다. 나는 여러 주 동안 엄청난 통증 속에 누워 있었다.

당시에 아버지는 영국에 있었다. 그것이 내게는 최악의 일이었다. 나는 내가 죽을 게 틀림없다고 생각했다. 큰 소리로 아버지를 불렀다. 다시는 아버지를 못 볼 거라며 울부짖었다. 그 사실이 통증보다도 더 고통스러웠다. 이 통증에 대해서는 아무것도 기억나지 않는다. 통증은 더 이상 느껴지지 않는다. 하지만 아버지를 향한 절망적인 그리움은 여전히 생생하다. 나는 아버지가 내게 일어난 일을 모를 거라고 생각했다. 그래서 사람들이 그렇지 않다고 단언할 때 소리 질렀다. "아버지는 왜 안 오는 거야? 왜 안 오는 거냐고? 아버지가 보고 싶어!" 사람들은 아버지가 우리의 이민을 준비하러 맨체스터에 도착한 지 며칠 안 되었기 때문에 아마도 망설였던 것 같다. 어쩌면 내 상태가 혼자서도 좋아질 거라고, 아버지가 바로 돌아올 필요가 없다고 생각했던 것 같다. 하지만 내 소식을 바로 알게 되었다고 해도, 그래서 곧바로 돌아섰다고 해도 긴 여행길이었기에 아버지가 즉시 도착할 수는 없었다. 사람들은 하루하루 나를 달랬다. 그러다 내 상태가 나빠지자 시시각각으로 달랬다. 사람들 말로 내가 마침내 잠들었다던 어느 밤, 나는 침대에서 벌떡 일어나 입고 있던 옷을 몽땅 다 벗어 던졌다. 그러곤 통증에 신음하는 대신 아버지를 찾았다. "콴도 비에네? 콴도 비에네?Cuando viene? Cuando viene?"—"아버지는 언제 와? 아버지는 언제 와?" 나를 간호하던 어머니와 의사 선생님을 비롯한 모두가 내게는 아무 상관이 없었다. 나는 그들을 쳐다보지 않는다. 나는 그들이 뭘 하는지 모른다. 당시에 분명 사람들이 내게 신중한 조치를 많이 취했을 테지만, 나는 그런 것은 알아차리지 못했다. 오직 한 가지만 생각했다. 그것은 한 가지 생각 그 이상의 것, 모든 것이 빨려 들어간 상처였다. 아버지.

그때 아버지 목소리가 들렸다. 아버지가 내 등 뒤에서 다가왔다. 나는 엎드려 있었다. 아버지가 나지막이 내 이름을 불렀다. 아버지가 침대 옆을 서성였다. 나는 아버지를 보았다. 아버지가 내 머리 위에 살며시 손을 얹었다. 아버지였다. 나는 아프지 않았다.

이 순간부터 일어난 모든 일을 나는 이야기로만 알고 있다. 그 상처는 기적으로 변했다. 회복이 시작되었다. 아버지는 두 번 다시 떠나지 않겠다고 약속했고 그 뒤로 몇 주나 내 곁을 지켰다. 의사 선생님은 아버지가 나타나지 않았다면, 계속해서 내 곁을 지키지 않았다면 내가 죽었을 거라고 굳게 믿었다. 의사 선생님은 이미 나를 포기한 상태였다. 그러면서도 아버지가 돌아와야 한다고 주장했다. 그게 의사 선생님이 기대할 수 있는, 하지만 그다지 확신할 수는 없는 유일한 희망이었다. 우리 3형제가 태어날 때 우리를 받은 분이었다. 훗날 그 의사 선생님은 당신이 경험한 출생 중에서 나의 이 부활이 가장 어려웠다고 이야기하곤 했다.

그 일이 있기 몇 달 전인 1911년 1월 막냇동생이 태어났다. 출산은 순조로웠다. 어머니는 막냇동생에게 직접 젖을 먹일 정도로 꽤 건강했다. 그 직전의 출산 때와는 완전히 달랐다. 출산이 순조롭게 진행되었기 때문에 이 일로 큰 소동은 없었다. 그래서 어머니는 아주 잠깐만 관심의 중심에 있었다.

나는 엄청난 일이 벌어지고 있다는 걸 느꼈다. 부모님의 대화 톤이 달랐다. 단호하고 진지하게 들렸다. 부모님이 내 앞에서 늘 독일어로만 이야기한 건 아니었다. 종종 영국에 관한 이야기가 있었다. 나는 막냇동생을 새 영국 국왕의 이름을 따 조르주라고 부를 거라는 사실을 알게 되었다. 나는 그 이름이 마음에 들었다. 무언가 의외의 것이기 때문이었다. 하지만 할아버지 마음에는 썩 들지 않았다. 할아버지는 성경에 나오는 이름을 원했고, 또 고집했다. 나는 부모님이 양보하지 않겠다고 말하는 걸 들었다. 당신들의 아이이며, 당신들이 원하는 대로 부를 거라고 했다.

할아버지를 향한 반란은 얼마 전부터 이미 진행되고 있었다. 하지만 그 이름을 선택한 건 할아버지에 대한 공개적인 선전포고였다. 어머니의 오빠 두 분이 맨체스터에 회사를 차렸다. 사업은 빠르게 번창했다. 그런데 외삼촌 중 한 분이 갑자기 돌아가셨다. 남은 한 분이 아버지에게 동업자로 영국에 올 것을 제안했다. 부모님에게 그 제안은 당신들에겐 너무 좁고 또 너무 동양적인 루세와, 그보다 더 답답하게 조여드는 할아버지의 폭정에서 벗어날 수 있는 절호의 기회였다. 부모님은 곧바로 그 제안을 수락했다. 하지만 말하기는 쉬워도 행동하기는 어려운 일이었다. 부모님과 단 한 명의 아들도 절대 내놓지 않으려는 할아버지 사이에 끔찍한 전쟁이 시작되었다. 나는 반년 동안 이어졌던 이 전쟁의 세세한 부분까지는 알지 못한다. 하지만 집안 분위기가, 특히 집안사람들이 서로 마주칠 수밖에 없는 정원 안마당의 분위기가 달라졌다는 건 느꼈다.

할아버지는 정원 안마당에서 기회가 있을 때마다 나를 끌어안고는 입을 맞추며 누구라도 볼 것 같으면 뜨거운 눈물을 흘리며 울었다. 나는 뺨에서 느껴지는 이 과도한 축축함이 전혀 좋지 않았다. 할아버지가 아무리 내가 당신이 가장 사랑하는 손자이며, 나 없이는 살 수 없다고 계속 말해도 그건 싫었다. 부모님은 할아버지가 내게 영국에 대한 거부감을 심어주려 한다는 걸 눈치챘다. 그래서 그걸 막기 위해 영국에서의 삶이 얼마나 멋질지 내게 이야기했다. "거기 사는 사람들은 모두 정직해." 아버지가 말했다. "누가 뭔가를 말하면, 그걸 행동으로도 옮긴단다. 손을 들어 맹세할 필요가 전혀 없어." 나는 아버지 편이었다. 어떻게 그러지 않을 수 있었겠는가. 영국에 가면 곧바로 학교에 다니면서 읽고 쓰는 법을 배우게 될 거라고 아버지가 내게 약속할 필요도 없었을 것이다.

할아버지는 아버지에게, 특히 어머니에게는 나를 대하는 것과 다르게 행동했다. 할아버지는 이 모든 이민 계획을 꾸민 사람이 어머니라고 생각했다. 그래서 언젠가 어머니가 할아버지에게 "그래요! 우리는 루세에서의 삶을 더는 못 견디겠어요. 우리 둘 다 여기서 떠나고 싶다고요!"라고 말했을 때, 할아버지는 어머니에게서 등을 돌려버렸다. 그러곤 어머니에게 다시는 어떤 말도 하지 않았다. 우리가 아직은 그곳에 살던 몇 달 동안 할아버지는 어머니를 공기처럼 취급했다. 하지만 계속 상점에 출근해야 했던 아버지에게는 엄청난 분노를 표출했다. 그 분노는 무시무시했고, 한 주 한 주 더 과격해졌다. 당신이 아무것도 바로잡을 수 없다는 걸 깨닫자 할아버지는 우리가 떠나기 며칠 전 정원 안마당에서, 그곳에 자리한 친척들이 잔뜩 겁먹은 채 듣고 있는 가운데 장엄하게 당신의 아들을 저주했다. 나는 그 일에 대해 친척들이 자기들끼리 하는 말을 들었다. 그들은 자기 아들을 저주하는 아버지보다 더 무서운 건 없을 거라고 말했다.

# 제2부
# 맨체스터
# 1911～1913

## 벽지와 책
## 머지강 변 산책

아버지가 돌아가신 후 몇 달을 나는 아버지 침대에서 잤다. 어머니를 혼자 두는 건 위험했다. 누가 나를 어머니의 삶을 지키는 경비병으로 세울 생각을 했는지는 모르겠다. 어머니는 많이 울었다. 그리고 나는 어머니의 울음소리를 들었다. 나는 어머니를 위로할 수 없었다. 어머니는 슬픔을 가눌 수 없었다. 어머니가 일어나 창가로 가서 서면 나는 벌떡 일어나 어머니 옆으로 가서 섰다. 나는 어머니를 양팔로 꼭 끌어안고 놓지 않았다. 우리는 아무 말도 하지 않았다. 이런 장면들은 말로 진행되지 않았다. 나는 어머니를 꽉 붙잡았다. 어머니가 창밖으로 뛰어내릴지도 몰랐다. 어머니는 나도 데리고 뛰어내려야 했을 것이다. 어머니에겐 나를 데리고 자살할 힘이 없었다. 흥분이 가라앉고 당신의 결심에 절망하여 내게로 돌아설 때면 나는 어머니 몸에서 힘이 빠지는 걸 느꼈다. 어머니는 내 머리를 꽉 끌어안고 대성통곡했다. 어머니는 내가 잔다고 생각했다. 그래서 내가 깨지 않도록 소리 내지 않고 울려고 애를 썼다. 어머니는 내가 은밀하게 깨어 있다는 걸 눈치채지 못했다. 그 정도로 당신의 고통에 침잠해 있었다. 아주 조용히 일어나 조심스럽게 창가로 갈 때 어머니는 내가 깊이 잠들어 있다고 확신했다. 시간이 많이 흘러 이 시절 이야기를 할 때면, 어머니는 내가 당신 바로 옆에 서서 두 팔로 꼭 끌어안을 때마다 매번 놀랐다고 고백했다. 어머니는 내게서 벗어날 수 없었고, 나는 어머니를 놓아주지 않았다. 어머니는 내게 제지당했다. 하지만 나는 내 감시가 어머니를 귀찮게 한다는 걸 느꼈다. 그런 시도를 한 번 이상 하지 않은 밤이 없었다. 한바탕 소동이 있고 나면 우리 둘 다 지쳐 잠들었다. 시간이 가면서 어머니는 나를 차차 존중하게 되었다. 어머니는 결국 많은 부분에서 나를 어른처럼 대하기 시작했다.

몇 달 뒤 우리는 아버지가 돌아가신 버턴가街의 집을 떠나 어머니의 큰오빠가 사는 팰러타인가로 이사했다. 많은 사람이 사는 대저택이었다. 급박한 위험은 지나갔다.

하지만 그 전 버턴가에 살던 시절에 무서운 밤의 장면들만 있었던 건 아니었다. 낮에는 차분하고 고요했다. 저녁 무렵이면 어머니와 나는 노란색 살롱에 놓인 작은 놀이용 테이블에 앉아 야식을 먹었다. 그 용도로 그곳에 가져다 놓은 작은 테이블—원래 살롱에 있던 것이 아니었다—에 우리 둘을 위한 음식이 차려졌다. 차갑게 먹는 간단한 식사였다. 간단하고 맛있는 음식들이 많았다. 불가리아에서 먹던 흰색 양젖 치즈, 오이와 올리브 등 늘 같았다. 당시에 나는 일곱 살이었고, 어머니는 스물일곱이었다. 우리는 점잖고 진지한 대화를 나눴다. 매우 고요했다. 아이들 방처럼 시끄럽지 않았다. 어머니가 내게 말했다. "너는 내 장남이야." 밤마다 나는 어머니에 대한 책임감으로 가득 찼다. 나는 종일 저녁 식사 시간이 오기를 기다렸다. 나는 내가 먹을 것을 스스로 챙겼는데, 어머니처럼 아주 조금만 접시에 담았다. 모든 게 조심스럽고도 빈틈없는 동작으로 진행되었다. 당시의 내 손가락 움직임 하나하나까지 모두 생생하게 기억난다. 하지만 우리가 무슨 이야기를 나눴는지는 더 이상 기억나지 않는다. 자주 반복되었던 "너는 내 장남이야"라는 말까지 잊어버렸다. 어머니의 힘없는 미소가 눈에 선하다. 내 쪽으로 몸을 기울이던 모습이며, 평상시처럼 감정적이지 않고 오히려 자제하는 듯했던 말할 때의 어머니 입 모양이 생생히 떠오른다. 그 식사 시간에는 어머니 내면의 고통이 느껴지지 않았던 걸로 생각된다. 아마도 내가 사려 깊게 어머니 옆에 있다는 사실이 당신의 고통을 누그러뜨렸던 것 같다. 한번은 어머니가 올리브에 대해 무언가를 설명해준 적도 있었다.

그전에 어머니는 내게 그리 중요한 존재가 아니었다. 나는 어머니가 혼자 있는 걸 한 번도 본 적이 없었다. 우리는 가정교사의 보살핌을 받았으며, 항상 위층 아이들 방에서 놀았다. 동생들은 나보다 네 살, 다섯 살 반 어렸다. 막내 조르주는 조그마한 새장을 하나 가지고 있었다. 둘째 니심은 장난꾸러기로 늘 꾸중을 들었다. 니심은 혼자 있기만 하면 뭔가를 꾸몄다. 욕실 수도꼭지를 틀어놔 사람들이 미처 알아차리기도 전에 이미

물이 계단을 타고 1층까지 흘러내린 적이 있었다. 아니면 화장실 휴지를 풀어놔 복도가 온통 휴지로 뒤덮인 적도 있었다. 니심은 항상 새로운 장난, 더 고약한 장난을 꾸몄다. 그 무엇도 니심의 장난을 막을 수 없었기 때문에 사람들은 니심을 '장난꾸러기'라고 불렀다.

유일하게 나만 학교에 다녔다. 발로무어가에 있는 학교로, 랭커셔 교장 선생님이 계셨다. 이 학교에 대해서는 나중에 이야기하도록 하겠다.

집에서 보통 나는 아이들 방에서 혼자 놀았다. 사실은 거의 놀지 않았다. 나는 벽지에게 이야기했다. 벽지의 수많은 짙은 원 문양이 내 눈에는 사람 같아 보였다. 나는 벽지 무늬 사람들이 등장하는 이야기를 지어냈다. 그 사람들에게 이야기도 들려주고, 함께 놀기도 했다. 벽지 사람들과 놀면서는 지쳐본 적이 없었다. 몇 시간이고 그들과 놀 수 있었다. 가정교사가 두 동생을 데리고 외출하면 나는 벽지 옆에 혼자 앉아 관찰했다. 그들과 함께 있는 게 가장 좋았다. 적어도 동생들과 함께하는 것보다는 좋았다. 동생들과 있으면 니심의 장난처럼 늘 어처구니없는 소동과 소란이 벌어졌다. 동생들이 가까이에 있으면 나는 벽지 사람들에게 작은 목소리로 속삭였다. 가정교사가 옆에 있으면 나는 속으로 이야기를 만들어내기만 할 뿐 벽지 사람들을 향해 입도 뻥긋하지 않았다. 그러다가 모두 방을 나가면 잠깐 기다렸다가 거침없이 이야기를 펼쳤다. 곧 이야기 소리가 커지며 격앙되었다. 용감한 행동을 하도록 벽지 사람들을 설득하려 했던 것으로 기억된다. 그들이 거부하면 내가 그런 그들을 경멸하고 있음을 느낄 수 있도록 했다. 격려하기도 하고 나무라기도 했다. 하지만 늘 조금 겁이 났다. 내가 느끼는 감정을 나는 그들의 것으로 돌렸다. 그들은 비겁자였다. 하지만 그들도 함께 놀았고 자기 의견을 말하기도 했다. 특별히 눈에 띄는 부분에 자리한 어떤 무리는 자신들의 주장을 펼치며 내게 저항했다. 그 무리를 설득하는 데 성공했을 때 그건 결코 작은 승리가 아니었다. 가정교사가 생각보다 일찍 돌아와 아이들 방에서 나는 말소리를 들었을 때, 나는 그 무리와 논쟁을 벌이는 중이었다. 가정교사는 재빨리 들어와 현장에서 나를 덮쳤다. 내 비밀은 만천하에 드러났고, 그때부터 나는 늘 산책에 따라나서야 했다. 사람들은 나를 그렇게 오래 혼자 두는 게 건강에 좋지 않다고 생각했다. 커다란 소리로 펼쳐졌던 벽지 세상의 영화는 끝나고 말았다. 하지만 나는 집요했다. 나는 동생들이 방에 같이 있을 때도 조용히 내 이야기를 펼치는 것에 익숙해졌다. 나는 동생들과 놀면서 동시에 벽지 사람들을 다룰 수 있었다. 오직 내 이런 건강하지 않은 습관을 완전히 없애려는 목표를 가진 가정교사만이 나를 무력화시켰다. 가정교사가 있을 때 벽지 사람들은 입을 다물었다.

하지만 이 시절의 가장 아름다운 대화는 현실 세계의 아버지와 나눈 대화였다. 매일 아침 출근 전에 아버지는 아이들 방으로 와서 아이들 각자에게 꼭 맞는 특별한 말을 해줬다. 아버지는 밝고 유쾌한 사람이었으며 항상 새로운 장난을 생각해냈다. 아침에는 오래 놀 수 없었다. 아버지는 아래층 식당에서 어머니와 함께 아침 식사를 했는데, 그때는 아직 식사 전이었고 신문도 읽기 전이었다. 하지만 저녁이면 아버지는 선물을 들고 왔다. 우리 모두에게 무언가를 가져다줬는데, 하루도 우리 선물 없이 퇴근한 적이 없었다. 아버지는 우리와 더 오랜 시간 함께하며 뛰어놀았다. 아버지는 우리 셋을 활짝 벌린 팔 위에 세우는 걸 가장 좋아했다. 그럴 때 두 동생은 아버지를 꼭 붙잡았다. 나는 잡지 않고 서는 법을 익혀야 했다. 세상 그 누구보다도 아버지를 가장 사랑했지만, 아버지와 이 놀이를 할 때면 나는 늘 조금은 겁을 먹었다.

몇 달 뒤 학교에서 돌아온 내게 장엄하면서도 흥분되는 어떤 사건이 일어났다. 그 사건이 그 뒤로 펼쳐질 내 인생 전체를 결정지었다. 아버지는 내게 책을 한 권 가져다주었다. 아버지가 나만 아이들이 자는 뒷방으로 데리고 가서 설명해줬다. 그 책은 어린이용『아라비안나이트』였다. 책 표지에는 알록달록한 그림이 있었다. 알라딘의 요술 램프였던 것 같다. 아버지는 내게 그 책을 읽으면 얼마나 좋을지를 매우 고무적이면서도 진지하게 이야기했다. 아버지가 이야기를 하나 읽어주셨는데, 책 속의 다른 이야기들도 이 이야기처럼 다 멋지다고 했다. 이제 그 이야기들을 읽어보라고 하며 내가 읽은 것을 저녁마다 이야기해달라고 했다. 그 책을 다 읽으면 아버지가 다른 책을 가져다줄 거라고 했다. 그 말을 두 번 들을 필요는 없었다. 학교에서 이제 막 글 읽는 법을 배웠을 뿐인데도 나는 곧장 그 놀라운 책에 몰두했으며, 매일 저녁 읽은 것에 관해 이야기했다. 아버지는 약속을 지켰다. 항상 새 책이 있었다. 내가 책을 읽지 않은 날은 단 하루도 없었던 게 틀림없다.

모두 같은 규격의 책들로 구성된 어린이용 전집이었다. 각 권 표지의 다채로운 그림만 달랐다. 전집의 글자 크기가 같아서 마치 같은 책을 계속 읽는 것 같았다. 정말 대단한 전집이었다. 어떤 권에도 같은 이야기가 없었다. 나는 모든 이야기의 제목을 기억할 수 있다. 『아라비안나이트』를 읽고 난 후에 『그림 동화』 『로빈슨 크루소』 『걸리버 여행기』, 셰익스피어 이야기, 『돈키호테』, 단테, 『빌헬름 텔』을 읽었다. 단테를 어린이용으로 개작하는 게 도대체 어떻게 가능했는지 궁금하다. 모든 책에 다채로운 그림이 여럿 들어 있었다. 하지만 나는 그 그림들을 좋아하지는 않았다. 이야기가 훨씬 더 좋았다. 오늘날 내가 그 그림들을 알아볼지조차 모르겠다. 훗날의 나를 구성하는 거의 모든 것이, 내 인생 일곱째 해에 아버지를 위해 읽은 그 책들 속에 담겨 있었다는 걸 쉽게 입증할 수 있을 것이다. 이후 내가 벗어나지 못한 인물 중에 오직 오디세우스만 그 책들에서 빠져 있었다.

다 읽고 나면 나는 아버지와 그 책에 관한 이야기를 나눴다. 가끔은 내가 너무 흥분하는 바람에 아버지가 나를 진정시켜야 할 때도 있었다. 아버지는 한 번도 어른들의 방식대로 동화가 가짜라고 이야기한 적이 없었다. 특별히 그 점을 아버지에게 감사한다. 어쩌면 내가 오늘날까지도 여전히 그 이야기들이 진짜라고 생각하는 것 같기도 하다. 나는 『로빈슨 크루소』가 『신드바드의 모험』과 다르다는 걸 잘 알게 됐다. 하지만 두 이야기 중 하나가 다른 하나보다 더 하찮다고 생각하지 않았다. 그런데 단테의 지옥에 대해서는 악몽을 꾸었다. 어머니가 아버지에게 "자크, 그 책을 주지 말았어야 해. 아이에겐 너무 일러"라고 말하는 걸 들었을 때 나는 아버지가 더는 책을 가져다주지 않을까 봐 두려웠다. 나는 꿈 이야기를 비밀로 하게 되었다. 확실치는 않지만 어머니가 내가 벽지 사람들과 자주 이야기하는 것과 책을 연결 짓는다는 생각도 했다. 그때가 내가 어머니를 가장 싫어하던 시절이었다. 위험을 감지할 만큼 나는 영악했다. 책과 아버지와 책에 대해 나누는 대화가 세상에서 내게 가장 중요한 일이 아니었다면, 아마도 벽지 사람들과 큰 소리로 대화하는 걸 그렇게 순순히 위선적으로 포기하지는 않았을 것이다.

아버지는 조금도 흔들리지 않았으며, 단테를 읽고 난 후엔 『빌헬름 텔』을 주었다. 이 책을 읽으며 나는 처음으로 '자유'라는 단어를 접했다. 아버지는 내게 자유에 대해 무언가를 이야기해주었는데, 지금은 기억나지 않는다. 아버지가 영국에 대해 덧붙였던 이야기는 생각난다. 영국에서는 자유롭기 때문에, 그걸 위해 우리가 이곳으로 왔다는 것이었다. 나는 아버지가 영국을 매우 사랑한다는 걸 알고 있었다. 반면에 어머니의 마음은 빈으로 기울어 있었다. 아버지는 영어를 제대로 배우고자 노력했다. 일주일에 한 번 영어 선생님이 집에 왔다. 나는 아버지가 어린 시절부터 유창하게 구사했으며 어머니와 대화할 때 주로 쓰는 독일어를 할 때와 영어를 할 때가 다르다는 것을 알아차렸다. 나는 아버지가 가끔 문장 몇 개를 말하고 또 반복하는 소리를 들었다. 아주 좋은 무언가라도 되는 양 아버지는 그 문장들을 천천히 발음했다. 그 문장들은 아버지에게 즐거움을 주었으며, 아버지는 그 문장들을 되뇌었다. 우리 아이들에게 아버지는 이제 영어로만 이야기했다. 여태 나의 언어였던 스페인어는 뒷전으로 밀려났다. 스페인어는 다른 사람들, 특히 나이 많은 친척들에게서만 들을 수 있었다.

내가 읽은 책에 관한 이야기를 아버지는 영어로만 듣고 싶어 했다. 이 열정적인 독서를 통해 내가 아주 빨리 발전했다고 생각한다. 아버지는 내가 막힘없이 이야기하는 걸 기뻐했다. 아버지의 말에서는 특별한 무게감이 느껴졌는데, 틀리게 말하지 않으려고 아버지가 오래 고민했기 때문이다. 아버지는 마치 책을 읽듯 이야기했다. 이 시간들을 나는 장엄했던 것으로 기억한다. 이때의 아버지는 아이들 방에서 놀며 끊임없이 새로운 장난을 생각해낼 때와는 완전히 달랐다.

아버지에게서 직접 받은 마지막 책은 나폴레옹에 관한 것이었다. 영국 관점에서 쓰인 책으로 나폴레옹은 온 나라들을, 특히 영국을 지배하려 했던 악한 전제군주로 그려져 있었다. 아버지가 돌아가셨을 당시에도 나는 이 책을 읽고 있었다. 나폴레옹에 대한 내 반감은 그 이후 결코 사라지지 않았다. 아버지에게 그 책에 관한 이야기를 하기 시작했지만, 진도를 그리 많이 나가지는 못했다. 아버지는 『빌헬름 텔』을 다 읽은 후에 바로 그 책을 내게 주었다. 자유에 관한 이야기를 나눈 뒤라 그 책은 아버지에게 작은 실험이었다. 얼마 지나지 않아 내가 몹시 흥분해서 나폴레옹에 관해 이야기하자 아버지는 말했다. "기다려라, 얘야, 너무 이르다. 조금 더 읽어보렴. 그러면 완전히 달리 보일 거야." 그때가 나폴레옹이 아직 황제가 되기 전이었다는 걸 나는 분명히 기억한다. 아마도 일종의 시험이었던 것 같다. 아마도 아버지는 내가 제왕적인 장엄함에 저항하는지 보고 싶었던 것 같다. 나는 아버지가 돌아가신 후에 그 책을 다 읽었다. 아버지가 선물해준 다른 책들처럼 그 책을 셀 수 없이 여러 번 다시 읽었다. 권력에 대해선 그렇게 많이 인식하지 못했다. 권력에 대한 내 첫 이미지는 이 책에서 생겨났다. 나는 나폴레옹의 이름을 들을 때마다 아버지의 갑작스러운 죽음과 연결 짓지 않을 수가 없었다. 나에게 있어 나폴레옹에게 해를 입은 사람 중 가장 위대하면서도 끔찍한 희생자는 내 아버지였다.

일요일이면 아버지는 가끔 나만 데리고 산책을 하곤 했다. 우리가 살던 집에서 그리 멀지 않은 곳에 자그마한 머지강이 흐르고 있었다. 아버지는 붉은색 담장 왼편에 멈춰 섰다. 다른 편의 꽃이 만발하고 풀이 높게 자라 있는 풀밭에는 작은 오솔길이 하나 있었다. 아버지는 풀밭에 해당하는 단어를 알려줬다. '메도meadow'였다. 아버지는 산책할 때마다 내게 그 단어를 물어보았다. 아버지는 이 단어를 특별히 아름답다고 생각했다. 이 단어는 내게 가장 아름다운 영어 단어로 남았다. 아버지가 좋아했던 또 다른 단어는 '아일랜드island(섬)'였다. 영국이 섬이라는 것이 아버지에게는 특별한 의미였던 것 같다. 아마도 아버지는 그 단어를 축복받은 섬으로 이해했던 것 같다. 아버지는 내가 그 사실을 안 지 이미 오래됐을 때도 여전히 내게 그것을 설명해줬다. 우리가 머지강 변의 풀밭을 산책했던 그 마지막 날 아버지는 여느 때와는 다른 이야기를 했다. 아버지는 채근하듯 내게 무엇이 되고 싶으냐고 물었다. 나는 깊게 생각하지 않고 대답했다. "박사요!" 아버지는 "네가 바라는 사람이 될 거다"라고 다정하게 말했다. 그 다정함이 너무도 커서 우리는 한동안 멈춰 섰다. "나나 네 삼촌들처럼 사업가가 될 필요는 없어. 너는 공부를 해서 네 마음에 가장 드는 사람이 될 거란다."

그날 나눈 이 대화를 나는 아버지의 마지막 소망이라고 보았다. 하지만 그 이야기를 할 때 아버지가 왜 그토록 평소와 달랐는지를 당시에는 알지 못했다. 아버지의 삶에 대해 더 알게 된 후에야 비로소 그 말이 당신의 삶을 두고 한 말이었다는 걸 알게 되었다. 빈에서 학교에 다니던 시절 아버지는 열광적으로 부르크테아터를 드나들었으며, 배우가 되고 싶어 했다. 그것은 아버지의 가장 큰 꿈이었다. 조넨탈은 아버지의 우상이었으며, 젊었던 아버지는 어렵사리 그를 만나 당신의 꿈 이야기를 할 수 있었다. 조넨탈은 아버지에게 무대에 서기에는 체격이 너무 작다고 했다. 배우가 그렇게 작으면 안 된다는 것이었다. 인생의 모든 발언이 배우와 같았던 할아버지로부터 아버지는 그 재능을 물려받았다. 하지만 조넨탈의 그 말은 아버지에겐 치명적이었다. 아버지는 그 꿈을 접고 말았다. 아버지는 음악에 소질이 있었으며 목소리도 좋았다. 무엇보다도 바이올린을 사랑했다. 자녀들 위에 무자비한 가부장으로 군림했던 할아버지는 일찌감치 모든 아들들에게 상점 일을 시켰다. 할아버지는 불가리아의 모든 대도시에 아들들이 운영하는 당신 상점의 지점을 두

길 원했다. 아버지가 바이올린 연주에 너무 많은 시간을 할애하자 할아버지는 바이올린을 빼앗아버렸다. 아버지는 당신의 의지와 상관없이 상점으로 출근하게 되었다. 아버지는 상점 일을 좋아하지 않았다. 이윤 같은 건 결코 아버지의 관심을 끌지 못했다. 그렇지만 아버지는 할아버지보다 훨씬 더 유약했고, 결국 순종하고 말았다. 어머니의 지지에 힘입어 마침내 불가리아에서 벗어나 맨체스터로 이주하는 데 성공했을 때 아버지는 이미 스물아홉 살이었다. 돌봐야 할 아이가 벌써 셋이나 있는 한 가정의 가장이었기 때문에 계속 사업을 할 수밖에 없었다. 부친의 폭정에서 벗어나 불가리아를 떠난 건 이미 그 자체로 일종의 승리였다. 할아버지와 안 좋게 헤어지며 온갖 저주의 말을 다 들어야 했지만, 아버지는 영국에서 자유로웠고 당신의 아들들은 당신과 다른 삶을 살게 하리라 결심했다.

나는 아버지가 책을 많이 읽은 사람이라고는 생각하지 않는다. 아버지에게는 음악과 연극이 책 읽는 것보다 더 큰 의미를 가졌다. 아래층에 있는 식당에는 피아노가 있었다. 아버지가 출근하지 않을 때, 매주 토요일과 일요일에 부모님은 거기서 연주하곤 했다. 아버지가 노래를 부르고 어머니는 피아노 반주를 했다. 늘 독일 가곡들을 연주했는데, 보통 슈베르트와 뢰베의 곡이었다. 누구의 곡인지는 몰랐지만 나는 「들판 위의 무덤」이라는 노래에 완전히 매료되었다. 그 노래가 들리면 나는 위층 아이들 방의 문을 열고 계단을 내려와 식당 문 뒤에 섰다. 그때까지만 해도 아직 독일어를 알아듣지 못했다. 하지만 그 노래는 심금을 울렸다. 나는 문 뒤에 서 있다가 들키고 말았다.

그때부터 나는 식당에서 노래를 들을 수 있게 되었다. 특별히 이 노래를 연주할 때면 위층에 있는 나를 불렀다. 그래서 더는 몰래 아래층으로 내려갈 필요가 없었다. 나는 그 곡의 가사에 대한 설명을 듣게 되었다. 이미 불가리아에서도 자주 독일어를 들었고, 무슨 뜻인지도 모르면서 혼자 몰래 말해보기도 했지만, 무언가를 내게 번역해준 건 이번이 처음이었다. 내가 배운 첫 독일어 단어들은 「들판 위의 무덤」이라는 노래에서 나왔다. 그 노래는 붙잡혀 자신을 총살하려는 동료들 앞에 선 어떤 탈영병의 이야기다. 그는 무엇이 자신을 도망치게 했는지를 노래한다. 나는 그가 들은 고향의 노래 때문이었다고 생각한다. 그 노래는 "잘 있거라, 그대 형제들이여, 여기 내 가슴이 있노라!"라는 말로 끝난다. 그러곤 총이 발사되고, 결국 들판의 무덤 위에 장미가 피어났다.

나는 그 마지막 부분을 전율하며 기다렸다. 절대로 수그러들지 않는 격앙된 감정이었다. 나는 그 노래를 계속 듣고 싶었다. 그래서 아버지를 졸라댔고 아버지는 연달아 두세 번 그 노래를 불러줬다. 매주 토요일 아버지가 집에 돌아오면 나는 아버지가 우리에게 줄 선물을 채 풀기도 전에 「들판 위의 무덤」을 불러줄 건지를 묻곤 했다. 아버지는 "어쩌면"이라고 대답했다. 하지만 아버지는 망설였다. 이 노래에 대한 내 집착을 걱정하기 시작했기 때문이다. 나는 그 탈영병이 정말로 죽었다는 걸 믿지 않으려 했다. 나는 구원의 손길이 나타나길 바랐다. 부모님이 그 노래를 몇 번 부르고 났는데도 구출되지 않으면 실망하여 풀이 죽었다. 밤에 잠자리에 들어서도 그 탈영병이 떠올라

오래도록 그를 생각했다. 나는 그를 쏜 동료들이 이해되지 않았다. 그는 모든 사정을 아주 잘 설명했다. 나라면 절대로 그를 쏘지 않았을 것이다. 그의 죽음을 나는 납득할 수 없었다. 그는 내가 애도한 첫 망자亡者였다.

## 작은 메리
## 타이태닉호의 침몰
## 캡틴 스콧의 죽음

맨체스터에 도착한 지 얼마 지나지 않아 나는 학교에 들어갔다. 학교는 발로무어가에 있었으며, 집에서 걸어서 10분 정도 걸렸다. 교장 선생님은 미스 랭커셔라고 불렸다. 맨체스터에 있는 백작 영지도 랭커셔였기 때문에, 나는 그 이름을 듣고 놀랐다. 청소년들이 다니는 학교였고, 나는 온통 영국 아이들에 둘러싸이게 되었다. 미스 랭커셔는 공정했다. 그래서 모든 아이들을 똑같이 친절하게 대했다. 교장 선생님은 내가 무언가를 영어로 막힘없이 이야기하면 나를 격려했다. 처음에 내가 다른 아이들에 비해 말을 잘하지 못했기 때문이다. 하지만 나는 읽고 쓰는 걸 매우 빨리 배웠다. 집에서 아버지가 가져다준 책들을 읽기 시작했을 당시, 나는 선생님이 내가 읽고 있는 책에 대해서는 듣고 싶어 하지 않는다는 걸 알아차렸다. 교장 선생님은 그저 모든 아이가 편안하게 느끼기를 바랐다. 아이들이 빨리 발전하는 것에는 관심이 없었다. 나는 교장 선생님이 짜증을 내거나 화내는 모습을 한 번도 본 적이 없었다. 교장 선생님은 당신의 임무를 아주 잘 수행해서 아이들과 함께하는 데 전혀 어려움이 없었다. 움직임은 확신에 차 있었지만, 운동신경이 뛰어나지는 않았다. 목소리는 한결같았고, 결코 채근하는 법이 없었다. 교장 선생님이 내린 명령은 하나도 기억나지 않는다. 하면 안 되는 일이 몇 가지 있기는 했다. 하지만 늘 반복되던 게 아니어서 아이들은 기꺼이 따랐다. 첫날부터 나는 학교를 좋아하게 되었다. 미스 랭커셔는 우리 집 가정교사처럼 신랄하지 않았으며 뾰족코도 아니었다. 작고 가냘픈 체격이었고, 얼굴은 둥글고 아름다웠다. 바닥까지 닿는 갈색 가운을 입었는데, 그래서 신발이 보이지 않았다. 나는 교장 선생님이 신발을 신느냐고 부모님께 물었다. 나는 놀림당하는 것에 매우 예민했다. 어머니가 내 질문에 크게 웃자 나는 미스 랭커셔의 보이지 않는 신발을 찾아낼 궁리를 했다. 나는 마침내 교장 선생님의 신발을 찾아낼 때까지 예의 주시했다. 그러곤 약간은 실망한 채 집에 와서 내가 본 것을 이야기했다.

그 시절 영국에서 겪은 모든 것은 그 질서정연함으로 나를 매료시켰다. 루세에서의 삶은 시끌벅적했으며 고통스러우리만치 비극적인 사건들도 많았다. 학교에서도 무언가 안락한 느낌을 내게 주었던 것이 틀림없다. 불가리아에서 살았던 집처럼 학교 공간들은 1층에 있었다. 맨체스터의 새집처럼 학교 건물에도 위층이 없었으며, 뒤편으로는 커다란 정원이 있었다. 교실 문과 창문은 항상 열려 있었고 우리는 언제라도 정원으로 나갈 수 있었다. 체육이 가장 중요한 과목이었고, 다른 사내아이들은 마치 크리켓 경기를 하며 태어나기라도 한 것처럼 첫날부터 규칙을 줄줄이 꿰고 있었다. 얼마 후 내 친구 도널드가 처음에는 나를 바보라고 생각했었다고 고백했다. 내가 마침내 파악하게 될 때까지 계속 되풀이해서 경기 규칙을 설명해야 했기 때문이다. 처음에 도널드는 내가 불쌍해서 말을 걸고 내 옆에 와 앉았다. 하지만 자기가 가지고 있는 우표들을 내게 보여줬을 때, 나는 각각의 우표가 어느 나라의 것인지 다 꿰고 있었다. 나는 도널드가 그때까지 몰랐던 불가리아 우표를 꺼내 그가 가진 우표와 바꾸자고 하는 대신에 그 자리에서 선물했다. "난 이거 많아." 도널드는 그때부터 내게 관심을 가지기 시작했고, 우리는 친구가 되었다. 내가 그 애에게 뇌물을 주어 환심을 사려 했다고는 생각하지 않는다. 나는 자존심이 강한 아이였다. 그렇지만 도널드에게 강한 인상을 주고 싶었던 건 분명했다. 도널드의 오만한 태도를 느꼈기 때문이다.

우표로 맺어진 우리의 우정은 급속도로 깊어져서 우리는 수업 시간에 몰래 벤치 아래에서 우표를 가지고 작은 놀이를 했다. 사람들은 우리에게 아무 말도 하지 않았다. 부드럽게 우리를 다른 자리에 앉혔으며, 우리의 놀이는 하굣길로 제한되었다. 도널드가 앉았던 내 옆자리에 자그마한 소녀가 앉게 되었다. 메리 핸섬이었다. 곧바로 나는 메리를 우표 못지않게 좋아하게 되었다. '예쁜'이라는 뜻을 가진 그 아이의 이름에 나는 놀랐다. 이름이 어떤 의미를 가질 수도 있다는 사실을 몰랐었다. 메리는 나보다 작았고 머리카락은 밝은색이었다. 특히 '사과 같은' 붉은 뺨이 가장 예뻤다. 우리는 곧바로 이야기를 나누었고, 메리는 내가 하는 모든 말에 대답했다. 수업 시간에 우리가 이야기를 나누지 않을 때도 나는 계속해서 메리를 쳐다볼 수밖에 없었다. 메리의 붉은 뺨에 홀딱 빠진 나는 미스 랭커셔를 더는 주목하지 않았다. 교장 선생님의 질문을 듣지 못했고 대답도 횡설수설했다. 그 붉은 뺨에 뽀뽀하고 싶었지만 그러지 않으려고 정신을 집중해야 했다. 방과 후에는 메리를 집까지 바래다줬다. 메리는 우리 집 반대 방향에 살고 있었다. 평상시에는 거의 항상 집에 같이 갔던 도널드에게는 아무 설명도 해주지 않은 채 내버려두었다. '작은 메리'—나는 메리를 이렇게 불렀다—를 그 아이가 사는 거리의 길목까지 바래다줬다. 나는 잽싸게 그 아이의 뺨에 뽀뽀하고 얼른 우리 집 쪽으로 뛰었고 아무에게도 그 일에 대해 말하지 않았다.

한동안 계속해서 그런 일이 반복되었다. 길모퉁이에서 작별하며 뽀뽀하는 동안에는 아무 일도 일어나지 않았다. 아마 메리도 집에 가서 그 이야기를 하지 않았던 것 같다. 하지만 메리를 향한 내 마음은 점점 더 깊어갔다. 나는 학교에 더는 관심이 없었다. 메리 옆에서 걷는 순간만 기다렸다. 머지않아 길모퉁이까지 가는 길이 너무도 길게 느껴졌다. 길모퉁이에 다다르기도 전에 벌써 붉은 뺨에 뽀뽀하려고 했다. 메리가 뿌리치며 말했다. "길모퉁이에서 작별 인사로만 뽀뽀해야 해. 안 그러면 엄마한테 이를 거야." 거칠게 뿌리치며 메리가 사용한 '굿바이 키스good-bye kiss'라는 단어는 내게 매우 강한 인상을 남겼다. 나는 길모퉁이까지 더 빨리 걸었다. 메리는 아무 일도 없었다는 듯 서 있었고, 나는 그전처럼 뽀뽀했다. 다음 날 나는 인내심을 잃고 길 한복판에서 바로 뽀뽀해버렸다. 나는 메리보다 선수 치려고 도리어 화를 내며 으름장을 놓았다. “내가 원하는 만큼 뽀뽀할 거야. 길모퉁이에 도착할 때까지 기다리지 않을 거야.” 메리는 그 자리에서 벗어나려 했다. 나는 메리를 꽉 붙잡았다. 우리는 그렇게 몇 걸음을 더 갔다. 나는 메리에게 뽀뽀했다. 길모퉁이에 다다를 때까지 계속해서 그렇게 했다. 마침내 내가 놓아주자 메리는 굿바이라는 인사 대신 “이제 엄마한테 이를 거야”라고만 했다.

나는 메리 어머니가 무섭지 않았다. 메리의 붉은 뺨을 향한 열정이 매우 커서, 나는 집에서 가정교사가 놀랄 정도로 크게 노래했다. “리틀 메리 이스 마이 스위트하트! 리틀 메리 이스 마이 스위트하트! 리틀 메리 이스 마이 스위트하트! Little Mary is my sweetheart! Little Mary is my sweetheart! Little Mary is my sweetheart!”*

‘스위트하트sweetheart(자기)’라는 단어를 나는 가정교사에게서 배웠다. 가정교사는 막내 조르주에게 뽀뽀할 때 그 말을 했다. 조르주는 한 살이었는데, 가정교사는 조르주를 유모차에 태워 산책시켰다. 광대뼈가 툭 튀어나온 얼굴에 코가 뾰족한 그 사람은 “유 아 마이 스위트하트You are my sweetheart”**라고 하며 아이에게 계속 뽀뽀했다. 나는 ‘스위트하트’라는 단어가 무슨 뜻인지 물었다. 알아낸 거라고는 기껏 우리 집 하녀 이디스에게 ‘스위트하트’, 그러니까 애인이 있다는 게 전부였다. 그걸로 뭘

---

* “작은 메리는 내 자기! 작은 메리는 내 자기! 작은 메리는 내 자기!”

** “너는 내 자기야.”

하지? 가정교사가 막내 조르주에게 뽀뽀하듯 그 애인에게 뽀뽀하겠지. 그 사실이 내게 용기를 주었고, 우리 집 가정교사 앞에서 승리의 찬가를 부를 때 나는 아무런 죄책감도 느끼지 않았다.

다음 날 핸섬 부인이 학교로 찾아왔다. 핸섬 부인이 갑자기 그곳에 서 있었다. 위풍당당한 모습이었다. 그 딸보다 핸섬 부인이 더 내 마음에 들었다. 그것이 내겐 행운이었다. 핸섬 부인은 미스 랭커셔와 이야기를 나눴다. 그러고 나서 내게로 다가와 분명한 어조로 말했다. "작은 메리를 더는 집까지 바래다주지 마라. 집에 가는 길이 완전히 다르니까. 너희는 더 이상 옆에 나란히 앉지 말고, 너는 더 이상 메리랑 이야기도 하지 마라." 화가 난 것처럼 들리지는 않았다. 핸섬 부인은 화나 보이지 않았다. 하지만 굉장히 단호한 말투였다. 어머니가 그 말을 했다면 완전히 달랐을 것 같았다. 그 일로 내가 핸섬 부인을 나쁘게 생각하지는 않았다. 핸섬 부인 뒤에 있어서 전혀 보이지 않는 그 딸과 마찬가지로 핸섬 부인의 모든 것이 다 마음에 들었다. 빰만이 아니라 특히 그녀의 언어가 좋았다. 막 읽기 시작한 그 시절의 영어는 내게 거부할 수 없는 영향력을 행사했다. 내게 그토록 중요한 역할을 한 이야기를 그때까지 그 누구도 영어로 한 적이 없었다.

이 이야기는 그렇게 끝났다. 하지만 나중에 듣게 된 이야기에 따르면, 그 일이 그렇게 쉽게 끝나지는 않았다. 미스 랭커셔는 우리 부모님을 불러 내가 계속 그 학교에 다녀야 할지를 상의했다. 교장 선생님은 그 정도로 엄청난 정열을 당신의 학교에서 한 번도 경험한 적이 없었다. 그래서 약간 당황했고 '동양' 아이들이 영국 아이들보다 훨씬 더 일찍 성숙하는 것과 관련이 있는지 의문을 품었다. 아버지는 교장 선생님을 안심시키며 별로 큰일이 아니라고 장담했다. 아마도 눈에 확 들어오는 소녀의 붉은 뺨과 관계있을 거라고 이야기했다. 아버지는 미스 랭커셔에게 일주일만 더 지켜보자고 부탁했다. 아버지가 옳았다. 나는 작은 메리에게 다시는 눈길을 주지 않았던 것 같다. 자기 어머니 뒤에 서 있었던 것처럼 메리는 자기 어머니 속으로 사라져버렸다. 나는 집에서 핸섬 부인에 대한 감탄의 말을 하곤 했다. 하지만 메리가 나중에 학교에서 무얼 했는지, 학교에 얼마나 다녔는지, 아니면 다른 학교로 전학을 갔는지는 전혀 모르겠다. 내가 메리에게 뽀뽀했던 그때만 기억난다.

소녀의 붉은 뺨과 관련이 있을 거라는 아버지의 추측이 얼마나 옳았는지, 아버지 자신도 몰랐을 것이다. 나중에 나는 절대로 잊히지 않는 어린 날의 이 풋사랑에 대해 고민해봤다. 어느 날 불가리아에서 처음 들었던 것 같은 스페인 동요가 생각났다. 아직 어른들 팔에 안겨 있던 시절이었다. 한 여인이 내게 다가와 노래했다. "만사니카스 콜로라다스, 라스 케 비에넨 데 스탐볼Manzanicas colorados, las que vienen de Stambol."—"빨간 사과가 나는 곳은 이스탄불." 그 노래를 부르는 여인의 검지가 내 뺨을 향해 다가오더니 갑자기 뺨을 꾹 눌렀다. 나는 재미있어서 까르르 웃었고, 여인은 나를 안아 올려 뽀뽀했다. 내가 직접 그 노래를 부르게 되기까지 자주 그런 일이 있었다. 그러고 나서 나는 그 노래를 같이 불렀다. 내가 부른 최초의 노래였다. 내게 노래를 시키고 싶은 사람들은 하나같이 나와 그 장난을 했다. 4년 뒤 나는 나보다 작고, 내가 항상 '작은'이라는 말을 붙여서 부른 메리에게서 내 사과를 다시 발견한 것이었다. 내가 메리에게 입을 맞추기 전에 그 아이의 뺨을 손가락으로 누르지 않았다는 사실이 놀라울 따름이다.

막냇동생 조르주는 짙은 눈에 칠흑 같은 머리카락을 가진 아주 예쁘게 생긴 아이였다. 아버지는 조르주에게 첫 말을 가르쳤다. 아침에 아버지가 아이들 방에 오면 둘 사이에는 늘 같은 대화가 이어졌다. 나는 긴장 속에서 그 대화에 귀를 기울였다. "조지Georgie?" 아버지는 채근하듯, 또 질문하듯 말했다. 그 말에 막내는 "카네티"라고 대답했다. "투two?"라고 아버지가 말하면, "스리three"라고 아이가 대답했다. "포four?"라고 하면, 아이는 "버턴Burton"이라고 대답했고, 아버지는 "로드Road"라고 했다. 원래는 여기서 대화가 끝났다. 하지만 점차 우리 집 주소가 완성되었다. 주고받는 목소리로 "웨스트" "디즈버리" "맨체스터" "잉글랜드"가 이어졌다. 마지막 단어는 내 것이었다. 나는 기어이 "유럽"이라는 말을 덧붙였다.

말하자면 지리학은 내게 중요한 분야가 되었다. 두 가지 분야에서 지리학적 지식이 필요했다. 나는 선물로 '퍼즐'을 받았다. 나무판 위에 알록달록한 유럽 지도가 붙어 있었는데, 나라별로 조각조각 나뉘어 있었다. 모든 조각을 한 무더기로 쏟았다가 잽싸게 다시 유럽을 맞추었다. 각 나라는 고유한 형태를 지니고 있었다. 내 손가락은 그 형태를 만들어내는 데 능숙해졌고, 어느 날 나는 "눈 감고도 할 수 있어요!"라고 주장해 아버지를 놀라게 했다. "못 할걸." 아버지가 말했다. 나는 눈을 꼭 감은 채 유럽을 맞춰냈다. "속임수를 썼구나." 아버지가 말했다. "손가락 사이로 봤어." 나는 억울해서 아버지에게 내 눈을 완전히 가리라고 했다. "꽉이요! 꽉!" 나는 흥분해서 소리 질렀다. 유럽은 벌써 제 형태를 다시 갖추고 있었다. "진짜구나. 네가 할 수 있구나." 아버지가 말했다. 그리고 나를 칭찬했다. 그 어떤 칭찬도 그보다 더 값진 적은 없었다.

국가들을 익히는 다른 방법은 우표 수집이었다. 이제는 유럽만이 아니라 전 세계 각국의 우표를 수집했다. 이때 영국의 식민지들이 특히 중요한 역할을 했다. 우표가 들어갈 앨범도 아버지가 선물해줬다. 처음 그 앨범을 받았을 때부터 이미 각 페이지 왼쪽 상단에는 우표가 한 장씩 붙어 있었다.

배가 그려져 있는 우표와 다른 나라 우표에 관한 이야기가 많았다. 『로빈슨 크루소』『신드바드의 모험』『걸리버 여행기』는 내가 가장 좋아했던 이야기들이었다. 거기에 이제 아름다운 그림이 그려진 우표들이 추가되었다. 왜 그런지를 나는 처음에 제대로 이해하지 못했는데, 모리셔스 우표가 매우 귀했고, 그 우표가 내 앨범에 그림으로 들어가 있었다. 다른 아이들과 우표를 교환할 때 내가 받는 첫 질문은 "모리셔스 우표 있어?"였다. 매우 진지하게 물었으며, 나도 그 질문을 자주 했다.

이 시절에 있었던 엄청난 두 가지 재앙은 배 그리고 지리학과 관련되어 있으며, 지금도 나는 그 두 사건을 내 생애에서 맨 처음 겪은 집단적인 슬픔으로 인식하고 있다. 먼저 일어난 재앙은 '타이태닉호'의 침몰이었고, 두번째 재앙은 캡틴 스콧이 남극에서 사망한 일이었다.

누가 맨 처음 '타이태닉호' 침몰 이야기를 했는지는 기억나지 않는다. 하지만 우리 집 가정교사가 아침 식사 중에 울었다. 나는 가정교사가 우는 모습을 한 번도 본 적이 없었다. 하녀 이디스가 아이들 방에 있는 우리에게로 왔다. 우리는 이 방에서 이디스를 본 적이 한 번도 없었다. 이디스는 가정교사와 함께 울었다. 나는 많은 사람을 익사시킨 빙산에 대해 듣게 되었다. 배가 가라앉고 있는데도 계속해서 연주했던 악단 이야기가 가장 인상적이었다. 그들이 어떤 곡을 연주했는지 알고 싶었지만 애매한 대답만 돌아왔다. 나는 내가 무언가 적절하지 않은 질문을 했다는 걸 깨달았다. 그래서 함께 울기 시작했다. 그렇게 해서 아래층에서 어머니가 이디스를 불렀을 때, 사실은 우리 세 사람이 함께 울고 있었다. 아마 그때야 비로소 어머니도 그 소식을 접했던 것 같다. 이제 우리, 즉 가정교사와 나도 아래층으로 내려갔다. 그곳에선 이미 어머니와 이디스가 함께 울고 있었다.

그런 뒤 우리가 외출했던 게 분명하다. 거리에 서 있는 사람들의 모습이 눈앞에 떠오르기 때문이다. 모든 게 완전히 달라져 있었다. 사람들이 무리 지어 서서 흥분한 모습으로 이야기를 나눴다. 다른 이들이 그 무리에 합류하여 또 무언가를 이야기했다. 평소에는 귀여운 외모 때문에 지나가는 모든 이의 찬사를 한 몸에 받았던, 유모차에 앉은 내 동생은 그 누구의 관심도 받지 못했다. 우리 어린아이들은 잊혔다. 그 대신에 사람들은 그 배에 타고 있던 아이들 이야기를 했다. 아이와 여자들이 먼저 구출되었다는 이야기도 있었다. 배를 떠나지 않겠다고 거부했던 선장 이야기가 계속되었다. 하지만 내가 가장 자주 들은 단어는 '아이스버그iceberg(빙산)'였다. 그 단어는 '메도meadow(풀밭)'와 '아일랜드island(섬)'처럼 내게 깊이 각인되었다. 아버지에게 배우지는 않았지만 내 머릿속 깊이 각인된 세번째 영어 단어였다. 네번째 단어는 '캡틴captain(선장)'이었다.

정확히 언제 '타이태닉호'가 침몰했는지는 모르겠다. 하지만 그렇게 빨리 누그러지지 않았던 그 시기의 흥분 속에서 나는 덧없이 아버지를 찾았다. 아버지는 틀림없이 내게 그 사건에 관해 이야기했을 것이다. 아버지는 나를 안심시킬 말을 찾아냈을 것이다. 강렬하게 내 안으로 가라앉는 그 재앙에서 나를 지켜주었을 것이다. 아버지가 준 감동 하나하나가 내게 소중하게 남아 있다. 그런데도 '타이태닉호'를 떠올릴 때 아버지의 모습은 보이지 않는다. 아버지의 목소리가 들리지 않는다. 한밤중에 빙산에 부딪힌 배가 악단이 연주하는 동안 물속으로 가라앉을 때 나를 덮친 그 두려움을 나는 적나라하게 느낀다.

아버지가 영국에 없었나? 아버지는 가끔 출장을 갔다. 그 사건이 있었던 며칠간 나는 학교에도 가지 않았다. 어쩌면 방학중이었던 듯도 하고, 어쩌면 휴교했던 듯도 하다. 어쩌면 아무도 아이들을 학교에 보낼 생각을 하지 못했던 것 같기도 하다. 그 당시에 어머니는 분명 나를 위로하지 않았다. 어머니한테 그 재앙은 그다지 와닿지 않았다. 하지만 우리 집에서 일했던 영국인들, 이디스와 미스 브레이를 나는 마치 친가족이라도 되는 양 매우 가깝게 느꼈다. 제1차 세계대전을 지나며 가지게 된 내 영국적인 신념이 이때의 슬픔과 흥분에서 생겨난 듯싶다.

이 시기에 일어난 또 다른 대중적 사건에서도 '캡틴'이라는 단어가 중요한 역할을 했다. 그러나 그 성격은 완전히 달랐다. 이번 캡틴은 배의 선장이 아니라 남극탐험대의 대장이었고, 빙산에 부딪혀서가 아니라 눈과 얼음으로 이루어진 황량한 벌판에서 그 불행한 사고가 일어났다. 빙산이 대륙으로 커져 있었다. 공포와는 전혀 다른 것이었다. 공포에 휩싸인 많은 이들이 갑판에서 바다로 뛰어내린 것이 아니라, 캡틴 스콧과 일행 세 명이 황량한 얼음 벌판에서 얼어 죽었다. 의례적인 영국적 사건이라고 할 만한 일이었다. 그 사나이들이 남극점에 도착하기는 했다. 하지만 맨 처음으로 도착한 건 아니었다. 이루 말할 수 없는 역경과 난관을 극복하고 목표 지점에 이르렀을 때, 그들은 노르웨이 국기가 꽂혀 있는 것을 발견했다. 아문센이 그들보다 먼저 그곳에 도달한 것이었다. 돌아오는 길에 그들은 죽었으며 한동안은 실종된 상태였다. 그리고 이제 발견이 되었다. 그들이 남긴 일기장에서 사람들은 그들의 마지막 말을 읽었다.

학교에서 미스 랭커셔는 우리 모두를 불러 모았다. 우리는 무언가 끔찍한 일이 일어났다는 걸 알고 있었다. 한 명도 웃는 아이가 없었다. 교장 선생님은 캡틴 스콧의 업적을 기리는 연설을 했다. 교장 선생님은 황량한 얼음 벌판에서 사나이들이 겪은 고통의 이미지를 우리에게 심어주는 데 주저함이 없었다. 그 연설 내용 중 몇 가지 세부 이야기가 내 기억에 남았다. 하지만 나중에 아주 정확하게 사건의 전모를 읽었기 때문에, 그

때 들은 것과 나중에 읽은 것을 구분할 수 있다고 장담은 못 하겠다. 교장 선생님은 그 사나이들의 운명에 애통해하지 않았다. 힘차게 또 자랑스럽게 이야기했다. 교장 선생님의 그런 모습을 한 번도 본 적이 없었다. 남극탐험대를 우리에게 모범상으로 세우려는 게 교장 선생님이 뜻한 바라면, 한 사람, 그러니까 나를 상대로는 분명히 성공을 거두었다. 나는 즉시 탐험가가 되기로 마음먹었으며, 이후로도 몇 년간 확고하게 이 목표를 고집했다. 교장 선생님의 연설은 스콧 일행이 진정한 영국인으로 죽었다는 말로 끝났다. 맨체스터에 사는 동안 그때처럼 영국적인 것에 대한 자부심을 그토록 공개적이면서도 노골적으로 말하는 걸 들어본 적이 없었다. 훗날 다른 나라에서 나는 미스 랭커셔 연설의 평온함과 위엄에 견주어보았을 때 화가 날 정도로 뻔뻔스러운 연설을 훨씬 더 자주 듣게 되었다.

## 나폴레옹
## 사람 잡아먹는 손님들
## 일요일의 친구들

버턴가에서의 삶은 매우 사교적이고 유쾌했다. 주말에는 항상 손님이 왔다. 나는 가끔 불려 갔다. 손님들이 나를 찾았다. 나는 할 수 있는 모든 재주를 부렸다. 그렇게 나는 모든 손님, 즉 집안사람들이며 그 친지들을 알게 되었다. 맨체스터의 세파라드 유대인 거주 지역은 상당히 빨리 커졌다. 모두가 서로 그리 멀지 않은 곳에 살았는데, 웨스트디즈버리와 위딩턴 외곽 지역에 정착해 있었다. 랭커셔에서 발칸 지역으로의 목면 수출은 돈벌이가 되는 사업이었다. 어머니의 두 오빠 부코와 살로몬이 우리보다 몇 년 앞서 맨체스터로 와 이곳에 회사를 세웠다. 이성적인 사람이라고 평가되는 부코 외삼촌은 매우 젊은 나이에 죽었다. 쌀쌀맞은 눈을 가진 냉혈한 살로몬 외삼촌이 혼자 남게 되었다. 외삼촌은 동업자를 구했다. 영국에 대해 아주 좋은 이미지를 가지고 있던 내 아버지에게는 기회였다. 아버지는 회사에 들어가서 형님에 견줄 만한 존재감을 확보했다—아버지는 매력적이고 유화적인 사람으로, 다른 이의 입장을 잘 이해했다. 나는 살로몬 외삼촌을 친절하거나 바른 사람으로 볼 수 없다. 외삼촌은 내 청소년기의 가장 꼴 보기 싫은 적이 되었다. 외삼촌은 내가 싫어하는 모든 걸 지지했다. 아마도 외삼촌이 나에게 그다지 많은 신경을 쓰지는 않았던 것 같다. 그렇지만 집안에서는 성공한 인물이었다. 여기서 성공이란 돈을 의미했다. 맨체스터에서 나는 외삼촌의 얼굴을 본 적이 거의 없었다. 외삼촌은 출장이 잦았지만, 그럴수록 그의 이야기는 더 많이 돌았다. 외삼촌은 영국에 잘 적응했으며, 사업가들 사이에서 명망이 높았다. 뒤늦게 이주한 가족들뿐 아니라 다른 사람들도 외삼촌의 완벽한 영어에 감탄했다. 학교에서 미스 랭커셔는 가끔 외삼촌 이름을 언급했다. "미스터 아르디티는 신사예요." 교장 선생님이 말했다. 아마도 외삼촌이 부자이고, 몸가짐이 외국인 같지 않다는 뜻으로 한 말이었던 것 같다. 외삼촌은 우리 집보다 훨씬 웅장하고 높은 대저택에 살았다.

외삼촌의 저택이 위치한 팰러타인가는 우리 집이 있는 거리와 나란히 뻗어 있었다. 그 거리에는 우리 집 주변에서 볼 수 있는 붉은색 주택들과 대비되는 희고 밝게 빛나는 저택들이 있었다. 아마도 그 이름 때문이었던 것 같은데, 내 눈에는 그 저택들이 대궐 같아 보였다. 실제로 그렇게 생긴 건 아니었지만 나는 일찍부터 외삼촌을 오거*라고 생각했었다. 어디서든 미스터 아르디티, 미스터 아르디티였다. 어쨌든 우리 집 가정교사는 외삼촌의 이름을 말할 때면 공손한 표정을 지었다. 가장 엄격한 금지령은 외삼촌에게서 나왔다. 벽지 사람들과 이야기하는 걸 들켰을 때 나에게 관대한 아버지를 내세워 내가 항변하려 하자, 미스터 아르디티가 알게 되면 큰일 날 거라는 말이 나왔다. 외삼촌의 이름이 언급되자마자 나는 곧바로 포기하고 벽지 사람들과 관계를 끊겠다고 약속했다. 외삼촌은 내 주변의 모든 어른 중 가장 높은 권위를 가진 사람이었다. 나폴레옹을 읽을 때 나는 그를 외삼촌과 같은 사람으로 상상했다. 외삼촌이 했다고 생각한 악행들을 나폴레옹 탓으로 돌렸다. 일요일 오전에 우리는 부모님 침실로 들어갈 수 있었다. 언젠가 부모님 침실에 들어섰을 때였다. 나는 아버지가 특유의 엄숙한 영어로 하는 말을 들었다. "그는 시체를 밟고 넘어갈 거야." 어머니는 내가 있다는 걸 알아차리곤 재빨리 독일어로 뭐라고 대답했다. 어머니는 화가 난 듯 보였다. 내가 알아듣지 못하는 채로 그 대화는 한동안 계속되었다.

* 북유럽 신화에 나오는 괴물로 인간 형태를 하고 사람을 잡아먹었다고 한다.

아버지의 그 말이 외삼촌과 관계된 것이었다면, 틀림없이 사업상의 시체들을 두고 한 말이었을 것이다. 다른 일로 아버지가 그런 말을 할 일은 거의 없었다. 하지만 당시에 나는 그 말을 이해하지 못했다. 나폴레옹의 삶을 다 읽지는 못했지만, 그의 영향력에 대해서는 충분히 알고 있었기에 책에서만 본 적이 있는 시체라는 단어를 시체로 간주했다.

어머니 집안에서는 삼촌 셋이, 즉 3형제가 맨체스터로 왔다. 첫째 오빠 샘은 진짜 영국 사람 같아 보였다. 샘 삼촌은 3형제 중에서 가장 오래 영국에 살았다. 입가 주름이 아래로 처진 삼촌은 어려운 단어들을 정확하게 발음하도록 나를 격려했다. 내가 삼촌의 입 모양을 똑같이 흉내 내면 삼촌은 다정하게 받아주며 밝게 웃었다. 삼촌은 나를 놀려 민망하게 하지 않았다. 다른 삼촌, 그러니까 오거 외삼촌에 대한 미스 랭커셔의 평가에 나는 전혀 동의하지 않았다. 그것을 확실히 하기 위해 한번은 내가 샘 삼촌 앞에 서서 말한 적이 있었다. “신사세요, 샘 삼촌!” 샘 삼촌은 아마도 그 말에 기분이 좋았던 것 같다. 그뿐 아니라 그 말의 참뜻을 이해했던 것도 같다. 식당에 있던 모두가 아무 말도 하지 않았던 것으로 보아 그들 **모두** 알아들었던 것 같다.

단 한 집을 제외하고 외가 친척 모두가 맨체스터에서 가정을 꾸렸으며, 부인들을 대동하고 우리 집을 방문했다. 살로몬 삼촌만 없었다. 살로몬 삼촌의 시간은 귀했다. 여자들이 있는 자리에서 나누는 대화, 특히 연주 같은 것에 관한 대화를 삼촌은 쓸데없다고 생각했다. 그는 그런 것을 두고 ‘경박한 것’이라고 했다. 삼촌의 머릿속에는 늘 새로운 사업 구상만 가득했다. 그리고 이런 그의 '사고력'에 사람들은 감탄했다.

이 저녁 모임에는 가깝게 지내는 다른 친척들도 왔다. 플로렌틴 씨도 왔다. 그 이름이 멋져서 나는 그가 좋았다. 가장 긴 콧수염을 가졌으며 늘 웃던 칼데론 씨도 있었다. 처음 나타났던 날 내 눈에 가장 신비로워 보였던 사람은 인니 씨였다. 인니 씨는 다른 사람들보다 피부색이 검었는데, 사람들은 그를 아랍인이라고 했다. 여기서 아랍인이라는 말은 아라비아계 유대인이라는 의미였다. 그는 최근에 바그다드에서 왔다. 나는 『아라비안나이트』를 떠올렸으며, 바그다드라는 말을 들었을 때 변장한 칼리파 하룬을 기대했다. 하지만 변장은 너무 나간 것이었다. 인니 씨는 굉장히 큰 신발을 신고 있었다. 내 눈에는 적절해 보이지 않았다. 그래서 그에게 왜 그렇게 큰 신발을 신고 있느냐고 물었다. "내 발이 크니까." 그가 대답했다. "보여줄까?" 나는 그가 이제 정말로 신발을 벗을 거라고 생각했고, 그래서 놀랐다. 벽지 사람들 중 내게 특별한 적이 하나 있었다. 그는 내가 요구하는 모든 계획에 동참하지 않았는데, 그의 특징이 엄청나게 큰 발이었기 때문이다. 나는 인니 씨의 발을 보고 싶지 않았다. 그래서 작별 인사도 하지 않고 재빨리 위층 아이들 방으로 올라갔다. 나는 그가 바그다드에서 왔다는 사실을 더 이상 믿지 않았다. 그리고 그의 발을 놓고 부모님과 언쟁을 벌이며, 인니 씨를 거짓말쟁이라고 해버렸다.

부모님의 손님들 사이에는 유쾌한 분위기가 감돌았다. 담소를 나누며 많이들 웃었고, 악기도 연주하고, 또 카드놀이도 했다. 아마도 피아노 때문에 대부분을 식당에 머물렀던 것 같다. 현관과 복도를 사이에 두고 식당과 분리되어 있던 노란색 살롱에는 손님이 별로 없었다. 아마도 이곳에서 내게 굴욕적인 일들이 일어났던 것 같다. 프랑스어와 관련된 일이었다. 아버지가 매우 중요하게 생각하는 영어와 균형을 맞추기 위해 내가 프랑스어를 배워야 한다고 한 사람은 틀림없이 어머니였을 것이다. 프랑스인 여자 선생님이 집에 왔다. 그 노란색 살롱에서 수업을 했다. 선생님은 까무잡잡한 피부에 말랐고, 질투가 조금 심했다. 그 선생님의 얼굴에 나중에 알게 된 다른 프랑스 여자들의 얼굴이 겹쳐져서 나는 그 얼굴을 더는 기억해낼 수가 없다. 선생님은 정시에 왔다가 정시에 갔으며, 특별히 수업에 열성적이지는 않았다. 선생님은, 집에 혼자 있으며 먹기만 하려 했던 어떤 젊은 남자 이야기를 들려줬다. "폴 에테 쐴 아 라 메종Paul était seul à la maison."* 이야기는 이 문장으로 시작되었다. 나는 머지않아 그 이야기를 줄줄 외게 되었고, 부모님 앞에서 막힘없이 읊었다. 그 청년이 먹으려 할 때 온갖 불행한 사건이 일어났다. 나는 가능한 한 극적으로 이야기했다. 부모님이 재미있어하는 것 같았다. 하지만 그리 오래가지는 않았다. 부모님은 배를 잡고 웃었다. 나는 이상한 기분이 들었다. 부모님이 그렇게 오래 또 그렇게까지 일심 단결하여 웃는 소리를 들어 본 적이 없었다. 한바탕 웃음이 지나가고 나서 나는 부모님이 겉으로만 칭찬한다는 걸 알아차렸다. 기분이 상한 나는 아이들

---

* "폴이 집에 혼자 있었다."

방으로 올라갔다. 그러곤 더듬지도, 또 틀리지도 않고 암송할 수 있을 때까지 계속해서 연습했다.

다음번에 손님들이 왔을 때였다. 손님들은 무슨 공연이라도 볼 것처럼 그 노란 살롱에 자리를 잡았다. 나는 아래층으로 불려 가서 프랑스 이야기를 암송해달라는 요청을 받았다. 나는 시작했다. "폴 에테 쉘 아 라 메종." 모두의 얼굴에 벌써 웃음이 번졌다. 나는 손님들에게 보여주고 싶었다. 나는 꿋꿋하게 그 이야기를 끝마쳤다. 이야기가 끝나자 모두가 배를 잡고 웃었다. 늘 가장 시끄러웠던 칼데론 씨가 손뼉을 치며 외쳤다. "브라보! 브라보!" 신사인 샘 삼촌도 더 이상 입을 다물지 못한 채 영국식 이를 훤히 드러냈다. 인니 씨는 거대한 신발을 앞으로 쭉 내밀고 머리를 뒤로 젖히곤 요란한 소리를 냈다. 평소에 내게 다정했으며, 내 머리에 입을 맞추곤 했던 숙녀들조차도 마치 다음 순간에 나를 잡아먹기라도 할 것처럼 입을 크게 벌리고 웃어댔다. 거친 사교 모임이었다. 나는 겁이 나서 결국 울기 시작했다.

이런 장면이 자주 반복되었다. 손님들이 오면 온갖 칭찬의 말로 폴 이야기를 해달라고 부탁했다. 나는 거절하지 않고 매번 그 청에 응했다. 그리고 귀찮게 구는 그 사람들을 무찌르기를 바랐다. 하지만 이야기는 늘 같은 모습으로 끝났다. 단지 몇 사람이 그 이야기를 잘 알게 되어서 같이 합창하며 읊는다는 것과 내가 너무 빨리 울거나 중간에 그만하려고 하면 끝까지 이야기하도록 채근한다는 것만 달라져 있었다. 아무도 뭐가 그렇게 웃긴 건지 말해주지 않았다. 웃음은 지금까지 내게 수수께끼로 남았다. 곰곰이 생각해봤지만, 그것은 내게 오늘날까지도 풀리지 않는 수수께끼로 남았다.

나중에 로잔에서 프랑스어를 듣게 되었을 때야 비로소 나는 내 '폴' 이야기가 모인 손님들에게 끼친 작용을 이해하게 되었다. 선생님은 내게 정확한 프랑스어 발음을 알려주려고 조금도 노력하지 않았다. 선생님은 자기가 시범 보인 문장들을 내가 기억하고, 영어식으로 따라 하는 걸로 만족했다. 그곳에 모인 루세 출신 손님들은 고향의 '알리앙스' 학교에서 완벽한 프랑스어를 배웠으며, 이제는 영어에만 조금 어려움이 있었다. 그래서 그들에게는 이 영국식 프랑스어가 굉장히 우스꽝스럽게 들렸으며, 이 파렴치한 사냥개 떼는 채 일곱 살도 되지 않은 아이에게서 자신들의 약점이 역전된 것을 즐겼던 것이다.

나는 그 시절에 겪은 모든 것을 읽은 책과 연결 지었다. 거침없이 웃어대던 어른 사냥개 떼를 내가 『아라비안나이트』와 『그림 동화』에서 읽고 두려워했던 식인종으로 여긴 것은 과녁에서 크게 엇나간 게 결코 아니었다. 두려움이 몹시도 강하게 자랐다. 사람은 두려움을 겪어보지 않고는 얼마나 하찮은 존재인지 말할 수 없을 것이다. 인간은 원래 공포에 늘 굴복하려 한다. 두려움은 사라지지 않는다. 하지만 그 두려움이 숨어 있는 장소는 수수께끼와도 같다. 아마도 모든 것 중에서 가장 덜 변하는 게 두려움일 것이다. 어린 시절을 떠올리면 나는 가장 먼저 두려움을 깨닫는다. 그 시절에 느꼈던 두려움이 수없이 많다. 많은 두려움을 나는 이제야 발견한다. 다른 두려움들은 분명 내가 결코 찾아내지 못할 비밀, 나를 끝없이 살고 싶게 만드는 비밀이리라.

일요일 오전이 가장 아름다웠다. 그때 우리 어린아이들은 부모님이 있는 침실에 들어갈 수 있었다. 두 분은 아직 침대에 누워 있었다. 아버지는 문 쪽에, 어머니는 창가 쪽에 있었다. 나는 곧장 침대 위의 아버지에게 달려들어도 되었다. 동생들은 어머니에게 갔다. 아버지는 나와 한바탕 뒹굴고 학교생활에 대해 꼬치꼬치 물었으며, 이런저런 이야기를 들려줬다. 모든 게 오랫동안 진행되었다. 이 시간을 나는 특히나 손꼽아 기다렸으며 늘 이 시간이 끝나지 않기를 바랐다. 평소에는 일정이 꽉 잡혀 있었다. 가정교사가 감독하는 규칙들이 셀 수 없이 많았다. 하지만 이 규칙들이 나를 괴롭혔다고는 할 수 없다. 집에 돌아온 아버지가 아이들 방에서 당신이 가져온 선물을 푸는 것으로 매일의 일과가 끝났기 때문이다. 그리고 매주는 일요일 오전에 부모님 침대 위에서 놀고 이야기하는 것으로 끝났다. 나는 아버지에게만 관심이 있었다. 어머니가 저쪽에서 동생들과 무얼 하는지는 내게 아무 상관 없었다. 아마도 내가 약간은 무시했던 것 같다. 아버지가 가져다준 책을 읽게 된 후로 나는 동생들이 지루했고, 그들이 나를 방해한다고 생각했다. 어머니가 이제 우리 둘에게서 동생들을 떼어내 준 덕분에 아버지를 나 혼자 독차지한다는 것이 가장 큰 행복이었다. 아버지는 침대에 누워 있을 때 특히 재미있었다. 아버지는 우스꽝스럽게 얼굴을 찡그리며 웃긴 노래를 불렀다. 아버지가 동물 흉내를 내면, 나는 어떤 동물인지 알아맞혔다. 내가 맞히면 아버지는 포상으로 나를 동물원에 다시 데려가겠노라고 약속했다. 아버지 침대 밑에는 요강이 하나 있었는데, 그 안에 노란색 액체가 정말 많이 담겨 있어서 나는 놀랐다. 하지만 그건 아무것도 아니었다. 한번은 아버지가 일어나 침대 옆에 서서 소변을 보았기 때문이다. 나는 힘찬 물줄기를 보았다. 그렇게 많은 물이 아버지 몸 밖으로 나온다는 사실이 나로서는 이해하기 어려웠다. 아버지에 대한 경외심이 최고조에 달했다. "아빠는 이제 말이야." 내가 말했다. 나는 길에서 말이 소변보는 모습을 본 적이 있었다. 물줄기와 말의 남근이 내게는 엄청나 보였다. 아버지는 내 말에 동의했다. "나는 이제 말이다." 아버지가 흉내 낸 모든 동물 중에서 이것이 내게 가장 큰 인상을 남겼다.

남자다움에 끝을 낸 건 늘 어머니였다. "자크, 시간 다 됐어." 어머니가 말했다. "아이들이 너무 버릇없어지잖아." 아버지는 곧바로 끝내지 않았다. 작별 인사로 내가 아직 모르는 새 이야기를 들려주지 않고서는 결코 나를 내보내는 법이 없었다. "그것 좀 고민해봐!" 내가 이미 문가로 가서 서 있을 때, 아버지가 말했다. 어머니가 종을 흔들었고, 가정교사가 우리를 데리러 왔다. 나는 엄숙함을 느꼈다. 무언가에 대해서 곰곰이 생각해보아야 했기 때문이다. 때때로 여러 날이 흐르기도 했지만, 아버지는 나중에 내게 그에 관해 묻는 걸 결코 잊은 적이 없었다. 그럴 때 아버지는 특히 진지하게 내 이야기에 귀 기울였으며, 마지막에는 내 말에 수긍했다. 어쩌면 내 말에 정말로 동의했던 것도 같고, 어쩌면 내게 용기를 주었을 뿐인 것 같기도 하다. 아버지가 내게 무언가에 대해 생각해볼 것을 주문했을 때 내가 느꼈던 감정을 나는 이른 책임감이라고만 설명할 수 있다.

나는 종종 궁금했다. 아버지가 더 오래 사셨다면 우리 사이가 계속 그런 모습이었을까? 어머니에게 그랬던 것처럼 결국에는 아버지에게도 반항했을까? 그런 일은 상상조차 할 수 없다. 내 안에 있는 아버지의 이미지는 희미하지 않으며, 또 희미하지 않은 그대로 두고 싶다. 나는 아버지가 당신 아버지의 폭정에 고통받았으며, 영국에 살던 그 짧은 시간 동안에도 그분의 저주 아래 있었다고 생각한다. 아버지가 나와 관계된 모든 것을 신중하게, 사랑으로, 또 지혜롭게 고민했다고 생각한다. 아버지는 억울해하지 않았다. 벗어났기 때문이다. 불가리아에 남았다면, 자신을 짓누르는 당신 아버지의 상점에 남았다면, 아버지는 전혀 다른 사람이 되었을 것이다.

## 아버지의 죽음
## 마지막 버전

우리가 영국에 산 지 한 1년쯤 되었을 때였다. 어머니가 병에 걸렸다. 영국의 공기가 어머니에게 맞지 않는다고 했다. 어머니에게 라이헨할의 온천에서 요양하라는 처방이 내려졌다. 여름에, 아마도 1912년 8월이었던 것 같은데, 어머니는 그곳으로 갔다. 나는 개의치 않았다. 어머니의 빈자리가 느껴지지 않았다. 하지만 아버지는 계속해서 내게 어머니에 대해 물었다.

나는 무슨 말이든 해야 했다. 아마도 아버지는 어머니의 부재가 아이들에게 좋지 않을 거라고 걱정했던 듯하다. 그리고 우리에게 변화의 조짐이 있기만 하면 곧바로 포착해내려 했던 것 같다. 몇 주 후 아버지는 내게 어머니가 조금 더 오래 떠나 있어도 되느냐고 물었다. 우리가 인내심을 가지면, 어머니가 점점 더 좋아질 테고 완전히 건강해져서 우리에게 돌아올 수 있을 거라고 했다. 나는 처음 몇 번은 어머니가 조금 그리운 척했다. 내가 그러기를 아버지가 바란다는 것을 알아차렸다. 이제는 더욱 솔직하게 어머니가 더 오래 요양하는 것에 동의했다. 때때로 아버지는 어머니의 편지를 들고 아이들 방에 와서 편지를 가리키며 어머니가 쓴 거라고 했다. 하지만 이 시절의 아버지는 평소와 달랐다. 아버지의 생각은 어머니에게 가 있었고, 또 걱정했다. 어머니가 떠나 있던 마지막 주에는 거의 말이 없었으며, 내 앞에서 어머니 이야기를 하지 않았다. 아버지는 내 이야기를 그리 오래 듣지 않았으며, 웃지도 않고 농담도 하지 않았다. 아버지가 내게 주었던 마지막 책에 관해, 그러니까 나폴레옹의 삶에 대해서 내가 다시 이야기하려 하자, 아버지는 산만하고 초조해했으며, 내 말을 잘랐다. 나는 내가 무언가 바보 같은 소리를 했다고 생각해서 부끄러웠다. 그런데 다음 날 벌써 아버지는 예전처럼 몹시 유쾌하고 활기찬 모습으로 우리에게 와서는 어머니가 내일 돌아온다고 알렸다. 나는 기뻤다. 아버지가 기뻐했기 때문이다. 미스 브레이는 이디스에게 내가 이해하지 못할 말을 했다. 안주인이 돌아오는 게 옳다는 것이었다. “도대체 그게 왜 옳아요?” 내가 물었지만, 그녀는 고개를 져었다. "너는 이해가 안 될 테지. 그게 옳은 일이야!" 나중에 어머니에게 모든 것에 대해 정확하게 물었더니—이해할 수 없는 것이 너무 많아서 나는 진정이 되지 않았다—어머니가 6주간 떠나 있었으며 더 오래 요양하려 했다는 사실을 알게 되었다. 아버지는 인내심을 잃고 어머니에게 즉시 집으로 돌아왔으면 한다는 전보를 보냈다고 했다.

어머니가 돌아온 날 나는 아버지를 보지 못했다. 아버지는 저녁에 우리가 있는 아이들 방에 오지 않았다. 하지만 다음 날 아침 다시 나타나서 막냇동생에게 말을 걸었다. "조지." 아버지가 말했다. "카네티." 막내가 대답했다. 아버지가 "투", 막내가 "스리", 아버지가 "포", 막내가 "버턴", 아버지가 "로드", 막내가 "웨스트", 아버지가 "디즈버리", 막내가 "맨체스터", 아버지가 "잉글랜드", 그리고 내가 정말 쓸데없이 큰 소리로 "유럽"이라고 마무리를 지었다. 그렇게 우리 집 주소가 다시 완성되었다. 이것보다 내가 더 잘 기억해둔 말들은 없다. 아버지의 마지막 말들이었다.

아버지는 여느 때처럼 아침 식사를 하러 아래층으로 내려갔다. 오래잖아 우리는 날카로운 비명을 들었다. 가정교사가 쓰러지듯 계단을 뛰어 내려갔다. 내가 그 뒤를 따랐다. 열려 있는 식당 문을 통해 나는 아버지가 바닥에 누워 있는 걸 보았다. 아버지는 테이블과 벽난로 사이, 벽난로 바로 옆에 완전히 늘어져 있었다. 얼굴은 창백했고 입에 거품을 물고 있었다. 어머니는 아버지 옆에 무릎을 꿇고 소리 질렀다. "자크, 나한테 말 좀 해봐. 나한테 말 좀. 자크, 자크, 나한테 말 좀 해봐!" 어머니는 계속 그 말만 외쳐댔다. 사람들이 왔다. 이웃에 사는 브록뱅크 씨네, 퀘이커교도 부부, 거리에서 모르는 사람들이 들어왔다. 나는 문 옆에 서 있었다. 어머니는 두 손으로 머리를 잡고 머리카락을 쥐어뜯으며 계속 소리를 질렀다. 나는 용기를 내어 식당 안으로, 아버지에게로 한 걸음을 뗐다. 나는 상황 파악을 하지 못하고 있었다. 나는 아버지에게 물어보려고 했다. 그때 누군가가 하는 말이 들렸다. "애를 내보내." 브록뱅크 씨네 사람들이 조심스럽게 나를 안아서 집 밖 거리로, 자기네 집 앞뜰로 데리고 갔다.

브록뱅크 씨네 아들 앨런이 나를 맡았다. 앨런은 나보다 훨씬 나이가 많았는데, 아무 일도 없었다는 듯이 내게 말을 걸었다. 앨런은 학교에서 했던 마지막 크리켓 경기에 관해 물었고, 나는 대답했다. 앨런은 그 경기의 모든 것을 아주 자세히 알고 싶어 했으며, 내가 더 이상 할 말이 없게 될 때까지 계속해서 질문했다. 그러고 나서 나무 타기를 잘할 수 있느냐고 물었다. 나는 그렇다고 대답했다. 앨런은 그곳에 있는 나무를 가리켰다. 그 나무는 우리 집 앞뜰로 약간 기울어 있었다. "하지만 저 나무에는 못 올라갈걸." 그가 말했다. "저건 분명히 못 해. 너한텐 너무 어렵거든. 너는 엄두도 못 낼 거야." 나는 승부욕이 발동하여 그 나무를 쳐다보았다. 약간 주저했지만, 티 내지 않고 말했다. "웬걸. 할 수 있어!" 나는 나무로 다가가 나무껍질을 잡았다. 나무를 껴안고 위로 훌쩍 뛰어오르려 했다. 그때 우리 집 식당 창문이 열렸다. 어머니가 상체를 쭉 내밀었다. 어머니는 내가 나무 옆에 앨런과 함께 서 있는 걸 보고 날카롭게 소리 질렀다. "아들아, 너는 놀고 있구나. 네 아버지가 죽었어! 너는 놀고 있어, 놀고 있다고. 네 아버지는 죽었는데! 네 아버지가 죽었다고! 네 아버지가 죽었어! 너는 놀고 있구나, 아버지가 죽었는데!"

어머니는 거리에다 대고 그런 말들을 퍼부었다. 어머니는 점점 더 크게 소리 질렀다. 사람들이 어머니를 억지로 방 안으로 끌어당겼다. 어머니는 저항했다. 어머니가 더 이상 보이지 않아도 내지르는 소리는 들렸다. 나는 한동안 어머니가 지르는 소리를 들었다. 어머니의 울부짖음과 함께 아버지의 죽음이 내 안으로 들어왔다. 그리고 다시는 나를 떠나지 않았다.

사람들은 내가 더 이상 어머니에게 가지 못하게 했다. 나는 플로렌틴 씨 집으로 갔다. 플로렌틴 씨네는 학교 가는 길 중간쯤에 있는 발로무어가에 살고 있었다. 그 집 아들 아서와 나는 이미 친분이 조금 있었다. 그 후로 우리의 우정은 갈라놓을 수 없을 정도로 깊어졌다. 플로렌틴 씨와 부인 넬리는 아주 선량한 사람들로 내게서 한시도 눈을 떼지 않았다. 플로렌틴 부부는 내가 어머니에게 달려갈까 봐 걱정했다. 어머니가 매우 아프다고 했다. 사람들은 내게 아무도 어머니를 보면 안 되며, 어머니가 곧 완전히 건강해질 테니 그때 다시 어머니에게 갈 거라고 했다. 하지만 그들이 잘못 생각한 것이었다. 나는 어머니에게는 전혀 가고 싶지 않았다. 아버지에게 가고 싶었다. 아버지 이야기를 그들은 별로 하지 않았다. 사람들이 내게 숨기지는 않았던 아버지 장례식 날에 나는 공동묘지에 가겠다고 단호하게 선포했다. 아서는 낯선 나라들의 사진이 담긴 책을 가지고 있었다. 우표와 게임도 많았다. 아서는 밤낮없이 나와 함께했다. 밤에 나는 아서와 한방에서 잤다. 아서는 매우 상냥하고 기발한 아이디어가 많았으며, 진지하고 또 재미있었다. 그래서 아서를 생각하면 지금도 마음이 따뜻해진다. 하지만 아버지 장례식 날에는 그 무엇도 나를 막지 못했다. 장례식에 가지 못하게 날 잡아두려 한다는 걸 알아차렸을 때, 나는 화가 나서 갑자기 아서를 때리며 달려들었다. 온 집안사람들이 나 때문에 애를 먹었다. 안전을 위해 문을 다 잠가버렸다. 나는 길길이 날뛰며 문을 부숴 열겠다고 으름장을 놨는데, 아마도 그날 내 힘으로 못 할 일은 아니었던 것 같다. 결국 플로렌틴 씨네는 나를 천천히 진정시킬 묘책을 생각해냈다. 내게 아버지 장례식을 **봐도** 된다고 약속했다. 아이들 방에서 몸을 앞으로 내밀면 장례식을 볼 수 있을 거라고 했다. 그러나 멀리서만 볼 수 있다고 했다.

나는 그들을 믿었지만 얼마나 거리가 멀지에 대해서는 생각하지 않았다. 시간이 되자 나는 아이들 방 창밖으로 몸을 내밀었다. 내가 몸을 너무 내밀어서 사람들이 뒤에서 나를 꽉 붙잡아야 했다. 장례 행렬이 버턴가의 모퉁이를 막 돌아 발로무어가로 접어들었으며, 이제 우리가 있는 곳과 반대 방향으로 공동묘지까지 움직인다고 설명해줬다. 나는 눈을 크게 뜨고 밖을 내다봤지만, 아무것도 보이지 않았다. 하지만 플로렌틴 집안사람들이 뭐가 보이는지 내게 아주 자세히 설명해주었기에, 마침내 나는 사람들이 말한 방향에서 옅은 안개를 찾아냈다. 바로 그거라고 그들이 말했다. 바로 그거라고. 그 긴 투쟁으로 나는 녹초가 되었다. 그리고 그것으로 만족했다.

아버지가 돌아가셨을 때 나는 일곱 살이었고, 아버지는 아직 서른한 살이 되기 전이었다. 아버지의 죽음에 관한 이야기가 많았다. 아버지의 건강은 완벽하다고 여겨졌다. 담배를 많이 피우기는 했다. 하지만 갑작스러운 심장마비의 원인으로 들 수 있는 거라곤 그게 다였다. 사인死因을 조사했던 영국인 의사는 아무것도 찾아내지 못했다. 하지만 집안에서는 영국 의사들을 그리 높게 치지 않았다. 당시는 빈 의학이 최전성기를 누리고 있을 때였다. 누구든지 이런저런 일이 있을 때마다 빈 교수의 조언을 구했다. 나는 그런 대화들에 크게 영향받지 않았다. 어떠한 사인도 인정할 수 없었다. 그래서 사람들이 아무것도 찾아내지 못한 것이 더 좋았다.

하지만 시간이 흐르면서 나는 아버지의 죽음에 대해 어머니에게 꼬치꼬치 캐물었다. 어머니에게서 들은 이야기는 몇 년 단위로 바뀌었다. 내가 나이가 들면서 서서히 새로운 것이 추가되었고, 옛 버전은 내 어린 시절에 대한 '배려'였던 것으로 판명되었다. 이 죽음만큼 나를 사로잡은 것이 없었기 때문에 나는 이 다양한 단계 속에서 굳게 믿으며 살았다. 나는 어머니의 마지막 이야기에 정착했으며, 거기에 살림을 꾸리고, 마치 성경에서 나오기라도 한 듯 세세한 모든 것을 고수했으며, 내 주변에서 일어난 일들과 내가 읽고 생각한 모든 것도 그 이야기와 연관 지었다. 내가 자리한 모든 세계의 중심에는 아버지의 죽음이 있었다. 몇 년 뒤 새로운 것을 알게 되면 그 이전의 세계는 내 주위에서 가짜로 만들어낸 무대 세트처럼 무너져 내렸다. 더는 맞지도 않았고, 모든 결론은 거짓이었다. 마치 누군가가 어떤 신앙으로부터 나를 떼어내는 것 같았다. 하지만 이 누군가가 알려주고 또 깨부순 그 거짓말들은 내 어린 시절을 보호하기 위해 양심을 가지고 한 것이었다. 갑자기 이런 말을 할 때면 어머니는 늘 미소 지었다. "당시에는 너한테 그렇게만 얘기했어. 네가 너무 어렸거든. 이해할 수 없었을 거야." 나는 어머니의 이 미소가 무서웠다. 내가 그 오만함과 영리함 때문에도 사랑해마지않았던 어머니의 여느 미소와는 다른 미소였다. 아버지의 죽음에 대해 무언가 새로운 이야기를 할 때마다 당신이 나를 산산조각 낸다는 걸 어머니는 알고 있었다. 어머니는 잔인했으며, 기꺼이 이를 행했다. 그걸로 어머니는 당신의 삶을 힘들게 했던 내 질투심에 복수했다.

내 기억은 모든 버전의 이야기를 다 저장했다. 내가 어떤 버전을 더 신빙성 있는 걸로 간직했는지는 알 수 없을 것이다. 어쩌면 그 모든 버전을 제대로 글로 써볼 수는 있을 것이다. 그걸로 책이, 온전한 책 한 권이 나올 수도 있다. 하지만 내가 지금 따라가고 있는 것은 다른 발자국들이다.

나는 이미 그 당시에 들었던 것과 함께 오늘날까지도 여전히 믿고 있는 그 마지막 버전도 기록하고 싶다.

플로렌틴 씨네에서, 전쟁이 났다는 이야기가 돌았다. 발칸 전쟁이었다. 영국인들에게는 그렇게 중요한 사건이 아니었을 것이다. 하지만 내 주변 사람들은 모두 발칸 지역 출신이었다. 그들에게는 고향에서 난 전쟁이었다. 진지하고 신중한 사람이었던 플로렌틴 씨는 나와 우리 아버지 이야기를 하는 것을 피했다. 하지만 나와 단둘이 있을 때, 플로렌틴 씨가 어떤 이야기를 하나 해준 적이 있었다. 그는 아주 중요한 것이라도 되는 양 그 이야기를 했다. 내게 비밀을 털어놓는 듯한 느낌이었다. 집안일을 하는 여자들이 그 자리에 없었기 때문이다. 아버지가 마지막 아침 식사를 하며 신문을 읽었다는 것이었다. 몬테네그로가 튀르키예에 선전포고했다는 것이 그 신문의 헤드라인이었다. 아버지는 이것이 발칸 전쟁의 발발을 의미한다는 것, 이제 많은 사람이 죽게 되리라는 것을 알았다. 이 뉴스가 아버지를 죽음으로 몰고 간 거라고 했다. 나는 아버지 옆쪽 바닥에 『맨체스터 가디언』이 놓여 있던 것을 떠올렸다. 아버지는 내가 집 안 어디에선가 신문을 발견하면 기사 제목을 읽어봐도 된다고 허락했다. 가끔 너무 어렵지 않으면, 그 제목이 무슨 뜻인지 내게 설명해주기도 했다.

플로렌틴 씨는 전쟁보다 더 나쁜 것은 없을 거라고 말했다. 그리고 아버지도 그와 같은 생각이었다고 했다. 플로렌틴 씨와 아버지는 종종 그 문제에 관해 이야기를 나누었다고 했다. 영국에서는 모두가 전쟁에 반대하며, 이 땅에서는 더 이상 그 어떤 전쟁도 일어나지 않을 거라고 했다.

플로렌틴 씨의 말은 아버지가 직접 한 이야기인 것처럼 내 안에 가라앉았다. 무슨 위험한 비밀이라도 되는 것처럼, 단둘이서 이야기했던 그 모습 그대로 나는 그 이야기를 혼자만의 것으로 간직했다. 아버지가 아주 젊었고, 질환 하나 없이 완벽하게 건강했는데도 마치 벼락이라도 맞은 것처럼 갑자기 죽었다는 말이 나중에도 계속 되풀이될 때, 나는 알고 있었다. 그 벼락이 바로 저 끔찍한 뉴스, 전쟁이 발발했다는 그 뉴스였다는 걸 말이다. 그 무엇도 나로 하여금 그 생각을 떨쳐버리게 하지는 못했을 것이다. 그때부터 세상에는 전쟁이 있었다. 어디에서 일어났건, 그리고 내 주위 사람들의 의식 속에서는 아마도 거의 실재하지 않았을 테지만, 모든 전쟁은 그 옛날의 상실과 함께 나를 덮쳤다. 그리고 내게 일어날 수 있는 극도로 개인적인 일로 내가 전쟁에 몰두하게 했다.

그렇지만 어머니에게 그 죽음은 아주 다른 모습이었다. 23년 후 나의 첫 책에 감명을 받은 어머니가 들려준 아버지의 죽음에 대한 마지막이자 최종 버전에서 나는 아버지가 그 전날 저녁부터 어머니와 더는 한마디도 이야기를 나누지 않았다는 사실을 알게 되었다. 어머니는 진지한 정신적 관심사를 가진 당신과 같은 부류의 사람들 속에서 보낸 라이헨할 생활이 매우 만족스러웠다. 어머니의 주치의는 어머니와 함께 스트린드베리에 관해 이야기를 나누었다. 어머니는 그곳에서 스트린드베리를 읽기 시작했다. 그때부터 스트린드베리의 책을 손에서 놓지 않았다. 의사는 어머니가 읽은 것에 관해 물었다. 갈수록 흥미진진해지는 대화가 계속되었다. 어머니는 어정쩡한 수준의 교양만을 지닌 세파라드 유대인들 속에서 꾸려가는 맨체스터에서의 삶에 당신이 만족하지 못한다는 사실을 깨닫기 시작했다. 어쩌면 그게 어머니가 아픈 이유였을지도 몰랐다. 어머니는 의사에게 그런 이야기를 털어놓았다. 그리고 의사는 어머니에게 사랑을 고백했다. 어머니에게 아버지와 헤어지고 자신의 아내가 되어달라고 프러포즈했다. 말로 한 것 외에 둘 사이에 어머니 자신을 비난할 만한 일은 일어나지 않았다. 어머니는 한순간도 아버지와 헤어진다는 생각을 진지하게 해본 적이 없었다. 하지만 그 의사와 나누는 대화는 어머니에게 점점 더 큰 의미가 되었다. 어머니는 라이헨할에 더 오래 머물 생각을 했다. 어머니는 자신의 건강이 급속도로 좋아지고 있다고 느꼈다. 그러므로 어머니가 아버지에게 요양 기간 연장을 부탁하는 데에는 부정직하지만은 않은 이유가 있었다. 어머니는 자존심이 매우 강했으며, 아버지에게 거짓말을 하고 싶지 않았기 때문에 편지에 그 의사와 나누는 매력적인 대화들도 언급했다. 결국 아버지가 전보로 즉시 돌아와달라고 재촉하자, 어머니는 아버지에게 고마워했다. 어쩌면 어머니 자신에게 라이헨할을 떠날 힘이 더는 없을는지도 모르기 때문이었다. 어머니는 생기발랄하고 행복한 모습으로 맨체스터에 도착했다. 아버지와 화해하기 위해서, 아니면 약간 우쭐해서 아버지에게 그 모든 이야기를, 자기 곁에 머물러달라는 의사의 청혼을 어떻게 거절했는지를 들려주었다. 아버지는 일이 청혼에까지 이르게 된 것을 이해하지 못했다. 아버지는 어머니에게 꼬치꼬치 캐물었다. 어머니가 대답할 때마다 아버지의 질투는 심해져갔다. 아버지는 어머니에게 잘못이 있다고 주장했다. 또 어머니를 믿지 않았으며, 어머니의 대처가 거짓이라고 생각했다. 결국 너무 화가 나서, 사실대로 다 털어놓기 전에는 어머니와 다시는 아무 말도 하지 않겠다고 으름장을 놓았다. 아버지는 그날 저녁과 밤을 꼬박 침묵 속에서 뜬눈으로 지새웠다. 아버지의 그런 행동이 어머니를 고통스럽게 했음에도, 어머니는 아버지에게 전적으로 미안함을 느꼈다. 하지만 어머니는 아버지와는 달리 당신이 돌아온 걸로 아버지에 대한 사랑을 증명했다고 굳게 믿었다. 그래서 죄책감이 전혀 없었다. 어머니는 그 의사에게 작별 인사로 하는 입맞춤조차도 허락하지 않았다. 어머니는 아버지의 입을 열기 위해 갖은 방법을 다 썼다. 몇 시간을 애써봐도 소용없자 어머니는 화가 나서 포기해버렸다. 그러곤 자신도 입을 다물었다.

아침 식사를 하러 아래층으로 내려갔던 그 아침에, 아버지는 말없이 테이블에 앉아 신문을 집어 들었다. 발작으로 넘어질 때도 아버지는 어머니에게 단 한 마디도 건네지 않았다. 어머니는 처음에 아버지가 당신을 놀라게 하려는 거라고, 벌을 더 주려 한다고 생각했다. 어머니는 바닥에 누워 있는 아버지 옆에 무릎을 꿇고는, 자신에게 말을 해달라고 점점 더 빌듯, 또 점점 더 절망적으로 애원했다. 아버지가 죽었다는 사실을 깨달았을 때 어머니는 당신에게 실망해서 아버지가 죽은 거라고 생각했다.

나는 안다, 어머니가 최종적으로 당신이 본 그대로 진실을 내게 이야기했다는 것을. 우리 둘 사이에는 심각한 다툼들이 있었다. 종종 어머니는 나를 거의 영원히 저주하는 지경까지도 갔었다. 어머니는 이렇게 이야기했다. 하지만 이제 당신은 내가 자유를 위해 벌였던 그 투쟁을 이해한다고, 그 투쟁이 당신에게 크나큰 불행을 안겨줬지만, 자유에 대한 내 권리를 이제는 인정한다고. 어머니가 읽은 그 소설이 당신의 삶 중에서 가장 깊은 곳의 살이라고 했다. 어머니는 내게서, 내가 사람들을 서술하는 모습에서 당신을 본다고 했다. 어머니는 항상 사람들을 그렇게, 꼭 그렇게 보았다고 했다. 어머니 자신도 그렇게 쓰려 했을 거라고 했다. 당신의 사과가 충분하지 않을 거라고 했다. 어머니는 내 앞에 고개를 숙일 것이며, 나를 당신의 아들로서보다 두 배는 더 인정한다고 했다. 내가 당신이 가장 바랐던 그 모습이 되었다고 했다. 어머니는 이 이야기를 하던 당시에 파리에 살고 있었다. 내가 어머니를 방문하기 전에 이미 이와 비슷한 내용의 편지를 한 통 빈으로 보내왔다. 나는 이 편지에 매우 놀랐다. 우리 사이가 가장 나빴던 시절에도 나는 어머니의 자존심에 제일 감탄했다. 그 소설이 내게 매우 중요하긴 했지만, 어머니가 이 소설 때문에 내 앞에 고개를 숙인다는 생각을 나는 견딜 수 없었다(어머니가 그 무엇에도 고개를 숙이지 않는다는 게 내가 가진 어머니상像의 본질이었다). 다시 만났을 때 어머니는 그 같은 내 당혹감과 수치심과 실망감을 느꼈던 것 같았다. 그러곤 당신이 얼마나 진지한지를 내게 확실히 보여주기 위해 마침내 아버지 죽음의 전모를 내게 밝히기로 마음먹게 되었다.

어머니가 들려준 옛 버전들에도 불구하고 때때로 나는 그런 짐작은 했었다. 하지만 그러고 나면 항상 어머니에게서 물려받은 그 의심이 나를 미혹한다며 나 스스로를 나무랐다. 그런 생각으로 흥분한 마음을 가라앉히기 위해 나는 아이들 방에서 아버지가 했던 마지막 말들을 되뇌었다. 분노하고 절망한 사람의 말은 결코 아니었다. 어쩌면 그 말들은 아버지가 악몽과도 같은 밤을 뜬눈으로 새운 후에 마음을 삭이려 했을지도 모른다는 추측을 하게 한다. 어쩌면 아버지가 식당에서 어머니에게 말을 걸려고 했을지도 모른다. 하필 그사이에 전쟁 발발 뉴스로 인해 쇼크가 와서 아버지를 쓰러뜨렸을지도 모른다.

## 거룩한 예루살렘

몇 주 뒤 나는 플로렌틴 씨 댁에서 나와 버턴가의 어머니에게로 갔다. 밤이면 나는 어머니 옆에 있는 아버지 침대에서 잤다. 그리고 어머니의 생명을 지키기 위해 보초를 섰다. 어머니가 작은 소리로 우는 동안에 나는 잠들지 않았다. 어머니는 잠깐 잠들었다가 다시 깨어났고, 어머니의 낮은 울음소리는 나를 깨웠다. 그 시절에 나는 어머니와 가까워졌다. 우리의 관계는 달라졌다. 나는 장남이라는 호칭 이상의 존재가 되었다. 어머니는 나를 그렇게 부르고, 또 그렇게 대했다. 어머니가 나를 전적으로 신뢰한다는 느낌이 들었다. 어머니는 내게 다른 사람에게와는 전혀 다르게 말했다. 어머니가 내게 한 번도 이야기한 적은 없지만, 어머니가 느끼는 절망감과 직면한 위험을 나는 감지하고 있었다. 나는 스스로에게 밤사이 어머니를 지킬 임무를 부여했다. 나는 어머니가 고통을 더는 견디지 못하고 삶을 저버리려 할 때마다 어머니를 붙잡는 무게였다. 신기하게도 나는 이런 방식으로 연달아 죽음과, 죽음의 위협을 받는 삶에 대한 공포를 체험했다.

낮 동안에 어머니는 스스로를 통제할 수 있었다. 어머니에게는 할 일이 많았다. 익숙하지 않은 일들이었지만 어머니는 그 모든 일을 했다. 저녁이면 우리는 의례적이고 소박한 저녁 식사를 했다. 저녁 식사를 하는 동안 우리는 고요한 기사도 정신에 입각해 서로를 대했다. 나는 어머니의 움직임을 하나하나 예의 주시하며 따라 했고, 또 새겨두었다. 어머니는 내게 식사 중에 생기는 일을 세심하게 설명해주었다. 예전에 나는 어머니를 참을성 없고 고압적인 사람이라고 생각했다. 어머니는 거만하고 충동적이었다. 내 기억에 가장 선명하게 남은 그 당시 어머니의 제스처는 아이들에게서 벗어나려고 가정교사를 향해 종을 흔드는 동작이었다. 나는 어떤 식으로든 내가 아버지를 더 좋아한다는 사실을 어머니가 알아차리게 했다. 아이들을 심히 당황케 하는 "아버지가 더 좋니? 어머니가 더 좋니?"라는 질문을 받으면, 나는 "둘 다요"라는 대답으로 상황을 모면하려 하지 않았다. 오히려 주저하지 않고 당당하게 아버지를 가리켰다. 하지만 이제 우리는 서로에게 아버지가 남긴 유산이었다. 그것을 의식하지는 못했으나 우리 둘은 아버지의 역할을 했다. 그리고 우리가 서로를 챙길 때 보이는 다정함은 바로 아버지의 다정함이었다. 이 시간들 속에서 나는 모든 정신력을 한데 모을 수 있는 고요함을 배웠다. 당시에 나는 내 인생의 다른 그 어느 때보다도 그 고요함이 필요했다. 저녁 시간 후에 따라오는 밤이 끔찍한 위험으로 가득했기 때문이다. 내 의무를 그때처럼 잘 완수했더라면 아마도 나는 나 자신에게 아주 만족할 수 있을 것이다.

그 불행한 사건이 일어난 지 한 달째 되는 날 추도식을 위해 사람들이 집에 모였다. 남자 친척과 친지들은 식당 벽 쪽에 나란히 늘어섰다. 머리에는 모자를 쓰고, 손에는 기도서를 들고 있었다. 창문 맞은편 좁다란 벽 쪽에 놓인 소파에는 불가리아에서 온 카네티 할아버지와 할머니가 앉아 있었다. 그 당시 나는 할아버지가 얼마나 심한 죄책감을 느끼고 있는지 알지 못했다. 할아버지는 아버지가 당신과 불가리아를 떠나려 하자, 아버지에게 장엄하게 저주의 말을 퍼부었다. 신앙심이 두터운 유대인이 자기 아들을 저주하는 건 매우 드문 일이었다. 그보다 더 위험하고 무서운 저주는 없었다. 아버지는 그 저주에서 벗어나지 못하고, 영국에 도착한 지 채 1년도 안 되어 죽고 말았다. 나는 기도하는 동안에 할아버지가 크게 흐느끼는 소리를 똑똑히 들었다. 할아버지는 울음을 멈추지 못했다. 할아버지는 온 힘을 다해 나를 꽉 끌어안지 않고서는 나를 볼 수 없었으며, 나를 놔주려 하지 않았다. 나는 할아버지가 흘리는 눈물로 목욕을 했다. 나는 그걸 슬픔으로 받아들였다. 그로부터 많은 시간이 흐른 후에야 비로소 나는 할아버지가 고통보다는 죄책감을 더 크게 느꼈다는 걸 알게 되었다. 할아버지는 당신이 저주를 내려 아버지를 죽인 거라고 확신했다. 이 추도식에서 일어난 일들은 나를 끔찍한 공포로 몰아넣었다. 아버지가 그 자리에 없었기 때문이다. 나는 계속해서 기다렸다. 아버지가 갑자기 나타나 우리 사이에 서 있기를, 그리고 다른 남자들처럼 기도하기를. 나는 아버지가 숨은 게 아니라는 걸 아주 잘 알고 있었다. 하지만 다른 남자들이 아버지를 위해 추모 기도를 하는데, 아버지가 항상 있던 자리에 이제는 오지 않는다는 걸 받아들이고 싶지 않았다. 추도식에 온 손님 중에는 가장 긴 콧수염을 가지고 있으며, 늘 웃는 것으로도 유명한 칼데론 씨도 있었다. 나는 그에게서 최악의 일이 일어날 거라 예감했다. 도착한 그는 아무 거리낌 없이 자기 양옆에 서 있는 남자들에게 말을 걸었다. 그러곤 내가 가장 우려한 그 행동을 갑자기 했다. 그가 웃었다. 나는 화가 나서 그에게 다가가 물었다. "왜 웃어요?" 그는 당황하지 않고 나를 보고 웃었다. 나는 그 일 때문에 그가 싫었다. 그가 가버리기를 바랐다. 마음 같아서는 그를 때리고 싶었다. 하지만 나는 그의 웃는 얼굴에 닿지 못했을 것이다. 나는 너무 작았다. 의자 위로 올라가야 했을 것이다. 그래서 그를 때리지 못했다. 추도식이 끝나고 남자들 모두가 그 방을 나설 때, 그가 내 머리를 쓰다듬으려고 했다. 나는 그 손을 뿌리쳤다. 그리고 분노에 차 울부짖으며 그에게서 등을 돌렸다.

할아버지는 내게 장남으로서 아버지를 위해 카디시, 즉 망자를 위한 기도를 해야 한다고 설명해주었다. 매년 그날이 오면 내가 카디시를 해야 한다고 했다. 내가 그 기도를 하지 않으면, 아버지가 아들이 없는 것처럼 고독함을 느끼게 될 거라고 했다. 자신의 아버지를 위해 카디시를 하지 않는 것이 유대인이 범할 수 있는 가장 큰 죄라고 했다. 할아버지는 훌쩍거리며 또 신음하며 내게 그것을 설명했다. 우리 집에 온 그날 내내 나는 할아버지를 그 모습으로밖에는 보지 못했다. 어머니는 우리 집안 풍습대로 할아버지 손에 입을 맞추며 공손하게 "세뇨르 파드레Señor Padre"*라고 했다. 하지만 어머니는 우리의 조용한 저녁 대화 시간에 할아버지는 언급하지 않았다. 나는 어머니에게 할아버지에 관해 묻는 게 옳지 않다는 걸 잘 알고 있었다. 할아버지의 끝없는 슬픔은 내게 강한 인상을 주었다. 하지만 나는 어머니의 끔찍한 폭발을 체험한 적이 있었다. 그리고 이제는 매일 밤 어머니가 우는 걸 보았다. 나는 어머니가 걱정돼서 할아버지를 유심히 살폈다. 할아버지는 모든 사람에게 말을 걸고는 당신의 불행을 하소연했다. 할아버지는 우리를 두고도 한탄하며, 우리를 '고아들'이라고 했다. 마치 고아를 손자로 둔 걸 부끄러워하는 것처럼 들렸다. 나는 이런 수치심에 맞섰다. 나는 고아가 아니었다. 내겐 어머니가 있었고, 어머니는 이미 내게 동생들에 대한 책임을 맡겼다.

우리는 버턴가에 그렇게 오래 살지는 않았다. 그해 겨울 우리는 팰러타인가에 있는 외삼촌 댁으로 이사했다. 외삼촌 댁에는 큰 방이 많았으며, 사람들도 더 많았다. 가정교사 미스 브레이와 하녀 이디스도 함께 갔다. 몇 달 동안 두 집안의 살림이 합쳐졌다. 모든 게 두 배였다. 방문객이 많았다. 저녁에 나는 더 이상 어머니와 함께 식사하지 않았으며, 밤에도 어머니 곁에서 자지 않았다. 아마도 어머니 상태가 이미 좋아진 것 같았다. 아마도 어머니를 내게만 맡겨두지 않는 것이 더 현명하다고 생각했던 것 같다. 사람들은 어머니의 정신을 분산시키려 노력했다. 친구들이 집으로 오거나, 어머니를 자기들 집으로

* 아버지에 대한 스페인어 존칭.

초대했다. 어머니는 아이들과 함께 빈으로 이주하기로 했다. 버턴가의 집이 팔렸다. 이주를 위해 준비할 것이 많았다. 어머니가 높이 평가하는 유능한 외삼촌이 어머니에게 조언했다. 이런 쓸모 있는 대화에서 어린아이인 나는 제외되어 있었다. 나는 다시 미스 랭커셔 선생님의 학교에 갔다. 그곳에서는 나를 절대 고아로 취급하지 않았다. 미스 랭커셔는 내가 어딘지 모르게 존중받고 있다는 느낌이 들도록 해주었으며, 심지어 한번은 내게 이제는 내가 집안의 가장이라며, 그것은 인간이 가질 수 있는 최고의 지위라고 이야기해준 적도 있었다.

팰러타인가의 집에서 나는 다시 아이들 방에 살게 되었다. 살아 있는 벽지가 있던 예전 방보다 훨씬 더 큰 방이었다. 나는 벽지 사람들을 그리워하지 않았다. 마지막에 있었던 사건의 여파로 그 사람들에게서 흥미를 잃은 상태였다. 나는 이제 다시 아이들 방에서 동생들, 가정교사와 함께 지냈다. 할 일이 거의 없던 이디스도 대개는 우리와 함께 있었다. 그 방은 너무 컸으며 무언가가 부족했다. 어딘지 모르게 빈 듯했다. 아마도 그 방에 더 많은 사람이 있어야 할 것 같았다. 웨일스인 가정교사 미스 브레이는 종교 모임으로 그 방의 인구를 늘렸다. 미스 브레이는 우리와 함께 영국 찬송가를 불렀다. 이디스도 동참했다. 우리에게 완전히 새 시대가 열렸다. 우리는 아이들 방에 모이기가 무섭게 노래를 부르기 시작했다. 미스 브레이는 그 일에 매우 빨리 익숙해졌다. 노래할 때는 완전히 다른 사람이었다. 더 이상 마르지도 날카롭지도 않았다. 그녀의 열광이 우리 아이들에게까지 전해졌다. 우리는 온몸의 힘을 다 끌어모아 힘차게 노래했다. 두 살배기 막내 조르주도 새처럼 짹짹거리며 함께했다. 아무리 불러도 결코 우리의 성에 찬 적이 없는 특별한 노래가 한 곡 있었다. 거룩한 예루살렘에 대한 노래였다. 미스 브레이는 우리 아버지가 지금은 거룩한 예루살렘에 있으며, 우리가 그 노래를 올바르게 부르면 아버지가 우리 목소리를 알아듣고 기뻐할 거라고 호언장담했다. 그 곡에는 매우 아름다운 구절이 하나 있었다. "제루살렘, 제루살렘, 하크 하우 디 에인절스 싱!Jerusalem, Jerusalem, hark how the angels sing!"* 우리가 그 대목을 부를 때면, 나는 아버지가 그곳에서 보고 있을 거라고 믿었다. 그래서 나는 다 부숴버리기라도 할 것 같은 기세로 열렬히 노래했다. 하지만 미스 브레이는 마음에 걸리는 게 있어 보였다. 그녀는 혹시 우리 노랫소리가 집안의 다른 사람들을 언짢게 할 수도 있다고 말했다. 그래서 그녀는 우리의 노래를 아무도 중단시키지 못하게 방문을 잠갔다. 많은 노래에 예수님이 등장했다. 미스 브레이는 우리에게 예수님 이야기를 들려줬다. 나는 그에 대해 듣고 싶었다. 그 이야기를 아무리 많이 들어도 질리지 않았다. 유대인들이 그를 십자가에 못 박은 것이 이해되지 않았다. 유다라는 인물은 곧바로 이해되었다. 유다는 자신의 악행을 부끄러워하기는커녕 긴 콧수염을 기르고 웃었다.

미스 브레이는 그 순수한 의도에도 불구하고 자신의 선교 활동을 위해 그 시간을 골랐음이 분명했다. 우리는 아무런 방해

* "예루살렘, 예루살렘, 천사들이 어떻게 노래하는지 들으라!"

도 받지 않았다. 우리는 예수님 이야기를 잘 들으면, 계속 부르자고 졸라댔던 '예루살렘'을 다시 부를 수 있었다. 정말 찬란하고 영광스러운 순간이었다. 그래서 우리는 아무한테도 그 일을 이야기하지 않았다. 이 활동은 오랫동안 들키지 않았다. 여러 주 동안 지속되었던 것이 틀림없다. 그 활동에 너무 익숙해진 나머지 학교에서부터 벌써 그 생각을 했고, 내가 그 활동 말고는 그 어떤 것도 그렇게까지 기다리지는 않았기 때문이다. 책 읽는 것마저도 더는 그다지 중요하지 않았다. 그리고 어머니와 다시 서먹해졌다. 어머니가 늘 나폴레옹 외삼촌과 상의를 하고 외삼촌에게 감탄하는 것에 대한 벌로 내가 예수님과 함께 보내는 시간을 어머니에게 비밀로 했기 때문이다.

어느 날 갑자기 방문이 흔들렸다. 어머니가 예기치 않게 집에 돌아왔고, 밖에서 들었던 것이다. 어머니는 훗날 노랫소리가 너무 좋아서 귀를 기울일 수밖에 없었다고 이야기했다. 어머니는 다른 사람들이 아이들 방으로 들어간 줄 알고 놀랐다. 우리가 그렇게 노래할 수는 없기 때문이었다. 결국 어머니는 누가 그 방에서 '예루살렘'을 부르는 건지 궁금해졌다. 그래서 방문을 열려고 했다. 방문이 잠겨 있는 걸 보고는 아이들 방에 들어가 있는 이 몰염치한 낯선 사람들에게 화가 나기 시작했다. 그래서 점점 더 격하게 방문을 흔들었다. 손으로 가볍게 지휘하고 있던 미스 브레이는 이 노래를 할 때 전혀 흔들림이 없었고, 우리는 노래를 끝까지 다 불렀다. 그러고 나서 미스 브레이는 방문을 조용히 열고 그 '부인' 앞에 섰다. 미스 브레이는 노래를 부르는 게 아이들에게 좋다고 설명했다. 그러곤 "부인께서는" 우리가 이 마지막 순간에 얼마나 행복한 기분이었는지를 알아차리지 못했느냐고 물었다. 그 끔찍한 사건들이 어쨌든 마침내 지나갔으며, 이제 우리는 어디에서 우리 아버지를 다시 만나게 될지를 알고 있다고 했다. 미스 브레이는 우리와 함께하는 시간에 폭 빠져 있었기 때문에 아무 거리낌 없이 용감하게 어머니에게도 곧바로 그 일을 시도했다. 어머니에게 예수에 대해서, 그가 우리를 위해 죽었다는 이야기를 했다. 나는 전적으로 미스 브레이 편에 서서 그 이야기에 끼어들었다. 어머니는 머리끝까지 화가 치밀어 올라 미스 브레이에게 우리가 유대인이라는 사실을 모르느냐고, 어떻게 자신의 아이들을 자기 등 뒤에서 현혹할 수 있느냐고 위협적으로 물었다. 어머니는 당신이 좋아했고, 또 당신이 몸단장할 때 매일 시중을 들었던 이디스한테 특히 화가 났다. 어머니는 이디스와 많은 이야기를 했다. 그녀의 애인 이야기도 했다. 하지만 이디스는 우리가 이 시간에 하는 활동에 대해서는 일부러 아무 말도 하지 않았다. 이디스는 그 자리에서 해고되었다. 미스 브레이도 해고되었다. 두 사람은 울었다. 우리도 울었다. 결국 어머니도 울었지만 화가 나서였다.

그러나 미스 브레이는 남았다. 막내 조르주가 그녀를 매우 따랐기에 빈에 데려갈 계획이었기 때문이다. 미스 브레이는 우리와 종교적인 노래를 다시는 부르지 않을 것이며, 예수님 이야기도 하지 않겠다고 굳게 맹세해야 했다. 우리가 곧 떠날 예정이어서 이디스는 어쨌든 조만간 해고될 터였다. 이디스의 해고는 철회되지 않았다. 어머니는 당신이 좋아한 사람의 기만을 자존심상 결코 용납하지 못했다. 어머니는 이디스를 용서하지 않았다.

하지만 나와의 관계에 있어서 어머니는 우리 관계의 영원한 특징이 될 것을 당시에 처음으로 겪었다. 어머니는 나를 아이들 방에서 불러내 당신 방으로 데리고 갔다. 단둘이 있게 되자마자 거의 잊힌 우리 저녁 시간의 대화 톤으로 내게 왜 그렇게 오랫동안 자기를 속였느냐고 물었다. "아무 말도 하고 싶지 않았어요." 내 대답이었다. "그런데 왜 하고 싶지 않았어? 왜 싫었어? 너는 내 장남이야. 나는 너를 신뢰하는데." "어머니도 내게 아무 말도 하지 않잖아요." 나는 무덤덤하게 말했다. "어머니는 살로몬 삼촌하고만 이야기하고 내겐 아무 말도 하지 않잖아요." "그렇지만 삼촌은 내 오빠야. 나는 오빠하고 상의해야 한단다." "왜 나하고는 상의하지 않는데요?" "네가 아직 이해 못 하는 일들이 있단다. 나중에 다 알게 될 거야." 어머니가 허공에다 대고 말하는 것 같았다. 나는 어머니의 오빠를 질투했다. 외삼촌을 좋아하지 않았기 때문이다. 좋아했다면 외삼촌을 질투하지 않았을 터였다. 그렇지만 외삼촌은 나폴레옹처럼 "시체를 밟고 넘어가는" 사람이었다. 전쟁을 시작하는 남자, 살인자.

지금 생각하면, 우리가 함께 부른 노래에 내가 열광한 것이 미스 브레이를 자극했을 수도 있을 것 같다. 부자 삼촌 집에서, 나 혼자 불렀던 표현대로 하자면 '오거의 궁전'에서 우리는 아무도 모르는 비밀 장소를 마련했다. 어머니를 그곳에서 배제하는 게 아마도 내 가장 깊은 소망이었던 것 같다. 어머니가 오거에게 복종했기 때문이다. 외삼촌에 대해 어머니가 하는 그 모든 칭찬의 말을 나는 어머니가 오거에게 복종한다는 표시로 받아들였다. 모든 면에서 외삼촌과는 달라지겠다는 결심의 초석은 그 당시에 놓였다. 외삼촌 집을 나와 마침내 떠나게 되었을 때야 비로소 나는 어머니를 다시 얻게 되었고, 매수되지 않는 어린아이의 눈으로 어머니의 신의를 감시했다.

## 제네바호수 가의 독일어

1913년 5월 빈으로 이주하기 위한 준비가 모두 끝나 우리는 맨체스터를 떠났다. 여행은 단계적으로 진행되었다. 훗날 내 삶에서 무한한 중심지로 확대될 도시들을 나는 처음으로 스쳐 지나갔다. 런던에는 몇 시간만 머물렀던 것 같다. 우리는 한 역에서 다음 역으로 런던 시내를 가로질러 갔다. 나는 높고 빨간 이층 버스를 넋을 놓고 바라보다가 버스 위층에 타게 해달라고 간절히 애원했다. 그럴 시간이 없었다. 끝도 없이 길게 이어지는 검은 소용돌이로 내 기억에 남은 그 밀집된 거리에 대한 흥분은, 수많은 사람이 뒤섞여 걸으면서도 서로 부딪치지는 않던 빅토리아역에 대한 흥분으로 끝났다.

배를 타고 해협을 건너간 기억은 없다. 더 인상적이었던 건 파리에 도착한 것이었다. 젊은 신혼부부가 역에서 우리를 기다리고 있었다. 제일 눈에 띄지 않았던, 어머니의 온순한 생쥐 같은 막냇동생 다비드, 그 옆으로 칠흑 같은 머리에 뺨을 붉게 화장한 눈부신 젊은 여자가 서 있었다. 다시 붉은 뺨이 나타났다. 하지만 그 뺨은 내가 새 숙모에게 뺨 말고 다른 데는 입을 맞추려 하지 않자, 어머니가 화장한 거라며 조심하라고 내게 경고할 정도로 매우 붉었다. 숙모의 이름은 에스터였으며, 막 테살로니키에서 온 참이었다. 테살로니키에는 가장 큰 세파라드 유대인 교구 공동체가 있으며, 결혼하고 싶은 젊은 남자들은 기꺼이 그곳에서 신부를 데리고 왔다. 막내 외삼촌 집의 방들은 너무 작았다. 그래서 나는 그 방들을 인형의 방이라고 버릇없게 불렀다. 다비드 삼촌은 기분 나빠하지 않았다. 막내 외삼촌은 항상 웃었으며 아무 말도 하지 않았다. 막강한 권력을 가진 맨체스터의 외삼촌과는 정반대였다. 맨체스터의 외삼촌은 막내를 무시하며 동업자로 받아들이지 않았다. 다비드 외삼촌은 젊은 날의 행복을 최고로 만끽하는 중이었다. 결혼한 지 일주일 되었을 때였다. 다비드 삼촌은 내가 눈부신 외숙모에게 즉시 반해버렸다는 사실에 우쭐했다. 그래서 외숙모에게 뽀뽀하라고 계속해서 나를 부추겼다. 막내 외삼촌, 제일 불쌍했던 그 남자는 무엇이 자신을 기다리고 있는지 알지 못했다. 얼마 지나지 않아 외숙모는 고집스럽고 진정시키기 힘든 포악한 여자임이 밝혀졌다.

우리는 방이 좁은 그 집에 얼마간 손님으로 머물렀다. 내겐 좋았다. 호기심이 많았던 나는 외숙모가 화장하는 걸 옆에서 지켜봐도 되었다. 외숙모는 파리에서는 모든 여자가 화장하며, 화장하지 않은 여자는 남자의 마음에 들 수 없다고 설명해줬다. "그렇지만 외숙모는 외삼촌 마음에 들잖아요." 내가 말했다. 외숙모는 아무런 대꾸도 하지 않았다. 외숙모는 향수를 뿌리고 그 향이 좋은지 알고 싶어 했다. 내게 향수는 소름 끼치는 것이었다. 우리 가정교사 미스 브레이는 향수는 '사악한' 거라고 했다. 그래서 나는 에스터 외숙모의 질문을 피했다. 나는 말했다. "외숙모 머리에서 나는 향이 제일 좋아요!" 그러면 외숙모는 자리에 앉아서 머리를 아래로 흘러내렸다. 많은 이들이 감탄해마지않는 내 동생의 곱슬머리보다도 더 검은 머리였다. 외숙모가 몸단장하는 동안 나는 옆에 앉는 것이 허락되었고 그 모습을 보며 감탄했다. 이런 모습이 그런 걸 끔찍하게 여기는 미스 브레이의 눈앞에서 대놓고 벌어졌다. 나는 미스 브레이가 어머니에게 이 파리라는 곳이 아이들에게는 좋지 않다고 이야기하는 소리를 들었다.

우리의 여행은 스위스로, 그러니까 로잔으로 계속되었다. 어머니는 그곳에서 여름 몇 달을 머무를 생각이었다. 어머니는 그 도시의 고지대에 집을 하나 세내었다. 눈부신 호수 풍경과 호수를 떠다니는 돛단배가 내려다보이는 집이었다. 우리는 종종 우시로 내려갔다. 호숫가에서 산책하고, 공원에서 악단이 연주하는 음악을 듣곤 했다. 모든 것이 매우 밝게 빛났으며, 항상 가벼운 미풍이 불었다. 나는 물, 바람, 돛단배를 사랑했다. 악단이 연주할 때면 너무나도 행복한 기분이 들어서 어머니에게 물었다. "우리가 여기 살면 왜 안 돼요? 여기가 제일 아름다워요." "너는 이제 독일어를 배워야 해." 어머니가 말했다. "너는 빈에서 학교에 갈 거야." 어머니는 한 번도 '빈'이라는 단어를 열정 없이 말한 적이 없었지만, 우리가 로잔에 머무는 동안에 그 말은 나를 유혹하지 못했다. 내가 그곳에 호수가 있느냐고 묻자, 어머니가 말했기 때문이다. "없어, 하지만 도나우강이 있어." 사부아 지방에 있는 산 대신에 빈에는 숲과 언덕이 있었다. 나는 어려서부터 이미 도나우강을 알고 있었다. 내가 데었던 그 물이 도나우강에서 길어 온 물이었기 때문에 나는 그 강에 대해 좋게 말할 수 없었다. 그렇지만 여기에는 이 멋진 호수가 있다. 또 산은 무언가 새로웠다. 나는 빈으로 가는 것을 완강하게 거부했다. 우리가 계획했던 것보다 더 오래 로잔에 머무른 이유를 어쩌면 거기서도 찾을 수 있을지 모르겠다.

그러나 진짜 이유는 내가 이제야 독일어를 배웠기 때문이다. 나는 여덟 살이었기에 빈에서 학교에 다녀야 했다. 내 나이면 그곳에서는 초등학교 3학년이었다. 내가 언어를 몰라서 3학년으로 들어갈 수 없을지도 모른다는 생각을 어머니로서는 감당하기 어려웠다. 그래서 어머니는 가능한 한 짧은 시간 안에 독일어를 가르치기로 했다.

도착한 지 얼마 지나지 않아 우리는 서점에 갔다. 어머니는 영어와 독일어로 쓰인 문법책이 있느냐고 물었다. 어머니는 건네받은 첫번째 책을 들고는 나를 데리고 곧장 집으로 돌아와서 수업을 시작했다. 어떻게 하면 어머니의 수업 방식을 신빙성 있게 묘사할 수 있을까? 그 수업이 어떻게 진행되었는지 나는 기억한다. 어떻게 잊을 수 있겠는가? 하지만 나 스스로도 그 방식이 여전히 믿기지 않는다.

우리는 식당에 있는 커다란 테이블에 앉았다. 나는 호수와 돛단배를 내다볼 수 있는 폭이 좁은 쪽에 앉았다. 어머니는 내

오른쪽 모퉁이에 앉아서 독일어 책을 잡고 있었는데, 그래서 나는 책을 들여다볼 수 없었다. 어머니는 독일어 책을 항상 내게서 멀리 잡고 있었다. "너는 책이 필요 없어." 어머니가 말했다. "어차피 봐도 넌 이해할 수 없으니까." 그런 이유를 대도 나는 무슨 비밀이라도 되는 양 내게 책을 숨긴다는 느낌이 들었다. 어머니는 내게 독일어 문장을 하나 읽어주고 그 문장을 반복하게 했다. 내 발음이 어머니 마음에 들지 않았기 때문에, 어머니가 듣기에 괜찮다 싶을 때까지 나는 그 문장을 여러 번 반복해야 했다. 그래도 그런 일이 자주 있지는 않았다. 어머니가 내 발음 때문에 나를 무시했기 때문이다. 내가 이 세상에서 절대로 참을 수 없는 게 어머니의 조롱이었기에 나는 노력했고, 그래서 곧 제대로 발음하게 되었다. 그런 뒤에 어머니는 먼저 내게 그 문장이 영어로 무슨 뜻인지 말해줬다. 그러나 뜻 설명은 절대로 다시 해주지 않았다. 문장의 의미를 나는 단번에 기억해야 했다. 그런 뒤에 어머니는 매우 빨리 다음 문장으로 넘어갔다. 같은 과정이 반복되었다. 내가 문장을 제대로 발음해내자마자 어머니가 영어로 그 문장을 번역해줬다. 어머니는 그 문장을 익히도록 명령하듯 나를 쳐다보았다. 그런 다음 벌써 다음 문장으로 넘어가 있었다. 어머니가 첫 수업에서 내게 얼마나 많은 문장을 익히라고 요구했는지는 모르겠다. 적게 잡아도 여러 개였다. 아니 많은 개수였던 것 같다. 어머니는 나를 놓아주며 말했다. "배운 것들을 혼자서 복습해라. 한 문장도 잊어버려선 안 돼. 단 한 문장도 안 돼. 우리 내일 계속하자." 어머니가 독일어 책을 가지고 있었고, 나는 무방비 상태로 혼자 남겨졌다.

나는 어떤 도움도 받을 수 없었다. 미스 브레이는 영어만 했다. 어머니는 독일어를 공부하는 시간 말고는 배운 문장들을 말해주려 하지 않았다. 다음 날 나는 다시 같은 자리에 앉아 있었다. 내 앞에 있는 열린 창으로 호수와 돛단배가 보였다. 어머니는 전날 배운 문장들을 다시 끄집어냈다. 내게 한 문장을 따라 발음하게 하고 무슨 뜻인지를 물었다. 내 불행은 내가 그 뜻을 기억하고 있다는 사실이었다. 그러면 어머니는 만족스러워하며 말했다. "좋아, 그렇게 하는 거야!" 하지만 곧이어 재앙이 닥쳤다. 나는 더 이상은 아무것도 몰랐다. 첫 문장 말고 다른 문장은 전혀 기억하지 못했다. 나는 어머니가 말하는 문장을 따라 했다. 어머니가 잔뜩 기대하는 표정으로 나를 바라보았다. 나는 더듬거리다가 입을 다물고 말았다. 이어지는 몇 문장에서도 계속 그러자 어머니는 화가 나서 말했다. "첫 문장은 기억했잖니. 그러니까 너는 할 수 있어. 네가 하려고 하지 않는 거야. 너는 로잔에 남고 싶구나. 너 혼자만 로잔에 두고 갈 거야. 나는 빈으로 갈 거야. 미스 브레이랑 동생들은 데리고 갈 거야. 너 혼자 로잔에 살아도 돼!"

나는 어머니의 경멸 말고 다른 건 별로 무서워하지 않았던 것 같다. 특히 조급해지면 어머니는 손으로 머리를 치며 소리 질렀다. "내가 바보를 아들로 두었구나! 그걸 몰랐다니!" 아니면 "네 아버지도 독일어를 할 수 있었는데. 아버지가 뭐라고 할까!"

나는 끔찍한 절망에 빠졌지만 그걸 숨기려고 돛단배를 바라보았다. 그러곤 나를 도울 수 없는 그 돛단배들이 나를 구해주기를 바랐다. 오늘날까지도 도무지 영문을 알 수 없는 일이 일어났다. 나는 마치 독종처럼 주의를 기울이며, 문장의 의미를 곧장 새기는 법을 익혔다. 내가 문장 서너 개를 제대로 알고 있으면, 어머니는 나를 칭찬하지는 않고 다른 문장들을 확인하려 했다. 어머니는 매번 내가 모든 문장을 기억하길 바랐다. 하지만 그런 일은 절대로 일어나지 않았기에 어머니는 단 한 번도 나를 칭찬하지 않았다. 이 몇 주 동안 어머니는 나를 암흑과 불만족 상태에 처박아두었다.

이제 나는 어머니의 경멸에 대한 공포 속에 살았다. 어디에 있든 종일 문장들을 되뇌었다. 가정교사와 산책을 할 때도 나는 말이 없었으며 짜증 나 있었다. 더 이상 바람을 느끼지 못했다. 더 이상 음악을 듣지 못했다. 내 머릿속은 항상 독일어 문장들과 그 영어 뜻으로 가득 차 있었다. 시간이 나면 나는 한쪽 구석으로 가서 큰 소리로 혼자 연습했다. 그럴 때면 올바른 문장을 공부할 때와 마찬가지로 틀린 부분도 열정적으로 연습하게 되었다. 내게는 틀린 것을 체크할 수 있는 책이 없었다. 완고하고도 무자비하게 어머니는 내게 책을 주기를 거부했다. 어머니는 내가 책을 얼마나 좋아하는지, 또 책으로 하는 모든 일이 내게 얼마나 쉬울지를 아주 잘 알고 있었다. 하지만 어머니는 어떤 일도 쉽게 하면 안 된다는 생각을 가지고 있었다. 언어를 공부할 때는 책이 나쁘다는 것이었다. 언어는 구술로 익혀야 하며 그 언어에 대해 뭔가를 알고 난 후에야 비로소 책이 무해하다는 것이었다. 어머니는 내가 근심 걱정으로 거의 먹지 않는 것도 아랑곳하지 않았다. 내가 당하는 테러를 어머니는 교육적이라고 여겼다.

한두 개 정도를 빼고는 모든 문장과 그 뜻 모두를 기억해내는 날도 여러 번 있었다. 그러고 나면 나는 어머니의 얼굴에서 만족하는 빛을 찾았다. 하지만 한 번도 그런 징후를 찾지 못했다. 기껏해야 어머니가 나를 경멸하지 않는다는 것 정도가 전부였다. 잘해내지 못한 날이면 어머니가 낳은 바보라는 말을 기다리며 공포에 떨었다. 그 말이 내게 가장 큰 치명상을 입혔다. 바보라는 말이 나오면 나는 무너졌다. 어머니의 입에서 나온 아버지에 관한 이야기만이 그러한 힘을 발휘하지 못했다. 아버지의 다정함은 나를 위로했다. 아버지로부터 나는 단 한 번도 불친절한 말을 들어본 적이 없었다. 내가 무슨 말을 하든지 아버지는 기뻐했고 너그러이 봐주었다.

나는 더 이상 동생들에게 말을 걸지 않았다. 어머니처럼 냉정하게 동생들을 밀어냈다. 막냇동생을 가장 예뻐했지만 우리 3형제 모두를 매우 사랑했던 미스 브레이는 내가 얼마나 위험한 상태에 있는지를 알아차렸다. 내가 어떻게 독일어 문장을 연습하고 있는지를 알게 된 그녀는 언짢아졌다. 그러곤 이제 충분하다고, 이제 그만해야 하며, 내 또래 아이치고는 이미 너무 많이 알고 있으며, 본인은 다른 언어를 공부한 적이 한 번도 없지만 사는 데 전혀 지장이 없다고 이야기했다. 전 세계에 영어를 알아듣는 사람들이 있다고 했다. 그녀의 참견이 위로가 되기는 했다. 하지만 그런 말에 담긴 내용은 내게 아무 의미 없었다. 오직 어머니 당신만이 나를 옭아매고 있는 어머니의 그 끔찍한 최면으로부터 나를 풀어줄 수 있을 것이었다.

나는 미스 브레이가 어머니에게 하는 말을 똑똑히 들었다. "아이가 불행해해요. 아이가 그러던데, 부인께서 아이를 멍청이라 생각한다고 하셨다면서요." "그 아이는 멍청이가 맞아요!" 미스 브레이는 이 말에 이어서 다음의 말을 듣게 되었다. "그렇지 않으면 내가 그 애에게 그런 말을 하지 않을걸요!" 몹시 쓰라린 말이었다. 내 모든 게 걸려 있는 그 말이 다시 등장했다. 나는 팰러타인가에 두고 온 사촌 엘시를 떠올렸다. 엘시는 말을 제대로 하지 못했다. 엘시를 두고 어른들은 안타까워하며 말했다. "엘시는 계속 멍청이로 살게 될 거야."

미스 브레이는 다정하고 선량한 마음씨를 지녔음이 분명했다. 나를 구해준 이가 결국엔 그녀였기 때문이다. 어느 오후였다. 우리가 막 독일어 수업을 시작하던 참이었다. 어머니가 갑자기 말했다. "미스 브레이가 그러는데, 네가 독일어 글자를 무척 배우고 싶어 한다고. 정말이니?" 어쩌면 내가 한 번쯤 그런 말을 했거나, 그녀 스스로 그런 생각을 해냈던 것 같다. 그 말을 하면서 어머니가 손에 들고 있는 책을 쳐다보았기 때문에, 나는 곧바로 그것이 기회임을 알아차렸다. 나는 말했다. "예, 그러고 싶어요. 빈에서 학교 다닐 때 필요할 거예요." 그렇게 해서 나는 마침내 각이 진 글자들을 공부할 책을 받게 되었다. 내게 글자를 가르치는 일에 어머니는 벌써 몹시 조바심 내고 있었다. 어머니는 당신이 세운 원칙을 파기했다. 그리고 나는 책을 가지게 되었다.

한 달간 지속되었던 가장 끔찍했던 그 고통이 지나갔다. "하지만 글자만이야." 어머니는 내게 책을 건네며 말했다. "그 밖의 다른 문장들은 계속해서 구술로 연습할 거야." 어머니는 내가 문장을 따라 읽는 걸 막지 못했다. 나는 이미 어머니로부터 많은 걸 배운 상태였다. 어머니가 내게 문장의 발음을 들려주며 강조하고 또 강요하는 방식에는 무언가가 있었다. 새로운 모든 것을 나는 그때까지처럼 그 이후로도 계속해서 어머니로부터 배웠다. 하지만 나는 어머니에게서 들은 것들을 나중에 읽으면서 더 확실하게 다졌다. 그래서 어머니 앞에서 치르는 시험을 더 잘 통과했다. 어머니는 더 이상 나를 '멍청이'라고 부를 기회를 얻지 못했으며, 당신 자신도 그 사실에 안도했다. 나중에 어머니가 이야기해줬는데, 혹시라도 내가 가지가 넓게 퍼진 가문 내에서 유일하게 언어에 재능 없는 사람일지도 모른다고 심각하게 고민했었다고 한다. 이제 어머니는 그 반대라고 확신했고, 우리의 오후는 온전히 평화로운 시간으로 탈바꿈했다. 이제는 심지어 내가 어머니의 감탄을 자아내는 일도 생겼다. 가끔 어머니는 자기도 모르게 칭찬하며 말했다. "너는 틀림없는 내 아들이야."

이제 숭고한 시기가 시작되었다. 어머니가 나와 독일어로 말하기 시작했다. 독일어를 공부하는 시간 외에도 그랬다. 나는 아버지가 돌아가신 후의 그 몇 주처럼 다시 어머니에게 친밀감을 느꼈다. 나중에야 비로소 나는 알게 되었다. 어머니가 경멸과 고통 속에서 내게 독일어를 가르친 건 나 때문만이 아니었다. 어머니 당신도 나와 독일어로 말하고 싶다는 강한 욕구가 있었다. 독일어는 어머니에게 친밀함의 언어였다. 스물일곱 살에 자신의 이야기를 들어주던 아버지의 귀를 잃어버린 어머니 인생에서의 그 끔찍한 단절은 아버지와 독일어로 나누던 사랑의 대화가 멈춘 것에서 당신에게 가장 민감하게 나타났다. 이 언어 속에서 부모님의 진정한 결혼 생활이 이루어졌었다. 어머니는 어찌할 바를 몰랐고, 아버지 없이 절망감만 느꼈다. 그래서 가능한 한 빨리 아버지의 자리에 나를 앉히려 했다. 어머니는 그 일에 엄청나게 큰 기대를 품었다. 그래서 처음에 내가 어머니의 계획을 망가뜨릴 것처럼 보이자 견디기가 힘들었다. 그래서 모든 아이의 능력을 넘어서는 성과를 아주 짧은 시간 안에 이루어내도록 나를 압박했다. 어머니의 그 계획이 성공한 것은 내 독일어의 더 근본적인 성격을 규정했다. 그것은 늦게, 그리고 극심한 고통 속에 뿌리내린 모국어였다. 이 언어는 하지만 고통에만 머물러 있지는 않았다. 그다음에 바로 행복한 시기가 찾아왔다. 그 행복감은 나와 이 언어를 떼려야 뗄 수 없는 사이로 만들었다. 내 안에서도 일찍부터 글을 쓰고 싶은 욕구가 일었음이 틀림없다. 쓰는 법을 배운다는 핑계로 어머니로부터 책을 완전히 얻어낼 수 있었고, 독일어 글자 쓰는 법을 배우면서 갑작스럽게 더 좋은 시절로 전환되었기 때문이다.

내가 다른 언어를 포기하는 것을 어머니는 절대로 용납하지 않았다. 어머니에게 교양은 근본적으로 당신이 알고 있는 모든 언어로 쓰인 문학 속에 있었다. 하지만 우리의 사랑의 언어—얼마나 대단한 사랑이었던가!—는 독일어가 되었다.

어머니는 로잔에 사는 친구와 친척을 방문할 때 나만 데리고 갔다. 내 기억에 남은 두 번의 방문이 젊은 과부라는 어머니의 상황과 관련이 있다는 건 놀라운 일이 아니다. 어머니의 남자 형제 하나가 우리가 맨체스터로 이사하기 전에 이미 그곳에서 돌아가셨다. 그 미망인 린다와 두 자녀가 지금은 로잔에 살고 있었다. 어머니가 로잔에 잠시 머문 건 아마 그들 때문이었던 것도 같다. 어머니는 린다 외숙모 댁의 식사에 초대되었다. 그리고 외숙모가 빈에서 나고 자랐으며 특히 훌륭한 독일어를 구사한다는 이유로 나도 동행하게 되었다. 역량을 선보이기에 내가 이미 충분한 수준이라는 것이었다. 나는 그 식사 초대에 열광했다. 나는 최근에 시달렸던 그 모든 경멸의 흔적을 영원히 지워버리겠다는 의지로 불타올랐다. 너무도 흥분한 나머지 그 전날 밤에 잠을 이룰 수 없었다. 나는 혼자서 성공적으로 끝맺는 긴 독일어 대화를 해보았다. 린다 외숙모 댁에 갈 시간이 되자 어머니는 매일 그 집에 식사하러 오는 신사분도 한 명 함께할 거라고 이야기해줬다. 코티에 씨라는 분으로 품격 있고 이제는 젊지 않지만 명망 높은 공무원이라고 했다. 나는 그분이 외숙모의 남편이냐고 물었다. 어머니가 머뭇거리며, 또 약간은 정신이 나간 사람처럼 말하는 소리가 들렸다. "언젠가는 그렇게 될지도 모르지. 아직은 외숙모가 두 아이를 생각하고 있어. 빨리 재혼해서 아이들이 상처받는 걸 외숙모는 원하지 않아. 재혼이 든든한 버팀목이 되어줄 텐데도 말이지." 나는 즉시 위험을 간파했다. "어머니는 아이가 셋이에요. 하지만 제가 어머니의 버팀목이잖아요." 어머니가 웃었다. "너 무슨 생각을 하는 거니?" 특유의 거만한 톤으로 어머니가 말했다. "나는 린다 외숙모와 같지 않아. 내게는 코티에 씨 같은 남자가 없어."

그래서 독일어는 더 이상 그렇게 중요하지 않게 되었다. 나는 두 가지 방법으로 내 과제를 완수해야 했다. 코티에 씨는 뾰족한 수염에 배가 나온 크고 살찐 남자였으며, 린다 외숙모댁 음식이 그의 입맛에 잘 맞았다. 말을 느리게 했으며, 한마디 한마디 말하기 전에 생각했고, 호감을 가지고 어머니를 쳐다보았다. 코티에 씨는 꽤 나이가 많았다. 그래서 내 눈에는 어머니를 어린아이같이 대하는 것처럼 보였다. 그는 어머니 쪽으로만 몸을 돌린 채 린다 외숙모에게는 아무 말도 하지 않았다. 그러는 동안 외숙모는 코티에 씨 접시에 계속해서 음식을 채워주었다. 코티에 씨는 외숙모가 그러는 걸 알아차리지 못하는 것처럼 행동했으며 계속해서 조용히 식사했다.

"외숙모는 아름다워요!" 집으로 돌아오는 길에 나는 흥분해서 말했다. 외숙모는 까무잡잡한 피부에 놀라우리만큼 크고 검은 눈을 가지고 있었다. "외숙모에게서 좋은 향기가 나요." 내가 또 말했다. 외숙모는 내게 입맞춤을 해줬는데, 파리에 사는 외숙모보다 더 좋은 향기가 났다. "무슨 소리야, 그게." 어머니가 말했다. "외숙모는 코가 너무 크고 다리가 코끼리처럼 두꺼워. 하지만 사랑은 위胃를 통해 가지." 어머니는 그 말을 식사 중에 이미 한 번 했었다. 그 말에 코티에 씨는 경멸 어린 시선을 던졌다. 나는 어머니가 그 말을 다시 하는 것에 놀랐다. 그리고 어머니에게 그게 무슨 뜻인지 물었다. 어머니는 아주 딱딱하게 설명해줬다. 코티에 씨가 먹는 것을 좋아하고, 외숙모가 요리를 잘한다는 것이었다. 그래서 그가 매일 다시 찾는 거라고 했다. 나는 그래서 외숙모에게서 좋은 향기가 나는 거냐고 물었다. "그건 외숙모가 쓰는 향수 냄새야." 어머니가 말했다. "향수를 항상 너무 심하게 뿌려대." 나는 어머니가 외숙모를 비난하고 있다는 걸 알아차렸다. 어머니는 코티에 씨에게 호의적이었고, 또 그를 웃게도 했지만 그를 별로 탐탁지 않게 여기는 것처럼 보였다.

"우리 집에는 아무도 식사하러 오지 않을 거예요." 마치 어른이라도 되는 양 내가 갑자기 말했다. 어머니는 미소 지으며 내게 힘을 실어줬다. "네가 그런 일을 허락하지 않을 거야. 그렇지? 네가 벌써 그런 것에 신경을 쓰는구나."

두번째 방문은 아프탈리옹 씨 댁이었는데, 첫번째와는 완전히 다른 경우였다. 그는 어머니가 알고 있는 세파라드 유대인 중에서 가장 부유한 사람이었다. "백만장자야." 어머니가 말했다. "그리고 아직 젊지." 그가 살로몬 외삼촌보다 훨씬 더 부자냐는 내 질문에 어머니가 그렇다고 확인해주자, 나는 곧장 그의 편이 되었다. 또한 그는 완전히 다른 외모에 춤도 잘 추며, 또 기사라고도 했다. 모두가 그와 어울리려고 노력하며, 아주 고귀한 사람이어서 궁전에 살 수 있을 정도라는 것이었다. "우리 중에 그런 사람은 이제 더는 없어." 어머니가 말했다. "스페인에 살던 때는 우리도 그랬었지." 그러고 나서 어머니가 내게 털어놓았다. 아프탈리옹 씨가 예전에 어머니와 결혼하려 했다는 것이었다. 하지만 그 당시에 어머니는 이미 아버지와 비밀리에 약혼한 상태였다고 했다. "그렇지 않았다면 아마 그 사람과 결혼했을 거야." 어머니는 말했다. 그 후에 그는 매우 슬퍼하면서 오랫동안 다른 여자는 거들떠보지도 않았다고 했다. 이제야, 그러니까 아주 최근에 그가 결혼했으며, 아름답다고 명성이 자자한 부인 프리다와 함께 로잔에서 신혼여행 중이라고 했다. 그가 최고급 호텔에 묵고 있으며, 우리가 그곳으로 그를 만나러 가는 거라고 했다.

나는 아프탈리옹 씨가 궁금했다. 어머니가 그를 외삼촌보다 더 높은 곳에 올려두었기 때문이다. 내가 외삼촌을 극도로 싫어했기 때문에 아프탈리옹 씨가 어머니에게 청혼했었다는 사실이 특별한 감흥을 주지는 않았다. 나는 그가 너무 보고 싶었다. 그저 그 옛날의 나폴레옹이 그 옆에서 아무것도 아닌 것으로 비참하게 쪼그라드는 모습을 보기 위해서였다. "얼마나 아쉬운지 몰라요." 나는 말했다. "살로몬 외삼촌이 함께 가지 않는 게 말예요!" "외삼촌은 영국에 있어." 어머니가 말했다. "절대 함께 갈 수 없지." "하지만 진정한 세파라드 유대인이 어때야 하는지 보게 살로몬 외삼촌이 함께 가면 좋을 거예요." 어머니의 오빠에 대한 나의 이 증오를 어머니는 불쾌하게 생각하지 않았다. 당신은 살로몬 외삼촌의 능력에 감탄하면서도 내가 외삼촌을 배척하는 것이 어머니에게는 당연한 일이었다. 아마도 어머니는 아버지 대신에 외삼촌을 모범으로 삼지 않는 것이 내게 얼마나 중요한 일인지를 이해하고 있었던 것 같다. 어쩌면 내 어린 시절의 결코 지울 수 없는 이 증오를 '개성'이라 생각했던 것 같다. 어머니에게 '개성'은 그 무엇보다도 중요했다.

우리는 어떤 호텔의 궁전 같은 방으로 갔다. 그런 곳을 나는 한 번도 본 적이 없었다. 심지어 그곳이 '로잔궁'이라고 불렸던 것 같기도 하다. 아프탈리옹 씨는 크고 호화롭게 치장된 방들로 이루어진 특실에 묵었다. 마치 『아라비안나이트』 속에 있는 것 같은 느낌이 들었다. 1년 전 내게 매우 강한 인상을 주었던 팰러타인가의 외삼촌 집이 하찮게 여겨졌다. 맞닫이 문이 열리고, 짙은 파란색 양복을 입고 흰색 각반을 두른 아프탈리옹 씨가 나타났다. 그는 얼굴에 미소를 한가득 머금고 어머니에게 다가와 손에 입을 맞추었다. "더 아름다워졌군요, 마틸데." 그가 말했다. 어머니는 검은 상복을 입고 있었다. "당신은 세상에서 가장 아름다운 여인을 아내로 가졌고요." 어머니가 말했다. 어머니는 항상 재치 있게 말했다. "어디에 있어요? 프리다는 없어요? 빈에서의 학창 시절 이후로는 보지 못했어요. 아들에게 프리다에 대해 정말 많은 이야기를 했죠. 아들이 프리다를 꼭 보고 싶다고 해서 데리고 왔어요." "곧 올 거요. 아직 몸단장이 다 끝나지 않았거든요. 대신에 두 분은 조금 덜 아름다운 사람으로 만족하셔야겠습니다." 대화는 그 웅장한 공간에 걸맞게 세련되고 점잖게 진행되었다. 그는 어머니의 계획을 물었고, 어머니의 이야기에 매우 주의 깊게, 또 내내 미소를 지으며 귀를 기울였다. 그러곤 동화 같은 말로 빈으로 이주하는 것에 동의를 표했다. "당신은 빈과 맞아요, 마틸데." 그가 말했다. "그 도시가 당신을 사랑하지요. 빈에서 당신은 늘 가장 생동감 넘쳤고, 또 가장 아름다웠어요." 나는 조금도 질투하지 않았다. 그에게도, 또 빈에도 질투하지 않았다. 나는 몰랐던 것, 내가 가진 책 어디에도 나오지 않는 것, 즉 도시가 사람을 사랑할 수도 있다는 것을 알게 되었다. 그리고 그 말이 마음에 들었다. 그때 프리다가 왔다. 그녀는 놀라움 그 자체였다. 그토록 아름다운 여자를 나는 한 번도 본 적이 없었다. 호수처럼 밝게 빛났으며 화려한 옷을 입고 있었다. 그녀는 어머니를 마치 왕후라도 되는 양 대했다. 그녀는 꽃병에서 제일 예쁜 장미 몇 송이를 골라 아프탈리옹 씨에게 건넸다. 아프탈리옹 씨는 어머니에게 고개를 숙이며 그 장미꽃을 건넸다. 그렇게 긴 방문은 아니었다. 오고 가는 말들 역시 나는 다 이해하지 못했다. 대화는 독일어와 프랑스어를 바꾸어가며 이루어졌다. 그 두 언어를, 그중에서도 특히 프랑스어를 나는 아직 썩 잘하는 편이 아니었다. 내가 알아들으면 안 될 것들이 프랑스어로 이야기되는 것 같다는 생각도 들었다. 하지만 어른들의 그런 비밀 대화에 보통은 분노로 반응했던 것과 달리 나는 나폴레옹 위에 선 이 승자와 그의 놀랍도록 아름다운 아내의 아주 나쁜 면이라도 즐거이 받아들였을 것이다.

그 궁전을 떠날 때 어머니는 약간 혼란스러워 보였다. "그와 결혼할 뻔했는데." 어머니가 나를 보며 갑자기 말했다. 그러곤 나를 경악시킨 한마디를 덧붙였다. "그랬다면 네가 절대로 태어나지 못했을 테지!" 나는 어떻게 내가 태어나지 못했을 수도 있을지 상상조차 할 수 없었다. 나는 어머니 옆에서 걸었다. "그래도 나는 어머니 아들이에요." 나는 반항 조로 말했다. 어머니는 나한테 그렇게 말한 것이 아마도 미안했던 것 같다. 멈춰 서서 들고 있던 장미 다발과 함께 나를 격하게 끌어안았기 때문이다. 그래도 어머니는 마지막에 프리다를 칭찬했다. "정말로 우아해. 개성 있지!" 어머니는 그런 말을 거의 하지 않았다. 여자에게는 더욱 그랬다. 나는 프리다가 어머니 마음에도 들었다는 사실에 기뻤다. 여러 해가 지난 후 그날의 방문에 관해 이야기할 때마다 어머니는 우리가 보았던 모든 것, 그 모든 영화榮華가 원래는 자신의 것이었다는 감정으로 그곳에서 나왔다고 말하곤 했다. 그리고 당신 자신에게 놀랐다고 했다. 프리다에게는 전혀 앙심을 품지 않았으며, 다른 여자들에게라면 그러지 않았을 텐데 그녀를 질투하지 않고 인정했기 때문이었다.

우리는 로잔에서 석 달을 보냈다. 가끔 나는 그토록 많은 성과를 거둔 시간이 내 삶에 두 번 다시 없었다는 생각을 한다. 하지만 진지하게 어느 한 시기에 주목하면 그런 생각이 종종 들게 마련이다. 하지만 진지하게 어느 한 시기에 주목하면 그런 생각이 종종 들게 마련이다. 어떤 시기든 나름대로 가장 중요하며 또 어떤 시기든 나름대로 모든 걸 포괄한다는 말도 실로 그럴듯하다. 어쨌든 로잔에 살던 시기에 나는 주변에서 들려오는 프랑스어를 별다른 우여곡절 없이 틈틈이 익히면서, 어머니의 영향력 아래서 독일어로 다시 태어났다. 이러한 탄생의 고통 속에서 나를 두 가지, 즉 언어 그리고 어머니와 결합시킨 열정이 생겨났다. 근본적으로 하나이자 같은 것인 그 둘 없이는 계속된 내 삶의 여정이 무의미하며 이해되지도 않을 것이다.

8월에 우리는 빈을 향해 출발했다. 우리는 취리히에 몇 시간 머물렀다. 대합실에서 어머니는 미스 브레이에게 동생들을 맡기고는 나를 데리고 취리히베르크로 올라가는 케이블카를 탔다. 우리는 리기블리크라는 곳에 내렸다. 눈이 부시게 화창한 날이었다. 나는 내 앞으로 넓게 펼쳐진 도시를 내려다보았다.

그 도시는 어마어마해 보였다. 도시 하나가 어쩜 그리도 클 수 있는지 어리둥절했다. 내게는 전혀 새로운 경험이었으며, 조금은 무섭기도 했다. 나는 빈도 이렇게 크냐고 물었다. "더 크지"라는 대답을 들었을 때 나는 그 말을 믿지 않았다. 어머니가 나를 놀리는 거라고 생각했다. 호수와 산은 언제든지 바로 눈앞에서 볼 수 있었던 로잔과 달리 멀리 있었다. 로잔에서 호수와 산은 중심에 있었으며, 모든 풍경의 실제적인 내용이었다. 집이 그렇게 많지는 않았다. 그런데 이 도시에는 셀 수 없을 만큼 집이 많았으며, 그 모습에 놀란 나는 눈을 크게 뜨고 바라보았다. 집들이 우리가 서 있는 취리히베르크 산비탈까지 올라와 있었다. 평소라면 신나서 했겠지만, 이번에는 셀 수 없이 많은 집을 세어볼 엄두조차 내지 못했다. 낯설기도 했고, 어쩌면 기겁했던 것도 같다. 나는 나무라는 투로 어머니에게 말했다. "우리가 나머지 식구들을 다시는 찾지 못할 것 같아요." 우리가 '아이들'—우리끼리 있을 때는 그렇게 불렀다—을 다른 언어는 한마디도 못 알아듣는 가정교사하고만 남겨두는 게 아니었다는 생각이 들었다. 처음으로 한 도시를 그렇게 넓게 조망한 경험은 상실감으로 물들었다. 그리고 훗날 내 청소년기의 낙원이 될 취리히를 처음으로 내려다보았던 그 기억은 결코 나를 떠나지 않았다.

아이들과 미스 브레이를 우리가 다시 찾아냈음이 틀림없다. 다음 날, 그러니까 8월 18일에 오스트리아를 지나가는 우리의 모습이 떠오르기 때문이다. 우리가 지나치는 모든 곳에 깃발이 꽂혀 있었다. 깃발이 그치지 않고 계속 보이자 어머니는 우리의 도착을 환영하기 위한 거라고 농담했다. 하지만 어머니 자신도 그것이 무엇인지 알지 못했다. 유니언 잭에만 익숙했던 미스 브레이는 점점 더 흥분했고, 어머니가 다른 여행객에게 깃발에 관해 물어볼 때까지 진정하지 못했다. 황제의 탄신일이었다. 어머니가 20년 전 빈에서 청소년기를 보낼 때도 이미 늙은 황제로 알려져 있었던 프란츠 요제프가 여전히 생존해 있었다. 모든 마을과 도시가 그것을 기뻐하는 듯 보였다. "빅토리아 여왕 같네." 미스 브레이가 말했다. 그리고 나는 빈에 도착할 때까지 몇 시간 동안 미스 브레이로부터 오래전에 죽은 여왕 이야기를 들었다. 나는 그 이야기가 약간 지루했는데, 기분 전환을 위해 어머니가 아직 살아 있는 프란츠 요제프 이야기를 들려주기도 했다.

# 제3부
# 빈
# 1913~1916

## 메시나의 지진
## 집 안의 부르크테아터

밖에 있는 운행 시작 전의 그로텐반* 앞에는 지옥의 입이 있었다. 그것은 붉은 입을 크게 벌리고는 이빨을 드러냈다. 작은 악마들이 사람들을 포크로 찍어서, 느리지만 가차 없이 다무는 그 입 속으로 집어넣었다. 하지만 그 입은 다시 벌어졌다. 욕심이 한이 없었으며, 결코 지치는 법도, 물려하는 법도 없었다. 그곳은 보모 파니의 말처럼 빈 도시 전체와 그곳에 사는 모든 사람을 먹어치우기 위한 지옥의 장소였다. 파니는 그 이야기를 위협적으로 하지는 않았다. 파니는 내가 그 이야기를 믿지 않는다는 걸 알고 있었다. 지옥의 입은 어린 동생들에게 더 어울리는 이야기였다. 파니는 동생들의 손을 꼭 잡고 동생들이 지옥의 입을 본 덕분에 더 착해지기를 간절히 바랐다. 하지만 동

* 오스트리아 빈의 최대 규모 놀이공원 부어스텔프라터에 있는 놀이 시설. '그로텐반Grottenbahn'은 '인공 동굴 궤도'라는 뜻이다.

생들에게 안을 들여다볼 틈은 한순간도 주지 않았던 것 같다.

나는 서둘러 전차 안으로 뛰어올라 자리에 앉았다. 그러곤 동생들에게도 앉을 자리를 마련해주기 위해 파니 옆으로 찰싹 달라붙었다. 그로텐반 안에는 많은 것이 있었다. 하지만 딱 하나만 가치가 있었다. 아마도 나는 먼저 나오는 알록달록한 그룹들을 살펴보았을 것이다. 하지만 그러는 척했을 뿐이다.「백설 공주」「빨간 모자 소녀」「장화 신은 고양이」등 동화는 모두 읽을 때가 더 좋았다. 재현된 동화는 나를 열광시키지 못했다. 하지만 그다음에 우리가 집을 나서던 순간부터 내가 줄곧 기다려온 것이 나타났다. 파니가 곧장 부어스텔프라터 방향으로 접어들지 않으면, 나는 밀고 당기며 그녀가 두 손 두 발 다 들 때까지 수많은 질문을 퍼부어대며 압박했다. "또다시 귀찮게 구는구나. 그래 그로텐반으로 가자." 그러면 나는 파니를 놓아주고는 그 주위를 껑충껑충 뛰었다. 나는 한 걸음쯤 앞서 달려가서는 조바심 내며 기다렸다가, 파니에게 입장료로 낼 돈을 보여달라고 했다. 언젠가 우리가 그로텐반에 이르렀는데 파니가 집에 돈을 두고 왔던 적이 있기 때문이었다.

그렇지만 이번에 우리는 전차 안에 앉아 동화 속 장면들을 스쳐 지나갔다. 매 장면 앞에서 전차는 잠시 멈춰 섰다. 전차가 너무 과하게 정차하는 것에 나는 몹시 화가 나서 동화에 대해 말도 안 되는 농담을 하며 동생들의 흥을 깼다. 그런데 정작 동생들은 가장 중요한 장면인 메시나의 지진*이 나왔을 때

* 1908년 이탈리아 남부에서 발생한 대지진.

는 매우 무덤덤했다. 푸른 바닷가에 있는 도시였다. 산비탈에는 하얀색 집들이 많았다. 그곳의 모든 것은 햇빛을 받으며 견고하면서도 고요하게 서 있었다. 기차가 멈춰 섰다. 이제 그 도시가 손에 잡힐 만큼 가까웠다. 이 순간 나는 훌쩍 뛰어올랐다. 내가 느끼는 두려움에 전염된 파니는 뒤에서 나를 꽉 붙잡았다. 그 순간 무시무시한 천둥소리가 울려 퍼졌다. 사방이 칠흑같이 어두워졌다. 휘몰아치는 바람 소리와 살려달라고 애원하는 사람들의 소리가 들려왔다. 바닥이 흔들렸다. 우리 몸이 이리저리 흔들렸다. 다시 천둥소리가 울려 퍼지고, 번개가 요란하게 쳤다. 메시나의 모든 집이 화염에 휩싸여 날카로운 비명을 내지르고 있었다.

전차가 다시 움직이기 시작했다. 우리는 폐허가 된 도시를 떠났다. 이후에 펼쳐지는 장면을 나는 더 이상 쳐다보지 않았다. 그로텐반에서 비틀거리며 나오면서 나는 생각했다. 이제 모든 것이 파괴되었을 거라고, 부어스텔프라터 전체가, 모든 상점과 그 위로 드리운 밤나무까지도 다 박살 나 있으리라고. 나는 나무둥치 하나를 붙잡고 마음을 가라앉혀보려 했다. 나무에 부닥치면서 나무가 저항하는 것을 느꼈다. 나무는 움직일 수 없었다. 그 나무는 단단하게 서 있었다. 아무것도 달라져 있지 않았다. 나는 행복했다. 내가 나무에 소망을 걸던 당시에 있었던 일이 틀림없다.

우리 집은 요제프-갈-가세 5번지의 길모퉁이에 있었다. 우리는 3층에 살았다. 우리 집 왼쪽에는 개간되지 않은 공터가 하나 있었는데, 그렇게 크지는 않았다. 그 공터 너머 프린첸알레부터는 벌써 프라터* 구역이었다. 방 몇 개는 요제프-갈-가세 쪽을 향해 있었고, 나머지는 서쪽 공터와 프라터의 나무들 쪽을 향해 있었다. 집 모서리에는 이 두 면을 연결하는 둥그런 발코니가 있었다. 거기에서 우리는 해가 지는 모습을 보곤 했다. 우리는 붉고 큰 해와 매우 친해졌으며, 해는 막냇동생 조르주를 특별한 방식으로 매료시켰다. 발코니에 붉은빛이 나타나면 조르주는 잽싸게 밖으로 달려갔다. 한번은 조르주가 잠깐 혼자였던 적이 있었는데, 그때 재빨리 오줌을 누었다. 그러곤 자기가 해를 꺼야 했다고 설명했다.

이 발코니에서 공터 건너편 모퉁이에 있는 작은 문 하나가 보였다. 그 문은 조각가 요제프 헤겐바르트의 아틀리에로 연결되어 있었다. 문 옆에는 아틀리에에서 나온 온갖 파편, 돌, 나무가 쌓여 있었으며, 까무잡잡한 피부의 여자아이 하나가 늘 그 주변을 배회했다. 우리가 파니의 손에 이끌려 프라터 공원으로 갈 때면, 그 아이는 우리랑 놀고 싶은 듯 호기심 어린 눈으로 우리를 쳐다봤다. 그 아이는 우리 길을 가로막고 서서 손가락을 하나 입에 물고는 얼굴을 찌푸려 미소를 지었다. 파니는 광이 날 정도로 깨끗하게 씻는 데다가 우리가 더러워지는 것을 참을 수 없었던지라 조금도 주저하지 않고 그 아이를 쫓아냈다. "저리 가, 지저분한 꼬마야!" 파니는 소녀에게 거친 말을 내뱉고는 우리가 그 아이와 얘기하지 못하게 하는 건 물론

---

* 오스트리아 빈 중심지 동쪽의 레오폴트슈타트에 있는 광대한 공원.

이고, 심지어 놀지도 못하게 했다. 내 동생들에게 이 호칭은 그 아이의 이름이 되었다. 동생들의 대화 속에서 "지저분한 꼬마"라는 호칭은 동생들이 해서는 안 되는 모든 걸 일컫는 말이 되어 중요한 역할을 했다. 때때로 동생들은 발코니에서 아래쪽으로 크게 소리 질렀다. "지저분한 꼬마야!" 동생들은 그리움의 표현으로 그렇게 했다. 하지만 아래에 있던 그 여자아이는 울었다. 그걸 알게 되었을 때 어머니는 동생들을 호되게 꾸짖었다. 그렇게 떼어놓는 게 어머니로서는 당연한 일이었다. 동생들에게는 그렇게 부르는 것 자체, 또 그로 인한 영향이 그 아이와의 과도한 접촉일 수도 있으니 말이다.

도나우운하 근처의 주거지역을 쉬텔이라고 불렀다. 그곳을 따라 조피교橋 쪽으로 가면 학교가 있었다. 강압적인 방법으로 익힌 새 언어와 함께 나는 빈으로 갔다. 어머니는 나를 초등학교 3학년 학급에 집어넣었다. 담임은 테겔 선생님이었다. 선생님의 얼굴은 살이 찌고 붉었는데, 마치 가면 같아서 도무지 속내를 읽어낼 수 없었다. 40명이 넘는 학생이 있는 큰 학급이었다. 나는 아는 사람이 아무도 없었다. 같은 날 자그마한 미국인 남자아이 하나가 나처럼 전학생으로 왔다. 그 아이는 나와 같이 시험을 봤으며, 시험 전에 우리는 잽싸게 영어로 세 문장 정도 이야기를 주고받았다. 선생님은 내게 어디서 독일어를 배웠느냐고 물었다. 나는 어머니에게 배웠다고 대답했다. 내가 얼마나 독일어를 배웠느냐고요? 3개월요. 나는 내가 교사가 아니라 어머니에게 독일어를 배웠다는 사실을 선생님이 이상하게 여긴다는 걸 눈치챘다. 그것도 딱 3개월 배웠다니! 선생님은 고개를 가로저으며 말했다. "네가 우리 반에 들어오기엔 부족할 듯하구나!" 선생님은 내게 문장 몇 개를 받아 적게 했다. 그렇게 많은 문장은 아니었다. 그런데 선생님이 중요하게 생각한 진짜 테스트는 "종들이 울린다"와 그 문장 바로 다음의 "모든 사람들"이었다. '로이텐läuten(울린다)'과 '로이테Leute(사람들)'로 선생님은 나를 떨어뜨릴 덫을 놓았다. 하지만 나는 그 두 단어의 차이를 알고 있었으며, 조금도 주저하지 않고 바르게 썼다. 선생님은 공책을 손에 들고 재차 고개를 젓더니—선생님이 내가 로잔에서 받았던 그 끔찍했던 수업에 대해 알기나 할까!—받아쓰기 시험을 보기 전에도 선생님의 질문에 내가 막힘없이 대답했기 때문에 조금 전과 전혀 다름없이 아주 무표정하게 말했다. "너와 함께해보도록 하마."

내가 시험 본 일을 이야기했더니, 어머니는 전혀 놀라지 않았다. 어머니는 '당신 아들'이 독일어를 다른 아이들만큼 잘하는 걸 넘어 빈의 아이들보다 더 잘할 수 있어야 함을 당연하게 생각했다. 그 초등학교에는 다섯 학년이 있었다. 어머니는 성적이 좋으면 5학년은 건너뛸 수 있다는 사실을 금세 알아내고는 말했다. "4학년 마치고, 그러니까 2년 안에 너는 김나지움에 갈 거야. 거기서는 라틴어를 배우는데, 너한테는 그리 지루하지 않을 거다."

학교생활을 놓고 보면 나는 빈에서 보낸 첫해에 대한 기억이 거의 없다. 그해 말에야 비로소 어떤 사건이 일어났다. 황위 계승자가 살해된 것이다. 테겔 선생님의 교탁 위에는 검은 테가 둘린 호외 신문이 있었다. 우리는 모두 일어서야 했고 선생님은 우리에게 그 사건에 관해 이야기해주었다. 그러고 나서 우리는 황제의 노래를 불렀고, 선생님은 우리를 집에 돌려보냈다. 우리의 기쁨을 짐작할 수 있을 것이다.

파울 코른펠트라는 아이가 있었다. 나는 그 아이와 함께 하교했다. 코른펠트도 쉬텔에 살았다. 크고 말랐으며 약간 부자연스럽게 거동했는데, 다리가 여러 방향으로 가려고 하는 듯 보였다. 길쭉한 얼굴에는 항상 상냥한 웃음기가 어려 있었다. "재랑 같이 가니?" 우리가 함께 있는 걸 학교 앞에서 보고 테겔 선생님이 내게 물었다. "네가 선생님을 모욕하는구나." 파울 코른펠트는 공부를 아주 못하는 학생이었다. 모든 질문에 틀린 대답을 했는데, 그것도 대답이나 하면 다행이었다. 그럴 때 늘 웃었기 때문에—그는 달리 어쩔 수가 없었다—선생님은 코른펠트에게 적대감을 가지고 있었다. 어느 날 집으로 돌아오는 길에 어떤 남자아이 하나가 경멸하듯 우리를 보고 소리 질렀다. "유대놈!" 나는 그게 무슨 말인지 몰랐다. "넌 저게 무슨 말인지 모르는구나." 코른펠트가 말했다. 그는 늘 그 말을 들었다. 아마도 독특한 걸음걸이 때문이었을 게다. 나는 한 번도 유대인이라고 욕설을 들어본 적이 없었다. 불가리아에서도 영국에서도 일상적인 일이 아니었다. 나는 어머니에게 겪은 일을 이야기했다. 어머니는 당신의 그 오만한 방식으로 그 일을 대수롭지 않게 여겼다. "코른펠트한테 하는 말이야. 너한테 하는 소리가 아니야." 하지만 그건 어머니가 나를 위로하려고 하는 말이 아니었다. 어머니는 그 욕설을 인정하지 않았다. 어머니가 보기에 우리는 더 나은 사람들, 즉 세파라드 유대인이었다. 어머니까지 선생님처럼 코른펠트와 나를 떼어놓으려 하지는 않았다. 오히려 그 반대였다. "항상 그 아이와 함께 다녀줘야 한다." 어머니가 말했다. "그래야 아무도 그 아이를 때리지 못하지." 누군가가 나를 때리려 한다는 건 어머니로서는 상상도 할 수 없는 일이었다. 우리는 둘 다 힘이 세지 않았다. 게다가 나는 훨씬 더 작았다. 선생님이 한 말에 대해서 어머니는 아무 말도 하지 않았다. 선생님이 우리 둘을 그렇게 구분하는 걸 당연하게 생각했던 것 같다. 어머니는 내가 코른펠트와 동질감을 갖게 하지는 않았다. 하지만 어머니 말대로 그런 욕설을 듣지 않는 사람으로서 나는 기사도 정신을 발휘해 코른펠트를 지켜줘야 했다.

나는 그 임무가 마음에 들었다. 내가 책에서 읽은 것과 맞아떨어졌기 때문이다. 나는 맨체스터에서 가져온 영어 책들을 읽었다. 그 책들을 계속해서 읽는다는 것에 자부심을 느꼈다. 각각의 책을 얼마나 여러 번 읽었는지를 나는 정확하게 알고 있었다. 몇 권은 마흔 번 이상 읽었다. 그 책들의 내용을 이미 줄줄 외울 수 있었기 때문에 반복해서 책을 읽는 건 그저 기록경신에 지나지 않았다. 어머니가 그걸 알아차리고는 내게 다른 책들을 주었다. 어머니는 아동 도서를 읽기엔 내 나이가 너무 많다고 생각했다. 내 관심을 다른 데로 돌리기 위해 어머니는 다양한 노력을 기울였다. 내가 『로빈슨 크루소』를 좋아했기 때문에 어머니는 스벤 헤딘의 『극에서 극으로』를 선물해줬다. 세 권짜리 책이었는데, 특별한 일이 있을 때마다 한 권씩 차례로 받았다. 1권부터 벌써 일종의 계시였다. 아프리카를 탐험한 리빙스턴과 스탠리, 중국에 간 마르코 폴로 등 온갖 나라로 떠났던 탐험 이야기가 담겨 있었다. 모험 가득한 탐험 여행을 통해 나는 지구와 여러 민족에 대해 알게 되었다. 아버지가 이런 방식으로 시작했던 일을 어머니가 이어나갔다. 탐험 여행기가 내게서 다른 관심사를 모두 몰아낸다는 걸 알아차린 어머니는 문학으로 되돌아갔다. 내가 문학에도 흥미를 갖게 하려고, 또 내가 이해하지 못할 법한 것을 그냥 읽고 넘겨버리지 않게 하려고, 어머니는 나와 함께 실러는 독일어로, 셰익스피어는 영어로 읽기 시작했다.

그렇게 어머니는 옛사랑으로, 즉 연극으로 되돌아갔다. 그렇게 어머니는 당신과 함께 늘 이런 이야기를 나누었던 아버지에 대한 기억을 생생하게 간직했다. 어머니는 내게 영향을 끼치지 않으려고 노력했다. 매 장면이 끝나면 내가 어떻게 이해했는지를 알고 싶어 했다. 항상 어머니가 직접 말하기 전에 내가 먼저 이야기했다. 하지만 가끔 시간이 늦어졌는데 어머니가 시간 가는 걸 잊으면, 우리는 읽는 걸 계속했다. 나는 어머니가 열광에 빠진 나머지 이제는 멈추지 않으리란 걸 알아차렸다. 상황이 그렇게까지 된 데에는 내게도 약간 책임이 있었다. 내가 더 똑똑하게 반응할수록, 할 말이 더 많아질수록 어머니 내면에서는 예전 경험들이 더욱더 강렬하게 되살아났다. 어머니가 당신 삶의 가장 근본적인 내용이 된 예전의 열광 이야기를 시작하자마자, 나는 이야기가 더 오래 지속되리라는 걸 알았다. 그렇게 되면 내가 잠자리에 드는 건 더 이상 중요하지 않았다. 내가 어머니와 떨어질 수 없는 것처럼 어머니 자신도 나와 떨어질 수 없었다. 그럴 때 어머니는 내게 어른에게 하듯 이야기했다. 어머니는 주로 특정 역할을 맡은 배우를 칭찬했다. 당신을 실망케 한 다른 배우를 비판하기도 했지만, 그런 일은 드물었다. 어머니는 당신이 아무런 거부감 없이 완벽하게 빠져들었던 배우 이야기를 하는 걸 가장 좋아했다. 어머니의 넓은 콧구멍 양쪽 끝이 격렬하게 떨렸고, 회색빛 큰 눈은 더 이상 나를 보지 않았으며, 어머니가 하는 말들도 나를 향한 게 아니었다. 어머니가 이런 식으로 감정에 사로잡힐 때면 나는 어머니가 아버지에게 이야기하는 것임을 느꼈다. 아마도 의식하지 못하는 사이에 나는 아버지가 되었던 것 같다. 나는 어린아이 같은 질문으로 어머니의 흥을 깨지 않았으며, 어머니가 더욱더 열광하도록 부추기는 법을 알고 있었다.

말을 멈출 때면 어머니는 넓은 이마를 손으로 문질렀다. 정적이 흘렀다. 나는 숨이 막혔다. 어머니는 책을 덮지 않고 펼쳐두었다. 우리가 잠자리에 들고 난 후에도 책은 밤새도록 그렇게 펼쳐진 채로 있었다. 어머니는 일상적인 말들을 단 한 마디도 하지 않았다. 이미 너무 늦었다거나, 벌써 오래전에 잠자리에 들었어야 한다거나, 내일 아침 일찍 학교에 가야 한다는 등 어머니들이 평소에 하는 모든 말이 지워져 있었다. 어머니는 당신이 이야기했던 인물로 남는 게 자연스러워 보였다. 셰익스피어의 모든 인물 중에서 어머니가 가장 좋아했던 이는 코리올라누스였다.

우리가 함께 읽은 그 작품들을 내가 당시에 이해했던 것 같지는 않다. 분명히 그 작품 중 상당수가 내 안에 스며들었을 것이다. 하지만 내 기억 속에는 어머니가 유일한 인물로 남아 있다. 실로 그것은 우리가 함께 연기한 유일한 작품이었다. 어머니가 아무 거리낌 없이 내게 들려주었던 끔찍한 사건이나 싸움은, 설명으로 시작해서 빛나는 도취로 끝나는 어머니의 말로 변형되었다.

5, 6년 후, 독일어로 번역된 셰익스피어를 이번에는 나 혼자서 읽게 되었을 때, 모든 것이 새로웠다. 내가 이 작품을 다르게, 그러니까 유일한 불길처럼 기억 속에 간직하고 있다는 사실에 놀랐다. 아마도 그사이에 독일어가 내게 더 중요한 언어가 된 탓도 있을 것이다. 하지만 독일어로 쓰인 책 중에서 마주하는 즉시 알아보고, 또 끝까지 제대로 이야기할 수 있었던 옛날의 그 불가리아 동화들처럼 비밀스러운 방식으로 내게 번역된 작품은 하나도 없었다.

## 지치지 않는 남자

우리 집안의 주치의 바인슈토크 박사님은 원숭이같이 생긴 얼굴에 몸집이 작고 쉴 새 없이 눈을 깜빡였다. 실제로는 나이가 많지 않았음에도 노안이었다. 아마도 원숭이 같은 얼굴 주름이 나이 들어 보이게 했던 것 같다. 박사님은 상당히 자주 우리 집에 와서 어린아이가 으레 걸리는 모든 질병을 치료했지만, 우리 아이들은 그를 무서워하지 않았다. 그는 전혀 엄하지 않았다. 오히려 늘 눈을 깜빡거리며 웃어서 마주하는 사람에게서 모든 두려움을 앗아 갔다. 그는 어머니와 이야기 나누는 걸 좋아했으며 항상 어머니 옆에 바짝 달라붙었다. 어머니는 박사님 앞에서 아주 살짝 뒤로 물러났다. 그러면 그는 곧장 진정시키듯, 구애하듯 어머니의 어깨나 팔에 손을 올렸다. 그는 어머니에게 "아이들은"이라고 말했는데, 나는 그게 몹시 거슬렸다. 그는 어머니에게서 조금도 떨어지려 하지 않았다. 끈적이는 그의 눈은 마치 시선으로 만지듯 어머니에게 고정되어 있었다. 나는 그가 오는 게 싫었다. 하지만 그는 좋은 의사였으며, 어머니에게 그러는 것 말고는 우리 누구에게도 해를 끼치지 않았기 때문에 거부하지는 않았다. 나는 그가 어머니에게 "아이들은"이라고 몇 번 말하는지를 세었다. 그러곤 그가 떠나자마자 곧바로 어머니에게 그 결과를 이야기했다. "오늘은 박사님이 어머니에게 '아이들은'이라는 말을 아홉 번 했어요"라거나 "오늘은 열다섯 번이었어요"라고 했다. 어머니는 내가 그런 걸 세는 것에 놀랐다. 하지만 못 하게 하지는 않았다. 어머니는 그에게 관심이 없었기 때문에 내 '감시'를 귀찮게 여기지 않았다. 나는 그런 일에 대해 잘 알지도 못하면서 나는 박사님의 그런 호칭을 어머니에게 접근하려는 시도로 한 치의 의심도 없이 파악했던 것이다. 그의 이미지는 내 안에 지울 수 없을 만큼 깊이 박혔다. 15년쯤 후 그가 우리 삶에서 사라진 지 이미 오래되었을 때, 나는 그의 이미지로부터 아주 늙은 한 남자, 여든 살 먹은 주치의 보크 박사를 만들어냈다.

그 당시에 이미 카네티 할아버지는 아주 연로하셨다. 할아버지는 우리를 만나기 위해 자주 빈으로 왔다. 어머니는 할아버지를 위해 직접 요리했다. 평소에 자주 있는 일은 아니었다. 할아버지는 항상 같은 음식 '송아지구이'를 원했다. 자음이 많아서 스페인어로 굳은 할아버지의 혀로는 발음하기 어려운 단어였다. 그래서 '칼프(송아지)'라는 단어는 어쩔 수 없이 '칼리프'가 되었다. 할아버지는 점심 식사 즈음에 나타나서 우리에게 입을 맞추었다. 그럴 때면 늘 내 두 뺨 위로 뜨거운 눈물이 흘러내렸다. 첫 인사말을 건넬 때 할아버지는 울었다. 내 이름이 할아버지의 이름과 같고, 또 내가 '고아'이기 때문이었다. 할아버지는 나를 보며 아버지를 떠올리지 않은 적이 절대로 없었다. 나는 얼굴에 묻은 물기를 몰래 닦아냈다. 할아버지를 많이 좋아했지만 더는 내게 입을 맞추지 않았으면 좋겠다고 매번 바랐다. 식사는 기분 좋게 시작되었다. 두 사람, 그러니까 노인과 며느리 모두 활기찬 사람들이었다. 이야깃거리가 많았다. 그렇지만 나는 이 유쾌함 뒤에 무엇이 숨어 있는지를, 그 유쾌함이 달리 전개될 수도 있으리라는 걸 알고 있었다. 식사가 끝나자마자 매번 해묵은 논쟁이 벌어졌다. 할아버지가 한숨을 쉬며 말했다. "너희가 불가리아를 떠나는 게 아니었어. 그랬으면 아비가 아직 살아 있을 텐데! 그렇지만 너한테는 루세가 그리 좋지는 않았지. 영국이어야 했겠지. 그래서 아비가 지금 어디 있느냐? 영국의 날씨가 아비를 죽였어." 어머니에게는 힘든 이야기였다. 실제로 어머니가 불가리아를 떠나고 싶어 했고, 이 문제에 있어서 아버지의 아버지에게 권리를 주장하라고 부추겼다. "그이를 힘들게 하셨지요, 세뇨르 파드레." 어머니는 항상 외할아버지를 부르듯 할아버지를 불렀다. “그이가 마음 편히 떠날 수 있게 해주셨다면, 그이는 영국 날씨에 익숙해졌을 거예요. 하지만 아버님께서는 그이를 저주하셨지요! 아버님께서 그이를 저주했다고요! 아들을 저주하는 아버지 얘기를 어디서고 들어보신 적 있으세요? 자기 친아들을요!” 그러면서 재앙이 시작되었다. 할아버지는 화가 나서 자리를 박차고 일어났다. 상황을 더 악화시키는 말들이 오고 갔다. 할아버지는 방 밖으로 나가 지팡이를 챙겼다. 그러곤 조금 전 식사할 때 극찬했던 ‘송아지구이’에 대해 감사의 말도 하지 않고, 우리 아이들에게 작별 인사도 없이 집을 떠났다. 어머니는 울면서 그 자리에 남았으며, 좀처럼 진정하지 못했다. 할아버지가 당신 자신이 절대 용서할 수 없는 그 저주의 말에 고통받는 것처럼, 어머니의 눈앞에는 어머니 자신을 호되게 나무라게 하는 아버지의 마지막 모습이 있었다.

할아버지는 프라터가에 있는 아우스트리아 호텔에 묵었다. 가끔은 루세 집의 소파에서 절대로 일어나지 않았던 할머니를 대동하기도 했다. 할아버지가 어떻게 그럴 수 있었는지, 어떻게 여행을 떠나자고 할머니를 설득했는지, 어떻게 도나우강 증기선에 태웠는지가 내게는 늘 수수께끼였다. 할아버지는 혼자서 또는 할머니와 함께 늘 같은 방에 묵었다. 그 방에는 침대 두 개 외에 소파가 하나 있었는데, 나는 일요일로 넘어가는 토요일 밤에 그 소파에서 잤다. 할아버지는 빈에 올 때면 언제나 그날 밤과 일요일 아침 식사 때 나에 대한 소유권을 주장했다. 나는 호텔에 가는 걸 전혀 좋아하지 않았다. 호텔은 어둠침침

했고 곰팡내가 났다. 프라터 공원 근처에 있는 우리 집은 밝고 바람이 잘 통했다. 하지만 일요일 아침 식사는 하나의 큰 행사였다. 할아버지가 나를 카페에 데리고 갔기 때문이다. 나는 생크림이 얹어진 밀크커피를 마셨다. 그리고 가장 중요했던 건 갓 구워낸 킵펠을 먹는다는 것이었다.

11시에 노바라가세 27번지에 있는 탈무드-토라 학교가 시작되었다. 그곳에서는 히브리어 읽는 법을 배웠다. 할아버지는 내가 종교학교에 다니는 걸 중요하게 생각했다. 할아버지는 이 일에 있어서 어머니의 열의를 그다지 신뢰하지 않았기에 일종의 감시 차원으로 나를 당신 호텔방에 묵게 한 것이었다. 할아버지는 매주 일요일 오전에 내가 이 학교에 출석하는 걸 확실히 하고 싶어 했다. 킵펠이 나오는 카페에서의 아침 식사는 내가 이 일에 재미를 붙이도록 하려는 술책이었다. 어머니 곁에서보다 할아버지 곁에서 모든 게 조금 더 자유로웠다. 할아버지가 내 환심을 사려고 애썼기 때문이다. 할아버지는 내가 할아버지를 사랑하고, 할아버지를 좋게 생각하기를 바랐다. 그뿐 아니라 아무리 하찮은 사람이더라도 할아버지가 감명을 주고 싶지 않은 사람은 세상에 없었다.

종교학교의 수업은 오히려 시시한 편이었다. 그건 선생님이 우스꽝스러워 보인 탓도 있었다. 쉰 목소리로 깍깍거리는 불쌍한 남자가 마치 한 발로 선 채 얼어붙어 있는 듯했다. 그는 학생들에게 전혀 영향력을 행사하지 못했다. 학생들은 제멋대로 행동했다. 아마도 히브리어 읽는 법과 책을 펼쳐 들고 기도문을 유창하게 읊는 걸 배웠던 것 같다. 하지만 우리는 읽고 있는 단어들이 무슨 뜻인지 몰랐다. 아무도 우리에게 그걸 설명해줄 생각을 하지 않았다. 성경에 나오는 이야기도 자세히 설명해주지 않았다. 사원에서 아버지나 할아버지들이 우리 덕분에 명예로워지도록 기도 책을 술술 읽게 만드는 것이 이 학교의 유일한 목표였다. 나는 어머니에게 이 수업의 어리석음에 대해 불평했다. 어머니는 내 생각을 지지했다. 우리 둘이 함께 하는 독서와 얼마나 다르냐! 하지만 어머니는 카디시, 그러니까 아버지를 위한 망자의 기도를 제대로 배우라고 그 학교에 나를 보내는 것일 뿐이라고 설명해줬다. 아마도 그 종교 전체에서 그게 가장 중요했을 것이다. 어쩌면 속죄일 말고는 아무것도 중요하지 않았던 것 같다. 항상 멀찍이 떨어져 앉아야 했던 여자로서 어머니는 사원의 제식을 탐탁지 않아했다. 기도는 어머니에게 의미 없는 일이었으며, 읽는 것도 당신이 읽은 것을 이해할 때만 중요해질 수 있었다. 어머니는 신앙에는 한 번도 품어본 적 없는 열정을 셰익스피어에게서 키울 수 있었다.

어머니는 어린 시절 빈에서 학교를 다녔기에 이미 교구 공동체에서 벗어나 있었다. 더구나 부르크테아터에 온 열정을 다 바쳤을 터였다. 아마도 어머니는 당신에게 전혀 중요하지 않은 모든 외적인 종교 행위에서 나를 벗어나게 하고, 심지어 배울 것이라곤 도대체 아무것도 없는 주일학교에도 가지 않게 해주었을 터였다. 어머니와 할아버지 사이의 팽팽한 긴장 관계 때문에 어머니가 남자들의 일로 간주되는 이 문제에 있어서 할아버지의 뜻에 마지못해 따르지만 않았다면 말이다. 어머니는 종교학교에서 일어나는 일을 전혀 궁금해하지 않았다. 일요일 점심시간에 집에 돌아오면 우리는 그날 저녁에 함께 읽게 될 희곡 작품에 대해 벌써부터 이야기를 나눴다. 파니가 우리 집 현관문을 열어주자마자, 어두운 아우스트리아 호텔과 어두운 노바라가세는 잊혔다. 어머니가 당신 스타일에 전혀 걸맞지 않게 주저하며 건넨 유일한 질문은 할아버지가 무슨 말을 했느냐, 혹시 당신에 대해 무슨 말을 했느냐는 것이었다. 할아버지는 한 번도 그러지 않았다. 하지만 어머니는 할아버지가 언젠가는 내가 당신을 등지도록 할 수 있다며 두려워했다. 어머니는 그런 걱정을 할 필요가 없었다. 할아버지가 그러려고 했다면(할아버지는 자신이 그럴까 봐 매우 조심했다) 내가 다시는 그 호텔로 가지 않았을 것이기 때문이다.

할아버지에게서 가장 눈에 띄는 특징은 절대로 지치는 법이 없다는 점이었다. 평소에 매우 동양적인 인상을 풍기는 할아버지는 늘 움직였다. 불가리아에 도착했다는 소식을 듣기가 무섭게 빈에 다시 나타났고, 곧바로 다시 뉘른베르크로 향했는데, 할아버지는 뉘른베르크를 뉘림베르크라고 발음했다. 다른 여러 도시도 다녔다. 그 도시들은 기억나지 않는데, 할아버지가 내 주의를 끌 정도로 그 이름들을 틀리게 발음하지는 않았기 때문이다. 얼마나 자주 프라터가나 혹은 레오폴트슈타트의 다른 거리에서 할아버지를 우연히 마주쳤는지 모른다. 바쁘게 움직이는 할아버지는 늘 은장식이 달린 지팡이를 짚고 있었다. 할아버지는 그 지팡이 없이 어디를 다니는 법이 없었다. 늘 그렇게 서두르는 모습이었다. 이곳저곳을 총알처럼 재빨리 살피는 독수리 눈 같은 할아버지의 눈은 그 어떤 것도 놓치는 법이 없었다. 할아버지와 마주치는 모든 세파라드 유대인—빈의 이 지역에는 세파라드 유대인들이 상당히 많이 살았으며, 치르쿠스가세에는 유대인 회당도 있었다—은 할아버지에게 예를 갖추어 인사했다. 할아버지는 부자였다. 하지만 거만하지는 않았다. 자신을 아는 모든 사람에게 말을 건넸으며, 늘 놀랍고도 새로운 이야깃거리를 가지고 있었다. 할아버지의 이야기들은 널리 퍼졌다. 할아버지가 여행을 많이 했고, 사람을 제외하고 흥미를 끄는 모든 것을 관찰했기 때문이었다. 그리고 할아버지는 같은 사람에게 같은 이야기를 들려주는 법이 절대 없었고, 고령이 되어서도 누구에게 무슨 이야기를 했는지 정확하게 알고 있었기 때문에 당신과 같은 사람들에게 늘 재미있는 사람이었다. 여자들에게 할아버지는 위험한 인물이었다. 할아버지는 한 번이라도 본 적 있는 여자를 결코 잊는 법이 없었다. 할아버지가 건넨 칭찬의 말—할아버지는 온갖 종류의 아름다움에 대해 새롭고 특별하게 칭송하는 말을 찾아냈다—은 오랫동안 기억에 착 달라붙어 계속 영향력을 발휘했다. 나이가 들어도 할아버지는 전혀 늙지 않았다. 새롭고 눈에 띄는 모든 것에 대한 정열과 빠른 반응, 위풍당당하면서도 듣기 좋은 말로 환심을 사는 방식, 여자들을 보는 눈에 이르기까지 모든 것이 늘 한결같이 생동감 넘쳤다.

할아버지는 모든 사람과 상대방의 언어로 이야기하려 했다. 하지만 여행 중에 틈틈이 배운 언어들이었기 때문에, 자신의 모국어인 스페인어를 비롯한 발칸 지역의 언어 말고는 형편없는 수준이었다. 할아버지는 당신이 몇 가지 언어를 구사하는

지 손가락을 꼽아가며 헤아려보는 걸 좋아했다. 할아버지는 우스꽝스러워 보일 만큼 확신에 차서—진실은 신만이 알 것이다—어떤 때에는 17가지, 또 어떤 때에는 19가지 언어를 헤아리곤 했다. 할아버지의 이상한 발음에도 불구하고 사람들 대부분은 그런 주장을 반박하지 못했다. 나는 내 앞에서 그런 광경이 펼쳐지면 부끄러웠다. 할아버지가 구사하는 언어가 온통 틀린 것투성이여서 우리 초등학교의 테겔 선생님 반에서라면 시험에 떨어질 정도였기 때문이다. 그건 우리 집에서도 마찬가지였다. 어머니는 아주 작은 실수에도 무자비한 경멸의 말로 우리를 나무랐다. 그래서 우리는 집에서 네 가지 언어만 쓰기로 제한했다. 어머니에게 17가지 언어를 구사하는 게 가능하냐고 물으면, 어머니는 할아버지를 언급하지는 않고 말했다. "아니! 아무도 못 해!"

할아버지는 어머니의 정신세계가 당신에게는 완전히 낯설었음에도 교육열에는 크게 경의를 표했다. 어머니가 우리에게 매우 엄격하며 많은 걸 요구한다는 점에서 특히 그랬다. 할아버지는 어머니가 바로 이 교육열로 아버지를 불가리아에서 꾀어냈다며 뼛속 깊이 원망하는 것만큼이나, 어머니가 우리를 데리고 교육열을 충족시키기를 진심으로 바랐다. 나는 그것이 그 당시 할아버지를 특징짓던 실리나 출세에 대한 집념만은 아니었다고 생각한다. 오히려 할아버지만의 절대로 고갈되지 않는 재능에서 비롯된 열정이었다고 생각한다. 당신이 속한 좁은 생활권 내에서 할아버지는 그 재능을 상당히 발전시킨 편이었다. 가지가 넓게 퍼진 가문에 대한 권력을 조금도 포기하지 않았다. 하지만 가족의 바깥세상에는 당신에게 복종하지 않는 것들이 무수히 많다고 느꼈다. 할아버지는 스페인 고어가 적힌 아람 문자만 읽고 쓸 줄 알았으며, 이 언어로 쓰인 신문만 읽었다.『엘 티엠포(시대)』『라 보스 데 라 베르다드(진실의 소리)』등 스페인식 이름을 가진 그 신문들은 히브리 문자로 인쇄되어 있었고, 일주일에 한 번만 간행되었던 것 같다. 할아버지가 라틴 문자를 읽기는 했다. 하지만 자신은 없었다. 그래서 평생—아흔 살 넘게 사셨다—당신이 여행한 많은 나라에서 그 나라 언어로 쓰인 것들을(하물며 책 한 권도) 읽은 적이 없다. 할아버지의 지식은, 당신이 무한한 권력을 행사하는 사업체를 제외하곤 전적으로 사람들 사이에서 직접 관찰하여 얻은 것이었다. 당신이 관찰한 것들을 할아버지는 흉내 내고 배우처럼 연기할 수 있었다. 나도 아는 몇 사람은 할아버지의 연기를 통해 너무나 흥미로운 인물이 된 나머지, 그들을 실제로 보았을 때 나는 몹시 실망하고 말았다. 할아버지의 연기 속에서 그들은 더 매력적인 인물이 되었다. 할아버지는 내 앞에서 그런 풍자적인 장면을 선보이는 걸 자제하는 편이었다. 당신이 중심에 선 어른들이 많은 모임에서만 재능을 완벽하게 발휘했고, 몇 시간이고 당신의 이야기로 좌중을 즐겁게 할 수 있었다. (내가 마라케시의 이야기꾼들 사이에서 할아버지와 비슷한 사람들을 다시 발견하게 되었을 때, 할아버지는 이미 돌아가신 지 오래였다. 그들의 언어를 하나도 이해할 수 없었지만, 나는 이런 모습의 할아버지에 대한 기억 때문에 거기서 마주친 수많은 사람들보다 이들에게 더 친근함을 느꼈다.)

이미 이야기한 것처럼 할아버지의 호기심은 늘 왕성했다. 나는 할아버지가 지친 모습을 한 번도 본 적이 없었다. 할아버지와 단둘이 있을 때조차 할아버지가 한순간도 놓치지 않고 계속해서 나를 관찰하고 있다는 걸 감지했다. 아우스트리아 호텔의 할아버지 곁에서 보낸 밤들, 잠들기 전 내가 마지막으로 한 생각은 할아버지가 진짜로 자는 게 아니라는 것이었다. 좀처럼 믿기 어렵게 들리겠지만 나는 할아버지가 자는 모습을 한 번도 본 적이 없었다. 아침에 할아버지는 나보다 훨씬 일찍 일어나 씻고 옷까지 차려입고 있었다. 그리고 보통은 꽤 오래 걸리는 아침기도법을 내게 가르쳐주었다. 무슨 이유에선가 내가 밤에 잠에서 깨면, 할아버지는 당신 침대 위에 몸을 꼿꼿이 세우고 앉아 있었다. 마치 내가 지금 일어나리라는 걸 이미 오래전부터 알고 있었으며, 내가 지금 뭘 원하는지 당신에게 말할 것을 기다리고 있었던 것 같았다. 하지만 할아버지는 불면증을 호소하는 사람이 아니었다. 그렇기는커녕 팔팔했고, 준비 태세를 갖춘 악마처럼 모든 걸 할 준비가 되어 있는 듯했다. 할아버지는 이 과도한 활력 때문에 많은 이에게—할아버지 앞에서는 경의를 표했지만—살짝 무서운 존재였다.

할아버지의 열정에는, 결혼하고 싶지만 결혼지참금이 없는 가난한 처녀들을 위한 모금도 포함되어 있었다. 나는 종종 할아버지가 프라터가에서 누군가를 붙잡고 이런 목적으로 돈이 필요하다고 말하는 걸 목격하곤 했다. 할아버지는 기부자의 이름과 기부금을 적을 붉은색 가죽 수첩을 이미 꺼내 손에 들고 있었다. 벌써 지폐를 받아 서류 가방에 소중하게 집어넣고 있었다. 할아버지는 결코 거절의 말을 들어본 적이 없었다. 카네티 어르신의 청을 거절한다는 건 일종의 수치와도 같은 것이었다. 교구 공동체 내에서의 위신은 적지 않은 액수의 기부금을 늘 지참하고 있는지 여부에 달려 있었다. 기부해달라는 요청을 거절한다는 건 곧 스스로가 가난한 사람에 속한다는 걸 의미했을 테니 누구도 그런 말을 듣고 싶지 않았을 것이다. 하지만 사업가 중에도 진짜로 관대한 이들이 있었다고 생각한다. 나는 종종 자만심을 숨기며 누구누구가 착한 사람이라고 말하는 소리를 듣곤 했다. 말인즉슨 그가 가난한 사람들을 위해 통크게 기부한다는 뜻이었다. 사람들이 할아버지에게는 특히 흔쾌하게 기부금을 내는 것으로 알려져 있었다. 그것은 할아버지 자신의 이름이 이미 수첩에 아람 문자로 기재하는 기부 명단의 제일 상단을 장식하고 있기 때문이었다. 할아버지가 멋지게 시작했기 때문에, 그 누구도 할아버지에게 뒤처지고 싶어 하지 않았다. 할아버지는 그럴싸한 결혼지참금이 될 만한 금액을 아주 빨리 모았다.

나는 할아버지에 대한 이런 묘사에 나중에 경험한 몇 가지 에피소드를 첨가했다. 이렇게 해서 할아버지는 빈에서 보낸 첫 시기에 실제보다 더 큰 비중을 차지하게 된다.

이 시절 그 무엇과도 비교할 수 없을 만큼 가장 중요하고 흥분되며 특별했던 것은 어머니와 함께 책을 읽었던 저녁 시간과 매번 읽은 내용을 가지고 나눈 대화였다. 나는 그때 나누었던 대화를 더는 하나씩 재현할 수가 없다. 나라는 사람의 상당 부분이 그 대화들로 이루어졌기 때문이다. 어린 시절에 수용하고, 항상 끌어다 대며, 그로부터 결코 벗어날 수 없는 어떤 정신적 물질이 있다면, 바로 이것이었다. 나는 어머니를 맹목적으로 신뢰했다. 어머니가 내게 묻고 나와의 대화에서 소재로 삼은 인물들은 곧 내 세계가 돼버려서, 나는 그들을 더 이상 떼어낼 수 없었다. 나는 나중에 수용한 영향들은 아주 세세한 부분까지도 추적할 수 있다. 하지만 이때 받은 영향은 세분할 수 없을 만큼 촘촘하게 한 덩어리가 되어 있다. 내가 결코 의식하지 못하는 수많은 인물로 이루어져 있다는 생각이 이 시절부터, 그러니까 열 살 때부터 내 신조가 되었다. 만나는 사람들에게 내가 끌리기도 하고 부딪치기도 하는 데에는 이 시절 접한 인물들이 결정적인 역할을 한다고 생각한다. 그 인물들은 어린 시절의 내게 소금과 빵 같은 존재였다. 그들은 본질적인 것, 즉 내 은밀한 정신적 삶이었다.

## 전쟁 발발

1914년 여름을 우리는 빈 근교의 바덴에서 보냈다. 노란색 이층집에 살았는데, 집이 위치한 거리 이름은 기억나지 않는다. 우리는 은퇴한 고위 장교, 그러니까 아내와 함께 아래층에 살았던 포병부대 총사령관과 이 집을 나누어 썼다. 장교에게 관심을 가지지 않을 수 없던 시절이었다.

하루 중 많은 시간을 우리는 휴양 공원에서 보냈다. 어머니는 우리를 그곳에 데리고 갔다. 공원 중앙에 있는 둥근 매점에서는 휴양객을 위한 악단의 연주가 있었다. 날렵한 몸매의 악단장 이름은 콘라트였다. 우리 사내아이들끼리는 그를 당근을 뜻하는 영어 단어인 '캐럿carrot'이라고 불렀다. 그때까지도 나는 동생들과 서슴없이 영어로 대화했다. 동생들은 세 살, 다섯 살이었다. 동생들의 독일어는 약간 어색했으며, 미스 브레이는 불과 몇 주 전에야 영국으로 돌아갔다. 우리끼리 있을 때 영어 말고 다른 언어로 이야기한다는 건 부자연스러운 강요와도 같았다. 휴양 공원에서 우리는 영국 꼬마들로 통했다.

그곳엔 항상 사람들이 많았다. 음악 때문이었다. 하지만 전쟁이 발발하기 직전이던 7월 말에는 점점 더 많은 사람이 휴양 공원으로 몰려들었다. 분위기는 점차 고조되어갔다. 나는 이유를 알지 못했다. 놀면서 영어로 너무 크게 소리 지르면 안 된다고 어머니가 말씀하셨을 때도 나는 그 말에 크게 신경 쓰지 않았다. 동생들은 더했다.

그러던 어느 날, 아마 8월 1일이었던 것 같은데, 전쟁이 선포되었다. 공원 악단은 캐럿의 지휘하에 연주 중이었다. 누군가가 캐럿에게 쪽지 한 장을 건넸다. 캐럿은 쪽지를 펼치더니 음악을 멈추고 지휘봉을 힘차게 두드리며 큰 소리로 읽었다. "독일이 대러시아 전쟁을 선포했다." 악단은 오스트리아 황제 찬가를 연주했다. 벤치에 앉아 있던 사람들까지 모두 일어나서 함께 노래했다. "주여 돌보소서, 주여 우리 황제와 우리나라를 지켜주소서." 학교에서 찬가를 배워 알고 있던 나는 약간 머뭇거리면서도 함께 노래를 불렀다. 그 노래가 다 끝나기도 전에 독일 국가 「승리의 면류관 쓰고 구원받으라」가 이어졌다. 다른 말로, 즉 영국에서는 「신이여, 왕을 구하소서」라는 제목으로 알던 곡이었다. 사실은 영국에 적대적인 일이 일어나고 있다는 걸 나는 알아차렸다. 오랜 습관 때문이었는지 모르겠지만 아마도 반항심에서였던 것 같기도 한데, 그 노래를 나는 온 힘을 다해 목청껏 영어로 불렀다. 영문을 모르는 동생들도 작은 목소리로 나를 따라 했다. 우리가 그곳에 있던 사람들과 딱 붙어서 있었기 때문에 우리 노랫소리가 들리지 않을 리 없었다. 분노로 일그러진 주위 사람들의 얼굴과 나를 향해 날아드는 팔과 손이 갑자기 내 눈에 들어왔다. 내 동생들도, 심지어 막냇동생 조르주도 아홉 살짜리인 나를 겨냥한 주먹에 조금 얻어맞았다. 사람들에게 떠밀려 우리와 약간 떨어진 곳에 있었던 어머니가 미처 알아차리기 전에 모두가 한데 엉켜 우리를 때리려고 달려들었다. 하지만 내게 더 강렬한 인상을 준 것은 증오로 일그러진 얼굴들이었다. 누군가 어머니에게 그 사실을 알렸던 것 같다. 어머니는 아주 크게 소리 질렀다. "애들이라고요!" 어머니는 사람들을 헤치고 우리를 향해 달려와서는 우리 셋을 끌어안고 그 사람들에게 화를 내며 말했다. 하지만 어머니가 빈 사람처럼 말했기 때문에 그들은 어머니에게 아무 짓도 하지 않았으며, 심지어 그 끔찍했던 상황에서 우리도 마침내 벗어날 수 있었다.

나는 내가 무슨 일을 저질렀는지 제대로 깨닫지 못했다. 적개심에 찬 군중 속에서 겪은 이 첫 경험은 그만큼 더 잊히지 않게 되었다. 전쟁이 계속되는 동안은 물론이거니와 1916년까지는 빈에서, 그다음에는 취리히에서까지도 영어는 생각하는 언어로만 남을 정도로 그 사건의 파급력은 대단했다. 하지만 나는 그때의 폭력 사건에서 배운 것이 있었다. 빈에 사는 동안 나는 내가 무슨 생각을 하는지 사람들이 알아차리지 못하도록 매우 조심했다. 집 밖에서 영어를 쓰는 건 이제 엄격하게 금지되었다. 나는 그 규칙을 지켰다. 그렇지만 영어로 된 책을 읽는 것에 대한 열정은 그만큼 더 커졌다.

초등학교 4학년 때, 그러니까 빈에서 보낸 두번째 해에는 이미 한창 전쟁 중이었다. 내가 기억하는 모든 건 전쟁과 관련된 것이다. 우리는 전쟁과 이런저런 방식으로 관련된 노래들이 담긴 노란색 소책자를 받았다. 첫 곡은 황제 찬가였다. 우리는 매일 첫 곡과 마지막 곡으로 그 찬가를 불렀다. 노란색 책자에 있는 노래 중 두 곡이 내게는 감동적이었다. "아침노을이여, 아침노을이여, 내게 이른 죽음의 길을 비춰주오." 내가 가장 좋아한 노래는 다음과 같은 구절로 시작되었다. "저 건너 초원 가장자리에 까마귀 두 마리가 앉아 있네." 내 기억으로 그 노래는 이렇게 계속되었다. "적지에서 죽게 된다면 나는 폴란드에서 전사하리." 우리는 노란색 노래책에 있는 노래들을 과하다 싶을 정도로 많이 불렀다. 하지만 그 노래들의 분위기는 짧고 간결하게 압축된 역겨운 증오의 문장들보다는 확실히 견딜 만했다. 우리 같은 어린 학생들까지도 그런 문장을 읊어댔다. "세르비아인들은 죽어야 한다!" "모든 총구를 러시아인에게!" "모든 칼날을 프랑스인에게!" "한 걸음 뗄 때마다 영국인을 밟아라!" 내가 처음이자 마지막으로 그런 문장을 집에 들여와서

"모든 총구를 러시아인에게!"라고 파니에게 말했더니, 그녀는 어머니에게 불만을 토로했다. 아마도 그녀가 가진 체코인의 감정 때문인 것 같았다. 파니는 애국심이 투철한 사람이 절대 아니었다. 하지만 결코 우리 어린아이들과 함께 학교에서 배우는 전쟁 노래를 부르지는 않았다. 아마도 그녀는 이성적인 사람이었던 것 같다. 그래서 아홉 살밖에 안 된 어린아이 입에서 나오는 "모든 총구를 러시아인에게!"라는 문장에 담긴 야만성을 특히 불쾌하게 여겼다. 파니에게는 심한 충격이었는지 나를 직접 나무라지 않고 입을 다물어버렸다. 파니는 어머니에게 가서 우리 어린아이들 입에서 그런 말을 듣는다면 더 이상은 우리 집에 머무를 수 없다고 말했다. 어머니는 나와 단둘이 있는 자리에서 나를 혼내며 무슨 의도로 그런 말을 했는지 아주 심각하게 물었다. 나는 아무런 의도가 없다고 말했다. 학교에서 사내아이들이 종일 그런 문장을 읊어댄다고, 그걸 견딜 수 없다고 했다. 거짓말은 아니었다. 이미 말했듯이 나는 생각을 영어로 했기 때문이다. "그러면 왜 그 말을 따라 한 거니? 파니는 그런 말을 듣고 싶어 하지 않아. 네가 그런 끔찍한 말을 하면 파니가 상처를 받는다고. 러시아 사람도 너나 나처럼 똑같은 사람이야. 루세에서 나랑 가장 친했던 친구는 러시아 사람이었어. 넌 이제 올가가 기억나지 않겠지만 말이야." 나는 그녀를 잊고 있었다. 하지만 이제 다시 그녀가 생각났다. 그녀의 이름은 예전에 우리 집에서 자주 언급되곤 했다. 이 단 한 번의 질책으로 충분했다. 나는 그런 말을 다시는 입 밖에 꺼내지 않았다. 그런 말에 어머니가 단호히 불쾌감을 표했기 때문에 나는 그 뒤로도 학교에서 여전히 들리는 모든 전쟁 구호에 적개심을 품게 되었다. 나는 매일 그런 전쟁 구호를 들었다. 모두가 그런 말을 함부로 지껄였던 건 결코 아니었다. 몇 사람만 그랬다. 하지만 그런 사람들은 늘 같은 행동을 했다. 아마도 그들이 소수였기 때문에 그런 말을 함으로써 돋보이고 싶었던 것 같다.

파니는 모라비아의 한 마을에서 왔는데 아주 강인한 사람이었다. 모든 것이 견고했는데, 그녀의 생각도 마찬가지였다. 새해 첫날 경건한 유대인들은 도나우운하 가에 서서 자신의 죄를 물속에 던졌다. 우리와 함께 그곳을 지나던 파니는 그런 행위를 신랄하게 비판했다. 그녀에겐 늘 자기의 생각이 있었으며, 그걸 숨김없이 말했다. "차라리 죄를 짓지 말아야지." 그녀가 말했다. "버려버리는 건 나도 할 수 있겠다." '죄'라는 말이 그녀에게는 그다지 섬뜩하지 않았으며, 과장된 행동을 결코 좋게 생각하지 않았다. 파니는 거지와 집시에게 극도의 반감이 있었다. 그녀에게 거지와 도둑은 같은 의미였다. 그녀는 속는 법이 없었으며 과장된 장면을 싫어했다. 그리고 격앙된 말 뒤에 숨은 나쁜 의도를 꿰뚫어 보았다. 가장 끔찍하게 여긴 것은 연극이었다. 극적인 것이라면 우리 집에 차고 넘치도록 많았다. 딱 한 번 그녀가 한 장면에 마음을 빼앗긴 적이 있었는데, 너무도 무자비해서 나는 그 장면을 절대로 잊을 수가 없었다.

우리 집 현관의 초인종이 울렸다. 파니가 문을 열 때 나는 옆에 있었다. 거지 하나가 문 앞에 서 있었는데, 늙지도 않았고 불구의 몸도 아니었다. 거지는 파니 앞에 무릎을 꿇고 양손을 비볐다. 아내가 죽어가고 있으며, 집에는 죄 없이 굶주리는 아이들이 여덟이나 있다고 했다. "자비를 베풀어주세요, 부인! 그 죄 없는 아이들이 무얼 할 수 있겠습니까!" 그 남자는 무릎을 꿇고 엎드린 채 처절하게 자기 말을 되풀이했다. 마치 노래와도 같았다. 그는 계속해서 파니에게 "부인!"이라고 했다. 그 말이 그녀의 말문을 막았다. 파니는 부인이 아니었으며, 결코 부인이 되고 싶지도 않았다. 파니가 어머니에게 "마님"이라고 할 때는 그 말이 전혀 굴욕적으로 들리지 않았다. 그녀는 잠시 말없이 그 무릎 꿇고 있는 남자를 바라보았다. 그의 곡소리는 마음을 녹이듯 복도에 크게 울려 퍼졌다. 갑자기 파니가 직접 무릎을 꿇고 그를 따라 했다. 그가 말하는 모든 문장이 그녀의 입을 통해 보헤미아 억양으로 되풀이되었다. 그 이중창이 너무나도 인상적이어서 나조차도 그 말들을 읊기 시작할 정도였다. 파니도 거지도 상대방 때문에 헷갈리지 않았다. 하지만 결국 파니가 일어나서 그의 코앞에서 현관문을 닫아버렸다. 거지는 여전히 무릎을 꿇고 엎드린 채였다. 닫힌 문을 향해 그는 계속해서 곡을 했다. "자비를 베풀어주십시오, 부인. 불쌍한 아이들이 무슨 죄가 있습니까!"

"사기꾼!" 파니가 말했다. "부인도 없을뿐더러 사경을 헤매고 있지도 않아. 아이도 없어. 다 자기가 먹어치우겠지. 게을러빠져서, 다 혼자서 먹으려고. 젊은이! 언제 아이를 여덟이나 낳았지!" 파니는 그 거짓말쟁이에게 매우 화가 나서 어머니가 집에 돌아오자마자 모든 장면을 재현해 보였다. 나는 파니가 무릎을 꿇을 때 그녀를 도와주었다. 그 후로도 가끔 우리는 그 장면을 함께 연기했다. 나는 파니 앞에서 그녀가 했던 행동을 연기했다. 그렇게 해서 그녀의 잔인함을 벌하고 싶었다. 하지만 나는 파니보다 연기를 더 잘하고 싶었다. 그렇게 파니는 나를 통해 거지가 한 말들을 듣고, 그다음으로 같은 말을 그녀 자신의 억양으로 다시 들었다. 파니는 내가 "자비를 베풀어주십시오, 부인!"이라고 시작하면 화를 냈다. 내가 무릎을 꿇고 그녀에게도 무릎을 꿇도록 유도해도 다시는 무릎을 꿇지 않으려고 자제했다. 그녀에게는 고통스러운 일이었다. 그녀가 자신의 언어로 조롱당하고 있는 듯한 느낌을 받았기 때문이다. 이 곧고 단단한 사람이 갑자기 속수무책이 되어버렸다. 언젠가 한번은 자제력을 잃고 내 뺨을 때린 적도 있었다. 아마도 거지에게 그렇게 하고 싶었을 것이다.

파니는 그때부터 연극에 대해 진짜로 공포를 느꼈다. 저녁이면 부엌에서 내가 어머니와 함께 책을 읽는 소리를 들을 수 있었는데, 그게 그녀의 신경에 거슬렸다. 전날 저녁에 읽은 것에 대해서 다음 날 파니에게 이야기하거나 혼자 중얼거리면 그녀는 고개를 저으며 말했다. "너무 흥분했어! 어떻게 아이가 잠들겠냐고?" 집 안에 연극적인 삶이 많아지면서 파니는 예민해졌다. 그녀가 일을 그만두겠다는 말을 한 날 어머니는 말했다. "파니가 우리를 미친 사람들로 보더구나. 그녀는 그걸 이해하지 못해. 어쩌면 이번에는 붙잡을 수 있을지도 모르겠다. 하지만 그녀를 곧 잃게 될 것 같다는 생각이 드는구나." 나는 파니를 매우 따랐다. 동생들도 마찬가지였다. 어머니는 가까스로 그녀의 마음을 돌리는 데 성공했다. 하지만 그 후로 한 번 파니가 이성을 잃고 진심으로 최후통첩을 했다. 자신은 아이가 너무 적게 자는 걸 더는 두고 볼 수 없다는 것이었다. 저녁마다 벌어지는 그런 과장된 짓을 그만두지 않으면 떠날 수밖에 없다고 했다. 그렇게 그녀는 떠났다. 우리는 모두 슬펐다. 그녀로부터 종종 엽서가 왔으며, 그녀를 괴롭힌 장본인인 나는 엽서들을 간직해도 좋다는 허락을 받았다.

## 메데이아와 오디세우스

오디세우스를 나는 빈에서 처음으로 접했다. 영국에서 아버지가 처음으로 내 손에 건네준 책들에 『오디세이아』 이야기가 끼어 있지 않았던 건 우연이었을 것이다. 어린이용으로 나온 모든 세계문학 전집에는 『오디세이아』가 들어 있어야 한다. 하지만 아버지 눈에 띄지 않았든지, 아니면 아버지가 의도적으로 나중을 위해 남겨두었든지 간에 그 당시 나는 그 책을 접하지 못했다. 그래서 그 책을 독일어로 처음 읽었다. 어머니가 슈바프의 『고전 시대의 전설』을 선물로 주었던 건 내가 열 살 때의 일이었다.

연극과 함께하는 저녁이면 우리는 종종 그리스의 신과 인물들 이름을 만났다. 어머니는 내게 그 이름들을 설명해줘야 했다. 어머니는 무언가가 내게 불확실하게 남는 걸 참지 못했다. 가끔은 그 이름들을 설명하는 데 많은 시간을 할애하기도 했다. 아마도 내가 어머니가 설명할 수 있는 수준을 넘어서는 질문을 점점 더 많이 했던 것 같다. 어머니는 이런 것들을 영국이나 프랑스 연극을 통해서, 특히 독일 문학을 통해서 간접적으로만 접했을 뿐이었다. 나는 그런 것들에 대한 이해를 위해 혼자 읽을 보조 자료로 슈바프의 책을 받았다. 본래의 목적인 책 읽는 저녁 시간의 감동을 끝없는 질문으로 망치지 않기 위해서였다.

그렇게 접한 첫 인물인 프로메테우스는 엄청나게 강한 인상을 내게 주었다. 인간의 은인이 된다는 것—누군가에게 그보다 더 매력적일 수 있는 게 뭐가 있었을까. 그런 뒤 이어진 징벌, 제우스의 끔찍한 복수. 하지만 마지막에 나는 구원자 헤라클레스를 만났다. 아직 그의 다른 업적에 대해 알기 전이었다. 그다음으로 페르세우스와 고르곤, 그들의 시선이 닿은 모든 것은 돌로 변했다. 파에톤은 태양의 마차 안에서 타 죽었다. 다이달로스와 이카로스, 그때는 이미 전쟁 중이어서 그 당시 큰 역할을 했던 비행체가 자주 거론되었다. 카드모스와 용의 이빨, 이것도 나는 자주 전쟁과 연관 지었다.

이 모든 신기한 이야기들에 대해 나는 침묵했다. 일절 언급하지 않고 그저 받아들이기만 했다. 저녁에는 무언가를 알고 있다는 티를 낼 수 있었다. 하지만 그럴 만한 계기가 있을 때만 그렇게 했다. 읽은 걸 설명하는 게 내 몫인 것 같았다. 근본적으로 그것이 내가 맡은 임무였다. 내가 새로운 질문에 몰두하지 않고 짧게 무언가를 말하면 어머니가 기뻐한다는 걸 나는 알아차렸다. 상당수를 설명하지 않고, 나 혼자만 아는 것으로 간직했다. 모든 무게 중심이 다른 쪽에 실려 있는 대화 속에서 아마도 내가 우월감을 느꼈던 것 같다. 또한 어머니가 확신하지 못할 때 이런저런 세세한 부분을 언급하며 어머니의 관심을 일깨울 수 있다는 데서 자부심을 느꼈다.

그러한 자부심은 그리 오래가지 못했다. 나는 아르고선 선원들의 전설을 읽게 되었다. 메데이아는 어떤 힘으로 나를 사로잡았는데, 그 힘이 뭔지는 잘 모르겠다. 하지만 메데이아를 어머니와 동일시한 것은 더더욱 아니었다. 어머니가 부르크테아터의 여주인공들에 대한 이야기를 할 때 당신의 내면에서 느껴진 그 열정이었을까? 내가 어렴풋이 살인이라 느꼈던 죽음의 공포였을까? 할아버지가 오실 때마다 대단원을 장식했던 두 분의 거친 대화는 어머니를 쇠약하게 했고, 또 울렸다. 할아버지는 패배감 비슷한 감정으로 떠났는데, 그 분노는 무기력했다. 결코 승자의 것이라고 볼 수 없는 감정이었다. 하지만 어머니도 이 전투를 감당할 수 없었다. 어머니는 속수무책으로 무기력감에 빠졌다. 그런 상태에서 고통스러워하는 어머니의 모습을 나는 견디기 힘들었다. 그래서 자연스럽게 마법사 메데이아의 영적인 힘이 어머니에게 생기기를 바랐다. 이것은 이제야 드는 생각이다. 나는 어머니를 천하무적으로, 절대 약해지지 않는 가장 강력한 존재보다 더 강한 존재로 보고 싶었던 것 같다.

메데이아에 대해서 나는 침묵하지 않았다. 그럴 수 없었다. 내가 메데이아를 화제로 꺼냈던 날, 저녁 내내 그 이야기를 했다. 어머니는 내가 당신과 메데이아를 동일시하는 것에 크게 놀랐다는 사실을 눈치채지 못하게 했다. 나는 나중에야 비로소 그것을 알게 되었다. 어머니는 그릴파르처의 『황금빛 양털 가죽』과 부르크테아터에서 공연된 「메데이아」에 관해 이야기했다. 이런 식의 이른바 이중적 굴절을 통해 어머니는 원래의 전설이 내게 끼치는 격렬한 작용을 완화할 수 있었다. 나는 배신한 이아손에게 어머니 또한 복수했을 거라는 고백을 하도록 어머니를 종용했다. 어머니는 이아손과 그 젊은 아내에게는 복수하지만, 아이들에게는 하지 않았을 거라고 했다. 아이들을 마법 마차에 태워 데리고 갔을 거라고 했지만, 어디로 향했을지 어머니는 알지 못했다. 아이들이 설사 그 아버지와 닮았다고 하더라도 어머니는 메데이아보다 더 강했을 테고, 아이들의 시선을 견뎌낼 수 있었을 거라고 했다. 그렇게 해서 어머니는 마지막에 가장 강력한 존재로 그곳에 우뚝 섰으며, 내 안에 있는 메데이아를 넘어섰다.

그때 오디세우스가 어머니를 도왔던 것 같다. 메데이아에 이어서 그의 존재를 알게 되자마자 그는 앞서 등장한 이들을 모두 밀어내고 내 청소년 시절에 가장 큰 영향을 준 인물이 되었다. 『일리아스』를 나는 반감을 품고 읽었다. 사람, 즉 이피게네이아를 제물로 바치는 이야기로 시작되기 때문이었다. 아가멤논이 그런 짓에 동의했기에 그에게 극도의 반감을 느꼈다. 이렇듯 나는 처음부터 그리스 인물들 편이 아니었다. 헬레네의 아름다움이 나는 미심쩍었다. 메넬라오스나 파리스 같은 이름들도 웃기기는 매한가지였다. 게다가 나는 이름에 좌우되는 사람이었다. 오직 이름 때문에 싫어한 인물들도 있었다. 아직 이야기를 접하기도 전에 그 이름 때문에 좋아했던 이들도 있었는데, 아이아스나 카산드라가 그런 인물이었다. 내가 언제부터 이름에 좌우되기 시작했는지는 알 수 없다. 그리스 인물들의 경우 그럴 수밖에 없었다. 나는 그리스 신들을 두 그룹으로 나누었다. 그들은 이름으로, 또 드물기는 했지만 성격으로 분류되었다. 나는 페르세포네와 아프로디테와 헤라를 좋아했다. 헤라가 한 행동이 그녀의 이름을 더럽히지는 않았다. 나는 포세이돈과 헤파이스토스를 좋아했다. 반대로 제우스와 아레스, 하데스는 싫었다. 아테나의 경우 탄생 이야기가 인상적이었다. 마르시아스의 가죽을 벗겨 죽인 아폴론을 나는 절대 용서하지 않았다. 그의 잔인함이, 내 신념을 거스르면서 은밀히 좋아하고 있던 그 이름을 가려버렸다. 이름과 행적 사이의 모순이 내게는 근본적인 긴장감이 되었다. 나는 이름과 행적을 일치시키려는 충동에서 벗어난 적이 없었다. 작품 속 인물들과 마찬가지로 사람에 대해서도 나는 이름에 집착했다. 행동거지에 대한 실망은 내가 그들을 변화시켜 그 이름에 걸맞게 만드는, 매우 성가신 작업을 하게 했다. 하지만 또 어떤 이들의 경우 끔찍한 이름을 정당화하기 위해 나쁜 이야기를 꾸며내야 했다. 어떤 식으로 이야기를 만들어낼 때 내가 더 부당했는지를 나는 알지 못했다. 정의를 최고의 가치로 두는 어떤 사람에게 이러한 자신이 통제할 수 없는 이름에 대한 의존은 정말 치명적인 무언가가 있었다. 이름과 그 이름에 종속되는 것 자체를 나는 운명이라고 느낀다.

그 당시 내가 알았던 사람 중에 그리스식 이름을 가진 사람은 한 명도 없었다. 그래서 그리스식 이름은 모두 새로운 느낌이었으며, 응집된 에너지로 나를 덮쳤다. 나는 기적과도 같은 자유를 느끼며 그 이름들을 만났다. 그 이름들은 익숙하지 않은 소리를 냈으며 그 어떤 것과도 섞이지 않았다. 그 이름들은 순전히 인물로 나타났고, 또 인물로 남았다. 나를 혼란에 빠뜨린 메데이아만이 예외였다. 나는 각각의 인물에 찬성하거나 반대하는 입장을 정했고, 그들은 결코 닳아 없어지지 않는 영향력을 간직했다. 그 인물들과 함께, 나 자신에게 삶에 대해 의식적으로 해명하는 삶이 시작되었다. 오직 그런 삶 속에서만 나는 그 누구에게도 좌우되지 않았다.

당시 내게 모든 그리스적인 것이 집결되었던 오디세우스는 독특한 롤 모델이 되었다. 오디세우스는 내가 온전히 이해할 수 있었던 첫 인물이자, 내가 그 어떤 사람에게서보다도 더 많은 걸 배운 첫 인물이었으며, 여러 변형된 형태로 나타나면서 그 각각의 의미와 지위를 획득한, 완전하고 매우 충만한 롤 모델이었다. 모든 세세한 부분에서 나는 오디세우스와 하나가 되었으며, 시간이 갈수록 그가 가진 것 중 내게 중요하지 않은 것은 하나도 남지 않게 되었다. 그의 항해 기간과 그가 내게 영향을 끼친 기간이 같았다. 마침내 오디세우스는 아무도 눈치챌 수 없게 『현혹』 속으로 완전히 들어왔다. 이는 오디세우스에게 가장 깊숙이 종속된다는 뜻일 뿐이었다. 그 종속은 그토록 완전했다. 그리고 그 종속을 온갖 상세한 내용을 들어가며 입증하는 것이 오늘날의 내게는 매우 쉬운 일일 것이다—그가 열 살짜리 아이에게 어떤 식으로 영향을 끼쳤는지를 아직도 나는 잘 알고 있다. 맨 처음에 그는 새로움으로 다가왔고, 그래서 그 아이를 불안하게 했다. 파이아케스족의 섬에 있던 때, 오디세우스는 아직 정체를 밝히지 않은 채 눈먼 음유시인 데모도코스의 입을 통해 자신의 이야기를 들으며 남몰래 눈물을 흘렸다. 그리고 폴리페모스 앞에서 자기 이름이 '아무도 아니'라고 하는 꾀를 내어 자기네 일행의 목숨을 구했다. 또 그는 세이렌의 노래를 굳이 피하지 않았고, 거지가 되어 구혼자들의 욕설을 견뎌낼 인내심이 있었다. 자신을 낮추었던 모든 변신이며, 세이렌의 경우에서 볼 수 있듯 억누를 수 없는 호기심이 있었다.

## 불가리아 여행

1915년 여름 우리는 불가리아에 갔다. 어머니 친척 상당수가 그곳에 살고 있었다. 어머니는 고향과 더불어 아버지와 함께 7년 동안 행복하게 살았던 곳을 다시 보고 싶어 했다. 이미 출발 몇 주 전부터 어머니는 흥분해 있었다. 나는 지금까지 봐온 것과 다른 그 모습을 이해하지 못했다. 어머니는 루세에서 보낸 당신의 어린 시절 이야기를 많이 했다. 내가 한 번도 생각해본 적 없었던 장소가 어머니의 이야기를 통해 갑자기 의미를 갖게 되었다. 영국과 빈에서 알고 지낸 세파라드 유대인들은 루세를 두고 경멸 조의 말을 했다. 문화가 없는 촌구석으로, 그곳에 사는 사람들은 '유럽'에서 무슨 일이 일어나고 있는지 전혀 모른다고 했다. 모두가 그곳을 떠나왔다는 사실에 만족하는 듯했으며, 이제는 다른 곳에 살기 때문에 자신들이 더 계몽되었고, 또 더 낫다고 생각했다. 그 어떤 것에도 결코 부끄러워한 적이 없는 할아버지만 유일하게 그 도시의 이름을 열렬하게 강조하며 말했다. 할아버지의 사업체, 즉 할아버지 세상의 중심이 바로 그곳에 있기 때문이었고, 부를 쌓으며 사들인 저택들이 그곳에 있기 때문이었다. 하지만 나는 할아버지가 내가 열렬히 몰두하는 것들에는 얼마나 무지한지를 알아차리고 있었다. 할아버지에게 내가 마르코 폴로와 중국에 관해 이야기했을 때였다. 할아버지는 그 이야기는 전부 동화라면서 내가 직접 본 것만 믿어야 한다고 했다. 당신은 그런 거짓말쟁이들을 많이 알고 있다는 것이었다. 나는 할아버지가 책 한 권 읽은 적이 없다는 사실을 눈치챘다. 당신이 뽐내는 외국어들도 우스꽝스러우리만치 틀리게 구사했기 때문에 루세에 대한 할아버지의 의리는 내게 전혀 권할 만한 것이 못 되었다. 그곳으로부터 더 이상 발견할 것이 없는 나라들로 떠나는 할아버지의 여행을 나는 경멸했다. 할아버지는 한 치의 오차도 없는 정확한 기억력의 소유자였다. 어느 날 우리 집에 식사하러 왔을 때 할아버지는 마르코 폴로에 대한 일련의 질문을 어머니에게 쏟아내 나를 놀라게 했다. 할아버지는 어머니에게 그가 누구인지뿐만 아니라, 이 사람이 정말로 실존했는지를 물었다. 내가 할아버지에게 했던 모든 경이로운 이야기들에 대해 하나도 빠짐없이 물었다. 마르코 폴로의 보고서가 훗날 아메리카 대륙의 발견에 어떤 역할을 했는지 어머니가 설명하자 할아버지는 거의 분노했다. 하지만 아메리카를 인도라고 여긴 콜럼버스의 착각을 언급하자 할아버지는 다시 진정했다. 그러곤 의기양양하게 말했다. "그런 거짓말쟁이를 믿으면 생기는 일이지! 그러니 아메리카를 발견해놓고는 인도라고 믿는 게지!"

할아버지가 할 수 없었던 것, 즉 내 출생지에 내가 관심 가지게 하는 일을 어머니는 놀이하듯 해낼 수 있었다. 함께 책을 읽는 저녁 시간이었다. 어머니가 당신이 특별히 좋아하는 책에 관해 이야기하다 갑자기 말을 꺼냈다. "이 책을 나는 외할아버지 댁 정원에 있는 오디나무 위에서 처음으로 읽었단다." 한번은 당신이 예전에 읽었던 오래된 빅토르 위고의 『레 미제라블』을 보여준 적도 있었다. 그 책을 읽을 때 앉았던 오디나무에서 생긴 얼룩이 아직 그대로 남아 있었다. "오디가 꽤 익었을 때였지." 어머니가 말했다. "더 꼭꼭 숨으려고 나무 위로 올라갔단다. 밥 먹으러 가야 할 시간이 되었을 때도 아무도 나를 찾지 못했지. 오후 내내 계속해서 책을 읽었어. 그러다가 갑자기 너무 배가 고파서 오디 열매를 배가 부르도록 따 먹었지. 너는 더 쉽지. 나는 네가 항상 책을 읽을 수 있게 해주잖니." "하지만 저는 밥 먹으러 가야 하잖아요." 내가 말했다. 그러곤 오디나무에 관심을 가지기 시작했다.

어머니는 그 오디나무를 보여주겠다고 약속했다. 우리의 모든 대화는 이제 여행 계획으로 끝났다. 그곳에 있는 동안 우리의 저녁 독서 시간을 잠시 쉬어야 한다는 이야기에 나는 반대했다. 하지만 나는 여전히 아르고선 선원들의 전설과 메데이아라는 인물에 사로잡혀 있었다. 어머니가 말했다. "우리는 흑해 연안에 있는 바르나로 갈 거야." 그 말에 내 저항은 실패로 돌아갔다. 콜키스가 흑해의 다른 쪽 끝에 위치하긴 했지만, 어쨌든 같은 바다였다. 나는 그 바다를 보기 위해 우리의 저녁 독서 시간 중단이라는 값비싼 대가를 치를 각오가 되어 있었다.

우리는 기차를 타고 브라쇼브를 지나 루마니아를 가로질렀다. 나는 이 나라에 정이 갔다. 사람들이 나를 돌봐주었던 루마니아인 보모를 정말 많이 칭찬했기 때문이다. 보모가 나를 친자식처럼 예뻐했으며, 나중엔 그저 내가 어떻게 지내는지를 보려고 지우르지우에서 도나우강을 건너오는 길을 마다하지 않았다고 했다. 그러다 사고로 그녀가 깊은 우물에 빠져 익사했다는 소식이 들려왔는데, 아버지가 타고난 천성대로 그 가족을 찾아내, 할아버지가 눈치채지 못하도록 은밀하게 능력껏 도와주었다고 했다.

루세에서 우리는 예전에 살던 집에 묵지 않았다. 카네티 할아버지 댁과 너무 가까웠을 것이다. 우리는 어머니의 큰언니인 벨리나 이모 댁에 여장을 풀었다. 벨리나 이모는 세 자매 중에서 가장 예뻤으며, 그 미모 하나로 유명세를 누렸다. 훗날 삶의 마지막 순간까지 벨리나 이모를 따라다녔던 그 불행이 당시에는 아직 이모네 가족에게 불어닥치기 전이었다. 하지만 그 징후가 이미 시작되고 있었다. 나는 이모를, 그 당시 이모의 모습을, 가장 예뻤던 이모의 그 모습을 기억 속에 간직했다. 훗날 나는 이모의 모습을 티치아노의 그림「라 벨라」와「우르비노의 비너스」속에서 다시 만났다. 그렇게 내 안의 이모의 이미지는 더 이상 바뀌지 않는다.

벨리나 이모는 외할아버지 댁 바로 건너편에 튀르키예식 건축 양식으로 지어진 넓은 노란색 저택에 살았다. 아르디티 외할아버지는 2년 전 여행하던 중에 빈에서 돌아가셨다. 이모의 선량함은 당신의 미모와 견줄 만했다. 벨리나 이모는 아는 게 별로 없었고 사람들은 이모를 미련하다고 생각했는데, 이모가 당신을 위해서 뭔가를 가지려 한 적이 없으며 항상 다른 사람에게 베풀기 때문이었다. 모두가 인색하고 돈만 밝혔던 외할아버지를 아직 또렷하게 기억했기 때문에 이모가 별종처럼 보였다. 베풀 줄 아는 기적 같은 사람으로 말이다. 벨리나 이모는 상대방에게 어떤 특별한 기쁨을 줄 수 있을지 고민하지 않고는 누군가를 만날 수 없었다. 그런 것 말고는 무언가에 대해 결코 고민하는 법이 없었다. 이모가 말이 없으면, 그리고 다른 사람의 질문을 듣지도 않고 약간 멍하게, 또 상당히 긴장된 표정을 얼굴에 역력히 드러낸 채 앞을 응시하면, 사람들은 벨리나 이모가 선물할 거리에 대해 고민하는 중이며, 마음에 드는 게 없어서 불만이라는 걸 알아차렸다. 하지만 그럴 때도 이모의 미모엔 변함이 없었다. 벨리나 이모는 사람들이 압도될 정도로 선물을 주었지만, 사실 자신은 단 한 번도 온전히 기뻤던 적이 없었다. 당신 눈에는 선물이 늘 너무 보잘것없기 때문이었다. 그래서 솔직한 말로 누추한 선물에 대해 미안함을 표현하는 걸로 선물을 완성했다. 이모의 그런 태도는 내가 스페인 사람들에게 경험한 바 있어 익히 아는, 으스대며 선물하는 방식과는 달랐다. 그것은 귀족성에 대한 모종의 요구와 결부되어 있었다. 오히려 들숨과 날숨처럼 단순하고 자연스러운 것이었다.

벨리나 이모는 사촌 요제프와 결혼했다. 다혈질적이었던 그는 이모의 삶을 힘들게 했다. 그렇다는 걸 조금도 의식하지 못하는 사이 이모의 삶은 점점 더 고달파졌다. 그즈음 집 뒤편에 있는 과실수 정원에는 탐스러운 과일이 주렁주렁 열린 나무들이 가득했다. 그 정원은 벨리나 이모가 주는 선물 못지않게 우리를 매료시켰다. 이모 댁의 공간은 밝았지만 서늘한 기운이 감돌았다. 빈에 있는 우리 집보다 훨씬 더 넓었으며, 발견할 것들이 꽤 많았다. 나는 튀르키예식 낮은 안락의자에는 어떻게 앉아야 하는지를 잊고 있었다. 모든 것이 낯설고 새로워 보였다. 흡사 낯선 땅에서 탐험 여행을 하는 것 같았다. 그런 탐험 여행은 내 인생의 가장 열렬한 소망이 되어 있었다. 건너편 외할아버지 댁 정원에 있는 오디나무는 실망스러웠다. 그 나무는 결코 그리 높지 않았다. 그리고 내가 어머니를 지금의 키로 상상했기 때문에 당시에 사람들이 엄마가 나무 위 은신처에 숨어 있는 걸 왜 알아차리지 못했는지 이해가 되지 않았다. 하지만 노란색 저택의 이모님 곁에서 나는 아늑함을 느꼈다. 그래서 그 여행의 원래 목적지였던 흑해로 떠나자고 조르지 않았다.

붉고 살찐 얼굴의 요제프 이모부는 눈을 찡그리며 내게 끊임없이 질문을 해댔다. 온갖 것을 다 알고 있는 이모부는 당신의 질문에 대한 내 대답이 몹시 마음에 들어 내 뺨을 가볍게 쓰다듬으며 말했다. "다들 내 말 명심하시오! 이 아이는 분명히 뭐가 돼도 될 거야. 이모부처럼 훌륭한 변호사가 될 거야!" 이모부는 사업가이지 변호사가 아니었다. 하지만 여러 나라의 법에 정통했으며 그 법들을 자세하게 암기해 인용했다. 심지어 굉장히 다양한 언어로 그렇게 했는데, 곧바로 나를 위해 독일어로 번역해줬다. 요제프 이모부는 나를 테스트하고 싶어 했다. 이모부는 한 10분쯤 후에 같은 법 조항을 한 번 더 언급했는데, 그때는 내용을 살짝 바꾸었다. 그러곤 약간 음흉한 시선으로 나를 쳐다보며 기다렸다. "그런데 아까는 그 법이 그렇지 않았잖아요." 내가 말했다. "아까는 이랬어요!" 나는 이런 식의 문장을 참을 수 없었다. 그런 문장들 때문에 나는 '법'과 관련된 모든 것에 대한 반감으로 가득 찼다. 하지만 내게도 나만 옳다고 생각하는 구석이 있었으며, 더구나 이모부의 칭찬을 받고 싶었다. "주의 깊게 들었구나." 그때 이모부가 말했다. "여기 사는 다른 모든 사람처럼 바보가 아니야." 그러면서 다른 사람들이 있는 방을 가리켰다. 그곳에 앉아 있는 사람 중에는 자기 부인도 있었다. 하지만 이모부가 말한 다른 사람들이 거기에 있는 사람들만을 뜻하는 건 아니었다. 이모부는 자신과 겨룰 법하다고 생각되는 유명한 변호사 몇 사람 말고는 도시 전체와 그 나라, 발칸반도와 유럽, 그리고 온 세계가 멍청하다고 생각했다.

사람들은 이모부가 성내는 걸 두고 숙덕거렸다. 이모부가 화내기 시작하면 몹시 위험하다고 내게 경고했다. 하지만 무서워하지는 말라고 했다. 곧 다시 진정된다는 것이었다. 가만히 앉아 있기만 하면 된다고 했다. 물론 한마디도 하면 안 된다고 했다. 화를 내며 이모부가 누구를 쳐다보면 고개만 끄덕이면 된다고 했다. 어머니는 그런 일이 일어나면 당신과 이모도 아무 말 하지 않는다며 나를 조심시켰다. 이모부는 그냥 그런 사람이며 누구도 어떻게 할 수 없다는 것이었다. 이모부는 특히 돌아가신 외할아버지를 겨냥했다. 그뿐 아니라 아직 생존해 계신 외할머니, 어머니의 형제들, 어머니 그리고 벨리나 이모까지도 공격 대상에 포함되어 있었다.

나는 이모부에 대한 경고를 매우 자주 들어서 호기심을 가지고 그 순간을 기다렸다. 어느 날 식사 중에 바로 그 일이 일어났을 땐, 너무도 끔찍해서 그 여행의 핵심적인 기억이 되어버렸다. "라드로네스! Ladrones!"* 이모부가 갑자기 소리 질렀다. "라드로네스! 내가 너희 식구들 전부 도둑놈이라는 사실을 모르는 줄 알아!" '라드로네스'라는 스페인어 단어는 독일어의 '도둑'보다 훨씬 더 묵직하게 들렸다. 그러니까 '도둑'과 '강도'가 합쳐진 것 같은 느낌이었다. 이모부는 가족 구성원 개개인에게, 먼저 그 자리에 없는 사람에게 절도죄를 씌웠다. 그리고 당신의 장인인 돌아가신 외할아버지부터 시작했다. 외할아버지가 외할머니를 위해 그를 유산상속에서 제외했다는 것이었다. 그런 다음 생존해 계신 외할머니 차례였다. 다음으로 맨체스터의 막강한 살로몬 삼촌은 조심해야 할 거라고 했다. 자기가 살로몬 외삼촌을 파멸시킬 거라고 했다. 자기가 살로몬 외삼촌보다 법을 더 잘 알며 이 세상 온 나라에서 외삼촌을 고소할 거라고 했다. 빠져나갈 구멍이 전혀 없을걸! 그 외삼촌에게 나는 전혀 동정심을 느끼지 않았다. 나는—나는 이 사실을 부정할 수 없다—만인에게 공포의 대상이었던 그 외삼촌에게 누군가가 대적하려 한다는 사실에 열광했다. 하지만 악담은 계속되었다. 이제 세 자매 차례였다. 심지어 어머니와 착하기 그지없는 그의 아내 벨리나 이모에게로 화살이 향했다. 이모가 비밀리에 집안 식구들과 작당해서 자기를 상대로 음모를 꾸민다는 것이었다. 이 악당들! 이 도둑놈들! 이 불한당들! 이모부가

---

* "도둑놈들!"

그들 모두를 부숴버리겠다는 것이었다. 이 작자들의 썩어빠진 심장을 도려낼 거야! 도려낸 심장을 개한테 먹이로 던져주겠어! 그치들이 나를 떠올리겠지! 나한테 살려달라고 애원하겠지! 하지만 그는 자비를 모른다고! 그는 오직 법만 안다는 것이었다. 하지만 그는 법을 아주 잘 알지! 누군가는 그와 겨뤄야 할 거라고! 이 미치광이들! 이 멍청이들! "당신은 본인이 똑똑하다고 생각하지? 안 그래?" 이모부가 갑자기 어머니에게로 화살을 돌렸다. "하지만 당신의 조그만 아들 녀석 손바닥 위에 있지. 그 녀석은 내 과야! 그 녀석이 언젠가는 당신을 상대로 소송을 걸 거야! 마지막 한 푼까지 다 토해내야 할걸! 사람들은 그녀를 교양 있는 사람이라고 말하겠지. 하지만 당신의 실러는 아무짝에도 쓸모가 없어! 법이 중요해!" 이모부는 손가락 마디로 격하게 이마를 두드렸다. "그리고 그 법이 여기 있다고! 여기! 여기에! —너는 그건 몰랐지." 이모부는 이제 나를 쳐다봤다. "네 어머니가 도둑이라는 걸 말이야! 차라리 지금 아는 게 더 낫겠군. 네 어머니가 네 것을, 자기 아들 것을 도둑질하기 전에 말이야!"

나는 어머니의 애원하는 눈빛을 보았다. 하지만 더 이상 아무 소용 없었다. 나는 벌떡 일어나서 소리 질렀다. "우리 엄마는 도둑이 아니에요. 이모도 아니고요!" 그러곤 분노에 차서 울기 시작했다. 하지만 이모부는 꿈쩍도 하지 않았다. 이모부는 불쾌한 표정을 지었다. 얼굴이 끔찍하게 부풀어 올랐으며, 동정심에 주름진 얼굴로 내게 더 가까이 다가왔다. "입 다물어! 너한테 안 물어봤어! 이 버릇없는 녀석아! 고얀 놈 같으니라고! 너도 겪게 될 거야. 여기에 내가 앉아서 너한테 보여주지, 내가 말이야, 네 이모부 요제프가 말이지. 너한테 기탄없이 말해주지. 네가 열 살이라는 게 안타깝구나. 때가 되면 네게 말해주마. 네 엄마는 도둑이야! 모두가 다 도둑이라고! 가족 전체가! 이 도시 전체가! 도둑 그 이상도 그 이하도 아무것도 아니라고!"

"라드로네스"라는 말을 끝으로 이모부는 멈췄다. 나를 때리지는 않았다. 하지만 나는 이모부 곁에서 영향력을 잃었다. "너한테 그럴 필요 없었는데." 이모부가 진정한 후에 말했다. "너한테 법을 가르칠 필요가 없지. 경험을 통해 배우게 될 텐데 말이야. 그보다 더 좋은 방법은 없지."

나는 이모가 가장 놀라웠다. 아무 일도 없었다는 듯이 그것을 참아냈다. 그날 오후에 벌써 이모는 선물 준비로 분주했다. 내가 듣고 있는 줄 모르고 이모는 자매들끼리 이야기할 때 어머니에게 말했다. "내 남편이야. 예전에는 안 그랬어. 아버지께서 돌아가신 후에 저렇게 됐어. 부당한 일을 참지 못해. 좋은 사람이야. 지금 가버리면 안 돼. 그이가 상처받을 거야. 굉장히 예민한 사람이거든. 선량한 사람들은 왜 모두 저렇게 예민한 걸까?" 어머니는 큰아들 때문에 그렇게는 안 된다고 했다. 아이가 가족에 대해 그런 말을 들으면 안 된다고 했다. 어머니는 여전히 당신의 가문에 자부심이 있다고 했다. 도시 전체에서 가장 훌륭한 가문이라는 것이었다. 요제프 이모부도 이 집안사람이라고 했다. 이모부의 아버지가 돌아가신 외할아버지의 큰형이라고 했다. "하지만 남편은 자기 아버지에게는 한마디도 반항한 적이 없어! 그런 짓은 절대로 하지 않아, 절대로! 자기 아버지를 거역하는 말을 하느니 차라리 자기 혀를 깨물어버리고 말걸.” “그런데 형부는 왜 이 돈을 원하는 거지? 형부가 우리보다 훨씬 더 부자잖아.” “남편은 불의를 참지 못해. 아버지께서 돌아가신 후에 그렇게 됐어. 예전에는 그렇지 않았어.”

그렇지만 우리는 곧 바르나로 출발했다. 그 바다—나는 그 이전의 바다는 떠올릴 수 없다—는 전혀 거칠지 않았고, 파도가 거세지도 않았다. 메데이아의 영광을 위해 나는 이 바다가 위험한 모습이길 기대했다. 그런데 이 바다 어느 곳에도 그녀의 흔적이 없었다. 나는 루세에서의 요란했던 일련의 사건이 내 모든 생각을 메데이아에게로 밀어붙였다고 생각했다. 내 가장 가까운 사람들 사이에서 끔찍한 일이 생기자마자 평소에 온통 나를 사로잡고 있었던 고전 인물들은 그들이 가진 색깔의 상당 부분을 잃고 말았다. 이모부가 어머니를 단죄할 때 내가 어머니를 변호한 이후로 어머니는 내게 더 이상 메데이아가 아니었다. 그와 반대로 어머니를 보호하고 함께하며, 또 그 어떤 끔찍한 것도 어머니에게 들러붙지 못하도록 내 눈으로 직접 감시하는 게 중요해 보였다.

우리는 해변에서 많은 시간을 보냈다. 항구에서 나는 특히 등대에 집중했다. 구축함 한 대가 항구로 들어왔다. 불가리아가 동맹국* 편에 서서 전쟁에 참전할 거라는 의미였다. 어머니

---

* 제1차 세계대전 당시 연합국과 대적했던 국가들. 독일 제국, 오스트리아-헝가리 제국, 오스만 제국, 불가리아 왕국이 이에 속했다.

가 지인들과 나눈 대화 속에서 나는 사람들이 그건 말도 안 되는 일이라고 하는 걸 자주 들었다. 불가리아는 러시아와 한 번도 전쟁한 적이 없는 데다가, 튀르키예로부터 해방되는 데에 러시아의 도움이 컸으며, 많은 전쟁에서 러시아가 튀르키예와 싸워주는 등 불가리아는 불리해지면 늘 러시아에 의지했다는 것이었다. 러시아군 장군으로 복무한 디미트리에프는 불가리아에서 가장 인기 있는 인물 중 하나로 부모님 결혼식에도 귀빈으로 참석했다.

어머니의 가장 오랜 친구였던 올가는 러시아인이었다. 루세에서 우리는 올가 부부를 방문했다. 그들 부부는 내가 아는 어떤 사람들보다 상냥하고 개방적인 사람들로 보였다. 어머니와 올가는 어린 소녀들처럼 수다를 떨었다. 둘은 프랑스어로 이야기했는데, 빠르고 환호하는 듯한 톤이었다. 두 분의 목소리는 끝없이 높아졌다 낮아졌다 했으며 한순간도 조용한 적이 없었다. 마치 새의 지저귐, 그것도 아주 큰 새들이 지저귀는 소리 같았다. 올가의 남편은 점잖은 사람으로 말이 없었다. 목까지 올라오는 셔츠를 입은 그는 약간 군인 같은 인상이었다. 그는 러시아산 차를 따라주며 우리에게 맛있는 것들을 대접했다. 그는 대부분 한시도 쉬지 않고 계속되는 두 여자의 대화를 경청했다. 둘이 정말로 오랜만에 다시 만났기 때문이다. 언제 다시 만나게 될까? 나는 톨스토이라는 이름이 언급되는 걸 들었다. 그는 불과 몇 년 전에 죽었다. 사람들이 그의 이름을 말할 때 보이는 존경심은, 내가 나중에 톨스토이가 셰익스피어보다 더 위대한 작가냐고 물었을 때 어머니가 선뜻 대답하지 못하고 주저하며 마지못해 아니라고 부정할 정도였다.

"내가 왜 러시아인들을 옹호하는지 이제 이해가 되니?" 어머니가 말했다. "정말 멋진 사람들이지. 올가는 틈만 나면 책을 읽어. 그녀와는 대화가 돼." "그럼 올가의 남편은요?" "그와도 마찬가지지. 하지만 올가가 더 똑똑해. 문학에 조예가 더 깊거든. 그녀의 남편도 그걸 인정해. 그는 올가의 이야기를 듣는 걸 가장 좋아하지."

어머니의 말에 나는 아무런 대꾸도 하지 않았다. 하지만 의문은 품었다. 나는 아버지가 어머니를 더 똑똑하다고 생각하며 당신보다 더 높게 평가했다는 걸 알고 있었다. 그뿐 아니라 어머니가 그 점에 동의했다는 것도 알고 있었다. 어머니는 분명히 아버지와 같은 생각이었다. 아버지에 관해 이야기할 때면—어머니는 늘 가장 아름다운 이야기만 했다—어머니는 아버지가 당신의 정신을 얼마나 중요하게 여겼는지를 아주 천진난만하게 이야기했다. "그 대신 아버지는 어머니보다 음악적인 재능이 더 있었어요." 그러면 나는 항변하곤 했다. "그건 그래." 어머니가 말했다. "연극도 어머니보다 더 잘했어요. 모두가 그렇게 말하던걸요. 아버지가 최고의 배우였다고요." "맞아, 맞아. 연기에 타고난 재능이 있었지. 너희 할아버지한테서 물려받았지." "어머니보다 훨씬 더 재미있기도 했어요." 어머니는 이 말을 싫어하지 않았다. 어머니가 진중함과 품위를 중시했기 때문이고, 부르크테아터의 격정적인 톤이 어머니의 몸에 밴 탓이었다. 그러고 나서 늘 내 하이라이트가 등장했다. "아버지는 마음씨도 훨씬 더 고왔어요. 세상에서 제일 착한 분이었어요.” 그 말에 어머니는 의심도 주저함도 없이 적극적으로 동의했다. “너희 아버지처럼 좋은 사람은 이 세상 어디서도 찾을 수 없을 거야. 절대로, 절대로 못 찾지!” “그럼 올가의 남편은요?” “그 사람도 선량하지. 그건 그래. 하지만 너희 아버지와는 비교가 안 돼.” 그러곤 아버지의 선량함에 관한 무수한 이야기가 이어졌다. 그 이야기들을 수백 번도 더 들었지만 나는 계속해서 다시 듣고 싶어 했다. 아버지가 얼마나 많은 사람을 도와주었는지, 그뿐 아니라 뒤에서 남몰래 선행을 베풀었기에 아무도 그 사실을 몰랐다는 것, 어머니가 어떻게 그 사실을 알게 되었는지를, 그래서 아버지에게 강한 어조로 물었다는 이야기들을 듣고 싶어 했다. “자크, 정말로 당신이 그랬어요? 너무 과하다는 생각은 안 들어요?” “무슨 말인지 모르겠는데.” 아버지의 대답이었다. “나는 기억이 안 나는데.”—“있잖아.” 항상 이 말로 어머니는 아버지의 선행 헤아리기를 마쳤다. “정말로 잊어버린 거였어. 본인이 행한 선행조차 잊어버릴 정도로 착한 사람이었지. 너는 아버지가 그럴 때 말고는 무언가를 잘 잊어버리는 사람이었다고 생각하면 안 돼. 공연한 작품에서 자기가 맡았던 역할을 몇 달이 지나도 잊어버린 적이 없었어. 너희 할아버지가 바이올린을 빼앗고 상점에 나가라고 종용했던 때의 일도 잊어버리지 않았지. 너희 아버지는 내가 뭘 좋아하는지 잊은 적이 없었어. 그래서 언젠가 지나가는 말로 갖고 싶다고 한 것을 몇 년 후에 들고 나타나서 나를 놀라게 했지. 하지만 자기 선행은 숨겼어. 본인조차 잊어버릴 정도로 아주 세련되게 숨겼지.”

“저는 그렇게 될 수 없을 거예요.” 나는 아버지에게 감탄하는 동시에 나 자신을 애석하게 여기며 말했다. “나는 이 사실을 늘 깨닫게 되겠죠.” “너는 나랑 더 비슷해.” 어머니가 말했다. “그건 정말로 좋지 않아.” 그러고 나서 어머니는 선량한 사람이기엔 당신이 의심이 너무 많다고 했다. 사람들이 무슨 생각을 하는지를 늘 금세 알아차린다는 것이었다. 사람들의 속을 즉시 꿰뚫어 보고 그들의 아주 은밀한 동요까지도 알아맞힌다는 것이었다. 어머니는 그럴 때의 당신과 꼭 같았던 어떤 작가의 이름을 말해줬다. 그는 톨스토이처럼 얼마 전에 죽었다. 스트린드베리였다. 이 이름을 어머니는 흔연히 말하지 못했다. 아버지가 돌아가시기 몇 주 전에 어머니는 이 책을 읽을거리로 얻게 되었다. 라이헨할의 그 의사가 어머니에게 스트린드베리를 강력하게 추천했다. 어머니가 가끔 두려워했던 바처럼, 그는 아버지를 죽음으로 이끈 그 마지막 질투의 빌미였다. 우리가 빈에 살고 있던 시절까지도 여전히 스트린드베리라는 이름을 언급할 때면 어머니 눈에는 눈물이 고였다. 취리히에서야 비로소 어머니는 그와 그의 책들에 익숙해져서 그 이름을 과도한 감정적 동요 없이 말할 수 있게 되었다.

우리는 바르나에서 모나스티르로, 또 왕궁이 있는 에프크시노그라드 근처로 소풍을 갔다. 우리는 성을 먼발치에서 바라보았다. 얼마 전, 그러니까 제2차 발칸 전쟁 이후로 그 성은 이제 불가리아가 아닌 루마니아에 속했다. 잔혹한 전쟁이 일어났던 발칸반도에서 국경을 넘나든다는 건 더 이상 즐거운 일이 아니었다. 많은 지역에서 국경을 넘는 게 불가능했으며, 사람들도 그러려고 하지 않았다. 하지만 마차를 타고 가는 중에, 또 마차에서 내린 뒤에 우리는 풍성하게 자라 있는 채소와 과일, 짙은 보라색 가지, 파프리카와 토마토, 오이, 큼지막한 호박과 멜론 등을 보았다. 거기에서 재배되고 있는 모든 것에 대한 놀라움에서 나는 좀처럼 벗어나지 못했다. "여기가 이렇단다." 어머니가 말했다. "축복받은 땅이지. 이것도 문화야. 이곳에선 그 누구도 여기에서 태어났다는 사실을 부끄러워할 필요가 없어."

하지만 바르나에 폭우가 쏟아졌을 때 항구로 뻗어 내린 중앙로는 깊게 파인 구멍들로 가득했다. 우리가 탄 마차는 길에 처박혀 꼼짝도 못 했다. 우리는 내려야 했다. 마부를 도와줄 사람들이 왔다. 마차가 다시 움직일 수 있게 될 때까지 모두가 온 힘을 다해 마차를 밀었다. 어머니는 한숨을 쉬었다. "길은 예전 그대로네! 이게 동양적인 상태라는 거야. 이 사람들은 결코 뭘 배우는 법이 없어!"

그렇게 어머니의 생각에는 기복이 심했다. 결국 어머니는 흔쾌히 우리와 함께 다시 빈으로 돌아가는 길에 올랐다. 그런데 전쟁의 첫 겨울이 지나자 빈에는 식료품이 부족해졌기 때문에 어머니는 출발하기 전에 말린 채소를 챙겼다. 무수히 많은 각종 채소 조각을 실에 꿰었다. 어머니는 트렁크 하나를 그것들로 가득 채웠다. 하지만 헝가리로 넘어가는 프레데알 국경 역에서 루마니아 세관원들이 트렁크에 들어 있는 것들을 플랫폼 위로 쏟아냈을 때, 어머니는 몹시 분노했다. 기차가 다시 움직이기 시작하자 어머니는 기차에 뛰어올랐다. 그렇지만 어머니의 보물들은 세관원들의 비웃음을 사며 플랫폼 위에 어지러이 널려 있는 채였다. 어머니는 트렁크도 잃어버렸다. 내 눈에는 단순히 먹는 것과 관련된 일에 한탄한다는 게 어머니의 품위에 어울리지 않아 보였다. 가뜩이나 기분이 상한 어머니는 내게서도 위로 대신 그런 말을 듣게 되었다.

어머니는 루마니아 세관원들의 행동을 우리가 가진 튀르키예 여권 탓으로 돌렸다. 대부분의 세파라드 유대인은 튀르키예 국적을 유지하고 있었다. 이는 자신들을 늘 잘 대우해주는 튀르키예에 대대로 물려받은 신의를 표하는 방식이었다. 본래 리보르노 출신인 어머니 집안은 특히 이탈리아의 비호하에 있었고, 마찬가지로 이탈리아 여권을 가지고 여행했다. 어머니는 당신이 만약 아르디티 이름으로 된 결혼 전 여권을 가지고 여행했다면, 그 루마니아인들이 분명 다르게 행동했을 거라고 했다. 그들의 언어가 이탈리아 지역에서 유래했기 때문에 루마니아인들이 이탈리아인에게 약간은 우호적이라는 것이었다. 그들은 프랑스인을 가장 좋아한다고 했다.

인정하고 싶지 않았지만, 나는 전쟁의 한가운데에서 태어났다. 하지만 이 여행을 통해서야 비로소 나는 일반적으로 널리 퍼져 있는 민족적 증오를 직접적으로 파악하기 시작했다.

## 악인의 발견
## 빈 요새

1915년 가을, 불가리아로 떠났던 여름 여행을 마친 후 나는 레알김나지움*에 1학년으로 입학했다. 학교는 조피교 바로 옆에 있는 초등학교와 같은 건물에 있었다. 나는 이 학교가 훨씬 더 마음에 들었다. 우리는 라틴어를 배웠다. 새로운 점은 학교에 선생님이 더 많다는 것이었다. 늘 같은 이야기만 반복해서, 처음부터 어리석어 보였던 지루한 테겔 선생님이 더는 없었다. 우리 반 담임은 트비르디 선생님으로 떡 벌어진 어깨에 수염이 덥수룩하게 난 난쟁이 같은 분이었다. 선생님은 강단 위에 앉아 있을 때 수염을 탁자 위로 늘어뜨렸는데, 교실 의자에 앉은 우리 눈에는 선생님 머리만 보였다. 맨 처음 보았을 때는 몹시 우스꽝스러운 모습이었지만, 그 누구도 그를 조롱하지 않았다—선생님이 긴 수염을 쓰다듬는 방식은 존경심을 불러일으켰다. 선생님은 아마도 그런 몸동작을 하며 인내심을 길렀던 것 같다. 선생님은 공정한 분으로 화내는 법이 거의 없었다. 선생님은 우리에게 라틴어 변화 규칙을 가르쳤다. 비록 학생들 상당수가 그 규칙을 제대로 익히지 못했지만, 그런 학생을 위해 선생님은 실바silva(숲), 실바에silvae(숲들)를 지치지 않고 반복했다.

이 반에는 재미있어 보이는 친구들이 더 많았으며, 나는 그 아이들이 아직도 기억난다. 그중 하나가 슈테그마라는 사내아이였다. 슈테그마는 그림을 잘 그렸다. 나는 그림을 잘 그리지 못했는데, 그 아이가 그린 그림은 질리지 않고 볼 수 있었다. 슈테그마는 종이 위에 새와 꽃, 말을 비롯한 여러 동물을 내가

* Realgymnasium: 고전어 대신 근대 언어를 중시하고 자연과학에 중점을 둔 중등 학교.

보는 앞에서 그려낸 뒤 선물로 주었다. 이제 막 탄생한 가장 아름다운 종이들이었다. 가장 인상적이었던 건 그 아이가 내가 감탄한 그림을 잽싸게 찢어버리곤 했다는 것이었다. 그다지 잘 그리지 못했다는 게 이유였다. 그러곤 처음부터 다시 그렸다. 그런 과정이 여러 차례 반복된 뒤 마침내 성공했다는 느낌이 들면 슈테그마는 여러 방향에서 그림을 관찰한 후 겸손하면서도 약간 장엄한 몸짓으로 내게 그 그림을 건넸다. 나는 그의 재능과 기꺼이 베푸는 마음씨에 감탄했다. 그렇지만 무슨 차이가 있는지를 파악하지 못한다는 점에서 불안했다. 내게는 모든 그림이 다 똑같이 훌륭해 보였다. 그렇지만 나는 그의 재능보다도 그가 번개처럼 빠른 속도로 자기 그림을 평가한다는 점이 더 놀라웠다. 나는 그가 찢어버리는 종이 한 장 한 장이 다 아깝고 안타까웠다. 그 무엇도 내가 글이 적혀 있거나 인쇄된 종이를 찢도록 할 수는 없었을 것이다. 조금의 망설임도 없이 매우 빨리, 또 정말로 흔쾌히 그가 그러는 모습을 넋을 놓고 볼 수 있었다. 집에서 나는 예술가들이 자주 그런다는 걸 알게 되었다.

다른 친구는 땅딸막하고 뚱뚱하고 까무잡잡한 도이치베르거였다. 그의 어머니는 부어스텔프라터에서 소고기 스튜 가게를 했다. 그는 얼마 전부터 내가 일종의 단골로 찾아가고 있는 그로텐반 바로 옆에 살고 있었다. 처음에 나는 그 점 때문에 도이치베르거에게 호감을 갖게 되었다. 나는 그곳에 사는 사람이 틀림없이 다른 유의 사람이리라고 생각했다. 우리 모두보다 훨씬 재미있는 사람들일 거라고 말이다. 하지만 그는 내가 알 수 있었던 것과는 다른 방식으로 그랬다. 열한 살 나이에 이미 철저하게 냉소적이었다. 그 점이 얼마 가지 않아 쓰디쓴 적대 관계로 이어졌다.

원래부터 내 친구였으며 장군의 아들이었던 다른 친구 막스 시블과 함께 우리 셋은 학교에서 나와 프린첸알레를 지나 집으로 갔다. 도이치베르거는 위대한 이야기를 했다. 그는 어른들의 삶에 대해 모든 걸 다 아는 것처럼 보였고, 그걸 우리에게 여과 없이 들려주었다. 도이치베르거에게 프라터 공원은 막스와 내가 알고 있는 것과는 다른 얼굴을 보여주고 있었다. 그는 스튜 가게 손님들이 나누는 대화를 엿들었다. 그러곤 쩝쩝대는 소리를 내며 자기가 들은 대화를 우리 앞에서 재연했다. 그럴 때면 어김없이 그런 대화를 두고 한 자기 어머니의 평을 덧붙였다. 도이치베르거의 어머니는 아들 앞에서 어떤 것도 숨기지 않았다. 아버지는 계시지 않았던 것 같았고 그가 외동아들이었다. 막스와 내게는 하굣길이 흥미진진했다. 하지만 도이치베르거는 그런 이야기를 곧바로 시작하는 법이 없었다. 빈 스포츠클럽의 운동장을 지나고 나서야 비로소 그는 자유로운 기분이 되었으며, 그제야 진짜 이야기를 시작했다. 이번에는 무슨 이야기로 우리에게 충격을 줄 수 있을지 고민하는 데에 약간의 시간이 필요한 거라고 나는 생각했다. 그는 항상 같은 말로 이야기를 마쳤다. "우리 엄마가 그러는데, 삶이 어떻게 흘러갈지 그리 일찍 배울 수는 없대." 그는 효과에 대한 감각이 있었다. 그래서 매번 이야기를 고조시켰다. 폭력이나 칼부림, 강도나 살인 사건 이야기라면 우리는 그를 그냥 내버려두었다. 그는 전쟁에 반대했다. 나는 그게 마음에 들었다. 하지만 막스는 그런 말을 듣는 걸 좋아하지 않았다. 그래서 이런저런 질문을 하며 화제를 전환하려 했다. 나는 이런 대화를 집에서 이야기하는 게 부끄러웠다. 한동안 그 이야기들은 우리만의 비밀로 간직되었다. 도이치베르거가 승리감에 도취되어 극단적인 행동을 감행하기 전까지는 그랬다. 그의 행동은 큰 소동을 일으켰다.

"나는 아이들이 어떻게 태어나는지 알아." 어느 날 갑자기 그가 말했다. "엄마가 말해줬어." 나보다 한 살 많았던 막스는 그 문제에 이미 몰두하기 시작한 상태였다. 나는 마지못해 그의 호기심에 동참했다. "그건 아주 간단해." 도이치베르거가 말했다. "수탉이 암탉 위에서 쥐어박는 것처럼 남자가 여자 위에서 두드려 패지." 어머니와 함께 셰익스피어나 실러를 읽는 저녁 시간으로 충만했던 나는 분노에 차서 소리쳤다. "거짓말이야! 전혀 사실이 아니야! 너는 거짓말쟁이야!" 내가 도이치베르거에게 반기를 든 건 그때가 처음이었다. 도이치베르거는 계속해서 경멸하는 것 같은 태도를 보이며 같은 말을 반복했다. 막스는 아무 말도 하지 않았다. 완전히 업신여기는 것 같은 도이치베르거의 태도는 나를 향한 것이었다. "너희 엄마는 너한테 아무것도 말하지 않지. 널 어린아이 취급하니까. 너는 수탉을 제대로 본 적도 없지? 수탉이 어떤 행동을 하는지 등등도 말이야. 우리 엄마가 그랬어. 삶이 어떻게 흘러갈지 그리 일찍 배울 수 없다고 말이야."

하마터면 도이치베르거에게 주먹을 휘두르며 달려들 뻔했다. 나는 그 둘을 떠나 공터를 지나서 집으로 들어갔다. 우리는 항상 둥근 테이블에 둘러앉아 함께 식사했다. 나는 동생들 앞에서는 자제하며 아무 말도 하지 않았다. 하지만 아무것도 먹을 수 없었으며 거의 울기 직전이었다. 어머니와 단둘이 있게 되자마자 나는 곧바로 낮에 진지한 대화를 나누는 발코니로 어머니를 끌고 갔다. 그러곤 어머니에게 전부 이야기했다. 어머니는 물론 진즉에 내 흥분 상태를 알아차리고 있었다. 하지만 무슨 일 때문인지 그 원인을 알게 되자 말문이 막혔다. 모든 문제의 명쾌하고 완전한 답을 알고 있으며, 항상 동생들의 교육에 나 역시 책임이 있다고 느끼게 하던 어머니가 침묵했다. 어머니가 처음으로 아무 말도 하지 않았다. 내가 걱정하고 불안해할 정도로 오랫동안 아무 말도 하지 않았다. 그러고 나서 내 눈을 들여다보며, 우리 둘만의 그 위대한 시간에 나를 불렀던 호칭을 사용하며 근엄하게 이야기했다. “아들아, 너는 네 어머니를 믿지?” “네! 네!” “그건 사실이 아니야. 그 아이가 거짓말을 하는 거야. 그런 말을 걔 어머니는 해준 적이 없어. 아이는 그와는 다르게 아름다운 방식으로 태어난단다. 나중에 이야기해줄게. 지금 알려고 하지는 마라!” 어머니의 말은 내가 즉시 그럴 마음을 먹게 했다. 정말로 난 그것에 대해 절대 알려 들지 않을 거야! 다른 이야기가 그저 거짓에 불과하다면! 이제 그게 거짓이라는 걸 알게 됐어. 그것도 아주 끔찍한 거짓말이라는 걸 말이야. 자기 어머니가 하지도 않은 이야기를 그 아이가 지어냈으니까!

그 순간부터 나는 도이치베르거를 미워했다. 그를 인간쓰레기처럼 대했다. 그가 형편없는 학생이었던 학교에서, 나는 그에게 더 이상 말을 걸지 않았다. 쉬는 시간에 도이치베르거가 내게 오려고 하면 등을 돌려버렸다. 그에게 더는 단 한 마디도 하지 않았다. 함께 하교하는 것도 끝났다. 나는 막스에게 그와 나 둘 중 하나를 선택하라고 채근했다. 나는 더 심한 짓도 했다. 지리 선생님이 지도에서 로마를 가리켜보라고 했을 때 도이치베르거는 나폴리를 가리켰다. 선생님은 그걸 알아차리지 못했다. 그때 내가 일어나서 말했다. "도이치베르거가 나폴리를 가리켰어요. 그건 로마가 아니에요." 그는 나쁜 점수를 받았다. 평소의 나라면 경멸했을 법한 행동이었다. 나는 친구들 편에 섰으며, 할 수 있으면 내가 좋아하는 선생님에게 반기를 들어서라도 친구들을 도와주었다. 하지만 어머니의 말이 도이치베르거에게 심각한 증오심을 품게 만들었기에, 내게는 그 모든 행동이 허락된 것처럼 보였다. 어머니와 나 사이에 그 아이에 관한 이야기가 단 한 마디도 다시 나오지는 않았을지라도, 나는 그때 처음으로 맹목적인 추종이 무엇인지를 경험했다. 나는 도이치베르거를 적대시하도록 선동했으며, 그에게서 악인의 모습을 보았다. 나는 막스에게 리처드 3세에 대해 길게 이야기하면서 도이치베르거가 아직 어리다는 것 말고는 그자와 다를 바 없다고 설득했으며, 이제 그 아이의 행각을 근절해야 한다고 했다.

그렇게 일찍이 악인의 색출이 시작되었다. 훗날 내가 카를 크라우스의 충직한 노예가 되어 수많은 악인에 대한 그의 비판을 믿게 되기까지 오랫동안 그런 경향이 나를 따라다녔다. 도이치베르거의 학교생활은 견딜 수 없는 지경이 되었다. 그는 안정감을 잃었다. 그의 애원하는 시선이 도처에서 나를 쫓아다녔다. 평화를 되찾기 위해 그가 하지 않은 게 무엇이었을까. 하지만 나는 화해할 마음이 없었다. 이 증오심이 눈에 보일 정도로 그에게 분명한 영향을 끼치자 가라앉기는커녕 더욱 커진 게 희한했다. 결국 도이치베르거의 어머니가 학교에 와서는 쉬는 시간에 나를 불러 세우고 이야기했다. "왜 내 아들을 못살게 구니?" 도이치베르거의 어머니가 말했다. "그 아이는 너한테 아무 짓도 하지 않았어. 너희는 줄곧 친구였잖니." 그녀는 빠르고도 힘차게 이야기하는 강한 여자였다. 도이치베르거와 달리 화를 냈으며, 쩝쩝거리며 말하지도 않았다. 그의 어머니가 아들을 보호하기 위해 내게 무언가를 부탁한다는 사실이 마음에 들었다. 그래서 나는 그의 어머니에게도 마찬가지로 직설적으로, 왜 내가 그에게 적대감을 가지게 되었는지 그 이유를 말했다. 나는 그의 어머니 앞에서 부끄러워하지 않고 수탉과 암탉에 관한 그 경멸스러운 문장을 말했다. 그녀는 도이치베르거 쪽으로 거칠게 돌아섰다. 도이치베르거는 겁에 질린 채 자기 어머니 뒤에 서 있었다. "너 그런 말을 했어?" 그가 처참하게 고개를 끄덕였다. 하지만 그 사실을 부정하지는 않았다. 그걸로 내게서는 모든 이야기가 끝났다. 아마도 내 친어머니처럼 나를 그토록 진지하게 대한 그의 어머니를 나는 결코 거부할 수 없었을 것이다. 또한 그분에게 도이치베르거가 얼마나 소중한 존재인지도 느꼈다. 도이치베르거는 리처드 3세에서 나와 다시 막스와 같은 학생이 되었다. 하지만 논란이 많았던 그 문장은 출처로 알려진 곳으로 되돌아갔으며, 그걸로 효력을 잃었다. 박해는 멈췄다. 우리는 다시 친구가 되지는 못했다. 하지만 나는 그를 가만히 두었다. 그에 대한 기억이 더는 없을 정도로 아주 평화롭게 두었다. 빈에서 보낸 나머지 학창 시절의 기억에서, 그러니까 아직 남은 반년 정도 되는 내 기억 속에서 그는 사라졌다.

하지만 막스와의 우정은 점점 더 깊어졌다. 처음부터 우리 사이의 모든 것이 좋았다. 이제 그는 내 유일한 친구였다. 그는 쉬텔보다 더 위쪽에 우리 집과 비슷한 주택에서 살았다. 막스를 위해 나는 군인 놀이도 했다. 그가 온갖 병과며 기병대와 포병대가 갖춰진 군대를 온전히 가지고 있었기 때문에, 나는 자주 막스의 집에 갔다. 그 집에서 우리는 전투를 했다. 그는 승부욕이 대단했다. 패배를 견디지 못했다. 지기라도 하면 입술을 깨물고 불만스럽게 얼굴을 찡그렸다. 가끔은 패배에 불복하기도 했다. 그럴 때면 나는 화가 났다. 하지만 그리 오래가지 않았다. 그는 교육을 잘 받은 소년으로 크고 자신만만했다. 자기 어머니와 매우 닮았고, 내가 그 점에 계속해서 놀라기는 했지만, 결코 마마보이는 아니었다. 그의 어머니는 내가 아는 어머니 중에서 가장 아름다웠다. 키도 제일 컸다. 나는 항상 막스 어머니를 위로 올려다보았다. 내 위 높은 곳에서 막스 어머니는 우리를 내려다보았다. 간식을 가져다줄 때면 상체를 살짝 숙이며 테이블 위에 쟁반을 놓은 뒤 곧바로 다시 상체를 곧추세우고 나서 먹으라고 말했다. 막스 어머니의 짙은 눈은 나를 따라다녔다. 나는 집에서도 그 눈을 꿈꾸곤 했지만, 그 아들 막스에게는 한 번도 그런 말을 한 적이 없었다. 하지만 티롤 여자들은 모두 눈이 예쁘냐고 물어보기는 했다. 막스는 단호하게 말했다. "그래!" 그러곤 덧붙였다. "티롤 남자들도 다 그래." 그렇지만 다음번에 그 집에 갔을 때, 나는 막스가 자기 어머니에게 그 이야기를 했다는 걸 알아차렸다. 우리에게 간식을 가져다줄 때 평소라면 전혀 그러지 않았을 텐데 막스 어머니가 재미있다는 듯이 우리가 노는 모습을 잠깐 쳐다보았다. 그러곤 내게 어머니에 관해 물었다. 막스 어머니가 가고 난 후 나는 그에게 차갑게 물었다. "넌 어머니한테 모든 걸 다 말하니?" 그의 얼굴이 새빨개졌다. 하지만 그는 정반대되는 주장을 했다. 내가 생각하는 것처럼 어머니에게 다 말하지 않으며, 아버지에게도 다 말하지 않는다고 했다.

작고 홀쭉한 막스 아버지는 내게 특별한 인상을 주지 못했다. 그는 작을 뿐 아니라 내가 보기에 막스 어머니보다 나이도 더 많아 보였다. 막스 아버지는 퇴역 장교였으나 전쟁에서 특별한 임무를 부여받아 다시 채용되었다. 빈 방어 시설의 감찰관이었다. 1915년 가을에 러시아가 카르파티아 지역으로 쳐들어왔으며 빈이 위험하다는 소문들이 돌았다. 막스 아버지는 학교에 가지 않는 날에 당신이 근무하는 감찰청으로 우리 둘을 데리고 갔다. 우리는 노이발데크로 가서 힘차게 숲속을 걸었다. 거기서 우리는 땅에 파놓은 다양한 종류의 작은 '참호'를 보았다. 그곳엔 더 이상 군인들이 근무하지 않았다. 우리는 모든 걸 다 보아도 되었다. 우리는 참호 안으로 들어갔다. 막스 아버지가 지팡이로 두꺼운 벽들을 두드리는 동안 우리는 참호 틈새로 인적 없고 움직임이라고는 눈곱만큼도 찾아볼 수 없는 숲을 내다보았다. 장군님은 말을 거의 하지 않았다. 막스 아버지는 무뚝뚝한 얼굴이었다. 하지만 우리 쪽으로 몸을 돌려 무언가를, 이를테면 숲에 난 길을 설명할 때면 마치 우리가 특별한 존재라도 되는 것처럼 우리에게 늘 미소를 지었다. 나는 막스 아버지 앞에서 결코 당황스러움을 느끼지 않았다. 아마도 그는 우리에게서 미래의 군인 모습을 보았던 것 같다. 막스 아버지가 당신의 아들에게 주석으로 만들어진 대규모 군대를 선물한 장본인이었다. 그리고 그 군대는 끊임없이 수가 늘고 있었다. 막스가 내게 말해준 것처럼 그는 우리의 전쟁놀이에 관해 묻고, 또 누가 이겼는지를 궁금해했다. 하지만 나는 그렇게 조용한 사람에게는 익숙지 않았다. 심지어 막스 아버지가 장군이라는 사실도 상상할 수 없었다. 막스 어머니라면 정말로 아름다운 장군이었을 것이다. 그녀를 위해서라면 나는 심지어 전쟁터에도 나갔을 것이다. 그렇지만 막스 아버지와 함께 갔던 감찰청으로의 소풍을 나는 진지하게 생각하지 않았으며, 그가 지팡이로 '참호' 벽을 두드리며 들려준 정말 많은 전쟁 이야기도 내게는 먼일처럼 보였다.

학창 시절 내내, 그리고 나중에도 나는 아버지들에게서는 특별한 인상을 받은 적이 없었다. 아버지들은 내게 약간은 무생물이나 오래된 어떤 것이었다. 나와 함께 정말 많은 것에 관해 이야기를 나누었으며, 노랫소리를 들을 수 있었던 내 아버지는 여전히 내 안에 있었다. 아버지의 모습 또한 예전 그대로 젊었다. 그런 모습의 그만이 유일한 아버지였다. 아마도 나는 어머니들에게 더 마음이 갔던 것 같다. 내 마음에 든 어머니들의 수는 놀랄 정도로 많다.

1915년을 지나 1916년을 맞이하는 겨울, 이미 전쟁의 영향력은 매일의 삶 속에서도 감지되었다. 프린첸알레에서 신병들이 열정적으로 노래하던 시절도 지나갔다. 방과 후 집으로 돌아가는 길에 마주친 소규모 군인 무리들도 더는 예전처럼 즐거워 보이지 않았다. 군인들은 여전히 노래했다. "고향에서, 고향에서 우리 다시 만나리!" 그러나 고향은 그들에게 그리 가까워 보이지 않았다. 그들에겐 돌아가게 되리라는 확신이 더는 없었다. 그들은 노래했다. "내겐 친구가 있었지." 하지만 그들 스스로가 마치 자신들이 노래하는 전사한 전우 같았다. 나는 이런 변화를 알아차리곤 반 친구 막스에게 이야기했다. "그들은 티롤 사람이 아니야." 그가 말했다. "넌 티롤 사람을 한번 꼭 봐야 해." 막스가 이 시기에 어디서 행진하는 티롤 사람을 봤는지는 모르겠다. 아마도 자기 부모님과 함께 같은 고향 출신 지인을 방문한 참에 확신에 찬 이야기를 들은 것 같았다. 전쟁이 좋게 끝나리라는 그의 믿음은 확고했다. 그 일에 대한 의심은 머릿속에 절대 떠오르지도 않을 것이었다. 그 확신은 그의 아버지로부터 비롯된 게 아니었다. 그의 아버지는 거창한 이야기를 하지 않는 조용한 사람이었다. 우리와 함께한 소풍 중에도 단 한 번도 "우리가 승리할 거야"라는 말을 해준 적이 없었다. 그가 내 아버지였다면 나는 이미 오래전에 승리에 대한 희망을 버렸을 것이다. 막스에게 확고한 믿음을 준 이는 아마도 그의 어머니였던 같다. 어쩌면 그녀가 그런 것에 대해 아무 말도 하지 않았을 수도 있다. 하지만 막스 어머니의 자부심과 완고함,

마주하는 사람에게 그녀의 보호하에서라면 그 어떠한 불리한 일도 일어날 수 없을 것 같은 기분이 들게 하는 그 시선을 나 역시 결코 의심할 수 없었을 것이다.

언젠가 우리는 쉬텔에서 도나우운하를 건너는 철교 근처로 간 적이 있었다. 사람을 가득 실은 기차가 그 철교 위에 멈췄다. 화물칸이 객차와 연결되어 있었는데, 모든 칸이 빼곡하게 붙어 선 사람들로 가득했다. 사람들은 말이 없었으나 무언가를 묻듯 우리를 내려다보았다. "갈리시아의—"라고 막스가 말하면서 "유대인들"이라는 단어를 강조하고 "피난민들"이라는 말을 덧붙였다. 레오폴트슈타트는 러시아에서 도망 나온 갈리시아 유대인으로 가득했다. 좁고 긴 검은색 상의를 입고, 관자놀이 옆에 구레나룻이 있으며, 특이한 모자를 쓴 그들은 다른 사람들과 확연히 구분되었다. 이제 그들은 빈에 있다. 어디로 더 가야 한단 말인가. 그들도 먹어야 했다. 하지만 빈의 식량 사정은 이미 오래전부터 그리 좋지 않았다.

그 전에 나는 그렇게 많은 사람이 열차 안에 빼곡히 타고 있는 모습을 본 적이 없었다. 정말로 끔찍한 광경이었다. 기차가 서 있었기 때문이다. 우리가 바라보는 내내 기차는 그 자리에서 꼼짝도 하지 않았다. "가축들 같아." 내가 말했다. "저들을 한군데에 몰아넣고 있네. 가축을 실은 칸도 같이 붙어 있잖아." "저런 일은 흔해." 막스가 말했다. 그는 나를 생각해서 그 사람들에 대한 혐오감을 조금 완화했다. 나를 괴롭히는 말을 그는 결코 입 밖에 꺼내지 않았을 것이다. 하지만 나는 단단히 뿌리를 내린 듯 그 자리에 멈춰 섰다. 나와 함께 서 있으며 그는 내가 느끼는 공포를 느꼈다. 그 누구도 우리에게 손을 흔들지 않았다. 한마디도 외치는 사람이 없었다. 그들은 사람들이 자기네를 받아들이는 걸 얼마나 달가워하지 않는지 알고 있었다. 그들은 그 어떤 인사말도 기대하지 않았다. 모두 남자들이었다. 상당수는 수염을 기른 노인이었다. "그거 아니?" 막스가 말했다. "우리나라 군인들도 저런 기차에 실려 전쟁터로 보내진다는 걸 말이야. 전쟁은 전쟁이라고 아버지가 말씀하셨어." 그 문장은 막스가 내 앞에서 인용한 유일한 자기 아버지의 말이었다. 나는 막스가 나를 그 공포에서 끄집어내려고 그 말을 했다는 걸 알았다. 하지만 아무 소용 없었다. 나는 쳐다보고 또 쳐다봤다. 그리고 아무 일도 일어나지 않았다. 나는 기차가 다시 움직이기를 바랐다. 가장 끔찍했던 건 그 기차가 다리 위에 아직도 서 있다는 사실이었다. "안 갈래?" 막스가 내 소맷자락을 잡아당기며 말했다. "이제 전쟁놀이는 하고 싶지 않은 거야?" 우리는 다시 병정들을 가지고 놀기 위해 그의 집으로 가던 참이었다. 이제 나는 발걸음을 옮겼다. 하지만 정말로 기분이 좋지 않았다. 게다가 막스의 집에 도착하고 그의 어머니가 간식을 가져다줬을 때 기분이 더 나빠졌다. "너희들 이렇게 오랫동안 어디에 있었니?" 막스 어머니가 물었다. 막스는 나를 가리키며 말했다. "우리는 갈리시아 피난민들이 타고 있는 기차를 봤어요. 기차가 프란첸교 위에 서 있었어요." "아, 그랬구나." 막스 어머니가 우리에게 간식을 내밀며 말했다. "그러면 너희는 지금 틀림없이 출출하겠구나." 막스 어머니가 다시 방을 나갔다. 다행이었다. 내가 간식에 전혀 손을 대지 않았기 때문이다. 그리고 감정 이입을 잘하는 사내아이였던 막스 역시 배고픔을 느끼지 않았다. 막스는 병정들을 세워두었다. 우리는 놀이를 하지 않았다. 내가 집으로 돌아가려 하자 막스는 상냥하게 악수를 하며 말했다. "하지만 내일, 네가 오면 보여줄 게 있어. 새로운 포병부대를 받았거든."

## 알리스 아스리엘

어머니 친구들 중에 가장 재미있는 여자는 알리스 아스리엘이었다. 그녀의 가족은 베오그라드에서 왔다. 그녀 자신은 철저한 빈 여자가 되어 있었다. 언어와 몸가짐이며 행하는 모든 일, 보이는 모든 반응이 그랬다. 몸집이 작았는데, 그렇게 크지 않은 친구들 사이에서도 가장 작았다. 그녀는 정신적인 문제에 관심이 많았으며, 나는 전혀 이해하지 못했지만 어머니와 이야기 나누는 문제들에는 빈정대는 태도를 보였다. 빈의 문학 시대에 심취해 있었을 뿐, 어머니가 가진 보편적인 관심에는 흥미가 없었다. 그녀는 바르와 슈니츨러에 관해 이야기했다. 가벼우면서도 약간은 호들갑스럽게, 하지만 절대로 고집스럽지 않게, 모든 영향에 열려 있는 사람처럼 말했다. 그래서 그녀와 이야기 나누는 사람이라면 누구나 그녀에게 영향을 끼쳤다. 하지만 문학의 범주에 속한 것이라야만 했다. 그것도 최신 문학에 속하지 않으면 그녀는 전혀 관심을 보이지 않았다. 무엇이 가치 있는지를 그녀에게 들려주는 남자들이 분명 있는 듯했다.

그녀는 말 잘하는 남자들을 조금 중요하게 생각했다. 그녀에게 대화와 토론, 언쟁은 곧 삶이었다. 그녀는 지적인 남자들이 다양한 생각을 가지고 서로 다툴 때 경청하는 걸 가장 좋아했다. 그녀는 바로 그 점 때문에 빈 사람이었다. 그다지 힘들이지 않고도 정신세계에서 일어나는 일을 늘알고 있다는 점에서 빈 사람이었다. 마찬가지로 그녀는 사람들과 그들의 연애사, 갈등, 이혼 등에 관해 이야기하는 것도 좋아했다. 사랑과 관련된 거라면 뭐든지 허락된다고 생각했으며, 어머니처럼 끔찍하게 여기지는 않았다. 그녀는 어머니가 혹평할 때면 반론을 제기했다. 그녀에겐 정말로 복잡해 보이는 일에 대한 해답이 있었다. 인간들이 행하는 모든 것을 그녀는 자연스럽게 여겼다. 그녀가 삶을 바라보는 방식 그대로 그녀의 삶이 흘러갔다. 마치 악한 영혼이 그녀가 다른 이에게 허용하는 일들을 그녀 자신에게서도 일어나게 하려는 것 같았다. 그녀는 사람들을 한데 모으는 것을 좋아했다. 특히 서로 다른 성별의 사람들을 모아놓고 그들이 서로 어떠한 영향을 주고받는지 살펴보는 것을 좋아했다. 파트너를 바꾸는 것에서 특히 삶의 행복을 이루는 뿌리를 보았기 때문이다. 자신이 바라는 것을 그녀는 다른 사람들에게 기꺼이 베풀었다. 종종 그것을 사람들에게 실험해보려는 것처럼 보이기조차 했다.

알리스 아주머니는 내 삶에서 한 가지 역할을 했다. 내가 그녀에 대해 한 이야기는 사실 나중의 경험에서 비롯된 것이다. 내가 아주머니를 처음 알게 되었던 1915년, 그녀는 전쟁에 전혀 관심이 없다는 점에서 이상해 보였다. 내가 있는 자리에서 단 한 번도 전쟁을 언급한 적이 없었다. 하지만 어머니와는 달랐다. 어머니는 전쟁에 열렬히 반대했다. 그래도 학교에서 내게 곤란한 일이 생기지 않도록 내 앞에서는 전쟁을 언급하지 않았다. 알리스 아주머니는 전쟁에 대해 무슨 말을 해야 할지 몰랐다. 그녀는 증오를 몰랐으며 모든 일을, 마찬가지로 모든 사람을 인정했기 때문에 전쟁에 열광할 수 없었고, 그래서 심각하게 생각하지 않고 흘려버렸다.

요제프-갈-가세에 있는 우리 집에 드나들던 당시에 알리스 아주머니는 자기 사촌과 결혼한 상태였다. 남편 역시 베오그라드 출신으로, 그녀처럼 빈 사람이 되어 있었다. 아스리엘 아저씨는 눈가가 촉촉한 키 작은 남자로 삶의 모든 실용적인 일에 무능하기로 유명했다. 사업에서도 부인의 지참금까지 포함한 전 재산을 잃을 지경이었다. 재기하기 위해 그가 마지막 안간힘을 쓰던 당시에 그들은 아직 세 자녀와 함께 시민들이 주로 거주하는 집에 살고 있었다. 그는 부인의 하녀와 사랑에 빠졌다. 그녀는 예쁘고 단순했으며 고분고분했고, 주인이 보내오는 관심으로 자신이 존중받는 느낌을 받았다. 그 둘은 서로를 이해했다. 그녀는 그와 비슷한 정신세계를 가진 사람이었다. 하지만 주인 남자와 달리 매력적이고 한결같았다. 아스리엘 아저씨는 부인의 가벼우면서도 호들갑스러운 방식에서는 얻을 수 없었던 것을 이 아가씨에게서 찾았다. 의지할 곳과 안심할 수 있는 절개가 바로 그것이었다. 아스리엘 아저씨가 가족과 헤어지기 전까지 그녀는 한참 동안이나 그의 애인이었다. 모든 것이 가능하다고 생각한 알리스 아주머니는 남편을 비난하지 않았다. 그녀는 눈썹 하나 까딱하지 않고 계속 셋이서 살림을 꾸려갔다고 했다. 나는 알리스 아주머니가 어머니에게, 자기 남편에게 모든 것을 허락한다고 말하는 걸 들었다. 자신과는 행복하지 않았고 그는 그저 행복해야 한다고 했다. 서로를 제한하는 것은 아무것도 없기 때문이라고 했다. 그에겐 문학적인 대화를 나눌 만한 능력이 없었다. 책에 관한 이야기가 나오면 그는 골치가 아팠다. 그런 대화를 나누려는 상대를 만나지 않으면, 또 그런 대화에 끼지 않아도 되기만 한다면, 그는 모든 것에 만족했다. 알리스 아주머니는 남편에게 그런 대화에 관해 이야기하는 걸 포기했다. 그녀는 그의 편두통을 몹시 불쌍히 여겼다. 또한 급속도로 궁핍해지는 살림살이에 대해서도 그에게 불평하지 않았다. “그는 사업가 스타일이 아니죠.” 그녀가 어머니에게 말했다. “모든 사람이 사업가여야 하나요?” 어머니가 아주 심하게 비난했던 그 하녀 이야기가 나오면 알리스 아주머니는 두 사람을 옹호하는 말을 했다. “보세요. 그녀는 남편에게 매우 다정하죠. 그녀 곁에서 남편은 모든 걸 잃었다는 사실에 부끄러워하지 않아요. 제 앞에서는 남편이 죄책감을 느끼죠.” “하지만 그에게 잘못이 있는 건 맞잖아요.” 어머니가 말했다. “사람이 어쩜 그렇게 약해빠질 수가 있어요. 남자도 아니에요. 그는 아무것도 아니에요. 결혼하지 말았어야 했어요.” “남편은 사실 결혼할 마음이 없었어요. 부모님이 우리를 결혼시켰지요. 집안에 재산이 남아 있게 하려고요. 나는 너무 어렸고 남편은 너무 수줍었지요. 그는 여자 얼굴을 제대로 쳐다보지도 못할 만큼 심하게 수줍었어요. 그거 알아요? 제 눈 좀 보라고 남편을 채근했다니까요. 결혼한 지 이미 꽤 지났을 때죠, 그때가요." "그럼 그 돈을 가지곤 뭘 했어요?" "그는 아무것도 안 했어요. 그냥 잃었지요. 돈이 그렇게 중요한 건가요? 왜 돈을 잃으면 안 되는 거죠? 당신은 돈 많은 친척이 더 좋은가 봐요? 우리 남편에 비하면 그런 사람들은 비인간적이라고요!" "항상 남편을 옹호하는군요. 여전히 남편을 사랑하나 봐요." "그를 생각하면 마음이 아파요. 남편은 이제야 자신의 행복을 찾았어요. 그녀는 남편을 대단한 남자라고 생각해요. 그녀는 남편 앞에서 무릎을 꿇지요. 벌써 오래전부터 그 둘은 연인 관계예요. 그거 알아요? 그녀는 남편의 손에 입을 맞추고, 여전히 '나리'라고 해요. 매일 온 집 안을 쓸고 닦아요. 그렇게까지 닦을 필요가 없는데도 말이죠. 모든 게 정말로 깨끗하거든요. 그런데도 닦고 또 닦아요. 그러곤 제게 뭘 더 해야 하는지를 묻지요. '이제 좀 쉬세요, 마리'라고 저는 말하죠. '이제 됐어요'라고요. 그녀는 그만하면 됐다고 여기질 않아요. 남편과 함께 있지 않을 때는 청소를 하죠." "그렇지만 너무 지나치네요. 당신이 그녀를 내쫓지 않았다는 게 말이에요! 우리 집이었다면 그녀를 내동댕이쳤을 거예요. 그런 사실을 알게 된 순간 즉시요." "그럼 남편은요? 저는 남편한테 그럴 수 없어요. 그가 느끼는 삶의 행복을 제가 망가뜨려야 하나요?"

이 대화를 나는 듣지 말았어야 했다. 알리스 아주머니가 세 아이를 데리고 우리 집에 오면, 우리 아이들은 함께 놀았다. 어머니는 아주머니와 차를 마셨다. 아주머니는 그간 있었던 일들을 이야기했다. 어머니는 그 모든 이야기가 어떻게 진행되는지 매우 궁금해했다. 내가 다른 아이들과 함께 있는 걸 본 두 분은 내가 모든 이야기를 듣고 있다는 걸 꿈에도 생각하지 못했다. 훗날 어머니가 아스리엘 집안의 사정이 그리 좋지 못하다는 암시를 넌지시 했을 때도 내가 세세한 부분까지도 놓치지 않고 다 알고 있다는 사실을 눈치채지 못하게 할 정도로 나는 아주 교활했다. 하지만 아스리엘 아저씨가 하녀와 정말로 무엇을 하는지는 전혀 몰랐다. 나는 언급된 그대로만 그 말들을 이해했다. 나는 그들이 함께 사는 것을 좋아한다고 생각했다. 그 뒤에 숨은 다른 뜻을 알아내려 하지 않았다. 나는 내가 알게 된 모든 세세한 이야기들이 들으면 안 되는 것임을 잘 알고 있었다. 그래서 한 번도 어머니와 아주머니 앞에서 내가 알고 있는 것을 입 밖에 꺼낸 적이 없었다. 내게는 다른 방식으로도 어머니에 대해 알게 된다는 사실이 중요했다. 어머니가 나누는 매번의 대화는 내게 매우 귀한 것이었다. 어머니에 관한 것이라면 나는 어떤 것도 놓치고 싶지 않았다.

알리스 아주머니는 그런 비정상적인 상황 속에 있는 당신의 아이들도 걱정하지 않았다. 장남 발터는 발육이 부진했다. 자기 아버지처럼 두 눈이 촉촉했으며 코가 뾰족했다. 게다가 아버지처럼 항상 한쪽으로 구부정하게 숙이고 걸었다. 발터는 짧은 문장일 때만 온전하게 말했다. 한 번에 한 문장 이상을 말하지 못했다. 자기가 한 말에 대한 대답을 바라지도 않았다. 그래도 사람들이 하는 말을 알아듣기는 했다. 그리고 우직하다 싶을 정도로 순종적이었다. 발터는 사람들이 시키는 일을 했다. 하지만 행동을 시작하기까지 조금 시간이 걸렸다. 그래서 사람들은 그가 알아듣지 못했다고 생각했다. 그러다가 그가 갑자기 훅 행동했다. 사람들의 말을 알아듣고 있었던 것이다. 발터는 특별히 심각한 문제를 일으키지는 않았다. 하지만 가끔 발작적으로 화를 내는 때가 있다고 했다. 발터가 언제 폭발하게 될는지 전혀 알 수 없었다. 그는 이내 진정했다. 그렇지만 그를 혼자 두는 위험을 감수할 수는 없었다.

발터의 동생 한스는 똑똑한 아이였다. 한스와 함께하는 '작가 명언 맞추기 카드놀이'는 재미있었다. 카드에 적힌 명언들의 의미를 알 수는 없었지만, 한스와 내가 그 명언들을 즐기는 동안 막내 누니도 함께했다. 우리는 카드에 적힌 명언들을 그냥 맞대놓고 말했다. 우리는 그 명언들을 이미 다 외우고 있었다. 우리 중 누가 첫 단어를 입 밖에 내기가 무섭게 다른 하나가 빛과 같은 속도로 잽싸게 남은 부분을 완성했다. 우리 중 누구도 혼자서 하나의 명언을 완성하지 않았다. 중간에 끼어들어서 명언을 완성하는 것이 상대방에 대한 예의였다. "선한……" "사람이 밟은 땅은 복된 곳이다." "신은……" "신에게 도움을 구하는 자를 돕는다." "고귀한……" "사람은 고귀한 사람과 사귄다." 그것이 우리가 하는 진짜 놀이였다. 우리 둘 다 곧바로 말을 했기 때문에 이 게임에 승자는 없었다. 우정은 상대방에 대한 존중을 바탕으로 생겨났다. 작가 명언 맞추기 게임을 마친 후에야 우리는 다른 카드 게임이나 놀이를 할 수 있었다. 알리스 아주머니가 문학에 조예가 깊은 사람들에게 감탄할 때, 한스도 한자리에 있었다. 한스는 자기 어머니처럼 빨리 말하는 것에 익숙했다. 한스는 형을 어떻게 대해야 하는지 알고 있었다. 그는 형이 언제 발작적으로 화내는지를 유일하게 예측하는 사람이었다. 한스는 눈치 빠르게, 또 조심스럽게 형을 다루었다. 그래서 때때로 제때 발작을 막는 데 성공하기도 했다. "한스가 나보다 더 현명해요." 한스가 있는 자리에서 알리스 아주머니가 말했다. 그녀는 아이들 앞에서 숨기는 것이 없었다. 그것은 아주머니의 관용 원칙에 따른 것이었다. 그런 행동에 어머니가 "아이를 버릇없게 만드는 거예요. 그런 식으로 칭찬하지 마세요"라고 나무라면 아주머니는 말했다. "왜 한스를 칭찬하면 안 되나요? 저런 아버지라든가 그 밖의 것만으로도 한스는 힘들어요." 여기서 그 밖의 것이란 발육이 늦은 형을 의미했다. 당신이 큰아들 발터를 어떻게 생각하고 있는지에 대해 아주머니는 함구했다. 그녀의 솔직함이 그 문제에까지 적용되지는 않았다. 발터에 대한 마음은 한스에 대한 자부심으로 연결되었다.

한스의 머리는 매우 갸름하고 길었다. 아마도 형 발터와 다르게 한스의 자세는 유난히도 곧았던 것 같다. 한스는 자기가 설명하는 모든 것을 손가락으로 가리켰다. 나와 반대된 입장일 때는 나도 손가락으로 가리켰다. 나는 그 손가락질이 약간 무서웠다. 손가락을 높이 들면 항상 그가 옳았기 때문이다. 한스는 아이답지 않게 조숙해서 다른 아이들과 어울리는 게 힘들었다. 하지만 건방지지는 않았다. 나는 거의 본 적이 없지만—그건 내가 한스의 아버지를 거의 본 적이 없기 때문이다—그의 아버지가 심하게 어리석은 이야기를 하면 한스는 입을 다물고 뒤로 물러섰다. 마치 갑자기 사라져버린 듯 그렇게 했다. 나는 한스가 자기 아버지를 부끄러워한다는 사실을 알게 되었다. 자기 아버지에 대해서 단 한 마디도 한 적이 없지만, 어쩌면 바로 그 때문에 내가 그걸 알고 있었던 것 같다. 하지만 한스의 여동생 누니는 그와 달랐다. 누니는 아버지를 매우 좋아했으며 아버지가 하는 모든 말을 반복적으로 따라 했다. "나빠, 좋아, 하고 우리 아빠가 말해." 게임을 하다가 무언가에 화가 나면 누니는 갑자기 그런 말을 했다. "지금 꼭 그렇게 나쁜 짓을 해야겠니!" 그 말은 누니의 명언이었다. 누니는 그런 명언들로 이루어져 있었으며, 특히 '작가 명언 맞추기 게임'을 할 때면 그런 명언을 내뱉을 충동을 느꼈다. 누니의 입에서 나오는 말은 작가들의 명언처럼 나와 한스와 이미 외울 정도로 잘 알고 있지만, 우리가 중단시키지 못한 유일한 명언이었다. 누니는 문장을 끝까지 말해도 되었다. 누니가 하는 말을 귀담아듣는 사람이 있었다면, 중간에 중단되어 조각나는 작가들의 명언들 사이에 등장하는 아스리엘 아저씨의 판결어들에서 분명 특별한 인상을 받았을 것이다. 자기 어머니 앞에서 누니는 말을 삼갔다. 보통은 그렇게 조심하고 있을 때, 누니의 말문을 열기란 어려웠다. 누니가 많은 걸 거부하는 데에 익숙해져 있다는 게 느껴졌다. 누니는 비판적이지만 조심성 많은 아이로 유일하게 아버지만 우상 섬기듯 사랑하는 아이였다.

알리스 아주머니가 아이들을 데리고 우리 집에 놀러 오면 내게는 이중적인 의미를 지닌 축제가 열렸다. 나는 한스와 놀 수 있어서 기뻤다. 아는 것이 많다는 듯한 그의 태도는, 내가 각별히 주의를 기울여야 한다는 점에서 내 마음에 들었다. 매번 앞으로 내민 손가락 끝으로 지목되는 모욕을 피하려고 나는 겉으로 한스와 함께하는 게임에 몰두하는 척했다. 예를 들어 지리 문제로 끌어들여 그를 곤란하게 하면 그는 마지막까지 완강하게 싸웠다. 결코 양보하는 법이 없었다. 지구상에서 가장 큰 섬을 놓고 벌이는 우리의 다툼은 미결로 남았다. 그에게 그린란드는 '다툼거리가 안 되는' 것이었다. 온통 얼음으로 되어 있는데 그린란드의 크기를 어떻게 알 수 있느냐는 것이었다. 그 대신에 그는 손가락으로 지도 위를 가리키며 의기양양하게 말했다. "그린란드가 어디에서 끝나지?" 한스보다도 내가 더 곤란했다. 어머니와 알리스 아주머니가 차를 마시고 있는 식당으로 가기 위해 끊임없이 변명을 생각해내야 했기 때문이다. 식당에 있는 책장에서 나는 우리의 논쟁에 마침표를 찍는 데 필요한 것을 찾았다. 나는 어머니와 아주머니가 나누는 대화를 가능한 한 많이 엿듣기 위해 오랫동안 찾았다. 어머니는 나와 한스 사이에서 일어나는 일들의 중요성을 알고 있었다. 나는 결연하게 책장으로 달려가서는 곧장 이 책 저 책을 뒤적였다. 아무것도 찾아내지 못하면 불만을 터뜨렸다. 원하던 것을 발견하면 길게 휘파람을 불었다. 어머니는 한 번도 그런 나를 나무라지 않았다. 내게 다른 것도 동시에 수용할 능력이 있다는 것을, 그래서 어머니와 아주머니의 대화를 내가 엿듣고 있다는 것을 어머니가 어떻게 생각할 수 있었겠는가!

그런 식으로 나는 파탄에 이르기까지 그 결혼 생활의 모든 단계를 듣게 되었다. "남편이 떠나고 싶대요." 알리스 아주머니가 말했다. "하녀와 살고 싶다네요." "지금까지 내내 그렇게 했잖아요." 어머니가 말했다. "이제는 아예 당신과 자식들을 버리는군요." "남편이 그러더군요. 아이들 때문에 더는 이런 식으로 살 수 없다고요. 남편 말이 맞아요. 발터가 뭔가를 눈치챘어요. 남편이랑 하녀가 하는 이야기를 들은 모양이에요. 다른 두 아이는 아직 아무것도 몰라요." "그건 당신 생각일 뿐이에요. 아이들은 다 알아차려요." 내가 은밀하게 엿듣고 있는 동안 어머니가 말했다. "당신 남편은 어떻게 살 거래요?" "하녀랑 자전거 가게를 열 거래요. 남편은 자전거를 좋아했죠. 자전거 가게를 하며 사는 게 남편의 어린 시절 꿈이었죠. 있잖아요, 하녀는 남편을 정말 잘 이해해요. 그녀는 남편이 어린 시절에 품었던 꿈을 이루도록 그를 설득하죠. 그 꿈을 이루기 위한 모든 일은 틀림없이 그녀가 직접 해야 할 거예요. 그 모든 일이 그녀의 손에 떨어지겠죠. 저는 그러지 못할 거예요. 저는 그런 걸 진정한 사랑이라고 생각해요." "그래서 당신은 그 인간에게 감탄하는군요." 나는 자리를 떴다. 한스와 누니에게 갔더니, 누니는 다시 자기 아버지의 말을 인용하고 있었다. "'나쁜 사람들은 노래할 줄 모른다'고 우리 아빠가 말해." 나는 방금 들은 이야기 때문에 당황한 상태였으므로 아무 말도 할 수 없었다. 내가 아무 말도 전하고 있지 않은 그 두 아이에게 이번 이야기가 얼마나 직접적인 관련이 있는지를 나는 알고 있었다. 나는 한스를 누르기 위해 가져온 책을 펼치지 않고 그대로 두었다. 그러곤 그가 자신이 옳다고 생각하도록 놔두었다.

## 노이발데크 근처의 잔디밭

파니가 떠난 뒤 바로 그녀와 전혀 다른 스타일의 파울라가 왔다. 크고 날씬한 파울라는 매력적인 사람이었다. 빈 여자라고 하기에는 신중했지만 쾌활했다. 아마도 그녀는 항상 크게 웃고 싶었을 것이다. 하지만 그것이 그녀의 지위에 적절해 보이지 않았기 때문에 미소만 지었다. 무언가를 말할 때 그녀는 미소 지었다. 입을 다물 때도 미소를 지었다. 나는 그녀가 미소 지으며 잠자고, 또 꿈을 꿀 거라고 상상했다.

그녀는 어머니에게나 우리 아이들에게나, 길에서 낯선 사람이 던진 질문에 답을 하건 아는 사람에게 인사를 하건 간에 차별하지 않았다. 늘 거리에 있는 지저분한 작은 여자아이도 파울라와는 즐거운 시간을 보냈다. 그녀는 스스럼없이 소녀 앞에 서서 친절한 말을 건넸다. 가끔은 소녀에게 달콤한 사탕 같은 걸 주기도 했다. 그럴 때면 소녀는 너무 놀란 나머지 사탕을 받아 들 엄두도 내지 못했다. 그러면 파울라는 다정하게 소녀를 다독이며 소녀의 입속에 가볍게 사탕을 넣어줬다.

그녀에게는 부어스텔프라터가 그다지 맞지 않았다. 그녀에겐 너무 거친 곳이었다. 파울라는 한 번도 그런 말을 한 적이 없었지만, 우리가 그곳에 있을 때면 나는 그걸 느꼈다. 파울라는 뭔가 상스러운 말을 듣게 되면 불쾌한 듯 고개를 저었다. 그러곤 내가 그 말을 알아듣기라도 할까 봐 곁눈질로 조심스럽게 나를 살폈다. 나는 늘 아무것도 알아차리지 못한 척했다. 그러면 그녀는 곧바로 다시 미소를 지었다. 파울라가 다시 미소 지을 수 있도록 할 수 있는 모든 걸 하는 것에 나는 매우 익숙해져 있었다.

우리 집 한 층 아래, 그러니까 바로 아랫집에 작곡가 카를 골트마르크 씨가 살았다. 흰머리를 깔끔하게 가르마 타서 까무잡잡한 얼굴 양옆으로 넘긴 작고 부드러운 남자였다. 이미 상당히 연로했기 때문에 그는 딸과 팔짱을 끼고 그리 멀지 않은 곳으로 산책하러 갔다. 매일 같은 시간에 산책했다. 나는 그를 아라비아와 연관 지어 생각했다. 그를 유명하게 만든 오페라는 「시바의 여왕」이었다. 나는 그 자신도 그곳 출신이리라고 생각했다. 그는 그 근방에서 가장 이국적이고 매력적인 인물이었다. 나는 단 한 번도 골트마르크 씨와 계단에서 마주친 적이 없었으며, 그가 집에서 나가는 것도 본 적이 없었다. 그가 프린첸알레에서 돌아오는 모습만 보았다. 그럴 때 그는 딸의 부축을 받으며 이리저리로 걸었다. 나는 예절 바르게 인사했다. 골트마르크 씨는 가볍게 고개를 숙였다. 그것이 거의 알아차리기 힘든 그만의 인사받는 방식이었다. 그의 딸이 어떻게 생겼는지는 모르겠다. 그 얼굴이 내 기억에 남아 있지는 않다. 어느 날 그가 돌아오지 않았다. 그날 저녁 무렵 아래층으로부터 우리가 있는 아이들 방으로 울음소리가 들려왔다. 울음소리는 멈추지 않았다. 내가 울음소리를 들었는지 확신할 수 없었던 파울라는 미심쩍어하며 나를 쳐다보고 말했다. "골트마르크 씨가 돌아가셨어. 더 이상은 산책을 할 수 없을 정도로 쇠약했다더라." 간헐적으로 들려오는 울음소리는 내게 무슨 일이 일어나고 있는지를 말해줬다. 나는 계속해서 그 소리를 듣고 있어야 했고, 그 울음소리의 박자에 빠져들었다. 하지만 내가 직접 울지는 않았다. 울음소리는 마치 바닥에서부터 올라오는 것 같았다. 파울라는 불안해졌다. "이제 따님이 직접 아버지를 모시고 외출할 수 없겠네. 그래서 완전히 무너져 내린 거야. 불쌍한 여자 같으니라고." 그 말을 하면서도 파울라는 미소를 지었다. 아마도 나를 안심시키려 했던 것 같다. 그 사실이 파울라에게도 고통스럽다는 걸 내가 알아차렸기 때문이다. 파울라의 아버지는 갈리시아의 전쟁터에 있었는데, 그녀는 오랫동안 아버지 소식을 듣지 못하고 있었다.

장례식 날 요제프-갈-가세는 쌍두마차와 사람들로 검은색이 되었다. 우리는 위에서 창밖을 내다보았다. 아래쪽에 단 한 치도 발 디딜 틈이 없는 것을 보았다. 하지만 계속해서 쌍두마차와 사람들이 나타났으며, 어떻게든 자리를 잡고 섰다. "도대체 저 사람들이 다 어디서 온 거예요?" "유명한 사람이 죽으면 원래 그래." 파울라가 말했다. "저 사람들 다 그가 떠나는 마지막 길을 배웅하려고 하는 거야. 그의 음악을 매우 좋아했던 사람들이지." 나는 그의 음악을 한 번도 들어본 적이 없었다. 그래서 소외감을 느꼈다. 아래쪽에 있는 군중이 내게는 그저 구경거리처럼 느껴졌다. 아마도 3층에서 보기에 그들이 너무도 작아 보였기 때문인 것 같다. 사람들은 서로 밀고 밀렸다. 그래도 몇몇은 마주친 사람 앞에서 검은 모자를 벗을 수 있었다. 그 모습이 우리에게는 적절해 보이지 않았다. 하지만 파울라가 우리 마음을 달래줄 만한 설명을 해줬다. "많은 사람 속에서 아는 사람들을 만나 기뻐서 그런 거야. 그럴 때 사람들은 다시 기운을 얻게 된단다." 골트마르크 씨 딸이 통곡하는 소리가 내 마음을 아프게 했다. 장례식이 끝나고 여러 날이 지난 후에도 울음소리가 들렸다. 늘 저녁 무렵이었다. 울음소리가 뜸해지다가 결국 더는 들리지 않게 되었다. 나는 없어서는 안 될 무언가를 잃어버린 듯한 상실감을 느꼈다.

그 후로 얼마 지나지 않아 요제프-갈-가세에 있는 우리 집 근처 건물 4층에서 한 남자가 길 위로 몸을 던졌다. 구조대가 그를 데리러 왔다. 그는 죽어 있었다. 보도블록 위에 남은 커다란 핏자국이 오랫동안 지워지지 않았다. 그곳을 지날 때면 파울라는 내 손을 잡고 그 핏자국과 나 사이에 섰다. 나는 파울라에게 그 남자가 왜 그런 행동을 했는지 물었다. 하지만 파울라는 그 이유를 설명하지 못했다. 나는 그의 장례식이 언제 치러지는지 알고 싶었다. 장례식은 없을 거라고 했다. 그는 혼자였으며 가까운 일가친척이 한 명도 없었다. 아마도 그 때문에 더 이상 살고 싶지 않았던 것 같다.

파울라는 내가 이 자살 사건에 몰두하고 있다는 걸 알아차렸다. 내 생각을 다른 데로 돌리려고 파울라는 어머니에게 자기가 다음 주 일요일에 노이발데크로 가는 소풍에 나를 데려가도 되는지 물었다. 파울라에게 지인이 하나 있었다. 우리는 그와 함께 전차를 타고 교외로 나갔는데, 그는 조용한 젊은이였다. 그는 감탄하듯 파울라를 바라보았다. 하지만 거의 한마디도 하지 않았다. 파울라가 우리 둘에게 동시에 말을 걸지 않았다면, 너무도 조용해서 그가 그 자리에 없는 것처럼 느껴졌을 것이다. 파울라가 하는 말은 항상 우리 둘 모두에게 해당되었다. 그녀는 우리 둘 중 한 명이 대답해줄 것을 기대하듯 말했다. 내가 대답을 하면 그 지인이 고개를 끄덕였다. 우리는 크뇌델 오두막까지 숲을 지나 조금 더 걸어갔다. 그가 무슨 말인가를 했다. 하지만 나는 알아듣지 못했다. "다음 주예요, 파울라 양. 이제 5일밖에 남지 않았어요." 우리는 사람들로 가득 찬 빛나는 잔디밭으로 들어갔다. 잔디밭은 전 세계 사람들이 다 와서 앉기에 충분하다는 생각이 들 정도로 드넓었다. 적당한 자리를 찾기까지 우리는 꽤 오랫동안 이리저리 돌아다녀야 했다. 잔디밭에는 여자와 아이들로 이루어진 가족들이 있었으며, 젊은 커플들이 여기저기 눈에 띄었다. 하지만 대부분은 함께 와서 모두가 움직여야 하는 놀이를 하는 무리였다. 몇몇은 햇빛 속에서 기지개를 켰다. 그들 또한 행복해 보였다. 많은 사람이 웃고 있었다. 파울라에게는 이곳이 집과도 같았다. 파울라는 이곳과 잘 어울리는 사람이었다. 그녀를 매우 사모하는 남자친구는 이제 자주 말문을 열었다. 감탄하는 말 한마디가 다른 말로 이어졌다. 하지만 그는 군복을 입고 있지 않았다. 아마도 파울라가 전쟁을 떠올리게 하고 싶지 않았던 것 같다. 그는 그녀가 옆에 없을 때도 그녀를 생각할 수밖에 없다고 했다. 그 잔디밭에는 남자가 여자보다 훨씬 적었다. 군복 입은 남자는 한 명도 눈에 띄지 않았다. 파울라의 애인이 다음 주에 전쟁터로 돌아가야 한다는 걸 내가 마침내 알아차리지 못했더라면, 전쟁 중이라는 사실을 잊어버렸을 것이다.

그것이 파울라에 대한 내 마지막 기억이다. 수많은 사람이 햇빛을 즐기던 노이발데크 근처의 그 잔디밭. 집으로 돌아오는 길에서의 그녀의 모습은 보이지 않는다. 내게는 그녀가 마치 남자친구를 붙잡기 위해 그 잔디밭에 남은 것만 같다. 나는 왜 그녀가 우리 곁을 떠났는지 알지 못한다. 그녀가 왜 갑자기 떠났는지 알지 못한다. 그녀에게서 그 미소가 사라지지 않았다면. 그녀의 연인이 돌아오기만 했다면. 우리가 전차를 타고 소풍 갔던 때 그녀의 아버지는 더 이상 생존해 있지 않았다.

### 어머니의 병
### 대학 강사

빵이 옥수수 따위의 그리 좋지 않은 것들로 만들어져 검고 누렇게 되던 때였다. 사람들은 식료품 가게 앞에 줄을 서야 했다. 아이들도 식료품 가게로 보냈다. 그렇게 해야 조금이라도 더 구할 수 있었다. 어머니는 삶을 더 힘겹게 느끼기 시작했다. 겨울이 끝나갈 무렵 어머니는 무너지고 말았다. 나는 그 당시에 어머니가 무슨 병을 앓았는지 모른다. 하지만 어머니는 여러 주를 요양원에서 보냈으며, 건강이 아주 천천히 회복되었다. 처음에는 문병이 전혀 허락되지 않았지만, 상태가 천천히 호전되었다. 나는 꽃을 들고 엘리자베트프로메나데에 있는 요양원으로 갔다. 그곳에서 나는 처음으로 어머니의 주치의인 요양원장을 만났다. 어머니 옆에 짙은 검은색 수염이 난 남자가 서 있었다. 그는 의학 서적을 집필했으며 빈 대학에 강사로 있었다. 그는 반쯤 감긴 눈으로 상냥하게 나를 살피며 말했다.

"그러니까 이 친구가 그 위대한 셰익스피어 전문가로군요! 수정도 모으고요. 너에 대해 이미 많이 들었단다. 너희 어머니는 항상 네 얘기를 하시거든. 너는 또래 아이들보다 훨씬 더 듬직하구나."

어머니가 그에게 내 이야기를 했다! 그는 우리가 함께 책을 읽는다는 사실도 모두 알고 있었다. 그는 나를 칭찬했다. 어머니는 나를 칭찬한 적이 없었다. 나는 그의 수염을 믿지 않았으며 그를 피했다. 그가 수염으로 나를 문지를까 봐 겁이 났다. 그러면 나는 그 자리에서 그의 모든 걸 짊어져야 하는 노예로 변할 게 틀림없었다. 약간 콧소리가 섞인 그의 목소리는 간유肝油에서 나는 소리 같았다. 그가 내 머리에 손을 올리려고 했다. 아마도 어머니와 함께 나를 칭찬하려고 했던 것 같다. 하지만 나는 잽싸게 몸을 숙여 그 손을 피했다. 그가 약간 당황한 듯했다. "자존심이 강한 소년이군요, 당신 아들은요, 부인. 오직 당신한테만 접촉을 허락하는군요!" "접촉"이라는 이 말이 내 기억에 남았다. 그 말이 그를 향한 내 적개심을 규정했다. 적개심, 그 이전까지 한 번도 품어본 적이 없었던 적개심을 말이다. 그는 내게 아무것도 하지 않았다. 하지만 그는 나를 칭찬하며 내 환심을 사려 했다. 독창적인 끈질김을 가지고 그때부터 그렇게 했다. 그는 나를 기습공격하기 위한 선물을 생각해냈다. 아직 열한 살이 채 되지 않은 아이의 의지가 자신의 의지에 필적할 뿐만 아니라 심지어 더 강하다는 걸 그가 상상이나 할 수 있었을까.

그가 어머니를 얻기 위해 몹시 노력했기 때문이다. 어머니는 그에게서 깊은 애정이 샘솟게 했다. 그가 어머니에게 한 말에 따르면—하지만 나는 그것을 나중에야 알게 되었다—그의 인생에서 가장 깊은 애정이었다. 그는 어머니 때문에 부인과 이혼하려고 했다. 그는 세 아이를 받아들여 양육을 돕겠다고 했다. 세 아이가 모두 빈 대학에서 공부할 수 있으며, 장남은 무조건 의사가 되어야 한다고 했다. 그리고 장남이 원하면 나중에 요양원을 물려받을 수 있을 거라고 했다. 어머니는 더 이상 내게 모든 걸 허심탄회하게 말하지 않았다. 어머니는 내게 모든 걸 말하는 것을 삼갔다. 어머니는 그게 나를 망가뜨릴 수 있다는 걸 알고 있었다. 나는 어머니가 너무 오래 요양원에 머문다는 느낌을 받았다. 그가 어머니를 보내지 않으려 했다. "하지만 어머니는 이미 아주 건강해졌잖아요." 나는 만나러 갈 때마다 어머니에게 말했다. "집으로 가요. 제가 어머니를 간호할게요." 어머니는 미소 지었다. 나는 마치 어른이라도 된 것처럼, 대장부이자 심지어 무엇을 해야 하는지 다 알고 있는 의사라도 되는 양 말했다. 마음 같아서는 내 두 팔로 어머니를 안고 요양원 밖으로 나오고 싶었다. "어느 밤에 제가 어머니를 훔치러 올 거예요." 내가 말했다. "아래층이 잠기는걸. 너는 들어올 수 없어. 의사 선생님이 집에 가도 좋다고 허락할 때까지 너는 기다려야 해. 이제 그리 오래 걸리지 않을 거야."

어머니가 집에 돌아오자 많은 것이 달라졌다. 그 박사님은 우리 삶에서 사라지지 않았다. 그는 어머니를 만나러 왔다. 차를 마시러 왔다. 매번 내게 줄 선물을 들고 왔다. 나는 그 선물을 그가 집 밖으로 채 나가기도 전에 던져버렸다. 그가 준 선물 중 단 한 개도 그가 집에 머무는 시간보다 더 오래 가지고 있었던 적이 없다. 선물 중에는 즐겨 읽은 내 인생 책도 있었다. 내가 모은 것 중에는 없는 수정도 있었다. 그는 내게 무슨 선물을 해야 할지 이미 알고 있었다. 내가 마음에 드는 책 이야기를 시작하기가 무섭게 그 책이 벌써 와 있었다. 그의 손이 그 책을 우리 아이들 방 테이블 위에 놓았다. 마치 곰팡이균이 책 위에 떨어지기라도 한 것처럼—나는 그 책을 던졌을 뿐만 아니라, 결코 쉽지는 않았지만 버리기에 적당한 장소를 찾아야 했다—나는 나중에도 이 제목을 단 책을 절대로 읽지 않았다.

그때 내 평생을 괴롭힌 질투가 시작되었다. 질투와 함께 나를 엄습한 폭력이 영원히 내게 각인되었다. 그 폭력은, 나를 설득하거나 더 나은 방법을 제안하려는 모든 시도에 개의치 않는 나의 본질적인 열정이 되었다.

"오늘 박사님께서 차를 드시러 올 거야." 어머니가 점심 식사 시간에 말했다. 평소라면 그냥 '간식'이라고 했을 테지만 그를 위해 '차'라는 말이 사용되었다. 어머니의 차가 빈에서 가장 맛이 좋다고 그가 말했다. 어머니는 영국에 살던 시절 차에 일가견을 가지게 되었다. 비축하고 있던 다른 음식물들이 전쟁 중에 바닥나는 동안에도 어머니는 기적처럼 충분한 양의 차를 집에 두고 있었다. 나는 차가 다 떨어지면 어떻게 할 거냐고 어머니에게 물었다. 어머니는 앞으로도 오랫동안 차가 떨어지지 않을 거라고 했다. "얼마나 더요? 얼마나 더요?" "앞으로도 1, 2년은 충분해." 어머니는 내가 어떤 기분인지 알고 있었지만, 감시받는 걸 견디지 못했다. 어쩌면 어머니가 과장되게 행동했던 것 같기도 하다. 내가 더 이상 그런 질문을 하지 못하도록 남은 차를 보여주기를 냉정하게 거절했기 때문이다.

박사님은 당신이 도착하면 내가 인사를 해야 하며, 어머니의 손에 입 맞추기가 무섭게 내가 그를 기다리고 있는 아이들 방으로 자기가 들어가야 한다고 주장했다. 그는 항상 칭찬의 말로 내게 인사하며 자기가 가져온 선물의 포장을 뜯었다. 나는 성에 찰 때까지 싫어하려고 선물을 뚫어지게 응시했다. 그러곤 무뚝뚝하게 말했다. “고마워요.” 대화로까지 이어지지는 않았다. 옆방 발코니에 준비된 차가 기다리고 있었다. 그는 내가 선물에 몰두하는 걸 방해하지 않으려 했다. 그는 자기가 제대로 된 선물을 가지고 왔다고 확신했다. 그의 검은 수염을 이루는 털 가닥가닥이 빛났다. 그가 물었다. “다음에 올 때 내가 가져다줬으면 하는 게 있니?” 그 물음에 나는 아무런 대꾸도 하지 않았다. 그는 스스로 답을 찾아내곤 말했다. “나는 벌써 알아차렸지. 나만의 방법이 있지.” 나는 그 말이 무슨 뜻인지 알고 있었다. 그는 어머니에게 물을 터였다. 어머니가 그에게 말해주리라는 사실이 나를 가장 아프게 하는 일이었음에도, 이제 나는 더 중요한 일을 생각해야 했다. 행동할 시간이 되었기 때문이다. 그의 등 뒤로 문이 아직 다 닫히기 전이었다. 나는 그가 가져온 선물을 아주 급하게 다시 포장한 다음 내 시선이 더는 닿지 않는 테이블 밑으로 밀어 넣었다. 그런 뒤 의자 하나를 잡아서 창가로 가져갔다. 짚 세공으로 된 의자의 앉는 부분에 무릎을 꿇고 창밖으로 가능한 한 멀리 몸을 내밀었다.

내가 있는 방에서 왼쪽으로 그리 멀지 않은 곳에 박사님이 매우 정중한 모습으로 발코니에 앉아 있는 모습을 볼 수 있어서였다. 그는 내 쪽을 등지고 있었다. 다른 쪽, 그러니까 둥근 활 모양으로 구부러진 발코니에서 더 멀리 떨어진 쪽에 어머니가 앉아 있었다. 그것을 나는 알고만 있었다. 어머니가 보이지는 않았다. 어머니와 마찬가지로 그 둘 사이에 놓인 테이블도 보이지 않았다. 나는 그의 거동으로 미루어 짐작해서 발코니에서 일어나고 있는 모든 일을 알아내야 했다. 그는 몸을 앞으로 숙이며 선언하는 것 같은 습관이 있었다. 그때 그는 굽은 모양의 발코니 때문에 살짝 왼쪽으로 몸을 돌렸는데, 그럴 때 나는 세상에서 내가 가장 싫어하는 물질인 그의 수염을 보았다. 나는 또한 그가 왼손을 높이 들어 올려 우아하게 선서하듯 손가락을 뻗는 모습도 보았다. 나는 그가 언제 차를 한 모금 마시는지 알고 있었다. 그가 지금 어떤 꼴로 칭찬을 늘어놓을지를 나는 역겨워하며 떠올렸다—그는 어머니와 관계된 모든 걸 찬양했다. 아주 힘겹게 얻을 수 있는 어머니인데, 병으로 약해져 있을 때 그가 아첨으로 자신에게 반하게 만들까 봐 겁이 났다. 내가 읽었고, 또 전혀 내 삶에는 맞지 않을 것 같던 많은 것들을 나는 지금 그와 어머니에게 적용했다. 그리고 내가 두려워하는 모든 것에 대해 어른 같은 말을 했다.

나는 남자와 여자 사이에 무슨 일이 일어나는지 알지 못했다. 하지만 아무것도 일어나지 못하도록 감시했다. 그가 몸을 너무 앞으로 숙이면 두 사람 사이에 놓인 테이블의 위치 때문에 절대로 불가능함에도 나는 그가 어머니에게 키스하려는 것이리라 생각했다. 그가 말하는 단어와 문장을 나는 이해하지 못했다. 내가 들었다고 상상한 유일한 말은 "하지만 친애하는 부인!" 정도가 고작이었다. 그 말은 오랫동안 여운을 남기며, 또 항변하듯 울려 퍼졌다. 마치 어머니가 그에게 불공정한 일을 하기라도 한 것처럼 말이다. 나는 그게 기뻤다. 그가 오랫동안 아무 말도 하지 않는 게 가장 끔찍했다. 그럴 때면 어머니가 그에게 어떤 이야기를 길게 하는 중이라는 걸 나는 알고 있었다. 나는 어머니가 나에 관해 이야기하는 것이리라 추측했다. 그러면 나는 발코니가 무너져 내리기를, 그래서 그가 저 아래 보도블록 위로 떨어져 만신창이로 널브러져 있기를 바랐다. 아마도 내가 어머니를 볼 수 없었기 때문일 텐데, 어머니가 그와 함께 떨어지리라는 생각은 추호도 하지 못했다. 오직 내가 볼 수 있는 것, 그러니까 그, 오직 그만 떨어져야 했다. 나는 그가 어떤 모습으로 아래에 널브러져 있을지와 경찰이 내게 탐문하러 오는 모습을 상상했다. "제가 그를 아래로 밀어 떨어뜨렸어요." 나는 말할 것이었다. "그가 제 어머니 손에 키스했거든요."

그는 약 한 시간 정도 티타임을 가졌다. 내게는 그 시간이 더 길게 느껴졌다. 나는 끈질기게 의자 위에 웅크리고 앉아서 한순간도 그에게서 눈을 떼지 않았다. 그가 일어서자마자 나는 의자에서 뛰어내렸다. 의자를 테이블 옆으로 다시 가져다 두고 테이블 아래 두었던 선물을 집어 들고는 포장을 뜯었던 바로 그 자리에 다시 두었다. 그러곤 현관 쪽으로 난 문을 열었다. 그곳에는 이미 그가 서 있었다. 그는 어머니 손에 입을 맞추고 장갑과 지팡이와 모자를 다시 집어 들었다. 그러곤 내게 훨씬 더 신중하게, 하지만 도착했을 때처럼 그렇게 열성적이지는 않게 손을 흔들어 작별 인사를 했다. 어쨌든 그사이에 그는 추락했었다. 그리고 다시 제 발로 걸어갈 수 있다는 점에서 운이 좋았다고 할 수 있었다. 그가 사라지자 나는 내 방 창문으로 달려갔다. 나는 그가 짧은 요제프-갈-가세의 끝까지 걸어간 뒤 길모퉁이를 돌아 쉬텔로 들어서서 내 시야에서 벗어날 때까지 그를 바라보았다.

어머니는 여전히 휴식이 필요했다. 저녁의 독서 시간은 점점 더 뜸해졌다. 어머니는 더 이상 무언가를 연기해 보여주지도 않았으며, 나만 큰 소리로 읽게 했다. 나는 흥미를 불러일으킬 만한 질문을 찾기 위해 노력했다. 어머니가 길게 대답하면, 정말로 예전처럼 무언가를 설명하면 나는 희망을 품게 되면서 다시 행복해졌다. 하지만 어머니는 자주 생각에 잠겼으며, 마치 내가 그 자리에 아예 없는 것처럼 가끔은 입을 다물기도 했다. 그러면 나는 말했다. "어머니는 제 말을 듣지 않고 있어요." 어머니는 어깨를 으쓱하며 들켰다고 느꼈다. 나는 어머니가 내게 말하지 않은 다른 독서에 대해 생각한다는 걸 알고 있었다.

어머니는 박사님이 선물한 책을 읽었다. 그러곤 그 책들은 내가 읽으면 안 되는 것이라고 엄중히 경고했다. 예전에는 식당의 책장에 열쇠가 꽂혀 있어서 내가 마음대로 헤집어놓을 수 있었다. 그런데 이제는 어머니가 그 열쇠를 가져갔다. 그가 선물한 것 중에서 어머니가 특히 심취했던 것은 보들레르의 『악의 꽃』이었다. 내가 알기로 어머니는 처음으로 시를 읽었다. 예전에 어머니는 시를 좋아하지 않았다. 어머니는 시를 경멸했다. 어머니가 열렬히 사랑했던 건 늘 연극이었으며, 내게도 연극에 대한 열정을 전염시켰다. 이제 어머니는 『돈 카를로스』나 『발렌슈타인』을 더는 집어 들지 않았다. 내가 그런 책들에 관해 이야기하면 어머니는 인상을 썼다. 셰익스피어는 여전히 중요하게 여겼다. 심지어는 더 인정했다. 하지만 그의 작품을 읽는 대신 어머니는 특정한 구절만을 찾았고, 바로 찾아내지 못하면 의기소침하여 고개를 가로저었다. 아니면 얼굴 가득 환한 미소를 지었다. 그럴 때면 어머니의 양쪽 콧방울이 먼저 떨렸다. 그렇지만 무엇 때문에 웃는지 내게 이야기하지 않았다. 예전에는 소설에도 관심이 있었지만, 이제는 지금까지 내가 전혀 깨닫지 못했던 것들에 관심을 기울였다. 슈니츨러 전집이 눈에 띄었다. 어머니가 무심결에 슈니츨러가 빈에 살고 있으며 원래 의사일 뿐만 아니라, 심지어 어머니의 주치의가 그 작가를 개인적으로 알고 있으며, 작가의 부인이 우리처럼 세파라드 유대인이라는 말을 했을 때 내 절망감은 극에 달했다.

"어머니는 제가 뭐가 되면 좋겠어요?" 한번은 얼마나 끔찍한 대답을 듣게 될지를 알고 있는 사람처럼 커다란 두려움에 휩싸여 내가 물은 적이 있었다. "이왕이면 작가도 하면서 동시에 의사였으면 좋겠어." 어머니가 말했다. "어머니가 그런 말을 하는 이유는 단순히 슈니츨러 때문이잖아요!" "의사는 좋은 일을 하잖아, 의사는 정말로 사람을 돕잖아." "바인슈토크 박사님처럼요, 그렇죠?" 다분히 악의적인 대답이었다. 나는 어머니가 우리 집 주치의를 견디기 힘들어한다는 걸 알고 있었다. 그가 틈만 나면 어머니를 팔로 끌어안으려 했기 때문이다. "아니,

바인슈토크 박사 같은 사람이 아니야. 그치가 작가라고 생각하니? 그치는 아무 생각이 없어. 그런 자는 오로지 자신의 향락만을 생각하지. 좋은 의사는 인간에 대한 이해가 있단다. 그럴 때 작가도 될 수 있고, 터무니없는 걸 쓰지도 않겠지." "어머니의 의사처럼요?" 이렇게 물으면서 나는 이 문제가 이제 얼마나 위험해질지 알고 있었다. 그는 작가가 아니었다. 그리고 나는 그에게 이런 식으로 일격을 가하고 싶었다. "내 담당 의사 선생님과 같을 필요는 없어." 어머니가 말했다. "하지만 슈니츨러와 같아야지." "제가 슈니츨러의 작품을 읽으면 왜 안 돼요?" 이 질문에 어머니는 대답하지 않았다. 그 대신에 나를 더욱더 흥분시키는 다른 말을 했다. "너희 아버지는 네가 의사가 되기를 바랐을 거야." "아버지가 어머니한테 그런 말씀을 하셨어요? 아버지가 어머니한테 그런 말씀을 하셨어요?" "그래, 자주 그러셨지. 아버지가 내게 자주 그런 말씀을 하셨단다. 네가 그렇게 된다면, 네 아버지가 정말로 좋아하셨을 텐데." 어머니는 그런 얘기를 한 적이 한 번도 없었다. 아버지가 돌아가신 이후로 단 한 번도 그런 이야기를 한 적이 없었다. 나는 아버지가 머지강 변에서 산책할 때 했던 말씀을 잘 기억하고 있었다. "네가 바라는 사람이 될 거다. 나처럼 사업가가 될 필요는 없어. 너는 공부를 해서 가장 네 마음에 드는 사람이 될 거란다." 하지만 나는 그 이야기를 나 혼자만 간직해왔다. 그 누구에게도, 심지어는 어머니에게조차 단 한 번도 말한 적이 없었다. 슈니츨러가 어머니 마음에 들고, 어머니 주치의가 곁에서 칭찬한다는 이유로 어머니가 지금 처음으로 그런 말을 한다는 사실이 나를 분노하게 했다. 나는 의자에서 벌떡 일어나 분노에 찬 모습으로 어머니 앞에 서서 소리 질렀다. “저는 의사가 되고 싶지 않아요! 작가가 되고 싶지 않아요! 저는 자연과학자가 될 거예요! 아무도 나를 찾을 수 없는 곳으로 아주 멀리 떠날 거예요!” “리빙스턴도 의사였단다.” 어머니가 경멸하듯 말했다. “그리고 스탠리가 그를 찾아냈지!” “하지만 어머니는 저를 찾아내지 못할 거예요! 어머니는 날 못 찾을 거라고요!” 우리 둘 사이의 전쟁이었다. 상황은 시간이 갈수록 더 심각해졌다.

## 보덴호수 속의 수염

이 시기에 우리는 어린 두 동생 없이 단둘이 살았다. 어머니가 병환 중일 때 할아버지는 동생들을 스위스로 보냈다. 그곳에 사는 친척들이 동생들을 맡아서 로잔에 있는 소년 기숙학교에 보냈다. 집 안에 동생들이 없다는 사실이 여러 면에서 체감되었다. 예전에 우리 셋이 함께 썼던 아이들 방을 나 혼자 쓰게 되었다. 나는 하고 싶은 일을 아무런 방해도 받지 않고 생각해낼 수 있었다. 어머니의 의사와의 그 투쟁 공간은 그 누구도 왈가왈부할 수 없는 장소가 되었다. 그 의사는 오직 내 환심만 사려 했고 내게만 선물을 주었다. 그가 우리 집에 와 있는 동안 창가 의자 위에서 보초를 서면서도 나는 내 등 뒤에서 무슨 일이 일어날지 전혀 신경 쓸 필요가 없었다.

나는 온전히 내 불안에 몰두할 수 있었고, 동생들을 배려해서 이런 식의 논쟁을 숨기는 일 없이 언제든지 어머니와 이야기 나눌 수 있었다. 예전에는 낮에 그 모든 진지한 대화를 나누곤 했던 발코니는 완전히 다른 성격을 띠게 되었다. 나는 발코니를 더 이상 좋아하지 않게 되었다. 차를 마시는 의사에 대한 증오가 이 장소와 결부된 이후로 나는 발코니가 무너지기를 바랐다. 아무도 나를 볼 수 없을 때면 나는 발코니로 살금살금 기어들어 가 발코니의 벽돌이 단단한지 살펴보았다. 특히 그 의사가 앉는 쪽만 살펴보았다. 나는 그곳이 무너지기를 바랐으나 아무 일도 일어나지 않아 쓰디쓴 실망감을 맛보았다. 늘 그래왔던 것처럼 모든 것이 단단해 보였다. 내가 발을 쿵쿵 구르며 뛰어도 끄떡없었다.

동생들의 부재는 내 입지를 강화해줬다. 우리가 계속해서 동생들과 떨어져 살아야 한다는 생각은 꿈에도 할 수 없었다. 그래서 이제 스위스로 이사하는 문제가 자주 언급되었다. 그곳으로의 이주를 확실히 하기 위해서 나는 할 수 있는 모든 걸 했다. 나는 빈에서의 어머니의 삶을 가능한 한 힘겹게 만들었다. 내가 벌인 투쟁의 단호함과 잔혹함은 기억 속에서도 여전히 나를 고통스럽게 한다. 내가 승리하게 되리라고 장담할 수는 없었다. 나는 그 의사 자체보다도 어머니의 삶 속으로 침범해 들어온 낯선 책들이 훨씬 더 염려스러웠다. 그가 어떤 사람인지 내가 알고 있기에, 청산유수와도 같은 그의 아첨하는 말투가 역겹게 느껴졌기에 무시했던 그 의사 뒤에는 어떤 작가의 모습이 있었다. 나는 그 작가를 전혀 알지 못했으며, 그의 작품 역시 한 줄도 읽어서는 안 되었다. 그 시절의 슈니츨러처럼 내게 그토록 큰 두려움을 갖게 한 작가는 한 명도 없었다.

그 당시에는 오스트리아 밖으로 나가는 여행허가서 받기가 하늘의 별 따기였다. 아마도 어머니는 여행허가서를 받기 위해 감수해야 하는 어려움에 대해서 실제보다 더 과장된 상상을 했던 것 같았다. 어머니는 여전히 건강이 좋지 않아서 병후 요양을 한 번 더 해야 하는 상태였다. 어머니는 4년 전에 빠르게 건강을 회복했던 라이헨할을 좋은 기억으로 간직하고 있었다. 그래서 나와 함께 라이헨할로 가서 몇 주 정도 머무를 계획을 이야기했다. 어머니는 뮌헨에서 스위스 비자를 더 쉽게 받을 수 있으리라 생각했다. 그 의사는 서류 문제들을 돕기 위해 뮌헨으로 가겠다고 했다. 자신의 학연과 턱수염이 관청에서 어머니의 인상을 좋게 하는 데 나쁜 영향을 끼치지는 않을 거라고 했다. 그가 진지하다는 걸 알아차린 후 나는 그의 계획에 열광했다. 그리고 모든 면에서 어머니를 지지했다. 당신의 매 행보에 걸림돌이 되었던 화해 불가능한 적대감을 내게서 감지한 후였던지라, 어머니는 내가 그러는 걸 보고 마음의 부담을 덜었다. 우리는 라이헨할에서 단둘이 지낼 계획을 세웠다. 나는 우리가 희곡 작품들을 다시 만나게 되기를 은근히 바랐다. 함께 희곡 작품을 읽는 저녁의 독서 시간은 점점 더 뜸해졌고, 결국 어머니의 산만함과 허약한 몸 때문에 흐지부지되고 말았다. 코리올라누스를 다시 깨울 수만 있다면, 하고 나는 그 인물에게서 기적을 바랐다. 하지만 우리의 저녁 독서 시간이 다시 시작되기를 얼마나 고대하고 있는지를 어머니에게 말하기엔 내가 너무 오만했다. 어쨌든 우리는 라이헨할에서 함께 소풍도 가고, 산

책도 많이 하게 될 것이었다.

빈에서 보낸 마지막 날들은 기억나지 않는다. 정들었던 집과 치명적인 아픔이 자리한 발코니를 우리가 어떤 모습으로 떠났는지, 더는 떠오르지 않는다. 뮌헨으로 향하던 여행길 역시 기억에 없다. 라이헨할에 도착한 후의 우리 모습부터 다시 생각이 난다. 우리는 매일 수녀원까지 짧게 산책을 했다. 수녀원에는 자그마한 정원이 있었는데 매우 고요했다. 4년 전에 이미 그곳은 어머니의 마음을 사로잡았다. 우리는 묘비 사이를 이리저리 거닐며 죽은 자들의 이름을 읽었다. 얼마 지나지 않아 우리는 그 이름들에 익숙해졌다. 그런데도 우리는 묘비에 적힌 죽은 사람들의 이름을 읽고 또 읽었다. 어머니는 그곳에 묻히고 싶다고 했다. 어머니는 서른한 살이었다. 하지만 나는 어머니가 묻히고 싶은 곳을 이야기하는 것에 놀라지 않았다. 어머니와 단둘이 있을 때 나는 어머니가 생각하고 말하고 행동하는 모든 것을 아주 자연스러운 걸로 받아들였다. 나는 그런 시절에 어머니가 이야기한 문장들로부터 생겨났다.

우리는 베르히테스가덴이나 쾨니히호수처럼 조금 먼 곳으로 소풍 갈 계획을 세우기도 했다. 하지만 그곳이 좋다는 세간의 평판 때문에 가려고 했던 것이지 수녀원처럼 개인적이고 은밀한 이유에서 선택한 것은 아니었다. 수녀원은 어머니의 장소였다. 그곳에 어머니의 모든 생각과 감정이 은밀하게 숨겨져 있었다. 그래서 그곳에서 어머니는 세 아들에게 품었던 엄청난 기대를 갑자기 포기하고 50년 전인데도 벌써 은퇴 후의 노년 생활로 접어든 것만 같았다. 아마도 그래서 수녀원이 내게 그토록 깊은 인상을 남겼을지도 모르겠다. 나는 짧기는 했지만, 규칙적으로 수녀원으로 갔던 산책이 어머니에게는 진정한 요양이었다고 생각한다. 어머니가 그 자그마한 교회 안마당에 서 있을 때면, 그리고 그곳에서 당신의 소망을 다시 한번 이야기할 때면, 나는 어머니의 상태가 좋아지고 있다는 걸 느꼈다. 어머니는 갑자기 건강해 보였다. 혈색이 돌아왔다. 어머니는 깊게 심호흡했다. 그럴 때면 양쪽 코끝도 움직였다. 그리고 마침내 어머니는 마치 부르크테아터에서 익숙지 않은 배역일지라도 또다시 대사를 해내듯이 말했다.

함께 책을 읽는 저녁 시간을 다시 시작하지는 않았지만, 나는 전혀 아쉽지 않았다. 그 대신에 저녁 무렵, 예전에 책을 읽던 그 시간 즈음에 우리는 수녀원까지만 제한된 산책을 하기로 했다. 수녀원으로 오고 가는 길에 어머니가 내게 한 이야기는 아프기 이전의 시간과 꼭 같이 다시금 매우 진지하면서도 풍성했다. 어머니가 모든 것을 이야기하고 있으며, 그 어떤 것도 억누르지 않는다는 느낌이 늘 들었다. 11년간의 내 삶에 관한 생각이 어머니에게 전혀 중요하지 않은 듯 보였다. 그럴 때면 어머니의 내면에 사방으로 겁 없이 뻗어 나가는 모종의 팽창력이 있는 것 같았다. 내가 유일한 목격자였으며 나 혼자만 그 힘 안에서 움직였다.

하지만 뮌헨에 가까워지면서 걱정이 밀려왔다. 그래도 나는 그곳에 얼마나 오래 머물지를 묻지 않았다. 내가 그런 걱정을 하는 걸 사전에 차단하기 위해서 어머니가 먼저 그리 오래 있지는 않을 거라고 했다. 그러려고 의사 선생님이 오는 거라고 했다. 그의 도움으로 아마도 일주일이면 모든 준비를 마치게 될 거라고 했다. 그 없이는 여행 비자를 받을 수 있을지 전혀 확실하지 않다고 했다. 나는 어머니의 이야기를 믿었다. 아직은 우리 둘만 있기 때문이었다.

뮌헨에 도착할 때 불행이 다시 나를 덮쳤다. 그는 우리보다 먼저 도착해 기차역에서 우리를 기다리고 있었다. 우리 둘은 같은 생각을 하며 차창 밖을 내다보았다. 하지만 플랫폼에 서 있는 검은 수염 난 의사를 먼저 발견한 건 나였다. 그는 약간의 격식을 갖춰 우리에게 인사를 하고는 곧바로 우리를 도이처 카이저 호텔로 데려다주겠다고 했다. 어머니의 바람대로 나와 어머니가 함께 쓸 방을 하나 마련해놓았다고 했다. 그는 우리에게 조언해주고, 그 밖에도 어떤 방식으로든 도움이 되는 걸 영광으로 생각할 만한 좋은 친구 몇 사람에게 이미 연락을 해놓았다고 했다. 그 역시 그곳에 묵고 있다는 사실이 호텔에서 밝혀졌다. 그게 더 편하다고 했다. 그렇게 해야 함께 해결해야 할 수많은 당면 과제를 처리할 시간을 아낄 수 있고, 또 그것이 중요하다고 했다. 유감스럽게도 그는 엿새 내로 다시 빈으로 돌아가야 한다고 했다. 더 오래 휴가를 낼 수 없었다는 것이었다. 나는 곧바로 그의 속마음을 꿰뚫어 보았다. 엿새 동안이라는 기간을 내세워 그는 같은 호텔이라는 점이 두드러지지 않게 하려 했다. 그와 같은 호텔에 묵는다는 소식은 내게 직격탄을 쏘았지만, 나는 전혀 무력해지지 않았다.

그가 묵는 방이 어디인지 아무도 내게 말해주지 않았다. 나는 그의 방이 틀림없이 같은 층에 있으리라고 생각했으며, 우리 방과 너무 가까울 수도 있다는 생각에 겁이 났다. 그의 방이 어디에 있는지 알아내고 싶었다. 그래서 그가 자기 방 열쇠를 찾아갈 때까지 숨어서 기다렸다. 그는 방 번호를 말하지 않았다. 호텔 수위는 마치 내 계획을 다 알고 있기라도 한 것처럼 그에게 은밀히 열쇠를 건넸다. 나는 그가 나를 발견하기 전에 숨었다. 나는 의사 선생보다 먼저 잽싸게 엘리베이터를 타고 우리가 묵는 층으로 올라갔다. 그러곤 그가 올라올 때까지 벽에 바짝 붙어 있었다. 이윽고 엘리베이터 문이 열렸다. 그는 방 열쇠를 손에 들고 내 옆을 지나쳐 갔다. 하지만 나를 보지는 못했다. 나는 더 작아 보이도록 몸을 한층 더 웅크렸다. 그의 시선으로부터 나를 숨겨준 것은 다름 아닌 그의 수염이었다. 나는 벽에 바짝 붙어서 그의 뒤를 밟았다. 기다란 복도가 있는 매우 큰 호텔이었다. 나는 그가 우리 방에서 점점 더 멀리 가고 있다는 사실에 안도했다. 아무도 우리 쪽으로 오는 사람이 없었다. 나만 그와 함께 있었다. 나는 그로부터 멀어지지 않으려고 서둘렀다. 그는 어느 모퉁이를 돌아갔다. 그리고 마침내 자기 방문 앞에 섰다. 열쇠 구멍에 열쇠를 꽂기 전에 그가 신음하듯 한숨을 내쉬는 소리가 들렸다. 그는 아주 크게 한숨을 쉬었다. 나는 몹시 놀랐다. 나는 저런 남자가 신음하듯 한숨을 쉬리라는 생각을 한 번도 해본 적이 없었다. 나는 어머니가 그렇게 한숨 쉬는 모습에만 익숙했으며, 그런 한숨이 어머니에게 무언가 의미하는 바가 있다는 걸 알고 있었다. 최근에는 어머니의 좋지 않은 건강 상태와 관련이 있었다. 어머니는 기분이 좋지 않을 때 한숨을 쉬었다. 그럴 때면 나는 어머니를 위로하려고 애를 썼으며, 곧 기운을 차리게 될 거라고 어머니에게 장담했다. 그런데 이 순간 그가 저기에 서 있었다. 의사이며 아침꾼이고 요양원 원장일 뿐만 아니라, 몇 달 전부터 빈의 우리 집 서가에 꽂혀 있으나 내가 읽어선 안 되는 세 권짜리 의학 전문 서적의 저자인 그가 불쌍하게 신음하듯 한숨을 쉬고 있었다. 그러고 나서 그는 문을 열고 방으로 들어가 등 뒤로 문을 닫았지만, 열쇠는 방문에 꽂은 채로 두었다. 나는 열쇠 구멍에 귀를 갖다 대고 집중해서 들었다. 그의 목소리가 들렸다. 그는 혼자였다. 나는 쉬거나 조금 주무시라고 어머니를 방에 혼자 두고 나왔다. 그는 매우 큰 소리로 말했다. 나는 그런 그를 이해할 수 없었다. 그가 어머니의 이름을 언급할까 봐 겁이 났다. 그래서 신경을 잔뜩 곤두세우고 엿들었다. 내 앞에서 어머니는 "존경하는 부인" 또는 "가장 존경해마지않는 부인"이라고 불렸다. 하지만 나는 이 호칭에 익숙해지지 않았다. 나는 어머니를 허락받지 않은 호칭으로 부르는 것을 놓고 그와 이야기하리라 결심했다. 내가 갑자기 그 문을 열고 그에게 달려들어 호통치는 모습을 상상해보았다. "감히 그런 말을 하다니요?" 나는 그의 안경을 아래로 잡아당긴 후 박살 나도록 밟아댔다. "당신은 엉터리예요, 의사도 아니라고요! 내가 당신의 정체를 알아냈어요! 이 호텔을 당장 떠나세요! 그러지 않으면 당신을 경찰에 넘겨버릴 거예요!"

하지만 그는 내가 그럴 수 있도록 호의를 베풀지 않았다. 그 어떤 이름도 그의 입 밖으로 나오지 않았다. 마침내 나는 그가 프랑스어를 하고 있다는 사실을 알아차렸다. 그것은 마치 시처럼 들렸다. 곧바로 그가 어머니에게 선물했던 보들레르가 떠올랐다. 그런 모습으로 그는 혼자 있었다. 어머니가 있는 자리에서는 뭐라도 되는 것 같았던 그가 혼자 있을 때는 가련한 아첨꾼이고, 종잡을 수 없으며, 해파리와도 같은 모습이었다. 역겨움이 나를 뒤흔들어놓았다.

나는 잽싸게 달려 우리 방으로 돌아왔다. 어머니는 아직 자고 있었다. 나는 소파에 앉아서 잠든 어머니의 보초를 섰다. 어머니의 얼굴에 나타나는 모든 변화가 내겐 익숙한 것이었다. 나는 어머니가 언제 꿈꾸는지를 알고 있었다.

관계된 모든 사람의 위치를 파악한 것이 이 엿새라는 기간을 보내는 데 아마도 좋게 작용했던 것 같다. 나는 어머니와 의사 선생이 따로 있다는 것을 알고 있을 때만 더 침착해졌다. 의사 선생이 자기 방에 있다는 걸 소리로 들어 알게 되는 즉시 그는 내 권한 속에 들어와 있었다. 그는 어머니와 함께 있을 때 읊을 시를 연습하는 것 같았다. 나는 셀 수 없을 정도로 많이 그의 방문 앞에 서 있었다. 내 이 은밀한 행동을 그는 조금도 눈치채지 못했다. 나는 그가 언제 호텔을 나서는지 알고 있었다. 또한 언제 다시 돌아오는지도 알고 있었다. 그가 자기 방에 있는지 없는지를 나는 언제든 말할 수 있었을 것이다. 그리고 어머니가 그의 방에 단 한 번도 들어간 적이 없다는 점도 자신할 수 있었다. 언젠가 그가 잠시 방을 비운 적이 있었다. 방문이 열려 있었는데, 나는 서둘러 방으로 들어가 잽싸게 방 안을 한 바퀴 둘러보며 어딘가에 어머니 사진이 놓여 있지는 않은지 살폈다. 하지만 사진은 없었다. 나는 들어올 때와 마찬가지로 아주 잽싸게 방을 빠져나왔다. 그러고 나서 뻔뻔스럽게도 어머니에게 이렇게 말했다. “우리가 떠날 때 의사 선생님에게 잘 나온 우리 사진을 한 장쯤 드리셔야죠.” “우리 둘이 나온 사진, 그러자꾸나.” 어머니는 약간 당황한 듯 말했다. “우리를 정말 많이 도와주셨으니 받으실 자격이 있지.”

그는 자신이 할 수 있는 최선을 다했다. 전쟁 때문에 여자들이 업무를 보고 있는 모든 관청에 갈 때마다 어머니와 동행했다. 의사 선생은 어머니가 병약하기에 함께 왔다는 사실을 설명했다. 그는 정말로 어머니의 주치의였다. 그래서 어머니는 어디를 가든지 정중하고 사려 깊은 대우를 받았다. 나는 늘 함께 있었다. 그래서 그가 자기 명함을 꺼내는 모습과 고상하면서도 꾸밈없는 동작으로 담당 공무원에게 그 명함을 건네며 다음과 같이 말하는 모습을 바로 현장에서 관찰할 수 있었다. “제 소개를 드리게 해주십시오.” 이어서 명함에 적힌 모든 사항이 줄줄이 이어졌다. 요양원 이름, 자기가 그 요양원의 원장이라는 사실, 빈 대학과의 관계 등등을 모두 설명했다. 하지만 나는 그가 자신의 진짜 용건을 말하지 않는 것에 놀랐다. “친애하는 부인, 손에 키스하겠습니다.”

우리는 호텔에서 점심 식사를 했다. 나는 공손하고 예절 바르게 행동했다. 그의 학업 과정에 대해 이것저것 물어보았다. 그는 끊임없는 내 질문에 놀랐으며 내가 정말로 자신과 같은 사람이 되고 싶어 한다고, 자기가 내 롤 모델이라고 생각했다. 그리고 그런 생각을 아첨할 거리로 바꿀 줄도 알았다. “부인께선 제게 그리 많은 이야기를 하신 게 아니군요. 아드님의 지적

욕구는 놀라울 정도입니다. 아드님에게서 빈 의학부의 밝은 미래가 보이는군요." 하지만 나는 그를 따라 할 생각이 없었다. 그저 그의 실체를 폭로하고 싶을 뿐이었다! 나는 그의 대답 속에 담긴 모순에 주목했다. 그래서 그가 자세하게 또 약간은 허풍스럽게 정보를 주는 내내 한 가지 생각만 했다. '의사 선생은 사실은 제대로 공부하지 않았어. 돌팔이야.'

저녁은 그의 시간이었다. 저녁이면 그는 힘들이지 않고 어머니를 독차지했다. 자기에게 적대감을 품고 하는 내 은밀한 행동을 전혀 모르는 것과 마찬가지로, 자기가 나를 상대로 승리하고 있다는 사실도 그는 알지 못했다. 어머니가 매일 저녁 그와 함께 극장에 갔기 때문이다. 어머니는 연극에 굶주려 있었다. 어머니는 연극을 보러 극장에 가는 대신 나와 함께 연기하는 것으로는 더 이상 만족할 수 없었다. 나와 함께 보내는 저녁 시간의 재미는 어머니에게서 사라지고 없었다. 어머니는 새로운 것이 필요했다. 진짜 연극이 필요했다. 두 분이 외출하면 나는 호텔방에 혼자 남았다. 그러기 전에 나는 어머니가 그 저녁 시간을 위해 치장하는 모습을 바라보았다. 어머니는 그 저녁 시간에 대해 당신이 얼마나 기뻐하고 있는지를 숨기지 않았다. 외출하기 두 시간 전인데도 밝은 표정으로 당신이 얼마나 즐거운지를 솔직하게 말했다. 어머니의 모든 신경이 곧 펼쳐질 저녁 시간으로만 향해 있을 때, 나는 감탄하고 놀라워하는 마음으로 그런 어머니의 모습을 관찰했다. 어머니의 모든 약점이 사라졌다. 내 눈앞에서 어머니는 예전처럼 힘차고 재기 발랄하고 아름다워졌다. 어머니는 연극의 명성에 대한 새로운 생각을 펼쳤다. 하지만 무대에 오르지 않은 희곡 작품은 경멸했다. 그저 읽힐 뿐인 희곡은 죽은 거나 다름없으며 옹색한 대용품에 불과하다고 했다. 그러다 내가 어머니를 시험하고, 또 내 불행을 좀더 심화시키기 위해 "낭독되는 것들은요?"라고 물으면 어머니는 주저하지 않고 거침없이 말했다. "낭독되는 것들도! 우리가 낭독하는 것이 도대체 무슨 의미가 있겠니! 너는 진정한 배우가 뭔지 몰라!" 이어서 어머니는 배우로 활동했던 위대한 극작가들 이야기를 늘어놓았다. 셰익스피어와 몰리에르에서 시작해 모든 극작가를 다 나열했다. 그리고 나머지 극작가들은 진짜가 아니라며 차라리 불구 작가라고 불러야 한다는 주장까지 펼쳤다. 그런 이야기는 어머니가 좋은 향기를 풍기며, 또 내가 보기에 멋지게 차려입고 방을 나설 때까지 계속 이어졌다. 나가면서 어머니는 내가 이 낯선 호텔에서 외로움을 심하게 느끼지 않도록 일찍 잠자리에 들라는 잔인한 명령을 내렸다.

우리 둘만의 가장 은밀한 이야기로부터 단절되어버린 나는 절망 속에 홀로 남겨졌다. 몇 가지 전략이 나를 안심시켜주긴 했지만, 거의 도움이 되지는 못했다. 나는 제일 먼저 긴 복도를 지나 의사 선생의 방이 있는 호텔 다른 쪽을 향해 달려갔다. 의사 선생 방 앞에 서서 여러 차례 정중하게 문을 두드리곤 그가 방에 없다는 사실을 확인하고 난 후에야 다시 내 방으로 돌아왔다. 30분 간격으로 확인하러 갔다. 그러는 동안은 아무 생각도 하지 않았다. 나는 그가 어머니와 함께 극장에 있다는 사실을 알고 있었다. 하지만 그 사실을 그리 자주 확인할 수는 없었다. 어머니의 배신으로 내가 느끼는 고통은 커졌지만, 어머니에게는 한계도 있었다. 어머니와 의사 선생은 이미 빈에서도 가끔 극장에 갔다. 그래도 매일 저녁 계속되는 지금의 이 끝없는 축제와는 비할 바가 아니었다.

나는 언제 연극이 끝나는지를 경험으로 알게 되었다. 연극이 진행되는 동안 나는 옷을 입은 채로 있었다. 나는 어머니와 의사 선생이 연극 보는 모습을 상상하려고 애를 써봤다. 하지만 헛수고였다. 어머니는 관람한 작품에 관해 이야기하는 법이 없었다. 아무 의미가 없을 거라고 했다. 모두 현대적인 것들로 나는 이해할 수 없을 거라고 했다. 어머니와 의사 선생이 돌아오기 직전에 나는 옷을 벗고 침대에 누웠다. 나는 벽 쪽으로 몸을 돌리고 자는 척했다. 어머니가 드실 복숭아 하나가 놓여 있는 어머니 침대 옆 작은 테이블 위의 등불은 켜진 채로 두었다. 어머니는 금방 왔다. 어머니가 흥분되어 있음이 느껴졌다. 나는 어머니의 향수 냄새를 맡았다. 침대는 나란히 있지 않고, 벽을 따라 차례로 놓여 있었다. 그래서 어머니는 내게서 조금 떨어진 곳에서 움직였다. 어머니는 방 안을 이리저리 왔다 갔다 했다. 특별히 조용히 움직이지는 않았다. 나는 어머니를 쳐다보지는 않았다. 어머니가 있는 쪽을 등지고 누워 있었기 때문이다. 하지만 어머니의 발소리는 모두 들었다. 어머니가 다시 돌아와 있다는 사실에 나는 안심할 수 없었다. 엿새 동안만 이럴 거라고 생각되지 않았다. 연극을 보러 가는 저녁이 내 앞에 영원히 펼쳐지리라는 생각이 들었다. 그 의사 선생이 어떤 거짓말이든 능수능란하게 하는 사람이라고 생각했다.

하지만 내가 잘못 생각한 것이었다. 엿새가 지나자 여행 준비가 다 끝났다. 의사 선생은 배가 있는 린다우까지 우리를 배웅했다. 나는 이별의 엄숙함을 느꼈다. 부두에서 의사 선생은 어머니의 손에 입을 맞추었다. 평소보다 조금 더 오래 걸렸지만, 그 누구도 울지 않았다. 그러고 나서 우리는 배 위에 올라 난간 앞에 섰다. 밧줄이 풀렸다. 의사 선생은 그곳에 서 있었다. 손에 모자를 들고 입술을 움직였다. 천천히 배가 멀어져갔지만, 나는 계속해서 그가 어떻게 입술을 움직이는지 바라보았다. 내 증오는 아직 그가 했던 그 말들을 인식하고 있었다. "손에 키스하겠습니다, 친애하는 부인." 의사 선생은 점점 더 작아졌다. 모자는 우아한 곡선을 그리며 아래위로 움직였다. 턱수염은 여전히 까맸다. 하지만 쪼그라들지는 않았다. 이제 모자는 엄숙하게 머리 높이에 멈추었다. 하지만 그의 몸에서 조금 떨어진 허공에서 움직였다. 나는 돌아보지 않았다. 모자만 보았다. 그리고 그 턱수염을 보았다. 그러곤 우리를 그곳으로부터 떼어놓는, 점점 더 많아지는 물을 바라보았다. 나는 여전히 미동도 하지 않고 응시했다. 마침내 턱수염이 아주 작아져서 그곳에 의사 선생이 있다는 걸 간신히 알아차릴 수 있을 정도가 되었다. 그런데 갑자기 그가 사라졌다. 의사 선생과 모자와 턱수염이 사라져버렸다. 그리고 그때까지 있는지도 몰랐던 린다우의 탑들이 눈에 들어왔다. 이제 나는 어머니 쪽으로 몸을 돌렸다. 어머니가 울까 봐 겁이 났다. 하지만 어머니는 울지 않았다. 우리는 팔을 내밀어 서로를 꼭 끌어안았다. 평소에는 한 번도 그런 적이 없었는데, 어머니는 내 머리카락을 쓰다듬었다. 그러곤 한 번도 들어본 적이 없는 아주 부드러운 목소리로 말했다. “이제 다 잘됐단다. 이제 다 잘됐어.” 어머니는 그 말을 여러 번 되풀이했다. 나는 결국 울기 시작했다. 사실 나는 전혀 울 기분이 아니었다. 우리 삶에 떨어진 저주, 그 검은 턱수염이 사라졌고 침몰해버렸기 때문이다. 갑자기 나는 어머니 품에서 벗어났다. 그러곤 배 위에서 빙글빙글 돌며 춤을 추기 시작했다. 어머니에게 뛰어서 돌아갔다가 다시 빠져나왔다. 나는 얼마나 개선가를 부르고 싶었던가. 하지만 나는 군가와 승전가만 알고 있었고, 그런 노래는 좋아하지 않았다.

이런 기분으로 나는 스위스 땅을 밟았다.

# 제4부
# 취리히—쇼이히처가
# 1916~1919

## 맹세

취리히에서 우리는 쇼이히처가街 68번지 3층에 방 두 개를 세 얻었다. 어떤 노처녀의 집이었는데, 그녀는 방을 세놓아 생활했다.

그녀는 얼굴이 크고 광대뼈가 튀어나와 있었다. 이름은 헬레네 포글러였다. 그녀는 자기 이름 부르기를 좋아했다. 우리가 이름을 이미 잘 알게 된 후에도 그랬다. 그녀는 우리 아이들에게 자주 자기 이름을 일러주곤 했다. 그러면서 항상 자신이 좋은 가문 출신이며, 자기 아버지가 음악감독이었다는 말을 덧붙였다. 그녀에겐 남자 형제가 몇 있었다. 그들 중 가세가 몹시 기울어 먹을 것이 떨어진 사람이 이 집에 청소하러 왔다. 그녀의 손위 오빠로 허약하고 말이 없는 남자였다. 우리는 그녀가 그에게 집안일을 시키는 것에 놀랐다. 우리는 그가 바닥에 무릎을 꿇고 있거나 선 채로 '솔빗자루'질을 하는 걸 보았다. 그 솔빗자루는 우리가 이곳에서 관계를 맺은 중요한 도구였는데,

그걸 가지고 마룻바닥에 우리 모습이 비칠 정도로 반짝반짝하게 닦았다. 마룻바닥의 상태에 포글러 양은 자신의 이름 못지않은 자부심이 있었다. 그녀는 가난해진 오빠에게 자주 명령을 내렸다. 때때로 그는 막 시작한 일을 중단해야 했는데, 그녀에게 무언가 더 중요한 일이 떠올랐기 때문이다. 그녀는 그가 또 무슨 일을 해야 할지를 생각했다. 그녀는 자기가 무언가 중요한 걸 잊었을지도 모른다는 걱정 속에 살았다. 그는 그녀가 시키는 모든 일을 했다. 한 번도 항의하지 않았다. 저러는 게 남자에게는 품위 없는 일이며, 특히 그 나이대의 남자에게 저런 집안일을 시키는 게 더 그렇다는 어머니의 생각에 우리도 동의했다. "그런 모습을 보면," 어머니는 고개를 가로저으며 말했다. "차라리 내가 직접 하고 싶구나. 불쌍한 남자 같으니라고!" 하지만 언젠가 어머니가 그런 내색을 하자, 포글러 양은 크게 화를 냈다. "다 오빠가 자초한 일이에요. 오빠는 평생 모든 걸 다 망쳐놓았다고요. 이제는 친동생이 오빠 때문에 부끄러워해야 한다고요." 그는 동생에게 보수를 받지 못했지만 일을 마치면 먹을 걸 얻었다. 일주일에 한 번 왔는데, 포글러 양은 이렇게 말했다. "오빠는 일주일에 한 번만 먹어야 해요." 그녀도 먹고사는 게 힘들며, 그래서 방을 세놓아야 한다는 것이었다. 사실이었다. 그녀는 정말로 그리 녹록지 않은 삶을 살고 있었다. 그러나 어떤 형제를 볼 때는 자랑스러워했다. 그는 아버지처럼 음악감독이었다. 취리히에 오면 그는 리마트크바이에 있는 크로네 호텔에 묵었다. 그가 자기 집을 방문하는 걸 그녀는 매우 영광스럽게 여겼다. 종종 그가 오랫동안 오지 않기도 했다. 하지만 그녀는 신문에서 그의 이름을 읽으며, 잘 지내고 있다는 걸 확인했다. 언젠가 내가 학교를 마치고 집에 왔을 때였다. 그녀가 잔뜩 상기된 얼굴로 나를 맞이하고는 말했다. "오라버니가 오셨단다. 음악감독으로 일하는 오라버니 말이야." 그는 부엌에 놓인 탁자에 조용하고 느긋하게 앉아 있었다. 자신의 쭈그러든 형제처럼 그도 음식을 대접받았다. 포글러 양은 그를 위해서 특별히 간 요리와 감자부침을 했다. 게다가 그는 포글러 양이 먹을 것을 내오는 동안 혼자 먹었다. 그의 불쌍한 형제는 무언가를 이야기하려 할 때 웅얼거렸다. 그 느긋한 음악감독 역시 말이 없기는 마찬가지였지만 크고 분명하게 말했다. 그는 자신의 방문이 여동생에 대한 존중의 표현이라는 걸 잘 의식하고 있었다. 하지만 오래 머물지는 않았다. 식사를 마치자마자 그는 일어났다. 그러곤 우리 아이들에게 알아차리기 어려울 정도로 살짝 고개를 까딱하고, 또 여동생에게는 아주 짤막한 인사말을 남기곤 집을 나섰다.

포글러 양은 투덜대기는 했지만, 선량한 사람이었다. 감시의 눈초리로 자기 가구들을 살폈다. 하루에도 몇 번씩 그녀는 하소연하듯 우리에게 말했다. "내 의자에 생채기 내면 안 돼!" 드문 일이기는 했지만, 그녀가 외출하면 우리는 그녀가 하소연하는 모습을 다 함께 합창하듯 흉내 내기를 반복했다. 하지만 우리는 그녀의 의자를 매우 조심스럽게 다뤘다. 집에 오자마자 그녀는 곧바로 의자에 새로 흠집이 났는지를 살폈다.

그녀는 예술가에게 약간의 호감을 가지고 있었다. 그래서 우리가 세 들기 전에 바로 그 방에 덴마크인 작가가 아내랑 아이들과 함께 살았다는 이야기를 흡족해하며 했다. 그의 이름, 오게 마델룽을 그녀는 자기 이름과 똑같이 매우 강조해서 발음했다. 그는 쇼이히처가에 면한 발코니에서 글을 썼으며, 거리에서 사람들이 이리저리 움직이는 모습을 위에서 내려다보며 관찰했다고 했다. 그는 지나가는 사람들을 한 명 한 명 관찰했으며, 그녀에게 그 모든 사람에 대해서 일일이 물어봤다고 했다. 불과 일주일 만에 그는 그곳에 수년간 산 그녀보다도 그 사람들에 대해 더 많은 것을 파악했다고 했다. 그는 『서커스 인간』이라는 소설에 헌정의 말을 써서 그녀에게 선물했다고 했다. 하지만 유감스럽게도 그녀는 그 작가를 이해하지는 못했다고 했다. 오게 마델룽 씨를 머리가 훨씬 더 좋았던 젊은 시절에 알게 되지 못한 게 유감이라고 했다.

어머니가 더 큰 집을 구하는 두세 달 동안 우리는 포글러 양 집에 살았다. 아르디티 할머니께서 어머니의 언니 에르네스티네 이모와 함께 우리 집에서 몇 분 거리 안 되는 오티커가에 살았다. 매일 저녁 우리가 잠자리에 들면 외할머니와 이모가 왔다. 어느 날 밤 나는 침대에 누워 거실로부터 스며드는 희미한 불빛을 보았다. 나는 세 분이 스페인어로 이야기 나누는 소리를 들었다. 상당히 격한 대화였다. 어머니의 목소리는 격앙돼 있었다. 나는 일어나서 문으로 살금살금 다가간 뒤 열쇠 구멍을 통해 내다보았다. 그랬다. 그곳에 외할머니와 에르네스티네 이모가 앉아서 이야기하고 있었다. 특히 이모가 매우 빠른 말로 어머니를 설득하고 있었다. 할머니와 이모는 어머니에겐 그게 최선이라며 무언가를 조언하고 있었다. 하지만 어머니는 그 최선이라는 말을 듣고 싶어 하지 않는 듯 보였다. 나는 무슨 이야기인지 이해하지 못했다. 하지만 모종의 불안감이, 스위스에 도착한 후로 가장 두려워했지만 그래도 물리쳤다고 생각한 바로 그것일 수 있다고 내게 일러주었다. 어머니가 매우 격노하여 "마 노 로 키에로 카사르Ma no lo quiero casar!"—"하지만 나는 그 사람과 결혼하지 않겠어요!"라고 소리쳤을 때, 나는 내 두려움이 거짓말을 하지 않았다는 사실을 깨달았다. 나는 문을 열어젖히고는 잠옷 바람으로 갑작스럽게 숙녀들 사이에 섰다. "나는 싫어요!" 화가 난 나는 외할머니 쪽을 향해 소리 질렀다. "나는 싫다고요!" 나는 어머니에게 달려들어 아주 세게 끌어안았다. 그래서 어머니는 아주 낮은 소리로 말할 수밖에 없었다. "아프구나, 아가." 하지만 나는 어머니를 놓아주지 않았다. 그동안 온화하고 연약하다고 생각했던 외할머니, 당신에 관한 이야기는 단 한 마디도 들어보지 못해서 내게 아무런 인상도 주지 못했던 외할머니가 화가 나서 말했다. "왜 자지 않고 있니? 문가에서 엿듣는 게 부끄러운 일이라는 걸 아니?" "아니요, 나는 부끄럽지 않아요! 할머니랑 이모가 어머니를 꼬드기려 하잖아요! 나는 안 잘 거예요! 할머니랑 이모가 뭘 하려는지 다 알아요! 나는 절대로 자지 않을 거예요!" 집요하게 어머니를 설득하려 했던 장본인인 이모는 아무 말도 하지 않고 화가 나서 나를 노려보았다. 어머니가 부드럽게 말했다. "나를 지키려고 왔구나, 아가. 네가 내 기사님이구나. 바라건대 이제 어머니와 언니도 아셨겠지요?" 어머니는 두 사람 쪽으로 몸을 돌리며 말했다. "아이가 원치 않아요. 저도 싫고요!"

나는 외할머니와 이모가 일어나 떠날 때까지 선 자리에서 꼼짝도 하지 않았다. 나는 아직 진정하지 못하고 있었다. 나는 계속해서 으름장을 놓았다. "두 분이 다시 오면, 나는 절대로 다시는 잠자리에 들지 않을 거예요. 어머니가 두 분을 집 안으로 들이지 못하도록 밤새 보초를 설 거예요. 어머니가 결혼하면 나는 발코니에서 뛰어내릴 거예요!" 그것은 끔찍한 협박이었다. 어머니는 그 협박을 진지하게 받아들였다. 내가 그렇게 했으리라는 걸 나는 절대적으로 확신한다.

어머니는 그날 밤 나를 진정시키는 데 실패했다. 나는 침대로 돌아가지 않았다. 우리 둘은 잠을 자지 않았다. 어머니는 이야기를 들려주어 내 관심을 다른 데로 돌리려고 애썼다. 이모는 매우 불행한 결혼 생활을 했는데, 일찍이 남편과 헤어졌다. 이모부는 끔찍한 병을 앓다가 결국 미쳐버렸다. 빈에 살던 시절까지만 해도 그는 우리 집에 가끔 왔었다. 정신병자 감시원이 그를 요제프-갈-가세로 데리고 왔다. "여기 아이들에게 줄 사탕을 가져왔어요." 그가 어머니에게 말했다. 그러곤 사탕이 담긴 커다란 봉지를 어머니에게 내밀었다. 우리에게 말을 할 때 그는 항상 어딘가 다른 곳을 응시했다. 멍하게 뜬 눈은 문 쪽을 향해 있었다. 갈라진 것 같은 목소리는 마치 당나귀가 소리 지르는 것처럼 들렸다. 이모부는 아주 잠깐 왔다 갔다. 감시원이 그를 팔에 끼고 현관으로 가더니 마침내 집 밖으로 데리고 나갔다. "이모는 내가 자기처럼 불행하지 않기를 바라는 거야. 좋은 마음으로 그런 이야기를 한 거란다. 이모는 그보다 더 좋은 방법을 모른단다." "그럼 이모는 엄마도 결혼해서 불행해지기를 바라는 거네요! 이모는 이모부한테서 도망쳐놓고 엄마한테는 결혼하라고 하네요!" 이 '결혼'이라는 단어가 내게는 비수와도 같았고, 나는 그 칼로 내 내면을 깊숙이, 더 깊숙이 찔렀다. 내게 그 이야기를 들려준 것은 그리 좋은 생각이 아니었다. 하지만 나를 진정시킬 만한 다른 이야기라는 게 도무지 있을 수 없는 노릇이었다. 어머니는 나를 달래기 위해 온갖 방법을 다 동원했다. 마침내 어머니는 다시는 외할머니와 이모를 집에 들이지 않고, 어머니에게 아무 말도 못 하게 할 것이며, 어머니를 설득하는 일을 그만두지 않으면 더는 두 분을 보지 않겠다고 맹세했다. 그 맹세를 어머니는 한 번으로 끝내지 못했다. 어머니는 거듭해서 그 맹세를 해야 했다. 아버지의 추도식에서 맹세한 후에야 비로소 내 안에서 무언가가 풀리는 것 같았으며, 어머니를 믿기 시작했다.

## 선물로 가득 찬 방

커다란 골칫거리는 학교였다. 모든 것이 빈과 달랐다. 새 학년은 가을이 아니라 봄에 시작되었다. 이곳에서는 프리마슐레라는 초등학교에 여섯 학년이 있었다. 빈에서 나는 4학년을 마치고 바로 김나지움에 갔다. 그곳 김나지움에서 이미 1학년을 마쳤기 때문에 이곳에서 나는 사실 상급학교 2학년에 들어가야 했다. 하지만 그러기 위해 기울인 모든 노력이 허사가 되었다. 학령은 엄격하게 지켜졌다. 어머니와 함께 입학 신청을 하러 가면 우리는 항상 같은 대답을 들었다. 스위스로 이주해서 내가 1년 혹은 그 이상을 손해 볼 수밖에 없다는 생각이 어머니의 심기에 거슬렸다. 어머니는 그것을 받아들이려 하지 않았다. 우리는 온갖 곳에 입학을 시도했다. 심지어 한번은 입학 신청을 하려고 베른까지 갔다. 답변은 짤막했으며, 다른 곳에서와 같았다. 어머니에게 "친애하는 부인"이라는 칭호도 붙이지 않는 등 빈 스타일 예의를 차리지 않았기 때문에 우리 눈에는 담당 직원이 무례해 보였다. 그리고 다시금 그런 대답을 하는 교장 선생님과의 면담을 마치고 나서는 길에 어머니는 절망했다. "아이를 테스트해보지 않으시겠어요?" 어머니가 애원하듯 물었다. "제 아들은 또래 아이들보다 뛰어나요." 하지만 돌아오는 대답은 같았다. 누구라도 듣고 싶지 않을 말이었다. "저희는 예외를 만들지 않습니다."

결국 어머니는 가장 힘들다고 생각했던 일을 결심하는 수밖에 없었다. 어머니는 자존심을 삼키고 나를 오버가街에 있는 프리마슐레의 6학년에 보냈다. 반년 후 프리마슐레 생활은 끝나게 될 것이었고, 그런 다음 내가 주립학교에 들어가기에 충분한지 결정하게 될 것이었다. 나는 다시 대규모 초등학교 학급에 있게 되었고, 빈의 테겔 선생님에게 돌려보내진 것 같은 느낌을 받았다. 여기 선생님 이름이 바흐만일 뿐이었다. 전혀 배울 것이 없었다. 빈에서 나는 이미 2년 이상 앞선 학년에 있었다. 그 대신에 나는 더 중요한 것을 경험했다. 비록 그 경험의 의미를 훗날에야 비로소 제대로 알게 되었지만 말이다.

선생님은 스위스 독일어로 반 친구들의 이름을 불렀다. 그 이름 중 하나가 정말로 수수께끼처럼 들렸는데, 그래서 나는 늘 그 이름을 다시 들으려고 기다렸다. '제거리히Sägerich'의 장음 '에ä'로 인해 그 이름은 겐저리히Gänserich나 엔터리히Enterich와 같은 조합으로 보였다. 하지만 '제게Säge'에는 수컷이 있을 수 없었다.* 그 단어는 내게 수수께끼와도 같았다. 바흐만 선생님에게도 그 이름은 그런 느낌을 주었다. 선생님은 똑똑하지도 멍청하지도 않은 그 소년을 다른 학생들보다 훨씬 더 자주 불렀다. 그것이 수업 시간에 내가 주의를 기울여 파악한 거의 유일한 것이었다. 이 시절에 숫자를 세는 습관이 심해졌기 때문에 나는 제거리히라는 이름이 몇 번 호명되는지를 셌다. 바흐만 선생님은 답답하고 말을 잘 듣지 않는 반 학생들에게 화를 많이 냈다. 대여섯 명의 남학생들로부터 연달아 아무런 대답도 듣지 못하면 선생님은 기대에 찬 눈빛으로 제거리히 쪽을 쳐다보았다. 그러면 그 아이는 자리에서 일어났다. 대개는 그 아이도 답을 몰랐지만, 당당하게 어깨를 쫙 펴고 힘차게 서 있었다. 헝클어진 머리를 하고 쾌활하게 히죽거리며 서 있는 그 아이의 얼굴은 술을 좋아하는 바흐만 선생님의 얼굴처럼 붉게 물들었다. 제거리히가 뭐라도 대답하면 바흐만 선생님은 마치 좋은 술을 한 모금 삼키기라도 한 것처럼 홀가분하게 숨을 내쉬었다. 그러곤 신발을 질질 끌며 교실을 돌아다녔다.

그 아이의 이름이 **제겐라이히**Segenreich**라는 생각이 들기까

---

* 독일어 'Säge(톱)'는 여성 명사이다.

** 독일어 Segen(축복)과 reich(풍성한)의 합성어.

지는 얼마간의 시간이 걸렸다. 제거리히보다 효과가 더 커졌다. 빈에서 배웠던 기도문이 모두 “축복을 받을지어다, 주님”으로 시작했기 때문이다. 그 기도문들이 내겐 별다른 의미가 없기는 했지만, 어떤 남자아이 이름에 ‘축복’이라는 단어가 들어 있고, 게다가 ‘풍성한’이라는 말까지 붙어 있다는 것이 무언가 신비로운 느낌을 주었다. 바흐만 선생님은 힘든 삶을 살았다. 학교에서와 마찬가지로 집에서도 선생님은 그 이름에 매달렸다. 그래서 계속 그 이름을 부르며 도움을 청했던 것이다.

반 아이들끼리는 스위스 독일어만 사용했다. 프리마슐레의 가장 고학년인 이 학급의 수업 시간에는 표준 독일어가 사용되었다. 하지만 바흐만 선생님은 종종 아이들에게도 익숙한 사투리를 썼다. 이름을 부를 때만 그랬던 것이 아니었다. 점차 내가 사투리도 배우게 된 것은 너무도 당연한 일이었다. 비록 놀랍기는 했지만 나는 사투리에 전혀 거부감이 없었다. 아마도 반에서 이루어지는 대화에 전쟁이 화제인 적이 전혀 없었기 때문인 것 같다. 빈에서 나와 가장 친했던 친구 막스 시블은 매일 장난감 병정을 가지고 놀았다. 나도 병정놀이를 함께 했다. 막스를 좋아했기 때문이다. 특히 매일 오후 아름다운 막스 어머니를 보는 게 좋았다. 막스 어머니를 위해서라면 나는 진짜 전쟁터에도 나갔을 터였다. 하지만 학교에서는 모든 게 상당히 과장되었다. 반 친구 몇몇의 경솔하고 거친 말에 거부감이 들기 시작했지만, 황제와 전쟁에 대한 노래를 나는 매일 함께 불렀다. 점점 커지는 거부감 속에서 나는 그 노래들 중 매우 슬픈 두 곡만을 즐겨 불렀다. 취리히에서는 전쟁과 관련한 많은 용어가 반 아이들의 언어에 스며들지 않은 상태였다. 새로운 것이라곤 전혀 없는 수업 시간이 내게는 몹시 지루했지만, 스위스 소년들의 힘차고 꾸밈없는 말들은 정말 마음에 들었다. 내가 직접 같은 반 아이들에게 말을 거는 일은 거의 없었다. 하지만 아이들이 말하는 소리를 열심히 경청했다. 가끔 한 문장 정도, 그러니까 이미 그 아이들처럼 말할 수 있어서 낯선 느낌을 주지 않는 문장일 때 끼어들기도 했다. 그렇지만 그런 말들을 집에서 하는 것은 곧바로 포기했다. 우리 언어의 순수성을 지키며 문학과 관계된 언어만 인정하는 어머니는 내 '순수한' 독일어가 오염될까 봐 걱정했다. 그래서 내가 푹 빠진 사투리를 열렬히 옹호하려 하자 어머니는 화를 내며 말했다. "부르크테아터에 대해 일러준 걸 잊고 사투리나 배우라고 너를 스위스에 데려온 게 아니야! 설마 너 포글러 양처럼 말하고 싶은 거니?" 매서운 일격이었다. 우리는 포글러 양을 우스꽝스러운 사람이라고 여겼기 때문이다. 하지만 나는 그 말이 얼마나 부당한지 또한 느꼈다. 학교 친구들은 포글러 양과 전혀 다르게 말하기 때문이었다. 나는 어머니의 뜻을 거스르며 혼자서 스위스 독일어를 연습했고, 어머니 앞에서는 능숙해진 내 스위스 독일어 실력을 숨겼다. 언어에 관한 한 그것이 내가 입증해낸 어머니로부터의 첫 독립이었다. 다른 모든 생각과 실권은 여전히 어머니의 영향력 아래 있었지만, 유일하게 언어와 관련해서 나는 나 자신을 '남자'로 느끼기 시작했다.

하지만 이 새로운 언어를 사용해서 스위스 사내아이들과 진짜로 친해지는 데는 자신이 없었다. 나는 나처럼 빈에서 온 아이 한 명과 어울렸다. 그 아이의 어머니는 빈 사람이었다. 그분 생일에 나는 루디의 초대를 받았다. 생일 파티는 자유분방한 사람들의 모임이 되었는데, 내게는 스위스 독일어로 들은 어떤 것보다도 훨씬 낯설었다. 루디 어머니는 금발의 젊은 여인이었다. 그녀는 루디와 단둘이 살고 있었다. 하지만 온갖 연령대의 많은 남자들이 생일 파티에 자리했으며, 모두가 그녀의 환심을 사기 위해 아첨했다. 그들은 그녀의 건강을 기원하며 건배했고, 그윽하게 그녀의 눈을 바라보았다. 마치 루디의 아버지가 여러 명인 듯했다. 하지만 약간 들뜬 상태였던 루디 어머니는 내가 그 집에 들어섰을 때 내게 루디도 아버지가 없다며 한탄했었다. 루디 어머니는 이내 다른 사람에게로 갔다가 곧바로 다시 다른 손님에게로 향했다. 그녀는 바람에 따라 사방으로 흔들리는 꽃과 같았다. 금방 웃었다가 또 금방 울먹였다. 눈물을 다 닦기도 전에 이미 다시 웃기 시작했다. 모임은 소란스러워져갔다. 그녀에게 경의를 표하기 위한 말들 역시 우스꽝스럽기 짝이 없었으며, 나는 무슨 말인지 이해하지 못했다. 하지만 그런 말들이 요란한 웃음소리로 중단될 때면 나는 몹시 당황스러웠다. 또한 루디 어머니는 내가 보기엔 아무런 이유도 없는데 자기 아들을 보고 가슴 아파하며 말했다. "불쌍한 아이 같으니라고. 이 아이에겐 아버지가 없어요." 그 파티에 여자는 한 명도 없었다. 나는 한 여자를 사이에 두고 그렇게 많은 남자가 모인 걸 한 번도 본 적이 없었다. 남자들은 모두 루디 어머니에게 무언가를 고마워하고 경의를 표했다. 하지만 루디 어머니는 그런 말에 전혀 기뻐하지 않는 듯 보였다. 웃는 것보다 더 많이 울었기 때문이다. 루디 어머니는 남자들 사이에서 빈 억양으로 말했다. 그 누구도 사투리를 쓰지 않았다. 나는 곧바로 알아차렸는데, 거기에 온 스위스 남자들도 마찬가지였다. 모든 대화는 표준 독일어로 이루어졌다. 그곳에 모인 남자 중에서 한 번은 이 남자가, 다음번에는 다른 남자가 일어나 잔을 들고 루디 어머니에게 다가갔다. 잔을 부딪치면서 남자들은 감성적인 말을 건네며 그녀에게 생일 축하 키스를 했다. 루디는 다른 방으로 나를 데리고 가서 자기 어머니가 받은 선물들을 보여줬다. 방 전체가 선물로 가득했다. 나는 빈손으로 갔기에 그 선물들을 똑바로 볼 엄두를 내지 못했다. 다시 손님들이 있는 데로 가자 루디 어머니는 나를 자기 옆으로 부르고는 말했다. "선물들이 마음에 드니?" 나는 더듬거리며 죄송하다고 말했다. 그녀에게 줄 선물을 아무것도 가지고 오지 않아서 죄송하다고 했다. 하지만 루디 어머니는 웃으며 나를 자기 쪽으로 끌어당기곤 입을 맞추며 말했다. "너는 사랑스러운 아이구나. 너는 선물을 가져올 필요가 없단다. 나중에 크면 선물을 가지고 나를 보러 오렴. 그때는 아무도 나를 만나러 오지 않을 거거든." 그렇게 말하며 벌써 다시 울기 시작했다.

집에 온 나는 그 생일 파티에 관한 질문을 잔뜩 받았다. 루디 어머니가 빈 여자라는 점과 파티에 온 모든 사람이 '훌륭한' 독일어를 구사한다는 점 때문에 어머니의 마음이 더 너그러워지지는 않은 것 같았다. 어머니는 몹시 진지해져서 마침내 "내 아들아"라는 무게감 있는 호칭을 붙여가며, 그들이 내게 어울리지 않는 "어리석은" 사람들일 뿐이라고 설명해줬다.

다시는 그 집에 발을 들여놓아서는 안 된다고 했다. 그런 어머니를 둔 루디가 불쌍하다고 했다. 모든 여자가 혼자서 아이를 기를 수 있는 것은 아니다. 웃다가 바로 또 우는 여자를 도대체 내가 어떻게 생각해야 하는 거니? "아마도 루디 어머니는 아픈 것 같아요." 나는 말했다. "도대체 왜 아프다는 거니?" 곧바로 불쾌감 섞인 말이 되돌아왔다. "아니면 미쳤을까요?" "그럼 그 많은 선물은? 방을 한가득 채운 선물들은 뭐니?" 그 당시에 나는 어머니의 말뜻을 알아차리지 못했다. 하지만 선물로 가득했던 그 방은 내게도 몹시 불쾌한 것이었다. 그 방 안에서는 도무지 편하게 돌아다닐 수가 없었다. 그 정도로 방이 선물로 넘쳐났다. 그리고 루디 어머니는 현명한 방법으로 내 민망함을 떨쳐주지 못했다. 나는 루디 어머니를 변호하려 하지 않았다. 전혀 내 마음에 들지 않았기 때문이다. "그녀는 아프지 않아. 지조가 없어. 그게 다란다." 그렇게 최종 판결이 내려졌다. 오직 지조만이 핵심이었기 때문이다. 그 밖의 모든 건 부차적인 것에 불과했다. "루디가 눈치채지 못하도록 조심해라. 불쌍한 아이란다. 아버지가 없는데 그렇게 지조 없는 어머니뿐이라니! 그 아이가 커서 뭐가 되겠니?"

나는 어머니가 루디를 보살필 수 있도록 가끔 그 아이를 우리 집에 데려오면 어떻겠느냐고 제안했다. "그래봤자 소용없을 거야." 어머니가 말했다. "그 아이는 우리의 검소한 생활 방식을 비웃기만 할걸?"

그사이에 우리는 우리끼리만 살 수 있는 집을 구했는데, 그 집은 정말로 검소했다. 취리히에 살던 시절 어머니는 빠듯하게라도 생활을 꾸려가려면 매우 검소하게 살아야 한다는 말을 늘 입에 달고 살았다. 아마도 어머니의 교육 원칙이었던 것 같다. 이제야 알고 있는 것이기는 하지만, 어머니가 정말로 가난하지는 않았기 때문이다. 그와 반대로 어머니의 돈은 외삼촌의 사업에 안전하게 투자된 상태였다. 맨체스터에 사는 외삼촌의 사업은 전과 다름없이 호황을 누리고 있었다. 외삼촌은 점점 더 부자가 되었다. 외삼촌은 자기가 어머니를 보살펴야 한다고 생각했다. 어머니는 외삼촌을 경탄해마지않았다. 외삼촌은 꿈에서도 자기가 어머니에게 손해를 입힌다는 생각을 절대로 하지 않았을 것이다. 하지만 영국과의 직접적인 연락이 불가능했던 빈의 전쟁 시국이 낳은 어려움은 어머니에게 흔적을 남겼다. 어머니는 혼자 힘으로 우리 셋 모두에게 좋은 교육을 받게 하려고 했다. 우리가 돈에 의지하지 않도록 하는 것도 그런 교육의 일환이었다. 어머니는 우리에게 돈을 충분히 주지 않았으며, 간단한 음식만 요리했다. 불안했던 경험 이후로 어머니는 하녀를 두지 않았다. 혼자 집안 살림을 했다. 어머니는 가끔 우리를 위해 희생한다고 생각했다. 자기가 전혀 다르게 성장했기 때문이라고 했다. 빈에서 우리가 누렸던 삶을 생각하면 차이가 너무 나서 내겐 그런 절제가 꼭 필요한 거라고 믿을 수밖에 없었다.

하지만 그런 식의 청교도적인 삶이 나는 훨씬 더 좋았다. 내가 스위스 사람들을 두고 했던 상상과 더 맞아떨어졌기 때문이다. 빈에서는 모든 것이 황실을 중심으로 돌아갔다. 그곳에서부터 아래로 귀족이 나오고, 또 그 아래로 그 밖의 유력한 가문들이 이어졌다. 스위스에는 황제도 없고 황제와 같은 귀족도 없었다. 그리고 내가 왜 그런 생각을 하게 되었는지 모르겠지만, 이곳에서는 부富도 그리 중요하게 여겨지지 않으리라고 상상했다. 나는 매우 열정적으로 이런 생각을 내 것으로 만들었다. 또한 검소한 삶만이 가능했다. 그 당시에 나는 그러한 삶이 내게 어떤 이익을 줄지는 고민하지 않았다. 사실상 우리가 어머니를 독차지했기 때문이다. 새집에서의 모든 것은 어머니와 얽혀 있었으며, 그 누구도 우리 사이에 끼어들지 못했다. 우리는 한시도 어머니를 우리 시야에서 놓아주지 않았다. 놀라울 정도의 밀접함과 온기로 가득 찬 친밀한 공동의 삶이었다. 모든 정신적인 것들이 우위를 차지했고, 책과 책에 관련된 대화가 우리 삶의 핵심이었다. 어머니가 극장이나 강연회에 가거나 음악회에 참석하면 나는 마치 내가 직접 그 자리에 있기라도 한 듯 매우 열정적으로 그런 활동에 참여했다. 너무 자주는 아니었지만, 때때로 어머니가 나를 대동하기도 했다. 하지만 나는 대부분 실망했다. 어머니가 그런 체험을 이야기로 들려주는 편이 늘 더 흥미로웠기 때문이다.

## 스파이질

우리가 살던 쇼이히처가 73번지 3층의 집은 작았다. 오직 방 세 개만이 기억난다. 그 세 방 안에서 우리는 움직였다. 그렇지만 좁은 네번째 방이 있었던 게 분명하다. 언젠가 우리 집에 잠깐 하녀가 있었기 때문이다.

하지만 하녀들과는 문제가 있었다. 이곳에는 빈에서와 같은 하녀가 없다는 것에 어머니는 적응할 수 없었다. 이곳에서는 하녀를 딸이라고 불렀으며, 우리 식탁에서 함께 식사했다. 그것이 하녀가 집에 들어올 때 내건 첫번째 조건이었다. 당신만의 오만한 방식으로 사는 어머니는 그게 견딜 수 없었다. 어머니 말로는 당신이 빈에서 하녀들에게 좋은 대우를 해줬다고 했다. 하지만 하녀들은 자기들 방에서 살았으며, 우리는 그들 방에 한 번도 들어가본 적이 없었다. 그리고 하녀들은 부엌에서 자기들끼리 식사했다. 물론 호칭은 "마님"이었다. 여기 취리히에서는 이 '마님'이라는 말이 더 이상 쓰이지 않았다. 평화주의 때문에 스위스를 좋아했던 어머니는 가장 은밀한 집안 살림까지 침해하는 민주주의적인 관습과 타협할 수 없었다. 어머니는 식탁에서 영어를 쓰려고 했다. 어머니는 두 동생이 영어를 점차 잊어버릴 수 있다는 이유로 하녀 헤디 앞에서 영어를 사용한다는 원칙을 세웠다. 최소한 식사할 때만이라도 기억을 되살려야 할 필요가 있다고 했다. 그게 사실이기는 했지만, 하녀가 우리의 대화에 끼어들지 못하게 하려는 핑계이기도 했다. 그 이유에 대한 설명을 들을 때 하녀는 아무 말도 하지 않았다. 하지만 자존심이 상한 듯 보이지는 않았다. 하녀는 심지어 며칠 동안 말을 하지 않았다. 어느 날 점심 식사 시간에 막내 조르주가 영어 문장을 틀리게 만들었다. 어머니는 그걸 그냥 넘겼다. 헤디가 순진한 얼굴로 직접 틀린 걸 **고쳐주자** 어머니는 몹시 놀랐다! "어떻게 그걸 알지?" 어머니는 몹시 불쾌해져서 물었다. “영어를 할 수 있니?” 헤디는 학교에서 영어를 배웠으며, 우리의 말을 모두 알아들었다. “그녀는 스파이야!” 어머니는 나중에 내게 말했다. “우리 집에 몰래 숨어든 거야! 영어를 할 줄 아는 하녀는 없어! 왜 그 사실을 더 일찍 말하지 않은 거지? 우리 얘기를 엿들었어, 비열한 인간 같으니라고! 내 아이들을 스파이와 같은 식탁에 앉힐 수는 없어!” 이제 어머니는 헤디가 우리 집에 혼자 오지 않았다는 사실을 기억해냈다. 헤디는 자신을 헤디의 아버지라고 소개한 어떤 남자와 함께 나타났었다. 그 남자는 우리와 우리 집을 자세히 살펴보고 자기 딸이 어떤 조건에서 일하게 될 것인지 아주 꼼꼼하게 물었다. “방금 그 생각이 났어. 그 사람이 아버지일 리가 없어. 좋은 집안 출신 같아 보였거든. 마치 내가 일자리를 구하고 있는 것처럼 나한테 캐물었어! 내가 그 남자 입장이었다면 그렇게 꼬치꼬치 캐물을 수는 없었을 거야. 하녀의 아버지 모습은 아니었어. 그들이 우리 집에 스파이를 들여놓은 거야.”

하지만 우리 집에는 염탐할 만한 게 전혀 없었다. 그래도 그 사실이 어머니의 생각을 돌리지는 못했다. 어쨌든 어머니는 우리 집이 염탐할 만한 가치가 있으리라고 생각했다. 어머니는 신중하게 그에 대응할 조치를 했다. “곧바로 그녀를 해고할 수는 없어. 눈에 띌 테니까. 14일간은 더 그녀를 견뎌야 해. 하지만 조심해야 한다. 스위스에 대해 조금이라도 나쁜 말을 해서는 안 돼. 그러지 않으면 우리는 추방당하게 될 거야.” 어머니는 우리 중 누구도 스위스에 대해 나쁜 말을 하지 않았다는 생각을 하지 못했다. 오히려 그 반대였다. 내가 학교에서 있었던 일에 대해 말할 때면 어머니는 온통 칭찬만 했다. 어머니가 스위스에 대해 유일하게 나쁘게 생각하는 게 하녀 제도였다. 나는 헤디가 좋았다. 그녀가 아첨하는 스타일이 아니었기 때문이다. 그녀는 합스부르크 가문과의 싸움*에서 승리한 글라루스 출신이었다. 그리고 가끔 왹슬리가 쓴 내 스위스 역사책을 읽어줬다. 어머니가 "우리는"이라고 말하거나 "우리는 이걸 해야 해. 아니면 저걸 해야 해"라고 말할 때면—마치 내가 동등한 권리를 가지고 어머니의 결정에 관여하고 있는 것 같았다—나는 항상 내 뜻을 관철했다. 나는 구조를, 그것도 아주 교활한 방법으로 시도했다. 무엇으로 어머니의 환심을 살 수 있는지를 내가 알고 있기 때문이었다. 오직 정신적인 것으로만 가능했다. "하지만 어머니." 내가 말했다. "헤디는 책을 즐겨 읽어요. 내가 뭘 읽고 있는지 항상 묻죠. 나한테서 책도 빌려 가고, 또 읽은 것에 대해서 나와 이야기도 나눈다고요." 그러자 어머니는 매우 심각한 표정을 지었다. "불쌍한 녀석 같으니라고! 왜 그걸 나한테 말하지 않았니? 너는 아직 세상을 모른단다. 하지만 세상이 어떤지 배워야 하지." 어머니는 말을 멈추었고, 이제 나는 약간 조바심이 났다. 내가 경고를 받은 것이었다. 그래서 나는 채근했다. "뭐를요? 그게 뭔데요?" 무언가 아주 끔찍한 것이 틀림없었다. 하지만 나로서는 도무지 알 수 없는 노릇이었다. 어쩌면 너무 나쁜 거라서 어머니가 내게 말해줄 엄두를

---

* 1388년의 네펠스 전투를 일컫는다. 스위스의 독립 움직임을 막으러 글라루스로 쳐들어온 오스트리아 합스부르크 가문의 군대를 맞아 스위스 동맹군이 수적 열세를 딛고 승리를 거두었다.

내지 못하고 있는 것 같았다. 어머니는 내가 고민하는 모습을 동정 어린 눈으로 쳐다보았다. 나는 어머니가 이제 그것을 털어놓으리라는 걸 알아차렸다. "그녀는 내가 너한테 뭘 읽으라고 주는지 알아내야 했던 거야. 이해 안 되니? 그러라고 그녀를 우리 집에 보낸 거라고. 진짜 스파이지! 열두 살짜리와 비밀을 만들고, 그 아이가 읽는 책에서 냄새를 맡으며 기웃거리다니. 영어를 할 수 있다는 것도 말하지 않았어. 분명히 영국에서 온 편지도 모두 다 읽었을 거야!"

그 순간 경악스럽게도 헤디가 집 안을 정리할 때 영어로 된 편지를 손에 들고 있는 모습을 보았던 기억이 떠올랐다. 그녀는 내가 다가가자 그 편지를 잽싸게 치웠다. 그 일에 대해 나는 이제 양심적으로 보고했으며 엄한 꾸중을 들었다. 그 내용이 얼마나 엄할지를 나는 "내 아들아"라는 말로 시작되는 것에서 알아차렸다. "내 아들아, 너는 내게 모든 걸 이야기해야 해. 아마 중요하지 않은 일이라고 생각했던 것 같은데, 모두 중요하단다."

그렇게 최종 판결이 내려졌다. 그 14일 동안에도 여전히 그 불쌍한 하녀는 우리와 같은 식탁에 앉았다. 그리고 우리와 함께 영어 연습을 했다. "얼마나 천진스러운 척을 하는지!" 어머니는 식사를 마친 뒤 매번 내게 말했다. "하지만 내가 속을 꿰뚫어 보았지! 아무도 나를 못 속여!" 헤디는 계속해서 왹슬리의 책을 읽어주고 이런저런 점에 대해서 내가 어떻게 생각하는지를 물었다. 어떤 것은 내게 설명해주기도 했다. 그녀는 진지하고 상냥하게 말했다. "너는 정말 똑똑하구나." 내가 그녀에게 경고할 수도 있었다. 그녀에게 말해줄 수도 있었다. "제발요, 스파이질을 그만둬요!" 하지만 아무 소용 없었을 것이다. 어머니는 그녀를 해고하기로 단단히 마음먹었다. 그리고 14일 후 어머니는 예기치 못하게 우리의 재정 상태가 나빠졌다며 해고의 이유를 댔다. 더는 하녀를 둘 형편이 안 된다고 했다. 어머니는 헤디에게 아버지가 그녀를 데리러 오도록 편지를 써서 알리도록 부탁했다. 헤디의 아버지가 왔다. 그는 매우 엄격한 모습이었으며 작별 인사를 하며 말했다. "이제부터 직접 집안일을 하셔야겠군요, 카네티 부인."

아마도 그는 우리 집 사정이 이제 좋지 않다는 게 고소했던 것 같다. 아마도 직접 집안 살림을 하지 않는 여자를 비난했던 것 같다. 하지만 어머니는 다르게 보았다. "저 남자의 계획을 내가 방해했어! 저 남자 제대로 화가 났군! 우리 집에 염탐할 게 있다고 생각했나 보지! 그렇겠지. 그게 전쟁이지. 우편물을 검열하지. 우리 집에 영국에서 편지가 많이 온다는 게 그들 눈에 띈 모양이야. 휴, 그래서 우리 집에 스파이를 보낸 거야. 알겠니, 애야. 내가 그걸 알아차렸어. 그들은 세상 한가운데 홀로 서 있으니, 살인자들로부터 자신을 지켜야 하지."

어머니는 여자 혼자 몸으로 아이 셋을 데리고 살아가는 게 얼마나 힘든지를 자주 이야기했다. 모든 일에 얼마나 주의를 기울여야 했겠는가! 이제 어머니는 한 방에 하녀와 스파이로부터 벗어났다. 그리고 그 사실로 인해 매우 안심했다. 어머니는 그런 곤경에 처하게 되었을 때 자신을 지켜내야만 한다는 고독함이 주는 이런 투쟁적인 감정을, 교전국들에 둘러싸여 있으면서도 전쟁에 개입하지 않겠다고 단호하게 결정한 스위스에 대입시켰다.

이제 우리만의 가장 아름다운 시절이 시작되었다. 우리는 어머니하고만 살게 되었다. 어머니는 자신의 오만함에 대한 대가를 치를 준비가 되어 있었다. 그리고 그때까지 어머니의 삶에서 한 번도 해오지 않았던 일, 즉 직접 집안 살림을 할 준비가 되어 있었다. 어머니는 집 안 청소와 요리를 했고, 동생들은 설거지한 그릇의 물기 닦는 것을 거들었다. 나는 신발 닦는 일을 맡았다. 동생들은 내가 구두 닦는 모습을 지켜보았다. "구두닦이! 구두닦이!" 동생들은 나를 놀리느라 고함지르며 내 주위를 빙빙 돌면서 인디언처럼 춤을 추었다. 그래서 나는 더러운 신발들을 들고 부엌 발코니로 나가 문을 잠갔다. 그러곤 문에다 등을 대고 버티면서 가족들 구두를 닦았다. 그렇게 나는 혼자 구두 닦는 일에 집중하며 두 악당의 전쟁 춤을 보지 않았다. 하지만 두 녀석의 노래는 발코니 문이 닫혀 있어도 흘려들을 수가 없었다.

## 그리스인의 유혹
## 인간 이해에 대해 배우는 학교

1917년 초부터 나는 레미가街에 있는 주립학교에 다녔다. 학교까지 매일 오가는 통학로가 매우 중요해졌다. 이 길에 막 들어서자마자, 그러니까 오티커가의 횡단보도를 건넌 뒤 바로 나는 늘 같은 광경을 마주했다. 매우 인상적인 모습이었다. 아주 멋진 백발 신사가 산책하고 있었다. 그는 꼿꼿한 자세로 멍하니 조금 걷다가 멈춰 섰다. 그는 무언가를 찾다가 걷는 방향을 바꾸었다. 그는 세인트버나드종 개 한 마리를 데리고 다녔다. 그는 자주 개에게 큰 소리로 말했다. "조도, 아빠한테 와!" 그 개는 가끔은 오고, 또 가끔은 아주 멀리 달아나버렸다. 아빠는 그 개를 찾았다. 하지만 그 신사는 개를 찾기가 무섭게 다시 그 개의 존재를 잊어버렸다. 그리고 그 전과 다름없이 멍해졌다. 상당히 평범한 그 길에서 그의 모습은 조금 낯설었다. 자주 반복되는 그의 외침은 아이들에게 웃음을 주었다. 그래도 그가 있는 자리에서는 웃지 않았다. 그에게는 어딘지 모를 위엄이 있었다. 그는 고개를 높이 들고 위풍당당하게 앞을 응시했으며, 그 누구도 신경 쓰지 않았다. 아이들은 집에 와서 그 신사에 관해 이야기할 때나, 그가 없을 때나, 그 길에서 자기들끼리 놀 때에야 비로소 웃음을 터뜨렸다. 그 신사는 바로 길모퉁이 집에 사는 부소니였다. 그 개의 이름은 한참 후에야 알게 되었는데, 조토였다. 그 근방에 사는 모든 아이가 그 신사에 관해 이야기했다. 하지만 아이들은 그를 부소니라고 부르지 않았다. 그에 대해 아는 바가 없기 때문이었다. 그 대신 그를 "조도 아빠한테와!"라고 불렀다. 그 세인트버나드가 아이들의 마음을 훨씬 더 많이 사로잡았다. 그 멋진 노신사가 자기를 그 개의 아빠라고 했기 때문에 더욱 그랬다.

학교까지는 20분 정도 걸렸다. 그 시간 동안 나는 긴 이야기들을 지어냈다. 이야기들은 매일매일 확장되었으며 몇 주에 걸쳐 지속되었다. 나는 나 자신에게만 이야기를 들려주었다. 소리를 크게 내지는 않았지만 중얼거리는 소리는 들릴 정도였다. 그러는 나를 이상하게 보는 사람들을 만날 때만 중얼거리는 걸 멈췄다. 그 길을 매우 잘 알고 있어서 나는 나 자신 말고는 아무것도 더는 신경 쓰지 않았다. 좌우로 특별히 불만한 게 아무것도 없었다. 하지만 내 앞에 펼쳐진 내 이야기 속에는 있었다. 이야기는 매우 긴장감 넘치게 흘러갔다. 모험은 몹시 흥미진진했으며, 전혀 예상치 못한 방향으로 진행되었다. 그래서 그 이야기들을 더는 나 혼자만 간직할 수 없었다. 나중에 나는 동생들에게 그 이야기들을 들려주었다. 동생들이 이야기를 계속해 달라고 몹시 졸라댔다. 모두 전쟁과 관련된 이야기였다. 더 정확하게 말하자면 전쟁을 극복하는 내용이었다. 전쟁을 원하는 나라는 더 나은 것을 깨달아야 했다. 말하자면 전쟁을 포기할 때까지 계속해서 패배를 맛봐야 했던 것이다. 평화를 수호하는 영웅들의 주도하에 착한 다른 나라들이 연합했다. 그 연합체가 훨씬 더 강해서 결국에는 호전적인 나라들을 무찔렀다. 하지만 쉬운 승리는 아니었다. 늘 새로운 전략과 끝없는 술수가 등장하는 치열한 전투가 끝도 없이 질질 끌며 이어졌다. 그런 전투에서 가장 중요한 건 전사한 군인들이 어김없이 다시 살아 돌아온다는 것이었다. 특별한 마법의 묘약이 있었다. 죽은 자를 살리기 위해 마법의 묘약이 발명되어 사용되었다. 갑자기 모든 전사자들이, 그러니까 전쟁을 포기하지 않으려는 나쁜 편의 전사자들까지도 모두 전쟁터에서 일어나 다시 살아난다는 이야기는 여섯 살, 여덟 살이었던 동생들에게 작지 않은 인상을 주었다. 그 모든 이야기에서 가장 중요한 것은 바로 이 마지막 장면이었다. 전투가 벌어지는 모험 가득한 시기에 항상 일어나는 일이며, 승리와 영광이요, 이야기꾼이 주는 진정한 상은 바로 그 누구도 예외 없이 부활하여 다시 살게 되는 바로 그 순간이었다.

내가 다닌 학교의 1학년 학급은 꽤 컸다. 아는 친구가 하나도 없었다. 처음에 내가 나와 비슷한 분야에 흥미를 갖는 몇 안 되는 아이들에게 주목하게 된 건 당연한 일이었다. 그 아이들이 내게 없는 부분을 가지고 있으면 나는 감탄하며 한시도 그들에게서 눈을 떼지 않았다. 간츠호른은 라틴어를 잘했다. 물론 빈에서부터 라틴어를 배워서 내가 훨씬 더 잘했지만, 그의 실력은 나와 견줄 만했다. 하지만 그건 별것도 아니었다. 간츠호른은 유일하게 그리스 문자를 능숙하게 쓸 줄 알았다. 그는 그리스 문자를 독학으로 익혔다. 자신을 작가라 생각했던 그는 글을 많이 썼기 때문에 그리스 문자는 그만의 비밀 문자가 되었다. 모든 공책을 그리스 문자로 가득 채웠고, 다 쓴 공책을 내게 주었다. 나는 공책을 넘기며 훑어보았다. 한 단어도 읽지는 못했다. 그는 내 손에 자신의 공책을 그리 오래 두지는 않았다. 그의 능력에 대해 감탄의 말을 채 꺼내기도 전에 그는 공책을 도로 가져갔다. 그러곤 내가 보는 앞에서 매우 빠른 속도로 새 공책을 펼치곤 쓰기 시작했다. 그리스 역사에 대해 그는 나보다는 덜 열광적이었다. 우리에게 그리스 역사를 읽어준 오이겐 뮐러 선생님은 훌륭한 교사였다. 하지만 내게 그리스인의 자유가 중요했던 것과 달리 간츠호른은 그리스 작가들을 중요하게 생각했다. 자신이 그 언어에 대해 아직 아무것도 모르고 있다는 걸 그는 잘 말하려고 하지 않았다. 어쩌면 벌써 독학을 시작했을지도 몰랐다. 3학년 때부터 우리가 다른 진로를 택하게 될 거라는 이야기를 하게 되었기 때문이다. 간츠호른은 인문계 고등학교에 갈 거라고 했다. 존중하면서도 약간은 샘이 나서 나는 말했다. "그럼 넌 그리스어를 하겠구나!" 그는 의기양양하게 말했다. "그리스어는 그 전에 이미 할 수 있게 될 거야." 나는 그의 말을 믿었다. 그는 허풍쟁이가 아니었다. 간츠호른은 말한 것을 항상 실천에 옮겼다. 그뿐 아니라 전혀 말하지 않았던 것들도 많이 했다. 모든 평범한 걸 무시하는 태도로 그는 집에서부터 몸에 밴 내 행동거지를 돌아보게 했다. 하지만 그는 그걸 입 밖에 내지는 않았다. 작가 체면에 걸맞지 않아 보이는 게 대화의 주제가 되면 그는 외면하며 입을 다물었다. 꽉 눌린 것처럼 좁고 길쭉한 그의 머리는 매우 높이 들린 채 옆으로 비스듬히 기울어 있었는데, 어딘지 모르게 펼쳐진 칼과 비슷한 느낌이었다. 항상 펼쳐진 채로 절대로 접지 않는 칼이었다. 간츠호른은 나쁜 말이나 상스러운 말을 할 줄 몰랐다. 반 아이들 사이에서 그는 날카롭게 잘려 나간 것처럼 보였다. 그의 공책을 베끼는 아이들 누구나 편치 않은 기분이 들었다. 간츠호른은 아무것도 모르는 체했다. 자기 공책을 몸 쪽으로 끌어당기지도 않았다. 그렇다고 멀리 밀지도 않았다. 그런 행동을 경멸했기 때문에 그는 베끼는 아이들이 세세한 부분은 각자 알아서 하라고 내버려두었다.

소크라테스에 대해 배웠을 때, 반 아이들은 내게 소크라테스라는 별명을 붙이며 장난을 쳤다. 아마도 그런 장난을 치며 소크라테스의 불행한 운명에 대해 가졌던 마음의 부담을 덜었던 것 같다. 장난은 아무 생각 없이 시작되었다. 그 어떤 심오한 뜻도 없었다. 하지만 장난이 지속되자 간츠호른은 그게 거슬렸다. 나는 한참 동안 그가 글을 쓰는 모습을 보았다. 그때 그는 나를 향해 꼼꼼히 살피는 시선을 던지면서 엄격하게 고개를 가로저었다. 일주일 후 그는 다시 공책 하나를 다 썼다. 이번에는 공책에 쓴 내용을 내게 읽어주겠다고 했다. 작가와 철학자 간의 대화였다. 작가 이름은 코르누토툼으로 말 그대로 완전한 뿔, 간츠호른 자신이었다. 그는 자기 이름을 그리스어로 번역해서 부르는 걸 좋아했다. 그리고 철학자는 나였다. 그는 내 이름을 뒤에서부터 거꾸로 읽었는데, 그래서 흉측스러운 두 단어 자일레 이테나쿠스Saile Ittenacus가 되었다. 소크라테스와 같은 이름이 전혀 아니었다. 오히려 소크라테스를 눈엣가시로 여긴 이들 중 하나였던 역겨운 소피스트의 이름 같았다. 하지만 그건 그 대화에 비하면 부차적인 것에 불과했다. 더 중요한 건 그 작가가 그 불쌍한 철학자를 여러 방면에서 끔찍하게 쥐어흔들다가 마침내는 갈기갈기 찢어버렸다는 것이었다. 그 철학자의 것이라곤 아무것도 남아 있지 않았다. 간츠호른은 내 앞에서 승리를 자신하며 그 이야기를 낭독했다. 나는 조금도 모욕감을 느끼지 않았다. 내 이름을 거꾸로 뒤집어서 만든 이름 덕에 나는 그 철학자를 나와 관련시키지 않았다. 내 진짜 이름이었다면 나는 예민하게 반응했을 것이다. 나는 그가 자기 공책에 담긴 내용을 읽어줬다는 걸로 만족했다. 그가 나를 자신의 은밀한 그리스 종교의식에 바치기라도 한 것처럼, 내가 추앙받는 것 같은 느낌이 들었다. 우리 둘 사이에 달라진 건 아무것도 없었다. 얼마 후 그는 평소와 달리 망설이며 물었다. 반박하는 대화를 써볼 생각이 들지 않느냐는 것이었다. 나는 진심으로 놀랐다. 그가 옳았다. 나는 그와 같은 생각이었다. 작가 옆에서 철학자가 무슨 소용이란 말인가? 반박의 대화를 쓴다고 하더라도 나는 무슨 말을 써야 할지 몰랐을 것이다.

완전히 다른 방식으로 나는 루트비히 엘렌보겐에게 강한 인상을 받았다. 그는 어머니와 함께 빈에서 왔으며 역시 아버지가 없었다. 빌헬름 엘렌보겐은 오스트리아 의회의 의원으로 유명한 연설가였다. 빈에서 그의 이름을 자주 들어보았다. 엘렌보겐에게 그에 관해 물어본 나는 당황했다. 그가 매우 침착하게 대답했기 때문이다. "우리 삼촌이야." 그와는 전혀 상관없는 일인 것처럼 무덤덤하게 들렸다. 머지않아 나는 그가 매사에 그렇다는 걸 알게 되었다. 그는 나보다 더 어른스러워 보였다. 단순히 덩치만 더 큰 것이 아니었다. 대부분의 아이들이 나보다 더 컸기 때문이다. 엘렌보겐은 내가 전혀 알지 못하는 것들에 관심이 있었다. 생활하면서 우연히, 그리고 틈틈이 그가 그렇다는 걸 알게 되었다. 그는 자기 관심사를 내세우지 않을 뿐 아니라 혼자 멀찍이 떨어져 있었다. 잘난 척하지도 않았고 가식적으로 겸손한 척하지도 않았다. 그래서 학급 내에서는 야심이 없는 듯 보였다. 엘렌보겐은 말수가 적은 편이 아니었다. 그는 모든 대화에 함께했다. 그저 자신의 관심사를 드러내려 하지 않을 뿐이었다. 아마도 우리 중에는 그가 관심 가진 분야에 대해 잘 아는 사람이 없었기 때문인 것 같다. 엘렌보겐은 라틴어 교사였던 빌레터 선생님과 짧게 특별한 대화를 나눴다. 빌레터 선생님은 갑상선종을 앓고 있다는 점뿐만 아니라 여러 면에서 다른 선생님들과 달랐다. 엘렌보겐과 빌레터 선생님은 같은 책을 읽었다. 우리 중 누구도 전혀 들어본 적이 없는 책 제목을 언급하며, 읽고 있는 책에 관해 이야기 나누고, 또 평을 했다. 두 사람은 자주 같은 견해를 보였다. 엘렌보겐은 침착하고 객관적으로 이야기했다. 그에게는 소년다운 격한 감정이 없었다. 오히려 선생님이 더 소년처럼 격정적이었다. 그는 기분파 같았다. 그런 대화가 시작되면 학급 전체는 영문도 모른 채 대화를 경청했다. 아무도 무슨 소리인지 알아듣지 못했다. 엘렌보겐은 시작할 때와 마찬가지로 대화가 끝날 때도 무덤덤했다. 그래도 빌레터 선생님이 그런 대화에 몹시 만족스러워하고 있다는 걸 분명히 알 수 있었다. 선생님에겐 그 시절 학교에서 배우는 것들을 전혀 중요하게 생각하지 않았던 엘렌보겐을 존중하는 마음이 있었다. 어쨌든 나는 엘렌보겐이 모르는 게 없다고 확신했다. 사실 나는 그를 또래의 다른 사내아이들에 포함하지 않았다. 나는 그를 좋아했다. 하지만 어른을 좋아하는 것과 같은 마음으로 좋아했다. 나는 엘렌보겐 앞에서 나 자신이 조금 부끄러웠다. 특히 오이겐 뮐러 선생님의 역사 수업 시간에 우리가 배운 모든 것에 내가 몹시 열광했다는 사실이 창피했다.

그리스 역사는 그 학교에 가서야 처음으로 배우게 된 진짜 새로운 것이었기 때문이다. 우리는 왹슬리의 역사책으로 공부했다. 한 권은 일반적인 역사, 다른 한 권은 스위스 역사였다. 나는 곧바로 그 책들을 다 읽었다. 매우 빨리 연달아 읽었기 때문에 그 두 권이 내게는 한 권처럼 느껴졌다. 스위스인의 자유가 그리스인의 자유와 같은 것으로 생각되었다. 다시 읽으면서 나는 빨리 한 권을 읽고 나서 금방 다른 권을 읽었다. 내게는 모르가르텐에서의 승리가 테르모필레 전투에서의 희생에 대한 보상이었다. 스위스인의 자유를 나는 현재의 일로 체험했으며, 나 자신의 일로 여겼다. 스위스인들은 자신들의 운명을 스스로 결정했다. 황제에게 종속되어 있지 않았기 때문이다. 그들은 세계 전쟁에 휘말리지 않기 위해 자율권을 관철했다. 최고 전쟁 사령관이었던 황제들은 내 눈에 미심쩍어 보였다. 그중 하나였던 프란츠 요제프 황제에게 나는 별 관심이 없었다. 그는 매우 연로했고 말이 거의 없었다. 사람들 앞에 나설 때도 간신히 한마디 정도 하는 게 다였다. 할아버지라는 점 외에도 생기 없고 지루한 사람으로 보였다. 우리는 매일 "신이여 보살펴주소서. 신이여 보호해주소서"라고 황제를 위해 노래했다. 그는 신의 보호가 절실하게 필요해 보였다. 노래할 때 나는 연단 뒤쪽 벽에 걸려 있는 그의 초상화를 절대로 쳐다보지 않았다. 그뿐 아니라 그의 모습을 떠올리지 않으려고 노력했다. 어쩌면 내가 우리 집에서 일했던 보헤미아인 하녀 파니의 영향을 받아 그에게 모종의 반감이 있었던 걸지도 몰랐다. 파니는 황제의 이름이 언급될 때 찡그린 표정을 짓지 않았다. 마치 자신에게는 황제가 존재하지 않는다고 생각하는 듯했다. 언젠가 학교를 마치고 집에 돌아오니 파니가 비웃으며 내게 물었다.

“너희들 또 황제를 위해 노래 불렀니?” 나는 번쩍이는 갑옷을 입은 독일 황제 빌헬름의 초상화를 보았다. 게다가 그가 영국에 적대적으로 발언하는 것도 들었다. 영국이 관계되면 나는 항상 영국 편이었다. 맨체스터에 살던 시절 경험한 바에 따라 나는 한 치도 흔들리지 않고 영국이 전쟁을 원하지 않는다고 생각했다. 벨기에를 공격하여 전쟁을 일으킨 장본인은 다름 아닌 빌헬름 황제였다. 러시아의 차르에게도 마찬가지로 나는 적지 않은 반감을 품고 있었다. 열 살 때 불가리아에 갔을 때 톨스토이라는 이름을 알게 되었다. 그가 전쟁을 살인 행위로 간주하며 그런 생각을 자신의 주군인 황제에게 말하는 걸 두려워하지 않는 멋진 남자라는 이야기를 들었다. 그는 이미 여러 해 전에 죽었지만, 사람들은 그가 정말로 죽은 게 아닌 것처럼 말했다. 이제 나는 태어나서 처음으로 그 어떤 황제의 통치도 받지 않는 공화국에 살고 있었다. 나는 열정적으로 그들의 역사에 몰두했다. 황제의 지배에서 벗어나는 게 가능했다. 자신의 자유를 위해 투쟁해야 했다. 스위스인보다도 먼저, 훨씬 더 앞서서 그리스인들이 이미 엄청난 폭력에 항거하고 언젠가 한번 손에 넣은 적이 있었던 자유를 관철하는 데에 성공했다.

그 이야기를 지금 하려고 하면 굉장히 김빠진 것같이 들린다. 당시에 내가 이 새로운 통찰에 흠뻑 빠져 있었기 때문이다. 말을 거는 사람에게 나는 그 이야기를 꺼내 귀찮게 굴었으며, 마라톤이나 살라미스 같은 이름에다 야만적인 멜로디를 붙였다. 그런 이름의 음절 세 개에만 항상 그 멜로디를 붙여서 집에서 수천 번씩 반복하여 격렬하게 흥얼거렸다. 어머니와 동생들은 그 노랫소리에 머리가 다 아플 지경이 되어서 내게 조용히 하라고 으름장을 놓았다. 오이겐 뮐러 선생님의 역사 수업은 매번 같은 영향력을 발휘했다. 선생님은 우리에게 그리스인들에 대해서 이야기해줬다. 부릅뜬 그의 큰 눈이 내게는 무언가에 도취된 관찰자의 눈처럼 보였다. 선생님은 우리를 전혀 쳐다보지 않았다. 선생님은 자기가 하는 이야기를 바라보았다. 선생님의 이야기는 빠르지 않았다. 하지만 결코 중단되는 법이 없었다. 선생님의 이야기는 땅에서든 물에서든 맞서 싸워야 할 정도로 거센 파도 같은 리듬을 지니고 있었다. 선생님의 이야기에서는 늘 바다 느낌이 났다. 선생님은 손가락 끝으로 살짝 땀이 난 이마를 닦았다. 매우 드물게 곱슬머리를 쓰다듬기도 했는데, 마치 바람이 부는 것 같았다. 무언가를 음미하는 것 같은 선생님의 열광 속에서 역사 시간이 흘러갔다. 선생님이 다시금 열광하기 위해 숨이라도 들이쉬면, 그 모습은 마치 술을 마시는 것처럼 보이기도 했다.

하지만 이따금 헛되이 시간이 소비되기도 했다. 선생님이 우리에게 질문을 할 때가 그랬다. 선생님은 우리에게 글을 쓰게 했고, 우리가 쓴 글을 놓고 함께 토론했다. 그럴 때면 순간순간이 아까웠다. 평소라면 우리를 다시 바다로 이끌 순간이었을 터였다. 나는 매우 짧기는 했지만, 종종 선생님이 던진 질문에 대답하기도 했다. 선생님의 말씀 한마디 한마디에 내가 애정을 가지고 있다는 사실을 증명하기 위함이었다. 내 대답이 마치 선생님이 주는 자극의 한 부분처럼 들렸을지도 모른다. 하지만 상당수의 이해가 더딘 친구들은 짜증이 났을 것이다. 그 아이들은 제국 출신이 아니었다. 그래서 그리스의 자유가 그리 와닿지 못했다. 그 아이들에게 자유는 당연했으며, 그들을 위해서 대리로 그리스인들이 맨 처음 획득했던 건 분명 아니었다.

보통 때라면 책을 통해서만 얻었을 많은 것들을 이 시기에 나는 학교생활에서 흡수했다. 선생님들의 입을 통해 생생하게 배운 것들은 그 말을 한 선생님의 모습 속에 간직되었고, 늘 선생님의 모습과 함께 기억에 남았다. 하지만 내게 아무런 가르침도 주지 못한 선생님들도 있었다. 그런 선생님들도 특유의 외모, 움직임, 말하는 방식, 특히 사람들이 바로 그 선생님들에게서 느끼는 혐오감과 호감 등, 그 모습 자체로 인상을 남겼다. 선생님마다 호의와 다정함의 정도가 다 달랐지만, 공정함을 지키기 위해 애쓰지 않은 선생님은 한 분도 없었던 것으로 기억된다. 그렇다고 모든 선생님의 그런 노력이 성공을 거둬서 당신들이 품은 혐오나 호의의 감정을 완전히 숨길 수 있었던 건 아니었다. 게다가 내면적 소양이나 인내심, 예민함이나 기대의 정도에 차이가 있었다. 오이겐 뮐러 선생님은 담당 과목 때문에라도 이미 열정과 현란한 화술을 갖추어야 했다. 하지만 선생님은 과목이 요구하는 것 이상의 무언가를 함께 가지고 있었다. 그렇게 나는 첫눈에 오이겐 뮐러 선생님에게 반해버렸으며 일주일 내내 그 선생님의 수업 시간만 손꼽아 기다렸다.

독일어 교사였던 프리츠 훈치커 선생님은 어려움이 있었다. 선생님은 조금 무미건조한 성격이었다. 어쩌면 그다지 다부져 보이지 않는 몸매 때문에 더 그래 보였던 것도 같다. 그런 몸매가 주는 인상은 살짝 걸걸한 목소리에도 불구하고 더 좋은 느낌을 주지는 못했다. 훈치커 선생님은 크고 가슴이 좁았다. 하지만 마치 긴 한쪽 다리로만 서 있는 것 같았다. 선생님은 인내심을 가지고 말없이 질문을 기다리곤 했다. 누구도 질책하는 법이 없었으며, 그 누구의 마음에도 울림을 준 적이 없었다. 훈치커 선생님은 조롱하는 것 같은 미소로 자신을 방어하고 있었다. 그리고 적절해 보이지 않는 상황에서도 종종 그런 미소를 띠고 있었다. 훈치커 선생님은 균형 잡힌, 아니 어쩌면 너무 심하게 정리된 지식을 가지고 있었던 듯했다. 선생님은 그 누구도 매료시키지 못했지만, 그 누구도 그릇된 방향으로 이끌지도 않았다. 선생님의 감각은 절도와 실질적인 행동에 특화되어 있었다. 조숙함이나 정열을 대단하게 여기지 않았다. 나는 훈치커 선생님이 오이겐 뮐러 선생님과 정반대라고 느꼈는데, 그렇게 불공정한 평가는 아니었다. 나중에 훈치커 선생님이 잠시 떠났다가 우리 곁으로 다시 돌아왔을 때, 나는 선생님이 얼마나 박식한지를 깨달았다. 그의 박식함에는 단지 자유의지와 자극이 없을 뿐이었다.

라틴어 교사였던 구스타프 빌레터 선생님에겐 특징이 더 많았다. 거대한 갑상선 종양과 함께 매일 교실에서 보였던 그 용기에 나는 지금도 감탄을 금치 못한다. 빌레터 선생님은 교실 앞 왼쪽 모서리에 서 있는 걸 좋아했다. 그곳에서 선생님은 우리에게 갑상선 종양이 조금 덜 보이는 쪽으로 고개를 돌리고 왼발을 발판 위에 올렸다. 그곳에 그렇게 서서 유창하면서도 부드럽게, 심하게 흥분하지 않고, 상당히 조용하게 이야기했다. 타당한 이유가 있어서 화를 낼 때도 빌레터 선생님은 결코 언성을 높이는 법이 없었다. 그저 말이 약간 빨라질 뿐이었다. 선생님은 라틴어 기초문법을 가르치는 게 분명히 지루했던 것 같다. 하지만 아마도 그 때문에 선생님의 모든 행동이 그토록 인간적이었던 것 같다. 아는 게 별로 없는 학생들도 빌레터 선생님에게 괴롭힘이나 업신여김을 당한다는 느낌을 받지 못했다. 라틴어를 잘하는 학생들도 특별히 중시되지는 않았다. 선생님의 반응은 절대로 예측할 수가 없었지만 두려워할 필요도 없었다. 학생에게 해주는 답변이라고 해야 사실 조용하면서도 짧게 반어적인 평을 한마디 하는 게 다였다. 선생님의 평이 항상 이해되는 것은 아니었다. 그것은 마치 당신 자신만을 위해 사용하는 깊은 사색이 담긴 표현과도 같았다. 빌레터 선생님은 책을 정말 많이 읽었지만, 나는 선생님이 읽는 책에 대해 그 어떤 이야기도 들어본 적이 없었다. 그래서 선생님이 읽던 책의 제목을 단 하나도 알지 못했다. 빌레터 선생님이 예뻐했고, 함께 즐겨 담소를 나누곤 했던 루트비히 엘렌보겐은—선생님처럼 반어적으로 말하지는 않았지만—선생님과 같이 월등히 비감정적인 기질을 지녔으며, 우리가 선생님께 배우는 라틴어에 그렇게 큰 의미를 두지 않았다. 빌레터 선생님은 내가 다른 학생들보다 앞서가는 걸 공평하지 않다고 생각했다. 한번은 내게 분명하게 말했다. "너는 다른 아이들보다 빠르구나. 스위스 사람들은 천천히 성장하지. 하지만 만회를 한단다. 네가 나중에 놀라게 될 거야." 그렇다고 해서 빌레터 선생님이 외국인에게 적대적이었던 것은 아니었다. 엘렌보겐과 선생님의 친밀한 관계로 미루어 알 수 있는 일이었다. 나는 빌레터 선생님이 인간에 대해 특히 개방적이라고 느꼈다. 선생님의 생각은 세계시민적이었다. 그래서 나는 선생님이 틀림없이—당신 혼자 개인적으로뿐 아니라—글도 썼으리라고 생각했다.

선생님들의 다양성은 놀라웠다. 한 사람의 삶에서 처음으로 의식한 다양성이었다. 교사는 굉장히 오랫동안 누군가의 앞에서 있으면서, 자기 내면의 그 모든 감정 동요를 다 노출하고, 끊임없이 관찰당하면서 시시각각 거듭하여 관심의 대상이 된다. 그리고 정확하게 제한된 시간, 늘 똑같은 그 시간을 벗어나서는 안 된다. 사람들이 결단코 인정하려 들지 않는 교사의 탁월성은 사람을 예리하고 비판적이며 냉소적으로 만든다는 것이다. 아직 헌신적인 전속 노동자가 되지 않은 사람들은 스스로를 힘들게 하지 않고 선생님들에게 다가가야 할 필요성이 있다. 심지어 교사들의 학교 밖 삶, 그들이 자기 자신을 연기하며 학생들 앞에 서 있을 때 이외의 시간은 미스터리다. 그다음은 교사들의 교대인데, 같은 장소에, 같은 역할로, 같은 목적을 가지고 차례대로 등장해서 매우 잘 비교할 수 있다. 함께 작용하는 이 모든 것이 공공연한 학교 교육과는 전혀 다른 교육이다. 인간 군상의 다양함에 대한 수업이기도 하다. 그런 유의 수업을 어느 정도 진지하게 본다면, 인간 이해에 대한 첫 의식적 수업이기도 할 것이다.

이 시절의 어떤 선생님을, 또 얼마나 많은 선생님을 다른 이름들 속에서 다시 만나게 되었는지, 또 그 선생님과의 기억 때문에 어떤 사람은 좋아했고, 예전의 싫었던 감정 때문에 또 어떤 사람은 밀쳐냈는지, 어린 시절의 깨달음으로 어떠한 결정을 하게 되었는지, 예전의 그런 배움이 없었더라면 달라졌을 수도 있는 결정 등을 놓고 만년의 삶을 살펴보는 것은 어렵지 않을뿐더러 어쩌면 매력적인 일일지도 모른다. 어린 시절 동물을 분류하던 습관은 늘 유효한데, 여기에다 선생님들을 유형화하는 새로운 습관이 덧입혀진다. 어느 반에나 선생님 흉내를 잘 내며 사람들 앞에서 연기해 보이는 아이들이 있다. 그런 선생님 흉내쟁이가 없는 학급은 죽은 것이나 다름없으리라.

지금 그때의 선생님들 모습을 차례로 떠올리고 있기 때문에, 나는 취리히 시절 만났던 선생님들의 다양성, 개성, 다채로움에 놀라고 있다. 선생님들의 계획에 부응하여 나는 그분들에게 많은 것을 배웠다. 그리고 그분들에게 내가 느끼는 감사함은, 이상하게 들릴지도 모르겠지만 50년이란 세월이 흐른 지금도 한 해 한 해 점점 더 커지고 있다. 하지만 내게 별다른 가르침을 주지 못한 선생님들 또한 인간 혹은 하나의 형상으로 아주 선명하게 떠올라서, 나는 바로 그 점에서 그분들께 은혜를 입은 셈이다. 그분들은 훗날 내가 세상의 본질로, 그 세상에 사는 주민으로 받아들인 최초의 대표들이었다. 그들은 다른 사람과 혼동할 수 없을 정도로 최상급에 속하는 소양을 갖춘 분들이다. 그래서 그런 형상이 되었다는 것이 그분들의 인격을 훼손하지는 않는다. 개인과 유형 사이를 흐르는 것이 작가의 본연적 관심사이다.

## 해골
## 어떤 장교와의 논쟁

그리스 독립전쟁에 흠뻑 빠져 있던 시절, 나는 열두 살이었다. 같은 해였던 1917년에 러시아 혁명이 일어났다. 사람들은 레닌이 봉인 열차를 타고 여행을 떠나기 전에 취리히에 살았다고 이야기했다. 전쟁에 대한 반감으로 꽉 차 있던 어머니는 전쟁을 끝낼 수 있을 법한 모든 사건을 좇았다. 어머니에게 정치적인 연고가 있는 건 아니었다. 하지만 취리히는 다양한 나라와 유파 출신 반전주의자들의 중심지가 되어 있었다. 언젠가 우리가 어떤 카페 앞을 지나고 있을 때였다. 어머니는 내게 어떤 남자의 엄청나게 큰 머리를 가리켰다. 그 남자는 창문 근처에 앉아 있었는데, 옆 테이블 위에는 신문지가 산더미처럼 쌓여 있었다. 그 남자는 거기서 신문 하나를 꺼내어 손에 꽉 쥐고 눈앞에 가까이 갖다 대고 있었다. 갑자기 그는 고개를 뒤로 젖히곤 자기 옆에 앉은 남자에게 돌리더니 그에게 격정적으로 이야기했다. 어머니가 말했다. “저 남자를 잘 봐. 저 사람이 레닌이야. 저 사람 이야기를 너도 듣게 될 거다.” 우리는 멈춰 서 있었다. 어머니는 그렇게 서서 쳐다보는 걸 조금 부끄러워했다(어머니는 그런 식의 무례함을 두고 나를 꾸짖곤 했다). 하지만 그의 갑작스러운 움직임이 어머니의 마음속으로 밀고 들어왔다. 다른 사내 쪽으로 갑작스레 홱 돌아보는 동작에 담긴 에너지가 어머니에게 옮겨 왔다. 나는 다른 사내의 숱 많은 검정 곱슬머리에 놀랐다. 그 곱슬머리는 바로 옆에 딱 붙어 있는 레닌의 대머리와 뚜렷한 대조를 이루고 있었다. 하지만 그것보다는 어머니가 미동도 하지 않는 모습이 더 놀라웠다. 어머니가 말했다. "가자, 우리가 이렇게 서 있을 수는 없지." 그러곤 나를 데리고 가던 길을 계속 갔다.

몇 달 뒤 어머니는 내게 레닌이 러시아에 도착했다고 이야기했다. 나는 무언가 특별히 중요한 문제가 있는 게 틀림없다는 사실을 알아차리기 시작했다. 어머니는 러시아가 아주 많은 사람을 죽였다고 말했다. 친정부파든 반정부파든 모두가 살인에 넌덜머리를 내고 있으니, 이제 곧 전쟁이 끝날 거라고 했다. 어머니는 전쟁을 두고 단 한 번도 '살인' 이상의 다른 표현을 사용한 적이 없었다. 우리가 취리히에 온 뒤로 어머니는 내게 아주 대놓고 그런 이야기를 했다. 빈에서 어머니는 내가 학교에서 어떤 분란도 일으키지 못하게 하려고 자제시켰다. "너는 네게 아무 짓도 하지 않은 사람을 절대 죽여서는 안 된다." 어머니는 내게 애원하듯 말했다. 어머니는 아들이 셋이라는 점을 몹시 자랑스러워했다. 나는 어머니가 우리 역시 언젠가는 그런 '살인자'가 되지 않을까 하는 걱정으로 가득 차 있다는 걸 알아차렸다. 전쟁에 대한 어머니의 증오에는 모종의 근본적인 것이 있었다. 아직 내게 읽으라고 주지는 않았지만, 언젠가 어머니가 내게 『파우스트』의 내용을 이야기해준 적이 있었다. 그때 어머니는 파우스트와 악마의 결탁에 찬성하지 않았다. 그런 결탁에는 단 한 가지 변명, 즉 전쟁을 끝내기 위해서라는 변명만 가능할 거라고 했다. 그러기 위해서는 악마와 결탁해도 되지만, 그런 경우 말고는 절대로 용납해서는 안 된다는 것이었다.

어머니의 지인들이 저녁마다 자주 우리 집에 모였다. 이들은 불가리아와 튀르키예에 살던 세파라드 유대인으로 전쟁 때문에 스위스로 왔다. 대부분은 중년 부부들이었으나 내게는 나이가 더 든 것 같은 느낌을 주었다. 나는 그분들을 그리 좋아하지 않았다. 내가 보기에 너무 동양적인 데다가 재미없는 이야기만 했다.

한 남자는 혼자 왔다. 독신남 아드유벨 씨였다. 그는 다른 사람들과 달랐다. 아드유벨 씨는 꼿꼿한 자세로 자기 생각을 설득력 있게 피력했다. 그는 자신을 거칠게 윽박지르는 어머니의 맹렬함을 기사도 정신을 발휘하며 침착하게 참아냈다. 아드유벨 씨는 불가리아의 장교로 발칸 전쟁에 참전했다. 그 전쟁에서 중상을 입은 그는 치료 불가능한 통증에 시달렸다. 사람들은 그가 극심한 통증으로 고통받고 있다는 걸 알고 있었다. 하지만 그는 조금도 아픈 내색을 하지 않았다. 참을 수 없을 정도로 통증이 심해지면 그는 자리에서 일어나 급한 약속이 있다며 양해를 구했다. 어머니에게 고개를 숙여 인사를 하곤 약간 뻣뻣한 자세로 자리를 떴다. 그러고 나면 사람들은 아드유벨 씨에 관해 이야기했다. 그가 앓는 통증이 어떤 성질의 것인지 자세히 설명하며 그를 칭찬하기도 하고 또 동정하기도 했다. 사람들은 아드유벨 씨의 자존심이 허락하지 않았을 바로 그 일을 했다. 나는 어머니가 그런 대화를 끝내기 위해 노력한다는 걸 알아차렸다. 그가 자리를 뜨는 마지막 순간까지 어머니는 아드유벨 씨와 다투었다. 어머니는 이런 종류의 논쟁에서, 그러니까 전쟁에 관한 논쟁이면 매우 날카롭고 공격적으로 될 수 있어서, 그 모든 걸 당신이 떠안았다. "말도 안 돼요! 그는 전혀 아프지 않아요. 나를 모욕한 거예요. 그 사람 생각에는 전쟁터에 나가본 적도 없는 한낱 여자가 그런 식으로 전쟁에 대해 말할 권리가 있냐는 거죠. 그 사람 말이 맞아요. 하지만 우리 중 누구도 그에게 그런 생각을 말해주지 않는다면 제가 해야죠. 그는 기분이 상했죠. 그렇지만 그 사람은 자존심이 강해서 아주 정중하게 작별 인사를 했어요." 그러고 난 뒤 누군가가 치사한 농담을 하기도 했다. "두고 보세요, 마틸데. 그는 당신한테 반했어요. 틀림없이 당신한테 청혼할 거예요!" "그래 보라죠!" 그러면 곧바로 어머니는 화가 나 콧구멍을 벌름거리며 말했다. "그 사람에게 그러지 말라고 충고하고 싶네요! 저는 그분이 신사이기 때문에 존중합니다. 그리고 그게 다예요." 그 말은 그곳에 부인과 함께 자리한 다른 남자들을 향한 엄청난 일갈이었다. 하지만 그 말로 아드유벨 씨의 통증에 관한 유쾌하지 않은 대화가 끝났다.

나는 아드유벨 씨가 끝까지 있는 것이 더 좋았다. 그런 격렬한 논쟁에서 나는 새로운 것을 많이 알게 되었다. 아드유벨 씨는 정말 곤란한 상황에 있었다. 그는 불가리아 군대에 집착했다. 어쩌면 불가리아에 더 의존적인 것 같기도 했다. 그는 전통적으로 불가리아인들이 그래왔던 것처럼 친러시아 성향이 강했다. 불가리아 사람들은 튀르키예로부터 독립한 것을 러시아 덕이라고 생각했다. 불가리아가 이제는 러시아의 적대국 편에 섰다는 사실이 그를 몹시 괴롭혔다. 이러한 상황에서도 그는 분명히 참전했을 것이다. 그러면서 엄청난 양심의 가책을 느꼈을 것이다! 어쩌면 그렇기 때문에 그가 참전할 수 없다는 사실이 그에게는 다행스러운 일이었다. 하지만 지금은 러시아에서 일어나고 있는 새로운 변화들로 상황이 더욱 복잡해졌다. 러시아가 전쟁에서 후퇴했다는 것은, 그의 견해에 따르면 동맹국의 붕괴를 뜻했다. 그의 표현대로 하면 전염될 거라고 했다. 우선은 오스트리아군이, 그다음에는 독일군이 더는 전쟁하려 하지 않을 거라고 했다. 그럼 불가리아에서는 무슨 일이 일어날 것인가? 자신들을 해방시킨 이를 저버렸다는 카인의 징표를 앞으로 영원히 달고 다녀야 할 뿐 아니라, 제2차 발칸 전쟁에서처럼 모두가 불가리아로 달려들어 나라를 갈기갈기 찢어 집어삼키려 할 거라고 했다. 불가리아의 종말!

어머니가 조목조목 짚어가며 그의 발언에 생채기 내는 모습이 상상이 갈 것이다. 어머니는 근본적으로 모든 점에서 그와는 반대된 입장이었다. 비록 어머니가 전쟁이 빨리 끝나는 것을 환영한다고 하더라도, 러시아 볼셰비키의 활동으로 인해 그리되는 것이라면 경계해야 할 위협이라 여겼다. 모두가 시민계층으로 재산에 차이는 있으나 부유한 사람들이었다. 불가리아 출신 중에는 혁명이 불가리아로 번지는 것을 두려워하는 이들이 있었다. 하지만 튀르키예 출신들은, 비록 새 옷으로 갈아입었다 하더라도 오랜 적인 러시아인들이 벌써 콘스탄티노폴리스에 들어와 있는 모습을 떠올렸다. 어머니는 그런 일들에는 아무런 관심도 없었다. 어머니에게는 오직 누가 전쟁을 정말로 끝내려 하는지만 중요했다. 불가리아에서 가장 유력한 집안 출신인 어머니는 레닌을 옹호했다. 어머니는 다른 사람들과 달리 레닌에게서 그 어떤 악마적인 모습도 발견할 수 없었을뿐더러, 심지어 인류에게 복을 가져다주는 자의 모습을 보았다.

사실 어머니와 논쟁을 벌인 아드유벨 씨는 어머니의 견해를 이해하는 유일한 사람이었다. 자신도 어머니와 같은 생각이었기 때문이다. 언젠가 그가 어머니에게 물은 적이 있었는데, 그 모임에서 가장 극적인 순간이었다. "제가 만약에 러시아군 장교이고, 부하들을 이끌고 독일과 계속해서 전쟁하기로 했다면 말입니다, 부인. 그럼 부인께선 저를 총살하실 건가요?" 어머니는 조금도 주저하지 않았다. "종전을 막는 사람이라면 그 누구라도 전 총살할 거예요. 그런 사람은 인류의 적일 테니까요."

다른 이들, 그러니까 감수성이 풍부한 부인을 대동하고 온 타협적인 사업가들이 깜짝 놀라는 모습이 어머니를 흔들리게 하지는 않았다. 모두가 중구난방으로 외쳤다. "뭐라고요? 당신이 그런 일을 할 수 있다고요? 아드유벨 씨에게 총을 쏘는 일을 정말로 할 수 있다고요?" "그는 야비한 사람이 아니에요. 그는 사람이 어떻게 죽는지 알고 있어요. 당신들 모두와는 달라요. 안 그래요, 아드유벨 씨?" 그는 어머니의 옳음을 인정하는 사람이었다. "맞습니다, 부인. 부인 입장에서는 맞는 말씀일 것입니다. 부인께선 남자처럼 담판 지으시는군요. 당신은 진정한 아르디티 가문 사람입니다!" 아버지의 집안과 반대로 내가 전혀 좋아하지 않았던 어머니의 집안에 경의를 표하는 이 마지막 말은 별로 내 마음에 들지 않았다. 하지만 이 말만은 꼭 해야겠다. 비록 그 논쟁이 격렬하긴 했지만 나는 단 한 번도 아드유벨 씨를 질투한 적이 없었다. 그 후 얼마 지나지 않아 그가 지병으로 세상을 떠났을 때 어머니와 나는 그의 죽음을 슬퍼했다. 어머니는 말했다. "불가리아가 무너지는 모습을 더는 보지 않아도 돼서 그에게는 오히려 더 잘된 일이다."

## 밤낮없는 독서
## 선물의 삶

더 이상 예전의 저녁 독서 시간이 지속되지 못했던 건 아마도 달라진 집안 살림 때문이었던 것 같다. 우리 셋이 잠자리에 들 때까지 어머니에겐 말 그대로 시간이 전혀 없었다. 어머니는 지독한 실천력을 발휘하며 새로운 임무를 완수했다. 어머니가 하는 모든 일은 말이 되었다. 성찰적인 논평이 없었다면 어머니는 그런 종류의 일을 매우 지루해했을 것이다. 사실은 당신과 전혀 상관이 없는 일이라도 어머니는 모든 게 착착 진행돼야 한다고 잔소리했다. 어머니는 당신의 일장 연설 속에서 그 실마리를 찾고 또 발견했다. "계획적으로 해라, 얘들아!" 어머니는 우리에게 말했다. "계획적으로 해!" 어머니가 그 말을 너무 자주 해서 우리는 그 말을 우습게 여기게 되었으며, 그 말을 합창하며 따라 했다. 하지만 어머니는 이 계획성 문제를 매우 진지하게 생각했다. 그래서 우리가 그렇게 장난칠 때마다 우리를 나무랐다. "곧 알게 될 거다. 삶 속에서는 말이다, 계획적으로 움직이지 않으면 성과를 못 내!" 그 말인즉슨 모든 일을 순서대로 해야 한다는 뜻이었다. 그렇게 순서대로 하는 경우 간단한 일이라도 더 단순하고 쉽게 진행되는 법이 없었다. 하지만 언어는 어머니의 기운을 북돋워주었다. 어머니는 모든 일에 대해 말을 했다. 어쩌면 온갖 것에 대해서 이야기했던 것이 우리가 함께 살던 그 당시의 삶이 지닌 밝음의 본질을 이루었던 것 같다.

하지만 어머니는 실제로 저녁 시간을 기다리며 살았다. 우리가 잠자리에 들면 어머니는 드디어 책을 읽을 시간을 가지게 되었다. 그때가 바로 어머니의 위대한 스트린드베리 독서 시간이었다. 나는 잠들지 않은 채 침대에 누워 있었다. 그리고 방문 틈으로 새어 들어오는 건너편 거실의 희미한 불빛을 바라보았다. 그곳에서 어머니는 의자 위에 무릎을 꿇고 앉아 팔꿈치를 테이블 위에 대고 주먹 쥔 오른손으로 머리를 받치곤 높다랗게 쌓여 있는 노란색 스트린드베리 전집을 읽었다. 어머니의 생일과 크리스마스 때면 어김없이 한 권 한 권 추가되었다. 어머니가 우리에게 받고 싶다고 한 선물이 그것이었다. 나는 그 작품집을 읽으면 안 되었는데, 그 사실이 나를 특히 자극했다. 나는 그 책들을 한 권도 들여다보려 한 적이 없었다. 나는 그 금지령이 좋았다. 그 노란색 전집으로부터 일종의 카리스마가 뿜어져 나왔는데, 그 카리스마에 대해선 그 금지령 말고는 달리 표현할 방도가 없다. 겨우 제목만 아는 책을 한 권 어머니에게 새로 선물하는 것보다 더 큰 행복은 내게 없었다. 저녁 식사를 마치고 테이블을 정리한 뒤 동생들을 잠자리에 보낸 후, 나는 어머니를 위해 그 노란색 전집을 한 묶음 테이블로 가지고 와서 어머니 오른편에 쌓아놓았다. 그러고 나서 우리는 이야기를 조금 나누었다. 나는 어머니가 안절부절못하는 걸 느꼈다. 눈앞에 놓인 책더미를 보고 있었기 때문에 나는 어머니를 이해했다. 그래서 나는 어머니를 괴롭히지 않고 조용히 자러 갔다. 나는 거실로 난 방문을 등 뒤로 닫았다. 옷을 벗으면서 나는 어머니가 아직 이리저리 거니는 소리를 들었다. 나는 누워서 어머니가 올라앉은 의자의 삐걱거리는 소리에 귀를 기울였다. 그러고 나선 어머니가 어떻게 손에 책을 들고 있을지를 느껴보았다. 어머니가 책을 펼쳤다는 확신이 들면 나는 방문 틈새로 들어오는 불빛으로 시선을 옮겼다. 이제는 이 세상의 그 무엇도 어머니를 다시 일어서도록 할 수 없으리란 걸 나는 알고 있었다. 나는 작은 손전등을 켠 다음, 이불 속에서 나만의 독서를 시작했다. 아무도 알면 안 되는 나만의 비밀이었다. 그리고 그것은 어머니의 책들이 지닌 비밀과 맞먹는 것이었다.

어머니는 밤늦도록 책을 탐독했다. 나는 손전등 배터리를 아껴 써야 했다. 얼마 안 되는 용돈을 쪼개어 배터리를 샀는데, 용돈의 대부분을 어머니에게 줄 선물을 마련하기 위해 꾸준히 저금했기 때문이다. 그래서 나는 15분 이상 손전등을 켜고 책을 읽은 적이 거의 없었다. 마침내 그 비밀이 발각되었을 때 엄청난 소동이 일었다. 어머니는 거짓말을 가장 참기 어려워했다. 나는 압수된 것을 대체할 손전등을 구할 수 있었다. 하지만 일을 확실히 하기 위해 어머니는 동생들이 나를 감시하게 했다. 동생들은 내 이불을 갑자기 걷어 올리는 일에 열을 올렸다. 깨어 있을 때 동생들은 내 머리가 이불 밑에 들어가 있는지를 자기들 침대에서 쉽게 확인할 수 있었다. 그러다가 동생들은 살금살금, 기왕이면 두 녀석이 함께 기어 왔다. 나는 이불 속에서 아무 소리도 듣지 못했다. 그래서 무방비 상태였다. 갑자기 나는 이불 없이 누워 있게 되었다. 한동안 나는 무슨 일이 일어난 건지 알아차리지 못했고, 이내 승리의 함성이 내 귓가를 가득 채웠다. 그 방해에 화가 난 어머니는 의자에서 일어나 나를 경멸할 말을 찾았다. "그러니까 이 세상에 믿을 사람 하나 없는 게로구나!" 그러곤 내 손에 들려 있던 책을 일주일 동안 압수했다.

벌은 혹독했다. 디킨스의 책이었기 때문이다. 그 시절 어머니가 내게 소개해준 작가였다. 그 어떤 작가의 책도 나는 디킨스보다 더 큰 열정을 가지고 읽어본 적이 없었다. 어머니는 『올리버 트위스트』와 『니컬러스 니클비』부터 시작했다. 특히 『니컬러스 니클비』는 당시 영국의 학교 상황을 다룬 작품이었는데, 읽는 걸 멈추고 싶지 않을 정도로 나를 매료시켰다. 그 책을 다 읽자 나는 곧바로 처음부터 다시 시작했다. 처음부터 끝까지 다시 읽었다. 그런 일이 서너 번, 아마 더 자주 일어났을 것이다. "네가 이미 다 아는 내용이야." 어머니가 말했다. "이제 다른 책을 읽어보는 게 차라리 낫지 않겠니?" 하지만 나는 더 잘 아는 책일수록 다시 읽는 걸 좋아했다. 어머니는 내가 그러는 걸 어린아이의 나쁜 습관으로 여겼다. 그러면서 아버지로부터 받았던 옛날 책 이야기로 거슬러 올라갔다. 책 내용을 이미 오래전에 다 욀 정도로 알고 있었지만, 그 책들 대부분을 나는 40번 이상 읽었다. 어머니는 나를 유혹하듯 새로운 책에 관해 이야기하며 내 나쁜 습관을 고치려 했다. 그 책들 중에는 다행히 디킨스의 작품도 정말 많았다. 어머니가 가장 좋아했으며, 어머니 생각에 문학적으로 최고의 작품성을 지닌 『데이비드 코퍼필드』는 맨 나중에 받게 될 거라고 했다. 어머니는 그 책들을 읽고 싶은 마음이 점점 더 강해지도록 유도했으며, 이것을 미끼로 다른 소설들을 계속 반복해서 읽는 내 나쁜 습관을 고칠 수 있기를 바랐다. 나는 이미 잘 알고 있는 책들에 대한 애정과 어머니가 온갖 수단을 동원하여 불타오르게 한 호기심 사이에서 갈팡질팡했다. “그것에 대해선 더는 이야기하지 말자꾸나.” 어머니는 불쾌한 듯 말하며 내게 말로는 표현할 수 없을 정도로 따분해하는 듯한 시선을 던졌다. “그 이야기는 이미 했다. 내가 너에게 계속 같은 말을 하길 바라니? 나는 너와 달라. 이제 다음 책에 관해서 이야기하자꾸나!” 어머니와의 대화가 내게는 여전히 가장 중요했으며, 어떤 멋진 책들에 대해 어머니와 세세한 부분까지 이야기 나누지 못하게 되는 게 견딜 수 없었기 때문에, 또 어머니가 더는 아무 말도 하고 싶어 하지 않는다는 것과 내 고집을 정말로 지겨워하기 시작했다는 걸 눈치챘기 때문에, 나는 서서히 양보하며 디킨스의 모든 작품을 딱 두 번씩만 읽는 걸로 만족하기로 했다. 디킨스의 책을 아예 반납하는 것, 아마도 내가 직접 어머니가 책을 빌린 도서관에 반납하러 가는 게 내게는 너무도 고통스러운 일이었던 것 같다. (우리는 모든 것을 빈에 두고 왔다. 장서며 가구들을 그곳 창고에 넣어두고 왔다. 그래서 어머니는 책 대부분을 ‘호팅엔 독서클럽’에 의존해 구했다.) 하지만 새로운 디킨스 작품에 대해 어머니와 이야기 나누고 싶다는 바람이 더 강했다. 그래서 내가 이 모든 영광을 신세 진 이는 바로 어머니였다. 어머니가 나를 내 고집스러운 성격으로부터, 그리고 이런 일에서 보이던 내 최고의 특성으로부터 멀찍이 떼어놓았다.

어머니는 가끔 당신이 내게 불러일으킨 열정을 걱정했다. 그래서 내 관심을 다른 작가에게 돌려보려 애썼다. 이러한 관점에서 보았을 때 어머니의 가장 큰 실패는 월터 스콧이었다. 어쩌면 처음 스콧에 관해 이야기했을 때 어머니가 충분한 열기를 불러일으키지 못했던 것 같다. 어쩌면 그 당시에 내가 그에 대해 느꼈던 것처럼 그가 정말로 무미건조한 작가였을지도 모르겠다. 나는 그의 작품을 재차 읽지 않았을 뿐 아니라, 그의 소설을 두세 작품 읽고 난 후에 다시는 손도 대려 하지 않았다. 내가 매우 강하게 거부했기 때문에 어머니는 내 단호한 취향에 기뻐했다. 그러곤 어머니에게서 들을 수 있는 최고의 찬사를 내게 늘어놓았다. "너는 정말로 내 아들이구나. 나 역시 단 한 번도 스콧을 좋아해본 적이 없어. 나는 네가 역사에 대단한 흥미가 있는 줄 알았지." "역사라고요!" 나는 화가 나서 소리쳤다. "그건 역사가 아니에요! 그 이야기엔 무장한 멍청이 기사들만 나온다고요!" 이것으로 짧은 스콧 간주곡은 우리 둘을 만족시키며 끝났다.

어머니는 내 정신적인 교육과 관계된 모든 일에서 그 밖의 것은 중요하게 여기지 않았다. 하지만 어느 날 누군가 어머니에게 모종의 인상을 주었던 게 틀림없다. 어쩌면 학교에서 사람들이 어머니에게 이야기했을지도 모른다. 어머니는 다른 부모님들처럼 가끔 학교에 왔다. 아마도 어머니가 들은 몇몇 강연 중 하나가 어머니를 불안하게 만들었을지도 모르겠다. 어쨌든 어머니는 어느 날 나도 또래 사내아이들이 읽는 책을 읽어야 한다고 선언했다. 그렇게 하지 않으면 머지않아 학급 친구들과 말이 통하지 않게 될지도 모른다고 했다. 어머니는 내 앞으로 『데어 구테 카메라트(좋은 친구)』의 정기 구독을 신청했다. 지금도 이해하기 어려운 것은 같은 시기에 읽었던 디킨스처럼 그 잡지를 읽는 것도 내가 그렇게 싫어하지 않았다는 사실이다. 그 잡지에는 캘리포니아에서 황금을 캤던 스위스인 이야기인 「새크라멘토의 황금」처럼 흥미진진한 이야기들도 실려 있었다. 가장 흥미진진했던 것은 티베리우스 황제의 총애를 한 몸에 받았던 세이아누스에 관한 단편이었다. 사실상 후기 로마 역사와의 첫 만남이었다. 권력을 가진 인물로 내가 싫어했던 이 황제는 5년 전 영국에서 나폴레옹 이야기로 시작되었던 무언가를 내 안에서 계속 이어가도록 했다.

이 시절 어머니가 가장 많이 읽었던 작가가 스트린드베리였음에도, 어머니의 독서는 그 작가 한 명에만 국한되어 있지는 않았다. 라셔 출판사에서 나온 전쟁에 반대하는 입장의 책들이 특별한 그룹을 형성했다. 라츠코의 『전쟁 속의 인간들』, 레온하르트 프랑크의 『인간은 선하다』, 바르뷔스의 『불』이 어머니가 내게 가장 자주 이야기한 책들이었다. 어머니는 이 책들도 스트린드베리처럼 우리에게 선물로 받고 싶어 했다. 그러기 위해서 우리는 용돈의 거의 전부를 함께 모았지만, 얼마 안 되는 우리의 용돈만으로는 그 책들을 구입하기에 충분하지 않았던 것 같다. 나는 아침 간식으로 학교 관리인이 파는 크라펜*을 사 먹으라고 매일 몇 라펜씩을 받았다. 나는 배가 고팠지만, 어머니에게 새 책을 선물하기에 충분할 만큼의 돈을 모으는 게 훨씬 더 즐거운 일이었다. 가격을 알아보기 위해 나는 제일 먼저 라셔 출판사에 갔다. 리마트크바이에 있는 이 서점에 활기차게 들어서는 것, 우리가 사게 될 미래의 선물에 대해 자주 문의하는 사람들을 보는 것, 물론 내가 나중에 한 번쯤은 읽게 될 모든 책을 한번 둘러보는 것도 이미 즐거운 일이었다. 이 어른들 사이에서 내가 더 크고 책임감 있게 느껴졌던 건 아니었다. 그것은 절대로 고갈되지 않을 미래의 읽을거리에 대한 약속이었다. 그 시절의 내가 만약 미래에 대한 걱정 같은 것이 있었다면, 그건 전적으로 세상에 존재하는 책들과 관계되었을 것이기 때문이다. 만약에 내가 몽땅 다 읽어버렸다면 무슨 일이 일어났을까? 분명한 건 좋아하는 책을 읽고 또 읽는 것을 내가 가장 좋아했다는 것이다. 하지만 그런 즐거움에는 계속해서 읽을 것들이 생길 거라는 확신이 포함되어 있었다. 염두에 둔 선물의 가격을 알게 되면 계산이 시작되었다. 충분한 돈을 확보하기 위해 내가 몇 번이나 간식을 포기해야 했던가? 늘 몇 달이 걸렸다. 그렇게 조금씩 모여서 책이 되었다. 한번쯤은 대부분의 반 친구들처럼 실제로 크라펜을 하나 사서 다른 아이들 앞에서 먹었으면 하는 유혹이 선물이라는 목표 앞에서는 좀처럼 중요하게 작용하지 않았다. 그와 반대로 나는 누가 크라펜을 먹으면 기꺼이 그 옆에 서 있었다. 다른 말로는 표현할 수

* 도넛의 일종.

없지만, 일종의 쾌감을 느끼며 그 곁에 서서는, 우리가 책을 건넬 때 어머니가 놀라는 모습을 떠올렸다.

반복적으로 일어나는 일이었음에도 어머니는 늘 놀랐다. 어머니는 어떤 책일지도 결코 알지 못했다. 하지만 어머니가 호팅엔 독서클럽에서 뭔가 새 책을 가져다 달라는 심부름을 시키면, 그런데 마침 다들 그 책 이야기를 하면서 누구나 그 책을 원하는 바람에 허탕을 치게 되면, 그래서 어머니가 또다시 그 심부름을 시키고 초조해하면, 나는 그 책이 새 선물이 되어야 한다는 걸 알아차렸으며, 그 책을 내 '책략'의 다음 목표물로 정했다. 이 계획에는 또한 철저한 교란작전이 포함되었다. 나는 '독서클럽'에서 계속 그 책에 관해 물어보았다. 그러곤 실망한 표정으로 돌아와서 말했다. "라츠코의 책이 또 없어요!" 깜짝 선물을 할 날이 가까워질수록 실망감은 커졌다. 그러곤 바로 그 전날에 나는 화를 내며 발을 동동 구르면서 어머니에게 항의의 표시로 호팅엔 독서클럽을 탈퇴하라고 권했다. "아무 소용 없을 거야." 어머니가 신중하게 말했다. "그러면 우리는 아무 책도 구하지 못하게 될지도 몰라." 다음 날에 이미 어머니는 반짝반짝 빛나는 라츠코의 새 책을 손에 들고 있었다. 어머니는 그것에 놀라지 않았으리라! 나는 다시는 그런 일을 하지 않기로, 또 이제부터 학교에서 크라펜을 먹기로 약속해야 하기는 했다. 하지만 어머니는 크라펜 사 먹을 돈을 도로 내놓으라고 으름장을 놓지는 않았다. 아마도 그것이 성격 형성을 위한 어머니 책략의 일환이었던 것 같다. 그뿐 아니라 어쩌면 내가 매일의 작은 포기를 통해 절약하여 모았다는 것 때문에 그 책이 어머니에게 특별한 기쁨을 주었던 것도 같다. 어머니 당신은 먹는 걸 좋아하는 사람이었다. 잘 만들어진 음식에 대한 어머니의 입맛은 고도로 발달해 있었다. 어머니는 우리의 청교도적인 식사 시간에 당신에게서 사라진 것들에 관해 이야기하는 걸 꺼리지 않았다. 그리고 우리를 소박하고 간단한 음식에 익숙해지도록 한 어머니의 결정으로 힘들어한 사람도 당신이 유일했다.

어머니의 정신적인 관심사가 약간은 정치화되었던 것은 아마도 그 책들이 지닌 특별한 성격 때문이었던 것 같다. 바르뷔스의 『불』에 어머니는 오랫동안 몰두했다. 옳은 내용이라는 판단이 서자 어머니는 그 책에 대해 내게 더 많은 이야기를 했다. 나는 그 책을 읽게 허락해달라고 어머니를 귀찮게 했다. 어머니는 완강했다. 그 대신에 약간 완화된 방식으로 나는 그 책의 내용 전체를 어머니에게 들었다. 하지만 어머니는 비사교적인 사람이어서 그 어떤 평화주의자 단체에도 가입하지 않았다. 어머니는 레온하르트 라가츠의 연설을 듣고 몹시 흥분해서 집으로 돌아왔다. 그래서 우리는 그 연설에 관한 이야기로 그날 밤 꽤 오랜 시간을 보냈다. 하지만 일신과 관계되는 한 모든 공적인 사안에 대한 어머니의 소심함은 여전했다. 어머니는 당신이 오직 우리 셋만을 위해 산다는 말로 당신의 그런 성향을 해명했다. 그리고 전쟁이라는 남자들의 세계에서는 아무도 여자의 말을 듣지 않기 때문에 당신 자신이 이룰 수 없는 것들을, 우리 셋이 자라서 각자 자신의 기질에 가장 잘 맞게 어머니의 뜻에 따라 대신 이루어줘야 한다고 했다.

그 시절의 취리히에는 가지각색의 것이 모여 있었다. 그리고 어머니는 전쟁에 반대하는 것 외에도 당신이 알게 되는 모든 걸 끝까지 해보려고 노력했다. 어머니에게는 조언자가 한 명도 없었다. 정신적으로 어머니는 정말 혼자였다. 우리 집에 가끔 왔던 지인들 사이에서 어머니는 가장 개방적이며 지혜로운 사람으로 보였다. 어머니가 혼자 힘으로 모든 걸 해냈다는 사실을 생각하면 나는 지금도 놀라지 않을 수 없다. 당신의 강한 신념에 대해서조차도 어머니는 자신만의 고유한 판단을 했다. 어머니가 슈테판 츠바이크의 『예레미야』를 얼마나 경멸하며 매도했는지가 생각난다. "종이 쪼가리야! 속 빈 지푸라기라고! 그가 직접 겪은 것이 아무것도 없다는 게 훤히 보이지. 이런 나부랭이를 쓸 바에야 그는 차라리 바르뷔스나 읽어야 한다고!" 진정한 체험에 대한 어머니의 존경심은 대단했다. 어머니는 다른 사람들 앞에서 전쟁이 실제로 어떻게 벌어지는지 말하는 걸 꺼리는 듯했다. 어머니가 직접 참호 속으로 들어가본 적이 없었기 때문이다. 어머니는 여자도 전쟁터에 나가야 한다면 그게 더 나을 거라고 말하기까지 했다. 그러면 여자들이 진지하게 전쟁에 반대하여 싸울 수 있을 거라고 했다. 그런 일이 문제로 떠올랐을 때에도 어머니의 이 소심한 성격이 뜻을 같이하는 사람들을 찾는 데 걸림돌이 되었을 것이다. 어머니는 말로든 글로든 수다 떠는 것을 극도로 싫어했다. 내가 무언가를 부정확하게 말하려고 하면 어머니는 가차 없이 내 말문을 막았다.

이 시기에 나는 이미 스스로 생각하기 시작했다. 그 시절 나는 어머니에게 무조건 감탄해마지않았다. 나는 어머니를 한 개인 이상으로 생각하거나 심지어는 존경해마지않았던 주립학교의 선생님들과 비교했다. 오직 오이겐 뮐러 선생님만이 진지함과 합쳐진 어머니의 열정을 가지고 있었다. 오직 이 선생님만이 말할 때 어머니처럼 눈을 크게 떴으며, 당신 앞에 놓인 압도적인 대상을 한 치의 흔들림 없이 응시했다. 나는 뮐러 선생님 수업 시간에 배운 모든 것을 어머니에게 이야기했다. 그것은 어머니를 매료시켰다. 어머니가 오직 고전 희곡 작품을 통해서만 그리스인들을 접했기 때문이다. 어머니는 내게서 그리스 역사를 배웠으며, 또 질문하는 걸 부끄럽게 생각하지 않았다. 단 한 번 우리의 역할이 뒤바뀐 것이었다. 어머니 스스로는 역사책을 읽지 않았다. 전쟁을 너무 많이 다루기 때문이었다. 하지만 점심 식사를 하려고 앉은 후에 곧장 어머니가 내게 솔론이나 테미스토클레스에 대해 묻는 경우도 있었다. 특히 솔론이 어머니의 마음에 들었다. 그가 전제군주로 올라서지 않고 권력에서 물러났기 때문이었다. 어머니는 그를 다룬 희곡이 없다는 사실에 놀랐다. 어머니는 그를 다룬 희곡을 한 작품도 알지 못했다. 하지만 어머니는 그리스인들 사이에서 그런 남자들의 어머니들이 전혀 이야기되지 않는다는 걸 부당하다고 여겼다. 어머니는 거리낌 없이 그라쿠스 형제의 어머니를 당신의 모범으로 삼았다.

어머니의 마음을 빼앗은 것을 모두 열거하지 않는 게 내게는 어려운 일이다. 그것이 무엇이었든지 간에 무언가가 내게로 넘어왔기 때문이다. 오직 내게만 어머니는 모든 것을 세세한 부분까지 이야기할 수 있었다. 오직 나만이 어머니의 엄격한 판결을 진지하게 받아들였다. 어떠한 열정에서 그러한 판결들이 나오는지를 내가 알고 있었기 때문이다. 어머니는 많은 것들을 비난했다. 하지만 당신이 반대하는 것에 대해 상세하게 설명하지 않고, 또 격렬하기는 해도 설득력 있게 그 근거를 대지 않으며 그러는 법은 결코 없었다. 함께 책을 읽는 시간은 끝났다. 희곡과 위대한 배우들은 더 이상 세상의 주요 성분이 아니었다. 하지만 다른, 그리고 절대로 사소하지 않은 '풍부함'이 그 자리에 들어섰다. 지금 일어난 끔찍한 사건, 그 사건들의 영향과 그 근원이 그것이었다. 어머니는 천성적으로 의심이 많은 사람이었다. 이런 의심에 익숙해져서 이제는 그러지 않고는 살 수 없을 지경이었다. 어머니는 당신이 가장 똑똑한 사람이라고 생각하는 스트린드베리에게서 이 같은 불신에 대한 정당한 이유를 발견했다. 그럴 때 어머니는 당신이 너무 과하다는 것, 그리고 아직 그렇게 무르익은 것은 아니지만 내 불신의 원천이 되는 것들을 내게 말하고 있다는 것을 알아차렸다. 그러면 어머니는 깜짝 놀라며 균형을 맞추기 위해 내게 당신이 특히 감탄해마지않는 행동에 관해 이야기했다. 대개는 상상조차 힘든 어려움과 함께 등장했지만, 관용도 항상 한몫을 했다. 균형을 잡으려고 애쓰는 동안 나는 어머니가 가장 가깝게 느껴졌다. 어머니는 어조가 변한 이유를 내가 알아차리지 못한다고 생각했다. 하지만 나는 이미 어머니와 조금 비슷했다. 나는 통찰하는 연습을 하고 있었다. 표면적으로는 순진한 척 나는 그 '고결한' 이야기를 들었다. 그런 이야기가 항상 마음에 들었지만, 나는 어머니가 왜 하필 지금 그런 이야기를 꺼내는지 그 이유를 알고 있었다. 나는 내가 알고 있다는 사실을 혼자 간직했다. 그렇게 우리 둘 다 조금씩 자제했다. 그리고 그것이 실제로는 똑같은 것이었기에 우리는 각자 상대방에게 같은 비밀을 간직하고 있었던 셈이다. 소리 없이 나 자신이 어머니의 상대가 될 만하다고 느꼈기 때문에, 그러한 순간에 내가 어머니를 가장 사랑했다는 게 놀랍지도 않다. 어머니는 당신의 불신을 내 앞에서 다시 숨겼다고 확신했다. 나는 두 가지를 모두 감지했다. 어머니의 냉혹한 예리함과 관용을 말이다. 당시에 나는 넓음이 무언지 아직은 알지 못했다. 하지만 그것을 느끼고는 있었다. 그토록 많은 것과 대치되는 것들을 포괄할 수 있다는 것, 겉으로는 모순되는 모든 것이 동시에 타당성을 지닌다는 것, 그에 대한 두려움 없이 그것을 느낄 수 있다는 것, 인간이라는 대자연이 지닌 진정한 영예로움을 언급하고, 또 숙고해야 한다는 것을 말이다. 그것이 내가 진정으로 어머니에게서 배운 것이었다.

## 최면 상태와 질투
## 중상자들

어머니는 자주 음악회에 갔다. 아버지가 돌아가신 후로 피아노에는 거의 손을 대지 않았지만, 음악은 어머니에게 중요한 것으로 남아 있었다. 어쩌면 음악에 대한 요구도 커져 있었던 것 같다. 어머니가 당신이 다루는 악기의 대가들이 연주하는 것을 감상할 기회가 더 많아진 이후로 그랬다. 그런 대가 중 여럿이 당시 취리히에 살고 있었다. 부소니의 연주회를 어머니는 절대로 놓치지 않았다. 그가 우리 집 근처에 산다는 사실이 어머니를 약간 당황케 했다. 내가 그와 우연히 마주쳤다고 이야기했을 때 어머니는 내 말을 곧바로 믿지 않았다. 그게 사실이라는 걸 다른 사람들을 통해 알게 되었을 때에야 비로소 어머니는 인정했다. 그러곤 내가 그 동네에 사는 여느 아이들처럼 그를 부소니 대신 "조도아빠한테와"라고 부르는 걸 나무랐다. 어머니는 그의 연주회에 나를 한번 데려가겠노라고 약속했다. 하지만 다시는 그를 그런 잘못된 이름으로 부르지 않을 때만이라는 조건을 달았다. 그가 어머니가 들어본 중 최고의 피아노 거장이라는 것이었다. 다른 사람들이 모두 그를 '피아니스트'라고 부르는 건 어리석은 일이라고 했다. 어머니는 제1바이올리니스트의 이름을 딴 샤이헤트 사중주단의 연주회에 정기적으로 갔다. 그러곤 항상 수수께끼 같은 흥분 상태로 집으로 돌아왔다. 나는 어머니의 그 흥분 상태를 어머니가 언젠가 화를 내며 내게 이런 말을 했을 때 이해하게 되었다. 아버지도 기꺼이 그런 바이올리니스트가 되었을 거라고 했다. 사중주단에서 연주할 수 있을 정도로 잘하는 것이 아버지의 꿈이었다고 했다. 왜 연주회에 혼자 출연하지 않는 거죠,라고 어머니가 아버지에게 물었다고 했다. 하지만 그 질문에 아버지는 고개를 저으며 당신 자신은 그렇게 잘 연주하게 될 수 없을 것이며, 자기 재능의 한계를 알고 있다고 대답했다는 것이었다. 할아버지가 그렇게 일찍 아버지가 연주하는 것을 방해하지 않았더라면 아마도 사중주단이나 오케스트라의 제1바이올리니스트가 될 정도로 자신의 재능을 키웠으리라는 것이었다. "할아버지는 그토록 난폭한 전제군주였어. 엄청난 폭군이었지. 할아버지는 아버지에게서 바이올린을 빼앗았어. 그러곤 연주하는 소리가 들리면 아버지를 때렸단다. 한번은 할아버지가 벌로 큰아버지를 시켜서 아버지를 밤새 지하실에 묶어놓기도 했단다." 어머니는 자신을 제어하지 못했다. 당신의 분노가 내게 끼치는 영향을 줄이기 위해 어머니는 슬픈 목소리로 덧붙여 말했다. "그렇게 겸손한 사람이 아버지였단다." 내가 어리둥절해하고 있는 것을 어머니가 알아차리는 걸로 이야기는 끝이 났고—할아버지가 아버지를 때렸다면, 도대체 왜 아버지는 겸손했던 거지?—그 이야기 속에 겸손함이 나오는 것을, 아버지가 바이올린 수석연주자가 될 용기를 더는 내지 못했다는 이야기에 겸손함이 등장하는 이유를 설명하는 대신 어머니는 조롱하듯 말했다. "그런 점에서 너는 오히려 나를 닮았지!" 그런 말을 듣는 걸 나는 좋아하지 않았다. 어머니가 아버지의 부족한 공명심에 관해 이야기하는 것, 마치 공명심이 부족했다는 이유 하나로 아버지가 좋은 사람이었던 것처럼 말하는 걸 나는 견딜 수가 없었다.

「마태 수난곡」을 듣고 온 후 어머니는, 며칠씩이나 나와 제대로 된 대화를 할 수 없었기 때문에 내가 잊지 못하는 모종의 심리 상태 속에 있었다. 1주일 동안 어머니는 심지어 책도 읽을 수 없었다. 어머니가 책을 펼치기는 했다. 하지만 한 문장도 읽지를 못했다. 그 대신 알토 일로나 두리고의 노래를 들었다. 어느 밤 어머니는 두 눈에 눈물이 그렁그렁한 채 침실에 있는 내게 와서 말했다. "이제 책과 보내는 시간은 끝났어. 나는 더 이상 읽을 수 없을 것 같구나." 나는 어머니를 위로하려고 했다. 나는 어머니가 읽는 동안에 내가 어머니 옆에 앉아 있으면 어떻겠느냐고 제안했다. 그렇게 하면 어머니는 더 이상 그 목소리를 듣지 않게 될 거라고 말했다. 그런 일은 오직 어머니가 혼자 있을 때만 일어나며, 내가 저기 있는 탁자에서 어머니 옆에 앉아 있으면, 항상 무언가 말을 할 수 있을 거라고 했다. 그러면 그 목소리가 사라질 거라고 했다. "하지만 나는 그녀의 목소리를 듣고 싶어. 너는 이해 못 하겠지만, 더 이상 다른 것은 듣고 싶지 않아!" 나를 깜짝 놀라게 할 정도의 열정적인 폭발이었다. 하지만 나는 그 폭발에 완전히 감탄해서 입을 다물어버렸다. 그날 이후로 며칠 동안 나는 가끔 무언가를 묻는 것 같은 시선으로 어머니를 바라보았다. 어머니는 내 시선을 읽었다. 그러곤 행복과 절망이 뒤섞인 것 같은 투로 말했다. "그녀의 노래가 아직도 계속 들려."

어머니가 나를 감시하는 것처럼 나도 어머니를 감시했다. 누군가와 그렇게 가까우면, 그 사람과 일치하는 모든 감정의 동요에 대한 확실한 감각을 가지게 된다. 아무리 내가 어머니의 열정에 압도되어 있었다고 해도, 어머니의 잘못된 태도가 계속되도록 두지는 않았을 것이다. 그건 불손함이 아니라 친밀함으로, 내게 경계할 권리를 주었다. 나는 낯설고 익숙하지 않은 영향력을 감지하면 어머니를 비판하는 것에 주저하지 않았다. 어머니는 한동안 루돌프 슈타이너의 강연에 다녔다. 그 강연에 대해 어머니가 한 말들은 전혀 어머니답지 않게 들렸다. 마치 어머니가 갑자기 낯선 언어로 말하는 것 같았다. 누가 어머니에게 이 강연에 가도록 자극했는지는 알지 못했다. 어머니 당신에게서 나온 생각은 아니었다. 어머니가 무심코 루돌프 슈타이너는 일종의 **최면술과 같은 것**을 가지고 있다고 평했을 때, 나는 그에 관한 질문들로 어머니를 귀찮게 했다. 그에 대해 전혀 몰랐기 때문에 나는 오직 어머니의 이야기를 통해서만 그를 알 수 있었다. 그러곤 머지않아 그가 괴테를 자주 인용해서 어머니의 마음을 사로잡았다는 것을 알게 되었다.

나는 도대체 그것이 어머니에게 새로운 거냐고 물었다. 모든 것을 괴테에서 읽었다고 어머니 자신이 말한 걸 이미 분명히 알고 있지 않느냐고 물었다. "너도 알다시피 괴테를 **완전히 다** 읽은 사람은 없단다." 어머니는 적잖게 당황스러워하며 고백했다. "그리고 나는 이런 문제에 대한 건 아무것도 기억할 수가 없구나." 어머니는 매우 불안정해 보였다. 내게는 당신이 읽는 작가들의 모든 구절을 어머니가 알고 있는 게 익숙했기 때문이다. 그야말로 어머니는 다른 사람들이 작가에 대한 지식이 부족한 것을 맹렬히 공격했으며, 그런 사람들을 "떠버리"나 "정신머리 없는 사람"이라고 했다. 그들은 모든 것을 뒤죽박죽으로 만든다며, 무언가를 근본적인 부분까지 파고드는 것을 그들이 너무 게을리하기 때문이라고 했다. 나는 어머니의 대답에 만족하지 못했다. 그래서 계속해서 물었다. 이제 나도 그런 것들을 믿으면 어머니가 좋겠느냐고 물었다. 우리가 **서로 다른** 것을 믿을 수는 없다고 했다. 슈타이너의 몇몇 강연을 들은 후에 그가 매우 최면적이어서 어머니가 그를 추종한다면, 그 무엇도 우리를 갈라놓을 수 없도록 어머니가 말한 모든 걸 나 역시 믿으려 노력할 거라고 했다. 그 말이 일종의 협박처럼 들렸을 것이 분명했다. 아마도 그저 하나의 계략이었을 것이다. 나는 이 새로운 힘이 어머니를 얼마나 강하게 사로잡았는지 알고 싶었다. 그 힘은 내게는 완전히 낯선 것이었으며, 전혀 들어보거나 읽어본 적도 없는 것이었다. 그 힘이 갑자기 우리를 덮쳤다. 나는 이제 그 힘이 우리 사이의 모든 것을 바꾸리라는 느낌을 받았다. 내가 가장 두려워한 건 내가 어머니를 따르든 말든 어머니에게 아무 상관이 없을 수도 있다는 사실이었다. 내게 일어나는 일이 어머니에게 더 이상 그리 중요하지 않음을 뜻하는 것일 수도 있었다. 하지만 절대로 그렇게까지 되지는 않았다. 어머니가 내 '참견'에 관심이 없었기 때문이다. 어머니는 약간 격하게 말했다. "그러기엔 네가 너무 어려. 너한테 적합하지 않아. 너는 그런 것은 아무것도 믿으면 안 된다. 더 이상은 그것에 대해 네게 아무 말도 하지 않을 거야." 그때 나는 마침 어머니에게 새로운 스트린드베리의 책을 선물하려고 돈을 조금 모으고 있었다. 나는 그 대신에 과감하게 루돌프 슈타이너의 책을 샀다. 나는 위선적인 말들을 늘어놓으며 어머니에게 그 책을 엄숙하게 내밀었다. "어머니는 분명히 여기에 관심이 있지요. 어머니는 모든 걸 다 기억할 수 없어요. 어머니가 말했지요. 그 사람의 강연을 쉽게 이해할 수 없다고요. 제대로 그걸 공부해야 한다고요. 이제 어머니는 그 사람의 강연을 조용히 읽을 수 있고, 강연 들을 준비가 더 잘되어 있네요."

하지만 그것은 어머니에게는 전혀 온당한 일이 아니었다. 왜 내가 그 책을 샀는지를 어머니는 묻고 또 물었다. 어머니는 당신이 그 책을 가지고 싶은 건지 전혀 모르겠다고 했다. 어머니는 아직 그의 책을 읽어본 적이 없다고 했다. 소장하고 싶다는 확신이 들 때에만 무슨 책이든 살 수 있을 거라고 했다. 어머니는 이제 내가 직접 그 책을 읽을까 봐 걱정했다. 어머니 생각으로는 그 책을 읽음으로써 내가 너무 일찍 특정한 방향으로 치우치게 될 수 있다는 것이었다. 어머니는 무엇보다도 직접 체험하지 않은 것을 꺼렸다. 그리고 섣부른 전향을 신뢰하지 않았다. 어머니는 너무 쉽게 전향하는 사람을 우습게 생각했으며, 그런 사람들을 두고 자주 이런 말을 하곤 했다. "바람에 흔들리는 갈대 같으니라고." 어머니는 당신이 사용했던 최면술이라는 단어를 부끄러워했다. 어머니는 그 말이 당신에게 해당하는 것은 아니라고 해명했다. 어머니 눈에 강연장에 있던 다른 사람들이 마치 최면에 걸린 듯했다는 것이었다. 우리가 그 모든 것을 나중으로 미루는 게, 내가 조금 더 성숙해지고 그래서 그것을 이해할 수 있게 될 때까지 미루는 게 아마도 더 나을 것 같다고 했다. 근본적으로 어머니에게는 그 어떤 것도 왜곡하거나 뒤틀지 않고, 또 어떤 것이 이미 우리의 일부이지 않은 척하지 않고 우리 둘이 대화할 수 있는 게 가장 중요했다. 어머니가 내 질투를 받아주고 있다는 걸 느낀 게 그때가 처음은 아니었다. 어머니 말로는 당신은 더 이상 이런 강연에 갈 시간도 없다고 했다. 어머니에게는 너무 불편한 시간대이며, 그 때문에 당신에게 더 중요한 다른 일들을 제대로 챙기지 못하게 된다고 했다. 그렇게 어머니는 나를 위해 루돌프 슈타이너를 포기했으며, 다시는 그를 언급하지 않았다. 나는 내가 몰라서 단 한 문장도 반박하지 않았던 어떤 사상에 대한 이 승리가 무가치하다고 생각하지는 않았다. 나는 그의 생각이 어머니의 머릿속에 자리 잡는 걸 훼방 놓았다. 어머니가 우리 둘 사이에서 이야기되는 것에는 전혀 관심을 두지 않는다는 것을 내가 알아챘기 때문이다. 내게는 그의 사상을 어머니로부터 몰아내는 것 하나만 중요했다.

이러한 질투심에 대해 나는 어떤 생각을 해야 할까? 나는 그 질투심을 칭찬할 수도, 또 비난할 수도 없었다. 단지 기록할 수 있을 뿐이었다. 질투심은 너무 일찍부터 내 천성의 한 부분이었기 때문에 그것에 대해 침묵하는 것은 위선일 터였다. 어떤 사람이 내게 중요해지면 어김없이 질투심이 그 존재를 드러냈다. 내게 중요했던 사람 중에 그 질투심에 시달리지 않은 이는 별로 없었다. 질투심은 어머니와의 관계 속에서 풍성하게, 또 다방면으로 형성되었다. 질투심은 내가 어느 면으로 보나 더 우월하고 강하고 노련하고 박학다식하며 또 사심 없는 무언가와 투쟁할 수 있도록 해주었다. 이런 투쟁 속에서 내가 얼마나 이기적인가는 전혀 생각하지 못했다. 그 시절에 누군가 내게 내가 어머니를 불행하게 한다고 말해줬다면, 나는 몹시 어안이 벙벙했을 것이다. 내가 당신에게 이러한 권리를 행사하도록 한 이는 다른 누구도 아닌 어머니 자신이었다. 고독 속에서 어머니는 나와 가장 밀접한 관계를 맺었다. 어머니가 당신의 상대가 될 만한 사람을 아무도 알지 못했기 때문이다. 어머니가 부소니 같은 남자와 교류했더라면 나는 파멸하고 말았을 것이다. 어머니가 당신이 몰두하는 모든 중요한 생각들을 내게 속속들이 다 이야기해줬기 때문에 나는 어머니에게 속해 있었다. 내가 어렸기 때문에 많은 걸 숨겼던 식의 절제는 표면적인 것이었다. 어머니는 모든 에로틱한 것을 내게 엄격히 금지했다. 우리가 빈에서 살았던 집 발코니에서 어머니가 놓은 금기는 마치 신이 시나이산에서 직접 선포한 것처럼 내게 너무도 강렬한 힘을 발휘했다. 나는 그런 것에 관해 묻지 않았다. 그런 것이 내 마음을 사로잡은 적은 단 한 번도 없었다. 어머니가 열정적이고 현명하게 세상의 모든 내용물로 나를 가득 채워줬던 데 반해, 나를 혼란스럽게 했을 한 가지는 빠져 있었다. 사람들이 이런 종류의 사랑을 얼마나 필요로 하는지 몰랐기 때문에 나는 어머니가 아쉬워하는 게 무엇인지 짐작도 못 했다. 어머니는 당시 서른두 살이었고 홀몸이었지만, 그것이 내게는 나 자신의 삶과 마찬가지로 지극히 자연스러워 보였다. 당신이 우리에게 화가 나거나, 우리가 당신을 실망시키거나 자극하면, 어머니는 우리를 위해 당신의 삶을 희생하고 있다는 말을 자주 했다. 우리가 그럴 만한 가치가 있도록 처신하지 않으면, 우리에게 예의를 가르쳐줄 남자의 강한 손에 우리를 넘길 거라고 했다. 하지만 나는 어머니가 그 말을 할 때 여자로서 고독한 당신의 삶을 염두에 둔 것임을 알아차리지 못했으며, 또 알아차릴 수도 없었다. 차라리 책이나 계속 읽는 대신 우리에게 시간을 너무 많이 할애하는 것이 어머니가 말하는 그 희생이라고 생각했다.

다른 사람들의 삶에서는 가장 위험한 부작용을 초래하곤 하는 이 금기에 대해 나는 오늘날에도 여전히 어머니에게 감사하고 있다. 그 금기가 내 순수함을 지켜줬다고 말할 수는 없다. 질투심 속에서 내가 전혀 순수하지 않았기 때문이다. 하지만 그 금기는 내가 알고 싶어 하던 모든 것에 대한 신선함과 순진함을 내게 남겨두었다. 나는 그러니까 강박관념이나 부담감을 느끼지 않고 가능한 모든 방법을 통해 배웠다. 더 자극을 받았다거나, 은밀하게 내 마음을 사로잡은 것이 전혀 없었기 때문이다. 내게 다가온 것은 늘 단단히 뿌리를 내렸다. 모든 것을 위한 공간이 있었다. 나는 내게 무언가가 주어지지 않는다는 느낌을 한 번도 받아본 적이 없었다. 오히려 그와 반대로 내게 모든 것이 제공되는 듯 보였으며, 나는 그것을 그저 집어 들기만 하면 되는 것 같았다. 그것은 내 안에 들어오자마자 바로 다른 것과 관련을 맺고, 결합하고, 계속해서 자라며, 자기 나름의 분위기를 만들어내고, 또 새로운 것을 갈망했다. 그것이 바로 형태를 띤 모든 것을 수용하면서도 그저 불어나기만 하는 것은 아닌, 신선함이었다. 모든 것이 현재로 남았다는 것, 잠의 부재가 아마도 순진했던 것 같다.

취리히에서 함께 살던 시절 어머니가 내게 베풀었던 두번째 친절은 더 큰 결과를 낳았다. 어머니는 내가 **타산적으로** 행동하지 않아도 되게 해주었다. 나는 사람들이 실용적인 이유에서 무언가를 행한다는 말을 한 번도 들어보지 못했다. 어떤 사람에게 '유용한' 일을 한 적이 없었다. 내가 파악하고 싶어 하는 모든 것은 동등했다. 나는 이것 또는 저것이 더 편하고, 더 생산적이고, 더 이득이 많을 거라는 말을 듣지 않고도 수백 개의 길 위에서 동시에 움직였다. 사물 자체가 중요했지, 그 유용함이 중요한 것은 아니었다. 정확하고 철저해야 하며 의견을 속임수 없이 주장할 수 있어야 했다. 하지만 이 철저함은 일 자체에 해당하는 것이지, 그 일이 누군가에게 줄 수 있을 어떤 유용함에 해당하는 것은 아니었다. 앞으로 하게 될 것은 거의 거론되지 않았다. 직업적인 것은 아주 뒤로 물러나 있어서 모든 직업이 열려 있었다. 성공은 자신을 위해 계속해서 앞으로 나아가는 것을 의미하지 않았다. 성공은 모두에게 도움이 되는 것이었으며, 그렇지 않다면 성공이 아니었다. 한 여인이 어떻게 본인의 신분을, 자기 집안의 사업가로서의 명망을 잘 의식하며, 그것에 엄청난 자부심이 있고, 또 그 자부심을 절대 부정하지 않으면서도 자신의 시야를 자유롭고 폭넓게, 또 사리사욕 없이 발전시킬 수 있었는지 내게는 수수께끼 같다. 그 이유를 나는 전쟁으로 인한 충격에서만 찾을 수 있을 것이다. 전쟁에서 소중한 사람들을 잃은 모든 이에 대한 연민이 어머니를 갑자기 자신의 한계를 뛰어넘어 관용 그 자체가 되게 했을 것이다. 생각하는 모든 걸 느끼고 고통스러워했으며, 이때 누구에게나 주어진 빛나는 사고 과정이 우선권을 가진 것이다.

언젠가 어머니가 당황한 모습을 본 적이 있었다. 그것은 어머니에 대한 가장 소리 없는 기억이다. 딱 한 번 나는 어머니가 거리에서 우는 모습을 보았다. 공공장소에서 자신의 감정을 드러내기에는 평소의 어머니가 너무도 절제된 사람이었다. 우리는 함께 리마트크바이를 산책하고 있었다. 나는 라셔의 진열

창에 진열된 무언가를 어머니에게 보여주려고 했다. 그때 우리 쪽으로 눈에 띄는 제복 차림의 프랑스 장교 한 무리가 오고 있었다. 그들 중 상당수가 힘겹게 걷고 있었으며, 다른 이들이 그들과 보조를 맞추고 있었다. 우리는 그들이 천천히 지나갈 수 있도록 멈춰 섰다. "중상자들이야." 어머니가 말했다. "저 사람들은 휴양차 스위스에 있는 거란다. 독일군과 교환될 거야." 그리고 얼마 지나지 않아 다른 쪽에서 한 무리의 독일군이 왔다. 그들 중에도 목발을 짚은 사람들이 있었으며, 다른 이들은 그들 때문에 천천히 걸었다. 나는 공포가 어떻게 내 사지를 타고 전율했는지를 아직도 기억하고 있다. 이제 무슨 일이 일어날 것인가? 저들이 서로에게 달려들까? 이런 당혹감 속에서 우리는 제때 피하지 못했고, 서로 지나쳐 가려는 두 무리 사이 한가운데에 갑자기 서 있게 되었다. 아치 아래였으며, 공간이 협소했던 것 같다. 우리는 서로를 스쳐 지나가는 그들의 얼굴을 아주 가까이에서 보았다. 내가 기대했던 것처럼 미움과 분노로 일그러진 얼굴은 하나도 없었다. 그들은 대수롭지 않다는 듯 편안하고 친절하게 서로를 쳐다보았으며, 몇몇은 거수경례를 했다. 그들은 다른 사람들보다 훨씬 더 천천히 걸었다. 그들이 서로를 지나쳐 가기까지의 시간이 내게는 영원처럼 길게 느껴졌다. 프랑스인 중 하나가 몸을 돌려 이제는 이미 지나간 독일인들을 향해 외쳤다. "살뤼! Salut!"* 그 말을 들었을 터인 독일인 하나가 그를 따라 했다. 그도 목발을 하나 짚고 있었는

* "안녕!"

데, 그것을 흔들며 프랑스어로 인사했다. "살뤼!" 이 이야기를 들으며 목발을 위협하듯 흔들었으리라고 생각할지도 모르겠다. 하지만 전혀 그렇지 않았다. 그들은 서로에게 작별 인사 하며 그들에게 공통되게 남은 것이 무엇인지를 보여주었다. 바로 목발이었다. 어머니는 보도의 가장자리 연석으로 올라가 진열장 앞에서 내 쪽을 등지고 서 있었다. 나는 어머니가 떠는 것을 보았다. 나는 어머니 옆으로 가서 조심스럽게 어머니를 살폈다. 어머니는 울고 있었다. 우리는 진열품을 보는 체했다. 나는 한마디도 하지 않았다. 어머니가 다시 진정하자 우리는 아무 말도 하지 않고 집으로 돌아왔다. 나중에도 우리는 그날의 그 만남에 대해서는 절대로 이야기하지 않았다.

## 고트프리트 켈러 축제

다른 반에 있었던 발터 브레슈너와 나는 문학적인 우정을 나누었다. 그는 브레슬라우 출신 심리학 교수의 아들이었다. 그는 항상 '교양 있게' 자신을 표현했으며, 내게 사투리로 말하지 않았다. 우리의 우정은 자연스럽게 생겨났다. 우리는 책에 관해 이야기했다. 하지만 우리 사이에는 아주 큰 차이가 있었다. 그는 막 회자되는 최신 문학에 관심이 있었는데, 그 당시에는 베데킨트가 그런 작가였다.

베데킨트가 가끔 취리히에 왔다. 그러곤 「대지의 정령」이 공연 중인 극장에 나타났다. 그를 두고 격렬한 논쟁이 벌어졌다.

그를 옹호하거나 비판하는 그룹이 생겨났는데, 비판하는 그룹의 세가 더 컸다. 그는 자신을 비판하는 그룹에 더 큰 관심을 보였다. 그에 대해서 내가 직접 경험해서 알고 있는 바는 없었다. 극장에서 그를 본 적이 있는 어머니의 말은 매우 생생했지만(어머니는 채찍을 손에 들고 등장한 그의 모습을 자세히 묘사했다), 판단에는 전혀 확신이 없었다. 어머니는 그에게서 일종의 스트린드베리와 같은 점을 기대했다. 둘 사이의 유사성을 완전히 부정하지 않았지만, 어머니는 베데킨트에게 어딘지 모르게 설교자 같은 구석이 있으며, 동시에 총을 든 저널리스트와 같은 면모도 있다고 했다. 그는 항상 소란을 일으켜 주목받고 싶어 하면서, 사람들의 관심을 끌 수만 있다면 자신의 존재를 어떻게 알리느냐는 전혀 신경 쓰지 않는다고 했다. 하지만 스트린드베리는 모든 것을 꿰뚫어 보고 있음에도 늘 엄격하며 심사숙고한다고 했다. 그가 일종의 의사 같은 면을 가지고 있다는 것이었다. 하지만 병을 고치기 위한 의사도 아니고 육체를 위한 의사도 아니라고 했다. 내가 나중에 직접 그의 책을 읽게 되면 비로소 어머니가 말하는 바를 이해하게 될 거라고 했다. 베데킨트에 대해서도 나는 마찬가지로 매우 불완전하게만 상상할 수 있었다. 올바른 사람들이 내게 경고해주면, 나는 앞서 나가길 원치 않았다. 또 내가 엄청나게 인내심 있는 편이었기 때문에, 그가 내 마음을 사로잡을 수는 없었다.

브레슈너는 반대로 끊임없이 그에 대해서 이야기했다. 심지어 베데킨트 스타일로 작품을 하나 써서는 내게 그것을 읽으라고 주었다. 그 작품 속 무대 위에서 갑자기 아무런 이유 없이 막무가내식 충격이 일어났다. 나는 왜 그러는 건지 이해가 되지 않았다. 내게는 그런 일이 달에서 일어났다고 하는 것보다도 더 낯설었다. 이 시기에 나는『데이비드 코퍼필드』를 구하기 위해 온 서점을 샅샅이 뒤졌다. 그 책을 나는 1년 반 된 디킨스 열광에 대한 상으로, 또 나를 위한 선물로 삼았다. 서점에 갈 때 브레슈너가 동행했다. 어디에서도『데이비드 코퍼필드』를 구할 수 없었다. 그런 옛날 책을 읽는 데에는 눈곱만큼도 관심이 없었던 브레슈너가 나를 놀려댔다. 브레슈너는 낮잡아 보는 뜻으로 그 이름을 '데이비들 코퍼필드'라고 불렀는데, 아무 데도 그 책이 없다는 건 나쁜 징후라고 했다. 아무도 그 책을 읽고 싶어 하지 않는다는 뜻이라는 것이었다. "네가 유일한 독자야." 그가 비꼬듯 말을 덧붙였다.

마침내 나는 그 소설을 찾아냈다. 하지만 레클람 출판사에서 독일어로 출판한 것이었다. 브레슈너는 자기가 좋아하는 베데킨트(베데킨트를 나는 브레슈너의 모방 작품을 통해서만 알고 있었다)를 내가 바보같이 여긴다고 말했다.

우리 둘 사이의 이런 긴장감은 하지만 유쾌한 것이었다. 내가 읽는 책에 관해 이야기할 때면 브레슈너는 내 이야기를 주의 깊게 들었다.『코퍼필드』의 내용도 그는 다 들었다. 반대로 나는 그에게서 베데킨트의 작품 속에서 벌어지는 기묘한 사건들에 대해 들었다. 내가 계속해서 "그런 일은 있을 수 없어. 그건 불가능해!"라고 말하는 게 그에게는 방해가 되지 않았다. 반대로 나를 놀라게 하는 걸 그는 재미있어했다. 오늘날의 내가 보기에 신기한 것은, 나를 놀라게 했던 그의 이야기 중 그 무엇도 기억나지 않는다는 사실이다. 그것은 마치 어디에도 존재하지 않았던 것처럼 나를 스쳐 지나갔다. 내게 그것과의 연결 고리가 전혀 없기에 나는 그 모든 것을 어리석은 것으로 간주해버렸다.

우리 둘의 오만함이 하나로 뭉쳐지고, 우리 둘이 한편이 되어 많은 사람과 대적하는 순간이 왔다. 1919년 7월에 고트프리트 켈러 백 주년 기념행사가 열렸다. 우리 학교 전교생은 프레디거 교회에서 열리는 이 행사에 참석해야 했다. 브레슈너와 나는 함께 레미가에서 프레디거광장으로 내려갔다. 우리는 고트프리트 켈러에 대해서는 전혀 들어본 적이 없었다. 그가 취리히 출신 작가라는 것과 백 년 전에 태어났다는 것이 우리가 알고 있는 전부였다. 우리는 그 기념행사가 프레디거 교회에서 열린다는 것에 놀랐다. 그런 일은 이번이 처음이었다. 집에서 나는 그가 도대체 누구냐고 물어봤지만 아무 소득이 없었다. 어머니는 그의 작품 제목을 단 하나도 알지 못했다. 브레슈너도 그에 대해서 아무것도 들어보지 못해서, 그저 "그냥 스위스인이야"라고 말할 뿐이었다. 우리는 기분이 좋았다. 우리 둘이 예외적인 것 같은 느낌이 들어서였다. 우리는 세계적인 수준의 문학에만, 그러니까 나는 영국 문학에, 브레슈너는 최신 독일 문학에 관심이 있었다. 전쟁 문제에서 우리는 서로 일종의 적이었다. 나는 윌슨 대통령의 14개 조항을 맹신했고, 브레슈너는 독일이 승전하기를 바랐다. 하지만 동맹국이 패망한 이후 나는 승전국에 등을 돌렸다. 당시에 벌써 나는 승자에게 반감을 느꼈다. 그리고 윌슨 대통령이 약속한 대로 독일에 대한 처우가 이행되지 않은 걸 보고는 독일 편으로 기울었다.

그렇게 해서 지금 우리를 갈라놓는 것은 사실상 베데킨트뿐이었다. 나는 베데킨트에 대해서 아는 것이 조금도 없었지만, 한순간도 그의 명성을 의아하게 생각하지는 않았다. 프레디거 교회는 발 디딜 틈이 없을 정도로 꽉 차 있었다. 축제 분위기였다. 음악이 연주되었고 그 뒤로 대단한 연설이 이어졌다. 누가 연설을 했는지는 더 이상 기억나지 않는다. 아마도 우리 학교 선생님 중 한 분이었음이 틀림없다. 하지만 우리를 직접 가르친 분은 아니었다. 기억나는 것은 그가 고트프리트 켈러의 위대함에 점점 더 몰입했다는 것뿐이다. 브레슈너와 나는 은밀하게 빈정대는 시선을 교환했다. 우리는 스스로 작가가 무엇인지 안다고 믿고 있었다. 우리가 전혀 모르는 작가라면 말 그대로 작가가 아니었다. 하지만 연설하는 선생님이 켈러를 점점 더 크게 칭송하자, 마치 내가 늘 들어오던 셰익스피어, 괴테, 빅토르 위고, 디킨스, 톨스토이, 스트린드베리에 대해 말하는 것처럼 들려서 나는 이루 말할 수 없이 놀랐다. 마치 이 세상에 존재하는 최상의 것을, 위대한 작가들의 명성을 모독하는 것 같은 느낌이었다. 나는 너무도 화가 나서 연설 중간에 뭐라고 소리라도 지르고 싶은 심정이었다. 나를 둘러싼 사람들의 예배드리는 것과 같은 마음을 나는 느낄 수 있었다. 아마도 모든 것이 교회에서 행해지고 있기 때문이기도 했을 것이다. 동시에 나는 우리 반 친구 대다수가 켈러에 대해 무관심하리라는 걸 아주 잘 알고 있었다. 그 아이들에게 작가는 오히려 귀찮기만 한 교과목에 불과했기 때문이다. 예배는 모두가 침묵 속에 설교를 받아들이고, 또 아무도 중얼거리지 않는 가운데 진행되는 것이었다. 교회에서 소란을 벌이기에는 나 역시 너무 소심하고, 또 너무도 교육을 잘 받은 아이였다. 분노는 내면으로 스며들어 맹세로 변했다. 그 맹세가 그것을 낳은 계기보다 덜 엄숙한 것은 아니었다. 교회 밖으로 나오자마자, 차라리 조소의 말을 했을 브레슈너에게 나는 매우 진지하게 말했다. "우리는 맹세해야 해, 우리 둘은 절대로 지역 명사가 되지 않겠다고 맹세해야 해!" 그는 나와 농담할 분위기가 아님을 알아차렸다. 그러곤 내가 그에게 한 것처럼 내게 맹세했다. 하지만 그때 그가 진심이었는지는 의심스럽다. 내가 켈러를 읽지 않은 것처럼, 그가 거의 읽지 않았던 디킨스를 그는 내 지역 명사로 치부했다.

당시의 그 연설이 정말로 내용 없는 것이었을 수도 있다. 나는 어려서부터 그런 것에 대한 감각이 있었다. 하지만 내 이 순진한 신념의 가장 깊숙한 곳까지 충격을 준 것은, 어머니가 한 번도 읽어본 적이 없는 작가에게 그토록 높은 권위를 부여한 것이었다. 내 이야기는 어머니를 깜짝 놀라게 했다. 어머니는 말했다. "나는 모르겠다. 이제 그의 책을 좀 읽어봐야겠구나." 다음번에 호팅엔 독서클럽에 갔을 때 나는 끝까지 미루다가 『젤트빌라의 야전병들』을 달라고 했다. 창구에 앉아 있던 여자분이 미소를 지었다. 책을 빌리러 왔던 어떤 신사가 마치 문맹자에게 하듯 내 실수를 고쳐주었다.* 많이 틀린 것은 아니었

* 실제 제목은 『젤트빌라의 사람들*Die Leute von Seldwyla*』인데, 카네티가 '사람들Leute'을 '야전병들Feldleute'로 잘못 말했다.

다. 그가 이렇게 물었을 것이었다. “너 벌써 읽을 수 있니?” 나는 몹시 부끄러웠다. 그래서 켈러에 관해서는 나중에도 약간 조심스럽게 행동했다. 하지만 그때까지도 나는 미래의 어느 날 내가『초록의 하인리히』를 얼마나 심취해서 읽게 될지 예감조차 하지 못했다. 대학생이 되어 다시 빈에 살던 시절, 고골에 완전히 심취해 있던 시절 내게는 내가 알고 있던 당시의 독일 문학에서 유일한 이야기가 켈러의「정의로운 빗 제조공 세 사람」인 것처럼 생각되었다. 2019년에도 내가 여전히 살아 있어서 프레디거 교회에서 그의 2백 주년 기념식에 서는 영광을 얻고, 그를 기리는 연설을 하는 행운을 얻게 된다면 나는 그에게 완전히 다른 찬사를, 열네 살짜리의 무지한 오만함 그 자체를 극복할 만한 찬사를 보낼 것이다.

## 곤경에 처한 빈
## 밀라노에서 온 노예

2년 동안 어머니는 우리와 함께하는 이 삶을 견뎌냈다. 우리는 어머니를 완전히 독차지했다. 내 눈에 어머니는 행복해 보였다. 나 자신이 행복했기 때문이다. 그 삶이 어머니에게는 힘들었다는 것을, 또 어머니에게 무언가가 결여되어 있다는 것을 나는 짐작하지 못했다. 예전에 빈에서 일어났던 일이 다시 반복되었다. 2년간 우리에게 집중한 후 어머니의 힘이 빠지기 시작했다. 내가 눈치채지 못하는 사이, 어머니의 내면에서 무언가가 부서져 떨어졌다. 불행은 다시금 병의 형태로 찾아왔다. 당시에 한 질병이 온 세상을 휩쓸었다. 더 자세히 말하자면 1918년에서 1919년으로 넘어가는 겨울에 지독한 유행성 독감이 돌았다. 우리 3형제도 급우, 선생님, 친구 등 우리가 아는 모든 이들처럼 그 병을 앓았다. 그래서 우리는 어머니도 그 감기에 걸린 것을 특별한 일로 생각하지 않았다. 아마도 어머니는 적절한 간호를 받지 못하고, 너무 빨리 병상에서 일어났던 것 같다. 갑자기 어머니에게 합병증이 생겼는데, 혈전증이었다. 어머니는 병원에 몇 주간 입원해야 했다. 퇴원 후 집에 돌아온 어머니는 더는 예전의 어머니가 아니었다. 어머니는 오래 누워 있어야 했고, 몸조심해야 했다. 집안 살림이 어머니에게 너무 과중했으며, 어머니는 비좁은 집에서 답답함과 압박감을 느꼈다.

어머니는 더 이상 밤에 턱을 괸 채 당신의 의자에 무릎 꿇고 앉지 않았으며, 예전처럼 내가 쌓아놓은 노란색 책 더미에 손대는 일도 없었다. 스트린드베리는 어머니의 총애를 잃고 말았다. "나는 너무 불안하단다." 어머니가 말했다. "스트린드베리가 나를 우울하게 한단다. 이제는 그의 책을 읽을 수가 없어." 내가 옆방에서 이미 잠자리에 들어 있는 밤에 어머니는 갑자기 피아노 앞으로 가 앉았다. 그러곤 슬픈 노래를 연주했다. 어머니는 나를 깨우지 않으려고 당신 딴에는 작게 연주했다. 피아노 연주에 맞춰 더 작은 목소리로 콧노래를 흥얼거렸다. 그러다가 나는 어머니가 갑자기 우는 소리와 이미 6년 전에 돌아가신 아버지와 이야기 나누는 소리를 들었다.

다음 몇 달 동안은 점차적으로 해체되는 시간이었다. 어머니가 계속 허약했기 때문에 어머니와 나는 이런 식으로는 더 이상 안 된다는 걸 확인하게 되었다. 어머니가 가족을 해체해야만 할지도 몰랐다. 나와 동생들은 우리에게 무슨 일이 일어나게 될 것인지 여기저기 물어보고 다녔다. 이미 동생들은 둘 다 오버슈트라스에 있는 초등학교에 다니고 있었다. 아직은 초등학교였기에 동생들은 이미 1916년에 몇 달 가 있었던 로잔의 기숙학교에 다시 간다고 해도 잃는 것이 없었다. 그곳에서 동생들은 아직 그렇게 잘하지 못하는 프랑스어를 더 잘 배울 수 있었다. 하지만 나는 이미 주립학교에 다니고 있었다. 학교생활은 만족스러웠으며, 선생님들 대부분을 좋아하고 있었다. 그 중 한 분을 나는 특히 좋아했는데, 그래서 어머니에게 그 선생님이 없는 그저 그런 학교에는 다시 가지 않겠다고 선언할 정도였다. 어머니는 내 이런 열렬함에 내재된 부정적인 면과 긍정적인 면을 모두 알고 있었기에, 그걸 그냥 하는 말로 취급할 수 없다는 것을 알았다. 그래서 길고 긴 고민의 시간 동안 내가 취리히에 남아 어느 기숙사에 들어가는 것으로 확정되었다.

어머니 스스로는 치명타를 입은 건강을 다시 회복하기 위하여 모든 것을 할 거라고 했다. 우리는 베른의 산지에서 함께 그해 여름을 지내게 될 거라고 했다. 우리 셋을 각각의 장소에 보낸 후에 어머니는 빈으로 가서 아직도 그곳에 있는 권위 있는 전문가에게 철저한 검진을 받을 거라고 했다. 그들이 어머니에게 적합한 치료법을 권해줄 테니, 의사들의 권고를 엄격하게 따를 거라고 했다. 아마도 우리가 다시 함께 살 수 있기까지 1년, 어쩌면 조금 더 시간이 걸릴 거라고 했다. 전쟁은 끝났다. 그 사실이 어머니를 빈으로 잡아당겼다. 우리가 쓰던 가구며 책들이 빈에 있었다. 3년이 지난 지금 그것들이 어떤 상태일지 뻔했다. 빈으로 가야 하는 이유는 아주 많았다. 하지만 가장 큰 이유는 빈 그 자체였다. 빈의 좋지 않은 상황 이야기가 자주 들려왔다. 온갖 개인적인 이유 외에도 어머니는 그곳이 괜찮은지를 살펴야 한다는 일종의 의무감 같은 걸 느꼈다. 오스트리아가 몰락했다. 전쟁을 벌이는 동안에는 어머니가 일종의 불쾌한 감정을 가지고 떠올렸던 나라가 이제는 당신이 보기에 무엇보다도 빈으로 이루어져 있었다. 어머니는 동맹국이 패배하기를 바랐었다. 그들이 전쟁을 일으켰다고 확신했기 때문이었다. 어머니는 이제 책임감을 느끼고 있었다. 마치 어머니의 그런 생각이 그 도시를 불행에 빠뜨리기라도 한 것처럼 빈에 대해 거의 죄책감을 느끼고 있었다. 어느 밤 어머니는 내게 매우 진지하게 말했다. 그곳이 어떤 상황인지 두 눈으로 직접 봐야겠다고 했다. 빈이 완전히 쑥대밭이 되었을지도 모른다는 생각에 견딜 수 없다고 했다. 아직 확실하지는 않았지만, 나는 어머니의 건강과 밝음과 의연함이 흔들리게 된 것이, 어머니가 우리를 위해 그토록 바랐던 종전 그리고 오스트리아의 몰락과 관계가 있다는 사실을 깨닫기 시작했다.

여름을 보내기 위해 다시 한번 칸더슈테크로 갔을 때, 우리는 다가오는 이별을 받아들였다. 나는 어머니와 함께 큰 호텔에 묵는 것에 익숙했다. 어린 시절부터 어머니는 호텔 말고 다른 곳에는 가지 않았다. 어머니는 차분한 분위기와 정중한 접대를 받는 것, 그리고 자신의 테이블에 앉아 정찬을 들며 티 나지 않는 호기심으로 드나드는 손님들을 관찰할 수 있다는 것을 좋아했다. 어머니는 당신이 추측하며 관찰한 모든 사람에 관해 우리에게 이야기하고, 그들의 출신을 맞혀보고, 그들을 가볍게 비난하거나 지적하는 것을 좋아했다. 어머니는 내가 아직 어리기 때문에 세상에 다가가지 않고 그런 방식으로도 거대한 세상에 대해 무언가를 경험할 수 있을 거라는 생각이었다.

한 해 전 여름을 우리는 우르너호수 위 높은 지대에 있는 젤리스베르크에서 보냈다. 그곳에서 우리는 어머니와 함께 자주 숲을 지나 뤼틀리초원으로 내려갔다. 처음에는 빌헬름 텔을 기리기 위해서였다. 하지만 이내 강한 향기가 나는 시클라멘을 따기 위해서로 이유가 바뀌었다. 어머니는 그 향기를 사랑했다. 어머니는 향기가 나지 않는 꽃은 존재하지 않는 듯 거들떠보지도 않았다. 은방울꽃과 히아신스와 장미꽃에 대한 어머니의 열정은 그만큼 더 격렬했다. 어머니는 그 꽃들에 관해 이야기하는 걸 좋아했으며, 외할아버지 댁 정원에서 보낸 어린 시절의 장미꽃 이야기로 그 이유를 설명해줬다. 학교에서 가지고 와 집에서 완성한 내 자연사 공책—나처럼 그림을 못 그리는 사람에게는 말 그대로 스트레스인 작업이었다—을 어머니는 밀쳐냈는데, 나는 단 한 번도 어머니가 그 분야에 관심을 가지도록 하는 데 성공하지 못했다. “죽은 거야!” 어머니는 말했다. “다 죽은 거야! 향기도 없고 그저 슬프게만 할 뿐이야!” 하지만 어머니는 뤼틀리초원에는 열광했다. “스위스가 이곳에서 생겨났다는 게 놀랍지 않지. 이런 시클라멘 향기 속에서

라면 나는 뭐라도 맹세했을 거야. 그들은 무엇을 지켜야 하는지 이미 알고 있었지. 이런 향기를 위해서라면 나는 내 삶이라도 바칠 준비가 되어 있다고." 어머니는 갑자기 『빌헬름 텔』에서 항상 무언가 부족한 듯하다는 느낌을 받아왔다고 고백했다. 그것이 무엇이었는지 이제야 알겠다는 것이었다. 그게 바로 향기라는 것이었다. 나는 그 당시에는 야생 시클라멘이 없었다고 반박했다. "물론 있었어. 그렇지 않았다면 스위스는 없을 거야. 그렇지 않았다면 그들이 맹세했으리라고 생각하니? 여기, 바로 여기였어. 이 향기가 스위스인들에게 맹세할 힘을 주었단다. 안 그러면 너는 주인에게 억압받는 농부가 없었다고 생각하니? 하필이면 왜 스위스에서 그런 일이 있었겠니? 왜 이 내륙 지방의 한가운데에서 그랬겠니? 뤼틀리초원에서 스위스가 생겨났어. 그리고 나는 이제 알겠어, 스위스인의 용기가 어디서 났는지를 말이야." 처음으로 어머니는 실러에 대해 품었던 의심을 털어놓았다. 그 의심에 대해 언급하지 않음으로 어머니는 내가 혼란스러워하지 않도록 나를 보호해왔다. 이 향기에 취해서 어머니는 자신의 의구심을 버리고 이미 오래전부터 당신을 짓눌러왔던 그 무언가를 내게 털어놓았다. 바로 실러의 썩은 사과였다. "내 생각에는 그가 『군도』를 쓸 때만 해도 달랐던 것 같아. 그때 그에게는 썩은 사과가 필요 없었던 것 같다." "그럼 돈 카를로스는요? 발렌슈타인은요?" "그래, 그래." 어머니가 말했다. "네가 그 작품들을 알고 있다는 게 대견하구나. 작품 속 인물들의 삶을 **빌리는** 작가들이 있다는 걸 너도 알게 될 거다. 다른 작가들은 작품 속 인물들의 삶을 **소유하지**, 세익스피어처럼 말이야.” 나는 우리가 그 둘, 그러니까 셰익스피어와 실러를 함께 읽었던 빈 시절의 저녁 독서 시간을 배반한 어머니에게 몹시 화가 나서 약간 무례하게 말했다. “제 생각에는 어머니가 시클라멘 향기에 취한 것 같은데요. 그래서 평소라면 절대로 생각하지 않았던 것들을 이야기하시는 거예요.”

내 말에 어머니는 이야기를 멈췄다. 어머니가 내 말이 일리가 있다는 걸 느꼈을지도 모른다. 내가 나만의 결론을 내리고 반격을 허락지 않는 것을 어머니는 좋아했다. 나는 호텔 생활에서도 침착함을 유지했다. 그래서 진정으로 기품 있는 손님들에게조차도 절대로 마음을 빼앗기는 법이 없었다.

우리는 ‘그랜드 호텔’에 묵었다. 때때로, 아니면 최소한 휴가 중에라도 자신에게 적합한 모습으로 살아야 한다는 게 어머니의 생각이었다. 그뿐 아니라 일찍부터 상황의 변화에 익숙해지는 게 전혀 나쁘지 않을 거라고 했다. 학교에서는 내가 정말 다양한 친구들과 함께한다고 했다. 그 때문에 내가 학교에 가는 것을 좋아한다고 했다. 어머니는 내가 다른 아이들보다 더 쉽게 공부한다는 이유로 학교에 가는 걸 좋아하는 게 아니기를 바란다고 했다.

“하지만 어머니는 바라잖아요! 제가 학교에서 형편없으면 저를 경멸할 거잖아요!”

“내 말은 그 뜻이 아니란다. 나는 그런 생각은 한 번도 해본 적이 없단다. 하지만 너는 나와 이야기하는 것을 좋아하고, 또 나를 절대로 지루하게 하고 싶어 하지 않잖니. 그러려면 네가 많은 걸 알아야 해. 나는 바보와는 절대로 이야기할 수 없거든.

내가 너를 진지하게 대해야 하거든.”

그것을 나는 진즉부터 알고 있었다. 하지만 호화로운 호텔 생활과 그게 무슨 상관인지는 완전히 이해하지 못했다. 나는 그것이 어머니가 “훌륭한 가문”이라고 일컫는 당신의 출신과 관계된 것임을 아주 잘 알고 있었다. 어머니의 집안에는 나쁜 사람들이 적지 않게 있었다. 그런 친척들에 대해 어머니는 내게 조금도 숨기지 않고 말했다. 내 앞에서 어머니는 당신의 사촌과 동서를 “도둑”이라며 욕했고, 그들에게 호통치며 아주 비열한 방식으로 죄를 뒤집어씌웠었다. 그는 같은 가문 출신이 아니었나? 그런 집안에서 좋은 게 뭐지? 그는 이미 가지고 있는 것보다 더 많은 돈을 원했어, 이것이 어머니가 최종적으로 설명한 방식이다. 어머니의 ‘좋은 가문’에 관한 이야기가 나오면 나는 벽에 부딪혔다. 좋은 가문에 못이라도 박힌 것처럼 어머니는 확고부동했으며, 어떠한 반론도 허락하지 않았다. 때때로 나는 어머니의 그런 모습에 절망했다. 그래서 어머니를 거칠게 붙잡고 소리치기도 했다. “어머니는 어머니예요! 어머니는 다른 가족보다 훨씬 더 귀하다고요!”

“그리고 너는 버릇이 없지. 네가 날 아프게만 하고 있잖니. 날 놔줘!” 나는 어머니를 놓아주었다. 하지만 그 전에 한마디를 덧붙였다. “어머니는 이 세상에 존재하는 다른 모든 이들보다 더 귀하다고요! 나는 알아요! 나는 안다고요!” “언젠가 네가 다르게 얘기할 날이 오겠지. 네가 지금 한 말을 그때 상기시키지는 않으마.”

하지만 내가 ‘그랜드 호텔’에서 불행했다고 말할 수는 없다.

그곳에서 많은 일이 일어났다. 사람들이 왔다. 그리고 비록 차차 그러긴 했지만, 먼 곳을 여행했던 이들과 대화하게 되기도 했다. 우리가 젤리스베르크에 있을 때였다. 한 노신사가 우리에게 시베리아 이야기를 들려줬다. 그러고 나서 며칠 뒤 우리는 아마존에 갔던 어떤 부부를 알게 되었다. 그 이듬해 여름 칸더슈테크에서 우리는 물론 다시 '그랜드 호텔'에 묵었는데, 우리 옆 테이블에 뉴턴이라는 정말 과묵한 영국 남자 하나가 앉아 있었다. 그는 항상 얇은 박지에 인쇄된 책을 읽었는데 그가 읽는 것이 디킨스의 책이라는 것, 그것도 하필이면 『데이비드 코퍼필드』라는 것을 알아낼 때까지 어머니는 멈추지 않았다. 나는 그에게 호감이 생겼다. 그렇지만 내가 그러는 것이 그에게는 별다른 인상을 주지 못했다. 그는 몇 주 동안 내내 말이 없었다. 그러다가 그가 내 또래의 다른 아이들 두 명과 함께 나를 데리고 소풍 갔다. 우리는 여섯 시간 동안 함께 있었다. 그는 이리저리 다니는 내내 한마디도 하지 않았던 것 같다. 호텔로 돌아와서 우리를 각자의 부모님에게 돌려보내며 그가 말했다. 베른 오버란트의 경치는 티베트와 비교할 수가 없다는 것이었다. 나는 그가 마치 스벤 헤딘이라도 되는 것처럼 뚫어지게 그를 쳐다보았다. 하지만 그 이상의 말을 듣지는 못했다.

이곳 칸더슈테크에서 어머니가 폭발하는 사건이 일어났다. 그 사건은 어머니의 내면에서 일어나고 있는 일이 어머니의 병약한 상태 그 이상이라는 것, 우리가 취리히에서 받았던 모든 조언 이상으로 엄청난 것임을 내게 여실히 보여주었다. 밀라노에서 온 어떤 가족이 호텔에 들어왔다. 부인은 아름답고 사치스러운 이탈리아 사교계 여인이었고, 남편은 오래전부터 밀라노에 사는 스위스 사업가였다. 그들은 미켈레티라는 이름의 전속 화가를 대동했는데, "유명한 화가"로 오직 그 가족만 그려야 했으며, 늘 그 부인의 감시를 받고 있었다. 그는 사업가의 돈과 그 부인의 아름다움에 예속되어 몸에 족쇄를 차고 있는 것처럼 행동하는 작은 남자였다. 그는 어머니에게 감탄했다. 그러곤 어느 날 저녁 식당을 떠나며 어머니에게 찬사의 말을 건넸다. 그가 어머니에게 어머니의 초상화를 그리고 싶다는 말을 직접적으로 한 것은 아니었다. 하지만 어머니는 그렇다고 확신했으며 엘리베이터를 타고 올라가는 동안 우리에게 말했다. "그가 나를 그릴 거란다! 내가 영원불멸하게 되는 거야!" 어머니는 그 후로도 오랫동안 진정하지 못했다. '아이들'은 이미 오래전에 잠자리에 들어 있었다. 나는 어머니와 함께 깨어 있었다. 어머니는 마치 무대 위에 있는 양 도무지 앉지를 못하고 끊임없이 방 안을 왔다 갔다 하며 시를 읊조리는 것처럼, 또 노래하는 것처럼 중얼거렸다. 사실 어머니는 아무 말도 하지 않았다. 그저 계속해서 온갖 멜로디로 흥얼거렸다. "나는 영원불멸하게 될 거야!"

나는 어머니를 진정시키려고 했다. 어머니가 그렇게 흥분한 모습이 내겐 낯설었고 나를 놀라게 했다. "그렇지만 그 사람은 어머니를 그리고 싶다는 말을 어머니에게 전혀 하지 않았는데요!" "그가 눈으로 말을 했지, 눈으로, 눈으로 말이야! 그 사람이 그런 말을 할 수가 없었잖니, 그 부인이 옆에 있었으니까. 어떻게 그런 말을 할 수 있었겠어! 그 부부가 그를 감시한단다. 그는 그들의 노예야. 자신을 그들에게 팔았어. 돈을 벌려고 자신을 팔았지. 그가 그리는 모든 것이 그 부부의 소유란다. 그 부부가 그에게 자신들이 원하는 것을 그리라고 강요한단다. 위대한 예술가인데 그렇게 유약하다니! 그렇지만 그는 나를 그릴 거야. 그럴 용기를 내게 될 거야. 그리고 그 부부에게 말하겠지! 그 부부에게 다시는 아무것도 그리지 않겠노라고 으름장을 놓을 거야. 그걸 억지로라도 관철할 거야. 그는 나를 그리게 될 거고, 나는 영원불멸하게 되는 거야!" 그러고는 지루하게 반복되는 한탄의 마지막 문장이 다시 시작되었다. 나는 어머니가 부끄러웠으며 그런 모습이 안쓰러웠다. 그리고 처음의 경악이 가시고 나자 나는 화가 났다. 그래서 어떤 식으로든 어머니를 공격했는데, 어머니를 좀 진정시키기 위해서였다. 어머니는 미술에 대해서는 한마디도 언급한 적이 없었다. 어머니가 좀처럼 흥미를 느끼지 못했던 예술 장르였으며, 미술에 대한 식견도 없었다. 미술이 어머니에게 갑작스럽게 매우 중요한 장르가 되었다는 게 더 부끄러운 일이었다. "어머니는 그 사람이 그린 그림을 하나도 본 적이 없잖아요! 어쩌면 그가 그린 것이 어머니 마음에 전혀 들지 않을지도 몰라요. 어머니는 그의 이름을 단 한 번도 들어본 적이 없다고요. 그자가 그토록 유명하다는 사실을 어머니는 어디서 들어 알고 있는 거죠?" "그 부부가 직접 그렇다고 얘기했단다. 그 노예 주인들이 말이야. 그 사람들이 주저하지 않고 말하더구나. 그가 밀라노 출신의 유명한 화가이고, 그래서 그 사람을 붙잡았노라고 말이야! 그 화가는 항상 나를 뚫어지게 쳐다본단다. 자기 테이블에 앉아서 항상 내가 앉은 쪽을 넘겨다본다고. 그의 눈은 항상 나를 향해 있어. 그 사람은 다른 것은 할 수가 없단다. 그는 화가야. 더 숭고한 힘을 지녔지. 내가 그에게 영감을 주었어. 그러니 그가 나를 그릴 수밖에 없겠지!"

어머니는 많은 사람의 시선을 한 몸에 받았다. 하지만 저급하거나 뻔뻔스럽게 쳐다보는 사람은 없었다. 그렇게 시선을 받는 것이 어머니에게 큰 의미가 있지는 않은 것 같았다. 어머니가 그런 것에 대해 한 번도 언급한 적이 없었기 때문이다. 어머니는 늘 어떤 생각에 몰두하고 있었기에 나는 어머니가 그런 시선을 눈치채지 못한다고 생각했다. 나는 그런 시선을 눈치챘다. 어머니에게 영향을 끼치는 것이었다면 그 어떤 시선도 나를 피해 가지 못했다. 사람들이 쳐다보는 것에 관해 어머니에게 단 한 마디도 하지 않은 것은 아마도 질투 때문이었지, 어머니를 존중해서만은 아니었던 것 같다. 그런데 이제 어머니는 끔찍한 방식으로 과거를 만회했다. 불멸의 존재가 되려 한다고 해서 내가 어머니를 부끄러워한 것이 아니었다(이런 바람이 어머니의 내면에 얼마나 열렬하게, 또 얼마나 강력하게 자리하고 있는지를 예감조차 하지 못했음에도 나는 어머니의 그런 소망을 이해하기는 했다). 하지만 어머니가 당신의 소망을 다른 사람의 손을 통해 이루려 한다는 것이, 거기에 한 가지 더, 자기 자신을 판 사람의, 어머니 자신도 품격 없는 노예라고 여기는 사람의 손을 통해서 이루려 한다는 것이, 이런 불쌍한 존재의 나약함에 어머니의 소원 성취 여부가 달려 있다는 것이, 그 노예 주인들의, 그러니까 개처럼 그를 끈에 묶어 데리고 다니며 그가 누군가와 대화라도 할라치면 모든 사람이 보는 앞에서 거리낌 없이 휘파람으로 그를 부르는 밀라노에서 온 그 부유한 가족의 변덕에 어머니의 소원 성취 여부가 걸려 있다는 것이 수치스러웠다. 내겐 끔찍한 일이었다. 어머니의 체면이 실추되는 일이라고 생각했기에 나는 그것을 견딜 수 없었다. 어머니가 계속해서 불을 질렀기 때문에 화난 나는 어머니의 희망을 부숴버렸다. 물론 그의 주인들이 그의 팔을 잡고 떼어내기까지 아주 잠깐이기는 했지만, 그가 식당을 떠날 때 주변에 있는 모든 여자에게 아첨의 말을 지껄인다는 사실을 나는 어머니에게 냉정하게 이야기해줬다.

하지만 어머니는 내 말에 곧바로 승복하지 않았다. 미켈레티의 찬사를 지켜내기 위해 사자처럼 싸웠고, 내가 막 입증한 걸 반박했다. 어머니는 그가 자신에게 던졌던 눈길 하나하나에 대해 내게 대놓고 말했다. 어머니는 그의 눈길을 단 하나도 놓치지도 잊어버리지도 않았다. 밝혀진 바에 따르면 밀라노 사람들이 도착한 후 며칠 안 되는 기간에 어머니는 그 밖의 다른 것은 아무것도 신경 쓰지 않았다. 어머니는 그의 찬사만을 애타게 기다렸으며, 그 화가와 같은 시간에 식당 출구에 서 있으려고 특별히 타이밍을 조절했다. 화가의 여주인을, 그 아름다운 사교계 여인을 어머니는 매우 싫어했다. 하지만 어머니는 그녀의 목적을 이해한다고 인정했다. 그녀 자신도 마찬가지로 가능한 한 자주 그에게 그려지길 원한다는 것이었다. 그리고 약간 경박하며, 자기 자신의 성격을 아는 그가 부패하지 않기 위해서 자유의지로 이러한 노예 생활에 들어갔다는 것이었다. 그에게 그 무엇보다도 가장 중요한 예술을 위해 그랬다는 것이었다. 그가 그렇게 한 건 잘한 일이라는 것이었다. 솔직히 그가 현명했다는 것이었다. 우리 같은 사람들이 천재가 빠지는 유혹에 대해 무엇을 알겠냐는 것이었다. 그러한 경우에 우리가 할 수 있는 일이라곤 기껏해야 옆으로 비키거나, 우리에게 호감을 느낄지, 우리가 그의 천재성을 펼치는 데 뭐라도 기여할 수 있을지 조용히 기다리는 게 전부라는 것이었다. 덧붙여 어머니는 그가 당신을 그려서 영원불멸하게 해줄 것임을 확신한다고 했다.

빈 시절 이후로, 그러니까 박사님이 차를 마시러 우리 집을 방문했던 그 시절 이후로 나는 어머니에게 이와 같은 증오심을 더는 품지 않았다. 그런데 아주 갑작스럽게 증오심이 일었다. 밀라노에서 온 그 스위스 남자가 도착하던 날 저녁 한 무리의 호텔 손님들 앞에서 덩치 작은 미켈레티에 대해 언급한 것으로부터 촉발되었다. 그는 미켈레티의 하얀색 각반을 가리키며 고개를 가로저으면서 말했다. "나는 사람들이 이 사람이랑 뭘 하려고 하는지 모르겠소. 밀라노에 사는 사람들 누구나 이 사람한테 초상화를 맡기고 싶어 한다는군요. 이 사람도 손이 두 개뿐인데 말이에요, 안 그래요?"

아마도 어머니가 내 증오에 대해 조금은 눈치를 챘던 것 같다. 어머니는 빈에 살던 당시의 불쾌했던 몇 주 동안 그것을 겪어봤었다. 어머니는 지금 당신이 사로잡혀 있는 그 망상에도 불구하고 내 적개심을 먼저는 방해로, 그다음에는 위험으로 여겼다. 어머니는 당신이 확실하게 믿고 있는 초상화에 대해 완강하게 고집을 부렸다. 어머니의 힘이 약해짐을 내가 느꼈을 때도 여전히 어머니는 같은 말을 반복했다. 갑자기 어머니가 방을 오락가락하던 걸 멈추고 내 앞에 위협하듯 멈춰 서서는 경멸하는 투로 말했다. "네가 나한테 질투하고 있는 건 아니니? 내가 그 사람한테 우리 둘을 같이 그려야 허락하겠다고 말할까? 너한테 그게 그렇게 급하니? 네가 직접 그걸 얻어낼 생각은 없니?"

이런 식으로 죄를 덮어씌우는 게 너무도 저질스럽고 부적절해서 나는 아무런 대꾸도 할 수 없었다. 내 말문을 막고 생각도 마비시켜버렸다. 그 말을 하면서 마침내 나를 쳐다보았을 때 어머니는 내 얼굴에서 당신의 말이 어떤 작용을 하고 있는지를 읽었다. 어머니는 무너져 내렸다. 그러곤 격렬하게 한탄하기 시작했다. "너는 내가 미쳤다고 생각하는구나. 너한테는 아직 살날이 많잖니. 내 삶은 끝났어. 네가 나를 이해하지 못하는 늙은 남자니? 네 할아버지가 네 속으로 들어간 거니? 네 할아버지는 나를 항상 미워했지. 하지만 네 아버지는 그렇지 않았어. 네 아버지가 살아 있다면, 너로부터 나를 지켜주련만."

어머니는 지칠 대로 지쳐 울기 시작했다. 나는 어머니를 안고 쓰다듬어줬다. 그리고 동정하는 마음으로 어머니가 그토록 바라는 초상화를 허락해줬다. "매우 아름다울 거예요. 어머니 혼자 그려져야지요. 완전히 어머니 혼자만요. 모든 사람이 어머니의 초상화에 감탄할 거예요. 저는 그 화가에게 그 그림을 어머니에게 선물해야 한다고 말할 거예요. 하지만 박물관으로 가는 게 가장 좋겠지요." 나의 이 제안이 어머니의 마음에 들었다. 어머니는 차차 진정했다. 하지만 어머니는 기운이 하나도 없었다. 나는 어머니를 침대로 부축해 갔다. 생기 하나 없이 기진맥진한 어머니의 머리가 베개 위에 놓였다. 어머니가 말했다. "오늘은 내가 어린아이고, 네가 엄마구나." 그러곤 잠들었다.

다음 날 어머니는 조바심을 내며 미켈레티의 시선을 피했다. 나는 어머니를 걱정스레 지켜보았다. 어머니의 열광이 사라졌다. 어머니는 아무것도 기대하지 않았다. 그 화가는 다른 여자들에게 찬사의 말을 건넸고, 그를 감시하는 자들은 그를 끌고 갔다. 그러는 것을 어머니는 알아차리지 못했다. 며칠 뒤 밀라노에서 온 사람들이 호텔을 떠났다. 무언가가 그 부인 마음에 들지 않았다고 했다. 그들이 떠나자 호텔 주인 로슬리 씨가 우리 테이블로 와서 어머니에게 자신은 그런 손님을 좋아하지 않는다고 말했다. 그 화가는 전혀 유명한 사람이 아니라며, 자기가 알아봤다고 했다. 보아하니 그 주인 일가가 그 화가의 부탁을 받은 듯하다는 것이었다. 자신은 점잖은 호텔을 운영하고 있으며, 야바위꾼이 있을 곳이 아니라고 했다. 옆 테이블의 뉴턴 씨가 자신의 박지 책에서 시선을 떼더니 고개를 끄덕였다. 그러고는 한마디 하려다가 참았다. 그것도 그로서는 많은 말을 한 셈으로 로슬리 씨와 우리는 그것을 동의의 표현으로 이해했다. 어머니가 로슬리 씨에게 말했다. "그 화가가 바르게 처신하지 않았지요." 호텔 주인은 계속해서 호텔을 돌며 다른 손님들에게도 사과했다. 밀라노 사람들이 떠난 걸로 모든 것이 홀가분해진 듯 보였다.

# 제5부
# 취리히—티펜브루넨
# 1919～1921

## 얄타 빌라의 선량한 노처녀들
### 베데킨트 박사

얄타라는 이름의 유래를 나는 알지 못했다. 하지만 그 이름은 내게 매우 친숙했다. 약간 튀르키예 느낌이 났기 때문이다. 그 집은 교외의 티펜브루넨에 있었다. 호수 아주 가까운 곳에 있었는데, 집과 호수 사이에 길 하나와 기찻길 하나가 놓인 게 전부였다. 약간 높은 지대에 있는 그 집은 나무가 무성한 정원 속에 있었다. 비탈길을 조금 올라가면 그 집의 왼쪽 면에 다다랐다. 집의 네 모서리마다 높이 자란 포플러가 있었다. 집에 바싹 붙어 있어서 나무들이 마치 집을 떠받치고 있는 것 같았다. 그 포플러들이 사각으로 모난 모습의 무게감을 약간 덜어주고 있었다. 호수에서 꽤 멀리 떨어진 바깥에서도 그 나무들이 보였으며, 그 집의 위치를 표시해줬다.

담쟁이덩굴과 상록수가 길에서 집의 앞쪽 정원을 가리고 있었는데, 공간이 충분해서 사람이 숨을 수 있을 정도였다. 거대한 주목 한 그루가 집 쪽으로 더 가까운 곳에 있었는데, 마치 올라가는 용도로 놓인 것처럼 폭이 넓은 가지들이 뻗어 있어서 순식간에 나무 위로 올라갈 수 있었다.

집 뒤편에는 오래된 테니스장으로 올라가는 돌계단이 몇 개 있었다. 테니스장은 더 이상 손질되지 않아 바닥이 고르지 않고 거칠었다. 그곳은 테니스 치기에만 적합하지 않을 뿐, 모든 공적인 활동에 사용되었다. 돌계단 옆에 있는 사과나무는 놀라울 정도로 사과가 많이 열렸다. 내가 입주하던 날 사과가 정말 많이 달려서 여러 개의 버팀목으로 받쳐야 했다. 계단을 뛰어 올라가면 사과가 바닥으로 떨어졌다. 그 집 왼쪽의 격자 울타리로 담장이 덮여 있는 작은 집에는 첼리스트 하나가 부인과 함께 세 들어 살고 있었는데, 테니스장에서 그가 연습하는 소리가 들렸다.

실제 과수원은 그곳 뒤쪽에서부터 비로소 시작되었다. 과수원은 비옥했고 수확량이 많았다. 그 과수원 옆으로 그 위치 때문에 항상 눈에 들어오는 사과나무 한 그루가 있었는데, 그다지 볼품은 없었다.

비탈길로부터 교실처럼 무미건조한 큰 홀을 통해 집 안으로 들어갔다. 긴 탁자에는 보통 어린 여자아이 몇이 과제를 하거나 편지를 쓰며 앉아 있었다. 얄타 빌라는 오랫동안 여학생 기숙학교였다. 얼마 전부터 하숙집으로 바뀌었는데, 입주자들은 아직도 변함없이 여러 나라에서 온 어린 여자아이들이었다. 하지만 빌라 안에서 수업을 받지는 않았고 외지의 학교에 다녔다. 그래도 함께 식사했으며 숙녀분들의 보살핌을 받았다.

아래층에 있는 식당은 항상 곰팡내가 났는데, 홀 못지않게 휑했다. 나는 3층에 있는 다락방을 침실로 배정받았다. 좁고 초라한 방이었다. 나는 정원의 나무들 사이로 호수를 바라보았다.

티펜브루넨역이 가까웠다. 그 집이 있는 제펠트가街에서 선로 건너편 역 쪽으로 가는 육교가 있었다. 해는 연중 특정한 시간에, 그러니까 내가 육교 위에 서 있을 때면 막 떠오르곤 했다. 나는 늦어서 서두르는 중이어도 멈춰 서서 해를 향해 경의를 표하는 일을 절대로 빼먹지 않았다. 그런 뒤에 역으로 가는 나무 계단을 뛰어 내려가 기차에 올라탔다. 터널을 지나 슈타델호펜까지 한 정거장을 갔다. 레미가에서 나는 주립학교까지 뛰어 올라갔다. 하지만 뭐라도 볼거리가 있는 곳마다 멈춰 섰다. 그래서 학교에는 항상 늦게 도착했다.

하굣길에는 더 높은 곳에 있는 촐리커가를 걸어서 갔다. 대개는 나와 마찬가지로 티펜브루넨에 사는 친구와 함께였다. 우리는 중요한 대화에 몰두했다. 그래서 집 밖에 도착해서 헤어져야 할 때마다 나는 아쉬워했다. 그 친구에게 함께 사는 숙녀분들과 어린 여자아이들에 대해서는 한 번도 말한 적이 없었다. 나는 그 친구가 나를 너무 여성스럽다고 무시할까 봐 두려웠다.

트루디 글라도슈라는 브라질 여자아이가 벌써 6년째 얄타에 살고 있었다. 피아니스트였던 트루디는 음악학교에 다녔으며, 그 집의 터줏대감이었다. 트루디가 연습하는 소리를 듣지 않고 집에 들어서기는 어려웠다. 그 아이의 방은 위층에 있었다. 트루디는 하루에 최소한 여섯 시간을 연습했는데, 더 오래 하는 적도 많았다. 사람들은 연주 소리에 매우 익숙해져서 그 아이가 연주를 멈추면 그 선율을 그리워했다. 겨울이면 트루디는 항상 스웨터 여러 벌을 겹겹이 껴입었다. 추위를 엄청나게 탔기 때문이다. 트루디는 결코 익숙해질 수 없는 기후 때문에 힘들어했다. 트루디에게는 방학이 너무 짧았다. 부모님이 사는 리우데자네이루는 너무도 멀었다. 6년 동안 트루디는 단 한 번도 집에 간 적이 없었다. 하지만 고향을 그리워했다. 오직 해 때문이었다. 트루디는 부모님에 대해서는 아무런 이야기도 하지 않았다. 기껏해야 집에서 편지가 올 때나 부모님을 언급했다. 그나마도 매우 드문 일이어서 일 년에 한두 번이 전부였다. 글라도슈는 체코식 이름이었다. 트루디의 아버지는 보헤미아에서 브라질로 이주했다. 이민 간 지 그렇게 오래된 것은 아니었다. 그래서 트루디만 브라질에서 태어났다. 트루디의 목소리는 높았으며 약간 쉰 소리가 났다. 우리는 토론하는 것을 좋아해서, 함께 이야기 나누지 않은 주제가 없을 정도였다. 트루디는 흥분하는 기질이 있었는데, 그 점이 나를 자극했다. 우리는 많은 고상한 생각들을 공통으로 가지고 있었다. 돈으로 살 수 있는 모든 것을 경멸할 때 우리는 한마음 한뜻이었다. 하지만 나는 트루디보다 내가 더 많이 안다고 주장했다. 그 아이가 나보다 다섯 살이나 많기는 했지만 말이다. 소위 미개한 나라 출신인 그 아이가 지식에 반해서 감정적인 것을 옹호하면 나는 그 아이가 해롭고 타락적인 것이라 여기는 지식 또한 꼭 필요하다고 변호했다. 그럴 때면 우리는 어쩔 수 없이 다투게 되었다. 진짜 몸싸움으로까지 번졌다. 나는 그 아이의 손을 잡고 짓누르려고 했다. 그때 나는 늘 팔을 쭉 뻗어 트루디가 가까이 다가오지 못하도록 잡았다. 특히 우리가 논쟁을 벌이는 동안 트루디에게서 강한 냄새가 났기 때문이다. 나는 그 냄새를 참을 수 없었다. 아마도 그 아이는 자신에게서 얼마나 참기 힘든 냄새가 나는지 몰랐던 것 같다. 우리가 몸을 쓰지 않고 싸우는 이유를 트루디는 자신의 성숙함 앞에서 내가 부끄러워했기 때문이라고 해석했을지도 모른다. 여름이면 트루디는 스스로 메리다 원피스라고 부르는 흰색 러닝셔츠 모양의 옷을 입었다. 그 원피스는 목 부분이 둥글게 파여 있어서 몸을 구부리면 가슴이 들여다보였다. 그런 것을 나는 알고 있기는 했지만 내게는 아무런 의미가 없었다. 그저 어느 날 트루디의 가슴에서 엄청나게 큰 종기를 발견했을 때, 마치 그 아이가 한센병에 걸려서 쫓겨나기라도 한 것처럼 갑자기 몹시 뜨거운 동정심을 느꼈다. 트루디는 쫓겨난 것이었다. 그 아이의 가족은 수년째 하숙비를 내지 않고 있었다. 미나 양은 내년에는 돈이 올 거라며 계속해서 위로했다. 트루디는 일종의 자선 음식을 먹는 것 같은 느낌을 받았다. 이러한 이유로 그 아이는 맨날 잠만 자고 역겨운 냄새를 풍기는 세인트버나드종 노견 체자르에게 특별히 친밀감을 느꼈다. 나는 곧 트루디와 체자르의 냄새가 비슷하다는 것을 조금 당황스럽게 깨달았다.

하지만 우리는 친구였고, 나는 트루디를 좋아했다. 우리가 온갖 이야기를 함께 나눌 수 있기 때문이었다. 사실 우리는 주도적이었다. 그 아이는 끊임없는 연습과 그 집에서 보낸 6년간의 연륜 덕에, 나는 막내이자 유일한 남자로서 그러했다. 트루디는 하숙생 중에서 가장 나이가 많았고, 나는 가장 어렸다. 트루디는 하숙집 숙녀분들의 모든 면을 다 알고 있었고, 나는 그저 가장 좋은 면들만 알았다. 트루디는 가식적인 말을 싫어했다. 그래서 숙녀분들 중 누구에게서 무언가를 발견하면 노골적으로 말했다. 그렇다고 트루디가 악의적이거나 심술궂거나 비열한 것은 아니었다. 오히려 온순하고 약간은 통찰력이 있는 아이였다. 트루디는 마치 냉대받고 멸시받기 위해 태어난 것 같았다. 아마도 부모님 때문에 일찌감치 이런 운명에 익숙했던 것 같다. 그리고 그 사실을 알게 되었을 때 나는 마음이 몹시 상했는데, 트루디는 불행한 사랑에 빠지기 위해서 태어난 것 같기도 했다. 페터 슈파이저는 트루디보다 훨씬 더 연주를 잘하는 피아니스트였다. 외적인 거동만 봐도 그는 이미 능숙하고 자신감 넘치는 대가다운 면모를 보였다. 트루디는 음악학교에서 그를 알게 되었다. 그는 주립학교에도 다녔는데, 우리 옆반이었다. 그는 트루디와 내가 함께 나누는 대화의 주제가 된 첫번째 사람이었다. 트루디가 왜 그토록 그에 관해 이야기하는 것을 좋아하는지 눈치채기엔 내가 너무 순진했다. 반년이 지난 후에 우연히 트루디가 그에게 보내는 편지의 초안이 흩어져 있는 것을 발견했다. 나는 그것을 읽고 나서야 비로소 실상을 깨닫게 되었다. 트루디에게 내가 대답을 요구하자, 그를 향한 불행한 사랑을 하고 있다고 고백했다.

그간 나는 트루디를 당연한 소유물처럼 생각해왔다. 항상 거기에 있고, 또 그냥 소유하고 있는 것이어서, 특별한 노력을 기울일 필요도 없는 그런 소유물로 생각했다. 하지만 여기서 '소유한다' 함은 전적으로 순진한 내용의 것이었다. 트루디가 전혀 내 소유가 아니라는 사실을 나는 그 고백을 듣고 난 후에야 알게 되었다. 이제 나는 트루디를 잃어버린 듯했다. 잃어버린 그 아이가 내게 중요해졌다. 트루디를 경멸한다고 나 자신에게 말했다. 페터가 자기에게 관심을 갖게 하려고 기울이는 노력에 대한 이야기는 비참하게 들렸다. 트루디는 굴욕적인 것만 생각해냈다. 천성적으로 노예근성이 있었다. 트루디는 그에게 짓밟히길 원했다. 그의 발치에—편지로—자신을 내던졌다. 하지만 자신감 넘치며 오만한 그에게는 그 아이를 거들떠보지도 않는 것이 대수롭지 않은 일이었다. 그는 트루디가 자기 발치에 있는 것을 보지 못했다. 그가 그 아이를 밟았다면 우연이었고, 그나마 그러는 것도 알아차리지 못했다. 트루디 자신도 자존심이 없지는 않았다. 감정을 특히 진지하게 받아들이고 신경 쓰는 만큼 자신의 감정을 보호했다. 트루디는 감정의 자유를 지지했는데, 그것이 그 아이의 애국심이었다. 스위스를 위한, 학교를 위한, 우리 둘이 사는 집을 위한 내 애국심을 트루디는 이해하지 못했다. 트루디는 내 애국심을 미숙한 걸로 여겼다. 페터는 그 아이에게 스위스 전체보다도 더 중요했다. 그들은 같은 선생님 밑에서 공부했는데, 같이 음악을 공부하는 동료 중에서 그가 가장 우수했다. 그의 출세는 확실한 것으로 여겨졌다. 집에서부터 그는 온갖 방식으로 보살핌을 받았다. 그는 사치스러웠고 항상 멋지게 차려입었다. 예술가처럼 장발인 그는 으스대며 허풍을 떨었지만 그런 모습이 부자연스럽지는 않았다. 그뿐 아니라 한결같이 친절했으며, 그 나이에 벌써 사교적이었고, 그 누구도 빼놓고 지나치는 법이 없었다. 모두가 박수갈채를 보낼 수 있기 때문이었다. 하지만 그는 열정적으로 보이는 트루디의 박수갈채는 용납하지 않았다. 보내지도 못했으며, 없애버리는 것조차 부주의하게 잊은 수많은 연애편지를 뒤로하고 트루디가 그에게 깔끔하게 쓴 편지를 보냈는데, 그녀가 자신에게 호감이 있다는 걸 알게 되자 그는 더 이상 그 아이에게 말을 걸지 않았으며, 멀찌감치 떨어져서 차갑게 인사만 했다. 그 시절—트루디가 내게 자신의 고통을 호소했던 그 여름, 그 아이가 늘 메리다 원피스만 입고 있던 시절—페터의 뜻 앞에서 자신이 얼마나 굴욕적인지를 알리기 위해 트루디가 몸을 굽혔고, 내가 그 아이의 가슴에 난 커다란 종기를 쳐다보았던 시절, 트루디를 향한 내 동정심이 뜨겁게 타올랐던 바로 그 시절의 일이었다.

미나 양은 이름에 철자 'n'을 하나만 썼다. 그녀에 따르면 『민나 폰 바른헬름』의 민나Minna와는 아무 상관이 없었다. 그녀의 정식 이름은 헤르미네 헤르더였다. 그녀는 그 하숙집을 운영하는 네잎클로버의 대표였다. 또한 관리인 네 명 중에 유일하게 본업이 따로 있었다. 미나 양은 본업도 소홀히 하지 않았다. 그녀는 화가였다. 그녀의 약간 동그스름한 머리는 땅딸막한 몸 위의 양어깨 사이에 깊숙이 파묻혀 있었다. 머리가 어깨에 하도 딱 붙어 있어서 마치 목이 없는 것 같았다. 이 얼마나 불필요한 장치인가. 또한 머리가 정말 컸는데, 몸집에 비해서 심하게 큰 편이었다. 얼굴은 수많은 붉은색 실핏줄로 뒤덮여 있었는데, 특히 뺨 위에 집중되어 있었다. 그녀는 예순다섯 살이었다. 하지만 노인네 같은 인상을 주지 않았다. 누가 미나 양에게 젊은 정신의 소유자라고 칭찬하면, 그녀는 그림 그리는 일이 젊음을 유지해준다고 대답했다. 미나 양은 말을 천천히 명확하게 했다. 걸음걸이도 마찬가지였다. 미나 양은 항상 어두운색 옷을 입었으며, 바닥까지 닿는 치마 아래에서 나는 발걸음 소리도 그녀가 계단을 올라 3층의 '참새 둥지'로, 즉 그림을 그리러 자신의 아틀리에로 갈 때만 들렸다. 그곳에서 미나 양은 꽃 말고 다른 것은 그리지 않았다. 그 꽃들을 그녀는 당신의 아이들이라고 불렀다. 미나 양은 식물학 책의 삽화를 그리는 것으로 그림을 그리기 시작했다. 그녀는 꽃의 특성을 잘 알고 있었으며, 본인들 책에 그녀의 그림을 삽화로 기꺼이 넣는 식물학자들의 신임을 얻고 있었다. 미나 양은 좋은 친구에 대해 말하듯 그 학자들에 관해 이야기했다. 두 명의 이름이 자주 언급되었는데, 슈뢰터 박사님과 셸렌베르크 박사님이었다. 슈뢰터 박사님의 『알프스의 식물』이 미나 양의 삽화가 실린 책 중에서 가장 유명했다. 셸렌베르크 박사님은 내가 사는 동안에도 그 집에 왔었는데, 흥미로운 지의류地衣類나 특별한 이끼를 가지고 와서 강의하듯 문어체 독일어로 헤르더 양에게 자세히 설명했다.

미나 양의 여유로운 성품은 틀림없이 그림 그리는 것과 관련이 있었다. 그녀는 나를 조금 좋아하게 되자마자 나를 '참새 둥지'로 데리고 갔다. 거기서 미나 양이 그림 그리는 모습을 지켜볼 수 있었다. 그때 나는 그림 그리는 작업이 얼마나 천천히, 또 신중하게 진행되는지를 보고 매우 놀랐다. 아틀리에에서 나는 냄새만으로도 그곳은 다른 어느 곳과도 비교할 수 없는 독특한 장소였다. 그 공간에 들어서기도 전에 나는 이곳에서 일어나는 모든 일을 냄새로 알아냈다. 냄새 맡으려고 킁킁대는 것 역시 신중하게 했다. 손에 붓을 쥐자마자 미나 양은 자신이 무엇을 할 건지 보고하기 시작했다. "이제 흰색을 살짝 칠할 거야. 정말로 아주 살짝만. 그래, 흰색을 칠해야지. 여기서는 달리 방도가 없거든. 그러니 흰색을 칠해야 해." 그럴 때마다 미나 양은 그 색깔의 이름을 반복해서 말했는데, 사실 그녀가 말한 것이라곤 그게 전부였다. 사이사이 그녀는 몇 번이고 반복해서 자기가 그리는 꽃의 이름을 불렀다. 그것도 그 꽃의 학명을 불렀다. 미나 양은 각종 꽃을 한 종류씩 따로 깔끔하게 그렸지, 다른 유의 꽃들과 섞어 그리는 것을 좋아하지 않았다. 예전부터 늘 식물학 책의 삽화용으로 꽃을 그려왔기 때문이다. 그래서 그녀 곁에서는 각 꽃의 색깔과 함께 라틴어 학명을 배울 수 있었다. 미나 양은 그 밖에 다른 말은 하지 않았다. 그 꽃이 어디에서 서식하는지, 어떻게 재배하는지, 또 어떤 효능이 있는지는 일절 언급하지 않았다. 우리가 자연사 시간에 선생님께 배우는 모든 것, 새롭고 매혹적인 모든 것, 그래서 공책에 써넣지 않고는 배길 수 없는 모든 것을 그녀는 생략했다. 그래서 참새 둥지 방문에는 송진 냄새와 팔레트 위의 순수한 색깔들이며 꽃의 라틴어 학명들로 이루어진 의식儀式 같은 면이 살짝 있었다. 미나 양은 이러한 작업에서 신성하고 성스러운 무언가를 보았다. 어떤 엄숙한 순간에 그녀는 내게 털어놓았다. 당신이 베스타의 여사제처럼 순결한 여성이라는 것이었다. 예술에 삶을 바친 자는 일반인들이 느끼는 행복을 포기해야 한다며, 바로 그러한 이유로 결혼하지 않았다고 했다.

미나 양은 온화한 성품의 소유자로 누구에게도 상처 주는 일을 하지 않았다. 그건 틀림없이 꽃과 관련이 있었을 것이다. 미나 양은 자신을 부정적으로 보지 않았으며, 자기 묘비에 이 한 문장이 새겨지기를 바랐다. "그녀는 좋은 사람이었다."

우리는 호수 가까이에 살았다. 그래서 노를 저으러 나갔다. 바로 건너편에 킬히베르크가 있었다. 언젠가 한번 우리는 콘라트 페르디난트 마이어의 무덤에 가기 위해 그곳으로 노를 저어 갔다. 내가 그 시절에 좋아했던 작가였다. 나는 그의 묘비에 새겨진 문구가 단순해서 당황했다. '작가'라는 말 외에는 아무것도 적혀 있지 않았다. 그 비문 속에서는 아무도 슬퍼하지 않았고, 또 그는 그 누구에게도 잊히지 않는 사람이었다. 그저 이렇게만 쓰여 있었다. "이곳에 콘라트 페르디난트 마이어가 잠들다. 1825~1898." 나는 어떤 말이건 그 이름을 약화했을 뿐이리라는 것을 이해했다. 나는 여기서 처음으로 그 이름만 중요하다는 것, 오직 그 이름만 담을 수 있으며, 그 이름 옆에서 다른 모든 것은 빛이 바랜다는 것을 깨달았다. 집으로 돌아올 때 나는 노 저을 순번이 아니었다. 나는 한마디도 하지 않았는데, 비문의 침묵이 내게로 옮겨 왔던 것이었다. 하지만 내가 그 무덤을 생각하는 유일한 사람이 아니라는 게 드러났다. 미나 양이 이렇게 말했기 때문이다. "나는 묘비에 딱 한 문장만 쓰고 싶어. 그녀는 좋은 사람이었다고 말이지." 이 순간 나는 미나 양이 전혀 좋지 않았다. 우리가 방금 찾았던 무덤의 주인인 그 작가가 그녀에게 아무런 의미도 없다는 걸 알아차렸기 때문이다.

미나 양은 당신이 잘 아는 이탈리아에 대해 자주 이야기했다. 예전에 그녀는 라스포니 백작의 집에 가정교사로 있었다. 그 시절 그녀가 가르쳤던 젊은 백작 부인이 2년에 한 번씩 리미니 근교의 산타르칸젤로성으로 그녀를 초대했다. 라스포니 집안사람들은 교양이 있었고, 흥미로운 사람들이 그 집에 드나들었으며, 세월이 지나면서 미나 양도 그들과 교류하게 되었다. 하지만 미나 양은 정말로 유명한 사람들에게서 늘 비난거리를 발견했다. 그녀는 은밀하게 꽃피는 숨겨진 예술가를 더 높게 쳤다. 아마도 그런 예술가들에게서 자신의 모습을 보았던 것 같다. 미나 양뿐만 아니라 하숙집의 로지 양을 비롯한 다른 숙녀분들도 무언가를 출판한 사람을 작가로 여긴다는 게 놀라웠다. 스위스의 청장년층 작가들이 등장하는 일련의 강연회가 있으면, 미술보다는 문학에 더 조예가 깊은 로지 양은 어쨌든 빠짐없이 강연을 들으러 갔다. 다음 날 홀에서 그녀는 그 남자의 특징을 자세히 이야기했다. 사람들은 매우 진지했다. 설사 그의 시는 이해하지 못하더라도 누군가는 그 남자의 기질 중 이러저러한 것, 가령 인사할 때 수줍어하던 모습이나 말을 잘 못했을 때 당황하던 모습 등을 마음에 들어 했다. 인구에 회자되는 사람들에 대한 태도는 매우 다양했다. 사람들은 아주 다른, 그러니까 비판적인 시선으로 그들을 보았다. 그리고 자신들과 다른 그들의 특성을 안 좋게 받아들였다.

하숙집이 아직 여학생 기숙학교였던 시절에, 그리 오래전 일은 아니었는데, 숙녀분들은 가끔 작가들을 초대했다. 작가들은 여학생들에게 자기 작품 한 부분을 읽어줬다. 카를 슈피텔러는 특별히 루체른에서 이리로 건너왔다. 그는 여학생들과 함께하는 걸 좋아했다. 체스 게임을 즐겼는데, 게임을 가장 잘했던 불가리아 학생 랄카를 자신의 파트너로 택했다. 그는 홀에 앉아 있었다. 일흔이 넘은 남자가 손으로 턱을 괴고 여학생을 응시하며 천천히 말했다. 하지만 여학생이 체스 말을 옮긴 다음이 아니라 적절하지 않다 싶을 정도로 빈번히 말했다. "예쁘네, 똑똑하고." 그는 숙녀분들에게는 아무 말도 하지 않았다. 그분들을 도무지 눈곱만큼도 신경 쓰지 않았다. 그분들에게 그는 무례하거나 과묵해 보였다. 그런데 랄카 앞에 앉은 그는 한참 동안 그 여학생을 훑어보며 연거푸 말했다. "예쁘네, 똑똑하고." 그의 그런 행동은 잊히지 않고 자주 거론되었는데, 언급될 때마다 그 사람을 향한 분노는 커져갔다.

네 숙녀분들 중에는, 좋은 사람이긴 했으나 본인에 대해서는 도통 이야기하지 않는다는 분이 있었다. 그분은 그림을 그리지도 않았고, 결코 강연회에 가는 일도 없었다. 정원에서 일하는 것을 가장 좋아했다. 날씨가 좋은 계절이면, 으레 그곳에서 그분을 만날 수 있었다. 그분은 항상 친절한 말을 했다. 하지만 항상 한마디만 할 뿐, 설교 같은 것을 늘어놓지는 않았다. 낮에는 항상 식물을 가꾸었음에도 나는 그분이 꽃의 라틴어 학명을 말하는 걸 들어본 기억이 없다. 지그리스트 부인은 미나 양의 언니였다. 예순여덟 살치고는 정말 나이 들어 보였다. 모진 풍파로 주름이 많이 생긴 얼굴이었다. 과부였던 지그리스트 부인은 딸이 하나 있었다. 그 딸이 바로 늘 선생 노릇을 하며, 자기 어머니와는 달리 쉬지 않고 말을 하는 로지 양이었다.

도무지 한쪽이 딸이고 다른 쪽이 어머니라는 생각이 들지 않았다. 그냥 그렇다고 알고 있었다. 하지만 두 분의 일상적인 이미지에 대입되지는 않았다. 네 숙녀분들은 어떤 남자와도 연결되지 않는다는 점에서 일치했다. 그분들에게 아버지가 있었으리라는 생각이 전혀 들지 않았다. 마치 아버지 없이 세상에 태어난 여자들 같았다. 지그리스트 부인은 넷 중에서 가장 모성애가 강했으며, 가장 너그럽기도 했다. 나는 지그리스트 부인에게서 편견이나 저주의 말을 들어본 적이 없었다. 그녀가 어머니로서 권리를 주장하는 일도 전혀 없었다. 나는 지그리스트 부인이 "내 딸"이라고 말하는 것을 한 번도 들어본 적이 없었다. 트루디한테 듣지 않았다면 그런 낌새를 전혀 알아차리지 못했을 것이다. 그 정도로 네 숙녀분들 사이에서는 모성적인 것 역시 거의 허용되지 않거나, 상스러운 것처럼 매우 절제되어 있었다. 지그리스트 부인은 넷 중에서 가장 조용했다. 결코 자신의 뜻을 내세우는 법도, 명령하는 법도, 지시하는 법도 없었다. 아마도 지그리스트 부인으로부터 동의의 말을 들을 수는 있었을 것이다. 하지만 그나마도 정원에서 단둘이 만났을 때나 그랬다. 저녁에 네 숙녀분들이 함께 거실에 앉아 있을 때면, 그녀는 대개 말이 없었다. 지그리스트 부인은 살짝 가장자리에 앉아 있었다. 미나 양 머리만큼 크지는 않은 동그란 머리를 항상 같은 각도로 살짝 기울이고 있었다. 깊게 파인 주름 때문에 지그리스트 부인은 할머니처럼 보였지만, 그런 말을 입 밖에 내는 사람은 없었다. 지그리스트 부인과 미나 양이 자매간이라는 사실도 화제가 된 적이 없었다.

세번째 숙녀분은 로티 양으로 앞의 두 분과 사촌 간이었다. 가장 권위가 없었던 것으로 보아 가난한 사촌이었던 것 같다. 로티 양은 가장 말랐고, 가장 눈에 띄지 않았으며, 다른 두 자매와 마찬가지로 작았고, 나이대도 비슷했던 듯하다. 날카로운 외모, 거침없는 거동과 말투는 영락없이 나이 든 노처녀의 모습이었다. 로티 양은 약간 무시를 당했는데, 정신적인 요구가 없었기 때문이다. 그녀는 그림이나 책에 관해 이야기하는 법이 없었다. 그런 화제는 다른 사람들에게 넘겼다. 항상 바느질하는 모습이었는데, 그 일에는 도가 트여 있었다. 로티 양 옆에서서 단추가 달리기를 기다리며 서 있는 동안, 나는 그녀가 단호하게 몇 마디 하는 소리를 들었다. 로티 양이 큰일보다 작은 일에 더 많은 에너지를 쏟는다는 것이 그 말 속에서 드러났다. 로티 양은 여행 경험이 가장 적었고, 그 도시 인근에만 머물렀다. 이치나흐에 있는 농가에 그녀의 어린 조카딸이 살고 있었다. 우리는 로티 양의 조카딸이 사는 곳까지 긴 산책을 간 적도 있었다. 집안일이 많았던 로티 양은(그녀는 부엌일도 거들었다) 함께 가지 않았다. 그녀는 시간이 없었다. 그 말을 그녀는 앓는 소리 없이 단호하게 했다. 로티 양의 가장 큰 특징이 바로 책임감이기 때문이었다. 로티 양은 당신이 특별히 중요하게 여기는 일을 거절하는 것으로 자존심을 세웠다. 다시 한번 이치나흐로 소풍 가자는 이야기가 나오면 집 안에서는 다음과 같은 말이 들리곤 했다. 어쩌면, 어쩌면 그녀도 이번에는 같이 갈지 몰라. 그렇다고 그녀에게 졸라대면 안 돼. 나중에 때가 돼서 우리가 정원에 모여 있는 걸 보면 갑자기 합류할지도 몰라. 그러고 있는데 로티 양이 정말로 우리에게 다가왔다. 하지만 조카딸에게 아주 세심한 인사말을 전해달라고 부탁하러 온 것뿐이었다. 로티 양이 직접 함께 가지 않느냐고? 그래, 우리가 무슨 당치도 않은 생각을 한 건가! 집에 사흘 동안 해도 다 못 할 만큼 일거리가 쌓여 있는데, 내일까지 다 해놓아야 한다고 했다! 하지만 로티 양을 한 번도 꾀어내지 못했던 그 방문을 그녀는 진지하게 생각했다. 로티 양은 우리가 들고 돌아오는 조카딸의 안부 인사와 그곳에서 있었던 일들을 우리가 역할을 나누어 자세히 들려주는 것에 가치를 두었다. 무언가가 마음에 들지 않으면 로티 양은 질문을 하거나 고개를 가로저었다. 로티 양의 삶에서 중요한 순간들이었다. 사실상 그것이 로티 양이 하는 유일한 요구였다. 조카딸의 소식을 너무 오랫동안 듣지 못하면, 로티 양은 나날이 신경질적이 되어갔고, 또 견디기 힘들어했다. 하지만 그런 일은 드물었다. 로티 양이 그런다는 걸 염두에 두는 것이 그 집의 일상이었다. 비록 대놓고 말하지는 않았지만 말이다.

네 명 중 가장 어리고, 또 가장 큰 숙녀분이 남았다. 내가 이미 언급하기도 했던 로지 양이다. 로지 양은 한창 좋을 나이였다. 아직 마흔 살이 안 됐던 그녀는 강골에 힘이 센 체육 교사였다. 우리가 테니스장에서 하는 시합은 로지 양이 담당했다. 그녀는 천생 선생님으로 말하는 것을 좋아했다. 말을 많이 했는데, 템포가 늘 일정했다. 설명은 항상 지나치다 싶을 정도로 자세하게 늘어지곤 했다. 로지 양은 많은 것에 관심이 있었다. 특히 젊은 스위스 작가들에게 관심이 많았다. 독일어도 가르쳤기 때문이다. 하지만 그녀가 무엇에 관해 이야기하는지는 중요하지 않았다. 모두 같은 이야기처럼 들렸기 때문이다. 로지 양은 모든 것을 상세하게 논하는 것이 자신의 의무라고 생각했다. 그래서 그녀가 대꾸하지 않은 건 거의 없었다. 하지만 로지 양에게 무언가를 묻는 일은 거의 없었다. 누가 묻지 않아도 그녀 스스로 늘 무언가에 대해 장광설을 늘어놓기 때문이었다. 자기 생각을 밝히는 일에 로지 양은 지치지도 않았다. 그녀에게서 얄타의 초창기부터 일어났던 일들이며 세계 각국에서 온 모든 하숙생의 이야기, 어쩌면 얄타에 입주하는 날 함께 온(유감스럽게도 늘 그런 것은 아니었지만) 그들의 부모님 이야기도 가끔은 같이 들을 수 있었다. 하숙생 부모님들의 수입, 부족한 재력, 훗날의 운명, 배은망덕함, 신뢰 등도 알 수 있었다. 한 시간 정도 지나면 로지 양의 이야기에 전혀 집중하지 못하기가 일쑤였다. 하지만 로지 양은 그런 것을 전혀 눈치채지 못했다. 어떤 이유에서 이야기를 중단하게 되더라도 그녀는 어디까지 이야기했는지를 정확하게 기억했다. 그러곤 나중에 한 치의 오차도 없이 멈췄던 그 지점에서부터 다시 이야기를 이어갔다. 한 달에 한 번 이틀 동안 로지 양은 나타나지 않았다. 방에만 있었으며 식사하러 내려오지도 않았다. 로지 양은 “골이 울리는 병”이 있다고 했는데, 약간 선머슴 같은 표현으로 그녀는 ‘두통’을 그렇게 불렀다. 그때를 홀가분하다고 생각할 수도 있었을 것이다. 하지만 그것은 엄청난 착각이었다. 로지 양이 없어서 우리는 모두 섭섭했고, 또 그녀가 안쓰럽게 느껴졌다. 로지 양의 이야기가 주는 단조로움이 사라진 것에 우리조차 아쉬움을 느낀다면, 그에 앞서 그녀 자신에게는 얼마나 힘든 일이었겠는가! 이틀 내내 혼자서, 그것도 자기 방에서 입을 꼭 다물고 지내야 했으니 말이다.

로지 양은 미나 양처럼 자신을 예술가라고 생각하지 않았다. 최고의 권한을 가진 미나 양이 하루 중 대부분을 '참새 둥지'로 물러나 있는 것은 당연한 일로 받아들여졌다. 반면에 나머지 세 분은 계속해서 실질적인 일들을 하느라 바빴다. 미나 양은 하숙생 부모님들에게 정기적으로 보내는 청구서도 작성했다. 그녀는 청구서 말고도 항상 긴 편지를 쓰곤 했는데, 편지에 당신의 분야는 본인이 그리는 꽃이지 돈이 아니기 때문에 청구서를 작성하는 일을 당신이 얼마나 싫어하는지를 강조했다. 이 편지에는 물론 하숙생들의 행동거지와 성장에 관한 내용도 담았으며, 그런 부분에 당신이 깊은 관심이 있다는 게 분명하게 느껴지도록 썼다. 하나같이 감수성이 매우 풍부하고, 헌신적이며 고귀한 일이었다.

그 네 명을 하나로 묶어 '헤르더 양들'이라고 불렀다. 그들 중 두 명이 지금은 다른 성을 쓰고 있음에도 그렇게 했다. 하지만 어머니 쪽 혈통을 따른다고 하면 그 성을 쓰는 것이 옳았다. 하나의 단위로서 그분들이 함께 거실에서 블랙커피를 마시는 모습을 볼 수 있었다. 날씨가 좋으면 거실 앞쪽의 베란다에서 마시기도 했다. 그리고 저녁이면 맥주 한 잔씩을 앞에 두고 모여 앉아 있었다. 그때가 그들에게는 오롯이 자신들만을 위한 시간이었다. 일과 후의 자유 시간으로 어떤 부탁도 해서는 안 되는 시간이었다. 나는 거실에 들어가도 되었는데, 특별한 혜택으로 간주되었다. 그곳 거실에서는 쿠션 냄새라든가 낡은 원피스, 그러니까 숙녀분들이 입고 있는 옷에서 나는 냄새며 반쯤 말라버린 사과 냄새와 그 계절에 피는 꽃 향기가 났다. 그 집에 하숙생으로 사는 어린 여학생들처럼 꽃은 바뀌었다. 하지만 네 숙녀분들에게서 나는 기본 향기는 늘 같았으며, 다른 향기들보다 더 두드러졌다. 나는 그 냄새가 불쾌하게 느껴지지 않았다. 그분들에게 따뜻한 대접을 받았기 때문이다. 나는 이 가정이, 온통 여자들뿐인 이 가정이, 지그리스트 부인을 제외하곤 노처녀들뿐인 이 가정이 약간은 웃긴다고 생각하기는 했다. 하지만 그것은 순전히 위선이었다. 그곳의 유일한 남자로서 내게 그보다 더 좋을 수는 없었을 것이다. 스위스어로 '소년'이라는 이유 하나만으로도 나는 그들에게 조금 특별한 존재였다. 나는 다른 어떤 '소년'이라도 같은 상황에서 나와 마찬가지로 특별한 존재였으리라는 생각은 하지 못했다. 근본적으로 나는 내 마음대로 살았다. 읽고 싶은 것을 읽고, 배우고 싶은 것을 배웠다. 같은 맥락에서 나는 저녁에 숙녀분들의 거실에도 들어갔다. 그곳에 책장이 하나 있었는데, 내가 마음대로 살펴보아도 되었다. 그림이 있는 책들은 그곳에서 곧바로 보았고, 다른 책들은 홀에서 읽으려고 가지고 나왔다. 거기에는 뫼리케의 책도 있었는데, 그의 시와 소설을 나는 심취해서 읽었다. 슈토름의 진초록색 책이며, 콘라트 페르디난트 마이어의 붉은색 책들도 있었다. 콘라트 페르디난트 마이어는 한동안 내가 가장 좋아하는 작가가 되었다. 호수가 나와 그를 연결해줬다. 밤낮없이 그를 통해 나는 자주 울려 퍼지는 종소리며 풍성한 과일 수확뿐만 아니라 역사적인 주제, 특히 이탈리아를, 얘기로 많이 들었던 이탈리아 예술을 이제야 마침내 접하게 되었다. 이 책장에서 나는 우선 야콥 부르크하르트의 책에 몰두했는데, 당시에는 그다지 잘 이해할 수 없었음에도 '르네상스 문화'에 덤벼들었다. 열네 살짜리에게는 너무도 다층적인 책이었다. 실제 삶 속에서의 경험과 고민이 전제되어 있어야 이해할 수 있는 책이었는데, 많은 부분에서 나는 아직 문외한이었다. 하지만 이 책은 당시에 이미 내게 일종의 자극이 되었다. 그러니까 폭넓음과 다양성 면에서의 자극이었다. 또한 권력에 대해 내가 가지고 있던 불신을 한층 더 강화해줬다. 나는 이런 남자의 것에 비해 내 지식욕이 얼마나 초라하고 보잘것없는지를, 또 지식욕에도 등급이 있으며 내가 꿈도 꿔보지 못할 정도로까지 높아질 수 있다는 것을 깨닫고는 놀라움을 금치 못했다. 부르크하르트 자신은 인물로서 이 책 뒤에서 내게 모습을 드러낼 수 없었다. 그는 그 책 속에 용해되어 사라졌다. 그를 다시 책장에 놓을 때, 마치 그가 내게서 떠나 내가 전혀 알지 못하는 언어로 도망쳐버릴 것만 같아서 초조해했던 것이 기억난다.

내가 진정 질투 어린 시선으로 바라보았던 작품은 『자연의 경이로움』이라는 제목의 세 권짜리 호화판 책이었다. 너무도 화려해 보여서 나는 그 책을 소장하고 싶다는 바람을 품지도 못했다. 그 책을 홀에 가져가도 되느냐고 물어볼 엄두도 내지 못했다. 아이들은 그 책에 관심이 없었는데, 마치 무슨 신성 모독이라도 하는 것 같았다. 그래서 나는 그 책을 숙녀분들의 거실에서만 보았다. 가끔 나는 한 시간 동안 꼼짝도 하지 않고 그곳에 앉아서 방산충, 카멜레온, 말미잘 등의 그림을 관찰했다. 숙녀분들이 이미 일과를 마치고 쉬는 중이었기에 나는 절대 질문들로 성가시게 하지 않았다. 무언가 특별히 흥미로운 것을 발견해도 그분들에게 그런 것들로 말을 걸지 않았다. 그런 특별한 것들을 나 혼자 간직하고, 또 혼자서만 감탄했다. 그러는 게 절대로 쉽지는 않았다. 적어도 외마디 감탄사 정도는 기꺼이 들을 수 있었을 것이다. 이미 오래전부터 책장에 처박아두고만 있는 것들에 대해서 그들이 아무것도 모르고 있다는 걸 깨우쳐주는 것도 내게는 재미있는 일이었을 것이다.

하지만 너무 오랫동안 그 거실에 앉아 있으면 안 되었다. 바깥 홀에 있는 아이들이 내가 특혜를 받는다는 생각을 할 수도 있기 때문이었다. 뭐, 특혜야 이미 받고 있기는 했다. 그래도 호의나 관심 정도인 한, 아이들은 그런 것들로 나를 나쁘게 생각하지 않았다. 오직 한 가지 점에서만 적개심이 생길 수 있었는데, 바로 음식 문제였다. 숙녀분들은 저녁에 맥주를 마시며 빵을 한 조각 곁들여 먹었다. 그 누구도 내가 그분들 곁에서 무언가를 따로 얻을 수도 있다고 생각해서는 안 되었다. 물론 실제로도 그런 일은 절대 없었지만, 그런 유의 특혜를 받았다면 나는 수치스러웠을 것이다.

여자아이들에 대해서는 많은 이야기를 할 수 있을 것이다. 하지만 그들 모두에 대해 지금 쓸 생각은 없다. 브라질에서 온 트루디 글라도슈는 이미 소개한 바 있다. 그 아이가 가장 중요한 인물이었다. 항상 거기에 있었고 다른 아이들이 오기 훨씬 전부터 이미 그곳에 있었기 때문이다. 사실 트루디는 전형적이지 않았으며 다른 사람들에게 그다지 독특한 인상을 주지도 않았다. 그 아이 말고는 그렇게 멀리서 온 사람은 아무도 없었다. 네덜란드, 스웨덴, 영국, 프랑스, 이탈리아, 독일, 그리고 프랑스어권 및 독일어권 스위스 출신 여학생들이 있었다. 빈에서 여학생 하나가 '식객'으로 왔으며(제1차 세계대전이 끝난 뒤 배고프던 시절이었다), 빈 아이들이 한 명씩 계속해서 왔다. 하지만 이 하숙생들 모두가 동시에 함께 있은 적은 없었다. 2년 정도 시간이 흐르는 동안 계속 바뀌었다. 오직 트루디만 바뀌지 않았다. 이미 말했듯이 그 아이의 아버지가 하숙비를 밀리고 있어서 트루디는 정말로 난처한 상황이었다.

다 함께 홀에 있는 커다란 테이블에 앉아서 공부했다. 거기에서 아이들은 과제를 하고 편지를 썼다. 방해받지 않아야 하면 나는 집 뒤쪽에 있는 작은 교실을 사용할 수 있었다.

얄타에 들어간 직후에 나는 숙녀분들에게서 '베데킨트'라는 이름을 듣게 되었다. 이곳에서는 그 이름에 '박사'라는 칭호를 붙인다는 점이 나를 조금 어리둥절하게 했다. 사람들이 그를 잘 알고 있는 듯했다. 그는 자주 그 집에 왔다. 브레슈너나 어머니 등 여러 사람에게서 그에 관한 이야기를 들어봤음에도, 당시 내게는 그 이름이 허공에 둥둥 떠 있는 것처럼 느껴졌다. 나는 그가 여기서 뭘 하려고 했는지 제대로 이해하지 못했다. 그는 얼마 전에 죽은 사람이었다. 하지만 사람들은 살아 있는 사람인 양 그의 이야기를 했다. 신뢰가 그의 이름을 떠받치고 있었다. 그의 이름은 사람들이 신뢰하는 어떤 이의 이름처럼 들렸다. 그가 마지막으로 방문했을 때 이런저런 주옥같은 말들을 했다고 했으며, 다음번에 그가 오면 중요한 무언가에 관해 물어봐야 할 것 같다고도 했다. 나는 보는 눈이 없었다. 내 눈에는 그저 한 사람에게 속할 뿐인 이름에 눈이 멀어 있었다. 평소에는 말재간이 좋은 나였지만, 한 번도 더 정확하게 물어볼 생각을 하지 않았다. 나는 이것이 이중생활에 해당할 것이 틀림없다고 굳게 믿고 있었다. 추측건대 숙녀분들은 그가 무엇을 썼는지 모르는 것 같았다. 나 역시도 그저 들어서 알고 있을 뿐이었다. 실제로 그는 죽은 그 사람이 아니었다. 의사로 개인 의원을 운영하고 있었으며, 오직 그의 환자들에게만 알려진 사람이었다. 의사였던 그는 우리 집이 있었던 제펠트가의 도시 가까운 쪽에 살았다.

그러던 중 한 아이가 병이 나서 베데킨트 박사를 부르게 되었다. 나는 호기심에 가득 차 홀에서 그를 기다렸다. 그는 완고하면서도 평범해 보였다. 내가 좋아하지 않았던 몇 안 되는 선생님 중 한 명 같았다. 그는 환자가 있는 위층으로 올라갔다가 바로 내려왔다. 그러곤 아래층에서 기다리고 있던 로지 양에게 아이가 앓고 있는 병에 대해 단호하게 이야기했다. 그는 홀에 있는 긴 테이블에 앉아 처방전을 썼다. 그러곤 일어나서 선 채로 로지 양과 대화를 이어갔다. 그는 스위스 사람처럼 스위스어를 구사했으며, 일인이역의 속임수는 완벽했다. 그에게 전혀 호감이 가지 않았지만 나는 이러한 그의 연기력 때문에 감탄하기 시작했다. 그때 나는 그가 매우 단호하게 이야기하는 걸 들었다. 그가 어쩌다가 그런 이야기를 하게 되었는지는 더 이상 모르겠는데, 그의 동생이 집안에서 문제아였다고 했다. 그가 자신의 직업 생활에 얼마나 큰 해를 입혔는지 사람들은 상상도 할 수 없을 거라고 했다. 많은 환자가 그 동생이 무서워서 다시는 그의 병원에 오지 않았다고 했다. 다른 환자들이 그에게 어떻게 그런 사람이 동생일 수 있느냐고 묻기도 했다는 것이었다. 그런 질문을 받으면 그는 항상 똑같은 대답을 했다고 했다. 혹시 어떤 집안이든 누구 하나는 잘못되는 법이라는 말을 들어 본 적 없냐고 말이다. 사기꾼, 수표 위조범, 허풍쟁이, 도둑, 또 그와 비슷한 불량배 등이 있는데, 진료하며 얻게 된 경험을 토대로 그런 사람들이 종종 뼈대 있는 집안 출신이라는 것을 증명할 수도 있다고 했다. 그런 경우를 대비해 교도소가 있는 거라며 자기는 출신을 고려하지 말고 그들에게 가장 엄한 처벌을 내리는 것에 찬성한다고 했다. 지금은 그 동생이 죽었다면서 그에 대해서 꽤 많은 이야기를 할 수 있지만, 그러는 것이 점잖은 사람들 눈에 과히 좋아 보이지 않을 거라고 했다. 그래서 그는 차라리 입을 다물고 속으로 생각한다고 했다. 그가 사라져서 좋다고 말이다. 그가 아예 태어나지 않았다면 더 좋았을 거라고 했다. 그는 확고부동한 자세로 그곳에 서서 극도의 원한을 담아 이야기했다. 자제력을 잃어버린 나는 그에게 다가가 그 앞에 서서 이야기했다. "하지만 그는 작가였잖아요!" "그래 작가지!" 그가 내게 호통쳤다. "그게 잘못된 모범을 보이지. 명심하게 소년, 좋은 작가도 있지만 나쁜 작가도 있단다. 내 동생은 최악의 작가 중 하나였단다. 아예 작가가 되지 말고 쓸모 있는 걸 배우는 게 낫지!—여기 이 소년이 왜 이러는 거죠?" 그는 로지 양 쪽으로 몸을 돌리며 말했다. "저 소년도 글 나부랭이를 쓰는가 보죠?" 로지 양은 내 편을 들었다. 그는 다른 쪽으로 몸을 돌렸다. 떠날 때도 내게는 손을 내밀지 않았다. 그는 내가 베데킨트를 읽기도 훨씬 전에 그에게 애정과 존경심을 갖도록 해주었다. 이 편협한 형에게 진료받고 싶지 않았기 때문에 얄타에 사는 2년 동안 나는 단 한 번도 아프지 않았다.

## 시금치의 계통발생학
## 유니우스 브루투스

그곳에 살던 두 해의 대부분을 어머니는 아로자에 있는 숲속 요양원에서 지냈다. 어머니에게 편지를 쓸 때면 나는 취리히 상부의 아주 높은 곳에서 둥실둥실 떠다니는 어머니의 모습을 떠올렸다. 어머니를 생각할 때면 나도 모르게 높은 곳을 바라봤다. 동생들은 로잔에 있는 제네바호수 가에 살았다. 그렇게 우리 가족은 쇼이히처가의 작은 집에서 딱 붙어 지냈던 시간을 뒤로한 채 서로 꽤 멀리 떨어져 살면서 아로자-취리히-로잔을 잇는 삼각형을 만들었다. 실제로는 매주 편지가 오고 갔으며, 최소한 내가 보낸 편지에는 온갖 이야기가 담겨 있었다. 하지만 대개 나는 가족에 의존하지 않았다. 가족이 차지하던 자리에 새로운 것이 들어섰다. 어머니 대신에 네 숙녀분들로 구성된 위원회(이렇게 부를 수 있을 것이다)가 매일의 삶의 규칙에 개입했다. 나는 어머니 자리에 그분들을 둘 생각을 한 번도 해본 적이 없었다. 그렇지만 외출을 허락받거나, 그 밖의 무언가를 얻어내려 할 때, 실제로 내가 찾은 이는 그분들이었다. 나는 예전보다 훨씬 더 자유로웠다. 그분들은 내게 어떤 종류의 소망이 있는지를 알았으며, 내 부탁을 거절한 적이 없었다. 오직 너무 과한 경우에만, 그러니까 내가 3일 연속으로 강연회에 가려고 외출한다든지 할 때만 미나 양이 미심쩍어하며 조심스럽게 안 된다고 했다. 하지만 그런 일은 거의 일어나지 않았다. 내가 들어갈 수 있는 강연회가 결코 그리 많지는 않았다. 대개 나는 집에서 자유 시간 갖는 걸 훨씬 더 좋아했다. 어떤 강연을 듣고 나면 주제가 무엇이든 간에 읽어야 할 것이 산더미처럼 쌓였다. 사람의 마음을 움직이는 것은 항상 새로운 파문을 일으켰으며, 그 파문은 사방으로 퍼져 나갔다.

모든 새로운 경험을 나는 육체적으로, 그러니까 신체적으로 확장되는 감정으로 느꼈다. 이미 다른 많은 것을 알고 있지만 새로운 것을 기존에 알고 있는 것들과 연결하지 않는 작업의 일환이었다. 다른 모든 것과 분리된 무언가가 이전에 아무것도 없었던 곳에 자리를 잡았다. 조금도 상상하지 못했던 곳에서 갑자기 문 하나가 열렸다. 그러면 독특한 광채를 지닌 풍경 속에 자리한 자기 자신을 만나게 되었다. 그 풍경 속에서는 모든 것이 새로운 이름을 가지며, 끝없이 계속해서 뻗어 나갔다. 이제 그곳에서 감탄하며 자기 욕심껏 이곳저곳으로 움직였다. 마치 다른 곳에는 있은 적이 전혀 없었던 것 같았다. '학문적'

이라는 단어는 당시의 내게는 마법의 주문처럼 되었다. 그것은 나중에 알게 된 것, 즉 그 밖의 다른 것을 포기함으로써 무언가에 대한 권한을 획득하는 것으로 만족해야만 한다는 것과는 다른 의미였다. 오히려 그와 반대로 확장과 한계와 제약으로부터의 자유를 의미했으며, 다른 이들이 정착하여 생활했던 정말로 새로운 지역들이었다. 동화나 이야기 속에 등장하는 장소처럼 상상으로 만들어낸 땅이 아니었으며, 그런 지역의 이름을 언급할 때도 논란의 여지가 없었다. 마치 인생이 걸려 있기라도 한 것처럼 내가 고집하는 훨씬 더 오래된 이야기들로 나는 어려움을 겪었다. 그 이야기들은 비웃음을 샀다. 예를 들어 반 친구들 앞에서 그런 이야기를 꺼낼 수는 없었다. 반 친구 상당수가 모든 이야기를 이미 지나간 것으로 여겼으며, 어른이 된다는 것은 그런 옛이야기들에 대해 경멸 조로 의견을 말하는 것에 있었다. 나는 그 이야기를 계속해서 확장하고, 또 그 이야기에서 출발해 새로운 이야기를 생각해내는 식으로 그 모든 이야기를 간직했다. 하지만 지식 영역 또한 마찬가지로 나를 유혹했다. 나는 학교에 기존 과목들 말고도 새로운 과목이 있다고 상상해보았다. 여러 과목의 이름을 짓기도 했지만, 굉장히 특이한 이름들이어서 입 밖으로 꺼낼 엄두를 내지 못했으며, 나중에도 비밀로 간직했다. 하지만 그 이름들에서 무언가가 불만족스러운 채로 남았다. 그 이름들은 오직 내게만 가치가 있었다. 다른 사람들에게는 조금도 의미가 없었다. 내가 나를 위해 그것들을 생각해내기는 했어도, 내가 이미 알고 있지 않은 것은 그 무엇도 그 안에 집어넣을 수 없다는 것도 확실히 느꼈다. 실제로 새로운 것을 향한 동경은 그 이름들로는 충족되지 못했다. 새로움은 독립적으로 존재하는 곳에서 가져와야 했다. 그리고 당시에는 '학문'이 이 기능을 맡았다.

달라진 생활환경으로 오랫동안 묶여 있었던 힘들도 자유로워졌다. 나는 더 이상 빈과 쇼이히처가에 살던 시절처럼 어머니를 감시하지 않았다. 아마도 그것이 주기적으로 찾아오는 어머니 병의 이유 중 하나였던 것 같다. 우리가 그것을 인정하든 안 하든 같이 사는 동안 우리는 서로에게 해명을 해야 했다. 둘 다 상대방이 무엇을 하는지 알았을 뿐만 아니라 상대방의 생각까지도 알아차렸다. 행복과 밀도 높은 이해력의 본질을 이루는 것은 폭정이었다. 이제 이러한 감시는 편지로 축소되었다. 편지 속에서는 약간의 영리함을 발휘하여 매우 잘 숨을 수 있었다. 확실한 것은 어머니가 내게 보내는 편지에 결코 당신에 대한 모든 이야기를 쓰지 않았다는 것이다. 편지에는 오직 내가 믿고 또 관심 있어 하는 병세에 관한 이야기만 있었다. 어머니가 알게 된 몇몇 사람들 이야기는 나를 만나러 왔을 때 들려주었다. 편지에는 그런 이야기가 정말 별로 없었다. 어머니가 잘한 일이었다. 어머니가 있는 요양원 사람에 대해 뭐라도 알게 되면 나는 온 힘을 끌어모아 그에게 달려들어 갈기갈기 찢어놓았다. 어머니는 많은 새로운 사람들 속에 살고 있었다. 그들 중 상당수가 어머니에게 정신적으로 무언가 의미가 있었다. 그들은 성숙하고 아픈 사람들로, 대부분 어머니보다 나이가 많았다. 그들의 여유로움이 만들어낸 특별한 방식으로 말을 했으며 매력적이었다. 그들과 어울리며 어머니는 당신이 정말로 아프다고 생각했으며, 예전에는 우리 때문에 포기한 당신 자신을 세밀하게 관찰하는 특별한 방식을 즐겼다. 그렇게 어머니 역시 내가 어머니와 동생들로부터 해방된 것처럼 우리로부터 해방되어 있었다. 양쪽의 힘은 독자적으로 발전해갔다.

하지만 나는 새로 얻은 멋진 것들을 어머니에게 숨기고 싶지 않았다. 내가 듣고, 또 내 마음을 가득 채운 모든 강연에 대해 나는 어머니에게 있는 그대로 자세히 보고했다. 어머니는 한 번도 관심을 가져본 적이 없었던 것들, 예를 들어 칼라하리의 부시맨, 동아프리카의 동물계, 자메이카섬, 취리히의 건축사나 자유의지 문제 등에 대해 듣게 되었다. 이탈리아의 르네상스 예술에 관해서도 이야기했다. 어머니는 봄에 피렌체로 갈 계획이었다. 그래서 반드시 봐야 하는 것에 대해 내게 정확한 지시를 받았다. 조형예술 분야에 대한 당신의 보잘것없는 지식에 어머니는 부끄러워했다. 그래서 가끔은 그 분야에 대해 배우기를 꺼리지 않았다. 하지만 원시 부족이나 자연사에 대한 내 이야기는 비웃었다. 어머니 당신이 내게 많은 것을 아주 신중하게 숨겼기 때문에, 어머니는 나도 마찬가지일 거라고 추측했다. 당신한테는 완전히 지루한 것들에 대해 여러 장에 걸쳐 쓰면서 내가 진짜로 몰두하고 있는 개인적인 것을 숨기려 한다고 확신했다. 어머니는 학문적인 것처럼 들리는 것들을 경멸조로 "시금치의 계통발생학"이라고 부르면서, 그런 것 대신에 내 삶에서 비롯된 진짜 소식을 들려달라고 했다. 어머니는 내가 나 스스로를 작가라 여기고 싶어 하는 걸 못마땅해하지 않았다. 그래서 내가 보낸 희곡과 시 구상안이나, 완성하여 어머니에게 헌정한 희곡에 거부감을 보이지 않았다. 그 졸작의 가치에 대한 의심은 어머니 혼자 간직했다. 나에 대한 것이었기 때문에 어쩌면 당신의 판단에 확신이 없었던 것 같다. 하지만 어머니는 학문적인 것처럼 생각되는 모든 것을 가차 없이 거부했다. 어머니는 편지에서 조금도 그런 것에 대해 듣고 싶어 하지 않았다. 어머니와는 전혀 상관이 없는 일이었으며, 어머니를 미혹하는 테스트였다.

그 당시에 훗날 우리 둘 사이가 벌어지게 되는 첫 싹이 돋아났다. 어머니가 온갖 방법을 동원하여 뒷받침해줬던 지식욕이 당신에게 낯선 방향으로 향하자, 어머니는 내 성실성과 성격을 의심하기 시작했다. 그러곤 내가 할아버지를 닮을 수도 있다며 두려워했다. 어머니는 할아버지를 교활한 코미디언이라 여겼다. 어머니에게 할아버지는 화해할 수 없는 적이었다.

어쨌든 그런 상태는 천천히 진행되었다. 시간이 흘러야 했다. 나는 강연을 꽤 많이 들었던 것 같다. 그래서 강연에 대한 이야기와 그것들이 어머니에게 준 영향이 쌓여갔다. 1919년 성탄절, 내가 얄타에 들어온 지 3개월이 지났을 때였다. 어머니는 그때까지도 내가 어머니에게 헌정한 희곡『유니우스 브루투스』에서 받은 감동을 간직하고 있었다. 10월 초부터 나는 저녁마다 뒤쪽에 있는 교실에서 그 희곡 집필에 매달렸다. 매일 저녁 식사를 마친 후 나는 공부하라고 내준 그곳에 9시까지, 혹은 더 오래 머물렀다. 학교 숙제는 일찌감치 다 해치웠다. 내가 정말로 속인 사람은 '헤르더 양들'이었다. 숙녀분들은 내가 매일 두 시간씩 어머니에게 드릴 희곡을 쓰고 있다는 사실을 짐작도 못 했다. 그것은 아무도 알면 안 되는 비밀이었다.

타르퀴니우스 왕가를 몰아냈던 유니우스 브루투스는 로마 공화국 최초의 집정관이었다. 그는 로마 공화국의 법을 너무나도 존중한 나머지, 로마 공화국 반란 음모에 가담했다는 죄로 자기 아들들에게 사형을 선고하고 처형하기까지 했다. 나는 리비우스의 『로마사史』에서 이 이야기를 알게 되었는데, 그 이야기는 내게 지울 수 없는 인상을 주었다. 내 아버지가 브루투스였다면 아들들을 사면했을 거라고 확신했기 때문이다. 하지만 **당신 자신**의 아버지는 순종하지 않는다며 그를 저주했다. 그 이후의 나날 동안 나는 아버지 스스로가 그 저주를 벗어나지 못하는 걸 보았다. 어머니는 할아버지의 이 저주를 혹독하게 비난했다. 리비우스의 책에는 이 사건이 그리 많이 쓰여 있지 않았다. 그저 짤막한 한 장章에 불과했다. 나는 아들들의 목숨을 위해 브루투스와 싸웠던 그의 아내를 만들어냈다. 그녀는 남편을 조금도 설득하지 못했다. 아들들이 처형되자, 절망한 그녀는 절벽에서 테베레강으로 몸을 던진다. 그 희곡은 어머니를 신격화하는 것으로 끝난다. 마지막 대사는 브루투스가 직접 하도록 했다. 아내의 죽음을 막 알게 된 그가 이렇게 말한다. "자기 아들들을 살해한 아버지에게 저주가 있을지어다!"

어머니에게 이중으로 경의를 표한 셈이었다. 첫번째 경의는 내가 의식하고 있던 것이다. 글을 쓰는 내내 나를 완전히 사로잡았던 것으로, 어머니가 그 작품에 대한 기쁨으로 건강해졌으면 하는 바람이었다. 어머니의 병이 불가사의한 것이기 때문이었다. 사람들은 어머니가 무슨 병에 걸린 것인지 제대로 알지 못했다. 그래서 내가 그런 방식으로 어머니의 병을 고쳐보고자 했다는 것이 조금도 놀라운 일이 아니었다. 숨겨진 두번째 경의는 전혀 예상하지 못한 것이었다. 마지막 문장에는 할아버지에 대한 심판, 즉 가족 일부, 특히 어머니의 확신에 따라 할아버지의 저주가 당신 아들을 죽였다는 심판이 담겨 있었다. 그렇게 나는 빈에서 경험했던 할아버지와 어머니의 전쟁에서 단호하게 어머니 편에 선 것이었다. 아마 어머니도 이 숨겨진 메시지를 알아차렸던 것 같지만, 우리가 그런 이야기를 나눈 것은 아니어서 확실하다고는 말할 수 없다.

열네 살에 재능을 보인 젊은 작가는 많았을 것이다. 나는 분명히 그런 부류는 아니었다. 그 희곡은 측은하다 싶을 정도로 형편없었다. 도저히 말로 표현할 수 없는 얌부스* 운각으로 이루어진 그 희곡은 졸렬하고, 세련되지 못했으며, 과장이 심했다. 정말로 실러의 영향을 받은 것은 아니었다. 오히려 세세한 부분까지 너무나도 단호해서 모든 것이 우스꽝스러워졌다. 도덕과 의협심에 폭 빠져 있었으며, 수다스럽고 피상적이어서 마치 여섯 사람의 손을 거쳐 완성된 것 같았다. 각각의 사람은 먼젓번 사람보다 재능이 떨어졌으며, 그래서 더는 그 근원을 알아차릴 수가 없었다. 어른 옷을 입고 장엄하게 걷는 것이 어린아이에게 권할 만한 일은 아니다. 그 졸작이 사실은 진짜였던 그 무언가를 드러내지 않았다면, 나는 결코 이것을 언급하지 않았을 것이다. 그것은 바로 사형선고와 사형 집행 명령에

* 약강격弱強格.

대해 느꼈던 과거의 공포였다. 명령과 사형선고 사이의 관계에, 좀더 정확히 말하자면 그 당시의 나는 알 수 없었던 다른 성질의 관계에 나는 훗날 십수 년 동안 몰두했으며 오늘날까지도 그 해답을 찾지 못하고 있다.

## 위대한 남자들 사이에서

나는 그 희곡을 제때 완성하여 성탄절 몇 주 전에 정서했다. 10월 8일에 시작해서 12월 23일에 마친 그 긴 작업을 계속 진척시켜나가며 나는 새로운 종류의 희열로 꽉 차게 되었다. 그 이전에도 이미 나는 여러 주에 걸쳐 이야기를 계속 전개해나갔던 적이 있었으며, 동생들에게 그 이야기를 조금씩 들려주었었다. 하지만 그때는 이야기를 글로 쓰지는 않았다. 그래서 그때의 이야기가 더는 기억나지 않는다. 5막짜리 비극『유니우스 브루투스』는 예쁜 담회색 공책에 121페이지, 2,298행에 달하는 '무운시'로 쓰였다. 어쨌든 10주 동안 내게 가장 중요한 일을 알타의 숙녀분들과 여자아이들에게, 심지어 내 속마음을 털어놓을 수 있는 트루디에게도 숨겼다는 사실이 그 작업이 지닌 가치를 더욱 드높였다. 내가 열정적으로 움켜쥐는 새로운 것들이 수없이 내게 밀어닥치는 동안에도 내 삶의 원래 의미가 내게는 어머니를 찬양하는 일과 관계된 그 매일의 두 시간 속에 있는 것 같았다. 매주 어머니에게 보냈던 편지에 가능한 한 모든 것을 보고했는데, 그 편지의 클라이맥스는 거만한 느낌의

현란한 서명이었다. 그리고 서명 아래에는 라틴어로 "인 스페 포이타 클라루스in spe poeta clarus"*라는 말이 쓰여 있었다. 어머니는 학교에서 라틴어를 배우지 않았지만 로망스어 지식을 활용하여 그 말의 뜻을 상당 부분 알아맞혔다. 그래도 나는 어머니가 '유명한'이라는 뜻의 '클라루스'를 '빛나는'이라고 오해할까 봐 걱정되어서 그 밑에다 독일어 번역도 달았다.

글과 작가를 가장 높게 쳤던 어머니에게 보내는 편지에 당시에 내가 의심치 않던 일을 꼭 두 번씩, 그러니까 라틴어와 독일어로 쓰는 것이 유쾌한 일이었음이 틀림없다. 하지만 그것은 그 당시 내게 이런 공명심을 품게 했던 어머니에 대한 사랑에서만 비롯된 행동이 더 이상 아니었다. 그걸 죄라고 칭하고자 한다면, 원죄는 페스탈로치 학생 달력에 있었다. 나는 3년간 그 달력과 함께했다. 전부 다 읽는 동안에—그 달력에는 흥미로운 읽을거리가 엄청나게 많았다—그 안의 무언가가 내게는 일종의 계명이 되었다. 실제 달력에 나온 위대한 남자들의 초상이 바로 그것이었다. 달력에는 182개의 초상이 있었다. 이틀에 한 명씩, 그야말로 인상적으로 그려진 초상이 나왔다. 초상 밑에는 생몰 연대와 업적 및 작품을 짤막하게 설명하는 문장 몇 개가 적혀 있었다. 내 손에 처음 들어왔던 1917년에 이미 그 달력은 나를 완전히 매료시켰다. 달력에는 내가 경탄해 마지않았던 세계 일주 여행가들, 그러니까 콜럼버스, 쿡, 훔볼트, 리빙스턴, 스탠리, 아문센이 있었다. 작가들도 있었다. 그

* "미래의 유명한 작가."

달력을 펼치고 처음 눈에 들어온 사람은 우연히도 디킨스였다. 내가 본 그의 첫 초상이었다. 2월 6일 면 왼쪽 상단의 날짜 아래에 있는 초상 옆에 그의 명언이 쓰여 있었다. "많은 사람 가운데 가장 비천한 사람을 살펴라!" 내게는 너무도 당연해져서, 그 옛날에는 그 말이 내게 참신하게 느껴졌다는 사실을 오늘날에는 떠올리기 어려워진 문장이었다. 달력에는 셰익스피어도 있었다. 그리고 일찍이 영국 아버지들의 필독서가 되었던 『로빈슨 크루소』의 작가 디포도 있었다. 단테와 세르반테스도 있었다. 실러도 물론 있었고, 어머니가 자주 이야기했던 몰리에르와 빅토르 위고, 『고전 시대의 전설』로 내게 신뢰를 얻었던 호메로스, 많은 이야기에도 불구하고 집에서는 내게 늘 허락되지 않았던 『파우스트』의 작가 괴테, 학교에서 우리가 속기 독본으로 사용했던 『보물 상자』의 작가 헤벨이며, 독일어 독본에 나오는 시들을 통해 알게 된 수많은 작가가 있었다. 내가 좋아하지 않았던 월터 스콧을 나는 없애고 싶었다. 그래서 그의 초상을 잉크로 덧칠하기 시작했다. 하지만 그런 일을 하며 으스스한 기분이 들지는 않았다. 그래서 막 그러기 시작했을 때 나는 무섭게도 내 뜻을 알렸다. "그건 비열한 짓이야." 어머니가 말했다. "그는 자신을 방어할 수 없어. 그런 방식으로는 네가 세상에서 그를 몰아낼 수 없단다. 그는 유명한 작가 중 하나야. 그리고 어디서건 계속해서 유명 작가에 들겠지. 누가 네 달력을 보면 너 자신이 부끄러워질 거야." 잉크 칠을 다 끝내기도 전에 이미 나는 자신이 부끄러웠다. 그래서 파괴 작업을 즉각 중단했다.

이 위대한 남자들과 함께했던 내 삶은 말할 수 없이 아름다웠다. 온 민족과 모든 지역이 대변되어 있었다. 음악가에 대해서도 나는 이미 약간의 식견을 가지고 있었다. 나는 피아노 수업을 받았으며 음악회에도 갔다. 달력에는 바흐, 베토벤, 하이든, 모차르트와 슈베르트도 나왔다.「마태 수난곡」의 충격은 어머니에게서 경험한 바 있었다. 다른 음악가들의 경우 이미 나는 그들의 곡을 연주하거나 들어본 적이 있었다. 화가와 조각가들의 이름은 얄타 시절이 되어서야 비로소 내용이 채워지게 되었다. 2, 3년 동안 나는 그들의 초상을 조심스럽게 관찰했으며, 그들에게 죄를 짓는 것 같은 감정을 느꼈다. 달력에는 소크라테스도 나왔으며, 플라톤, 아리스토텔레스, 칸트도 있었다. 수학자들도 있었고, 물리학자, 화학자, 게다가 내가 한 번도 들어본 적 없는 자연과학자들도 있었다. 우리가 살았던 쇼이히처가는 그들 중 한 사람의 이름을 딴 것이었다. 달력에는 발명가들도 꽤 많이 나왔다. 이 올림포스산이 얼마나 풍성했는지를 말로 다 하기는 어렵다. 의사들 하나하나를 나는 어머니에게 소개했으며, 어머니가 그 의사보다 훨씬 더 높은 경지에 서 있음을 느끼도록 했다. 정복자와 야전사령관들이 그 달력에서 극히 작은 비중을 차지하고 있다는 점이 가장 좋았다. 인류에 선행을 베푼 이들을 모으려 했지, 파괴자들을 모으려 한 것이 아니었던 달력 제작자의 의도적인 계략이었다. 알렉산드로스 대왕, 카이사르, 나폴레옹은 잘 묘사되어 있었다. 하지만 이런 부류 중 다른 이들은 전혀 내 기억에 없다. 이 세 사람도 1920년판 달력에서는 빠진 것으로 기억한다. "스위스에서나 가능한 일이지.” 어머니가 말했다. “우리가 이곳에 살고 있다는 게 기쁘구나.”

아마도 달력에 나오는 위대한 남자들의 4분의 1은 스위스인이었던 것 같다. 그들 대부분에 대해서 나는 전혀 들어본 적이 없었다. 하지만 그들에 대해 무언가를 알려고 애쓰지 않았다. 나는 이상하리만치 중립적인 입장에서 그들을 받아들였다. 달력의 이름을 따온 인물 페스탈로치는 많은 이들을 위해 힘썼다. 다른 사람들도 아마 그와 마찬가지였을 것이다. 하지만 스위스 달력이기 때문에 그들이 수록되었을 수도 있다. 나는 스위스인들의 역사에 경외심을 품고 있었다. 공화국민인 그들이 나는 고대 그리스인들만큼 좋았다. 그래서 그들 중 누구도 의심하지 않으려고 조심했다. 그리고 그들 각각의 업적이 나를 위한 것이기도 하다는 희망을 품고 있었다.

내가 이들의 이름과 함께 살았다는 말을 결코 과장이라고 할 수는 없다. 나는 이들의 초상을 뒤적이지 않고 보낸 날이 하루도 없었다. 그리고 그 초상들 밑에 있던 문장들을 줄줄 외고 있었다. 더 정확하게 읊게 되면 될수록, 그 말들이 내 마음에 더 와닿았다. 최상급 형용사들이 넘쳐났다. 셀 수도 없을 만큼 많은 “가장 위대한 이것”과 “가장 위대한 저것”이 내 기억에 남았다. 그런 말들을 한층 더 높게 수식하는 말도 있었다. 그것은 “고금을 통틀어” 가장 위대한 이것 또는 저것이라는 표현이었다. 뵈클린은 고금을 통틀어 가장 위대한 화가 중 하나였으며, 홀바인은 고금을 통틀어 가장 위대한 초상화가였다. 탐험 여행에 대해 나는 훤히 꿰고 있었다. 그래서 스탠리가 위대한 아프리카 연구자로 나와 있는 것이 온당치 않다고 생각했다. 나는 리빙스턴이 훨씬 더 좋았다. 그가 의사이기도 했고, 노예제도에 항거했기 때문이다. 나는 다른 모든 분야에서는 읽은 것을 그대로 받아들였다. 두 사람의 경우 '위대한'이라는 말이 '거대한'으로 대체된 것이 눈에 띄었다. 미켈란젤로와 베토벤은 특별한 지위를 가지고 있었다.

이러한 자극이 유익한 것이었는지 아닌지를 판단하기란 쉽지 않다. 하지만 그 자극이 내게 허풍스러운 희망을 품게 했다는 점은 의심의 여지가 없다. 이 신사분들 사이에 머물 권리가 내게 있는지를 나는 한 번도 고민해본 적이 없었다. 나는 언제든지 그 신사들을 만날 수 있는 달력을 넘겼다. 그들은 내 것이었으며, 그 초상들은 내 소유의 성상들이었다. 어쨌든 그들과의 이 교제가 그러잖아도 어머니에게서 상당 부분 물려받은 공명심만 더 키운 것은 아니었다. 그것은 사람들의 마음을 가득 채운 순수한 존경심이었다. 사람들은 그들을 가볍게 여기지 않았다. 존경하는 인물과의 격차는 헤아릴 수 없을 만큼 무한해 보였다. 사람들은 그들의 업적 못지않게 힘겨웠던 삶에도 감탄했다. 불가사의한 방식으로 그들 중 한 사람 혹은 다른 사람들을 따라 해보려고 주제넘은 짓을 해봐도, 그 영역에서 활동 중인 다른 이들이 엄청나게 많이 남아 있었다. 사람들은 그 인물들에 대해 도무지 아는 바가 없었으며, 그들이 일하는 방식에 그저 감탄만 할 수 있을 뿐 모방조차 할 수 없을 터였다. 바로 이러한 이유에서 그들은 진정한 기적이었다. 이들의 풍요로운 사상, 다채로운 업적, 여기 이 달력에 등장할 일종의 대등한 권리, 다양한 출신과 언어 및 생존 시기, 게다가 상이한 수명까지—상당수가 아주 젊은 나이에 사망했다—나는 최고의 지성 182명을 모아놓은 이 달력보다 내게 인류의 폭넓음과 다양성과 희망을 강하게 느끼게 해준 것을 알지 못했던 것 같다.

## 오거 결박

12월 23일에 『유니우스 브루투스』는 아로자로 발송되었다. 어머니가 그 작품을 어떻게 읽어야 하는지에 대한 지침을 담은 긴 편지도 동봉했다. 전반적인 인상을 얻기 위해서는 우선 멈추지 말고 한 번에 읽고, 그런 다음 두번째 읽을 때는 상세한 부분에 대해 비판적인 견해를 가질 수 있도록 연필 한 자루를 손에 쥐고 조금씩 읽고, 그러면서 눈에 띈 것을 내게 이야기해달라고 했다. 기대와 요구로 잔뜩 긴장한 위대한 순간이었다. 이 '작품'이 얼마나 형편없어서 눈곱만큼도 기대를 걸 만하지 않았는지, 특히 나 자신이 이 사실을 얼마나 빨리 알아차렸는지를 생생히 떠올리노라면, 내가 확신에 차서 의기양양하게 써 내려간 모든 것에 대해 훗날 품게 된 불신이 이 시절에서부터 비롯된 것이라고 단언할 수 있다.

추락은 그 희곡이 어머니의 손에 닿기도 전인 다음 날 벌써 시작되었다. 나는 외할머니와 에르네스티네 이모와 약속을 잡아놓고 있었다. 두 분은 아직 취리히에 살고 있었으며, 나는 일주일에 한 번 그분들을 찾아뵀다. 어머니의 손을 놓지 않으려는 투쟁을 통해 어머니를 지켜냈던 포글러 양 집에서의 폭풍우와도 같던 그 밤의 사건 이후로 두 분과의 관계는 달라져 있었다. 두 분은 어머니에게 재혼하라고 설득하는 것이 무의미함을 알고 있었다. 어머니는 나를 망가뜨릴 수 있는 일은 단호하게 거부했다. 심지어 에르네스티네 이모와 나 사이에는 일종의 공감 같은 것이 생겨났다. 이모는 내가 아르디티 가문의 기질을 타고나서 고집이 세고, 나를 돈 버는 일에 전념시킬 수 없으며, 내가 '관념적인' 직업을 선택하리라는 것을 알아차리기 시작했다.

나는 홀로 외할머니를 만났다. 외할머니는 큰 소식을 가지고 나를 맞이했다. 맨체스터에서 살로몬 삼촌이 왔으며, 이모는 곧 외삼촌과 함께 돌아올 거라고 했다. 그러니까 영국에서 보냈던 유년 시절 내가 오거라고 불렀던 외삼촌이 취리히에 도착한 것이었다. 우리가 맨체스터를 떠난 뒤로 6년 반 동안 나는 외삼촌을 본 적이 없었다. 우리가 못 보던 사이 빈 시절이 지나갔으며, 윌슨과 그가 내건 14개 조항에 대한 희망으로 끝났던 제1차 세계대전, 그리고 얼마 전에는 엄청난 실망을 안겨준 베르사유 조약도 있었다. 종종 살로몬 삼촌 이야기도 나누곤 했다. 외삼촌을 향한 어머니의 감탄은 조금도 줄지 않았다. 하지만 전적으로 외삼촌의 경제적인 성공에 보내는 예찬이었다. 그 이후로 어머니와 나 사이에는 훨씬 더 중요한 일들이 일어났으며, 훨씬 더 위대한 인물들이 우리가 함께했던 저녁 독서 시간에 등장했다. 그리고 내가 열렬히 목격한 사건들로 구성된 실제 세상 속에서 외삼촌과 당신의 그 권력은 쪼그라들어 보였다. 아마도 나는 외삼촌을 예전과 다름없이 괴물로, 온갖 사악함의 화신으로 보았던 것 같다. 내게 외삼촌의 이미지는 완전한 악의 화신답게 잔인하고 추악한 것으로 형상화되어 있었다. 하지만 나는 외삼촌을 더는 위험한 인물로 여기지 않았다. 내가 이미 그를 따라잡았을 것이리라. 이모가 와서 외삼촌이 아래층에서 우리를 기다리고 있다고, 우리를 데리고 외출하려 한다고 말했을 때, 나는 일종의 우월감을 느꼈다. 열네 살에 극작가가 된—희곡은 이미 우체국에 가 있었다—나는 외삼촌 옆에 서서 그와 우열을 가려보고 싶었다.

나는 외삼촌을 전혀 알아볼 수 없었다. 외삼촌은 예상했던 것보다 더 기품 있어 보였다. 외삼촌의 얼굴은 첫눈에도 썩 잘생긴 편이었는데, 어쨌든 오거의 얼굴은 아니었다. 나는 외삼촌이 영국에 산 지 오래되었음에도 여전히 유창한 독일어를 구사하는 것에 놀랐다. 우리 사이에 새로운 언어가 하나 생긴 것이었다. 외삼촌이 당신과 영어로 이야기하자고 강요하지 않는 것이 내게는 거의 고상하게까지 느껴졌다. 얼마 전부터 나는 영어를 조금 잊어버린 상태였다. 기대했던 진지한 대화에는 독일어가 더 안심되었다.

"취리히에서는 어디가 가장 좋은 제과점인가요?" 외삼촌이 곧이어 말했다. "그리로 여러분을 모시고 싶습니다." 에르네스티네 이모는 슈프륑글리를 말했다. 이모는 천성적으로 검소한 분이어서 더 좋은 제과점인 위그냉은 차마 말하지 못했다. 우리는 반호프가街를 걸어서 슈프륑글리로 갔다. 약간 배려하는 차원에서 이모는 살짝 뒤로 물러났고, 우리는 남자들 사이에서 그러하듯 곧장 정치 이야기로 들어갔다. 나는 연합국을 비난했는데, 외삼촌이 온 곳이기 때문에 특히 영국을 가장 맹렬히 공격했다. 베르사유 조약은 부당하며, 윌슨이 이야기한 모든 것에 배치된다고 했다. 외삼촌은 내게 이러저러한 생각거리를 제시했으며, 상당히 침착했다. 나는 외삼촌이 열을 올리는 내 모습을 재미있어한다는 걸 알아차렸다. 외삼촌은 내가 어떤 사람인지 한번 들어보고 싶어 했으며, 그래서 내가 말하도록 두었다. 하지만 나는 외삼촌이 별로 말을 많이 하지 않았음에도 윌슨에 대해 제대로 이야기하고 싶어 하지 않는다는 것을 알아차렸다. 베르사유 조약에 대해 외삼촌은 말했다. "거기엔 경제적인 요인이 작용한단다. 너는 아직 아무것도 모르겠지." 그리고 또 말했다. "어떤 나라도 아무런 소득 없이 4년 동안 전쟁을 하지는 않아." 그런데 정말로 나를 당황하게 한 것은 이런 질문이었다. "브레스트-리토프스크*에 대해서는 어떻게 생각하니? 독일인들이 승리했다면, 그들이 다르게 행동했으리라고 생각하니? 승자는 승자란다." 그 말을 할 때 처음으로 외삼촌의 눈이 똑바로 나를 향했다. 외삼촌의 눈은 차갑고 파랬다. 나는 그를 다시 알아볼 수 있었다.

슈프륑글리에서 에르네스티네 이모는 보조를 맞춰주었다. 외삼촌은 거만한 태도로 우리를 위해 코코아와 고급 과자를 주문했다. 하지만 당신 앞에 아무것도 놓여 있지 않은 것처럼 자신은 주문한 음식에 손도 대지 않았다. 외삼촌은 중요한 출장

---

* 1918년 독일과 러시아 볼셰비키 사이에 체결된 강화조약.

중이며, 시간이 없다고 했다. 그래도 며칠 내로 아로자에 있는 어머니를 문병할 거라고 했다. "무슨 병이니?" 외삼촌은 그렇게 묻더니 곧바로 자기가 대답했다. "나는 아파본 적이 없어, 시간이 없거든." 외삼촌은 우리 모두를 너무 오랫동안 보지 못해서 이제 만회해야 한다고 했다. "너희 가족 중에 남자가 없지. 그건 안 될 일이야." 조금 성급한 감은 있었지만, 그 말이 악의적으로 들리지는 않았다. "너는 뭘 **하니**?" 마치 우리가 서로 아무런 이야기도 나누지 않았던 것처럼, 외삼촌이 내게 갑자기 말했다. "**하니**"라는 말에 악센트가 있었다. "**하니**"가 핵심이었던 것이다. 다른 이야기들은 외삼촌에게는 수다였다. 나는 심각해진 분위기를 감지했다. 그래서 약간 우물쭈물했다. 이모가 나를 도와주었다. 이모는 비단처럼 섬세한 눈을 가지고 있었다. 필요하다면 이런 이야기도 할 수 있었다. "그거 아세요?" 이모가 말했다. "이 아이는 대학 공부를 하려고 해요." "그럴 수는 없어. 이 아이는 사업가가 될 거야." 외삼촌은 독일어를 매우 잘하는데도 독일어 부정관사 '아인ein' 대신에 영어 부정관사 '어a'를 써서 말했다. 그리고 사업가를 말할 때도 '게셰프트'가 아니라 '그셰프트'라고 발음하며 더 단호하게 당신의 영역으로 들어갔다. 사업가 집안으로서의 소명 의식에 대한 긴 설교가 이어졌다. 모두가 사업가였으며, 그 분야에서 얼마나 큰 성공을 거둘 수 있는지에 대한 산증인이 자신이라는 것이었다. 집안에서 살짝 다른 길을 시도했던 유일한 사람이 외삼촌의 사촌인 아르디티 박사인데, 그는 곧 후회했다고 했다. 의사는 돈을 벌지 못하며 부자들의 급사라는 것이었다. 온갖 잔

병에도 뛰어가야 하며, 막상 가보면 아무것도 아니라는 것이었다. "네 아버지처럼." 외삼촌이 말했다. "그리고 지금 네 어머니가 그런 것처럼 말이지." 그래서 아르디티 박사는 그 직업을 바로 포기하곤 집안의 다른 사람들처럼 다시 사업가로 살고 있다고 했다. 그 어리석은 사람은 대학 공부와 자신과는 상관없는 사람들의 병으로 15년이라는 세월을 잃었다고 했다. 하지만 지금은 나아졌다고 했다. 15년이라는 세월을 잃었지만 아마도 그는 부자가 될 것이었다. "그에게 물어봐라! 그 사람도 너에게 같은 이야기를 할 거다!" 집안의 골칫덩어리였던 이 아르디티 박사는 항상 내 길을 가로막았다. 나는 그를, 진짜 직업을 배신한 이 사람을 말로는 다 표현할 수 없을 정도로 경멸했다. 그 시절 그가 취리히에 살고 있었음에도 나는 그에게 무언가를 물으러 가지 않으려고 각별히 조심했다.

이모는 내 안에서 무슨 일이 일어나고 있는지 알아차렸다. 어쩌면 이모도 깜짝 놀랐던 것 같다. 외삼촌이 내 아버지를 냉혹한 방식으로 언급했기 때문이다. "있잖아요." 이모가 말했다. "이 아이는 학구열이 매우 높아요." "그거 좋군! 일반적인 교양을 쌓고, 상업학교를 나와서 회사에서 견습생 과정을 밟은 후에 시작하면 되겠군!" 외삼촌은 당신 앞만, 그러니까 당신이 원하는 것에만 주목했다. 내게는 더 이상 눈길도 주지 않았으며, 자기 여동생 쪽으로 몸을 돌렸다. 정말로 그녀만을 위하는 양 심지어는 미소까지 지으며 이모에게 말했다. "나는 조카들 모두를 내 회사로 불러 모을 거야. 니심은 사업가가 되고, 조르주도 마찬가지야. 내 아들 프랑크가 클 때까지 말이야. 조카들이 사장 자리에 앉은 프랑크와 함께 사업을 맡을 거야!"

프랑크는 사장 자리에! 나는 사업가! 나는 외삼촌에게 달려들어 때려주고 싶었다. 나는 자제하며, 아직 시간이 있었지만 작별 인사를 했다. 나는 거리로 나왔다. 머리가 불덩이 같았다. 마치 그 경멸스러운 사업이 내 뒤를 바짝 따라오고 있는 것 같아서 분노로 비틀거리며 티펜브루넨으로 서둘러 돌아왔다. 분명한 형체를 띤 첫 감정은 내 자존심이었다. "사장 자리에 앉은 프랑크, 나는 외판원, 나는, 나는." 그런 다음 내 이름이 뒤따라 나왔다. 위험에 처하면 늘 그렇듯 나는 이 순간 그 이름으로 되돌아갔다. 나는 그 이름을 거의 사용하지 않았으며, 그 이름으로 불리는 것을 별로 좋아하지 않았다. 그 이름은 내 힘의 저장고였다. 아마도 한 사람에게만 속하는 이름이 모두 그러했을 것이다. 하지만 이 이름은 그런 이름 이상의 것이었다. 나는 분노에 찬 그 말을 계속해서 혼잣말로 중얼거렸다. 그러다가 마지막에는 그 이름 하나만 남았다. 밖에 나왔을 때 내가 혼잣말로 그 이름을 수백 번 되뇌며 그 이름으로부터 엄청난 힘을 끌어냈지만 아무도 그것을 눈치채지 못했다.

24일 저녁이었다. 얄타에서는 성탄절 파티를 앞두고 있었다. 몇 주 전부터 그 누구도 성탄절 파티 말고 다른 이야기는 하지 않았다. 준비는 은밀하게 이루어졌다. 트루디가 내게 말해준 바로는 일 년 중 가장 큰 이벤트라고 했다. 과도하게 허풍 떨지 않으려고 조심하며 트루디는 정말 아름다운 파티가 될 거라고 큰소리쳤다. 우리 집에서는 늘 서로 선물을 교환했다. 하지만 그게 다였다. 어머니에게는 신앙이 없었으며, 종교를 차별하지 않았다. 부르크테아터에서의 「현자 나탄」 공연은 이런 것과 관련한 어머니의 태도에 두고두고 영향을 끼쳤다. 그렇지만 집안 풍습에 대한 추억과 어쩌면 어머니의 타고난 품위가 성탄절 파티를 온전하게 받아들이는 것을 방해했던 것 같다. 선물이라는 약간은 궁색한 절충안이 남게 되었다.

알타는 이제 완벽하게 꾸며졌다. 우리가 대부분을 보내는 홀은 평소에는 약간 썰렁하고 무미건조했지만, 따뜻한 색깔로 빛나고 있었으며, 전나무 어린 가지의 향이 났다. 훨씬 더 작은 방, 그러니까 바로 그 홀 뒤쪽에 있는 '응접실'에서 파티가 시작되었다. 그곳에는 가정음악회 때 사용하는 피아노가 있었다. 피아노 위쪽 벽에는 그림이 하나 걸려 있었는데, 항상 작은 그 방의 크기에 비해 거대해 보였다. 뵈클린의 「성스러운 숲」이라는 그림이었다. 처음에 나는 그 그림이 원작인 줄 알았다. 그래서 경외심을 가지고 바라보았다. 개인 가정집에 있는 최초의 '진품' 그림에 나는 주목하게 되었다. 하지만 어느 날 미나 양이 그 그림은 당신이 그린 거라고, 당신 손으로 직접 그린 모작이라고 밝혔다. 미나 양이 아직은 당신의 자녀 격인 꽃을 그리는 데에 완전히 전념하기 전이었던 초창기에 그린 것이었다. 정말로 원작 같아서, 그 집을 방문한 모든 사람은 굳이 설명해달라고도 하지 않고 그 그림을 진품이라고 생각했다. 미나 양은 지금 당신의 그 작품 앞에 앉아서 우리의 크리스마스 캐럴을 반주하고 있었다. 미나 양은 그 집에서 피아노를 가장 잘 치는 사람은 분명 아니었다. 하지만 그녀가 노래에 주는 느낌은 전염성이 있었다. 방이 그리 크지 않았기 때문에 우리는 모두 서로 딱 붙어 서서 온 힘을 다해 노래를 불렀다. 「고요한 밤, 거룩한 밤」과 「오 기쁜 자여, 오 복된 자여……」를 부른 뒤에 각자 자신에게 잘 맞고 또 좋아하는 곡을 제안할 수 있었다. 모두의 신청곡을 다 부르기까지 꽤 오랜 시간이 걸렸다. 시간이 오래 걸린다는 점, 그런데도 아무도 서두르지 않는다는 점이 가장 좋았다. 아무도 자기가 받을 선물과 또 다른 사람을 위해 자기가 준비한 깜짝 선물을 기다리는 것 같지 않았다. 그렇게 노래를 부르고 나서 모두가 일렬종대로 서서 집 뒤쪽에 있는 방으로 향했다. 이제는 다들 조금씩 서둘렀다. 방학을 보내러 빈에서 온 제일 어린 남자아이가 맨 앞에 섰다. 당시에 두번째로 나이가 어렸던 내가 그 뒤를 따랐다. 그렇게 행렬의 맨 마지막까지 나이순대로 줄지어 걸어갔다. 행렬은 마침내 커다란 테이블 앞에서 멈추었다. 선물은 모두 예쁘게 포장되어 있었다. 선물을 받을 때 나는 모두에게 덤으로 풍자시 몇 구절을 읊어줬다. 운을 맞출 기회는 놓쳤다. 나는 낙타 등에 높이 올라탄 채 용맹한 동작을 하고 있는 투아레그족 전사의 조각상을 받았는데, 아래쪽에는 이름과 함께 "아프리카 여행자에게"라는 말이 적혀 있었다. 나는 더 나은 미래에 대한 내 생각에 부합하는 난센의 『에스키모의 삶』, 옛날 풍경이 담긴 『옛 취리히』, 이탈리아 중부 움브리아 지방의 여행 스케치인 『시스토와 세스토』 등 책도 몇 권 받았다. 이 시절 나를 매료시켰고, 또 몰두하게 했던 많은 것이 한데 모여 있었다. 그래서 그 모든 것에 대해 아무것도 모르는 외삼촌과, 크리스마스 캐럴을 부르는 동안에도 내 귓가에 맴돌았던 외삼촌의 냉혹하고도 끔찍한 말들이 마침내 물러가고 잠잠해졌다.

푸짐한 식사가 끝나고 밤늦게까지 음악 연주가 이어졌다. 예전에 그 기숙사에 살았던 성악가가 손님으로 왔고, 우리 옆집에 사는 시립 오케스트라의 첼리스트 감퍼 씨가 아내와 함께 와서 연주했다. 우리 기숙사의 피아니스트 트루디와 네덜란드에서 온 여학생 하나가 반주자로 나섰다. 음악이 너무도 아름다워서 나는 복수까지 꿈꾸었다. 나는 외삼촌을 의자에 묶고는 강제로 그곳에 앉아 있게 했다. 외삼촌은 맨체스터에서도 이미 음악을 못 견뎌했다. 외삼촌은 오랫동안 가만히 앉아 있지를 못하고 펄쩍펄쩍 뛰어보려 했다. 하지만 나는 달아나지 못하도록 외삼촌을 의자에 꽁꽁 묶어놓았다. 외삼촌은 결국 영국 신사로서의 체면도 잊고, 여학생들과 감퍼 씨와 숙녀분들이 보는 앞에서 의자를 등 뒤에 매단 채 집 밖으로 껑충껑충 뛰어나갔다. 우스꽝스러운 모습이었다. 나는 어머니도 외삼촌의 그런 모습을 보았으면 하고 바랐다. 그래서 내가 상상해낸 모든 것을 다음 날 어머니에게 써 보내기로 마음먹었다.

## 미움받는 법

어머니하고 동생들과 처음으로 떨어져서 보낸 그 겨울, 학교생활에 위기가 닥쳤다. 지난 몇 달 동안 몇몇 반 친구들에게서 이상하게 뒤로 물러서는 태도가 감지됐다. 그런 태도는 그들 중 한두 명 정도에게서만 비꼬는 말투로 드러났다. 나는 무엇이 문제인지 도통 알지 못했다. 내 행동이 누군가의 감정을 상하게 할 수도 있다는 생각을 전혀 못 했다. 그래서 내 태도는 조금도 달라지지 않았다. 이미 2년 넘게 사귄 반 친구들은 몇몇 예외적인 경우를 제외하곤 모두 그대로였다. 1919년 봄 이미 우리 반의 규모는 상당히 줄어 있었다. 그리스어를 배우기로 한 학생 몇 명은 인문계 김나지움으로 갔다. 라틴어와 다른 언어를 선택한 학생들은 자연계 김나지움의 네 개 병행 학급으로 배정되었다.

이러한 학급 개편과 함께 새로운 얼굴 몇이 우리 반에 나타났다. 그중 하나가 한스 베를리였는데, 티펜브루넨에 살고 있었다. 우리는 하굣길이 같았기에 친해졌다. 베를리의 얼굴은 마치 뼈 위에 피부가 덮여 있는 것처럼 보였다. 약간 함몰된 부분과 주름진 부분도 있어서 다른 아이들에 비해 더 나이 들어 보였다. 하지만 베를리가 내 눈에 더 어른스러워 보였던 게 꼭 그 때문만은 아니었다. 베를리는 신중하고 비판력이 있었다. 그리고 다른 여러 아이가 이미 시작한 지 오래된 여자아이들에 대한 코멘트도 절대 하는 법이 없었다. 하굣길에 우리는 늘 '현실적인' 것들, 그러니까 당시에 우리가 이해했던 모든 것들, 즉 지식과 예술, 그리고 더 넓은 세상과 관련된 것들에 관해 이야기를 나눴다. 베를리는 조용하게 경청할 줄 알았으며, 그러다가 갑자기 자신의 의견을 내세우며 격렬하게 반응할 줄도 알았다. 그는 자신의 의견을 영리하게 논증했다. 나는 침착함과 격렬함을 오가는 그 모습이 좋았다. 침착함과는 거리가 멀었던 나는 사람들 앞에서 항상 격정적인 모습이었다. 그의 민첩함을 나는 개성이라 생각했다. 베를리는 누가 많은 말을 하지 않아도 그 말뜻을 금방 알아들었다. 그리고 찬성이든 반대든 즉시 대답할 준비가 되어 있었다. 그가 어떤 반응을 보일지 예측할 수 없다는 점이 우리의 대화에 활력을 불어넣었다. 하지만 나는 이 대화의 표면적인 부분 못지않게 그 근원을 알 수 없는 그의 자의식에도 관심이 있었다. 그의 가족에 관해 내가 알고 있는 것이라곤 티펜브루넨에서 큰 방앗간을 운영하고 있으며, 그 방앗간에서 취리히 사람들이 먹을 빵을 만드는데 필요한 밀가루를 빻는다는 것 정도가 전부였다. 그것은 어딘지 모르게 매우 유익한 일이라는 생각이 들었다. 그것은 내가 외삼촌 때문에 평소에 두려워하고 증오하며 또 위협적으로 느끼는 '사업'이라는 말과는 전혀 다른 성격의 활동이었다. 나는 누군가와 조금 더 친해지면 곧장 사업이라든지, 오직 개인의 이익과만 관련된 모든 것에 대해 내가 가진 혐오감을 숨기지 않고 털어놓았다. 베를리는 그런 내 이야기를 이해하는 듯 보였다. 조용히 내 이야기를 경청했으며, 거기에 아무런 코멘트도 하지 않았기 때문이다. 동시에 그가 자기 가족에 대해 조금도 불평의 말을 하지 않는다는 점이 눈에 띄었다. 1년 뒤 베를리는 학교에서 빈 회의에서의 스위스에 대해 발표했다. 그때 나는 그의 조상 한 명이 빈 회의에서 스위스 안건을 대변했다는 사실을 알게 되었으며, 베를리가 '유서 깊은' 집안 사람이라는 걸 깨닫기 시작했다. 당시에는 말로 분명하게 표현할 수 없었을 테지만, 나는 베를리가 본인의 출신에 만족하며 산다고 느꼈다.

내 경우에 그 문제는 더 복잡했다. 아버지는 내 인생 초반의 천사였다. 내가 거의 모든 것에서 빚을 지다시피 한 어머니에 대한 감정 또한 아직 변함없는 것 같았다. 하지만 곧이어 내가 가장 깊은 불신을 품게 된 무리, 특히 어머니 쪽 친척 무리가 등장했다. 시작은 맨체스터에 사는 어머니의 오빠부터였지만, 외삼촌으로 끝나지는 않았다. 1915년 여름 루세를 방문했을 때, 어머니의 끔찍하리만치 미친 사촌이 추가로 등장했다. 그는 온 집안사람들이 자기 재산을 훔쳐 간다고 확신했다. 그래서 그는 죽는 순간까지 소송 속에서만 숨 쉴 수 있었다. 그 다음으로 내 생각에 외가 쪽 친인척 가운데 유일하게 '좋은' 직업, 그러니까 타인을 위한 직업을 선택했던 아르디티 박사가 등장했다. 하지만 그는 의사라는 직업을 등지고 지금은 집안 내 다른 모든 사람처럼 사업을 하고 있다. 아버지 쪽 집안은 그렇게 앙상하지는 않았다. 자신의 유능함과 어떤 상황에서는 냉혹한 면모를 많이 보인 할아버지만 해도 다른 특성이 정말 많아서, 할아버지에 대한 전체적인 인상은 더욱 복잡하고, 또 훨씬 매력적이었다. 그뿐 아니라 나는 할아버지가 내게 억지로 사업을 시키려 한다는 인상을 받은 적도 없었다. 할아버지가 낳은 불행은 이미 일어났다. 아버지의 죽음이 할아버지에게는 뼈에 사무치는 일이었다. 그때 할아버지가 잘못했던 모든 것이 지금의 내게는 도움이 되었다. 그러나 내게 그토록 강렬한 인상을 주었음에도 나는 할아버지에게 감탄할 수는 없었다. 4, 5백 년 전 스페인에 살았던 그들의 조상들과는 달리 발칸반도에서 동양적인 삶을 살았던 선조들의 역사가 할아버지에서부터 시작해서 뒤쪽으로 거슬러 올라가며 내 앞에 펼쳐졌다. 이 선조들에 대해서, 그러니까 의사와 작가와 철학자였던 조상들에 대해서는 자부심을 가질 수 있을 터였다. 하지만 그런 선조들에 관해서는 딱히 가족과 상관없는 일반적인 정보들만 있을 뿐이었다.

내 출신에 대해 예민하고 불안하며 불확실한 관계 속에 있었던 이 시절에 한 사건이 일어났다. 밖에서 보기에는 별로 중요하지 않아 보였을 테지만 내 계속적인 성장에는 결정적인 영향을 끼친 사건이었다. 그 일에 관해서 이야기하는 것이 썩 내키지는 않지만 그 이야기를 하지 않고 넘어갈 수는 없다. 취리히에서 보냈던 5년 중 유일하게 고통스러웠던 사건이었다. 그 일만 없었더라면 나는 그 시절을 과하리만치 감사하는 마음으로 돌아볼 수 있을 것이다. 그 일이 수많은 기쁜 일들 속에서도 완전히 가라앉지 않았다는 점은 세상 속에서 훗날 겪은 사건들과 연결되었다.

어린 시절 나는 유대인에 대한 반감을 개인적으로 느낄 만한 일을 겪어본 적이 한 번도 없었다. 내 생각으로는 불가리아에서만이 아니라 영국에서도 당시에는 그런 일이 없었던 것 같다. 빈에서 그런 일들을 알게 되기는 했지만, 결코 내가 직접적인 대상이 되었던 적은 없었다. 내가 그런 일을 듣거나 보았다고 어머니에게 이야기할 때면, 어머니는 항상 혈통에 대한 천연덕스러운 자부심을 바탕으로 그 모든 일은 다른 사람들에게 해당하는 일이라고, 더욱이 세파라드 유대인에게는 절대 해당하지 않는 일이라고 이야기하곤 했다. 어머니의 그런 태도는 우리 집안 전체의 역사가 스페인에서 추방당한 것에 기반을 두고 있기에 더욱더 이상했다. 하지만 추방의 역사를 아주 단호하게 먼 옛날의 일로 치부해버림으로써 어쩌면 현재로부터 멀리 떼어두고자 했던 것 같다.

취리히에 살던 시절 한번은 라틴어 담당 빌레터 선생님이 학생들이 무언가를 대답해야 할 때 내가 너무 빨리 손을 든다고 비난한 적이 있었다. 내가 루체른 출신의 조금 느린 에르니보다 앞질러 대답하자, 빌레터 선생님은 에르니에게 직접 대답을 생각해내라고 채근했다. 선생님은 에르니를 격려하며 말했다. "잘 생각해봐라, 에르니. 너는 이미 정답에 거의 다 와 있어. 우리가 몽땅 다 빈 유대인에게 뺏겨서는 안 된단다." 약간 날 선 말이었다. 그 순간의 말은 내게 분명 모욕적이었다. 하지만 나는 빌레터 선생님이 좋은 사람이라는 것, 잽싼 학생으로부터 굼뜬 학생을 지키고 싶었다는 것을 알고 있었다. 그래서 내게는 적대적이었지만, 근본적으로는 선생님이 그렇게 한 것을 좋게 생각하며 내 열정을 조금 줄여보려 노력했다.

자기를 과시하려는 이런 열정을 어떻게 생각해야 할까? 거기에는 분명 더 큰 활기, 즉 내가 어렸을 때 사용했고, 또 독일어나 심지어 영어처럼 더 느린 속도의 언어를 쓸 때도 내 말투에 약간 묘한 템포로 남아 있었던 스페인어의 성급함이 작용했다. 하지만 그것이 전부일 수는 없다. 가장 중요했던 것은 어머니 앞에서 일종의 테스트를 통과하고자 했던 의지였다. 어머니는 즉시 대답하기를 바랐다. 바로 대답할 준비가 안 되어 있다는 말은 어머니에게 통하지 않았다. 로잔에 살던 시절 어머니가 불과 몇 주 안 되는 시간 동안 내게 독일어를 가르쳤던 속도는 그 방법이 성공을 거둔 덕에 어머니에게 정당화되었던 것 같다. 그렇게 해서 그 후에도 모든 것이 그때와 같은 속도로 전개되었다. 근본적으로 어머니와 내게는 마치 무대 위에서 공연되는 연극과도 같았다. 한 사람이 말하면, 다른 사람이 대답하는 식이었다. 오랜 침묵은 예외적인 상황으로 무언가 아주 특별한 의미를 내포했다. 우리 사이에 그런 침묵은 존재하지 않았다. 우리 둘이 등장하는 장면에서는 모든 것이 연달아 전개되었다. 한 사람이 마지막 말을 채 끝마치기도 전에 다른 사람이 벌써 맞장구를 쳤다. 이런 식으로 숙달된 능력을 통해 나는 어머니 앞에서의 테스트를 통과할 수 있었다.

그렇게 해서 자연스럽게 활기찬 성격이 형성되었으며, 어머니 앞에서의 테스트를 통과하기 위해 그런 활력을 더 강화할 필요성도 생겼다. 그와는 다른 학급이라는 상황 속에서도 나는 집에서처럼 행동했다. 어머니에게 하듯 선생님을 대했다. 유일하게 다른 점이라면 대답하기 전에 먼저 손을 들어야 한다는 것이었다. 하지만 손을 든 다음 곧바로 대답이 튀어나왔고, 다른 아이들은 소외되었다. 나는 내 이런 태도가 다른 아이들의 신경에 거슬리거나, 심지어는 마음을 상하게 할 수도 있으리라고는 조금도 생각하지 못했다. 내 이런 성급함을 대하는 선생님들의 태도는 다양했다. 상당수의 선생님은 몇몇 학생이 항상 반응을 보이는 것이 수업 진행을 원활하게 한다고 느꼈다. 그런 민첩한 반응이 선생님들이 직접 감당해야 하는 부담을 덜어줬으며, 수업 분위기가 가라앉지 않게 했다. 바로바로 제대로 된 반응이 나오면 선생님들은 본인의 수업이 좋다는 느낌을 받았을지도 모른다. 다른 선생님들은 그렇게 잽싼 대답이 불공평하다고 여겼으며, 천성적으로 둔한 학생들이 늘 눈앞에서 펼쳐지는 자신과 정반대되는 반응에 무언가를 해낼 수 있다는 희망을 접어버릴까 봐 걱정했다. 전적으로 부당하다고만 볼 수는 없는 이런 생각을 하는 선생님들은 나를 차갑게 대했으며, 일종의 골칫거리로 여겼다. 그러나 지식이 명예로워진다는 점을 기쁘게 생각했던 선생님들도 있었다. 나의 그런 분명한 활발함이 어디에서 오는 건지를 일찌감치 탐색하고 있던 분들이 그랬다.

내가 지식에는 드러내려 하는 성질이 있으며, 그저 눈에 띄지 않는 존재로 멈춰 있지 않는다고 생각하고 있었기 때문이다. 표출되지 않는 지식이 내게는 위험해 보였다. 그런 지식은 점점 더 말이 없어지게 되고, 그러다가 종국에는 비밀이 되며, 비밀에 대한 복수를 해야 하기 때문이었다. 다른 사람에게 전달됨으로써 모습을 드러내는 지식이야말로 좋은 지식이며, 어쩌면 주목받기를 원할 것이다. 하지만 그런 지식은 그 누구도 해치지 않는다. 선생님이나 책에서 전염된 것은 퍼져 나가려 한다. 악의 없는 이런 단계에서 지식은 의심받지 않으며, 동시에 기반을 얻고, 확장되며, 빛을 발산하고, 또 모든 것을 흡수하며 확대된다. 사람들은 그러한 지식에 빛과 같은 성질이 있다고 여긴다. 또한 지식이 퍼지는 속도가 가장 빠르다. 사람들은 그것을 계몽이라 부르며 그러한 지식에 경의를 표한다. 아리스토텔레스가 지식이라는 것을 상자 속으로 구겨 넣기 전에 그리스인들은 이러한 형태로 지식을 이해했었다. 너덜너덜하게 뜯겨 보존되기 전에는 지식이 위험했다는 사실을 사람들은 믿으려 하지 않을 것이다. 내가 보기에는 지식은 발산되어야 했기 때문에 잘못이 없다고 한 헤로도토스가 지식에 대해 가장 순수한 표현을 한 것 같다. 그가 한 분류는 다른 언어를 쓰며 다른 방식으로 살아가는 민족들에 대한 것이다. 민족들에 관해 이야기할 때 그는 분류 자체를 강조하지 않는다. 오히려 그는 자신 안에 매우 다양한 것들이 자리할 공간을 마련하고, 또 자신을 통해 그러한 것들을 경험하는 다른 사람들의 내면에도 여유로운 공간을 마련해준다. 온갖 종류의 것들에 귀를 기울이는 모든 젊은이의 내면에는 작은 헤로도토스가 살고 있다. 중요한 것은 그러한 젊은이가 하나의 직업에만 종사하기를 기대해서 그를 그 이상으로 키우려 하면 안 된다는 점이다.

그것을 깨닫기 시작한 인생의 본질적인 부분이 이제 학교에서 펼쳐진다. 한 젊은이가 처음으로 겪는 공적인 경험이다. 그 젊은이는 두각을 나타내고자 할 것이다. 하지만 그는 지식이 자신을 사로잡자마자 빛을 발산해서 단순히 자신만의 소유물로 전락하지 않기를 훨씬 더 바랄 것이다. 그보다 더 느린 반 친구들은 분명 그가 선생님들 앞에서 환심을 사려 한다고 생각할 것이며, 그를 야심 많은 아이라 여길 것이다. 하지만 그의 관심은 받고 싶은 점수에 있지 않다. 그는 다만 그런 점수들을 넘어 선생님들을 자신의 자유를 향한 열망 속으로 끌어들이기를 원한다. 그는 반 친구들이 아니라 선생님들과 겨룬다. 그는 선생님들에게서 유용성을 제거하기를 꿈꾸며, 그들을 뛰어넘기를 원한다. 선생님 중에서 유용성에 몰두하지 않았던 분들, 자신을 위해 자기 지식을 퍼뜨리는 분들을 그는 열렬히 사랑하며, 그런 선생님들에게 신속하게 반응함으로써 충성하고, 그분들의 끊임없는 지식 발산에 계속해서 감사할 것이다.

하지만 이러한 충성심이 표현되는 모습을 보고 있는 다른 학생들로부터 그는 고립될 것이다. 자신이 두각을 나타내는 동안에 그는 다른 학생들을 신경 쓰지 않을 것이다. 그는 결코 다른 학생들에게 악의를 품고 있진 않지만 다른 학생들을 그 게임에서 내보내고, 그들과 함께 게임하지 않으며, 그들을 그저 구경꾼으로만 둔다. 그처럼 선생님의 본질에 사로잡혀 있지 않기 때문에 다른 학생들에게는 그가 그렇다는 걸 인정할 능력이 없다. 그들은 그가 저급한 목적으로 선생님을 돕는다고 생각할 것이 분명하다. 자신들에게는 역할이 주어지지 않는 이 연극 때문에 그를 원망할 것이며, 어쩌면 그가 계속 버티기 때문에 약간은 그를 부러워할지도 모른다. 하지만 그들은 그를 주로 선생님을 향한 자신들의 당연한 적대감을 자기 자신을 위해 그들이 보는 앞에서 충성심으로 바꿔버리는 트러블메이커라고 여길 것이다.

## 탄원서

1919년 가을, 내가 티펜브루넨 하숙집에 입주하던 즈음에 반이 다시 나뉘어 우리 반은 16명이 되었다. 페르버와 나는 반에서 둘뿐인 유대인이었다. 기하화법幾何畵法 수업을 우리는 특별 교실에서 받았다. 그 교실에는 각 학생에게 배정된 개인 사물함이 있었는데, 자물쇠로 사물함을 잠글 수 있었고, 이름표가 붙어 있었다. 10월의 어느 날, 굉장히 우쭐한 기분으로 한창 희곡을 쓰고 있던 때였다. 나는 그 특별 교실에서 내 이름표 위에 욕설이 갈겨쓰인 것을 발견했다. "아브라함 새끼, 이삭 새끼, 유다 새끼, 너희는 학교에서 꺼져라. 우리는 네놈들이 필요 없다." 페르버의 이름표에도 비슷한 말이 쓰여 있었다. 낙서한 내용이 같지는 않았다. 하지만 내가 그의 이름표 위에 쓰여 있던 욕설 중 몇 가지를 내 것과 섞어서 기억하고 있을 수는 있다. 나는 너무 놀라서 처음에는 도무지 그걸 믿을 수가 없었다. 그때까지 아무도 내게 욕을 한다거나 시비를 걸어온 적이 없었으며, 반 친구들 대부분과 나는 이미 2년 반 넘게 함께 생활하고 있었다. 놀란 마음은 곧 분노로 바뀌었다. 나는 그러한 모욕에 심한 충격을 받았다. 어린 시절부터 나는 귀에 못이 박히도록 '명예'라는 말을 들어왔으며, 특히 어머니의 경우 세파라드 유대인에 관한 것이든, 가문에 관한 것이든, 아니면 우리 중 한 개인에 관한 것이든지 간에 끊임없이 '명예'를 추구했다. 물론 그 일을 한 사람은 아무도 없었다. 다른 반도 그 교실에서 기하화법 수업을 받았다. 하지만 그것이 얼마나 치명적인 일격인지를 확인하자 우리 반 아이 중 한두 명에게서 일종의 음흉한 만족감 같은 것이 감도는 걸 나는 알아차렸다.

그 순간부터 모든 것이 달라졌다. 예전에도 빈정댐은 있었지만, 나는 별로 신경 쓰지 않았다. 하지만 그때부터 나는 그런 빈정댐에 신경을 곤두세웠다. 유대인에 대한 아주 작은 코멘트도 나는 놓치지 않았다. 빈정거림은 늘어갔다. 예전에는 한 아이가 그랬다면 이제는 더 많은 아이들이 그러는 것 같았다. 처음에 함께 지냈던 지적인 아이들이 더는 우리 반에 없었다. 나와 경쟁했고, 다방면에서 나보다 우수했던 간츠호른은 인문계 김나지움을 선택했다. 성향상 나도 아마 인문계 학교에 맞았을 것이다. 정신적으로 가장 어른스러웠던 엘렌보겐은 다른 과로 갔다. 한스 베를리와 나는 반년 동안 같은 반이었지만 지금은 다른 반이었다. 우리는 여전히 같은 길로 하교했지만, 이 시절에 그는 학급 생활에는 참여하지 않고 있었다. 몽상가이며 상상력이 풍부한 소년으로, 내가 이미 오래전부터 친구 삼고 싶어 했던 리하르트 블로일러는 나를 멀리했다. 내가 보기엔 다른 학생으로부터, 그러니까 반에서 반지성적인 부류에 속하는 학생으로부터 그런 행동이 나온 것 같았다. 나중의 문구가 말하듯이 아마도 그 아이는 특히 내 '활발한 태도'에 강한 반감이 있었던 것 같다. 그는 그 당시에 학교에서 요구하는 영리함과는 맞지 않는 특유의 영리함이 있었다. 그는 더 성숙하기도 했고, 또 나는 아직 모르는 것들에, 즉 소위 삶의 문제들에 이미 관심을 가지기 시작했다. 그는 아마 그런 것이 장기적으로 보았을 때 결국 더 중요하다고 생각했을 것이다. 어딘지 모르게 비슷하며, 지식 같은 것을 중요하게 생각하거나, 아니면 최소한 그런 척하는 아이들 무리에 나 혼자 유일하게 속해 있지 않았던 것 같고, 다른 아이들에게 나의 이런 '독자성'이 얼마나 짜증 나 보일지를 나는 신경 쓰지 않았다.

하지만 이제 나는 페르버에게 가해진 공격을 통해 알게 되었다. 사실 나는 그와 공통점이 전혀 없었다. 페르버는 다른 반의 유대인 아이들을 알고 있었으며, 내게 다른 반 상황을 이야기해줬다. 사방에서 비슷한 이야기가 들려왔고, 모든 반에서 유대인에 대한 반감이 커져가면서 점점 더 공공연하게 표출되고 있었다. 어쩌면 페르버가 내게 과장해서 이야기했을지도 모르겠다. 그는 경솔하고 감정적인 아이였다. 그는 한 가지 이상의 여러 방식으로 위협받고 있다고 느끼기도 했다. 그는 게으르고 열등한 학생이었다. 키가 크고 상당히 뚱뚱했으며, 반에서 유일하게 붉은색 머리카락을 가진 아이였다. 그를 못 보고 넘길 수는 없었다. 학급 단체 사진을 찍을 때 앞줄에 서면 그는 뒤에 선 아이들을 가렸다. 그런 사진에서 그의 얼굴은 반의 다른 아이들에 의해 검게 칠해져 지워져 있었다. 다른 아이들이 그가 그렇게 맨 앞에 서 있는 걸 싫어하는 듯했다. 하지만 그것은 아이들이 그를 반에서 완전히 내쫓고 싶어 한다는 표시였다. 그는 스위스인이었다. 아버지가 스위스 사람이고, 모국어는 스위스 사투리였다. 언젠가는 자신이 다른 곳에 살 수도 있으리라는 생각을 그는 조금도 하지 않았다. 페르버는 다음 학년으로 올라가지 못할까 봐 겁냈고, 선생님들 앞에서 전반적으로 잘하지 못했기에 선생님들이 자기를 못마땅해하는 걸 반 친구들이 자신에게 보이는 적대감의 일부쯤으로 여겼다. 자신의 불안감 때문에 다른 반의 유대인 아이들 이야기를 내게 더 격하게 하는 것이 이상한 일도 아니었다. 나는 다른 유대인 아이들을 알지 못했으며, 그 아이들과 일대일로 이야기해볼 마음도 없었다. 서로를 연결해주는 일은 처음부터 페르버의 임무였다. 그는 열심히, 그리고 점점 더 큰 공포감 속에서 그 임무를 담당했다. 처음에 그가 한 소년에 대해서 "드레퓌스가 나한테 그러는데, 너무 절망적이어서 더는 살고 싶지가 않대"라고 말했을 때는 나도 공포에 사로잡혔다. 나는 깜짝 놀라서 그에게 물었다. "그 애가 자살하려 한다는 말이니?" "그걸 참을 수가 없대. 그 애는 자살할 거야." 나는 그 말이 사실이라고 믿지 않았다. 내 경험에 비추어보아도 그것이 그 정도로 심각한 일은 아니었다. 그것은 비아냥거림이었다. 물론 한 주 한 주 늘어가고 있기는 했지만 말이다. 하지만 드레퓌스가 자살할 수도 있다는 생각과 '자살한다'는 말 자체가 내게서 마지막 남은 평온함마저 앗아 가버렸다. '죽인다'는 그 자체로 이미 끔찍한 말이다. 전쟁 중에 그 말은 엄청난 혐오감을 주었다. 그렇지만 전쟁이 끝난 지 이제 1년이 다 되었고, 나는 영원한 평화에 대한 희망을 품으며 살고 있었다. 나와 내 동생들을 위해 항상 죽은 군인이 다시 살아나는 것으로 끝나는, 전쟁 폐지를 주제로 한 이야기를 내가 지어낸 적이 있었는데, 그것이 더는 이야기 속에만 존재하는 것처럼 보이지 않았다. 많은 사람이 신뢰하는 미국 대통령 윌슨에게서 영구적인 평화 수호자의 모습을 찾아볼 수 있었다. 당시에 세계를 휩쓸었던 이런 희망이 얼마나 강렬했는지를 오늘날의 사람들은 제대로 상상조차 할 수 없을 것이다. 어린아이들까지도 그런 희망을 품고 있었다는 사실의 산증인이 나다. 나만 그랬던 것이 아니었다. 한스 베를리와 함께 하교하며 나눈 대화는 온통 그런 이야기들이었다. 우리는 이런 신념을 공유했고, 우리의 대화를 가득 채운 진지함과 품위는 상당 부분 그것에 의해 결정되었다.

하지만 '죽인다'는 말보다 나를 더 놀라게 한 게 있었다. 그것은 누군가가 자신을 직접 죽인다는 것이었다. 소크라테스가 독이 든 잔을 순순히 받아 든 것도 나는 전혀 이해되지 않았다. 왜 그렇게 생각하게 되었는지는 모르겠지만, 나는 모든 자살을 막을 수 있다고 생각했다. 내가 당시에 이미 그 생각에 확신이 있었다는 것을 나는 안다. 오직 제때에 그 의도를 알아차려야 하며 즉시 그러지 못하도록 막아야 할 것이다. 나는 자살하려는 사람에게 무슨 말을 해줘야 할지 생각해보았다. 조금만 지나면 너무 늦었다는 걸 알게 될 텐데 애석한 일이다. 자살하려는 사람은 차라리 조금 기다려보는 게 좋을 것이다. 그러면 해결의 실마리를 만나게 될 수 있을 것이다. 나는 이런 주장을 반박할 수는 없을 거라고 생각했다. 그래서 그런 말을 하게 될 때를 대비해 혼자서 연습했다. 하지만 그런 일은 일어나지 않았다. 드레퓌스의 경우는 달랐다. 어쩌면 많은 사람이 비슷한 생각을 했던 것 같다. 나는 그리스나 유대인의 역사를 통해 집단 자살에 대해 알고 있었다. 물론 그들의 경우 대개는 자유를 얻기 위한 것이었지만, 그들의 집단 자살 이야기는 내게 복잡한 감정을 남겼다. 내 이런 생각은 어린 시절 최초이자 유일한 '집단행동'에 이르렀다. 우리 학년의 총 다섯 학급에 유대인 학생은 17명이었다. 나는 한번 다 함께 모이자고 제안했다. 무엇을 해야 할지 서로 상의하기에는 우리 대부분이 서로를 전혀 알지 못했다. 그때 나는 교장 선생님에게 청원서를 써볼 생각을 했다. 교장 선생님은 아마도 우리가 어떠한 압박 속에 있는지를 전혀 모르고 있을 것이었다.

우리는 취히리베르크 위에 자리한 '리기블리크'라는 레스토랑에서 만났다. 그곳은 내가 6년 전에 처음으로 취리히 전경을 내려다보았던 장소였다. 17명 전원이 참석했으며, 청원서 제출이 결정되고 곧바로 초안이 작성되었다. 몇 개 안 되는 사무적인 문장들 속에 우리, 한데 모인 3학년 유대인 학생들은 교장 선생님이 각 반에 만연한 반유대주의의 정도가 점점 심해지고 있다는 점을 주지하고 그에 합당한 조치를 해달라는 요구를 담았다. 모인 학생 전부가 서명하니 마음이 한결 가벼워졌다. 우리는 조금 엄격해서 무섭기는 했지만 매우 공정한 분으로 알려진 교장 선생님을 신뢰했다. 청원서는 내가 교장실에 제출하기로 했다. 우리는 그 청원서가 이뤄낼 기적적인 성과를 기대했으며, 드레퓌스는 살아보겠다고 선언했다.

이제 몇 주간의 기다림이 시작되었다. 나는 우리 모두 함께 교장실로 호출되리라고 생각했다. 그래서 무슨 말을 해야 할지 곰곰이 생각해보았다. 기품 있는 말이어야 할 것이었다. 우리는 그 어떤 이야기도 빠뜨리면 안 되었다. 모든 이야기를 간단명료하게 해야지, 우는소리를 하면 안 될 것이었다. 명예에 관한 이야기여야 할 것이었다. 그와 관련된 일이었으니 말이다. 하지만 아무 일도 일어나지 않았다. 청원서가 쓰레기통에 던져졌을까 봐 나는 겁이 났다. 설사 우리의 독단적인 행동에 대한 질책이더라도 무엇이 되었건 간에 반응이 있는 것이 내게는 차라리 더 나았을 것이었다. 그즈음에 빈정거림이 줄기는 했다.

하지만 그게 나는 더 이상했다. 만약에 반 친구들이 우리 등 뒤에서 꾸중을 들었다면, 나와 가까이 지내는 친구 중 한 명을 통해 그런 일이 있었다는 이야기를 듣게 되었을 것이기 때문이다.

5, 6주쯤 지나서, 어쩌면 그보다 더 오랜 시간이 흐른 뒤였을지도 모르겠다. 나는 혼자 교장실로 불려 갔다. 나를 맞이한 분은 엄격한 암베르크 교장 선생님이 아니었다. 교장실에는 교장 대리직을 맡고 있던 우스테리 선생님이 마치 방금 받아서 처음 읽는 양 청원서를 손에 들고 서 있었다. 땅딸막한 키의 우스테리 선생님은 높이 치켜 올라간 눈썹 때문에 항상 즐겁게 미소짓는 듯한 인상을 풍겼다. 하지만 지금 이 순간 우스테리 선생님은 즐겁지 않았다. 선생님은 그저 물었다. "네가 이걸 썼니?" 나는 네라고 대답했다. 내 필체였다. 나는 실제로 그 청원서를 작성했지, 그저 쓴 것만은 아니었다. "너는 손을 너무 자주 들어." 그러자 선생님은 마치 나 한 사람에게만 관계된 일이라는 듯 그렇게 말했다. 우스테리 선생님은 서명이 되어 있는 그 종이를 내 눈앞에서 갈기갈기 찢고는 그 종이 쪼가리들을 쓰레기통 속으로 집어 던졌다. 그러고 나서 나는 방 밖으로 나왔다. 너무 빨리 끝나서 나는 한마디도 하지 못했다. 내가 한 말이라고 해야 고작 우스테리 선생님의 질문에 "네"라고 답한 것이 전부였다. 마치 아직 방문 노크도 하지 않은 것처럼 나는 교장실 문 앞에 서 있었다. 갈기갈기 찢겨 쓰레기통에 내동댕이쳐진 청원서 조각들이 내게 그토록 강한 인상을 남기지 않았다면, 나는 꿈을 꾸고 있는 거라고 생각했을 것이었다.

이제 학급 내 사냥 금지 기간이 끝났다. 다시 예전처럼 조롱이 시작되었다. 달라진 게 있다면, 그러는 아이들이 더 단호해졌다는 점과 도무지 그만둘 기미를 보이지 않는다는 점이었다. 매일 잘 조준된 코멘트가 나왔다. 그들이 유대인 일반에게 그러는 것인지 아니면 페르버 개인에게 그러는 것인지 나는 혼란스러웠다. 마치 거기에 포함되지 않는 것처럼 나는 그 조롱에서 제외되었다. 나는 그게 우리를 갈라놓으려는 의도적인 계략이라고 생각했다. 하지만 나는 교장 대리 선생님이 한 말이 무슨 뜻인지를 훨씬 더 많이 고민했다. 우스테리 선생님이 그 말을 했던 순간까지 나는 내가 쉬지 않고 손을 드는 것이 잘못이라는 생각을 추호도 해본 적이 없었다. 선생님의 질문이 채 끝나기도 전에 내게 대답이 준비되어 있다는 건 정말로 사실이었다. 훈치커 선생님은 내 이 신속함에 거부감을 보였으며, 손을 다시 내릴 때까지 나를 거들떠보지도 않았다. 아마도 그게 가장 현명한 전략이었던 것 같다. 하지만 내 활발한 반응도 별로 달라지지 않았다. 대답이 허락되건 말건 내 팔은 쉴 새 없이 높이 솟아올랐다. 여러 해 동안 한 번도 나는 그런 행동이 반 친구들을 화나게 할 수 있으리라는 생각을 해본 적이 없었다. 반 아이들은 그렇다고 말하는 대신 예전 2학년 때에는 내게 소크라테스라는 별명을 붙여주었다. 그걸 명예롭게 여겼던 나는 더욱더 분발했다. 우스테리 선생님의 건조한 문장, "너는 손을 너무 자주 들어"가 최초로 내 팔을 마비시켰다. 절호의 시기였다. 이제 내 팔은 가능한 한 아래쪽에 머물러 있었다. 나도 즐거움을 잃었다. 학교가 더 이상 재미없었다. 수업 시간에 질문을 기다리는 대신에 나는 쉬는 시간에 있을 다음의 조롱을 기다렸다. 유대인을 폄훼하는 말들로 인해 나는 다른 생각을 하게 되었다. 나는 그 모든 조롱의 말을 쉽게 반박할 수 있었지만 그러지 않았다. 정치적인 논쟁이 아니라, 오늘날 내가 즐겨 쓰는 말로 표현하자면, 군중의 형성과 관련한 문제였다. 내 머릿속에는 새로운 이데올로기의 기본 요소가 떠올랐다. 전쟁으로부터 인류를 구원하는 일은 윌슨이 맡았다. 그 일을 나는 윌슨에게 위임했다. 그렇다고 그 일에 흥미를 잃은 것은 아니었다. 모든 공적인 담화는 여전히 그 일과 관련된 것이었다. 하지만 나 혼자 간직한 은밀한 생각은 유대인의 운명과 관계된 것이었다. 내가 그런 이야기를 누구한테 할 수 있었을까.

페르버는 나보다 훨씬 더 곤란한 상황이었다. 선생님들 앞에서 항상 형편없었기 때문이다. 페르버는 집에서부터 게을렀다. 하지만 이제는 아예 공부를 손에서 놓아버렸다. 그는 멍하니 다음에 날아올 멸시를 기다렸다. 그러다 갑자기 흥분하고는 화가 나서 뒤로 넘어갔다. 그의 분노에 찬 반응이 적들을 즐겁게 하리라는 것을 아마 전혀 생각지 못했던 것 같다. 그것은 내부에서 일어나는 전투였다. 페르버는 모욕적인 말에 유창한 스위스어 욕으로 대꾸했다. 그 분야에서 그는 둘째가라면 서러울 정도로 뛰어났다. 몇 주 뒤 페르버는 중대한 행보를 결심했다. 쉬는 시간에 그는 훈치커 선생님에게 가서 학급 내 적대적인 태도로 인한 고충을 털어놓았다. 페르버의 아버지는 훈치커 선생님에게 이러한 불만 사항을 교장실로 전달하라고 정식으로 요청했다. 달라지는 게 없으면 직접 교장실로 찾아가겠다고 했다.

이제 우리는 다시 대답을 기다리게 되었다. 하지만 반응이 없었다. 우리는 페르버가 심문받으러 교장실에 불려 가면 뭐라고 말해야 할지를 상의했다. 나는 그에게 참을성을 잃지 말라고 조언했다. 침착하게 앉아서 간단하게 설명해야 한다고 했다. 페르버는 내게 함께 연습해달라고 부탁했다. 그리고 여러 번 연습했다. 페르버는 심지어 나와 연습할 때도 얼굴을 붉혔다. 말을 시작하면 횡설수설하다가 상대방에게 욕을 했다. 가끔 나는 숙제를 도와주러 페르버의 집에 갔다. 교장실에서 할 말이 매번 공부 시간의 대단원을 장식했다. 정말 많은 시간이 흘렀다. 심지어 페르버가 할 말을 다 외워서 마침내 내가 그에게 이렇게 말할 수 있을 정도가 되었다. 이제 잘하네. 데모스테네스가 생각날 정도야. 나는 그가 겪었던 어려움을 들려주며 페르버를 위로했다. 이제 우리는 완전무장을 하고 계속 기다렸다. 하지만 그 어떤 기척도 없었다. 교장실은 조용했다. 훈치커 선생님도 마찬가지였다. 수업 시간에 우리는 미세한 변화라도 감지해보려고 유심히 관찰했지만, 선생님은 늘 같은 모습이었다. 훈치커 선생님은 더 딱딱해졌고, 평정심을 잃지 않으려고 최선을 다했다. 그리고 내가 용납할 수 없는 작문 주제를 우리에게 주었다. 친구에게 방이나 자전거나 사진기를 주문해달라고 부탁하는 편지 쓰기라니.

어쨌든 반 분위기는 달라졌다. 그 모든 집단행동이 시작된 지 4개월이 지난 2월, 조롱이 일순간에 사라졌다. 나는 그걸 믿지 않았다. 곧 다시 시작될 것이 뻔했다. 하지만 이번에는 내가 잘못 생각한 것이었다. 반 아이들이 갑자기 예전 모습으로 되돌아가 있었다. 아이들은 공격도, 조롱도 더는 하지 않았다. 그랬다. 아이들이 조심스럽게 비하성 발언을 피하는 듯 보였다. 내가 가장 많이 놀란 것은 그런 행동을 처음 시작했던 본래의 적들이었다. 나에게 와서 말을 거는 그 아이들의 목소리에 어딘지 모를 다정함이 배어 있었다. 그 아이들이 자기가 모르는 것을 묻기라도 하면 나는 더없이 행복했다. 손 드는 것은 최소한으로 줄였다. 그것이야말로 내 자제력의 극치였는데, 이따금 내가 아는 게 나와도 나 혼자 간직하고, 온몸이 근질거려도 꾹 참고 무덤덤하게 앉아 있을 수 있게 되었다.

부활절에 기존의 학년이 끝났다. 몇 가지 극적인 변화가 일어났다. 그중 가장 중요한 변화는 선생님들이 우리에게 '여러분'이라고 존댓말을 쓰는 것이었다. 김나지움은 오르막길인 레미가의 모퉁이 안쪽에 비스듬하게, 또 조금은 삭막하게 세워져 있었으며, 근방의 도시 풍경을 굽어보고 있었다. 정사각형 모양의 주석이 깔린 그 김나지움의 본관에서 '샨첸베르크'로 학급이 이전되었다. 새로운 건물은 바로 옆 언덕 위에 단독으로 서 있었는데, 원래부터 학교 건물로 지어진 게 아니어서 거의 사유 시설 같은 느낌이 들었다. 교실에는 정원 쪽으로 난 베란다가 하나 있었다. 수업 시간에 우리는 창문을 열어놓았는데, 나무와 꽃 향기가 솔솔 들어왔다. 우리는 라틴어 문장들을 새소리 반주에 맞춰 읽었다. 거의 티펜브루넨에 있는 얄타 하숙집의 정원에 있는 것 같은 느낌이었다. 페르버는 낙제했다. 하지만 그의 성적으로 보았을 때 전혀 부당한 일은 아니었다. 낙제생이 페르버 하나만은 아니었다. 학급은 더 꽉 짜였고, 분위기도 달라졌다. 모두가 저마다의 방식으로 수업에 참여했다. 나는 과도하게 손을 들지 않으려 노력했고, 다른 아이들의 불만도 가신 것 같았다. 사람들이 상상하는 학급 공동체의 모습이 이곳에 현실로 나타나 있었다. 모두가 저마다의 개성을 가지고 있었고, 자기 역할이 있었다. 더 이상 위협을 느끼지 않았기 때문에 나는 반 친구들이 매우 흥미로운 아이들이라는 사실을 알게 되었다. 학교 공부에서는 특별히 두각을 나타내지 못하는 아이들까지도 마찬가지였다. 나는 아이들의 대화에 귀를 기울였다. 그러면서 학교 밖에 있는 많은 분야에 대해 내가 아는 바가 없다는 사실을 깨닫게 되었다. 그렇게 지난겨울에 그 불편한 사건이 일어나는 데에 틀림없이 크게 기여했을 내 자만심이 한풀 꺾였다. 느리게 발전하는 아이 중 상당수가 이제는 만회하고 있음이 분명해졌다. 일종의 체스 클럽 모임에서 나는 자주 참패를 당했다. 예전에 내 앞에서 다른 아이들이 맡았던 역할을 내가 맡았다. 나는 체스를 더 잘하는 아이에게 감탄했다. 그리고 그런 아이들에 대해 곰곰이 생각해보기 시작했다. 너무 잘 써서 공식 석상에서 낭독되었던 리하르트 블로일러의 작문에 나는 완전히 매료되었다. 그 글은 학교의 온갖 규칙에 얽매이지 않고 자유분방했으며, 창의적이고, 쉽고, 멋진 상상들로 가득 차 있었다. 그 글이 다른 책들을 마치 존재하지 않는 것처럼 만들어버렸다. 나는 블로일러가 자랑스러웠다. 그래서 쉬는 시간에 그에게 다가가 말했다. "너는 진정한 작가야." 나는 그 칭찬의 말로 그가 모를 이야기, 그러니까 나는 아무것도 아니라는 말을 하고 싶었다. 그사이에 내 '희곡'이 형편없다는 걸 알게 되었기 때문이다. 블로일러는 틀림없이 집에서 훌륭한 교육을 받았던 것 같다. 그가 겸손하게 사양하며 말했기 때문이다. "특별한 글은 못 돼." 그는 그렇게 말할 줄도 알았다. 그의 겸손함은 진짜였다. 블로일러 앞에서 내 작문을 낭독해야 했던 적이 있었는데, 그때 나는 알 수 없는 확신으로 가득 차 발까지 굴렀다. 내가 교실로 돌아왔을 때, 그는 자기가 작문한 것을 들고 내 옆을 지나 앞쪽으로 가며 내게 재빨리 속삭였다. "내 글이 더 나아." 그러니까 그가 그걸 안다. 그리고 이제 나는 그게 얼마나 맞는 말이었는지를 알고 있다. 내가 이제 진심으로 자기 앞에서 고개를 숙이자, 블로일러 역시 내게 진심으로 말했다. "특별한 글은 못 돼." 집에서 그가 작가들 사이에 살고 있다는 사실을 알게 되었다. 그의 어머니와 어머니의 친구 리카르다 후흐가 자신들의 작품을 낭독할 때 그가 그 자리에 있는 모습을 나는 상상해보았다. 그리고 그들도 "특별한 글은 못 돼요"라고 말할 것인지 생각해보았다. 크나큰 교훈이었다. 누군가 특별한 일을 할 수 있지만 그것을 조금도 자랑하지 않을 수 있다. 새롭게 배운 이 겸손함이 어머니에게 보내는 편지에서 다소나마 표출되었다. 그리 오래가지는 않았지만, 그래도 내 오만함에 이제 벌레가 생겼다. 그 벌레가 같은 종류의 희곡을 구상해나가는 것을 방해했다. 그 벌레는 블로일러와 비슷했다. 지난겨울 그는 나를 피하면서 내게 심한 상처를 주었다. 내가 그를 줄곧 좋아했기 때문이다. 하지만 나는 블로일러가 내 많은 점을 좋아하지 않은 데에는 충분한 이유가 있었다는 사실을 이해하게 되었다.

전체적으로 혹독한 겨울이었다. 남자 하나 없는 얄타에 적응해야 했다. 그곳에서 나는 하고 싶은 대로 했다. 맹목적인 애정을 받고, 모든 연령층의 여자들로부터 마치 신처럼 대접받았다. 당신의 사업 속에서 나를 질식시켜 죽이려 했던 외삼촌의 매서운 공격이며, 연일 진행되었던 학급 내 집단행동도 있었다. 집단행동이 끝난 3월 나는 어머니에게 보내는 편지에 썼다. 내가 한동안 인간을 증오했었다고, 내가 더 이상 삶에 흥미를 느끼지 못했었다고, 하지만 지금은 달라졌다고, 지금 나는 온화하며 더는 결코 복수심에 불타오르지 않는다고 말이다. 지금 펼쳐지고 있는 샨첸베르크의 행복과 화해와 새롭게 눈을 뜬 인간에 대한 애정의 시기 속에서도 여전히 여러 가지가 의심스러웠다. 하지만 약간 새로운 점은 그 의심이 나 자신을 향해 있다는 것이었다.

그 외에 나중에 들은 바에 의하면 그 공격들은 소란과 자극 없이 위로부터 현명한 방법으로 시정된 것이었다. 내가 의기양양해했던 청원서가 쓰레기통에 던져지기는 했다. 하지만 반 친구들이 한 명 한 명 교장실에서 심문을 받았다. 우스테리 선생님이 지나가는 말로 했던 "너는 손을 너무 자주 들어"라는 코멘트는 심문을 통해 알게 된 것 중 하나였다. 그 말이 수수께끼처럼 뜬금없어서 내게 깊숙이 와 박혔고, 그 말 덕분에 내 태도가 달라졌다. 적개심을 품었던 아이들에게도 유익한 말들이 있었을 게 틀림없었다. 그렇지 않았다면 그 아이들이 갑자기 집단행동을 멈추지는 않았을 것이다. 모든 일이 매우 조용히 일어났기 때문에 나는 그 굴욕의 시기 동안 아무도 그 일에 신경 쓰지 않는다는 인상을 받을 수밖에 없었다. 하지만 실제로는 정반대였다.

## 금지령에 대한 준비

어린 시절의 기억 중 최초의 금지는 공간과 관련된 것이었다. 그것은 내가 놀던, 벗어나서는 안 되었던 우리 집 앞마당이라는 장소와 관계된 금지였다. 우리 집 대문 앞길에 나가는 것이 내게는 허락되지 않았다. 하지만 나는 누가 이런 금지령을 내렸는지는 특정할 수가 없다. 아마도 지팡이로 무장한 할아버지가 그랬을 것 같다. 할아버지 댁이 대문 바로 옆에 있었다. 할아버지의 금지령이 엄수되고 있는지는 작은 불가리아 소녀들과 하인이 감시했다. 바깥의 거리에 있는 집시들에 대한 상상은, 그러니까 당시에 부모 없는 아이들을 훌렁 자루에 넣어서 데리고 간다고들 하던 이야기는 할아버지의 금지령이 엄수되는 데에 한몫했을 것이다. 비슷한 종류의 다른 금지도 틀림없이 많았을 테지만, 그것들은 내 기억에서 사라졌다. 활활 타오르며 나를 덮친 한 사건 뒤로 쑥 물러났기 때문이다. 다섯 살이었던 나는 한순간에 무시무시한 살인자가 될 뻔했다. 당시에 나는 도끼를 치켜들고 "이제 나는 라우리카를 죽이리!"라고 전사의 노래를 부르며, 소꿉친구였던 사촌 누나에게 달려들었다. 사촌 누나가 계속 나를 괴롭히며 자기의 학교 공책에 적혀 있는 글자들을 보지 못하게 했다. 당시에 내가 정말로 도끼를 내리쳤다면, 그것은 누나에게 꽤 가까이 다가가야만 성공할 수 있던 일이었다. 당시에는 마치 신처럼 화가 난 할아버지가 직접 나를 막아섰다. 지팡이를 높이 들고 내게서 도끼를 빼앗았다. 그런 일이 있은 후 모두가 나를 경악하는 눈으로 쳐다보았다. 살인하려 했던 아이를 놓고 열린 가족회의는 엄숙했다. 아버지가 마침 집에 계시지 않아서 아무것도 진정시킬 수 없었기 때문에, 아주 이례적인 일이지만 어머니가 은밀히 아버지를 대신했다. 또한 어머니는 엄한 벌을 무릅쓰고 공포에 떠는 나를 위로하려고 애썼다. 그 모든 일, 특히 나중에 무섭게 으름장을 놓으며 지팡이로 나를 두들겨 팼던 할아버지의 행동은 내게 오래도록 영향을 끼쳤다. 그래서 나는 나라는 존재에게 주어진 본래의, 그러니까 근원적인 금지를 살인 금지라고 할 수밖에 없게 되었다.

내게 금지된 것이 또다시 도끼에 손을 대는 것만은 아니었다. 도끼를 가지고 나왔던 부엌 안마당에도 더는 발을 들이면 안 되었다. 내 친구였던 아르메니아인 하인도 더 이상 나를 위해 노래를 불러주지 않았다. 내가 항상 그를 바라보곤 했던 커다란 거실의 창가 자리에서도 쫓겨났기 때문이다. 내가 다시는 도끼를 쳐다보지 못하도록 부엌 안마당을 잠깐 들여다보는 것조차 금지되었다. 한번은 그 아르메니아인이 보고 싶어서 아무도 모르게 살금살금 창가로 간 적이 있었다. 그런데 도끼는 온데간데없고, 나무는 쪼개지지 않은 채 놓여 있었다. 그곳에 덩그러니 서 있던 아르메니아인은 나무라는 눈초리로 나를 보며 빨리 사라지라는 손짓을 했다.

내가 도끼를 내려치지 않았다는 사실이 내게는 천 번 만 번 다행스러운 일이었다. 할아버지는 그 일이 있은 지 여러 주가 지난 후에도 여전히 나를 꾸짖었다. 마치 내 계획이 성공해서 라우리카 누나가 죽기라도 한 것처럼, 누나가 피범벅이 된 채 누워 있는 모습이기라도 했던 것처럼, 누나의 갈라진 두개골에서 뇌수가 흘러나오기라도 했던 것처럼, 또 누나가 다시는 일어나지 못한 것처럼 혼냈다. 벌로 작은 개집에 가둘 것이며, 모두에게 버림받아 처절한 고독 속에 살게 될 것이고, 절대 학교에 가지 못하며, 읽고 쓰는 것도 배우지 못할 거라고 했다. 라우리카 누나가 다시 돌아와달라고, 나를 용서해달라고 울며불며 애원해도 소용없을 거라고 했다. 살인에 용서는 없다고 했다. 절대로 죽은 사람이 용서할 수는 없는 노릇이기 때문이라고 했다.

그 금지는 나만의 시나이산 계명이 되었다. 내 진짜 종교는 이렇듯 매우 특정하고 개인적이며, 다시는 회복될 수 없는 사건으로부터 생겨났다. 실패했음에도 그 사건은 정원 안마당에서 할아버지를 마주치는 한 내게 늘 달라붙어 다녔다. 그 일이 있은 지 몇 달 뒤에도 할아버지는 나를 볼 때마다 무섭게 지팡이를 흔들어댔다. 그러면서 마지막 순간에 할아버지가 우리 둘 사이에 끼어들지 않았더라면 내가 저지를 수도 있었을 그 못된 짓을 상기시켰다. 그리고 증명할 길은 없지만, 나는 수개월 후 영국으로의 이주를 앞둔 아버지에게 던진 저주가 손자의 난폭한 행동과 관련이 있다고 확신했다. 마치 할아버지로 하여금 우리에 대한 당신의 지배권을 끝내 망가뜨려버린 그 징벌과 협박을 하게 한 장본인이 나인 것처럼 생각했다.

나는 살인하지 말라는 이 계명의 지배하에서 자랐다. 그 뒤의 계명들은 이 계명만큼의 무게감과 의미를 갖지는 못해도 모두 이 계명으로부터 효력을 얻었다. 조금 명료하게 계명으로 지칭되는 것으로 충분했다. 새로운 위협이 표명되지는 않았다. 예전의 그 위협이 지속되었다. 가장 강력한 효력을 지닌 위협은 뭐니 뭐니 해도 살인이 성공했을 때 펼쳐졌을 끔찍한 광경이었다. 사람들은 내게 쪼개져 갈라진 머리, 뿜어져 나오는 뇌수 등을 이야기했다. 훗날 아버지가 돌아가신 후 할아버지는 내게 세상에 둘도 없이 온화한 폭군으로 바뀌었지만, 그래도 할아버지가 불러일으킨 공포는 조금도 달라지지 않았다. 별로 생각하지 않는 부분이라서 지금에야 비로소 나는 왜 내가 동물의 뇌나 내장에 손도 대지 못하는지 그 이유를 알겠다. 그것들은 나 자신이 금지한 음식이었다.

또 다른 금기 음식을 어머니는 잔인하게 그 싹부터 잘라버렸다. 그 금기 음식은 맨체스터에서 처음 받았던 종교 수업에서 비롯되었다. 사내아이 몇 명이 종교 수업을 받기 위해 발로무어가의 플로렌틴 씨 댁에 모였다. 수업은 네덜란드 출신으로, 뾰족한 턱수염이 난 젊은 듀크 씨가 맡았다. 학생은 예닐곱 명을 넘지 않았다. 그 집 아들이자 나와 절친한 아서도 함께 수업을 받았다. 오직 남자아이들만 있었다. 아서의 누나 미리가 호기심에서나, 아니면 무언가를 찾으러 우리가 모여 있는 방에 들어오면 듀크 씨는 말을 멈추고 그녀가 다시 방에서 나갈 때까지 소리 없이 기다렸다. 듀크 씨가 우리에게 해줬던 이야기는 무언가 아주 은밀한 것이 분명했다. 그가 들려준 노아의 방주 이야기는 내겐 처음 듣는 이야기가 아니었다. 하지만 소돔과 고모라 이야기는 놀라웠다. 아마도 그 이야기가 바로 비밀이었던 것 같다. 롯의 아내가 소금 기둥으로 굳어버렸다는 이야기가 막 나오던 참이었다. 그때 영국인 하녀가 방에 들어와 찬장 서랍에서 무언가를 꺼냈다. 이번에는 듀크 씨가 말을 하던 도중 입을 다물어버렸다. 롯의 아내는 경솔하게도 뒤를 돌아보았다. 그리고 우리는 극도의 긴장감 속에서 그녀가 받을 벌을 기다렸다. 듀크 씨는 어두운 표정을 지었다. 그는 이마를 찡그리고 노골적으로 불편한 기색을 드러내며 하녀의 움직임을 주시했다. 롯의 아내에 대한 형 집행은 하녀가 방을 나갈 때까지 연기되었다. 듀크 씨는 우리에게 더 가까이 다가와서 거의 속삭이듯 말했다. "저 사람들은 우리를 좋아하지 않아. 내가 너희에게 하는 말을 저 사람들이 듣지 않는 게 더 나아." 그러고 나서 약간 더 뜸을 들였다가 장엄한 목소리로 선포했다. "우리 유대인들은 돼지고기를 먹지 않아. 저 사람들은 그걸 좋게 보지 않지. 저 사람들은 아침 식사 때 베이컨을 즐겨 먹거든. 너희는 돼지고기를 먹으면 안 된다." 그것은 일종의 공모 같은 것이었다. 롯의 아내가 아직 소금 기둥으로 굳어지지 않고 있음에도 그 금지령은 내 마음속 깊이 각인되었다. 나는 이 세상에서 돼지고기를 절대 먹지 않기로 했다. 그런 뒤에야 비로소 듀크 씨는 헛기침을 하곤 롯의 아내 이야기로 되돌아왔다. 그러곤 숨죽여 경청하고 있는 우리에게 그녀가 받은 소금 기둥 형벌을 이야기해줬다.

나는 새로운 금지령에 흠뻑 취해 버턴가로 돌아왔다. 더는 아버지에게 물어볼 수 없었다. 하지만 어머니에게 일어난 일들을 이야기했다. 나는 소돔의 몰락과 돼지고기를 연결시켜 이야기했다. 우리 집 가정교사가 아침 식사 때 먹는 베이컨을 우리는 먹으면 안 된다고 선언하자 어머니가 미소를 지었다. 어머니는 내 말을 반박하지 않고 고개만 끄덕였다. 그래서 나는 듀크 씨가 사용한 표현을 빌리자면 일개 여자임에도 어머니가 '우리 사람'이라고 믿었다.

그로부터 얼마 지나지 않아 나, 어머니, 가정교사 이렇게 셋이 식당에서 함께 점심 식사를 했다. 내가 모르는 붉은색 고기 요리가 있었다. 매우 짜기는 했지만 정말 맛있었다. 한 조각 더 먹으라는 권유에 맛있게 먹었다. 그러자 어머니가 악의 없는 톤으로 말했다. "네 입맛에 맞는구나, 그렇지?" "네, 정말 맛있어요. 우리 이 음식, 조만간에 또 먹을 수 있어요?" "그거 돼지고기였어." 어머니가 말했다. 나는 어머니가 나를 놀리는 거라고 생각했다. 하지만 그 말은 진짜였다. 역한 느낌이 들었다. 밖으로 뛰쳐나간 나는 토하고 말았다. 어머니는 개의치 않았다. 듀크 씨와의 그 일이 어머니 마음에 들지 않았다. 어머니는 금기를 깨기로 마음먹었다. 어머니의 작전은 성공적이었다. 그 일이 있은 후 나는 더 이상 듀크 씨의 눈앞에 설 엄두를 내지 못했다. 종교 수업은 이런 모습으로 끝나고 말았다.

아마도 어머니는 하면 안 되는 금기와 지켜야 할 계명 모두를 선포할 수 있는 유일한 법정이 될 심산이었던 것 같다. 인생 전부를 우리에게 바치기로, 우리를 전적으로 책임지기로 했기 때문에, 어머니는 깊숙이 침투해 들어오는 외부의 영향을 그냥 보아 넘기지 않았다. 남들이 성경을 읽듯 당신이 읽는 책의 작가들로부터 어머니는 다양한 종교의 교리 수업이 중요하지 않다는 확신을 얻었다. 어머니는 종교들 사이의 공통점이 무엇인지 찾아서 그것을 표준으로 삼아야 한다고 생각했다. 어머니는 종교들 사이에 벌어지는 온갖 피비린내 나는 전쟁을 의심스럽게 여겼다. 그런 전쟁이 인간이 극복해야 할 더 중요한 문제들로부터 다른 곳으로 시선을 돌린다고 생각했다. 어머니는 인간이 가장 추악한 존재일 수 있으며, 종교들이 서로 맞서 전쟁을 일으키기 때문에, 그것이 바로 모든 종교가 얼마나 실패했는지에 대한 반박할 수 없는 증거라고 확신했다. 그로부터 얼마 지나지 않아 사람들이 모든 종파의 성직자들이 축복한 무기를 들고, 한 번도 본 적이 없는 상대를 향해 달려드는 것을 보고 어머니의 반감은 더욱 심해졌다. 그래서 어머니는 빈 시절에 이미 그런 반감을 내 앞에서 완전히 숨기지 못했다.

어머니는 어떠한 대가를 치러서라도 그런 법정들의 영향으로부터 나를 지켜내려 했다. 하지만 어머니는 이를 통해 당신 자신이 온갖 선포의 마지막 원천이 되었다는 사실은 인지하지 못했다. 최고 계명이 가지는 힘은 이제 어머니에게 있었다. 어머니는 터무니없이 자신을 신적인 존재라 여긴 적이 단 한 번도 없었다. 그래서 어머니가 당신 자신에게 하는 일이 얼마나 엄청난 것인지를 누군가 말해줬다면 어머니는 매우 놀랐을 것이다. 어머니는 보잘것없는 듀크 씨의 비밀 따위는 신속하게 일단락 지었다. 어머니에게는 할아버지에게 맞서는 것이 훨씬 더 어려운 일이었다. 할아버지의 권위는 당신이 퍼부은 저주로 인해 흔들렸다. 할아버지 당신도 힘을 발휘한 게 틀림없다고 믿은 그 저주는 할아버지에게서 우리 가족에 대한 확신을 앗아 갔다. 내게 입을 맞추며 고아라고 동정할 때면 할아버지는 정말로 자책했다. 할아버지가 항상 사용했던 그 단어가 나는 불편했다. 마치 어머니가 이 세상에 없는 것처럼 들렸기 때문이다. 하지만 내가 몰랐던 건 할아버지가 당신 자신을 향해 그 말을 했다는 것이었다. 그게 당신의 죄를 책망하는 한 가지 방법이었던 것이다. 우리를 놓고 어머니와 벌인 전쟁에 할아버지가 그렇게 열성적으로 임하지 않았기 때문에, 어머니 스스로가 죄책감을 갖지 않았더라면 쉽게 할아버지를 물리쳤을 것이다. 두 분 모두 약해져 있었다. 하지만 당신의 죄가 워낙에 컸기에 할아버지가 불리했다.

모든 권위가 어머니에게 집중되었다. 나는 어머니를 맹신했다. 어머니를 믿으며 행복감을 느꼈다. 무언가 중요하고 중대한 일일 때, 다른 사람들이 신이나 예언자의 판결을 기다리는 것처럼 나는 곧바로 어머니의 판결을 기다렸다. 할아버지에게서 비롯된 살인하지 말라는 계명 이후 어머니로부터 중대한 두 번째 금기 사항을 부여받았을 때가 내 나이 열 살 때였다. 이 두번째 계명은 성적인 사랑과 관계된 모든 것을 금지했다. 어머니는 그런 것을 내게 가능한 한 오랫동안 숨기고 싶어 했다. 그래서 내가 그런 것에 관심이 없다고 생각하도록 유도했다. 그 당시에 나는 정말로 그런 것에는 관심이 없었다. 하지만 어머니가 준 금기는 취리히에 살던 시절 내내 효력을 발휘했다.

거의 열여섯 살이 되었는데도 여전히 나는 반 친구들이 그들의 가장 큰 관심거리였던 그런 것에 관해 이야기하면 건성으로 흘려들었다. 혐오감 때문에만 그런 것은 아니었다. 혐오감 때문이었던 것은 기껏해야 가끔이었으며, 특히 노골적일 때뿐이었다. 오히려 '지루함' 때문이었다. 지루함이라는 것을 전혀 알지 못했던 나는 실제로 존재하지 않는 것에 관해 이야기하는 것을 듣는 게 지루하다는 결론을 내렸다. 그래서 열일곱 살이었던 해에 프랑크푸르트에 있었을 때 내가 사랑은 작가들이 지어낸 것이고, 그런 것은 절대로 존재하지 않으며, 현실 속에서는 모든 게 완전히 다르다고 주장해서 한 친구를 경악하게 했다. 이 시기에 나는 오랫동안 내 상상력을 지배해왔던 약강격 시인들에게 의심의 눈초리를 보내게 되었다. '고귀한' 사랑도 그들의 시에 포함시키면서 소위 어머니의 금기를 확대해나갔다.

어머니가 내린 이 두번째 금기가 머지않아 자연스럽게 무너진 것과 달리 살인하지 말라는 계명은 한 치의 흔들림도 없이 그대로 남았다. 그 계명은 온전하면서도 의식적인 삶의 경험을 바탕으로 하고 있어서 나는 그 정당성을 의심할 수 없었다. 내가 다섯 살 때 직접 행했던 살인 시도를 통해 터득하지 않았더라도 그랬을 것이다.

## 쥐 치료법

어머니는 쥐에 약했다. 그래서 쥐 앞에서 매번 자제력을 잃곤 했다. 뭔가 지나가는 것을 보지 않았는데도 어머니는 소리를 지르며 하던 일을 멈추었다. 손에 들고 있던 것을 떨어뜨리는 수도 있었다. 그럴 때면 어머니는 날카롭게 비명을 지르면서 피하려고 정말로 희한하게 갈지자를 그리며 움직였다. 어머니의 그런 모습에 나는 익숙했다. 생각할 줄 알게 되면서부터 나는 어머니의 그런 모습을 봐왔다. 하지만 아버지가 살아 계신 동안에는 나와 별로 상관없는 일이었다. 아버지가 어머니의 보호자였으며, 어머니를 진정시키는 법을 알고 있었다. 아버지는 재빨리 쥐를 쫓아내곤 어머니를 팔로 안아 바닥에서 들어 올렸다. 어머니를 아이처럼 안고 방 안을 이리저리 거닐며 어머니를 진정시킬 말을 찾았다. 내 생각에 그럴 때 아버지는 두 가지 표정을 지었다. 하나는 진지한 표정이었다. 그 표정으로 아버지는 어머니의 놀람을 인정하며 함께 나누었다. 다른 표정에는 장난기가 가득했다. 아버지는 그 장난기 어린 표정으로 당신이 해결해주겠다고 약속했는데, 아마 우리에게도 한 약속이었던 것 같다. 그러고 나서 신중하고 꼼꼼하게 새 쥐덫이 놓였다. 아버지는 먼저 어머니가 보는 앞에서 쥐덫을 들고 그 기능을 칭찬했다. 덫 안에 들어 있는 치즈 조각에도 찬양의 말을 던지며 덫이 얼마나 단단하게 닫히는지를 여러 차례 시연해 보였다. 그러고 나면 몹시 빠르게 일이 벌어졌던 것처럼 순식간에 모든 일이 종결되었다. 다시 혼자 서 있게 된 어머니는 웃으며 말했다. "당신 없이 내가 뭘 할 수 있겠어요, 자크!" 재차 한숨을 내쉬면서 "휴! 정말로 어리석어!" 그 "휴!" 하는 한숨이 한번 뿜어져 나오는 즉시 우리는 어머니를 알아보았다. 어머니는 다시 이전의 모습으로 돌아와 있었다.

아버지가 더 이상 없는 빈 시절에 나는 아버지의 역할을 담당하려 애를 썼다. 하지만 힘든 일이었다. 나는 어머니를 팔로 안아 올릴 수 없었다. 나는 너무 작았다. 내겐 아버지가 했던 말들도 없었다. 쥐에게 나는 아버지와 같은 영향력을 발휘하지 못했다. 쥐는 내가 피하기 전까지 몹시 불쾌하게도 오랫동안 방 안 이 구석 저 구석을 잽싸게 돌아다녔다. 그래서 나는 우선 어머니를 다른 방으로 쫓아내려 했는데, 그 작전의 성공 여부는 매번 강도가 다른 어머니의 놀란 정도에 달렸다. 때때로 어머니는 너무 당황한 나머지 쥐가 나타난 방에 더 머물렀다. 그러면 나는 특히 힘들었다. 어머니 특유의 갈지자 동선이 쥐의 동선과 교차되었다. 어머니와 쥐는 한동안 이리저리 서로를 향해 내달렸다. 마치 서로를 놀래는 일을 멈출 수 없다는 듯이 서로 멀어졌다가 달려들었다가 하는 어처구니없는 소동이었다. 그 비명이 무엇을 말하는지 이미 알고 있는 파니가 부엌에서 직접 새 쥐덫을 들고 왔다. 그것이 그녀의 임무였다. 그리고 효과적인 말을 찾는 것도 그녀 몫이었는데, 항상 쥐를 겨냥한 말이었다. "여기 너 주려고 베이컨 갖고 왔다. 미련한 짐승아! 이제 잡았다!"

나중에 나는 어머니에게 왜 그렇게 쥐를 무서워하는지 이야기해달라고 했는데, 어머니는 사연 대신에 어린 시절 이야기들만 들려줬다. 테이블 위로 뛰어 올라가곤 했던 것, 테이블에서 아래로 내려오지 못했던 것, 두 언니에게까지 불안감을 전염시켰던 것, 그래서 언니들도 방 안에서 이리저리 뛰곤 했던 것,

한번은 셋이 함께 같은 테이블 위에 올라가 무서워 떨었던 것, 테이블 위에 셋이 딱 붙어 서 있는 걸 보고 남동생이 "나도 누나들 있는 데로 올라갈까?"라고 말했던 것 등을 이야기해줬다. 왜 쥐를 무서워하게 되었는지에 대한 설명은 없었다. 어머니는 굳이 답을 찾으려 하지도 않았다. 어머니는 예전의 자신이었던 소녀로 되돌아가고 싶어 했다. 그리고 쥐의 등장이 그럴 수 있는 유일한 기회였다.

훗날 스위스에서 우리가 호텔방에 들어갈 때마다 어머니가 룸 메이드에게 한 첫 질문은 쥐가 있는가였다. 어머니는 오로지 이 질문을 하려고 벨을 눌러 룸 메이드를 불렀다. 단순한 대답으로는 어머니를 만족시키지 못했다. 어머니는 그와 반대되는 대답을 얻으려고 여러 차례 유도신문을 했다. 어머니는 쥐가 마지막으로 호텔에서 목격된 게 언제였는지, 몇 층에서였는지, 어느 방에서였는지, 그 방이 우리 방에서 얼마나 멀리 떨어져 있는지 등을 확인하는 것을 각별히 중요하게 여겼다. 그래야 이 방에 쥐가 나타난 적이 없다고 짐작할 수 있었기 때문이다. 이러한 반대 심문이 어머니를 안심시킨다는 것이 참 희한했다. 심문을 마치기가 무섭게 어머니는 집처럼 편하게 앉아 짐을 풀었다. 그러고 나서 전문가 같은 표정을 지으며 몇 차례 방을 왔다 갔다 하며, 가구 등 시설에 대해 평가하는 말을 하곤 발코니로 나가 경치를 보며 감탄했다. 그런 뒤 어머니는 내가 좋아하는 그 당당하고 자신감에 찬 모습을 되찾았다.

나이를 먹을수록 점점 더 나는, 쥐에 대한 공포에 사로잡힐 때마다 일어나는 어머니의 변신이 부끄러워졌다. 얄타에 살던 시절 나는 어머니의 그런 모습을 고치려고 잘 짜인 작전을 펼쳐보았다. 일 년에 두 번 어머니는 나를 보러 와서 얄타에 며칠씩 묵었다. 어머니는 2층에 있는 크고 아름다운 방에 묵었는데, 아무런 영문도 모르는 헤르더 양들에게 한 번도 빼먹지 않고 그런 질문을 했다. 헤르더 양들은 그런 반대 심문에 적합하지 않았다. 그들은 대답을 회피하며 웃었고 별로 대수롭지 않게 여겼다. 그래서 어머니는 마음 편히 자려고 나를 심문하기 시작했으며, 아마도 한 시간은 족히 질문을 해댔던 것 같다. 어머니와 다시 만나게 될 날을 손꼽아 기다렸고, 함께 나눌 이야기가 많았기 때문에 그런 질문으로 시작하는 것은 적절치 않았다. 안심시키기 위해 대답으로 둘러댄 거짓말들도 내 취향은 아니었다. 일찍이 오디세우스를 신봉했던 나로서는 완전하게 잘 꾸며진 이야기를 좋아했다. 그런 이야기 속에서 사람들은 다른 사람이 되고, 또 자신을 숨겼다. 그러나 창작력을 요구하지 않는, 금방 들통날 거짓말은 좋아하지 않았다. 그래서 나는 어머니가 도착하자마자 바로 오디세우스 스타일로 그 일을 다루었다. 짧고 단호하게 나는 놀라운 일을 경험했으며, 어머니에게 그 이야기를 해야겠다고 했다. 이야기는 다음과 같았다. 저 위 내 다락방에서 쥐들의 모임이 열렸다고 했다. 보름달이 비치는 가운데 많은 쥐들이 나타났는데, 틀림없이 한 다스는 족히 되었던 것 같다고 했다. 쥐들이 원 모양으로 돌면서 춤을 추었다고 했다. 나는 침대 속에서 쥐들의 모습을 관찰할 수 있었는데, 달빛이 밝아서 쥐들의 세세한 움직임까지 다 볼 수 있었다고 했다. 한 방향으로 원을 그리며 움직이는 모습이 꼭 무도회 같았다고 했다. 쥐들은 평소와 달리 그렇게 빨리 움직이지 않았으며, 잽싸기보다는 오히려 느릿하게 미끄러지듯 움직였고, 거기엔 어미 쥐도 한 마리 있었는데, 입에 아들 쥐를 물고 함께 춤을 추었다고 했다. 어미 쥐 주둥이에 절반쯤 물려 있는 새끼 쥐는 말로 다 할 수 없을 정도로 귀엽고 사랑스러운 모습이었다고 했다. 새끼 쥐가 찍찍거리며 처량하게 울기 시작했는데, 어미 쥐가 춤에 완전히 빠져 멈추려 하지 않았기 때문이었던 것 같다고 했다. 어미 쥐가 우물쭈물하며, 심지어는 마지못해 윤무 대열에서 빠질 때까지 새끼 쥐의 울음소리가 점점 더 커졌다고 했다. 결국 무리에서 조금 떨어져 있지만, 여전히 달빛이 비치는 곳에 자리를 잡은 어미 쥐는 새끼 쥐에게 젖을 물렸다고 했다. 나는 어머니가 직접 그 모습을 보지 못한 것이 애석하다고 말했다. 마치 사람처럼 어미 쥐가 젖먹이 새끼 쥐에게 젖을 먹였다고 했다. 그게 쥐라는 사실을 잊어버릴 정도로 사람과 비슷한 모습이었다고 했다. 다시 춤을 추고 있는 쥐들에게로 눈길을 돌리고 나서야 나는 비로소 제정신으로 돌아왔다고 했다. 하지만 그렇다고 해서 그 춤이 쥐 같아 보이지는 않았다고 했다. 그러기에는 너무도 질서정연했으며 절도 있었기 때문이다.

어머니는 내 이야기를 가로막았다. 그러곤 누구에게 이 이야기를 했느냐고 다급하게 물었다. 아니요, 물론 안 했어요. 그런 이야기를 할 수는 없지요. 이걸 믿는 사람이 어디 있겠어요. 얄타에 사는 사람들은 내가 미쳤다고 생각할 거예요. 저는 여기 사람들에게 뭔가 이야기하는 걸 조심하고 싶어요. "그러니까 네 이야기가 얼마나 괴상하게 들리는지 너도 알고 있는 거구나. 네가 꿈을 꾼 거야." 하지만 나는 어머니의 의심하는 표정에서 차라리 그 이야기를 믿고 싶어 하는 기색을 읽어냈다. 새끼에게 젖을 물리는 어미 쥐가 어머니의 정곡을 찔렀다. 어머니는 계속해서 세세한 부분들까지 꼬치꼬치 캐물었다. 어머니에게 구체적으로 대답하면 할수록 나는 점점 더 그 이야기가 정말 사실 같은 느낌을 받았다. 내가 지어낸 이야기라는 걸 아주 잘 의식하고 있음에도 그랬다. 어머니도 마찬가지였다. 어머니는 얄타 사람들에게는 그 이야기에 대해 아무 말도 하지 말라고 단단히 일렀다. 하지만 내가 꿈꾼 게 아니라고 계속해서 주장하며 그 증거를 자꾸 대자, 그 이야기가 어머니에게 그만큼 더 중요해 보였던 것 같다. 그래서 어머니는 그 이야기를 하지 말고, 차라리 다음 보름달이 뜰 때까지 기다렸다가 무슨 일이 일어나는지 보라고 했다. 나는 그 무도회가 달이 지고 내 방에 더 이상 달빛이 비치지 않을 때까지 계속되었다고 이야기했다. 어미 쥐는 윤무 대열에 다시 끼지 않고 오랫동안 새끼 쥐를 깨끗이 닦는 일에 집중했다고 했다. 그런데 앞발을 쓰지 않고 혀로 핥아주었다고 했다. 보름달 빛이 더는 방 안을 비추지 않자 쥐들은 다 같이 사라졌다고 했다. 나는 곧바로 불을 켜고 쥐들이 있던 방바닥을 더 자세히 살펴보았으며, 거기서 쥐들이 남긴 흔적을 발견했다고 했다. 그 흔적이 나를 실망시켰다고 했다. 정말 장엄한 무도회였으며, 사람이었다면 그럴 때 분명히 그렇게 그냥 가버리지 않았을 거라고 했다. "네가 불공정한 거야." 어머니가 말했다. "너다운 말이구나. 네가 너무 많은 걸 바라는 거야. 무도회 같은 걸 열었다고 해서 사람은 아니잖니." "하지만 어미 쥐가 새끼 쥐에게 젖을 물리는 모습은요, 그건 정말 사람 같았다니까요." "그건 그래." 어머니가 말했다. "그건 그렇지. 하지만 나는 그냥 가버린 게 젖을 먹이던 어미 쥐는 아니었을 거라고 확신한단다." "아니죠, 어미 쥐가 그러지는 않았어요. 흔적은 다른 곳에 있었어요." 이런 이야기라든가 그와 비슷한 세부 이야기들로 나는 어머니가 그 이야기를 더 믿도록 만들었다. 우리는 그 일을 우리 둘만 아는 일로 간직하기로 합의했다. 어머니는 내게 다음 달 보름에 일어난 일을 아로자에 있는 당신에게 들려주는 걸 잊지 말라고 당부했다.

그렇게 쥐에 대한 어머니의 공포는 해결되었다. 여러 해 뒤에도 나는 어머니에게 그 모든 이야기를 내가 지어냈다는 걸 실토하지 않으려고 조심했다. 어머니는 온갖 방법을 동원하여 그 이야기를 탈탈 털어보려 했다. 나 자신조차도 속일 정도로 내 상상력을 조롱해보기도 했고, 거짓말 잘하는 내 성격을 걱정하기도 하며 나를 떠보았다. 딱 한 번 그때뿐이기는 했으나 쥐 무도회를 똑똑히 목격했다는 내 주장은 전혀 흔들리지 않았다. 그 후론 보름달이 떠도 쥐들이 나타나지 않았다. 아마도 내 다락방에서 관찰당한다는 느낌을 받은 쥐들이 덜 위험한 곳으로 무도회 장소를 옮긴 것 같았다.

## 징표를 단 남자

그 집 지하층에 있는 긴 테이블에서 저녁 식사를 한 후 나는 과수원으로 슬그머니 빠져나갔다. 울타리로 본래의 얄타 땅과 분리된 그 과수원은 멀리 떨어져 있었다. 함께 과일을 수확할 때만 그곳에 들어갈 뿐, 평소에는 잊힌 곳이었다. 땅이 한 곳 봉긋하게 솟아올라 있었는데, 그곳이 얄타에 사는 사람들의 시야를 가려 과수원이 보이지 않았다. 아무도 그곳에 누가 있으리라고는 생각지 못했으며, 그곳에서 누군가를 찾지도 않았다. 집에서 부르는 소리도 아주 약화되어서 흘려듣기 십상이었다. 아무도 모르게 울타리를 조금 열고 들어서자마자 황혼 속에 홀로 있게 되었으며, 소리 없이 일어나는 모든 일에 마음이 열리게 되었다. 체리나무 옆 잔디 덮인 작은 언덕 위에 앉아 있는 것이 부담 없었다. 그곳에서 호수 쪽으로 탁 트인 시야를 확보하고, 시시각각 변화하는 호수의 빛깔을 지켜볼 수 있었다.

어느 여름날 저녁 조명을 켠 배 한 척이 나타났다. 너무 천천히 움직여서 나는 그 배가 멈춰 서 있다고 생각했다. 배를 처음 본 사람처럼 나는 그 배를 쳐다보았다. 그 배가 유일했다. 그 배 말고는 아무것도 없었다. 배 옆으로는 황혼이 물들어 있었으며, 점차 어두워지고 있었다. 배는 불을 환하게 켜고 있었다. 배의 불빛들이 나름의 별자리를 만들어냈다. 고통 없이 평온한 가운데 앞으로 미끄러져 나아가는 모습에서 그 배가 물 위에 떠 있음을 느낄 수 있었다. 배의 조용함은 기대감으로 퍼져 나갔다. 조명은 깜빡거리지 않고 오랫동안 빛났다. 그리고 마치 내가 그것을 보려고 과수원에 오기라도 한 것처럼 내 마음을 송두리째 빼앗아 갔다. 나는 이전에 한 번도 그 배를 본 적이 없었지만, 그 배를 다시 알아보았다. 환한 불빛 속에서 배는 사라져갔다. 나는 얄타로, 집으로 갔다. 하지만 아무에게도 말하지 않았다. 도대체 무슨 이야기를 할 수 있었겠는가.

나는 저녁마다 그리로 가서 혹시라도 배가 올까 봐 기다렸다. 그렇지만 기다림을 감히 시간에 맡기지는 않았다. 나는 기다림을 시곗바늘에 맡기고 싶지 않았다. 나는 배가 다시 나타날 거라고 확신했다. 하지만 항해 시간이 바뀌었는지 다시는 나타나지 않았다. 그런 일은 반복되지 않았으며, 악의 없는 기적으로 남았다.

선생님 중에 섬뜩한 인물이 하나 있었는데, 한동안 우리의 프랑스어 수업을 맡았던 쥘 보도 선생님이었다. 우리에게 오기도 전에 이미 그는 내 시선을 끌었다. 그는 어딜 가든 항상 모자를 쓰고 있었는데, 학교 복도에서도 그랬다. 그리고 음침하고 딱딱한 미소를 지었다. 나는 그가 누구인지를 혼잣말로 물어보았다. 하지만 다른 아이들에게 그에 대해 묻고 싶지는 않았다. 선생님 얼굴에는 혈색이 없었으며, 이미 일찍부터 노안이 온 듯했다. 나는 그가 다른 선생님들과 이야기 나누는 모습을 한 번도 본 적이 없었다. 그는 항상 혼자인 듯한 인상을 주었다. 교만해서도 아니고, 다른 사람들을 깔봐서도 아니었다. 지독하게 고립된 성격 때문이었던 것 같다. 자기 주변 것들을 듣지도 보지도 않는 것 같았으며, 완전히 다른 세상에 있는 것 같았다. 나는 그를 '가면'이라고 불렀다. 하지만 그 별명은 어느 날 그가 머리에 모자를 쓴 우리의 프랑스어 선생님으로 교실에 나타날 때까지 나 혼자 간직했다. 보도 선생님은 항상 미소를 지으며 빠르고 낮은 소리로 프랑스어 억양을 섞어서 말했다. 그리고 우리 중 누구의 얼굴도 쳐다보지 않았다. 마치 잔뜩 긴장하며 먼 곳에서 나는 소리를 듣는 것처럼 보였다. 선생님은 안절부절못하며 왔다 갔다 했는데, 모자를 쓰고 있어서 언제라도 그 자리를 뜨려는 사람처럼 보였다. 보도 선생님은 강단 뒤로 가서 모자를 벗어놓고 다시 나타나서 반 학생들 앞에 섰다. 모자로 가려져 있던 이마 위쪽에 깊숙한 구멍이 하나 있었다. 이제 우리는 보도 선생님이 왜 항상 모자를 쓰며, 모자 벗기를 꺼리는지 알게 되었다.

이 구멍이 반 학생들의 관심을 끌었고, 곧 보도가 누구인지와 그 구멍에 대한 전모가 밝혀졌다. 우리가 뒷조사한다는 사실을 선생님은 알지 못했다. 하지만 이 구멍은 선생님에게 징표가 되었다. 그리고 선생님이 더는 머리에 난 구멍을 감추지 않기 때문에 우리가 당신의 운명에 대해 알고 있으리라고 짐작은 했을 것이었다. 여러 해 전에 보도 선생님은 다른 선생님 한 명과 함께 한 학급을 인솔하여 산으로 소풍 간 적이 있었다. 그때 눈사태가 일어나 그들을 덮쳤다. 학생 아홉과 다른 선생님은 목숨을 잃었고, 다른 학생들은 구할 수 있었다. 보도 선생님은 머리에 중상을 입었고, 회복될 수 있을지 불확실했다. 희생자 수는 내 기억 속에서 아마도 달라진 것 같다. 하지만 학교가 당했던 가장 끔찍한 불행이었다는 점에는 의심의 여지가 없을 것이다.

보도 선생님은 이 카인의 징표와 함께 계속 살며 같은 학교에서 수업했다. 선생님은 어떻게 책임에 관한 문제를 처리할 수 있었을까? 호기심 어린 시선으로부터 보도 선생님을 보호해줬던 모자는 그 자신으로부터는 보호해주지 못했다. 선생님은 모자를 오래 벗고 있지 못했다. 곧 다시 강단에서 모자를 집어 들어 머리에 쓰고는 쫓기는 사람처럼 다시 그의 길을 갔다. 보도 선생님이 수업 시간에 사용한 문장들은 선생님에게서 분리되어 마치 다른 사람이 그 문장들을 말하는 것 같았다. 선생님의 미소는 그의 공포였고, 그게 바로 그 자신이었다. 나는 보도 선생님을 생각했고, 선생님은 내 꿈에 나타났다. 나는 보도 선생님이 눈사태가 다가오는 소리를 듣는 것처럼 귀를 기울였다. 우리는 그를 오래도록 선생님으로 모시지 못했다. 보도 선생님이 우리 반을 떠났을 때 나는 한결 마음이 가벼워졌다. 나는 선생님이 자주 학급을 바꾸는 듯하다고 생각했다. 어쩌면 보도 선생님은 같은 학생들과 너무 오래 있는 것을 견디기 힘들었을지도 모르겠다. 혹여 학생들 모두가 곧 선생님 눈에 희생자로 바뀌어 보였을지도 모를 일이었다. 나는 그 후로도 가끔 복도에서 보도 선생님을 보았고, 조심스럽게 인사했다. 하지만 선생님은 내가 인사하는 것을 알아차리지 못했다. 보도 선생님은 아무에게도 관심이 없었다. 교실에서는 선생님에 관해 이야기하지 않았다. 그는 아무도 흉내 내려 하지 않은 유일한 선생님이었다. 나는 보도 선생님을 잊었고 다시는 생각하지 않았다. 그런데 조명을 켠 그 배와 함께 선생님의 모습이 다시 내 앞에 나타난 것이었다.

## 동물의 탄생

많은 사람이 원하는 교사상으로 활력 넘치며 밝은 분이 한 명 있었는데, 바로 카를 베크 선생님이었다. 바람처럼 빠르게 교실에 들어선 베크 선생님은 벌써 앞쪽으로 가 있었다. 시간을 허투루 쓰지 않는 선생님은 이미 본론으로 들어가 있었다. 꼿꼿하고 날씬한 체격의 베크 선생님은 조금도 경직되는 기색 없이 똑바른 자세를 유지했다. 개인적인 어려움 없이 수업이 진행되는 과목이라서 그랬을까? 베크 선생님의 수학은 명쾌했으며 모든 학생에게 골고루 질문을 했다. 선생님은 우리를 차별하지 않았다. 선생님 곁에서 학생들 모두는 평등했다. 하지만 누가 수업을 잘 따라오면 선생님은 기뻐하는 기색을 감추지 않았다. 베크 선생님에게는 편애하는 걸로 느끼지 않게 칭찬하는 기술이 있었다. 학생들에 대한 실망감 역시 그 누구도 차별대우라고 느낄 수 없게 표현했다. 베크 선생님은 나이에 비해 머리숱이 그다지 많지 않았다. 얼마 안 되는 머리카락이지만 비단 같은 금발이었다. 선생님을 볼 때마다 나는 그 광택에서 기분 좋은 느낌을 받았다. 하지만 베크 선생님은 온정으로 누구를 끌어당긴다기보다는 오히려 두려워하지 않는 방식으로 제압했다. 선생님은 우리를 억누르지 않는 것만큼 우리의 마음을 얻으려고도 그다지 애쓰지 않았다. 베크 선생님의 얼굴에는 약간의 조소가 어려 있었지만 조금도 아이러니한 기색이 없었으며, 우월함을 내세우는 것은 선생님 스타일이 아니었다. 그보다는 오히려 학창 시절에 그 조소 어린 표정을 가지게 되었으나, 선생님이 된 지금은 그런 표정을 짓지 않으려고 약간 노력을 기울이는 것 같았다. 베크 선생님은 분명 비판적인 사람이었던 것 같다. 선생님에 대한 기억 속에서 그것이 파악된다. 선생님의 거리감은 정신적인 것이었다. 베크 선생님은 보통의 선생님들이 좋아하는 중요성이 아니라 활력과 명확함의 균형을 통해 영향력을 발휘했다. 반 아이들은 선생님을 얼마나 무서워하지 않았던지, 처음부터 대들려고 했다. 언젠가 반 전체가 큰 소리로 으르렁대며 베크 선생님을 맞이한 적이 있었다. 선생님은 이미 문을 열고 교실 안에 들어와 있었다. 반 아이들은 계속해서 으르렁거렸다. 선생님은 짧게 상황을 파악한 후 화를 내며 말했다. "나 수업 안 한다!" 그러곤 등 뒤로 교실 문을 닫고 사라져버렸다. 벌도, 심판도, 조사도 없었다. 그저 선생님만 없었다. 반 아이들만 덩그러니 남아 으르렁거리고 있었다. 처음에는 승리로 보였던 것이 우스꽝스러워졌다는 느낌으로 허무하게 끝나버렸다.

우리가 배웠던 지리 교과서는 에밀 레치가 집필했는데, 그분이 우리의 선생님이기도 했다. 나는 선생님이 우리 반에 오기 전에 이미 그가 쓴 책을 알고 있었다. 책의 절반 정도는 달달 욀 정도였는데, 숫자가 정말 많이 나오기 때문이었다. 산의 높이, 강의 길이, 나라와 행정구역과 도시의 인구 등이 숫자로 표기되어서 내 기억에 남아 있었으며, 이제는 대부분 시대에 뒤

떨어진 그 숫자들로 골치가 아팠다. 그런 풍부함을 저술한 사람에게 나는 크나큰 기대를 걸었다. 책을 쓴 사람은 내게 신과 같은 존재였다. 하지만 이 저자가 신으로부터 받은 것이라곤 분노밖에 없다는 것이, 아니 심지어는 아무것도 받은 게 없다는 사실이 밝혀졌다. 레치 선생님은 수업보다는 명령조의 지시를 더 많이 했다. 언급하는 모든 대상에 값을 매겼다. 너무도 완고했던 레치 선생님은 단 한 번도 미소를 짓거나 웃지 않았다. 나는 선생님에게 곧 싫증이 났다. 교과서에 이미 나와 있지 않은 것은 단 한 마디도 언급하지 않았기 때문이다. 레치 선생님은 어리석을 정도로 간결했고, 우리에게도 당신과 같은 간결함을 바랐다. 나쁜 점수가 마치 매질처럼 학급에 쏟아졌다. 선생님은 미움을 받았다. 미움이 아주 커서, 많은 학생들에게 이 증오심이 그 선생님에 대한 유일한 기억으로 남게 되었다. 나는 그렇게까지 분노로 똘똘 뭉친 사람을 본 적이 없었다. 다른 사람들도 물론 화를 내기는 하지만, 그는 더 자세하게 분노를 표출했다. 아마도 명령을 내리는 습관이 원인이었을 수도 있고, 분노라기보다 말수가 적은 것이었을 수도 있다. 하지만 선생님에게서 뿜어져 나오는 무미건조함에는 사람을 마비시키는 것 같은 힘이 있었다. 레치 선생님은 뾰족 수염을 기르고 있었고, 체구가 작았는데, 그런 외관이 선생님의 단호함을 한층 더 돋보이게 해줬던 것 같다.

그래도 나는 언젠가는 레치 선생님에게서 그가 지리학을 담당하는 걸 정당화해줄 무언가를 듣게 되지 않을까 하는 희망을 버리지 않았다. 선생님은 심지어 탐험대였다. 하지만 내가 선생님에게서 경험한 변화는 다른 종류의 것이었다. 캐롤라인군도와 마리아나군도에 대한 강연이 있었다. 헤르더 양이 회관에서 열린 그 강연에 나를 데리고 갔는데, 레치 선생님이 그곳에 있었다. 강연자는 뮌헨 출신의 하우스호퍼 장군이었다. 정통한 지정학자였던 하우스호퍼 장군은 계급 면에서만 우리의 레치 선생님보다 우월했던 건 아니었다. 내용이 풍부한 강연이었다. 확실하고 명쾌했으며, 훗날 내가 남태평양의 섬들을 다루게 되는 계기를 마련해줬다. 성향 면에서 보자면 나는 하우스호퍼 씨가 편하지 않았다. 나는 강연자의 군대식 태도가 마음에 들지 않은 거라고 생각했다. 하우스호퍼 씨에 대한 더 자세한 정보는 나중에야 알게 되었다. 하지만 나는 그 짧은 강연에서 정말 많은 것을 배웠고, 그런 기회에 생기는 개방적이며 즐거운 기분을 만끽하고 있었다. 그때 갑자기 레치 선생님이 헤르더 양에게 인사를 했다. 그들은 크레타섬을 함께 여행하며 알게 된 오랜 지인이었다. 레치 선생님이 촐리콘에 살고 있어서 우리는 집에 가는 방향이 같았다. 레치 선생님이 미나 양과 이야기 나누는 걸 들었을 때 나는 내 귀를 의심했다. 선생님은 셋, 넷, 다섯 문장을 연달아 말했다. 미소도 짓고 웃기도 했다. 레치 선생님은 내가 얄타에 살고 있다는 것에 놀라움을 표했다. 그는 얄타를 아직 여학생 기숙사로 기억하고 있었다. 선생님이 말했다. "그래서 우리 학생이 지리학을 잘했군요. 당신 영향이었어요, 헤르더 양!" 하지만 그건 아무것도 아니었다. 레치 선생님은 이름을 대가며 다른 숙녀분들의 안부를 물었다. 선생님은 헤르더 양이 이탈리아에 자주 가는지 물었다. 자신은

1년 전 제르바섬에서 라스포니 백작 부인을 만났다고 했다. 집에 가는 내내 그런 식으로 이런저런 이야기가 오고 갔다. 싹싹하고 몹시 정중하기까지 한 그 사람은 약간 목소리가 잠기긴 했지만 힘을 주어 진심으로 작별 인사를 했다.

미나 양이 말하길 여행 중에 그가 모든 가격을 다 알고 있었고, 그래서 결코 사기를 당하지 않았다고 했다. 그 사람이 어떻게 그 모든 가격을 머리에 다 담고 있었는지 자기로서는 지금까지도 알 수 없는 노릇이라고 했다.

레치 선생님의 수업은 내게 아무 의미가 없었다. 다른 누구라도 그가 쓴 책 정도는 쓸 수 있었을 것이다. 하지만 선생님의 갑작스러운 변신을 경험할 수 있었던 것에는 감사한다. 그것은 틀림없이 레치 선생님에게 내가 바랐던 마지막 그 무언가였던 것 같다.

더 나은 이야기는 자연사 교사였던 카를 페너 선생님에 대해서 할 수 있을 것 같다. 여기서 그 사람은 자신이 내 앞에 펼쳐준 광활한 풍경 속으로 사라진다. 페너 선생님은 집에서 다져온 기초를 향상시켜주지 않았다. 선생님은 전혀 새로운 것으로 시작했다. 어머니의 자연관은 상투적인 것이었다. 어머니는 해 지는 모습을 그리 즐겨 감상하지도 않으면서, 이사 들어갈 집을 고를 때 우리가 가장 많은 시간을 보내는 방이 서향인 집을 찾았다. 어머니는 어린 시절에 과수원을 좋아했다. 과일과 장미 향을 좋아했기 때문이다. 불가리아는 어머니에게 멜론과 복숭아와 포도의 나라였다. 그것은 섬세하게 발달한 어머니의 미각과 후각에 관련된 문제였다. 하지만 우리는 집에서 동물을 키운 적이 없었다. 어머니는 한 번도 내게 동물에 대해서 진지하게 이야기한 적이 없었다. 기껏해야 맛있는 음식으로 여기는 게 다였다. 어머니는 당신이 어렸을 때는 거위를 어떻게 살찌웠는지를 묘사했다. 내가 동정심과 분노로 고통스러워하는 동안 어머니는 그렇게 살찌운 거위가 얼마나 맛있는지를 이야기했다. 어머니는 그런 식으로 가축을 살찌우는 게 얼마나 잔인한 일인지 매우 잘 알고 있었다. 그리고 새의 주둥이에 옥수수죽을 점점 더 많이 쑤셔 넣는 하녀의 무자비한 엄지가, 비록 어머니의 묘사를 통해서만 들었을 뿐인데도 끔찍한 모습으로 내 꿈에 나왔다. 꿈속에서 나는 거위가 되어 있었으며, 소리를 지르며 잠에서 깰 때까지 계속해서 내 입속으로 죽이 쑤셔 넣어졌다. 그런 이야기를 할 때 어머니는 미소 지을 수 있었다. 나는 어머니가 거위의 맛을 떠올린다는 걸 알고 있었다. 동물 중에서 유일하게 한 종에 대해 어머니는 내게 흥미롭게 설명해 줬다. 얼어붙은 도나우강 위에 있던 그 늑대 떼에게 어머니는 경외심이 있었다. 당신이 엄청나게 무서워했기 때문이다. 맨체스터에 살 때 아버지는 나를 동물원에 데리고 갔다. 자주 있는 일은 아니었다. 아버지는 시간이 별로 없었다. 어머니는 한 번도 같이 간 적이 없었다. 단 한 번도 함께한 적이 없었다. 아마도 어머니에게는 지루했기 때문이었던 것 같다. 어머니는 전적으로 사람에만 몰두했다. 아버지 덕에 동물에 대한 경험이 시작됐었다. 동물을 접하지 않고 보내는 어린 시절은 가치가 없을 것이다. 아버지는 내가 기뻐하도록 내 앞에서 동물 흉내를 냈다. 심지어 작은 거북이로 변신할 수도 있었다. 우리는 영국의 여느 아이들처럼 정원에 거북이를 기르고 있었다. 그런 후에 모든 것이 갑자기 중단되었다. 6, 7년째 나는 동물 없는 어머니의 세계 속에 살고 있었다. 우리 주위에 위대한 인물들이 북적대고 있지만, 그 어떤 인물도 동물의 얼굴을 하고 있지 않았다. 어머니는 그리스의 신과 영웅들을 잘 알고 있었다. 물론 그들보다 사람에게 더 관대하기는 했지만 말이다. 두 얼굴을 가진 이집트의 신들에 대해서 나는 성인이 되어서야 비로소 알게 되었다.

쇼이히처가의 집 부엌 발코니에서는 공터가 내려다보였다. 주변에 사는 사람들이 그곳에 작은 채소밭을 가꿨다. 그중 하나가 어떤 경찰관 소유였다. 그는 새끼 돼지를 한 마리 기르고 있었는데, 온갖 방법을 다 동원하여 정성스럽게 그놈을 살찌웠다. 여름에 학교는 7시에 시작했다. 그래서 나는 6시면 벌써 일어나 있었는데, 그 경찰관이 울타리를 뛰어넘어 이웃집 밭으로 들어가, 급하게 자기 새끼 돼지에게 줄 먹이를 뜯어 모으는 광경을 목격했다. 그는 혹시라도 누가 자기를 보고 있지는 않은지 먼저 조심스럽게 주변 집들의 창문을 살폈다. 아직 모두 잠들어 있었다. 내가 보고 있는 걸 그는 눈치채지 못했다. 아마도 내가 너무 작기 때문이었던 것 같다. 그렇게 확인을 마친 뒤 그는 급하게 손이 닿는 대로 뽑았다. 그러곤 주기에게 되돌아갔다. 우리는 그 새끼 돼지를 주기라고 불렀다. 그는 경찰복 바지를 입고 있었는데, 세로로 뻗은 바지의 긴 줄무늬는 그런 행동을 하는 데 방해가 되지는 않는 듯했다. 그는 작은 채소 묘판에서 다른 묘판으로 마구 넘나들었다. 뛰어난 점프력을 소유한 그는 마음껏 채소를 훔쳤다. 하지만 자기 밭 채소에는 손도 대지 않았다. 주기는 결코 배가 부르지 않았다. 우리는 주기의 꿀꿀거리는 소리를 좋아했다. 군것질을 좋아하는 막냇동생 조르주가 또다시 초콜릿을 훔쳤을 때, 우리는 꿀꿀이 주기라고 줄기차게 놀렸다. 그러자 조르주는 울면서 다시는 그러지 않겠다고 약속했다. 그렇지만 그 경찰관이 보여준 모범은 조르주에게 거부할 수 없는 영향을 끼쳤다. 그래서 다음 날 벌써 초콜릿이 다시 사라졌다.

아침 일찍 나는 동생들을 깨웠다. 우리 셋은 부엌 발코니에 숨어서 그 경찰관이 나타날 때까지 숨죽인 채 기다렸다. 그런 뒤 투덜대지 않고 그가 점프하는 모습을 지켜보았다. 그가 사라진 다음에야 비로소 우리는 격렬하게 불평의 말을 쏟아내기 시작했다. 주기는 우리의 가축이 되어 있었다. 유감스럽게도 주기는 그렇게 오래 살지 못했다. 주기가 사라지자, 우리는 다시 동물에 대한 애정결핍 속에 홀로 덩그러니 남겨졌다. 하지만 그렇다는 걸 알지는 못했다. 이 시절 내내 어머니는 주기에게 관심이 없었다. 어머니의 유일한 관심사는 그 부정직한 경찰관이었다. 그 사람 때문에 우리는 귀에 못이 박힐 정도로 많은 교훈을 얻었다. 어머니는 신이 나서 그의 위선적인 행동을 퍼뜨리고 다녔다. 어머니는 그를 사이비 위선자라고까지 했으며, 그 사기꾼이 처벌을 면치 못할 거라고 우리에게 단언했다.

당시까지 그토록 처량하게 우리는 동물을 접하지 못했다. 상황은 학교에서 페너 선생님과 선생님의 자연사 수업을 접하게 되면서 달라졌다. 달라져도 아주 철저하게 달라졌다. 페너 선생님은 무한한 인내심을 가지고 우리에게 동식물의 구조를 설명해줬다. 선생님은 우리에게 색칠한 그림을 그려 오라고 했다. 집에서 우리는 가능한 한 꼼꼼하게 그 숙제를 했다. 하지만 페너 선생님은 우리가 그린 그림에 쉽게 만족하지 못했다. 선생님은 그림에 있는 모든 실수를 지적했으며, 온화하면서도 완고하게 고쳐 오라고 했다. 그리고 자주 내게 차라리 그려 온 그림을 버리고 다시 그려보라고 했다. 나는 집에서 공부하는 시간의 거의 대부분을 자연사 공책과 보냈다. 거기에 들어간 내 노력 때문에 나는 자연사 공책에 대한 애착이 심했다. 나는 화려해 보이는 반 친구들의 그림에 감탄했다. 어떻게 저렇게 노련하면서도 아름답게 그린 공책이 있는 걸까! 나는 질투심을 느끼지는 않았다. 그런 공책이 보이면 감탄했다. 학습이 쉬운 어떤 아이에게는 이런저런 분야에서 완전히 실패해보는 것보다 더 건강한 공부는 없다. 나는 그림 그리기에는 늘 젬병이었다. 너무 못 그려서 페너 선생님이 나를 불쌍히 여기는 게 느껴질 정도였다. 선생님은 다정하고 따뜻한 분이었다. 페너 선생님은 작고 약간 뚱뚱했으며, 목소리는 낮고 다정했다. 선생님의 수업은 현실적이었으며 신중하게 짜여 있었다. 우리는 하나의 즐거움이었던 철저함에서 출발하여 천천히 앞으로 나아갔다. 하지만 페너 선생님에게서 배웠던 것을 결코 잊어버리지 않았다. 그것은 한 사람의 뇌리에 영원히 각인되었다.

페너 선생님은 우리와 함께 견학 갔다. 우리는 모두 그 견학을 좋아했다. 견학은 즐겁고 차분하게 진행되었다. 아무것도 그냥 보아 넘기지 않았다. 루멘호수에서 우리는 온갖 종류의 작은 수중생물을 채집해서 학교로 가지고 왔다. 페너 선생님은 현미경을 통해 우리에게 아주 작은 크기의 환상적인 생명체를 보여주었다. 우리가 본 모든 것을 그림으로 그렸다. 나는 그 분야를 파고들지 않기 위해, 또 아무튼 이 모든 것을 아는 독자들에게 좀처럼 권할 수는 없는, 이 자연사 과목으로 진로를 결정하지 않기 위해 자제해야 했다. 당시에 시작된 먹고 먹히는 것과 관련한 모든 물음에 대한 내 감상적인 태도를 페너 선생님과 공유하지 않았다는 점을 꼭 짚고 넘어가야겠다. 선생님은 자연에서 일어나는 일을 있는 그대로 받아들였다. 우리처럼 도덕적인 판단에 얽매여 있지 않았다. 선생님은 매우 단순했다. 어쩌면 끝도 없이 이어지는 잔인한 과정을 당신의 생각으로 간섭하기에는 너무 겸손했을 수도 있다. 견학 중 대화 시간에 내 입에서 이런 쪽으로 조금은 감상적인 이야기가 불쑥 튀어나오자, 페너 선생님은 아무 말도 하지 않았고, 평소와 다르게 아무런 대답도 하지 않았다. 이런 일이 있을 때 선생님은 남자다운 냉정한 태도가 우리 몸에 배기를 바랐다. 그걸 장황한 설교나 수다를 통해서가 아니라 그저 당신의 행동으로 보여주었다. 하지만 나는 선생님의 침묵을 비난으로 느낄 수밖에 없었다. 그래서 조금 자제했다.

페너 선생님은 우리를 위해 계획한 도살장 방문을 준비했다. 그 전에 몇 시간에 걸쳐 선생님은 거듭 설명하며 동물을 고통스럽게 하면 안 된다는 말을 반복했다. 예전과 달리 동물들을 빨리, 고통 없이 죽이는 방법이 마련되었다고 했다. 이러한 맥락에서 선생님은 계속해서 '인간적'이라는 말을 사용했으며, 우리 각자가 자신이 처한 환경 속에서 동물을 어떻게 대해야 하는지를 엄하게 가르쳤다. 나는 페너 선생님을 몹시 존경했다. 선생님을 매우 좋아했기 때문에 나는 아주 철저하게 준비된 도살장 방문 역시 선생님에게 반감을 느끼지 않고 받아들였다. 나는 페너 선생님이 피할 수 없는 무언가에 우리가 익숙해지기를 바란다는 것을 알아차렸다. 또한 선생님이 정말 많은 공을 들였으며, 또 도살장을 방문하기 훨씬 전부터 준비하기 시작했다는 점이 좋았다. 나는 레치 선생님이 페너 선생님 입장이 되어서 우리를 호령하며 도살장으로 데려가고, 또 까다로운 문제를 그 누구도 배려하지 않고 아주 냉혹한 방식으로 해결하는 모습을 떠올려보았다. 하지만 도살장에 갈 날이 다가오자 나는 엄청난 공포에 휩싸였다. 내가 아무리 단단하게 그 공포심을 내 안에 가두어두었다고 해도, 또 반 친구들의 놀림감이 되는 것이 겁나서 그런 것에 대해 단 한 마디도 하지 않았다고 해도, 자상하고 또 사람에게서 아주 작은 것 하나도 놓치지 않는 페너 선생님은 내 상태를 알아차렸다.

그날이 되어 우리가 도살장 안을 지나갈 때였다. 페너 선생님은 나를 당신 옆에서 떼어놓지 않았다. 선생님은 모든 시설이 마치 동물을 위해 고안된 것처럼 설명했다. 나와 내 눈에 보이는 모든 것 사이에 페너 선생님의 말씀이 보호막으로 놓였다. 그래서 나는 내가 본 것을 절대로 명확하게 묘사할 수 없었다. 지금 그때를 돌아보니, 어떤 이가 죽음을 생각하지 않도록 이야기하는 성직자처럼 페너 선생님이 행동한 듯 느껴진다. 내가 심하게 놀라지 않도록 나를 지켜주기는 했지만, 내게는 유일하게 그때 선생님의 이야기가 점잔 빼는 것처럼 들렸다. 페너 선생님은 뜻한 바를 이루었다. 나는 감정의 폭발 없이 그 모든 것을 받아들였다. 선생님은 당신의 학문이 당신과 함께 도망칠 때까지는, 그리고 모든 것을 망가뜨린 무언가를 우리에게 보여줄 때까지는 당신 자신에 대해 만족했을 것이다. 우리는 방금 도살된 어미 양 옆을 지나갔다. 내장이 훤히 드러난 양이 우리 앞에 놓여 있었다. 그 양의 자궁 속에는 아주 작은 새끼 양이 헤엄치고 있었다. 엄지 반 정도 되는 길이였고, 머리와 발은 분명하게 알아볼 수 있었지만, 그 새끼 양은 마치 투명하기라도 한 것처럼 속이 훤히 다 비쳤다. 어쩌면 우리가 그것을 못 보고 지나칠 수도 있었다. 하지만 페너 선생님은 우리를 멈춰 세우고 온화하지만 냉담한 목소리로 우리가 보고 있는 것을 설명해줬다. 우리는 모두 페너 선생님을 빙 둘러싸고 모였다. 선생님은 나를 시야에서 놓치고 말았다. 그제야 나는 선생님을 응시하며 작게 말했다. "살해야." 전쟁이 끝난 지 얼마 안 된 터라 쉽게 그 말이 내 입 밖으로 나왔다. 내 생각으로는, 그 말을 할 때 나는 일종의 최면 상태에 있었던 것 같다. 페너 선생님이 그 말을 들었던 것 같다. 선생님이 하던 말을 멈추고 "이제 우리는 다 보았다"고 말했기 때문이다. 그러곤 한 번도 멈춰 서지 않고 도살장 밖으로 우리를 데리고 나갔다. 아마도 페너 선생님이 우리에게 보여주려고 했던 모든 것을 우리가 다 보았을 것이다. 하지만 선생님은 더 빨리 걸었다. 우리를 밖으로 데리고 나가고 싶었던 것이다.

페너 선생님에 대한 내 신뢰는 흔들렸다. 그림을 그렸던 공책들을 거들떠보지도 않았다. 나는 그 공책에 더는 새로운 그림을 그리지 않았다. 선생님도 그런 것을 눈치챘다. 수업 시간에 선생님은 내게 그림에 대해서 더 이상 묻지 않았다. 선생님이 그림을 비평하고 또 고쳐주려고 우리 사이를 돌아다닐 때도 내 공책은 덮인 채로 있었다. 선생님은 내게 눈길 한번 주지 않았다. 페너 선생님의 수업 시간에 나는 입을 다물었다. 다음번 견학 때 나는 아픈 체하며 핑계를 댔다. 나 말고는 아무도 무슨 일이 있었는지 알아차리지 못했다. 내 생각에 선생님은 나를 이해했던 것 같다.

지금의 나는 매우 잘 알고 있다. 페너 선생님이 내게 극복하도록 허락되지 않은 무언가를 내가 극복할 수 있도록 도와주려 했다는 걸 말이다. 당신의 방식으로 선생님도 도살장에 서 있었다. 여느 사람들에게처럼 그게 선생님에게도 아무런 의미가 없었다면, 우리를 그렇게 빨리 밖으로 다시 데리고 나오지는 않았을 것이다. 페너 선생님이 아흔 살 백 살이 되어서도 여전히 살아 계신다면, 내가 선생님 앞에 고개 숙여 인사드린다는 것을 아셨으면 좋겠다.

## 모르쇠
## 카나리아새

2학년 때 일찌감치 우리는 선택과목으로 속기술을 배웠다. 나는 속기술을 통달하고 싶었지만 내게는 너무 어려웠다. 얼마나 어려운지를 나는 내 옆자리에 앉은 간츠호른의 발전 과정을 보고 깨달았다. 내가 잘 알고, 또 이미 오랫동안 사용해온 글자 대신에 새로운 기호를 쓰는 것이 나는 싫었다. 약어도 내게서 무언가를 빼앗아 갔다. 더 빠르게 쓰고는 싶었지만 나는 글자에서 아무것도 바꾸지 않고 그럴 수 있기를 원했다. 하지만 불가능한 일이었다. 나는 약어를 외우려고 애를 썼다. 하나를 머릿속에 집어넣기가 무섭게 도로 다시 빠져나왔다. 마치 내가 그 약어를 들어오는 즉시 밖으로 내던져버리는 것만 같았다. 간츠호른은 놀라웠다. 그에게는 약어가 라틴어나 독일어, 그가 작품을 쓸 때 사용하는 그리스 문자처럼 쉬웠다. 그는 같은 단어에 다른 기호를 쓰는 것에 거부감이 없었다. 나는 모든 단어가 영원을 위해 만들어진 것처럼 느꼈다. 그리고 그 단어의 가시적인 형태는 내게 손댈 수 없는 그 무엇이었다.

나는 어려서부터 다양한 언어가 존재한다는 것에 익숙해 있었다. 하지만 다양한 글자에는 익숙하지 않았다. 라틴 문자에 고트 문자도 있다는 게 짜증 났다. 더군다나 두 문자의 경우 영역과 사용법이 모두 같았고, 서로 상당히 비슷했다. 속기술의 음절에는 새로운 법칙이 있었다. 그 법칙이 필기 양을 그렇게 많이 줄일는지 나는 의심스러웠다. 받아쓰기할 때면 나는 따라가지 못했다. 나는 머리털이 곤두설 정도로 많이 틀렸다. 간츠호른은 주어진 내 답안지를 살펴보고는 눈썹을 치켜올린 채 잘못 쓴 것들을 고쳐주었다. 아마 계속 그런 식이었다면, 마침내 나는 속기술이 내 천성을 거스르는 거라며 포기했을 것이다. 하지만 그때 서법書法 수업도 담당했던 쇼흐 선생님이 속기로 쓰인 독본을 한 권 가지고 왔다. 헤벨의 『보물 상자』였다. 나는 그 책 속에 있는 이야기 몇 편을 읽었다. 이 책이 얼마나 특별하고 또 유명한지도 모른 채 계속해서 읽었다. 나는 단숨에 그 책을 다 읽었다. 그 책은 그저 단편 선집이었다. 그 책을 다 읽자 나는 너무 서운했다. 그래서 곧바로 다시 처음부터 읽기 시작했다. 그런 일이 여러 차례 있었다. 이런 작품들이라면 어떤 문자로 쓰여 있어도 읽었을 것이다. 책을 읽는 동안에 전혀 염두에 두지 않았던 속기가 저절로 이해되었다. 나는 그 책을 너덜너덜해질 때까지 읽었다. 그리고 나중에 그 책을 보통의 활자본과 시중에 나와 있는 모든 판본까지 죄다 소장하게 되었을 때도, 나는 내 손가락 아래에서 없어질 때까지 그때의 그 갈기갈기 찢어진 페이지들을 다시 떠올리기 일쑤였다.

첫번째 이야기 「동방에서 온 비망록」은 이 말로 시작되었다. "튀르키예에서는 때때로 약간은 올곧지 않은 일이 일어나기도 한다." 나는 늘 내가 튀르키예 출신인 것 같은 느낌이었다. 할아버지가 그곳에서 자랐고, 아버지도 그곳에서 태어났다. 내가 태어난 고향 도시에는 튀르키예 사람이 많이 살았다. 그들 모두가 집에서는 자기 모국어를 유창하게 했다. 내가 어렸을 때 그 언어를 직접 배우지는 않았다고 해도, 나는 그 언어를 자주 들었다. 우리가 쓰던 스페인어로 유입된 튀르키예어 표현도 꽤 많이 알고 있었고, 대부분은 그 말의 어원도 알고 있었다. 거기에 우리 조상들이 스페인을 떠나야 했을 때, 튀르키예의 술탄이 그들을 자신의 집으로 초대했던 일, 그 이후로 튀르키예인들이 우리를 잘 대우해줬던 일 등 초창기에 관한 이야기도 첨가되었다. 『보물 상자』에서 읽은 첫 말이 나는 따뜻하게 느껴졌다. 다른 독자들에게는 이국적인 이야기로 느껴졌을 것이 내게는 일종의 고향에서 온 것처럼 친숙했다. 아마도 그 때문에 나는 그 이야기의 도덕관에 두 배로 예민했던 것 같기도 하다. "주머니에 적에게 던질 돌을 넣고 있어도 안 되고, 마음에 복수심을 품어서도 안 된다." 당시에 나는 분명히 이 말을 실제에 적용할 수 없었다. 내 어린 시절의 철천지원수로 지목된 두 사람, 즉 빈의 수염 난 박사와 맨체스터의 오거 외삼촌을 나는 여전히 화해할 수 없을 정도로 끝까지 증오하고 있었다. 하지만 '도덕'은 마음속으로 생각하고 행동하는 것의 대척점에 있어야 한다. 그래야 도덕이 어떤 사람의 눈에 띈다. 그리고 도덕은 기회가 올 때까지, 또 갑자기 용기를 내서 공격을 개시할 때까지 한 사람의 마음속에 오랫동안 자리하고 있어야 한다.

헤벨의 그 책은 잊히지 않는 그런 교훈으로 가득했고, 모든 교훈은 잊을 수 없는 이야기 속에 담겨 있었다. 부모님이 내가 모르는 언어로 자기끼리 이야기를 나누던 시절, 내 삶은 모르쇠에 대한 경험으로 시작되었다. 개별적인 것들을 이해하지 못하는 가운데 증대된 것이 있었다. 이를테면 창가에 튤립과 별 모양 꽃, 비단향꽃무가 가득하여 무척 아름다운 집, 바다가 배에 띄워 육지로 보내준 재화, 검은 복면을 쓴 말들이 끌던 대규모 장례 행렬 같은 것은 내게 한 언어 전체를 증대시키는 것으로 작용했다. 나는 그 책만큼 내 눈에 완벽하며, 세세한 부분까지 기억에 남는 책이 있을 거라고 생각하지 않는다. 나는 그 책이 내게 남긴 모든 흔적을 추적하길 바라며, 그 책에만 해당하는 충성 맹세 속에서 내 감사한 마음을 증명하고 싶다. 내 외면을 지배했던 화려하게 꾸민 약강격 시에 담긴 도덕은 그 시절에 붕괴해 먼지 속으로 흩어졌다. 하지만 그 책에서 얻은 모든 문장은 훼손되지 않고 그대로 남았다. 내가 그 책의 언어에 은밀히 견주어보지 않고 쓴 책은 단 한 권도 없다. 매번 초고를 나는 속기로 썼는데, 내 속기 실력은 오직 그 책 덕이다.

우리에게 『보물 상자』를 가져다준 카를 쇼흐 선생님은 당신 자신과의 관계만이 아니라 학생들과의 관계도 어려워했다. 선생님의 불그스름한 머리는 작고 계란형이었으며, 머리카락은 카나리아새처럼 노란색이었는데, 특히 콧수염에서 노란색이 더 도드라졌다. 콧수염이 정말로 노란색이었나, 아니면 우리 눈에 그렇게 보인 거였나? 아마도 선생님의 약간 어눌하고 어설픈 면이 있는 움직임이 그런 별명이 생긴 데에 기여했을 것이다. 우리는 쇼흐 선생님을 보자마자 곧바로 '카나리아새'라고 불렀다. 선생님은 끝까지 이 별명으로 불렸다. 선생님은 아직 젊었지만 말하는 게 어려웠다. 마치 혀를 움직이는 데 어려움이 있는 사람 같아 보였다. 쇼흐 선생님은 할 말이 있어서 혀를 내밀기 전에 시동을 걸어야 했다. 그런 뒤에야 겨우 말이 튀어나왔지만, 항상 몇 마디에 불과했다. 선생님의 말씀들은 건조하고 단조롭게 들렸다. 목소리는 둔탁했고, 이내 다시 말을 멈췄다. 맨 처음 우리는 쇼흐 선생님에게서 서법을 배웠다. 이 과목에서 나는 아무것도 배운 게 없었다. 선생님이 쩨쩨한 인상을 주었기 때문이었을 것이다. 선생님은 이제 막 배우기 시작한 학생처럼 서법을 진지하게 대했다. 말수가 적었기 때문에 선생님의 모든 말은 과장된 의미를 지녔다. 선생님은 그럴 필요가 없을 때도 말을 반복해서 했다. 우리에게 강조해서 가르치고 싶은 것을 선생님 자신이 먼저 익혀야 했던 것 같았다. 누구에게 말하든 선생님은 늘 같은 톤이었다. 틀림없이 수업 시간 전에 우리에게 할 말을 연습할 거라는 의심도 있었다. 하지만 선생님은 이해할 수 없을 만큼 자주 말을 멈췄다. 그 모든 연습이 다 허사였다. 선생님이 나약하지는 않았지만 적절치 않은 곳에 있는 것 같은 인상을 주었다. 선생님은 적절하게 조화를 이루지 못했으며, 자신도 그것을 알고 있었다. 그래서 아마 항상 그 점을 염두에 두고 있음이 틀림없었다.

서법 수업에 한해서 쇼흐 선생님은 학생들의 잔인한 테스트를 간신히 통과했다. 글씨 쓰기에 노력을 기울이며, 선생님의 수업에서 훌륭한 서체를 익힌 학생들도 있었다. 그런 학생들이 한 거라곤 선생님이 칠판에 쓴 것을 깔끔하게 따라 쓰는 게 전부였다. 정신적인 노력을 가장 적게 요구하는 과목이었다. 그래서 아직까지 별로 발전하지 못한 학생들에게 본인을 입증해 보일 기회를 주었다. 하지만 쇼흐 선생님은 칠판에 무언가를 쓰는 동안에 침묵할 시간을 얻었다. 그럴 때 선생님은 글자를 상대했지, 살아 있는 학생들을 상대하지 않았다. 선생님은 크고 정확하게 글자를 썼다. 학생 개개인이 아니라 전체를 위해 서였다. 잠시라도 학생들의 무서운 시선으로부터 등을 돌린다는 게 선생님의 마음을 홀가분하게 해주었을 것이다.

재앙이 있었다. 쇼흐 선생님이 나중에 레치 선생님의 지리학 수업을 맡게 된 것이었다. 쇼흐 선생님은 그 과목에 자신이 없었고, 반 학생들은 레치 선생님에게 받았던 억압에 대해 화풀이할 수 있는 절호의 기회를 잡았다. 쇼흐 선생님은 대장 후임으로 온 신병 같은 모습이었다. 또한 이제 쉬지 않고 말해야 했다. 선생님은 작은 카나리아새의 지저귐으로 환영받았으며, 수업이 끝난 후에는 시끄러운 카나리아새의 지저귐으로 환송받았다. 그 지저귐이 시작될 때는 선생님이 문을 채 닫기도 전이었다. 선생님은 그런 장난에 결코 주의를 기울이지 않고 침묵을 지켰다. 그래서 그 장난이 무엇을 뜻하는지를 선생님이 알고 있는지 캐낼 수 없었다.

우리는 남아메리카에 도달했다. 커다란 지도가 쇼흐 선생님 뒤에 걸려 있었다. 선생님은 우리를 한 명 한 명 앞으로 나오라고 한 뒤 지도 위의 강을 가리키며 이름을 대게 했다. 어느 날 내 차례였다. 내가 이름을 대야 하는 강 중에 '리오데사과데로'가 있었다. 나는 그 강의 이름을 제대로 발음했다. 어려운 일이 아니었다. 어려서부터 가장 많이 듣고 사용했던 단어 중 하나가 '아과agua(물)'였기 때문이다. 쇼흐 선생님은 내 발음을 고쳐주며 그 강의 이름이 '리오데사가데로'이며, '우u'가 여기서는 발음되지 않는다고 했다. 나는 '아과'라고 발음한다고 주장했다. 선생님은 어디에서 그렇게 배웠느냐고 물었다. 나는 흔들림 없었다. 나는 그 발음을 분명하게 알고 있으며, 스페인어가 내 모국어라고 했다. 반 전체 앞에서 우리 둘은 서로 대립했다. 누구도 양보하지 않았다. 나는 선생님이 스페인어와 관련해 내가 옳다는 걸 인정하지 않는다는 데 화가 났다. 선생님은 무표정하고 뻣뻣하게, 하지만 내가 이전에 보아왔던 그 어느 모습보다 더 단호하게 그 강 이름은 '리오데사가데로'라고 재차 말했다. 우리는 서로 대놓고 여러 차례 그 두 가지 발음을 했다. 선생님의 얼굴은 점점 더 굳어갔다. 내가 강을 가리키려고 손에 들고 있던 지팡이를 선생님이 가지고 있었다면, 내 쪽으로 휘둘렀을지도 모른다. 그러다 쇼흐 선생님에게 구세주와도 같은 생각이 떠올랐다. 선생님은 이 말로 내 입을 막았다. "남아메리카에서는 다르게 발음한단 말이야."

다른 선생님이었다면 내가 이런 독선을 극단으로까지 몰고 갔을 거라고 생각지 않는다. 쇼흐 선생님에게 나는 동정심이 생기지 않았다. 분명히 그건 비난받을 만한 상황에서 선생님이 자초한 것이었다. 우리는 몇 번 더 선생님에게서 지리학 수업을 받았다. 그러던 어느 날 우리가 벌써부터 새소리를 내기 시작하며 선생님을 기다리고 있을 때였다. 다른 선생님이 나타나서 말했다. "쇼흐 선생님은 더 이상 오지 않으신다." 우리는 선생님이 아픈가 보다고 생각했다. 하지만 얼마 지나지 않아 사실을 알게 되었다. 쇼흐 선생님이 죽었던 것이다. 선생님이 동맥을 끊고 과다출혈로 죽은 것이었다.

## 열렬한 팬

샨첸베르크에서의 학창 시절, 그러니까 그 화해의 해에 새로운 선생님이 몇 분 왔다. 그 선생님들은 우리에게 '여러분'이라고 존대했다. 그것은 일반적인 규칙이었다. 그 규칙을 지키는 것은 우리를 이미 오래전부터 알고 있는 선생님들보다 '새' 선생님들에게 더 쉬웠다. 우리가 처음 만난 선생님 중에는 매우 나이가 많은 선생님이 한 분 있었고, 또 아주 젊은 선생님도 한 분 있었다. 그중 나이 많은 분이 에밀 발더 선생님이었다. 발더 선생님은 우리가 배우는 라틴어 문법책의 저자로, 레치 선생님 외에 유일한 교과서 집필자였다. 나는 호기심과 내가 모든 '작가'에게 바치는 존경심을 가지고 발더 선생님을 기다렸다. 발더 선생님에게는 엄청나게 큰 사마귀가 있었다. 선생님을 떠올릴 때면 그 사마귀가 떠오르지만 어디에 나 있었는지는 기억나지 않는다. 사마귀는 눈 가까이 오른쪽 아니면 왼쪽에 있었던 것 같다. 내 생각엔 아마도 왼쪽이었던 듯싶다. 하지만 그 사마귀에는 치명적인 데가 있었다. 그래서 발더 선생님과 대화한 것과 비례하여 내 기억 속에 맴돈다. 선생님의 독일어는 후두음이 매우 강했다. 다른 선생님들보다 발더 선생님의 스위스 독일어가 훨씬 더 강하게 도드라졌다. 그런 점이 고령에도 불구하고 선생님의 언어에 공감적인 느낌을 더해줬다. 발더 선생님은 굉장히 너그러웠다. 그래서 수업 시간에 내가 책을 읽어도 그냥 두었다. 라틴어가 쉬웠던 나는 발더 선생님의 수업 시간에 일종의 이중생활을 하는 습관을 들였다. 어쨌든 호명되면 대답할 수 있도록 귀로는 선생님의 수업을 따라갔다. 하지만 눈으로는 책상 밑에 펼쳐놓은 소책자를 읽었다. 발더 선생님은 궁금해했다. 그래서 내 책상 옆을 지날 때마다 책을 끄집어 올린 후 무슨 책인지 알려고 당신 눈앞에 가까이 갖다 댔다. 그러곤 책을 펼친 채로 내게 돌려주었다. 선생님이 아무 말도 하지 않으면 나는 책을 읽어도 된다는 허락으로 받아들였다. 선생님은 분명히 독서광이었을 것이다. 언젠가 한 번 우리는 선생님이 전혀 읽을 수 없었다는 한 작가에 대해 짧게 대화를 나눈 적이 있었다. 나는 로베르트 발저의 『산책』에 심취해 있었다. 상당히 낯선 독서 체험이었다. 평소에 알고 있던 모든 책과는 전혀 다르게 나는 그 책에서 벗어나질 못했다. 그 책은 내용이 없어 보였으며 의례적인 미사여구들로 이루어져 있었다. 내 의지와 상관없이 나는 그 책에 사로잡혔으며, 읽는 것을 멈추고 싶지 않았다. 발더 선생님이 왼쪽에서 가까이 다가왔다. 나는 사마귀가 와 있음을 감지했다. 하지만 올려다보지는 않았다. 내가 경멸한다고 생각했던 미사여구들이 계속해서 나를 붙잡았다. 선생님의 손이 책 위에 올라와 내 독서를 중단시켰다. 아주 긴 문장을 한창 읽던 중이라서 나는 짜증이 났다. 그때 선생님이 책을 들어 눈앞으로 가져갔다. 선생님은 그 책의 작가가 누구인지를 알아냈다. 그 사마귀가 이번에는 왼쪽에 있었는데, 핏대가 서듯 부풀어 올랐다. 선생님은 내게 마치 시험 문제라도 되는 것처럼, 그러나 은밀하게 물었다. "이 책을 어떻게 생각하나요?" 나는 선생님의 분노를 알아차렸다. 하지만 선생님이 아주 옳다고 인정하고 싶지는 않았다. 그 책이 내 마음을 몹시 사로잡았기 때문이다. 그래서 나는 중재하듯 말했다. "너무 의례적입니다!" "의례적이라고요?" 선생님이 말했다. "나쁜 책입니다! 가치가 없어요! 이런 걸 읽을 필요가 없습니다!" 목구멍 깊은 곳에서부터 올라온 유죄 선고였다. 나는 물러섰다. 그러곤 아쉬워하며 책을 덮었다. 나중에 진짜로 호기심이 생겼을 때가 되어서야 다시 읽어나갔다. 로베르트 발저에 대한 열정은 그토록 불확실하게 시작되었다. 발더 선생님이 아니었다면 어쩌면 당시에 나는 발저를 잊었을지도 모른다.

발더 선생님과 대조되는 인물은 거친 느낌 때문에 내가 좋아했던 젊은 프리드리히 비츠 선생님이었다. 비츠 선생님은 아마 스물세 살이었을 것이다. 우리는 선생님이 맡은 첫 학급이었다. 선생님은 대학을 갓 졸업하고 우리 학교에서 역사 수업을 맡았다. 나 혼자 '그리스뮐러'라고 불렀던 오이겐 뮐러 선생님을 나는 그때까지 잊지 못하고 있었다. 뮐러 선생님을 잃은 지 1년이 넘었으며, 그분과 견줄 만한 선생님은 나타나지 않고 있었다. 나는 우리가 뮐러 선생님 다음으로 누군가에게서 역사를 배울 수 있다고 말하게 되리라고는 꿈에도 생각하지 못했다. 그 엄청난 상실에 대한 기억의 시위였다. 그러던 중 내 학창 시절을 통틀어 내가 두번째로 사랑한 선생님, 결코 잊지 못할 프리드리히 비츠 선생님이 나타났다. 그때로부터 정말 오랜 시간이 흐른 뒤에 나는 거의 달라지지 않은 모습의 비츠 선생님을 다시 만나게 되었다.

얼마나 좋은 학교였으며, 학교의 분위기는 또 얼마나 다채로웠던가! 강요하지 않고 훈육하는 선생님들도 있었다. 그런 선생님들은 카를 베크 선생님처럼 반항심이 들지 않게 하면서 학생들을 다스렸다. 그런가 하면, 앞으로 다가올 삶에서의 실천, 냉철함, 사려 깊음, 조심성을 위해 교육하려 한 선생님들도 있었다. 프리츠 훈치커 선생님이 이런 교사의 전형이었다. 하지만 나는 훈치커 선생님이 내게도 불러일으키고 싶어 했던 냉철함에 대항하여 끈질긴 싸움을 했다. 오이겐 뮐러 선생님과 프리드리히 비츠 선생님처럼 누군가를 고무시키고 행복하게 하는 판타지가 풍부한 분들도 있었다.

비츠 선생님은 높은 강단 위의 선생님 자리에 의미를 두지 않았다. 때때로 선생님은 위에 서서 이야기했다. 몹시 열정적으로 또 풍부한 상상력으로 이야기를 해서, 선생님이 어디에서 있는지를 잊어버리고 선생님과 함께 야외에 있는 느낌이 들 정도였다. 선생님은 그러다가 우리 가운데로 와 한 책상 위에 걸터앉았다. 마치 우리가 다 함께 산책하는 것 같은 느낌이 들었다. 비츠 선생님은 차별하지 않았다. 모든 학생을 향해 이야기했다. 선생님은 쉬지 않고 말했으며, 선생님이 하는 말은 무엇이든 내게는 새로워 보였다. 세상의 모든 장벽이 무너지고, 공포 대신 진정한 사랑을 부어 넣었다. 아무도 다른 사람 위에 올라서지 않았고, 아무도 어리석지 않았다. 비츠 선생님은 권위를 우습게 여겼다. 하지만 권위를 공격하지 않고 포기했다. 선생님은 우리보다 여덟 살 많았지만, 마치 우리가 자기와 같은 연배라도 되는 것처럼 우리를 대했다. 통제된 수업이 아니었다. 선생님은 당신이 몰두하고 있는 것을 우리에게 선사했다. 역사 속에서 우리는 호엔슈타우펜가家에 이르렀다. 숫자 대신에 우리는 비츠 선생님으로부터 인물들에 관한 이야기를 듣게 되었다. 선생님에게 권력이 별 의미가 없는 것에는 선생님의 청소년 시절만 관련된 것이 아니었다. 아마도 선생님은 권력이 그 소유자의 내면에서 어떤 작용을 하는지에 몰두했던 것 같다. 근본적으로 비츠 선생님은 작가들에게만 관심이 조금 있었으며, 기회가 있을 때마다 우리를 그 작가들과 마주하게 했다. 선생님은 말을 잘했다. 생기 넘쳤으며 듣는 이의 마음을 움직였지만, 예언자처럼 격앙된 톤은 아니었다. 당시에는 말로 표현하지 못했겠지만, 나는 작품 속에서 확장해가는 과정을 느꼈다. 하지만 그건 내 어린 시절, 그러니까 초기 단계에는 나 자신의 과정이었다. 비츠 선생님이 곧바로 내 모범이 되었다고 이상할 건 없었다. 오이겐 뮐러 선생님 때와는 달랐다. 윤곽은 덜 분명했지만, 더 가까웠으며 친구처럼 닿을 수 있었다.

황제들의 업적을 순서대로 열거하고 해당 날짜에 갖다 대는 대신에 비츠 선생님은 우리 앞에서 그 황제를 연기해서 보여줬으며, 현대 작가의 언어를 가장 즐겨 사용했다. 생동감 넘치는 문학의 존재를 내게 확인시켜준 사람이 바로 비츠 선생님이었다. 나는 현대 문학을 거부했다. 나는 전통적인 문학의 풍부함에 현혹되어 있었고, 또 어머니의 예전 연극 체험에 종속되어 있었다. 어머니가 모든 문학적인 문화에서 내게 길어다 준 것을 어떻게 내가 바닥낼 수 있었을까. 나는 어머니의 추억을 좇았고, 어머니의 판단에 좌우되었다. 나 혼자 깨달은 것이 어머니의 눈에 들지 못하면 부서져버렸다. 그런데 이제 나는 베데킨트가 단순한 선동가가 아니라는 것과 브레슈너 스타일로 총기 사건 등의 이야기를 쓰는 사람이 아니라는 것을 알게 되었다. 우리가 하인리히 6세에 이르렀을 때 비츠 선생님은 당신의 말로 설명하는 것을 포기했다. 당신에게는 근본적으로 너무 낯선 이 오만불손한 자를 선생님은 미성숙하다고 느꼈다. 선생님은 릴리엔크론 전집 중 한 권을 펼치고 우리에게 『트리펠스의 하인리히』를 읽어줬다. 선생님은 우리 가운데로 와서 의자에 오른발을 올리더니 무릎에 팔꿈치를 댄 후 책을 어느 정도 높이로 들고 처음부터 끝까지 읽어 내려갔다. 하인리히의 열정적인 구애 장면에 이르렀을 때였다. "그리스의 이레네여! 나는 그대를 사랑하오!" 선생님의 앞머리가 책 위로 떨어졌다. 항상 선생님이 흥분했음을 알려주는 표시였다. 그렇게 지독한 사랑의 감정을 느껴본 적이 없는 나는 등골이 오싹해졌다. 선생님은 격정적으로 읽었다. 지금의 나는 그런 모습을 표현주의의 파토스라고 표현할 것이다. 하지만 내가 집에서 익숙하게 들었던 1880년대나 1890년대 빈의 격정과는 달랐다. 하지만 선생님이 그렇게 과장하는 모습 때문에 낯설지는 않았다. 아니 정말로 친근했다. 책을 계속해서 읽어나가는 걸 자꾸만 방해하는 곱슬머리를 조급한 손동작으로 이마 옆쪽으로 털어내는 선생님을 볼 때마다, 언제나 장남이었던 내게 갑자기 형이 생긴 것 같은 느낌이 들곤 했다.

누구나 다 비츠 선생님의 명망을 인정하지는 않았다는 걸 짐작할 수 있을 것이다. 어떤 아이들은 비츠 선생님을 나쁜 교사라고 생각했다. 선생님이 거리를 두지 않으려 노력했고, 또 겉으로 보이는 권위를 영원불멸의 가치로 여기지 않았기 때문이다. 다른 수업과 비교해보면 반에는 일종의 의도적인 무질서가 팽배했다. 비츠 선생님 면전에서 우리는 흥분 상태의 세력권 한가운데에 있었다. 내게는 숨통이 트이고 날개를 단 것 같았던 그 기분이 다른 아이들에게는 어쩌면 일종의 혼돈처럼 느껴졌던 것 같다. 선생님이 그 자리에 있다는 게 전혀 대수롭지 않다는 듯 모든 게 뒤죽박죽되었다. 하지만 비츠 선생님은 그런 상황에서 보통 그러듯 호령하는 말로 죽은 질서를 세우는 법이 없었다. 선생님은 두려움의 대상이 되기를 거부했다. 어쩌면 공포감을 줄 수 없는 축복받은 사람들이 정말로 존재할지도 모르겠다. 그런 불리한 순간에 고위급 선생님들이 시찰하러 왔다. 그 선생님들이 상부에 좋게 보고할 거라고는 생각되지 않았다.

내게는 멋지기만 했던 그 시간이 오래 지속되지는 못했다. 비츠 선생님은 봄에 와서 10월에 떠났다. 우리 사이에서는, 선생님에게 별로 마음을 열 수 없었던 아이들 사이에서조차도 확실한 사실 여부는 알지 못했지만, 선생님이 해고되었다는 말이 돌았다.

비츠 선생님은 너무 젊어서 달리 방도가 없었을 것이다. 선생님은 당신의 젊음을 우리에게 전염시키려 했다. 말하자면 길은 세월을 거치며 결코 같은 성격을 갖게 되지 않는다. 어떤 아이들은 늙은 채로 학교에 온다. 어쩌면 그런 아이들은 훨씬 더 오래전에 늙어버렸을지도 모른다. 어쩌면 태어날 때부터 늙어 있었을지도 모른다. 그런 아이들은 학교에서 지금 무슨 일이 일어나든지 간에 더 젊어지지 않는다. 또 어떤 아이들은 학교에 들어올 때의 나이에서 점차 벗어나며, 놓쳐버린 날들을 만회한다. 그런 아이들에게 비츠 선생님은 이상적인 교사일 것이다. 하지만 그런 아이들은 본디 소수다. 그리고 학교가 너무 힘들게 느껴져서 그 영향으로 그제야 늙기 시작하는 아이들도 있다. 이런 아이들은 엄청난 압박감에 짓눌리며 매우 느리게 발전한다. 그래서 새로 얻은 나이에 온 힘을 다해 매달리며, 그렇게 얻은 것에서 아무것도 더는 포기하려 들지 않는다. 하지만 늙음과 젊음을 동시에 가진 아이들도 있다. 이런 아이들은 이해한 모든 걸 고집하는 완고함 면에서는 늙어 있으나, 온갖 새로운 것에 대한 욕망에 있어서는 젊다. 당시에 나는 이 마지막 부류에 속했으며, 그래서 아마 정반대 성향인 선생님에게 몹시 끌렸던 것 같다. 카를 베크 선생님은 집요하고 규율 잡힌 수업 방식으로 내게 안정감을 주었다. 베크 선생님에게 배운 수학은 내 존재의 근본적인 부분에서 일관성과 약간의 정신적인 용기 같은 것이 되었다. 의심할 수 없는, 어쩌면 아주 작은 영역에서 출발해서 한 방향으로 꾸준히 계속 가면, 그러면서 또 어디로 가게 될지, 오른쪽을 봐야 하는지 아니면 왼쪽을 봐야 하는지를 묻지 않으면, 또 어떻게 목표에 다다를지 몰라도 그것을 향해 움직이면, 발을 헛디디지 않는 한, 각각의 발걸음 사이에 계속해서 맥락이 유지되면, 그런 사람에게는 아무 일도 일어나지 않을 것이다. 그렇게 미지의 세계로 나가게 될 것이다. 그 미지의 것을 차차 정복해나가는 것이 그럴 수 있는 유일한 방법일 것이다.

비츠 선생님을 통해 내게 말 그대로 그와 정반대되는 일이 일어났다. 아직 내 안에 있던 많은 어두운 면들이 만져지는 동시에 아무 목적 없이 점화되었다. 앞으로 나아가지 않았다. 하지만 곧 거기, 그곳에 가 있었다. 목적이 없었다. 그러나 미지의 것도 없었다. 분명히 많은 것을 경험했으나, 경험 그 이상이었다. 등한시되어왔거나 아직 숨어 있는 것에 대한 예민한 감성을 익혔다. 선생님이 특히 강화해준 건 변화하는 즐거움이었다. 전혀 생각지도 못했을 것들이 얼마나 많았는지 모른다. 그렇게 되기 위해 그런 것들에 대해 듣는 것으로 충분했다. 어린 시절 동화를 들을 때와 같았다. 지금은 그저 다른 것에 관한 이야기일 뿐이었다. 덜 단순한 대상들, 물론 인물들에 관한 이야기였다. 그리고 이 인물들은 지금은 작가들이었다.

이미 말했듯이 비츠 선생님은 내가 현대 문학, 즉 살아 있는 문학에 눈을 뜨게 해주었다. 선생님이 한번 언급한 이름을 나는 절대로 잊어버리지 않았다. 고유한 환경이 조성되었고, 선생님은 나를 그곳으로 데리고 갔다. 그런 줄 몰랐지만, 선생님이 그곳으로 나를 데리고 갈 때 내게 달아줬던 날개는 선생님이 나를 떠났을 때도 내게 남았다. 그리고 이제 나는 그곳으로 혼자 날아가 감탄하며 그곳을 자세히 알기 위해 애썼다.

비츠 선생님을 통해 알게 된 이름들을 하나하나 이야기하고 싶지는 않다. 그 이름 중 상당수를 나는 그 전에 들어본 적이 있었다. 하지만 슈피텔러처럼 그 어떤 감동도 받지 못한 이름들이었다. 다른 이름들은 그저 베데킨트처럼 나중을 대비해 보관해두는 정도면 충분하다 싶을 정도의 수동적인 호기심을 불러일으켰다. 그 이름들 대부분은 오늘날 매우 당연하게 전통 문학의 한 부분을 차지하고 있다. 그래서 특별한 존재로 만드는 게 우스워 보인다. 하지만 지금 언급하지 않는 대부분의 이름은 내가 집에서 접했던 이름들과는 아주 대조적이었다. 그들 중 내 작가가 된 이들이 매우 적다고 해도, 얼마 전에야 죽었거나 아직 살아 있는 모든 작가에 대한 내 선입견은 영원히 불식되었다.

비츠 선생님은 우리의 선생님으로 있던 4, 5개월 동안 우리와 두 번 견학을 갔다. 한 번은 트리히텐하우저 방앗간으로 과실주를 시음하러 갔고, 또 한 번은 키부르크로 답사를 갔다. 과실주를 맛보러 간다는 것은 이미 오래전에 이야기가 되었고, 선생님은 정말이지 혁명적인 계획을 검토했다. 선생님은 우리에게 바이올리니스트인 사촌 여동생을 데리고 올 것이며, 그녀가 우리를 위해 연주해줄 거라고 약속했다.

그 때문에 반에서 비츠 선생님의 인기는 하늘을 찌르게 되었다. 선생님의 문학적 도취 상태를 이해하지 못하고 대립하는 아이들도, 규율도 세우지 않고 징계도 내리지 않아서 선생님을 만만하게 보는 아이들도 여성, 그러니까 살아 있는 사촌 여동생이라는 존재에 대한 희망에 사로잡혔다. 반에서는 이미 여자에 관한 이야기가 아이들 입에 점점 더 많이 오르내리고 있었다. 아이들이 말하는 여자관계는 상급 여학교로까지 발전했다. 하지만 일방적인 바람이나 허풍스러운 소식이 주를 이루었다. 반 친구 중 일부는 벌써 열렬히 활동 중이었다. 그런 아이 중에 여자 말고 다른 이야기는 전혀 하지 않는 덩치 크고 조숙한 녀석들도 있었다. 키득거리거나 육체적으로 외설적인 언사 없이는 여자 이야기가 진행되지 않았다. 이런 종류의 대화에 끼지 않기는 힘들었다. 하지만 나는 모든 것으로부터 뒤로 물러나 있었다. 빈에 살던 시절에 어머니가 내렸던 발코니 출입 금지령이 여전히 영향력을 행사하고 있었다. 내가 불같은 질투심에 지독하게 시달리고, 또 심지어 어머니가 나를 끌어들였던 그 전쟁에서 '승자'가 된 후로 오랜 시간이 흘렀음에도, 나는 남녀 사이에서 정말로 일어나는 일이 무엇인지 아는 바가 없었다. 나는 페너 선생님의 자연사 수업에서 동물에 대해 많은 것을 배웠고, 동물의 생식기를 내 손으로 직접 공책에 그리기도 했다. 하지만 그것 중 무언가가 사람과 연관된 것이라는 생각은 해본 적이 없었다. 인간의 사랑은 높은 차원에서 행해지는 것으로, 5각脚 약강격의 무운시에 나오는 장면들로만 표현될 수 있었다. 그 모든 연애 사건은 약강격 시에서 다루어지는 문제였다. 반 친구들의 외설적인 이야기를 나는 전혀 알아듣지 못했다. 내게서는 아무것도 끄집어낼 것이 없었다. 격려하듯 히죽거리며 나를 부추겨봐도 마찬가지였다. 낄낄거리고 우쭐대며 뽐내는 틈에서도 나는 시종일관 진지했다. 핵심적으로는 몰이해가 못마땅해함으로 비쳤던 것 같다.

근본적으로 어처구니없는 상황이었다. 다른 아이들이 살아 있는 여자아이들과 말 몇 마디 나눠보려고 영혼까지 바쳤다는 마당에 나는 매일 얄타로, 한 다스의 여자아이들이 있는 곳으로 귀가했다. 여자아이들은 모두 나보다 나이가 많았지만, 우리 반 아이들과 같은 문제에 은밀히 몰두하고 있었다. 얄타에 사는 여자아이 중 몇 명은 상급 여학교에서 꽤 인기 있다는 여자아이들보다 예뻤다. 그들 중 스웨덴에서 온 헤티와 굴리가 있었다. 지금 본다고 해도 나는 그 애들을 아주 매력적이라고 생각할 것이다. 헤티와 굴리는 자기들끼리 스웨덴어로 이야기하며 끝도 없이 낄낄거리거나 웃었는데, 심지어는 나까지도 젊은 남자 이야기라고 짐작할 수 있을 정도였다. 그리고 제네바

호수 근처의 니옹에서 온 앙젤이 있었다. 정말 예쁘고 수줍음이 많은 아이였는데, 아마 나와 같은 기질이었던 것 같다. 하지만 나보다 두 살이 많았다. 제네바에서 온 니타라는 아이도 있었다. 모든 여자아이 중에서 정신적으로 가장 성숙했는데, 교육받은 무용수이자 달크로즈 학교의 학생이었던 니타는 우리를 위해 알타의 저녁 행사를 개최하곤 했다. 또 루가노에서 온 피아가 있었다. 까무잡잡한 피부에 풍만하고, 지금 와서 생각해보니 육감적인 면이 약간 넘쳐흐르는 아이였다. 이 모든 아이들이, 그중에는 덜 매력적인 경우도 있기는 했지만 모두 젊은 여자아이들이었다. 늘 나와 함께 홀에서 많은 시간을 보냈고, 또 테니스장에서 함께 테니스를 칠 때면 힘차게 이리저리 뛰었으며, 격렬하게 싸울 때는 몸이 가까이 닿기도 했다. 모두가 내 눈과 귀를 사로잡기 위해 경쟁했다. 숙제할 때 항상 물어야 할 것이 있었는데, 대부분 독일어 문법과 관련되었던 그 질문들에 내가 답을 줄 수 있기 때문이었다. 여자아이들 전부가 다 그랬던 건 절대 아니었지만, 몇몇은 부모님이 꾸중하는 편지에 대해 조언을 구하기도 하는 등, 개인적인 것도 내게 물어 왔다. 하지만 나는 이런 일반적인 만족감을 최고로 누리고 살면서도, 또 내 또래의 다른 사내아이들과 달리 그런 여자아이들에 둘러싸여 응석받이로 살면서도, 내가 집에서 이렇게 살고 있다는 것을 반 친구들이 조금도 눈치채지 못하도록 각별히 조심했다. 사실은 내가 엄청 부럽기만 할 거면서도, 여성스럽기만 한 분위기 속에서 산다며 반 친구들이 나를 깔볼 것이라 확신했기 때문이다. 나는 온갖 술수를 다 동원하여 반 아이들이 얄타에 오지 못하게 했다. 반 아이 중 누구도 얄타로 나를 찾아오게 해서는 안 된다고 생각했다. 마찬가지로 티펜브루넨에 살았던 한스 베를리가 아마도 반에서 유일하게 얄타가 집인 내 삶을 짐작하고 있었던 것 같다. 하지만 베를리는 나와 함께 온갖 토론을 다 하면서도 단 한 번도 여자 이야기를 꺼내지 않은 유일한 아이였다. 베를리는 늘 진지했으며 이 점에서 품위를 지켰다. 확실하게 말할 수는 없지만, 그는 어쩌면 나와 비슷한 금기가 있었던 것도 같고, 어쩌면 아직은 다른 아이들이 느끼는 어쩔 수 없는 욕구로 고생하지는 않았던 것 같다.

그리고 이제 비츠 선생님이 바이올린 켜는 당신의 사촌 여동생을 반에 이야깃거리로 던졌다. 이 순간부터 비츠 선생님에 대해서보다 그 사촌 여동생에 대해서 더 많은 이야기가 오고 갔다. 선생님은 사촌 여동생에 관한 질문을 받고 너그럽게 대답해줬다. 하지만 과실주를 시음하러 가기로 한 그 견학 일정이 한 주 한 주 뒤로 연기되었다. 아마도 선생님이 데리고 오려 애썼던 사촌 여동생 때문이었던 것 같다. 선생님은 아마도 꽃 대신에, 환호하며 열광적으로 그녀를 맞이해줄 관객을 사촌 여동생의 발치에 두어 그녀에게 바이올리니스트로서의 용기를 북돋워주고 싶었던 것 같았다. 사촌 여동생은 처음에는 시간이 없었고, 그다음에는 아팠다. 반 아이들의 기대는 열병이 날 정도로 높아졌다. '그리스의 이레네'는 관심 밖으로 밀려났다. 나도 그 일반적인 분위기에 전염되었다. 얄타에는 바이올린을 연주하는 사람이 없었다. 바이올린은 내게 아버지의 악기로 신성시되고 있었다. 다른 아이들처럼 나도 질문을 해대며 비츠 선생님을 귀찮게 했다. 그러면서 나는 선생님이 점점 조심스러워하다가 결국에는 당황스러워하는 기색을 눈치챘다. 사촌 여동생의 동행 여부는 더 이상 확실하지 않았다. 그녀는 시험을 앞두고 있었다. 그리고 과실주를 시음하러 가려고 마침내 모였을 때 선생님은 사촌 여동생 없이 나타났다. 그녀가 약속을 취소했다며, 우리에게 양해의 말을 전해달라고 했다는 것이었다. 내가 전혀 알지 못하는 분야의 일이었지만, 나는 직감적으로 비츠 선생님의 일이 무언가 잘못되었다는 걸 알 수 있었다. 내 눈에는 선생님이 실망한 것처럼 보였다. 선생님은 의기소침해 있었다. 금방 쾌활함을 되찾지 못했고, 또 수업 때처럼 말을 많이 하지도 않았다. 그러다 어쩌면 당신이 잃은 것을 추억이라도 하려는 듯 이제 음악에 대해 장광설을 늘어놓기 시작했다. 사촌 여동생이 베토벤의 바이올린곡 음악회에서 연주자로 섰던 적이 있다고 했다. 나는 선생님이 이번에는 작가 대신 베토벤에게 심취한 것이 만족스러웠다. 베토벤에게 잘 어울리는 '거대한'이라는 말이 나올 때라든가 그 말이 여러 차례 반복될 때 나는 행복했다.

나는 비츠 선생님의 사촌 여동생이 그때 나타났다면 어땠을지 생각해봤다. 그녀의 바이올린 연주자로서의 실력을 나는 조금도 의심하지 않았다. 하지만 그녀를 향한 반 아이들의 불타오르는 관심을 억누르려면 정말로 연주를 잘해야 했을 것이고, 또 계속해서 적절한 곡을 연주해야 했을 것이다. 어쩌면 그녀가 더는 손에서 바이올린을 내려놓을 엄두를 내지 못하고, 연주를 계속하며 숲을 지나 시내로 돌아와야 했을 수도 있었다.

비츠 선생님은 말을 멈추고, 일종의 선두에 선 팬처럼 그녀에게 공간을 확보해주기 위해 그녀 바로 뒤에서 걸었을 것이다. 결국 우리의 열광은 우리의 어깨 위로 그녀를 들어 올렸을 것이다. 우리의 어깨 위에서 그녀는 계속해서 연주하며 시내로 왕처럼 행차했을 것이다.

사실 선생님의 사촌 여동생이 함께하지 않은 그 견학은 실망 그 자체였다. 그녀가 키부르크 견학 때 나타날지 내기를 걸기도 했으나, 견학 때에는 더 이상 그녀에 관한 이야기가 오고 가지 않았다. 그 대신 잘 보존된 성을 바라보며 선생님이 특유의 다채로운 언변으로 우리의 흥미를 일깨워준 역사가 그만큼 더 큰 비중을 차지했다. 클라이맥스는 돌아오는 기차 안에서 있었다. 나는 선생님과 같은 칸 바로 맞은편 자리에 앉아서 성에서 구입한 안내서를 읽고 있었다. 선생님이 손가락으로 살짝 내 팔을 건드리며 말했다. "젊은 역사학자로군." 내가 무얼 하는지 선생님이 알아주고 또 개인적으로 말 걸어주기를 나는 진심으로 바라왔다. 하지만 그 일이 일어난 지금, 선생님이 내게서 미래의 작가가 아니라 역사가를 보았다는 사실은 내게 쓰라린 상처가 되었다. 단 한 번도 내가 그런 말을 한 적이 없는데, 선생님은 어떻게 그런 생각을 하게 된 것일까. 선생님이 내게서 당신이 그렇게 높이 치지 않는 역사학자의 싹을 보았다는 것은, 결국 선생님의 수업 시간에도 내 박식함을 뽐낸 것에 대한 벌이었다. 나는 몹시 당황했다. 그리고 선생님의 관심을 역사에서 다른 데로 돌리기 위해 당시에 많이 언급되던, 하지만 아직 내가 읽어보지 못한 작가 프란츠 베르펠에 대해 선생님에게 질문했다.

비츠 선생님은 그의 시에 인류에 대한 사랑이 담겨 있다고 했다. 그가 감정 이입을 할 수 없는 사람은 없을 거라고 했다. 하녀조차도 그에게는 하찮은 존재가 아니며, 어린아이는 물론 이거니와 동물 역시 마찬가지라는 것이었다. 마치 그의 이름이 그 길로 인도한 것처럼 그는 일종의 성자 프란츠라는 것이었다. 성직자가 아니라, 살아 숨 쉬는 모든 존재로 변화할 수 있는 능력이 있는 자기 자신을 예로 보여주며 우리에게 그 사랑을 가르쳐줄 수 있다는 것이었다.

나는 선생님에게서 들은 다른 모든 이야기와 마찬가지로 그 이야기 또한 경건하게 받아들였다(이런 문제와 관련하여 나는 나중에야 비로소 그와는 전혀 다른 나만의 독자적인 생각을 하게 되었다). 하지만 그게 기차를 타고 가던 중에 일어난 원래의 사건은 아니었다. 소심하고 불확실하나 존경심에 찬 내 질문에 마음이 움직인 비츠 선생님은 당신에 관해 이야기하기 시작했다. 다른 사람의 평가로부터 그 모든 생각을 지켜야 한다는 생각을 전혀 하지 않고 이야기를 펼쳤다. 그래서 나는 혼란스러워하지 않고 아직 **생성되는** 중이며, 자신의 길에 대해 전혀 확신하지 못하며, 내게는 집에서부터 익숙한 경멸이나 저주의 감정 없이 정말로 열린 마음을 가진 한 인간의 모습을 목격할 수 있었다. 나로서는 결코 제대로 이해하지 못했을 비츠 선생님의 말씀을 나는 수수께끼 같은 신앙고백처럼 간직했다. 선생님은 행동하고 싶은 욕구로 가득 차 있다가도 다시 회의적이 된다고 했다. 항상 무언가를 찾고 있지만, 아무것도 찾지 못한다는 것이었다. 선생님은 무얼 해야 할지, 어떻게 살아야 할지 모른다고 했다. 내 앞에 앉아 있는 이 남자가, 내게 엄청난 사랑을 부어 넣어준 이 남자가, 내가 어디든 맹목적으로 좇았던 이 남자가 어디로 가야 할지 전혀 모른다는 것이었다. 그래서 이번에는 이쪽으로, 또 금방 저쪽으로 방향을 튼다는 것이었다. 그에게서 확실한 것은 오직 그가 불확실하고자 한다는 것뿐이었다. 그것이 내 마음을 몹시 사로잡았다. 비츠 선생님의 언어로 선생님의 입에서 나온 것이었기 때문이다. 정말 놀라우리만치 혼란스러웠다. 하지만 그런 선생님을 따라 내가 어디로 가야 했단 말인가?

## 역사와 우울

'자유'는 이 시기에 중요한 단어가 되어 있었다. 우리에게 그리스인들을 선물해줬던 비츠 선생님을 잃은 후로 그리스인이라는 씨가 싹을 틔웠다. 그리스와 스위스의 이미지로부터 생겨난 독특한 형상이 내 안에서 단단하게 굳어갔다. 그때 중요한 역할을 했던 건 산이었다. 나는 산을 떠올리지 않고 그리스를 생각해본 적이 한 번도 없었다. 정말 이상하게도 그렇게 떠올리는 산맥의 모습은 매일 내 눈앞에 펼쳐진 산맥과 같은 모습이었다. 그때그때의 분위기에 따라 산맥은 더 가깝게 또는 더 멀리 보였다. 산이 구름에 덮여 있지 않으면 사람들은 기뻐했다. 산을 이야기하고 또 산을 노래했다. 산은 숭배의 대상이었다. 가까이에 있는 위틀리산에서부터 안개가 바다처럼 펼쳐져 있을 때가 가장 아름다웠다. 안개 바다 속에서 산들은 섬이 되었다. 반짝반짝 빛났으며 손을 뻗으면 닿을 듯 보였다. 각각의 산봉우리가 모두 숭배되었다. 각각의 산에는 이름이 있었고, 또 그 이름으로 불렸다. 그런 이름 중 몇몇은 간결하게 들렸을 뿐, 가령 퇴디 같은 이름이라는 것 외에 다른 뜻이 담겨 있지는 않았다. 그런가 하면 융프라우나 묀히 같은 이름들은 많은 의미를 담고 있었다. 나는 각각의 산에 새롭고, 또 다른 것에는 사용되지 않는 고유한 단어를 붙여주는 게 가장 좋다고 생각했다. 그 많은 산 중 두 산이 높이가 같은 법은 없었다. 산의 암석은 단단했다. 그래서 산이 달라진다고 생각할 수는 없었다. 이러한 불변화성에 대해 나는 확고한 생각을 가지게 되었다. 나는 산을 범접할 수 없는 것으로 여겼다. 누가 산의 정복에 관해 이야기하면 나는 불편함을 느꼈다. 내가 직접 산에 오를 때는 무언가 허락되지 않은 것을 범하는 것 같은 느낌이 들었다.

삶은 호수 가까이에서 더 많이 전개되었다. 그곳에서 가장 박진감 넘치는 일들이 일어났다. 나는 이 호수들이 그리스의 바다와 같았으면 하고 바랐다. 취리히호수 가까이에 살던 시절의 내게는 그 모두가 하나로 합류했다. 호수의 형태 자체가 약간씩 달라지지는 않았다. 그 호수가 있는 장소의 비중이 컸다. 만灣이나 언덕, 나무, 주택들 때문에 고유한 모습을 지녔다. 하지만 꿈속에서는 모든 호수가 다 '그 호수'였다. 한 호숫가에서 일어난 일은 다른 호숫가에도 속했다. 사람들이 선언했던 동맹처럼 나한테는 호수들의 동맹이었다. 여기저기서 발견된 수상 가옥에 대해서 듣게 되었을 때, 나는 거기에 사는 사람들이 서로에 대해 전혀 모를 거라는 생각에 몰두했다. 비슷한 부류의 사람들끼리 서로 연락하지 않고 떨어져 있으면 어디에 살든 전혀 상관이 없었다. 그들에게 중요한 것은 아주 작은 크기의 수면이었고, 어디나 그런 수면이 될 수 있었다. 그들에게서 얼마나 많은 항아리를 찾아내든지, 또 얼마나 많은 화살촉과 얼마나 많은 뼈를 발견해내든지 간에 그들이 누구인지 결코 알지 못할 것이다. 그들은 스위스인이 아니었다.

그것은, 그러니까 호수의 동맹은 내게 역사가 되었다. 그전에는 역사라는 것이 전혀 없었다. 이 역사가 내게까지만 이른 것은 내가 이 역사의 본래 역사에 대해서, 그러니까 그리스인들에 대해서 들어보았기 때문이다. 그 사이에는 가치 있는 게 별로 없다. 로마인들을 나는 신뢰하지 않았다. 월터 스콧의 작품에 등장하는 기사들은 내 눈에는 로마의 후예로 보였으며, 갑옷으로 중무장한 그 인형들이 나는 시시했다. 농부들에게 두들겨 맞을 때 비로소 그 기사들이 흥미롭게 여겨졌다.

호수에 매료되어 있던 이 시기에 『후텐의 마지막 날들』이라는 책이 손에 들어왔다. C. F. 마이어의 이 초기 작품이 매우 확실하게 나를 저격한 것에 나는 놀라지 않았다. 후텐은 기사였다. 하지만 시인이기도 했다. 그는 잘못된 권력에 투쟁했던 인물로 그려져 있었다. 그는 병들었고 또 추방당했다. 모든 사람에게서 버림받은 그는 츠빙글리의 도움을 받으며 우페나우에 홀로 살았다. 그가 자신의 반항적인 기질을 드러냈던 행적들은 그의 기억 속에서 솟아올랐다. 그 행적들이 얼마나 격정적이었는지가 너무도 잘 느껴졌다. 그래서 우페나우에서 그가 이제 어떤 심정일지가 절대로 잊히지 않았다. 그는 늘 더 힘이 센 적에게 대항하는 모습을 보인 것으로 되어 있었다. 그래서 기사들에게 화가 났던 한 가지, 즉 그들 중에서 가장 용감하다고 하는 기사조차 무장을 통해 자신이 더 강자라 느낄 거라는 생각이 사라졌다.

로욜라가 섬을 방문한 대목에 나는 열광했다. 로욜라는 아무도 모르는 사람이었다. 후텐조차도 아직 그를 모르고 있었다. 폭풍우가 몰아치던 어느 날 후텐은 자신의 작은 거처로 순례자 하나를 맞아들인다. 후텐은 그의 잠자리에 자신의 이불과 외투를 깔아준다. 한밤중 천둥 치는 소리에 후텐은 잠에서 깬다. 그러곤 번개의 섬광 속에서 그 순례자가 피가 나도록 자신의 등에 채찍질하는 모습을 목격한다. 게다가 성모 마리아의 일에 자신을 바친다는 그의 기도 소리도 듣게 된다. 아침에 그 순례자가 있던 자리는 비어 있다. 그리고 후텐은 이제 자신의 생이 끝났다는 것, 최악의 적이 나타났다는 것을 알아차린다. 한 인생의 마지막 순간에 적대자가 다가오는 모습, 누가 엿듣고 있는지 예감조차 하지 못한 채 염탐당하는 모습, 진정한 적이 이제야 나타났기 때문에 자신의 투쟁이 다 소용없다는 인식, "내가 그 스페인 녀석을 죽였어야 해!"라는 때늦은 반응—허구로 창작된 작품 속의 바로 이 대목이 '현실'과 흡사하다는 느낌을 어떻게 받지 않을 수 있겠는가?

우페나우가 있던 호수는 내가 사는 곳까지 흘러왔다. 이 작품을 쓴 작가는 킬히베르크 건너편 호숫가에 살았었다. 나는 그의 이 작품 속에 갇혀버린 기분이었다. 경치는 그의 작품을 통해 내 눈앞에 밝게 조명되었다. 그의 작품 속에서 아주 간결한 형식으로 이루어진 한 문장이 당시에 내가 할 수 있게 되었던 인간사에 대한 인식의 척도를 보여주고 있었다. "나는 잘 쓰인 책이 아니요, 모순을 지닌 인간이다." 책과 인간, 사전 지식으로 만들어진 것과 자연에 의해 주어진 것, 책의 이해할 수 있음과 인간의 이해할 수 없음 사이에서 두드러지는 차이가 나를 괴롭히기 시작했다. 나는 생각지도 않은 곳에서 적대 관계를 경험했다. 나는 자신의 동요에서 생기지 않고 외부에서 주어졌으며, 나로서는 어디에서 왔는지 그 뿌리를 알 수 없는 그 적대 관계에 대해 많이 고민했다. 그 해답을 알지 못했기 때문에 나는 잠정적인 해답으로 인간을 모순적인 존재로 보는 견해에 수긍했다. 나는 이 해답을 탐욕스럽게 움켜쥐었다. 그리고 어머니의 전면적인 공격으로 산산조각이 날 때까지 그 문장을 매우 자주 인용했다.

하지만 그러기 전에 어머니가 나를 내버려둔 시간이 1년 이상 있었다. 나는 마이어의 작품을 따라 성 바르톨로메오 축일의 학살이며 30년 전쟁까지 파고들었다. 나는 그의 작품 속에서 단테를 등장인물로 만났다. 그가 유배 생활로부터 끄집어낸 작가상像이 내 마음속 깊이 각인되었다. 도보 여행을 통해 나는 그라우뷘덴주의 계곡들을 알게 되었다. 스위스에서 보낸 첫 두 해 여름, 나는 돔레슈크에 있는 하인첸베르크에 갔다. 로앙 공작은 그 산을 두고 "유럽에서 가장 아름다운 산"이라고 했다. 그 근처에 있는 리트베르크성에서 나는 위르크 예나치와 관련 있는 핏자국을 살펴보았는데 별다른 감동은 없었다. 하지만 그에 관한 책을 읽은 지금 나는 그가 남긴 흔적에 정통한 사람 같은 느낌이 들었다. 나는 미켈란젤로가 숭상한 페스카라의 여인 비토리아 콜론나를 만났다. 페라라에도 갔는데, 이 이탈리아라는 나라가 얼마나 끔찍하고 또 얼마나 무시무시했던지. 이 나라에 대해서 나는 목가적인 풍경 이야기 말고는 아무것도 들은 바가 없었다. 그 '의미'를 통해 내 일상적인 생활환경과는 대조를 이루는 자극적인 사건들이 늘 일어났다. 나는 의복을 보지 않았다. 나는 시대와 그 배경 현장의 다양함을 보았다. 의복을 통해 미화된 것은 하나도 보지 못했다. 그런 것이 대부분 음울하게 색이 바랜다는 것을 진리로 여겼다.

배움에 대한 확고하고 엄청난 욕구 속에서 나는 그 시절 역사의 이러한 변화무쌍한 생기가 바로 내가 마이어에 매혹된 이유라고 생각했다. 나는 마이어를 통해 내가 무언가를 경험한다고 아주 진지하게 생각했다. 추호도 의심하지 않았다. 나는 기꺼이 그의 묘사에 탐닉했다. 하지만 그런 묘사 뒤에 무슨 뜻이 숨어 있는지는 예감하지 못했다. 모든 것은 분명하게 드러나 있었고, 정말 많은 일이 일어났다. 이러한 풍성함으로 미루어 보았을 때 정말 사소하며 언급할 가치가 전혀 없을 그 무엇이 과연 그 뒤에 있을 수 있을까?

형태를 띤 역사 이야기를 더는 견디지 못하고, 기원 자체 또는 순수한 보고나 역사에 대한 엄격한 사고를 찾는 오늘날의 나는 마이어의 다른 점이 내게 깊은 감명을 주었다고 생각한다. 수확할 때나 과일이 많이 열린 나무를 볼 때의 감정, "만족한다는 것은 만족하지 못한다는 뜻이라네"와 그의 호반 시에 담긴 우울함 같은 것 말이다. 그의 호반 시 하나가 다음과 같은 행으로 시작되었다.

후텁지근한 여름날들이 우울하게 꺼져가고
내 노 젓는 소리 공허하고 서글프네.
……………………………………………
하늘은 멀고 물은 깊은데
별들아, 너희는 왜 아직도 떠오르지 않는 게냐?
어떤 사랑스러운, 사랑스러운 목소리가
심연으로부터 끊임없이 나를 부르는구나.

나는 그게 누구의 목소리인지 알지 못했다. 하지만 가까이 지내던 망자亡者의 목소리라고 느꼈다. 마치 그 부르는 사람이 내 아버지이기라도 한 것처럼 나는 물속에서 부르는 목소리에 깊은 감명을 받았다. 취리히에서 보낸 마지막 시절에 나는 아버지를 그렇게 자주 생각하지는 않았다. 그래서 이 시에서 아버지가 돌아온 것이 그만큼 더 의외였고, 또 신기한 일이었다. 내가 호수를 너무 사랑했기 때문에, 마치 아버지가 그 속에 숨어 있는 것 같은 느낌이었다.

그 당시까지만 해도 나는 그 작가의 삶에 대해서 들은 바가 전혀 없었다. 호수에 빠져 죽었다는 그의 어머니의 자살 이야기도 몰랐다. 저녁에 호수에서 직접 노를 저을 때 아버지의 목소리를 듣는다는 것을 꿈에도 알지 못했고, 또 꿈에도 그런 생각을 하지 못했을 것이다. 내가 혼자 노를 젓는 일은 드물었다. 그 두 시행을 혼자 읊조려보려고 그랬을 뿐이었다. 두 시행을 읊는 것을 멈추고 나는 귀를 기울였다. 그 두 시행 때문에 나는 혼자 호수 위에 있고 싶었다. 아무도 이 시에 대해서, 또 이 시가 내게 얼마나 많은 것을 의미하는지 알지 못했다. 그 시의 우울함이 나를 사로잡았다. 내게는 호수와 연결된 새로운 감정이었다. 날씨가 후텁지근하거나 흐리지 않아도 나 역시 우울함을 느꼈다. 그 우울함은 시어로부터 방울져 떨어졌다. 나는 그 우울함이 시인을 호수 속으로 끌어당긴다는 것을 감지했다. 내 우울함이 그저 넘겨받은 것에 불과함에도 나는 그런 유혹을 느꼈다. 그래서 초조하게 첫 별이 떠오르기를 기다렸다. 나는 내 나이에 걸맞게 별에게 인사했다. 가벼운 인사가 아니라 환호로 별을 반겼다. 닿을 수도 만질 수도 없는 별들을 잡아당기고 싶은 열망이, 내 생각으로는 아마 그 당시에 생겨난 것 같다. 그리고 그 열망은 이어지는 세월 동안에 별에 대한 종교로까지 확대되었다. 나는 별들이 내 삶에 영향력을 행사하도록 허락할 만큼 별들을 높이 평가했다. 나는 그저 그 모습 때문에 별들을 향해 몸을 돌렸다. 별들이 내 눈 밖으로 사라지면 나는 겁이 났다. 내가 보기를 바랐던 곳에 별들이 다시 나타나면 든든함을 느꼈다. 별들에게 나는 귀환 규칙 말고는 아무것도 바라지 않았다. 늘 같은 자리에 있다든가, 자기와 같은 별들과 변치 않는 관계를 유지하며, 그들과 함께 멋진 이름으로 불리는 별자리를 만들어주기만을 바랐다.

## 모금

그 도시에 관해서 당시에 내가 아는 거라곤 호수 쪽으로 향하는 지역과 등하굣길이 전부였다. 연주회장, 미술관, 극장 등 나는 몇 안 되는 공공건물에만 가봤으며, 아주 드물게는 강연을 들으러 대학에 가본 적이 있었다. 리마트에 있는 회관에서 인종학 강연들이 열렸다. 그 밖에 구시가지는 내게 서점이 있는 곳이었다. 서점에서 나는 다음 프로그램에 들어 있는 '학술' 서적들을 살펴보았다. 다음으로는 역 부근에 호텔들이 있었다. 나를 보러 취리히에 온 친척들이 그곳에 있는 호텔에 묵곤 했다. 우리가 3년간 살았던 오버슈트라스에 있는 쇼이히처가는 내 기억에서 잊혀갔다. 별로 볼 것도 없었고, 호수에서 꽤 멀리 떨어져 있었으며, 그곳을 떠올려도 마치 다른 도시에 살았던 것처럼 느껴졌다.

몇몇 지역의 경우 더는 이름으로 알지 못했다. 어쩔 수 없이 나는 이름을 지을 때 고려했을 편견들에 몰두했다. 나는 그곳에 사는 사람들이 어떤 모습일지, 어떻게 교류하는지, 또 서로에게 어떻게 처신하는지 전혀 상상할 수 없었다. 멀리 떨어져 있는 모든 것은 나를 귀찮게 했다. 고작 30분이면 도착할 수 있지만 원치 않는 방면에 있는 곳은 마치 달의 뒷면처럼 보이지도 존재하지도 않는 곳이었다. 사람들은 자신이 세상에 열려 있다고 생각하면서 그 대신 가까운 곳에서는 눈이 먼 것처럼 보지 못한다. 무엇에는 손을 대고 또 무엇은 버릴지를 결정할 때의 교만함은 파악하기 어렵다. 한 사람에게 경험의 모든 노선은, 스스로는 그렇다는 걸 알지 못하지만 미리 결정되어 있다. 문자 없이는 파악되지 못할 것은 눈에 띄지 않은 채로 남는다. 지식욕이라 불리는 탐욕스러운 욕망은 자신이 무엇을 놓치는지 깨닫지 못한다.

딱 한 번 나는 내가 무엇을 놓치는지를 알게 되었다. 나는 그때까지 소문으로만 들어 알고 있던 시립 숙소에 들어갔다. 불우이웃을 돕기 위한 모임이 그곳에서 열렸다. 누가 그 모임을 위해 일할 것인지 문의가 있었다. 모든 신청자는 '상급 학교 여학생'을 짝꿍으로 배정받았다. 내 짝은 나보다 크고 나이가 많았다. 하지만 나잇값을 할 것 같지는 않아 보였다. 그녀가 모금함을 들었고, 나는 우리가 팔아야 할 커다란 초콜릿 판을 들었다. 그녀는 위로하는 눈으로 나를 내려다보았다. 그리고 지적인 스타일로 말했다. 그녀는 매우 고급스러워 보이는 흰색 주름치마를 입고 있었다. 나는 그때까지 그렇게 가까이에서 치마를 본 적이 없었으며, 다른 사람들도 그 치마에 시선을 준다는 것을 눈치챘다.

일은 시작부터 잘 풀리지 않았다. 몰려드는 커플들로 바글바글했다. 사람들은 가격을 묻고는 화를 내며 돌아섰다. 우리가 파는 초콜릿은 싸지 않았다. 한 시간 동안 우리는 겨우 초콜릿 한 개를 팔았다. 내 짝꿍 여학생은 모욕감을 느꼈다. 하지만 망했다고 인정하지는 않았다. 그녀는 우리가 건물이나 음식점으로 가야 한다면서, 아우서질이 제일 좋겠다고 했다. 그곳은 노동자 거주 구역이었다. 나는 한 번도 그곳에 가본 적이 없었다. 이제까지 부자들이 우리를 거절했는데, 그녀가 그곳에 사는 더 가난한 사람들에게 기대한다는 게 내 눈에는 불합리해 보였다. 그녀는 생각이 달랐다. 그녀는 감정의 동요 없이 그곳으로 가야 하는 이유를 댔다. "거기 사는 사람들은 돈을 절약하지 않아." 그녀가 말했다. "그치들은 바로 다 써버리지. 식당으로 가는 게 제일 좋겠어. 거기서 그들은 주머니에 들어 있는 돈을 몽땅 다 마시는 데 쓰거든."

우리는 이야기한 지역으로 출발했다. 이곳저곳에서 우리는 건물 안으로 들어가 건물 내 모든 집을 샅샅이 살폈다. 아직은 집주인들이 시민적인 직업을 가지고 있었다. 3층에 있는 어떤 집 문패의 이름 밑에는 '은행장'이라고 쓰여 있었다. 우리는 벨을 눌렀다. 숱 많은 붉은 머리카락에 정감 어려 보이는 콧수염 난 신사가 문을 열었다. 그는 미심쩍어하면서도 친절했다. 그는 우선 우리가 스위스인인지 물었다. 나는 아무 말도 하지 않았다. 내 짝꿍이 한층 더 상냥하게 대답했는데, 그때 그녀는 노골적으로 거짓말을 하지는 않으면서도 나까지 자신의 대답에 집어넣었다. 그 남자는 내 짝꿍에 대해 캐묻는 것을 재미있어했다. 그녀에게 부모님 직업을 물었다. 그녀의 아버지가 의사라는 점이 우리의 모금 목적에 잘 맞아떨어졌다. 우리 아버지의 직업에 그는 관심이 없었다. 똑똑하게 거동하면서 이야기할 줄 아는 그 소녀에게만 집중했다. 그녀는 모금함을 들이밀지는 않고 적당한 높이로 든 채, 아직 거의 빈 상태인 그 모금함이 달그락거리지 않도록 조심했다. 꽤 오랫동안 이야기를 나누었다. 신사의 얼굴에 어렸던 미소가 흐뭇한 히죽임으로 변했다. 그는 초콜릿을 하나 집어 들고는 초콜릿이 너무 가볍지는 않은

지 손에 들고 무게를 가늠했다. 그러고는 모금함에 동전을 넣으며 이런 말을 덧붙이는 걸 잊지 않았다. "좋은 일을 위해서예요. 초콜릿은 우리 집에도 충분해요." 말은 그렇게 하면서도 그는 초콜릿을 가져갔다. 그러곤 자신의 선행을 완벽하게 의식하면서 우리를 놓아주었다. 그가 현관문을 닫았을 때, 우리는 그 친절에 도취된 채 서 있었다. 그러고 나서 위태롭게 비틀거리며 2층으로 내려가 문패를 보지도 않고 벨을 눌렀다. 문이 열렸는데 위층의 그 남자가 우리 앞에 화가 나서 얼굴이 시뻘겋게 달아오른 채 서 있었다. "뭐야, 벌써 또 온 거야! 뻔뻔하기는!" 다른 사람들의 두 배 정도 뚱뚱한 손가락으로 그는 자기 집 문패를 가리켰다. 거기에는 똑같은 이름이 적혀 있었다. "너희는 글도 못 읽니! 썩 꺼지지 못해. 안 그러면 경찰을 부를 거야. 아마도 내가 모금함을 압수해야 할 것 같구나?" 그는 우리 면전에서 문을 닫았다. 우리는 비참하게 도망쳤다. 집 안에 두 층을 연결하는 계단이 있는 게 분명했다. 누가 그걸 알았겠는가. 우리가 초콜릿을 팔았다는 행복에 도취되어 이름을 제대로 보지 않았던 것이다.

내 짝꿍은 이제 가정집은 넌더리 난다며 말했다. "이제 우리 음식점으로 가보자." 우리는 진짜 아우서질에 도착할 때까지 침울한 기분으로 조금 걸어갔다. 어느 길모퉁이에서 큰 술집이 눈에 들어왔다. 그녀는 내게 결코 앞장서라고 하지 않고 조용히 안으로 들어갔다. 숨 막히는 담배 연기가 우리를 맞이했다. 술집은 사람들로 가득했다. 모든 테이블이 꽉 차 있었다. 각자 나이에 맞는 모자를 쓴 모든 연령대의 노동자들이 술잔을 앞에 두고 앉아 있었다. 이탈리아어가 많이 들렸다. 내 짝꿍은 겁 없이 테이블 사이를 요리조리 지나다녔다. 그녀가 말을 걸어볼 만한 여자는 단 한 명도 없었다. 하지만 그 점이 그녀에게는 자신감을 더 높여주는 듯했다. 그녀는 남자들 얼굴 앞에다 모금함을 바짝 갖다 댔다. 그들이 앉아 있었기 때문에 그렇게 하는 것이 그녀에게는 더 편했다. 나는 초콜릿 판도 곧바로 같은 자리에 있게 하려고 서둘러 그녀의 뒤를 쫓았지만 이내 초콜릿 판은 별로 중요하지 않다는 것을 알아차렸다. 중요한 것은 그 소녀였다. 그리고 이 어두운 곳에서 밝게 빛나는 그녀의 주름치마가 가장 중요했다. 모두가 그 치마에 주목했고, 모두가 그 치마에 감탄했다. 사실은 수줍은 인상이었던 한 젊은 사내가 그 치마의 주름을 하나 잡고는 감탄하며 손가락 사이로 천천히 미끄러뜨렸다. 그는 자신이 잡은 것은 그 고운 옷감이지 그 소녀가 아니라는 듯 행동했다. 그는 미소를 짓지 않았다. 엄숙하게 그녀를 응시했다. 소녀는 사내 앞에 말없이 멈춰 섰다. 그가 말했다. "아주 아름답네요." 그녀는 그 주름치마에 대한 찬사를 받아들였다. 곧 그는 동전을 손에 쥐더니 아무것도 아니라는 듯 모금함 안으로 던져 넣었다. 하지만 초콜릿에 대해서는 묻지 않았다. 나는 조금 늦게 그에게 초콜릿을 건넸다. 그는 초콜릿을 거들떠보지도 않고 테이블 한쪽에 두었다. 그는 기부한 대가로 뭔가를 받는다는 것을 부끄러워했다. 소녀는 그사이에 벌써 계속해서 발걸음을 옮기고 있었다. 회색빛 머리카락의 남자가 다음 차례였다. 그는 그녀에게 친절하게 미소 짓고는 묻지도 않고 돈을 꺼냈다. 그는 주머니에 갖고 있던 동전을 몽땅 테이블 위에 던졌다. 그리고 2프랑짜리 동전을 찾아내 손가락으로 그 동전을 살짝 가리며 재빨리 모금함 안으로 던져 넣었다. 그러고 나서 나를 향해 거만하게 자기에게 오라는 손짓을 했다. 내 손에서 초콜릿을 하나 받아서는 우악스러운 동작으로 그녀에게 건넸다. 그건 그녀의 것이고, 그녀를 위한 거라고 했다. 그녀가 그걸 간직해야 한다고 했다. 그러곤 이 초콜릿은 팔면 안 된다는 말도 덧붙였다.

그런 식으로 시작되어, 그런 식으로 계속되었다. 돈이 있는 사람은 약간을 기부하고, 이제는 초콜릿을 소유했다. 돈이 없는 사람은 미안해했다. 진심 어린 정중함이 지배적이었다. 소녀가 가까이 다가가자마자 모든 테이블이 조용해졌다. 나는 무례한 말이 나올까 봐 두려웠었다. 하지만 그런 말 대신 감탄하는 시선이 있었으며, 이따금씩 놀라워하는 외침이 있기도 했다. 나는 내가 완전히 불필요하다는 걸 알았지만 아무렇지도 않았다. 남자들의 숭배하는 분위기에 전염되어 나도 내 짝꿍이 예쁘다고 생각했다. 우리가 그 술집을 나설 때 그녀는 모금함을 흔들며 얼마나 찼는지 헤아려보았다. 이제 절반 넘게 찼다고 했다. 그런 식당을 한두 곳 더 들른 후에는 더 이상 들어가지도 않았다. 그녀는 자신이 받았던 찬사를 잘 의식하고 있었다. 하지만 그녀에게는 현실적인 면이 있어서 한순간도 무엇이 중요한지를 잊은 적이 없었다.

내가 얼마나 변했는지를 나는 할아버지가 나를 찾아왔을 때 깨달았다. 할아버지는 내가 혼자 있다는 사실을 알게 되자 곧바로 취리히로 왔다. 할아버지와 어머니 사이의 긴장 상태는 아마도 더 나빠진 것 같았다. 몇 년간 할아버지는 어머니를 피했다. 하지만 편지는 주기적으로 주고받았다. 전쟁 중에 할아버지는 우리의 새 주소를 알리는 엽서를 받았다. 나중에 할아버지와 어머니는 형식적이며 특색 없는 편지를 주고받았다.

내가 얄타에 있다는 사실을 알기가 무섭게 할아버지는 취리히에 나타났다. 할아버지는 센트럴 호텔에 묵었다. 그러곤 나를 그리로 불렀다. 할아버지가 묵는 호텔방은 빈에서건 취리히에서건 비슷한 모습이었다. 방에는 항상 비슷한 향기가 감돌았다. 내가 갔을 때 할아버지는 혁대를 동여매고 저녁 기도를 하는 중이었다. 내게 입을 맞추며 눈물로 목욕을 하는 동안에도 할아버지는 계속해서 기도했다. 할아버지는 서랍을 하나 가리키며 당신을 대신해 열어보라고 했다. 서랍 안에는 두꺼운 봉투가 하나 있었는데, 그 안에는 할아버지가 내게 주려고 모은 우표가 들어 있었다. 나는 봉투에 들어 있는 우표들을 낮은 서랍장 위에 쏟고는 훑어보았다. 몇 개는 내가 이미 가지고 있는 것이었고, 또 몇 개는 나에게 없는 것이었다. 할아버지는 내 얼굴 표정의 변화를 예의 주시했다. 내 표정에 따라 할아버지의 표정도 기쁨과 실망 사이를 재빨리 오고 갔다. 나는 할아버지의 기도를 중단시키고 싶지 않았다. 그래서 아무 말도 하지 않았다. 하지만 할아버지는 오래 배겨내지 못했다. 할아버지 스스로 "어떠냐?"라고 묻는 말로 엄숙한 히브리어 기도문을 중단시켰다. 나는 불분명한 발음으로 감동을 표현하는 말을 몇 마디 했다. 그 말에 만족한 할아버지는 기도를 계속했다. 기도는 꽤 오래 계속되었다. 모든 것이 확정되어 있었으며, 하나도 빠뜨리지 않고 아무것도 줄이지 않았다. 아무튼 최대한의 속도로 진행되었기 때문에 절대 서두르지 않았다. 그러고 나서 할아버지는 기도를 마쳤다. 할아버지는 그 우표가 어느 나라 것인지 아느냐고 내게 물었다. 바른 대답에 할아버지는 내게 칭찬을 퍼부었다. 마치 내가 아직 빈에 살고 있으며, 겨우 열 살인 듯했다. 내게는 그 칭찬 세례가 벌써 다시 흐르고 있는 할아버지의 기쁨의 눈물만큼이나 부담스러웠다. 할아버지는 내게 말하는 내내 울었다. 내가 살아 있는 것에, 당신의 이름을 물려받은 손자가 조금 더 큰 모습을 다시 보는 것에, 아직 살아서 내 그런 모습을 직접 보는 것에 아마도 감정이 북받쳤던 것 같다.

내게 이것저것 묻는 것을 마치고, 또 실컷 울고 나자마자 할아버지는 곧바로 나를 데리고 술을 팔지 않으며 '여종업원들'이 시중을 드는 레스토랑으로 갔다. 여종업원들에게 할아버지는 연신 눈길을 보냈다. 장황하게 대화를 나누지 않고 주문하는 것이 할아버지에게는 불가능한 일이었다. 그러곤 나를 가리키며 말하기 시작했다. "내 손자요!" 그러고 나서 할아버지는 구사할 수 있는 언어의 수를 헤아렸다. 전과 다름없이 17가지였다. 담당 여종업원은 스위스 독일어는 등장하지 않는 그 외국어 리스트를 조바심 내며 경청했다. 그녀가 자리를 뜰 낌새를 보이자마자 할아버지는 달래듯 그녀의 허리에 손을 올리곤 그곳에 서 있게 했다. 나는 그러는 할아버지가 창피했지만, 여종업원은 꾹 참았다. 내가 숙였던 고개를 다시 들었을 때, 할아버지는 당신의 외국어 실력 자랑을 마쳤다. 하지만 할아버지의 손은 여전히 그 자리에 그대로 있었다. 주문이 시작되자 할아버지는 그녀의 허리에서 손을 뗐다. 할아버지는 그 여종업원의 조언을 받아야 했으며, 거기에는 두 손이 필요했다. 더 긴 절차를 밟은 후에 할아버지는 주문했다. 늘 같은 것, 즉 당신을 위해서는 요구르트를, 나를 위해서는 커피를 시켰다. 여종업원이 없는 동안에 나는 할아버지를 설득했다. 여기는 빈이 아니라고, 스위스에서는 모든 게 다르다고 했다. 그렇게 행동해서는 안 되며, 여종업원에게 따귀를 맞을 수도 있다고 했다. 할아버지는 아무 대답이 없었으며, 그런 것을 아는 게 더 낫다는 생각이었다. 요구르트와 커피를 가지고 돌아온 여종업원은 할아버지에게 친절하게 미소 지었다. 할아버지는 과장스럽게 고마워했다. 할아버지는 다시금 그녀의 허리에 손을 얹고, 다음번 취리히 방문 때 다시 오겠다고 약속했다. 나는 오로지 여기서 빨리 벗어나기 위해 서둘러 커피를 마셨다. 직접 목격한 모든 걸 통해 할아버지가 그 여종업원을 모욕했다는 확신이 들었다.

경솔하게도 나는 할아버지에게 얄타에 대해 이야기했다. 할아버지는 그곳으로 나를 찾아오겠다고 고집하더니 출현을 예고했다. 미나 양은 집에 없었고, 로지 양이 할아버지를 맞이했다. 로지 양은 할아버지를 건물과 정원으로 안내했다. 할아버지는 모든 것에 관심이 있었으며, 셀 수 없을 정도로 많은 질문을 했다. 과일나무 옆을 지날 때마다 할아버지는 얼마나 열리는지를 물었다. 이곳에 사는 소녀들에 대해서도 이름, 출신, 나이 등을 물었다. 할아버지는 소녀들의 수를 세어보았는데, 당시에는 아홉 명이었다. 그러면서 이 집에 더 많은 학생이 살 수 있을 것 같다고 말했다. 로지 양은 거의 모든 하숙생이 혼자 방을 쓰고 있다고 했다. 그러자 할아버지는 방을 보고 싶어 했다. 할아버지의 명랑함과 질문에 홀린 로지 양은 아무것도 모르고 방을 하나하나 다 안내해줬다. 소녀들은 시내에 있거나 홀에 있었다. 로지 양은 할아버지에게 나도 아직까지 본 적이 없는 빈방을 보여줄 때 문제 될 만한 것은 하나도 발견하지 못했다. 할아버지는 경치에 감탄하면서 침대들을 자세히 살폈다. 할아버지는 각 방의 크기를 어림잡아보더니 침대 하나씩은 너끈히 더 들어가겠다고 말했다. 할아버지는 소녀들의 출신 국가를 기억해두었다가 프랑스 소녀, 네덜란드 소녀, 브라질 소녀가 묵는 방이 어딘지를 알고 싶어 했으며, 특히 두 스웨덴 소녀가 자는 방을 궁금해했다. 마침내 할아버지는 미나 양의 화실인 참새 둥지에 관해 물었다. 나는 할아버지에게 사전에 언질을 주었다. 그림들을 자세히 봐야 하며, 칭찬을 많이 해야 한다고 했다. 할아버지는 내 당부를 당신의 방식대로 따랐다. 할아버지는 전문가처럼 우선은 약간 거리를 두고 그림 앞에 섰다. 그런 뒤 아주 가까이 다가가서는 화법을 자세히 살펴보았다. 할아버지는 대단한 솜씨에 고개를 흔들고는 열광적으로 최상급의 형용사를 토해냈다. 그때 할아버지는 스페인어 대신 로지 양이 알아듣는 이탈리아어 단어를 사용하는 교활함까지 발휘했다. 튤립, 카네이션, 장미 등 몇 가지 꽃을 할아버지는 당신의 집 정원에서 봐 알고 있었다. 할아버지는 화가에게 그녀의 솜씨를 당신이 칭찬하더라는 말을 전해달라고 부탁했다. 그런 것을 한 번도 본 적이 없다고 했다. 그건 맞는 말이었다. 그리고 화가가 과일나무나 과일도 그리느냐고 물었다. 할아버지는 과일나무나 과일 그림을 볼 수 없는 걸 아쉬워했으며, 절실하게 레퍼토리를 늘리라고 권했다. 그 말로 할아버지는 우리 둘을 아연케 했다. 로지 양도 나도 그런 생각을 해본 적이 없었기 때문이다. 할아버지가 그림의 가격을 묻기 시작했을 때 나는 할아버지에게 단호한 눈길을 보냈다. 하지만 소용없었다. 할아버지는 흔들리지 않았다. 로지 양은 지난번 전시회 때의 목록을 가지고 와서 할아버지에게 가격을 알려주었다. 몇백 프랑에 팔린 그림도 몇 점 있었고, 더 작은 그림들은 값이 좀더 저렴했다. 할아버지는 모든 가격을 순서대로 말하고 나서, 그 모두를 즉시 암산으로 합산하고는 우리도 알지 못한 거액을 결과로 내놔 우리를 놀라게 했다. 그러고 나서 할아버지는 멋지게 덧붙였다. 그게 중요한 게 아니라고, 그림에서는 "라 에르모수라la hermosura", 즉 아름다움이 중요하다는 것이었다. 로지 양이 그 단어를 못 알아들어서 고개를 가로젓자, 할아버지는 내가 번역하기 전에 전광석화와 같이 내 말을 가로막고는 이탈리아어로 말했다. "라 벨레차, 라 벨레차, 라 벨레차!la bellezza, la bellezza, la bellezza!"*

---

* "아름다움이요, 아름다움, 아름다움!"

그러고 나서 할아버지는 정원을 다시 한번, 이번에는 조금 더 면밀하게 살펴보고 싶어 했다. 테니스장에서 할아버지는 얄타의 대지 면적이 얼마나 되느냐고 물었다. 로지 양은 당황했다. 몰랐기 때문이다. 할아버지는 테니스장의 가로와 세로를 이미 보폭으로 측정하고 있었다. 그러곤 평방미터로 환산해서 숫자를 불쑥 말하고는 무언가를 곰곰이 생각했다. 할아버지는 테니스장과 정원의 면적을 비교하고, 또 그 옆에 있는 잔디밭의 면적과도 비교한 뒤 교활한 얼굴로 말했다. 전체 면적이 전부 어느 정도 될 거라고 했다. 로지 양은 압도당했다. 내가 몹시 두려워했던 그 방문은 대성공이었다. 초저녁에 할아버지는 돌더 위쪽에 있는 발트테아터의 공연에 나를 데리고 갔다. 집에 돌아왔더니 숙녀분들은 각자의 방에서 나를 기다리고 있었다. 미나 양은 외출 중이었던 것에 대해 사과를 할 수 없었다. 한 시간 동안 나는 할아버지가 노래하듯 칭찬을 늘어놓는 소리를 들었다. 할아버지가 심지어 대지 면적을 맞게 계산했던 것이다. 그야말로 마술사 같았다.

## 검은 거미

내가 계곡 중의 계곡이라고 생각하는 곳은 발리스였다. 조금은 그 이름과 관계가 있기도 했다. 골짜기를 뜻하는 라틴어가 그 칸톤*의 뜻이 되었다. 발리스주는 론계곡과 그 주변의 골짜기 여럿으로 이루어져 있었다. 이 칸톤만큼 알찬 칸톤은 지도상 어디에도 없었다. 자연적으로 그곳에 있지 않은 것이 없었다. 나는 발리스주에 대해 읽은 모든 것에 깊은 감명을 받았다. 이 지역에서 두 가지 언어가 사용된다는 것도 그중 하나였다. 독일어와 프랑스어를 쓰는 지역이 있었다. 이 지역에서 두 언어는 예전과 다름없이 사용되고 있었다. 두 언어 모두 고어古語의 형태를 띠고 있었는데, 발다니비에르에서는 중세 프랑스어가, 뢰첸탈에서는 중세 독일어가 사용되고 있었다.

어머니는 우리 셋과 함께 1920년 여름을 다시 칸더슈테크에서 보냈다. 그때 나는 종종 지도를 펼쳐놓고 있었다. 모든 희망은 이제 뢰첸탈에 집중되었다. 가장 흥미로운 곳이고, 또 도대체가 뭐라도 볼 것이 있는 곳이며, 쉽게 갈 수 있는 곳이었다. 세계에서 세번째로 긴 뢰치베르크 터널을 지나 첫번째 역인 고펜슈타인까지 갔다. 그곳에서부터는 걸어서 뢰첸탈을 지나 마지막 종착지인 블라텐까지 갔다. 이 계획을 나는 열정적으로 추진했다. 나는 내가 합류할 그룹을 짰다. 하지만 동생들은 이번에는 집에 있어야 한다고 고집했다. "네가 알아서 하겠지." 어머니는 말했다. 동생들을 제외하는 내 엄격함이 어머니에게는 낯설지 않았다. 오히려 어머니의 마음에 들었다. 어머니는 내가 책만 읽고 토론만 하다가 남자답지 못하고 우유부단한 사람이 될까 봐 걱정했다. 어머니는 작고 약한 사람을 배려하는 것을 이론적으로는 인정했지만, 실제로는 경시했다. 특히 그런 배려가 목표를 향해 나아가는 데 방해가 될 때 더욱 그랬다.

---

* 스위스의 행정구역 단위, 주州.

어머니는 동생들을 위해 무언가 다른 이벤트를 마련하는 방식으로 나를 지지해줬다. 출발일이 잡혔다. 아침에 우리는 첫 기차를 타고 터널을 지나가기로 했다.

고펜슈타인은 생각했던 것보다 훨씬 더 한적하고 황량했다. 우리는 외부 세계와의 유일한 연결 통로인 좁은 산길을 걸어 뢰첸탈로 올라갔다. 나는 얼마 전에 이 길이 얼마나 좁았는지 알게 되었다. 등에 짐을 진 짐승이 한 번에 한 마리씩만 겨우 이 길을 지나갈 수 있었다. 백 년 전쯤까지는 이 지역에 곰이 있었다고 한다. 이제는 더 이상 곰과 마주칠 수 없어서 아쉬웠다. 나는 사라져버린 곰에 대해 아쉬워했다. 그때 갑자기 골짜기가 나타났다. 골짜기는 햇살 속에서 밝게 빛나며 저 높은 곳에 있는 흰 산맥을 향해 올라가다가 만년설에 닿으면서 끝나고 있었다. 그리 오래잖아 골짜기 끝에 도달할 수 있었다. 하지만 그 전에 길이 꺾였고, 페르덴에서 블라텐까지 촌락 네 곳을 지나갔다. 모든 것이 고풍스럽고 이색적이었다. 여자들은 모두 머리에 검은색 밀짚모자를 쓰고 있었는데, 아주 작은 소녀들도 마찬가지였다. 서너 살짜리 어린아이들조차도 어딘지 모르게 엄숙한 구석이 있었다. 마치 태어날 때부터 그 계곡의 특색을 의식하고 있는 것 같았으며, 또 자신들이 우리와는 다른 부류라는 점을 강렬하게 입증해야겠다고 단단히 벼르고 있는 것처럼 보였다. 아이들은 곁에 있는, 세월의 풍파가 얼굴에 고스란히 남아 있는 노파들을 꽉 붙잡았다. 내가 들은 첫 문장은 마치 천 년 전의 언어 같았다. 작고 힘찬 사내아이 하나가 우리 쪽으로 몇 걸음 다가왔다. 그때 한 노파가 그 아이를 자기 쪽으로 불렀다. 그 노파는 아이를 우리에게서 멀찌감치 떨어뜨려 놓으려 했다. 그 노파 입에서 나온 두 단어가 너무도 아름다워서 내 귀가 의심될 정도였다. "쿠옴, 부오빌루!Chuom, Buobilu!"* 그녀가 말했다. 세상에 어떻게 저토록 아름다운 모음이 있지! 내게는 '뷔플라인Büblein(사내아이)'으로 익숙한 단어를 '뷔에블리 Büebli'라고 발음하는 대신에, 그녀는 모음 '우u'와 '오o'와 '이i'를 조합하여 풍성한 저음으로 '부오빌루'라고 발음했다. 학교에서 읽은 고대 고지독일어로 된 시가 떠올랐다. 나는 이 스위스 독일어 사투리가 중세 고지독일어에 얼마나 가까운지 알고 있었다. 하지만 고대 고지독일어처럼 들리는 언어를 마주하게 되리라고는 전혀 예상치 못했다. 나는 그 언어를 내 발견으로 간직했다. 내가 유일하게 들은 그 말은 내 기억 속에 그만큼 더 생생하게 남았다. 그곳 사람들은 말이 없었고, 우리를 피하는 듯했다. 계곡을 올라가는 내내 현지인들과 대화를 나눠보지 못했다. 오래된 목조 가옥, 검은 옷을 입은 여자들, 창문 앞에 놓인 화분들, 목초지가 우리 눈에 들어왔다. 나는 그곳 사람들의 말을 더 들을 수 있을까 하는 마음에 귀를 곤두세웠다. 사방이 고요했다. 하지만 아마도 우연히 그렇게 되었던 것 같다. '쿠옴 부오빌루'는 그 계곡의 유일한 소리로 내 귀에 남았다.

우리는 잘 조합된 그룹이었다. 우리 중에는 영국인도 있었고, 네덜란드인, 프랑스인, 독일인도 있었다. 갖가지 언어로 된 명랑한 감탄사를 들을 수 있었다. 영국인들조차도 수다스러운

* "이리 오너라, 얘야!"

모습으로 계곡의 침묵을 깨뜨리고 있었다. 모두가 당황했고, 모두가 놀랐다. 하지만 우리가 묵는 호텔의 그 허풍스러운 투숙객이 나는 부끄럽게 느껴지지 않았다. 평소에 나는 그 사람들에 대해 신랄한 비판을 하곤 했지만, 소리 없음, 느림, 절제됨 등 그 모든 게 서로 어우러지고 있는 이곳에서의 삶의 조화로움이 그들의 거만함을 눌렀다. 그들은 그 앞에서 자신들이 우월하다고 느낄 수 없는, 그 이해할 수 없는 대상에 대해 감탄과 질투로 반응했다. 우리는 촌락 네 곳을 지나갔다. 마치 우리가 다른 별에서 오기라도 한 것처럼 현지인들과는 접촉할 기회가 없었다. 그들은 우리에게 일말의 기대도 하지 않았으며, 호기심이 발동해서 우리를 쳐다보는 눈길 하나 없었다. 아직 그렇게까지 우리 가까이에 온 것도 아닌데, 한 노파가 자그마한 사내아이를 자기 쪽에 불러들인 것이 이 여행 중에 일어난 유일한 사건이었다.

나는 그 골짜기에 다시는 가지 못했다. 반세기 동안, 특히 최근 반세기 동안 그 계곡에는 아마도 정말 많은 변화가 있었을 것이다. 내가 간직하고 있는 계곡의 그 모습을 나는 망가뜨리지 않으려고 조심했다. 그 골짜기 덕분이다. 그 생소함의 결과로 나는 옛날 방식으로 사는 삶에 대해 친밀감을 가지게 되었다. 당시에 그 골짜기에 몇 명이 살았는지를 말할 수는 없다. 아마도 5백 명 정도 되었을 것이다. 나는 그 사람들을 한 명씩 보았을 뿐, 두세 명 이상이 같이 있는 모습을 보지는 못했다. 그들의 삶이 어려웠음은 주지의 사실이었다. 하지만 나는 그들 중 몇몇이 생계를 위해 바깥세상에서 일한다는 생각은 하지 않았다. 그들이 한시적으로라도 자기네 골짜기를 떠난다는 것이 내게는 그들과는 상관없는 먼 이야기처럼 느껴졌다. 내가 만약 그곳 사람들에 대해 더 많이 알게 되었다면, 그 이미지는 지워졌을 것이다. 또한 그곳 사람들도 내가 어디서나 볼 수 있는 우리 시대의 사람들과 같은 모습이 되어버렸을 것이다. 다행히도 자신들의 유일성과 고립성으로부터 에너지를 끌어내는 경험들이 있다. 훗날 모든 것과 격리된 채 극소수로 사는 종족과 민족에 대해 읽을 때 뢰첸탈에 대한 기억이 떠올랐다. 내가 읽은 것은 그런 사람들에 대한 좀더 이상한 이야기였던 것 같다. 나는 그것이 가능한 이야기라고 생각했고, 또 받아들였다.

내가 이 골짜기에서 들었던 한 음절, 아니 사실은 네 음절에 대해 감탄한 것은 그 당시에는 약간 드문 일이다. 아마 같은 시기에 나는 고트헬프의 화술에 폭 빠져 있었던 것 같다. 나는 『검은 거미』를 읽고 있었는데, 그 거미에게 쫓기는 기분이 들었다. 마치 그 거미가 내 얼굴에 구멍을 파고 숨은 것 같은 느낌이었다. 위층의 다락방에 나는 거울을 못 두게 했다. 그랬던 내가 창피하게도 이제는 트루디에게 하나를 얻어서 위로 들고 올라와서는 등 뒤로 문을 걸어 잠갔다. 이 집에서는 일상적이지 않은 일이었다. 나는 양쪽 뺨 위에서 검은 거미의 흔적을 찾았다. 아무것도 찾지 못했다. 내가 뭘 어떻게 찾았겠는가. 귀신이 내게 입을 맞추지는 않았다. 그래도 나는 거미 다리 같은 것이 기어 다니는 느낌이 들었다. 그래서 거미가 내 몸에 달라붙어 있지 않다고 확신하기 위해 하루에도 몇 번씩 씻었다. 거미는 전혀 예상치 않은 곳에서 보였다. 한번은 육교 위에서 떠오르는 태양 대신 나타난 적이 있었다. 나는 서둘러 기차에 올라탔다. 그런데 그 거미가 내 맞은편, 한 노부인 옆에 자리를 잡는 것이었다. 하지만 노부인은 눈치채지 못하고 있었다. '안 보이나 보다. 내가 알려줘야 해.' 그러나 결심하는 것으로만 만족해야 했다. 기차에서 내리려고 슈타델호펜에서 일어났을 때 거미는 사라져버렸다. 노부인 혼자 앉아 있었다. 그 노부인에게 아무 말도 안 하기를 잘했지. 노부인은 아마 놀라서 돌아가셨을지도 모른다.

거미는 여러 날 동안 사라질 때도 있었다. 몇몇 장소는 피했다. 학교에는 한 번도 나타난 적이 없었다. 홀에 있는 여자아이들도 결코 거미 때문에 성가셔했던 적이 없었다. 헤르더 양들의 경우, 소박하고 순수한 그분들은 결코 거미의 상대가 되지 못했다. 내가 그 어떤 나쁜 짓을 한 기억이 없는데도 거미는 내게 딱 달라붙었고, 내가 혼자 있으면 어딜 가든 꼭 따라다녔다.

나는 그 검은 거미에 대해 어머니에게 아무 말도 하지 않기로 마음먹었다. 특히 환자에게 위험하기라도 한 것처럼, 그 거미가 어머니에게 끼칠 수 있는 영향이 걱정되었다. 내게 이 결심을 지킬 힘이 있었다면, 어쩌면 여러 가지가 달라졌을 수도 있다. 어머니의 다음 방문 때 벌써 나는 그 이야기를 꺼내고는 어머니에게 끔찍한 부분 하나하나까지 자세히 이야기했다. 고트헬프가 충격을 완화하려고 넣었던 안락한 유아 세례와 위로를 주는 도덕적인 이야기는 뺐다. 어머니는 내 말을 끊지 않고 귀 기울여 들었다. 어머니를 그토록 매료시킨 적은 단 한 번도 없었다. 우리의 역할이 서로 바뀌기라도 한 것 같았다. 내가 이야기를 마치자마자 어머니는 내게 물었다. 도대체 작가가 누구냐고 했다. 또 어째서 그토록 엄청난 이야기를 당신이 아직 못 들어봤는지 모르겠다고 했다. 나는 불안해하며 이야기했다. 그래서 우리 사이의 오래된 논쟁, 즉 사투리의 가치와 무가치에 관한 이야기로 화제를 돌려 내 불안감을 숨기려 했다. 이 이야기의 작가가 베른 출신이며, 그의 언어는 에멘탈 사투리로, 몇 가지는 전혀 이해할 수 없을 거라고 했다. 사투리 없는 고트헬프는 생각할 수 없을 것이며, 그가 이 사투리에서 자신의 온 힘을 끌어낸다고 했다. 내가 사투리에 열려 있지 않았다면, 『검은 거미』에 접근할 길이 없으니 놓쳤을 거라고 넌지시 강조했다.

그 이야기로 우리는 둘 다 흥분해 있었다. 우리가 서로에게 느낀 적대감도 그 이야기와 관계된 것이었다. 하지만 우리가 말한 모든 것은 피상적인 완고함의 범주 안에서 움직였다. 어머니는 에멘탈에 대해서는 아무것도 궁금해하지 않았다. 이 이야기가 성경적이며, 성경에서 직접적으로 나온 거라고 했다. 검은 거미는 이집트의 열한번째 재앙이라는 것이었다. 이 이야기가 세상에서 별로 알려지지 않은 것은 사투리 탓이라고 했다. 일반 독자들도 이 이야기를 접할 수 있도록 문학 독일어로 번역하면 좋겠다고 했다.

요양원에 돌아가자마자 어머니는 거의 대부분 북독일 출신인 말동무들에게 고트헬프에 관해서 물어보았다. 그리고 기껏 그의 작품이라고 해야 주로 설교로 이루어진 불쾌하고 긴 농민

소설들밖에 없다는 사실을 알게 되었다.『검은 거미』가 유일한 예외라는 것이었다. 하지만 이 작품도 졸렬하게 쓰였으며, 너무 장황하다는 것이었다. 뭔가를 안다는 사람이 오늘날까지도 고트헬프를 중요하게 다루지는 않는다는 것이었다. 이런 내용이 담긴 편지에 어머니는 비꼬는 투의 질문들을 덧붙였다. 내가 이제 뭐가 되고 싶은 거냐고 물었다. 목사? 아니면 농부? 왜 동시에 둘은 안 되는 거냐고도 물었다. 내가 결정해야 한다는 것이었다.

하지만 나는 내 견해를 고수했다. 그리고 어머니의 다음 방문 때 어머니가 영향을 받는 탐미적인 신사 숙녀분들을 비판했다. 어머니의 입에서 '유미주의자'는 늘 욕설이었다. '빈의 유미주의자'들은 어머니에게는 지상 쓰레기들이었다. 그 말은 어머니를 날카롭게 강타했다. 내가 단어 선택을 잘했던 것이다. 어머니는 변명하며, 당신 친구들의 인생을 걱정하는 말을 내비쳤다. 하도 진지해서 그 걱정이 바로『검은 거미』에서 나온 것처럼 느껴질 정도였다. 죽음의 위협을 받고 있다는 사람들을 유미주의자라고 욕할 수는 없다는 것이었다. 그들은 자신이 얼마나 더 살지 모른다는 것이었다. 내가 정말로 그런 상태에 있는 사람들이 자신이 읽고 있는 것에 대해서 신중하게 고민하지 않는다고 생각하느냐고 했다. 물처럼 어떤 사람에게서 흘러 나가 버리는 이야기가 있고, 매일매일 더 잘 기억하게 되는 이야기가 있다고 했다. 그것은 우리의 상태에 대한 말이지, 그 작가에 대한 말은 아니라고 했다. 어머니는『검은 거미』에도 불구하고 고트헬프의 작품은 분명 단 한 줄도 읽지 않겠다고 했다. 어머니는 이 사투리 죄인에 맞서 정의롭기로 작정하며 권위를 끌어다 댔다. 어머니는 숲속 요양원에서 낭독회를 가졌던 테오도어 도이블러에 관해 이야기했다. 몇몇 작가들이 그곳에서 낭독했다. 그 자리에서 그가 어머니의 관심사가 아닌 시를 낭독했음에도, 어머니는 그와 약간의 친분을 쌓게 되었다. 심지어 이제 도이블러도 고트헬프를 높이 평가하지 않는다고 우겨댔다. "그럴 수는 없어요!" 나는 말했다. 너무 흥분한 나머지 나는 어머니 말의 진실성을 의심하기까지 했다. 어머니는 자신감을 잃고 주장의 톤을 낮추었다. 어쨌든 다른 사람들이 그가 있는 자리에서 그렇게 말했고, 그가 반박하지 않았다는 것이었다. 그러니까 동의한 거나 다름없다는 것이었다. 우리의 대화는 완벽한 독선으로 변했다. 둘 다 거의 악의적으로 각자의 견해를 고집했다. 나는 어머니가 모든 스위스적인 것에 대한 내 열정을 위험하게 보기 시작했음을 알아차렸다. "너는 편협해지고 있구나." 어머니가 말했다. "놀라운 일도 아니지. 우리가 만나는 게 너무 뜸했지. 네가 너무 거만해지고 있어. 나이 든 노처녀들과 어린 여자애들 틈에 살고 있으니. 이 사람들이 너에게 과도한 칭찬을 하는 게지. 편협하고 오만하다니, 그렇게 되라고 내 삶을 희생한 게 아닌데."

## 미켈란젤로

우리가 역사 교사인 오이겐 뮐러 선생님을 잃은 지 1년 반이

지났을 때였다. 1920년 9월 선생님이 피렌체의 예술에 대해 일련의 강연을 한다는 광고를 냈다. 강연회는 대학 강당에서 열렸다. 나는 한 시간도 빠지지 않고 참석했다. 내가 대학생이 되려면 아직 멀었는데, 장소의 격조 높음은 강연자가 어느 정도 거리를 두고 있음을 의미했다. 나는 앞쪽에 앉았고, 뮐러 선생님이 나를 알아보기는 했지만, 그곳에는 내가 다니는 학교보다 더 많은 청중이 있었다. 온갖 연령층의 사람들이 왔는데, 우리 중에는 어른들도 있었다. 나는 그것을 다른 모든 선생님보다도 내게 더 큰 의미를 지닌 그 강연자가 인기 있다는 표시로 받아들였다. 내가 그토록 그리워했던 바로 그 포효 소리와 벌컥벌컥 물 마시는 소리가 있었다. 선생님이 보여주는 슬라이드만이 그 소리를 중단시켰다. 작품들을 향한 선생님의 경외심은 엄청나서, 선생님은 갑자기 말을 멈췄다. 슬라이드가 나오자마자 선생님은 가능한 한 겸손하게 들리는 두세 마디 말만을 했다. 그러고는 침묵했다. 선생님은 우리가 작품을 깊이 감상하길 바랐는데, 그걸 방해하지 않기 위해서였다. 내게는 그것이 전혀 좋지 않았다. 선생님의 포효 소리가 멈추는 그 모든 순간이 아쉬웠다. 내 안에 들어오는 것이 무엇이든, 내가 무엇을 좋아하든 그것은 선생님의 말씀 하나에 달려 있었다.

이미 첫 시간에 선생님은 우리에게 세례당의 문을 보여주었다. 기베르티가 그 문을 21년 혹은 28년에 걸쳐 완성했다는 점이, 그 문을 보았을 때보다 더 깊은 감동을 주었다. 이제 나는 사람이 한두 개의 작품에 온 생애를 바칠 수 있다는 것을 알게 되었다. 그리고 내가 늘 감탄해오던 인내는 내게 기념비적인 것으로 작용했다. 그로부터 채 5년이 지나지 않았을 때였다. 나는 내 평생을 바치고 싶은 작품을 찾았다. 그것을 내가 바로 표명할 수 있었던 것은, 또 나중에 나 자신에게만이 아니라 내게 존경심을 가지고 있던 사람들에게도 그에 대해 말하는 것에 부끄러움이 없었던 것은, 오이겐 뮐러 선생님에게서 들은 기베르티에 관한 정보에 은혜 입은 바가 크다.

세번째 시간에 우리는 메디치 성당으로 갔다. 그 시간은 완전히 성당에만 할애되었다. 누워 있는 여인상들의 우울함, 그 중 한 여인의 음울한 잠, 다른 여인의 고통에 가득 찬 '거의 깨어날 수 없음'이 나를 사로잡았다. 아름다움에 지나지 않는 아름다움은 내게는 텅 빈 것처럼 느껴졌다. 그래서 라파엘로는 내게 별 의미가 없었다. 하지만 무언가를 지닌 아름다움, 즉 격정, 불행, 불길한 예감에 괴로워하는 아름다움은 나를 압도했다. 그런 아름다움은 마치 그 자체로 교체되지 않고, 또 시대의 변덕에 영향을 받지 않는 것이 아니라, 그와 반대로 불행에서 자신을 입증해야 하고, 커다란 압박에 내맡겨져야만 할 것 같았다. 그리고 그러면서도 닳아 없어지지 않을 때만, 또 강하고 길들지 않은 채로 남을 때만 아름다움이 아름답다고 불릴 권리를 갖는 것 같았다.

나를 자극한 것은 이 두 여인상만이 아니었다. 오이겐 뮐러 선생님이 들려준 미켈란젤로의 개인사도 마찬가지였다. 강연이 시작되기 얼마 전까지 선생님이 콘디비와 바사리가 쓴 전기에 몰두했음이 분명했다. 선생님은 몇 가지 구체적이고 개별적인 특징을 언급했는데, 그 특징들을 나는 몇 년 후 이들 전기에서 다시 발견했고 알아보았다. 그것들은 선생님의 기억 속에서 매우 생생하고 직접적으로 살아 있었다. 그래서 선생님이 그런 세부 사항들을 말로 들어 알게 됐으리라 생각할 수도 있을 정도였다. 그 이후로 흘러가버린 시간이나 차가운 역사 연구에 의해 아무것도 줄어들지 않은 것처럼 보였다. 어린 시절에 박살 나버린 코부터 내 마음에 들었다. 마치 그래서 미켈란젤로가 조각가가 되기라도 한 것 같았다. 그런 다음 사보나롤라에 대한 그의 애정, 즉 미켈란젤로는 나이가 들어서도 그의 설교를 읽었다. 사보나롤라가 예술이 우상 숭배라며 맹렬하게 공격했고, 또 로렌초 메디치의 원수였음에도 미켈란젤로는 그를 좋아했다. 로렌초는 소년 미켈란젤로를 발굴해냈다. 그는 미켈란젤로를 자신의 집으로 데려갔으며 같은 테이블에서 함께 식사했다. 그의 죽음은 아직 스무 살도 안 된 소년에게 큰 충격을 주었다. 하지만 그것이 미켈란젤로가 로렌초 후계자의 비열한 행동을 알아차리지 못했다는 뜻은 아니었다. 그리고 미켈란젤로가 피렌체를 떠나게끔 한 친구의 꿈은 전해져 내려오는 일련의 긴 꿈 시리즈에서 첫번째 꿈이었다. 나는 미켈란젤로의 꿈 시리즈를 수집하고 그것에 대해 고민했다. 또한 강연 시간 중에 곧바로 그 꿈을 메모한 뒤 자주 읽었으며, 10년 후에도 그 순간을 떠올렸다. 콘디비에서 이 꿈을 다시 발견했을 때 나는 『현혹』을 쓰고 있었다.

나는 미켈란젤로의 자존심을 사랑했다. 모욕을 당한 자의 몸으로 로마에서 도망 나올 때 그는 율리우스 2세를 향한 투쟁을 감행했다. 진정한 공화주의자였던 그는 교황에게도 저항했다.

마치 교황과 대등하기라도 한 것처럼 교황에게 용감하게 맞선 순간들도 있었다. 카라라 근처에서 보낸 고독했던 그 8개월을 나는 결코 잊지 못했다. 그때 미켈란젤로는 교황의 묘비에 쓸 대리석을 채석했다. 그리고 그곳에서 그를 엄습한 유혹, 즉 그는 저 멀리 바깥에 있는 배에서도 보이는 어마어마한 조각상을 풍경 속에 바로 조각해보고 싶은 마음이 들었다. 그다음으로 시스티나 성당의 천장 벽화, 즉 그를 화가라고 여기지 않았던 적대자들은 이 벽화 프로젝트를 통해 미켈란젤로를 파멸시키려고 했다. 미켈란젤로는 4년간 이 벽화 작업에 매달렸다. 결국 얼마나 위대한 작품이 탄생했는가! 성질 급한 교황의 협박, 즉 그는 미켈란젤로를 천장 벽화를 그리기 위해 설치해놓은 구조물에서 아래로 던져버리겠다고 으름장을 놓았다. 프레스코 벽화를 금으로 치장하라는 걸 미켈란젤로가 거부한 것, 즉 여기서도 그 세월이 내게 깊은 감명을 주었다. 하지만 이번에는 작품 자체도 마찬가지로 내 마음속에 들어왔다. 그 어떤 작품도 시스티나 성당의 천장 벽화처럼 내게 결정적이었던 것은 없었다. 인내와 합해지면 고집이 얼마나 창조적일 수 있는지를 나는 이 천장 벽화에서 배웠다. 「최후의 심판」을 작업하는 데에는 8년이 걸렸다. 이 작품의 위대함을 나는 나중에야 비로소 완전히 파악할 수 있었지만, 작품 속 인물들이 나체라는 이유로 여든 살의 나이에 그가 덧칠이라는 치욕을 당했다는 사실에 내 가슴은 이글거렸다.

이렇게 내 안에서는 가장 숭고한 것을 만들어내기 위해 고통을 견디고 또 이겨낸 그 남자의 전설이 생겨났다. 내가 흠모했던 프로메테우스는 나를 위해 인간의 세계로 넘어왔다. 그 반신半神이 했던 일을 인간 미켈란젤로가 겁 없이 해냈다. 세월이 흐른 후에야 그는 고통의 대가가 되었다. 하지만 미켈란젤로는 두려움 속에서 작업했다. 메디치 성당의 조각상들은 피렌체를 통치하던 메디치가 그를 적으로 여겼던 시절에 탄생했다. 메디치에 대한 그의 불안에는 이유가 충분했다. 그의 상황이 안 좋게 흘러갈 수도 있었다. 조각상에 드리워 있는 압박감은 미켈란젤로 자신이 느꼈던 압박감이었다. 하지만 이 감정이 그때부터 여러 해 동안 나와 함께했던 다른 형상들, 즉 시스티나 천장 벽화 속 인물들의 인상에 결정적인 영향을 끼쳤다고 말하는 것은 잘못일 것이다.

당시에 내 안에 세워진 것이 미켈란젤로의 이미지만은 아니었다. 탐험가들 이후로 그 누구에게도 감탄하지 않았던 나는 미켈란젤로에게 감탄했다. 그는 내게 그 자체로 소진되지 않고, 무언가가 되며, 다른 이들을 위해 존재하고 또 견디는 고통의 의미를 알려준 최초의 사람이었다. 그것은 특별한 성질의 고통이었다. 누구나 다 이야기하는 육체적인 고통이 아니었다. 「최후의 심판」을 작업하던 중 그가 구조물에서 떨어져 심하게 다친 적이 있었다. 그는 집 안에 들어가 문을 잠그고는 간호하는 사람도 의사도 들이지 않았다. 그는 그곳에 혼자 누워 있었다. 이런 종류의 고통을 그는 인정하지 않았다. 그는 그 모든 육체적인 고통을 그곳에서 몰아냈다. 그가 육체적인 고통으로 파멸했을지도 몰랐다. 의사였던 친구 하나가 뒷계단을 통해 힘겹게 그의 방 안으로 들어갔다. 미켈란젤로는 비참한 모습으로 그곳에 누워 있었다. 그 친구는 위험이 사라질 때까지 밤이고 낮이고 그의 곁을 떠나지 않았다. 그의 작품 속으로 녹아들어 간 고통은 전혀 다른 성질의 고통이었으며, 그것은 그가 낳은 인물들의 위대함을 결정지었다. 굴욕에 대한 그의 예민함은 그에게 가장 어려운 것만 감행하도록 했다. 그가 내게 하나의 모범일 수는 없었다. 그는 그 이상, 즉 자존심의 신이었기 때문이다.

그는 나를 에스겔, 예레미야, 이사야 등의 선지자들에게로 인도한 장본인이었다. 나는 내 가까이에 있지 않은 모든 것을 추구했다. 당시에 내가 절대로 읽지 않고 멀리했던 유일한 책은 성경이었다. 규칙적인 시간에 매여 있던 할아버지의 기도는 나를 혐오감으로 가득 채웠다. 할아버지는 내가 알아듣지 못하는 언어로 기도문을 줄줄 읊었다. 기도의 내용이 무엇인지 나는 알고 싶지 않았다. 내게 주려고 가져온 우표가 있는 곳을 익살스러운 표정으로 알려주기 위해 할아버지가 기도문 읊는 것을 멈추기도 했던 마당에, 거기에 도대체 무슨 의미가 있을 수 있었겠는가. 나는 유대인으로서 선지자들을 만나지 않았다. 그들의 말 속에서 만난 것도 아니었다. 그들은 미켈란젤로가 만들어낸 형상들로 내게 다가왔다. 내가 이야기했던 그 강연이 끝나고 몇 달 뒤 나는 가장 받고 싶었던 것, 바로 시스티나 성당 벽화의 거대한 사본집을 선물로 받았다. 거기에 선지자와 여자 예언자들이 있었다.

나는 그들과의 친밀한 관계 속에 살았다. 10년 동안 그랬다. 젊은 시절의 10년이 얼마나 긴 세월인지는 아마 알 것이다. 나는 사람들보다 그들을 더 잘 알게 되었다. 나는 곧장 그들을 벽에 걸었다. 그들을 항상 내 앞에 두었다. 하지만 나와 그들을 연결한 것은 그런 습관만이 아니었다. 이사야의 반쯤 벌어진 입 앞에 나는 얼어붙은 듯 서 있었다. 그리고 그가 신에게 한 그 처절한 말들의 의미를 골똘히 생각했다. 나는 그가 치켜올린 손가락에 담긴 질책을 느꼈다. 나는 그의 말을 알기 전에 먼저 생각하려고 노력했다. 그의 새로운 창조자가 그의 말을 위해 나를 준비시켰던 것이다.

내가 그런 말들을 생각해냈다는 것이 어쩌면 주제넘은 일일지도 모르겠다. 그런 말들은 그의 몸짓에서 생겨났다. 나는 그 말들을 정확한 형태로 접할 필요성을 느끼지 못했다. 그 말들을 쉽게 접할 수 있을 곳, 즉 원문도 찾아보지 않았다. 그 이미지, 그 몸짓에 그 말들이 너무 강하게 담겨 있어서, 나는 거듭거듭 그곳으로 눈길을 돌릴 수밖에 없었다. 불가항력이었다. 그것은 시스티나 벽화의 참된 가치였으며 무궁무진함이었다. 예레미야의 원망도, 에스겔의 맹렬함과 격렬함도 나를 매혹했다. 이사야를 살펴볼 때도 나는 그런 모습을 찾지 않은 적이 단 한 번도 없었다. 나를 놓아주지 않았던 옛 선지자들이 있었다. 이 벽화 속에서는 사실 늙은 모습이 아닌 이사야를 나는 그 선지자들에 포함시켰다. 젊은 선지자들은 여자 예언자들과 마찬가지로 내게는 별 의미가 없었다. 나는 그런 몇몇 인물에게서 행해진 대담한 생략에 대해, 여자 예언자들, 델포이 신전과 리비아의 여사제들의 아름다움에 감탄하는 소리를 들어봤다. 하지만 그런 말들을 나는 어디서 한 번쯤 읽어본 것처럼 취급했다. 내게 묘사된 그 말들을 통해 나는 그것을 알게 되었지만, 그들은 그림으로 남아 있었다. 그들은 과장된 인간들처럼 내 앞에 서 있지 않았다. 나는 그들의 말이 옛 선지자들의 말처럼 들리지 않는다고 착각했다. 내게는 옛 선지자들이 내가 한 번도 경험해보지 못한 삶을 가진 자들이었다. 너무 부족한 표현이지만 나는 그들의 삶을, 그것 말고는 아무것도 없는 신들린 삶이라고 부를 수 있을 것이다. 그들이 내게 신이 되지 않았다는 걸 알아차리는 것이 중요하다. 나는 그들을 내 위에 군림하는 힘으로 느끼지 않았다. 그들이 내게 말을 하거나 심지어는 내가 그들에게 말을 걸려고 했을 때, 또 내가 그들을 마주했을 때 나는 그들이 두렵지 않았다. 나는 그들을 존경했다. 그들에게 감히 질문을 던졌다. 어쩌면 빈에 살던 어린 시절 극적인 인물들을 만나는 습관을 들이면서 이들을 만날 준비를 했을지도 모르겠다. 당시에 나는 급격한 물결을 느꼈다. 아직 구분할 수 없는 많은 것들 아래에서 일종의 혼란스러운 마취 상태에 빠진 나는 그 물결 속에서 허우적대고 있었다. 그런데 그것이 지금 내게 예리하게 구별되고, 압도적이며, 매우 명료한 형태로 표현되고 있었다.

## 버림받은 낙원

1921년 5월, 어머니가 나를 찾아왔다. 나는 어머니를 정원으로 모시고 가서, 그곳에 핀 모든 것을 보여주었다. 나는 어머니의 침울한 기분을 알아차렸다. 그래서 좋은 향기로 그 우울한 기분을 가라앉혀보려 했다. 하지만 어머니는 향기를 들이마시지 않았다. 어머니는 계속해서 말이 없었다. 어머니의 콧구멍이 잠잠히 있는 모습이 으스스했다. 아무도 우리 이야기를 들을 수 없는 테니스장 끝자락에서 어머니가 말했다. "앉아라!" 그러곤 어머니 자신이 앉았다. "이제 끝이야!" 어머니는 단도직입적으로 말했다. 나는 올 것이 왔음을 알았다. "넌 여기를 떠나야 해. 넌 멍청해지고 있어."

"저는 여기 취리히를 떠나고 싶지 않아요. 우리 여기에 살아요. 여기서는 제가 왜 이 세상에 있는지 알게 되거든요."

"네가 왜 이 세상에 있는지를 안다고! 마사초와 미켈란젤로! 너는 그게 세상이라고 생각하는구나! 그림을 그리기 위한 꽃송이들, 미나 양의 참새 둥지, 어린 여자애들, 이들과 함께 나누는 이야기들. 다른 것들보다 더 공경하고 더 충성을 바치는 세상이구나. 네 공책은 시금치의 계통발생학으로 꽉 차 있고, 페스탈로치 달력, 그게 네 세상이로구나! 네가 책장을 뒤적거리는 그 유명한 사람들. 너한테 그럴 권리가 있는지, 그러니까 스스로 물어본 적 있니? 네가 유쾌한 면을 알고 있지. 그들의 명성도 마찬가지고. 하지만 넌 그들이 어떻게 살았는지 곰곰이 생각해본 적 있니? 그들이 지금의 너처럼 정원에 앉아 꽃과 나무에 둘러싸여 있었다고 생각하는 거니? 그들의 삶이 좋은 향기 같았다고 생각하는 거니? 네가 읽는 책들! 너의 그 콘라트 마이어! 그놈의 역사 이야기들! 도대체 그게 오늘의 삶과 무슨 상관이 있니? 네가 성 바르톨로메오 축일의 학살이나 30년 전쟁에 대해 뭘 좀 읽는다고 세상을 다 안다고 생각하는 거니? 넌 아무것도 몰라! 아무것도! 모든 게 달라! 모든 게 끔찍하다고!"

이제 모든 것이 다 나왔다. 자연과학에 대한 어머니의 거부감까지도. 나는 동식물의 구조에서 나타나는 것과 같은 세상의 질서에 열광했으며, 어머니에게 보내는 편지에 그런 질서 뒤에 있는 의도를 알아내는 것이 좋다고 밝혔다. 그리고 그 당시에는 아직 그 의도가 좋다는 생각에 흔들림이 없었다.

하지만 어머니는 세상이 잘 짜여 있다는 것을 믿지 않았다. 어머니는 결코 신앙을 가져본 적이 없었고, 또 사물을 있는 그대로 받아들인 적이 없었다. 전쟁의 충격은 어머니에게서 절대 가시지 않았다. 그 충격은 어머니의 요양원 시절 경험으로 넘어갔다. 당시에 어머니는, 말하자면 당신의 눈앞에서 죽어가는 사람들을 알고 있었다. 그런 이야기를 어머니는 내게 하지 않았다. 어머니 경험의 일부였던 그것을 내게는 숨겼다. 하지만 그것은 어머니의 내면에 머물며 영향력을 행사하고 있었다.

어머니는 동물을 향한 내 동정심을 더 못마땅해했다. 그에 대한 어머니의 반감이 매우 커서, 나를 놓고 몹시 잔인한 농담을 즐기기도 했다. 칸더슈테크에서 우리가 묵었던 호텔 앞길에서 아주 어린 송아지 한 마리가 끌려가는 모습을 보았다. 송아지는 매 걸음걸음 가지 않으려고 버텼다. 안면이 있는 그 도축업자는 송아지를 붙잡고 애를 먹고 있었다. 나는 무슨 일이 일어나고 있는 건지 깨닫지 못했다. 어머니가 그 옆에 서 있었는데, 내게 차분하게 설명해주었다. 송아지가 도살장으로 끌려가고 있다는 것이었다. 곧이어 공동 저녁 식사 시간이 되었다. 우리는 식사하려고 앉았다. 나는 육식을 거부했다. 며칠 동안 계속 그랬다. 어머니는 화를 냈다. 나는 채소에 겨자를 곁들여 먹었다. 그때 어머니가 말했다. "너 겨자를 어떻게 만드는지 아니? 겨자 만드는 데 닭 피가 필요하지." 그 말에 나는 당황했다. 나는 어머니가 조롱하고 있음을 알아차리지 못했다. 내가 깨달았을 때, 어머니는 저항하는 나를 제압했다. 어머니는 말했다. "그런 법이지. 너도 송아지와 같아. 결국엔 받아들여야 해." 어머니의 방법은 까다롭지 않았다. 거기에는 인간적인 마음의 동요는 인간에게만 해당해야지, 살아 있는 모든 생명체에 적용하면 분명 그 힘을 잃고 불확실하고 효력 없는 것이 될 거라는 어머니의 확신이 작용하고 있었다.

또 다른 하나는 시에 대한 어머니의 불신이었다. 어머니가 시에 유일하게 관심을 보인 경우는 보들레르의『악의 꽃』이었다. 그것도 그 강사와 어머니의 특별한 관계에서 비롯된 것이었다. 시의 형식적 빈약함이 어머니의 마음에 들지 않았다. 어머니가 보기에 시는 너무 빨리 끝났다. 언젠가 어머니는 시가 자장가를 불러 어떤 이를 재운다는 이야기를 한 적이 있었다. 근본적으로 시는 자장가라는 것이었다. 성인은 자장가를 경계해야 한다는 것이었다. 성인이 아직도 자장가에 빠져 있다면, 빈축을 살 일이라는 것이었다. 나는 시에 담긴 열정의 정도가 어머니의 기준에는 너무 낮았다고 생각한다. 열정은 어머니에게 굉장히 중요했다. 어머니는 연극 안의 열정만을 믿을 만한 것이라 여겼다. 어머니에게는 셰익스피어가 인간의 진정한 본

성을 표현한 것이었다. 그의 작품에서는 아무것도 줄어들거나 약해지지 않았다.

죽음의 충격이 내게 했던 것과 똑같은 작용을 어머니에게 했는지는 생각해봐야 할 것이다. 아버지가 갑자기 돌아가셨을 때 어머니는 스물일곱 살이었다. 이 사건은 어머니의 평생을, 그러니까 아직 남은 25년 동안 어머니를 괴롭혔다. 많은 형태로 나타났지만, 그 뿌리는 항상 같았다. 감정적인 면에서는 어머니가 나도 모르는 사이 내 모범이 되어 있었다. 전쟁은 이러한 죽음의 복제물이었다. 비합리적인 것이 대량으로 증대되었다.

마지막 시기에 어머니는 내 인생에 대한 압도적인 여성적 영향을 두려워하기 시작했다. 점점 더 격렬하게 내 마음을 사로잡는 지식만으로 내가 어떻게 남자가 될 수 있었을까? 어머니는 당신의 성性을 무시했다. 어머니의 영웅은 일개 여자가 아니라, 코리올라누스였다.

"우리가 빈을 떠난 건 실수였어." 어머니가 말했다. "내가 네 삶을 너무 편하게 만들어줬어. 나는 전쟁이 끝난 뒤의 빈을 봤어. 나는 그때 그곳이 어떤 모습이었는지를 알아."

그것은 어머니가 여러 해 동안 끈기 있게 공들여 내 안에 쌓아 올린 모든 걸 무너뜨리려 했던 장면 중 하나였다. 어머니는 당신의 방식대로 혁명적인 사람이었다. 침입해 들어와 인간 안에 있는 모든 정서적인 상황을 무자비하게 바꿀 수 있는 갑작스러운 사건이 있을 수 있다고 어머니는 믿었다.

특별한 분노를 느끼며 어머니는 우리 집 아주 가까이에 있는 취리히호수에 수상 비행기 두 대가 추락한 사건에 대해 내가 한 이야기를 곱씹었다. 그 사건은 1920년 가을에 8일 간격으로 일어났다. 깜짝 놀라고 충격을 받은 나는 그 사건에 대해 어머니에게 편지를 썼다. 내게 몹시 큰 의미를 지닌 그 호수와의 관계에 어머니는 격분했다. 이 죽음이 내게 무언가 시적인 거라고 했다. 어머니는 경멸 조로 내가 그 사건을 두고 시라도 썼느냐고 물었다. "그랬다면 어머니에게 보여드렸겠지요." 나는 말했다. 그 비난은 부당했다. 나는 어머니에게 모든 것을 말했다. "내 생각에는," 그러자 어머니가 말했다. "너의 뫼리케가 네게 영감을 준 것 같구나." 그리고 내게 「생각하라, 오 영혼이여!」라는 시를 상기시켰다. "너는 취리히호수에 대한 전원시 속에 처박혀 있구나. 너를 여기서 데리고 나가야겠다. 모든 것이 아주 네 마음에 들어. 네 집의 그 늙은 노처녀들처럼 너는 너무 나약하고 감상적이야. 마지막에 가서 넌 아마 꽃송이나 그리는 화가가 되고 싶겠지?"

"아니요, 미켈란젤로의 선지자만 마음에 들어요."

"그 이사야, 맞아. 네가 그 얘길 했지. 어떻게 생각하니, 이 사람이 이사야였어?"

"그는 신과 언쟁을 벌였어요." 내가 말했다.

"그럼 그게 무슨 뜻인지도 알겠구나? 그게 무슨 의미인지 알기는 하니?"

아니, 나는 알지 못했다. 나는 침묵했다. 갑자기 몹시 부끄러웠다.

"너는 입을 반쯤 벌리고 노려보는 것에 의미가 있다고 생각하는 거지. 그게 그림의 위험성이야. 그들은 끊임없이 오랫동안 또 줄곧 일어나는 무언가를 나타내기 위해 굳은 포즈가 되지."

"그럼 예레미야도 포즈예요?"

"아니, 둘 다 그렇지 않아. 이사야도 예레미야도 아니야. 하지만 너한테 그들은 포즈가 될 거야. 너는 그들을 볼 수 있다면 그것으로 만족하니까. 그렇게 해서 너는 네가 직접 겪어봐야 할 모든 것을 면하게 되지. 그게 예술의 위험성이야. 톨스토이는 그걸 알았지. 너는 아직 아무것도 아니야. 그런데 너는 네가 책에서 읽었거나 그림에서 본 모든 것이 너라는 착각을 하고 있어. 네 손에 절대로 책을 쥐여주면 안 되는 거였는데. 얄타를 통해 거기에다 지금은 그림까지 보태졌지. 그게 빠졌었지. 너는 책벌레가 됐고, 너한테는 모든 게 다 똑같이 중요하지. 시금치의 계통발생학과 미켈란젤로. 네 인생에서 단 하루도 너는 스스로 돈을 벌어본 적이 없어. 그와 관련된 모든 것에 너는 단 한 단어를 붙이지. 사업. 너는 돈을 경멸해. 돈을 벌기 위한 노동도 무시하고. 넌 네가 기생충이고, 네가 우습게 여기는 인간이 아니라는 건 알고 있니?"

아마도 이 끔찍한 대화가 우리 불화의 시작이었던 것 같다. 그 대화를 나눌 당시에는 전혀 그렇게 느끼지는 않았다. 오로지 어머니 앞에서 나를 변명할 생각뿐이었다. 나는 취리히를 떠나고 싶지 않았다. 나는 어머니가 이 대화를 나누는 동안에 나를 취리히에서 데리고 나가, 어머니 자신이 통제권도 가질 수 있는 '더 거친' 환경으로 보낼 결심을 하고 있다는 걸 알아차렸다.

"어머니는 곧 제가 기생충이 아니라는 걸 확인하게 될 거예요. 그러기에는 제가 자존심이 너무 세거든요. 저는 인간이 되고 싶어요."

"자기모순을 가진 인간! 네가 이 말을 아주 잘 찾아냈구나! 네가 그 말을 할 때, 네가 직접 들어야 해. 네가 화약이라도 발명한 것 같니. 네가 지금 후회해야 하는 어떤 것을 분명히 행한 것 같니. 너는 아무것도 하지 않았어. 그 다락방에서 단 하룻밤도 스스로 돈을 벌어본 적이 없다고. 네가 읽고 있는 책들은 다른 사람들이 너를 위해 썼어. 너는 네 마음에 드는 걸 고르지. 그리고 그 밖의 모든 것은 우습게 여기지. 네가 정말로 인간이라고 생각하는 거니? 삶과 맞붙어 고군분투해본 자가 인간이야. 넌 한 번이라도 위험에 처한 적이 있니? 누가 너를 위협한 적이 있어? 아무도 네 코를 부러뜨린 적이 없어. 너는 네 마음에 드는 어떤 것을 들지. 그리고 그걸 간단히 취하지. 하지만 그건 네 것이 되지 않아. 자기모순을 가진 인간! 너는 아직 인간이 아니야. 너는 아무것도 아니야. 떠버리가 인간은 아니야."

"저는 떠버리가 아니에요. 뭔가를 말할 때 저는 그걸 생각한다고요."

"네가 어떻게 무언가를 생각해? 너는 도대체가 아무것도 모르잖아. 너는 모든 것을 그저 읽었을 뿐이야. 사업이라는 말을 네가 하지. 그런데 너는 사업이 뭔지 전혀 몰라. 너는 돈을 긁어모으는 게 사업의 본질이라고 생각해. 하지만 그렇게 되기 전에 아이디어도 가지고 있어야 해. 네가 전혀 모르는 것들에 대한 아이디어가 있어야 한단 말이다. 그럴 때 인간을 알아야만 하고, 그들에게 무언가를 설득해야만 한단다. 공짜로 내놓는 사람은 아무도 없거든. 무언가를 속임수를 써서 믿게 하는 걸로 충분한 일이라고 너는 생각하니? 거기서 더 나갈 거라고!"

"어머니는 저한테 그 일에 감탄한다고 말한 적 없잖아요."

"어쩌면 내가 그 일에 감탄하는 것은 아닐지도 모르지. 아마도 내가 더 감탄해마지않는 일들이 있겠지. 하지만 나는 지금 네 얘길 하고 있어. 너한테는 무언가를 하찮게 여기거나 감탄할 권리가 없어. 너는 세상사가 정말로 어떻게 돌아가는지 먼저 알아야 해. 그걸 몸소 겪어봐야 한다고. 네가 먼저 여기저기서 내팽개침당해보고, 너 자신을 방어할 수 있음을 증명해야 해."

"제가 그걸 하고 있는데요. 어머니랑 같이 그러고 있잖아요."

"하지만 너는 편하게 하고 있잖아. 나는 여자야. 남자들 사이에서는 달라. 그들은 너에게 아무것도 선물로 주지 않아."

"그럼 선생님들은요? 그분들은 남자 아니에요?"

"그래, 그래, 하지만 그건 인위적인 상황이야. 학교에서 너는 보호받고 있어. 그 사람들은 너를 진지하게 여기지 않아. 그들한테 너는 아직 도와줘야 하는 어린애에 불과해. 학교생활은 무효야."

"외삼촌한테는 저항해봤어요. 외삼촌은 저를 설복시키지 못했어요."

"그건 짧은 대화였어. 외삼촌 안 본 지 얼마나 됐니? 그렇게 말하려면 네가 외삼촌 곁, 그러니까 그의 상점에서 매일 매시간을 보내봐야 해. 그때에야 비로소 네가 자신을 지킬 수 있는지가 드러날 거야. 너는 슈프륑글리에서 외삼촌이 사준 코코아를 마셨어. 그리고 외삼촌으로부터 도망쳐 나왔지. 그게 네가 해낸 전부야."

"외삼촌의 상점에서는 외삼촌이 강자잖아요. 거기선 외삼촌이 내게 지시하고 여기저기 나를 내동댕이칠 수도 있잖아요. 거기서 저는 매 순간 외삼촌의 야비함을 마주하겠죠. 외삼촌은 거기서는 더군다나 더 저를 자기편으로 만들 수 없을 거예요. 그것만큼은 어머니한테 말할 수 있어요."

"그럴 수도 있겠지. 하지만 그건 네가 하는 소리지. 너는 아무것도 증명하지 못했잖아."

"제가 아직 아무것도 증명하지 못한 건 제 탓이 아니에요. 열여섯 살짜리가 뭘 증명할 수 있었겠어요?"

"적은 나이긴 하지, 그건 그래. 하지만 다른 사람들은 네 나이에 벌써 일 속에 처박힌단다. 일이 제대로 굴러가기만 했다면, 지금쯤이면 네가 도제 생활을 2년은 했을 텐데. 그것으로부터 내가 널 보호했지. 내 눈엔 네가 그걸 고마워하는 기색이 안 보여. 너는 그저 오만할 뿐이고, 한달 한달 더 그렇게 되어갈 거야. 나는 너한테 진실을 말해줘야 해. 네 그 오만함은 나를 화나게 한단다. 네 오만함이 신경에 거슬린다고."

"어머니는 늘 제가 모든 것에 진지하기를 바랐잖아요. 그게 오만이에요?"

"그래, 네가 너처럼 생각하지 않는 다른 사람들을 아래로 내려다보기 때문이야. 또 너는 교활하기도 해. 너의 그 안락한 삶 속에서 그걸 잘 포장하고 있지. 너의 진정 유일한 걱정은 읽을 책이 충분히 남아 있느냐라고!”

“예전에 쇼이히처가에 살던 때나 그랬죠. 지금은 그런 생각은 전혀 하지 않아요. 지금 저는 모든 것을 배우고 싶어요.”

“모든 것을 배운다! 모든 것을 배운다고! 절대로 그럴 수는 없어! 인간이란 배우는 걸 멈추고 뭔가를 해야 해. 그러기 위해서 넌 여기를 떠나야 해.”

“하지만 학교도 다 마치기 전에 제가 도대체 뭘 할 수 있겠어요?”

“너는 아무것도 하려 들지 않을 거야! 너는 학교를 마치겠지. 그런 다음 대학 공부를 하려 할 거고. 네가 왜 대학 공부를 하고 싶은지, 너 아니? 그저 계속해서 배울 수 있기 위해서야. 그렇게 괴물이 되는 거지, 인간이 되는 게 아니야. 배움 그 자체가 목적이 아니야. 다른 사람들 사이에서 자신을 입증해 보이기 위해서 배우는 거야.”

“저는 끊임없이 배울 거예요. 저 자신을 입증하든 안 하든, 항상 배울 거예요. 저는 공부하고 싶어요.”

“하지만 어떻게? 도대체 어떻게? 거기에 필요한 돈을 누가 너한테 주니?”

“제가 벌 거예요.”

“그리고 그렇게 공부한 걸로 넌 뭐 할 거니? 너는 그것에 질식하게 될 거야. 죽은 지식보다 더 끔찍한 건 아무것도 없어.”

“제 지식은 죽지 않을 거예요. 지금도 죽지 않았고요.”

"네가 아직 그걸 가지고 있지 않으니까. 우선 그걸 가져야 뭐라도 죽은 것이 되지."

"하지만 전 배운 걸로 무언가를 할 거예요, 저를 위해서가 아니라요."

"그래, 그래, 알아. 너는 그걸 선물로 베풀겠지. 네가 아직 아무것도 가진 게 없으니까. 네가 아무것도 가지고 있지 않은 동안에는 그런 말을 쉽게 할 수 있어. 네가 정말로 무언가를 갖게 되었을 때 비로소 드러나게 될 거야. 네가 정말로 무언가를 선물로 베푸는지 말이야. 다른 모든 것은 다 쓸데없는 소리야. 너 지금 네 책들을 선물로 내놓겠니?"

"아니요. 책은 제가 필요해요. 저는 '선물한다'는 말을 하지 않았어요. 그게 아니라 무언가를 할 거라고 했죠. 저를 위해서가 아니라."

"하지만 너는 그게 뭔지 아직 모르잖니. 그건 그런 척하는 행동이야, 속이 텅 빈 상투어라고. 너는 그렇게 말하는 게 마음에 드는 거야. 고상하게 들리거든. 하지만 오직 **실제로** 무엇을 하는지에만 달려 있어. 다른 모든 것은 무가치해. 또 네가 할 수 있는 거라곤 아무것도 남아 있지 않을 거야. 너는 너를 둘러싼 모든 것이 매우 만족스럽거든. 만족하는 인간은 아무것도 하지 않아. 만족하는 인간은 게으르지. 만족하는 인간은 무언가를 하려고 시작하기도 전에 은퇴했어. 만족하는 인간은 공무원처럼 늘 같은 일만 반복해. 너는 너무도 만족스러워서 마음 같아서는 계속 스위스에 남고 싶을 거야. 너는 세상에 대해서 아직 아무것도 몰라. 열여섯 살에 여기에서 은퇴하고 싶니? 그래서 네가 여길 떠나야 해."

나는 무언가가 어머니를 특히 더 화나게 한 것이 틀림없다고 생각했다. 아직도 그 『검은 거미』였나? 어머니가 나를 아주 매섭게 공격한 통에, 나는 바로 그 말을 꺼낼 엄두를 내지 못했다. 나는 어머니에게 소녀와 함께 모금할 때 보았던 이탈리아인 노동자들의 후함에 관해 이야기한 적이 있었다. 그 이야기를 어머니는 마음에 들어 했다. "그들이 힘든 노동을 했을 텐데 말이야." 어머니가 말했다. "그런데도 냉혹해지지 않았구나."

"우리 이탈리아에는 왜 안 가요?" 나는 심각하게 그 말을 한 게 아니었다. 어머니의 주의를 다른 데로 돌려보려는 시도였다.

"안 가, 네가 여기저기 박물관이나 돌아다니고 각 도시의 옛 역사나 읽으려 들 텐데. 그건 급하지 않아. 그건 네가 나중에 할 수 있어. 나는 지금 유람 여행 얘기를 하는 게 아니야. 너는 네가 즐길 거리가 없는 곳으로 가야 해. 나는 너를 독일로 데려갈 거야. 지금 그곳 사람들의 삶이 어렵단다. 전쟁에서 패배하면 어떻게 되는지, 그곳에서 네가 봐야 해."

"그들이 전쟁에서 패배하길 어머니도 바랐잖아요. 어머니가 그랬잖아요. 그들이 전쟁을 시작했다고요. 전쟁을 시작한 자가 패배하는 법이다. 그걸 저는 어머니에게 배웠는걸요."

"너는 배운 게 없어! 그렇지 않다면 네가 알겠지. 불행에 빠졌을 때 사람들은 그런 생각을 더 이상 하지 않는다는 걸 말이야. 나는 그걸 빈에서 봤어. 그 모습을 잊을 수가 없단다. 그게 눈앞에서 떠나질 않아."

"왜 제가 그걸 보길 원하세요? 제가 상상해볼 수 있잖아요."

"책에서 읽은 것처럼 말이지, 그렇지? 너는 그게 어떤지 알기 위해서 무언가를 읽는 걸로 충분하다고 생각하지. 하지만 충분하지 않아. 현실은 별개의 문제야. 현실은 모든 것이야. 현실을 피하는 사람은 살 자격이 없어."

"저는 피하려는 게 아니에요. 제가 어머니한테 『검은 거미』에 관해 이야기했잖아요."

"거기에 아주 안 좋은 예를 네가 골랐구나. 그때 너에 대한 눈이 뜨였지. 그 이야기가 네 마음을 빼앗은 건 에멘탈 이야기이기 때문이었어. 너는 아직도 골짜기 생각뿐이야. 뢰첸탈에 다녀온 뒤로 넌 멍청한 일을 하고 있어. 거기서 네가 단어 두 개를 들었지? 그게 무슨 말이었지? 이리 오너라, 얘야. 아니면 뭐 그곳에서 발음하는 식으로였겠지. 그곳 사람들은 말재주가 없어. 그들은 말을 하지 않아. 세상을 등진 채 살아가는 사람들이, 아무것도 모르는 사람들이 무슨 말을 할까. 그곳에서 그들은 결코 무언가를 이야기하지 않을 거야. 그 대신에 네가 그만큼 더 그들에 관해 이야기했지. 네가 하는 말을 그 사람들이 들었다면 놀랐을 거야! 그 소풍에서 돌아왔을 때, 너는 며칠을 고대 고지독일어 얘기만 했어. 고대 고지독일어! 오늘날에! 그 사람들은 아마 단 한 번도 먹을거리가 충분했던 적이 없었을지도 몰라. 그런데 너는 그런 데에는 관심이 없지. 네가 단어 두 개를 들어. 그 단어들을 너는 고대 고지독일어라고 생각해. 그게 네가 읽은 무언가를 떠올리게 하거든. 그게 네가 네 두 눈으로 똑똑히 본 것보다 더 너를 자극하지. 그 노파는 자신이 왜 불신하는지 이미 알고 있었을 거야. 그녀는 너희 같은 사람들을 겪어봤거든. 하지만 너희는 종알종알 수다나 떨면서 골짜기를 거닐었지. 너희는 그들의 궁핍함을 보고 되레 행복해져서 그들을 내버려두고 의기양양하게 돌아왔어. 그들은 계속해서 자신의 삶과 고군분투하고 있겠지. 호텔에서 너희는 정복자 같아 보였어. 밤에는 춤이나 추겠지. 그 대가로 네겐 아무것도 남아 있지 않아. 네가 뭔가 더 나은 걸 가지고 왔니? 뭔가를 배웠어? 그렇다면, 그게 뭔데? 고대 고지독일어로 추정되는 단어 두 개. 넌 그게 맞는지조차 모르잖아. 네가 아무것도 아닌 것으로 기어들어 가고 있는데, 나는 그저 보고만 있어야 하는 거니! 나는 널 인플레이션이 한창인 독일로 데려갈 거야. 거기서 네게 달라붙어 있는 그 고대 고지독일어식 사내아이가 없어지게 될 거야."

언젠가 내가 어머니에게 이야기했던 것 중 그 무엇도 잊히지 않았다. 모든 것이 거론되었다. 어머니는 내 말 한마디 한마디를 다 곡해했다. 이렇게까지 어머니가 나를 공격했던 적은 없었다. 생사가 걸린 문제였다. 하지만 나는 어머니에게 몹시 감탄했다. 내가 어머니를 얼마나 진지하게 여기는지 어머니가 알았다면 멈췄을 것이다. 어머니의 말 한마디 한마디가 채찍처럼 나를 때렸다. 나는 어머니가 내게 부당한 일을 한다는 걸 느꼈다. 하지만 어머니가 정말로 옳다는 것도 알아차렸다.

몇 번이고 계속해서 어머니는 나와는 완전히 다른 양상으로 어머니에게 받아들여진 『검은 거미』로 되돌아갔다. 그에 대한 우리의 예전 대화는 진실된 것이 아니었다. 어머니는 그 이야기를 거부하려고 하지는 않았다. 어머니는 내 관심을 그 이야기에서 다른 데로 돌리고 싶어 했다. 어머니가 고트헬프에 대해 했던 말은 소규모 접전에 불과했다. 고트헬프는 어머니의 관심을 전혀 끌지 못했다. 어머니는 당신이 자신의 진실이라고 여기는 것을 그에게서 빼앗고 싶었다. 그것은 어머니의 이야기였지, 그의 이야기가 아니었다. 거미의 장소는 에멘탈이 아니라 숲속 요양원이었다. 어머니가 그에 관해 이야기를 나눴던 사람 중 두 명이 그사이에 죽었다. 예전에 어머니는 그곳에서는 드문 일도 아닌 초상初喪에 대해 내게 이야기하지 않았다. 우리가 다시 만났을 때, 어머니는 무슨 일이 일어났는지 내가 짐작조차 못 하게 했다. 어머니가 어떤 이름을 더 이상 언급하지 않는 게 무슨 의미인지 나는 알고 있었다. 하지만 어머니에게 그것에 관해서 묻지 않으려고 조심했다. '골짜기'에 대한 어머니의 거부감은 그저 그 좁은 외관 때문이라고 생각했다. 어머니가 전원시적인 성향이라며 또 무지와 자기만족이라며 비난한 것에는 당신의 두려움이 들어가 있었다. 어머니에게 나를 구해야겠다는 마음을 먹게 한 그 위험은 더 큰 것이었다. 그것은 옛날부터 우리의 삶에 역력히 그 기색을 드러냈던 바로 그 위험이었다. 어머니가 독일과 관련해서 사용한 '인플레이션'이라는 단어를 어머니의 입에서 듣는 것이 생소했는데, 마치 참회처럼 들렸다. 나는 그 단어를 그토록 분명하게 발음할 수 없었을 것이다. 하지만 어머니는 가난에 대해 그렇게 많은 이야기를 나눈 적이 없었다. 그것은 내게 강한 인상을 주었다. 죽을힘을 다해 저항하기 위해 온 힘을 다 끌어모아야 했지만, 어머니가 다른 사람들이 얼마나 어려운 상황인지를 공격의 근거로 댔다는 것이 마음에 들었다.

하지만 그건 단지 일부에 불과했다. 나를 취리히에서 데리고 나가겠다는 협박을 나는 더 크게 느꼈다. 1년 넘게 학교생활은 평화로웠다. 나는 반 아이들을 이해하기 시작했고, 그 아이들에 대해서 곰곰이 생각도 했다. 나는 반 아이들과 선생님 중 많은 분에게 소속감을 느꼈다. 내가 티펜브루넨에서 누리는 지위가 찬탈한 것이라는 사실을 이제는 알고 있었다. 내가 유일한 남자로서 그곳에서 군림한 것이 약간 우습기는 했다. 하지만 안정감을 느끼는 것, 또 항상 질문을 받지 않는 것은 안락했다. 이런 유리한 상황에서 배움의 과정 또한 점점 더 풍성해졌다. 무언가가 추가되지 않는 날은 단 하루도 없었다. 그런 날이 끝도 없이 계속될 듯 보였다. 나는 평생이 이런 식으로 계속될 거라고 상상했다. 그리고 그 어떤 공격도 내게서 그런 삶을 빼앗아 갈 수는 없을 것이었다. 두려움 없는 시절이었다. 그것은 팽창과 관계가 있었다. 사방팔방으로 뻗어갔다. 하지만 그 어떤 부당함도 의식하지 않았다. 같은 경험을 누구나 다 할 수 있었다. 그런데 지금 어머니는 나를 아연케 하고, 또 어리둥절하게 만들었다. 어머니는 그곳 거주민들의 심기를 거스르며 뢰첸탈에 열광했다는 이유로 나를 부당하게 대하려 했다.

어머니의 조롱은 이번에는 갑자기 중단되지 않았다. 오히려 한마디씩 할 때마다 더욱더 심해졌다. 예전에 어머니는 단 한 번도 나를 기생충으로 취급한 적이 없었다. 벌써 지금부터 내가 밥벌이를 해야 한다는 말도 전혀 없었다. 내게 대놓고 쏴붙인 '도제'라는 단어를, 어머니가 내게 종용한 마지막 일을 나는 실용적이거나 기계적인 활동상과 결부시켜왔다. 나는 문자와 말에 빠져 있었다. 만약 그것이 오만이라면, 어머니가 나를 고집스럽게 그 방면으로 기른 것이었다. 그런데 갑자기 지금 '현실'을 말하고 있었다. 어머니는 내가 아직 경험하지 못했고, 그래서 전혀 알 수 없는 모든 것을 가리켜 이 말을 사용했다. 마치 어머니가 내 위로 엄청나게 무거운 짐을 굴려서 나를 으스러뜨리려는 것 같았다. 어머니가 "너는 아무것도 아니야"라고 말했을 때는, 내가 정말로 아무것도 아니게 되어버린 것 같았다.

어머니의 성격에 있는 이런 비약, 이 극렬한 모순은 내게 낯설지 않았다. 나는 종종 어머니의 그런 면들을 놀람과 감탄 속에서 목격한 적이 있었다. 바로 그 면들이 내가 모른다며 어머니가 나를 질책하는 현실을 대변하고 있었다. 어쩌면 내가 그것을 너무 믿었던 것 같다. 우리가 떨어져 있을 때도 나는 항상 어머니를 끌어다 댔다. 나는 어머니가 내가 쓴 이야기에 어떤 반응을 보일지 결코 확신한 적이 없었다. 모든 주도권은 어머니에게 있었다. 나는 어머니의 반대를 바랐고, 그 반대가 격렬하기를 원했다. 오직 어머니의 공공연한 약점에 관한 문제에서만 나는 달빛 속 쥐들의 무도회에 대한 것처럼 꾸며낸 이야기로 어머니를 속일 수 있었다. 하지만 그러고 나서도 나는 항상 어머니가 속고 싶어 하느냐에 달려 있다는 느낌을 받았다. 어머니는 놀랄 만큼 활기찬 최고 법정의 심판관이었다. 어머니의 판결은 매우 의외적이며, 굉장히 환상적이면서도 아주 세세해서 어떤 사람에게 항소할 힘을 주는 대항 감정을 불가피하게 불러일으켰다. 어머니는 점점 더 높아지는 궁극의 심판관이었다. 어머니가 그에 대한 권리를 요구하는 것처럼 보였지만, 그것은 절대로 최종 권한은 아니었다.

하지만 이번에는 어머니가 나를 파멸시키려 한다는 느낌을 받았다. 어머니는 요지부동의 것들을 이야기했다. 그 이야기 중 많은 것이 즉시 이해가 되었으며, 내 저항을 무력화했다. 내가 무언가 할 말을 찾아내면, 어머니는 완전히 다른 문제로 건너뛰었다. 어머니는 마치 그간 일어난 사건들에 대해 지금 막 알게 되기라도 한 것처럼 지난 2년간의 삶 속에서 사납게 날뛰었다. 그리고 예전에 어머니가 겉으로는 긍정적이거나 아니면 지루해서 침묵했던 일이 갑자기 범죄로 판명되었다. 어머니는 아무것도 잊어버리지 않았다. 어머니에게는 당신만의 독특한 기억 방식이 있었다. 마치 어머니 자신과 내게 그것을 숨겨왔던 것 같았다. 그것으로 어머니는 지금 내게 유죄판결을 내리고 있었다.

판결은 오래 지속되었다. 나는 공포에 질려 있었다. 나는 어머니를 두려워하기 시작했다. 나는 어머니가 왜 이 모든 것을 이야기하는지 더 이상 고민하지 않았다. 짐작되는 어머니의 동기를 찾고, 또 그것에 대답하는 동안에는 자유를 빼앗긴 것 같은 느낌이 덜했다. 마치 우리가 대등한 관계로 마주하고 있는 것 같았다. 각자가 자신의 이성에 기대고 있는 두 명의 자유인인 것처럼 말이다. 이러한 확신은 점차 산산조각이 났다. 나는 충분한 힘을 가지고 말할 수 있었을 그 무엇도 더 이상 내 안에서 찾아내지 못했다. 나는 오직 잔해로만 이루어져 있었으며 패배를 인정했다.

어머니는 당신의 병과 신체적인 허약함, 그리고 육체적인 절망 상태와 관계된 평소의 대화를 마친 뒤와는 달리, 이 대화 후에는 전혀 지치지 않았다. 그와 정반대로 어머니는 다른 경우에 내가 가장 좋아했던 모습처럼, 강하고 거칠며 몹시 냉혹했다. 이 순간부터 어머니는 더 이상 양보하지 않았다. 어머니는, 어머니 말을 빌리자면 전쟁으로 얼룩진 나라 독일로의 이주를 서둘렀다. 어머니는 그곳에선 나를 더 가혹한 학교에, 그러니까 참전했었으며 최악을 아는 남자들 사이로 보낼 생각이었다.

온갖 수단을 다 동원해가며 나는 이 이주에 저항했지만, 어머니는 아무 말도 듣지 않았고, 나를 데리고 떠났다. 유일하게 완전히 행복한 시절이었던 취리히의 낙원은 끝났다. 어머니가 나를 잡아떼어내지 않았다면, 어쩌면 나는 계속 행복했을지도 모른다. 하지만 내가 낙원에서 알고 있던 것 외에 다른 것들을 경험한 것은 사실이다. 최초의 인간처럼 낙원에서 추방당함으로써 비로소 내가 태어났다는 것은 사실이다.

**옮긴이 해설**

# 엘리아스 카네티의 자유를 찾은 혀

## 1. 노마드

자서전 『자유를 찾은 혀—어느 청춘의 이야기*Die gerettete Zunge. Geschichte einer Jugend*』(1977)의 저자 엘리아스 카네티Elias Canetti(1905~1994)는 1981년 노벨문학상을 수상한 '영국' 국적의 '독일어권' 작가이다. 영국인인 그가 왜 독일어권 작가일까? 이런 궁금증을 품고 그의 삶으로 시선을 돌리면, 상당히 복잡한 그의 사정과 마주하게 된다.

1905년 불가리아의 오래된 항구도시 루세에서 태어난 카네티는 불가리아가 아니라 오스만 제국(오늘날 튀르키예) 국적이었다. 그는 스페인계 유대인 집안의 장남으로 태어났는데, 루세에 살던 스페인계 유대인들 대부분이 오스만 제국 국적을 가지고 있었기 때문이다. 그러나 외가의 경우 친가와 마찬가지로 루세에 거주하는 스페인계 유대인 집안이었지만, 본래 이탈리아 리보르노 지역 출신으로 당시까지도 이탈리아 시민권을 유지하고 있어서, 카네티의 출신을 설명하는 데에만 국가 내지 민족의 이름이 5개나 등장하게 된다. 불가리아, 튀르키예(오스만 제국), 스페인, 이탈리아 그리고 유대인.

카네티가 여섯 살이던 1911년 아버지가 영국으로 직장을 옮기면서 카네티 가족은 루세를 떠나 영국 맨체스터로 이주한다. 그러나 이주한 지 채 1년도 되지 않아 아버지가 돌연 심장마비로 사망한다. 그 후 1913년 카네티는 어머니, 두 동생과 함께 영국을 떠나 오스트리아의 빈으로 이주한다. 빈은 카네티의 어머니가 남다른 애착을 가진 도시였다. 카네티의 부모님이 모두 빈에서 학창 시절을 보냈으며, 두 분 모두 부르크테아터Burgtheter의 열광적인 팬으로 그곳에서 만나 결혼했기 때문이었다. 그러나 반전주의자였던 카네티의 어머니는 제1차 세계대전의 한복판에서 점점 더 거세지는 빈의 전쟁 분위기를 견디지 못하고, 카네티가 열한 살이던 1916년 중립국이던 스위스 내 독일어 사용 지역인 취리히로 이주한다. 하지만 카네티는 그곳에서도 그렇게 오래 머물지는 못한다. 그의 어머니가 목가적이고 평화로운 스위스에서 그가 책 속에만 파묻혀 유약하고 감성적이며, 아무것도 하는 것 없이 입만 살아 있는 "떠버리"(325쪽)가 될 것을 심각하게 걱정했기 때문이었다. 그의 어머니는 제1차 세계대전 종전 후 "전쟁으로 얼룩진 나라"의 "최악을 아는 남자들 사이"(539쪽)로 그를 보내 진정한 삶을 가르치기로 한다. 결국 카네티는 1921년 취리히를 떠나 독일의 프랑크푸르트암마인으로 이주하여, 그곳에서 김나지움을 졸업하고 아비투어를 통과한다. 1924년 대학 진학을 위해 다시 오스트리아 빈으로 향한 그는 1929년 빈 대학교에서 화학 전공으로 박사학위를 취득한다. 하지만 작가이자 비평가인 카를 크라우스Karl

Kraus의 수업을 빠짐없이 수강하고, 1925년에 이미 '군중Masse'의 사회심리학적 현상에 대해 고민하기 시작하는 등 전공 분야인 화학보다는 문학과 철학에 더욱 몰두한다. 박사학위를 취득한 이듬해인 1930년 장편소설 연작 시리즈 "헤매는 인간들의 희극Comédie Humaine an Irren"을 구상하고, 1931년에 그 시리즈의 첫 포문을 여는 장편소설 『현혹*Die Blendung*』을 탈고하며, 첫 희곡 「결혼식Hochzeit」(1932)을 집필하는 등 본격적인 작가의 길로 접어든다. 바로 이 지점에 그가 '독일어권' 작가인 이유가 자리한다. 오스트리아 빈에서 '독일어'로 작가로서의 삶을 시작했기 때문이다.

그러나 카네티는 빈에 오래 머물지 못한다. 1930년대에 들어서면서부터 빈 내에서 반유대적인 경향이 점차 강해질 뿐 아니라, 1938년 나치 독일이 오스트리아를 합병한 이후 그곳에서의 활동이 어려워졌기 때문이었다. 결국 1938년 카네티는 아내 페차Veza Taubner-Calderon Canetti(1897~1963)와 함께 영국으로 망명하지만 런던에서도 계속 독일어로 저술 활동을 한다. 그러다 1952년 마흔일곱 살의 나이로 영국 국적을 취득한다.

태어난 곳인 루세에 살 때에도, 그곳을 떠나 영국 맨체스터로 이주했을 때에도, 이후 오스트리아, 스위스, 독일 등지를 전전하던 학창 시절에도 그의 국적은 줄곧 체류지와 달랐다. 그러던 그가 마침내 영국 국적을 취득하며 영국에 정착하는 듯했다. 그러나 1963년에 아내 페차가 죽고, 몇 년 지나지 않아 그가 각별히 사랑했던 막냇동생이 사망한 후 그는 다시 이방인의 삶을 시작한다. 1971년 그는 연인 헤라 부쇼Hera Buschor(1933~

1988)가 있는 스위스 취리히로 향한다. 그곳에서 재혼하고, 이듬해에 딸 요한나Johann Canetti(1972~ )를 낳지만 국적은 영국이었으며, 런던에 있는 집도 정리하지 않았다. 주로 취리히에 살며 아주 가끔 런던을 오가던 그는 1994년 자신의 어린 시절 "낙원"(520쪽)이었던 취리히에서 생을 마감하며 노마드로서의 긴 여정을 끝마친다.

## 2. 카네티의 자유를 찾은 혀

『자유를 찾은 혀』에서 회고되는 세상은 무엇이 되었든 '나(카네티)'에게 거부할 수 없는 영향력을 행사한다. 그의 자서전 제1권 『자유를 찾은 혀』는 두 살배기 어린아이의 "최초의 기억"(13쪽)으로 시작된다.

> "혀 내밀어!" 나는 혀를 내민다. 그가 주머니에 손을 넣는다. 휴대용 접이식 칼을 꺼낸다. 칼을 펼친다. 그러고는 내 혀에 칼날을 바짝 갖다 댄다. 남자가 말한다. "지금 이 녀석 혀를 잘라버리자." 나는 내민 혀를 다시 집어넣을 엄두를 내지 못한다. 그가 점점 더 가까이 다가온다. 곧 칼날로 내 혀를 건드릴 것이다. 마지막 순간에 남자가 칼을 거두며 말한다. "오늘은 아직 아니야. 내일 하자." 그가 칼을 다시 접어 주머니에 집어넣는다.

매일 아침 우리는 문밖의 붉은색 복도로 나간다. 그 문이 열린다. 뒤이어 미소를 띤 그 남자가 나타난다. 나는 그가 무슨 말을 할지 알고 있으며, 혀를 내밀라는 그의 명령을 기다린다. 나는 그가 내 혀를 잘라내리라는 걸 알고 있다. 매번 공포가 커진다. 하루는 그렇게 시작된다. (13~14쪽)

이 "최초의 기억" 속에서 아이는 자신을 위협하는 젊은 남자의 힘과 자신을 기꺼이 그의 손에 넘기는 보모 앞에, 즉 칼로 위협하는 세상 앞에 무방비 상태로 내던져져 있다. 매번 공포가 커진다고 하면서도 도움을 구하는 외마디 비명조차 지르지 못하며, 자신에게 가해지는 그 힘 앞에 굴복한다.

물론 어린 '나'에게 가장 강력한 영향력을 행사한 이들은 단연코 그가 이 세상에서 제일 처음 만난 사람들, 즉 부모님, 그중에서도 특히 아버지다. 카네티는 아버지와 불과 7년을 함께 살았을 뿐이다. 아버지가 돌아가신 이후로는 어머니가 그의 인생 초반에 가장 강력한 권력을 행사한 것처럼 보이지만, 사실은 그가 늘 보이지 않는 아버지의 영향력 안에 있었음이 자서전 곳곳에서 드러난다. 그의 아버지는 그에게 처음으로 '책'을 건넸다. 이 사건에 대해 카네티는 "그 사건이 그 뒤로 펼쳐질 내 인생 전체를 결정지었다."(80쪽)고 고백한다. 그뿐 아니라 독일어가 그의 '문학어로서의 모국어'가 되는 데에 아버지가 결정적인 역할을 했음도 이야기된다.

이제 숭고한 시기가 시작되었다. 어머니가 나와 독일어로 말하기 시작했다. 독일어를 공부하는 시간 외에도 그랬다. 나는 아버지가 돌아가신 후의 그 몇 주처럼 다시 어머니에게 친밀감을 느꼈다. 나중에야 비로소 나는 알게 되었다. 어머니가 경멸과 고통 속에서 내게 독일어를 가르친 건 나 때문만이 아니었다. 어머니 당신도 나와 독일어로 말하고 싶다는 강한 욕구가 있었다. 독일어는 어머니에게 친밀함의 언어였다. 스물일곱 살에 자신의 이야기를 들어주던 아버지의 귀를 잃어버린 어머니 인생에서의 그 끔찍한 단절은 아버지와 독일어로 나누던 사랑의 대화가 멈춘 것에서 당신에게 가장 민감하게 나타났다. 이 언어 속에서 부모님의 진정한 결혼 생활이 이루어졌었다. 어머니는 어찌할 바를 몰랐고, 아버지 없이 절망감만 느꼈다. 그래서 가능한 한 빨리 아버지의 자리에 나를 앉히려 했다. (142~43쪽)

빈으로 이주하기 전 로잔에 약 3개월간 체류하며 그의 어머니는 끔찍하고 잔인한 방식으로 그에게 독일어를 '주입'시킨다. 물론 명목은 빈에서의 학교 생활을 준비시킨다는 것이었지만, 카네티는 나중에 아버지의 빈자리에 그를 앉히기 위함이었음을 알게 되었다고 회고한다. 아버지가 그렇게 일찍 돌아가시지 않았다면, 그래서 빈으로 이주해야 하지 않았다면, 그리고 아버지의 빈자리를 자신이 채워야 하지 않았다면, 독일어가 과연 그의 모국어가 될 수 있었을까?

카네티는 아버지에게 책을 선물받은 이후로 매일 저녁 그날 읽은 책에 대해 아버지와 대화하는 시간을 가졌는데, 아버지가 돌아가신 이후로는 이 일을 어머니가 당신의 방식으로 이어나갔으며, 어머니와 함께 책을 읽었던 그 저녁 독서 시간이 그의 본질, 즉 그의 정신적인 삶을 형성했노라고 카네티는 회고한다.

> 이 시절 그 무엇과도 비교할 수 없을 만큼 가장 중요하고 흥분되며 특별했던 것은 어머니와 함께 책을 읽었던 저녁 시간과 매번 읽은 내용을 가지고 나눈 대화였다. 나는 그때 나누었던 대화를 더는 하나씩 재현할 수가 없다. 나라는 사람의 상당 부분이 그 대화들로 이루어졌기 때문이다. 어린 시절에 수용하고, 항상 끌어다 대며, 그로부터 결코 벗어날 수 없는 어떤 정신적 물질이 있다면, 바로 이것이었다. 나는 어머니를 맹목적으로 신뢰했다. 어머니가 내게 묻고 나와의 대화에서 소재로 삼은 인물들은 곧 내 세계가 돼버려서, 나는 그들을 더 이상 떼어낼 수 없었다. (176~77쪽)

그러나 부모님의 언어로 쓰인 책 속에 파묻혀 지내며 "유일하게 완전히 행복한 시절이었던 취리히의 낙원"(539쪽)에서 그는 그 누구도 아닌 바로 그의 어머니에 의해 추방당하고 만다.
카네티의 어머니는 그가 안락한 환경 속에서 책만 읽으며 점점 더 멍청해지고 있다며 다음과 같이 비난한다. "너는 아직 인간이 아니야. 너는 아무것도 아니야. 떠버리가 인간은 아니야."(527쪽) 어머니가 이런 말들로 위협하며 관철하려는 것이 "[자신을] 취리히에서 데리고 나가, 어머니 자신이 통제권도 가질 수 있는 '더 거친' 환경"(526쪽)으로 보내려는 것임을 그는 알아차린다. "떠버리"라는 말로 카네티의 입에서 나오는 말들을 하찮고 무가치한 것들로 치부해버리는 것, 그렇게 그의 말의 힘을 무력화하는 어머니의 위협은, 자신들의 만남을 아이가 폭로하지 못하게 하려 했던 젊은 남자의 "칼의 위협"과 다르지 않다. 때문에 이 두 위협은 같은 효력을 발휘한다. "칼의 위협" 앞에서 아이가 10년 동안 침묵했던 것처럼, 어머니의 위협 앞에서 그는 "충분한 힘을 가지고 말할 수 있었을 그 무엇도 [……] 찾아내지 못했다."(538~39쪽) 불과 얼마 전에 그 어떤 것도 자신에게서 이 삶을 빼앗아 갈 수 없을 거라 자신했지만, 어머니의 거대한 세력 앞에서 그는 속수무책이었으며, 자신의 패배를 인정할 수밖에 없다. 그렇게 그는 어머니의 손에 이끌려 그 낙원을 떠난다. 이 사건에서 '나'와 '내 삶'에 행사되는 압도적인 세상의 영향력 내지 권력이 적나라하게 드러난다.

1971년 50년 만에 어린 시절의 낙원으로 돌아온 만년의 카네티는 자서전 집필에 착수한다. 긴 삶의 여정을 거치며, 자신의 말을 가지게 된 그는 더는 침묵하지 않기로 한다. 그는 생애 첫 16년간 만났던 세상과 사람들 그리고 그 세상 속에서 살았던 자신에 관해 이야기하기 시작한다. 자신의 이야기를 할 수 있게 된 그의 혀는 이제 자유롭다.

### 3. 이야기되지 않는 삶 속에 숨겨진 가치를 이야기하다

만년의 카네티는 전적으로 자서전 집필에 몰두한다. 1977년에 자신의 인생 초기 16년간의 이야기를 담은 제1권 『자유를 찾은 혀—어느 청춘의 이야기』를 세상에 내놓은 것을 시작으로, 그는 1980년에는 독일의 프랑크푸르트암마인에서 아비투어를 준비하던 시절부터 오스트리아 빈 대학교에 진학한 이후 작가 데뷔를 준비하던 시절까지의 이야기를 담은 제2권 『귓속의 횃불—삶의 이야기 1921~1931*Die Fackel im Ohr. Lebensgeschichte 1921-1931*』을, 1985년에는 작가로 데뷔한 이후 어머니가 돌아가실 때까지의 이야기를 담은 제3권 『눈의 유희—삶의 이야기 1931~1937*Das Augenspiel. Lebensgeschichte 1931-1937*』을 차례로 발표한다. 이후 자서전 출간이 중단되었다가, 카네티가 사망한 후인 2003년에 그의 영국 망명 시절 이야기가 담긴 『섬광 속의 파티—영국 시절*Party im Blitz. Die englischen Jahre*』이 출간된다. 카네티는 원래 총 5부작으로 이루어진 자서전 시리즈를 계획했다고 한다. 그러나 1971년에 그의 어린 시절 낙원이었던 스위스 취리히로 돌아온 이후 펼쳐진 인생 마지막 시기의 이야기가 담길 예정이었던 제5권은 집필되지 못한 채 그의 이 자서전 프로젝트는 종결된다.

인생의 황혼기에 접어든 작가가 지나온 삶의 이야기를 쓰는 것은 사실 흔한 일이다. 그러나 카네티의 경우 굉장히 이례적인 일이라고 할 수 있다. 이는 그가 자서전을 쓰는 것에 대해 "그것 말고는 더는 아무것도 하지 않겠다는 것"과 같다며 부정적인 시각을 보여왔기 때문이다. 그랬던 그가 아직 영국 런던에 머물고 있던 1971년 자신의 사유 노트*에 돌연 다음과 같

* 1942년부터 카네티는 자신의 사고思考가 편협해지지 않도록 다양한 주제를

은 메모를 남긴다.

> 나는 내 삶을 기록하고 싶은 강한 욕망을 느낀다. 물론 내 인생 전체가 아니라, 그저 일부분을 말이다. 나는 내가 이것을 더는 하지 못하게 될까 봐, 그냥 사라져버릴까 봐 두렵다.*

이후 카네티는 몹시 서둘러 자서전 집필을 시작한 것으로 보인다. 1925년에 처음으로 군중에 관한 책을 집필하겠다는 계획을 세운 후 35년 뒤인 1960년에야 비로소 『군중과 권력*Masse und Macht*』을 출간한 것에서 볼 수 있듯이, 평소 느린 작업 속도로 유명한 그가 이 메모를 남긴 후 불과 6년 만에 자서전 제1권 『자유를 찾은 혀』를 발표했기 때문이다. 그는 무엇이 "그냥 사라져버릴까 봐" 두려웠던 것일까? 더 늦기 전에 기록하고 싶었던 삶의 이야기는 무엇일까? 이러한 물음들에 대한 답을 『자유를 찾은 혀』의 출간을 앞에 둔 1976년에 쓴 사유 노트에서 찾아볼 수 있다.

> 젊은 날의 이야기가 훗날의 삶에서 중요해진 것의 목록이 되어서는 안 된다. 어린 시절 이야기에 낭비, 실패, 탕진도 포함해야 한다. 자신의 어린 시절에서 원래 알고 있는 것만 발

---

놓고 일기 형식으로 자유롭게 자기 생각을 기록하는 사유 노트를 작성한다.

* Elias Canetti(1995): *Nachträge aus Hampstead. Aufzeichungen.* In: Ders., Werke. 13 Bände und ein Begleitband Wortmasken in Kassette. Bd. 10. Frankfurt am Main, p. 187.

> 견한다면 그건 사기꾼이다. [……] 내 기억에 아직 남아 있는 모든 사람이 내게는 정말로 의미 있는 것 같다. 그 모두가 말이다. 내가 언급하지 않고 몇몇을 뒤에 남겨두는 방식은 나를 괴롭힌다. 여러 사람을 나는 더 이상 찾아내지 못하고 있으며, 다른 사람들을 나는 외면하고 있다.*

이 노트에서 카네티가 어린 시절의 실수, 실패 등 사람들이 보통 숨기고 싶어 하는 이야기들과 자신의 기억 속에 남아 있는 다른 사람들에 대해 이야기하고자 한다는 점이 드러난다. 그뿐 아니라 그가 두려워하는 것이 그러한 이야기들을 자신이—아무리 애를 써도—더는 기억해내지 못할까 봐, 이대로 영영 자신의 삶에서 지워져 버릴까 봐 두려워한다는 것 역시 나타난다. 그렇다면 그는 왜 굳이—자신에게 유리하지 않을지도 모르는—숨겨진 혹은 잊힌 이야기들을 끄집어내려 할까? 그 이유를 다음의 노트를 통해 짐작해볼 수 있다.

> 많은 것을 숨기는 것이 문학에서는 중요하다. 말하기보다 침묵하는 사람이 얼마나 더 많이 알고 있는지, 무지해서가 아니라 지혜로워서 침묵한다는 것을 느끼는 것이 중요하다.**

카네티는 치밀하게 계산된 언어 예술인 문학 속에 담긴 의

---

* Elias Canetti(1995): *Das Geheimherz der Uhr. Aufzeichnungen 1973-1985*. In: Ders., Werke. 13 Bände und ein Begleitband Wortmasken in Kassette. Bd. 6. Frankfurt am Main, p. 37.

** 앞의 책, p. 49.

미를 제대로 파악하기 위해서 행간, 즉 이야기되지 않는 것까지 읽어야 하듯, 한 사람의 삶을 온전히 이해하기 위해서는 그가 의식적으로든 무의식적으로든 숨긴, 제외한, 잊은 이야기들까지 살펴야 함을 강조한다. 이러한 맥락에서 카네티는 자신의 삶 역시 자신이 그간 당당하게 내세워온 이야기들보다 어쩌면 숨겨온 이야기들 속에서, 스쳐 지나간 이야기들 속에서 "덜 중요한 게 아닐지도 모르는" 진정한 의미 혹은 가치를 찾을 수 있을지도 모른다고 생각한 듯하다.

> 살아남는 것에 대해 나는 충분히 생각했을까? 권력의 본질에 속하는 관점에만 너무 국한한 건 아닐까? 내가 몰두하고 있는 문제라는 이유로 다른 것들, 혹시 그보다 덜 중요한 게 아닐지도 모르는 관점들을 등한시한 건 아닐까? [……] 가장 중요한 것을 생략함으로써 모든 발명과 발견이 이루어진 것일까?
>
> 어쩌면 이것이 내가 나의 삶을 쓰는, 나의 삶을 가능한 한 전부 다 쓰는 주된 이유 중 하나일 것이다.*

이 노트에서 카네티는 자기 삶의 이야기를 가능한 한 전부 다 쓰는 이유가 당장 중요해 보이는 문제만 보다가 어쩌면 더 중요한 것을 놓쳐왔을지 모른다는 생각 때문이라고 밝힌다. 이렇게 볼 때, 카네티가 자서전으로 남기길 원하는 삶의 이야기는 일반적인 자서전에서 다루어지는 성공 관련 스토리, 다시 말

* 앞의 책, p. 48.

해 너무도 자랑스러워 곱씹고 또 곱씹은 덕에 굳이 기억해내려 애쓰지 않아도 마치 어제 일처럼 생생하게 떠오르는 이야기들이 아니라고 할 수 있다. 오히려 그는 자신이 '숨겨온/침묵해온' 부끄러운 이야기, 제 생각만 하다가 미처 살피지 못한, 그러나 자신에게 적지 않은 영향을 주었을 것이 분명한 주변 사람들의 이야기, 자극적이고 떠들썩한 사건에 가려진 평범한 이야기 등 이미 상당 부분 기억의 저편으로 사라진 것들에 주목한다. 그리고 바로 이러한 이유로 그가 처음 삶의 이야기를 기록하고 싶다는 메모를 남길 당시만 해도 막연히 "인생 전체가 아니라, 그저 일부분" 정도를 쓰려 했던 것이, 그의 인생 전체를 커버하는 자서전 5부작으로까지 확대되고, 그가 말년에 거의 전적으로 자서전 집필에 매달리게 된 것이라 할 수 있을 것이다.

이런 의도로 집필된 『자유를 찾은 혀』는 76개라는 방대한 에피소드로 구성된다. 이들 에피소드는 카네티가 "내 삶의 이야기 속에 나에 관한 이야기는 전혀 없다"(Canetti 1995, Bd, 6, p. 85)고 언급한 것처럼, 그가 만난 사람들에 관한 것이 대부분이다.

먼저 1905년부터 1921년까지 그가 태어난 불가리아 루세를 시작으로 영국 맨체스터, 스위스 로잔, 오스트리아 빈, 스위스 취리히를 배경으로 펼쳐진 그의 인생 최초 16년간의 삶은 카네티 자신보다는 아버지와 어머니를 비롯한 다른 가족들, 보모, 하인, 거리에서 뛰노는 아이들, 어머니의 친구들, 이웃 사람들, 학교 친구들, 기숙사 사람들, 학교 교사들, 자신이 읽은 책의 작가들, 자신이 좋아한 화가들, 심지어는 그의 기숙사 방에 걸려 있는 달력에 나오는 위인들에 이르기까지 무수히 많은 타인에 관한 이야기들로 가득 채워진다.

아울러 그 사람들과 벌인 갈등, 다툼 등에 관한 부끄러운 기억 역시 많이 담겨 있다. 자신에게 글자 학습 공책을 보여주지 않는다고 사촌 누나를 죽이려 한 일, 아버지가 돌아가신 날 자신의 관심을 다른 데로 돌리려 한 이웃집 형의 꾐에 넘어가 집 앞뜰의 나무를 기어오르려다 마침 이를 목격한 어머니로부터 "너는 놀고 있구나. [……] 네 아버지는 죽었는데!"(114쪽)라는 비난을 받은 일, 어머니에게 청혼한 남자에 맞서 고군분투했던 일화, 남녀 간의 성적인 관계에 관해 이야기한다는 이유로 반 친구를 따돌린 일, 말을 더듬는 선생님과 스페인어 발음을 두고 논쟁을 벌인 일, 유대인이라는 이유로 괴롭힘을 당하는 친구를 위해 학교에 청원서를 낸 일, 어머니로부터 한가롭게 책이나 읽으며 허송세월하는 "기생충"(526쪽)일 뿐이라며 무차별적인 비난을 받은 일 등 하나하나 다 언급할 수 없을 정도로 많은 갈등에 대한 기억이 서술된다.

또한 '혜성의 출현' '타이태닉호의 침몰' '캡틴 스콧이 이끄는 남극탐험대의 사망 사건' '제1차 세계대전 발발' 등 그가 어린 시절에 겪은 세상을 뒤흔든 사건들에 관한 에피소드들 역시 굵직굵직한 이 사건들 자체가 아니라, 각각의 사건에 보이는 사람들의 반응을 중심으로 서술된다. 예를 들어 '혜성의 출현'에서는 그 혜성을 바라보는 사람들의 종말론적 집단 공황 상태가, '타이태닉호의 침몰'에서는 이 사고로 인해 집단 우울 상태에 빠진 사람들의 모습이, '전쟁 발발'에서는 전쟁을 찬양하는 이들의 집단 광기의 면면이 상세하게 묘사된다.

## 작가 연보

1905 7월 25일 불가리아 루세에서 세파라드 유대인 사업가 자크 엘리아스 카네티Jacques Elias Canetti와 마틸데 카네티Mathilde Canetti(1886~1937) 사이에서 태어남(출생 당시 오스만 제국 국적).

1909 동생 자크 카네티Jacques Canetti(1909~1997, 음악가) 태어남.

1911 막냇동생 조르주 카네티Georges Canetti(1911~1971, 의사) 태어남, 영국 맨체스터로 이주.

1912 아버지 사망, 가족과 함께 오스트리아 빈으로 이주.

1916 스위스 취리히로 이주.

1921 독일 프랑크푸르트암마인으로 이주.

1923 아비투어 통과.

1924 오스트리아 빈 대학교 입학(화학 전공). 오스트리아의 평론가이자 작가인 카를 크라우스Karl Kraus에 열광하여 그의 강의를 빠짐없이 수강함.

1925 '군중'에 관한 책 구상.

1929 빈 대학교에서 박사학위 취득(화학 전공), 소설 연작 시리즈 "헤매는 인간들의 희극Comédie Humaine an Irren" 구상.

1932 첫 희곡 「결혼식Hochzeit」 인쇄본으로 발표.

1934 희곡 「허영의 희극Die Komödie der Eitelkeit」 발표, 페차 타우

브너-칼데론Veza Taubner-Calderon(1897~1963)과 결혼.

1935 소설 『현혹*Die Blendung*』 출간.

1937 어머니 사망.

1939 나치 독일의 오스트리아 합병 후 아내 페차와 함께 영국 런던으로 망명.

1949 프랑스에서 『현혹』으로 '국제문학상' 수상.

1952 영국 국적 취득. 희곡 「유예받은 자들Die Befristeten」 탈고.

1960 독일에서 『군중과 권력*Masse und Macht*』 출간.

1963 아내 페차 사망.

1965 브라운슈바이크 시립 극장에서 그의 첫 희곡 「결혼식」 초연. 『사유 노트 1942~1948*Aufzeichnungen 1942-1948*』 출간.

1966 '독일 비평가상' '빈 문학상' 수상.

1967 '오스트리아 국가문학상' 수상.

1968 『마라케시의 목소리—여행 에세이*Die Stimmen von Marrakesch: Aufzeichnungen nach einer Reise*』 출간.

1969 에세이집 『다른 소송—펠리체에게 보내는 카프카의 편지*Der andere Prozeß: Kafkas Briefe an Felice*』 출간, '바이에른 아름다운 예술 아카데미 문학상' 수상.

1970 『낭비된 숭배*Alle vergeudete Verehrung*』 출간.

1971 막냇동생 조르주 사망. 헤라 부쇼Hera Buschor(1933~1988)와 결혼, 이때부터 주로 스위스에서 생활함.

1972 논문 및 담화집 『분열된 미래*Die gespaltene Zukunft*』 출간. 딸 요한나 카네티Johanna Canetti 태어남. '게오르크 뷔히너 문학상' 수상.

1973 사유 노트『인간의 영역 1942~1972*Die Provinz des Menschen 1942-1972*』출간.

1974 캐릭터 스케치북『귀의 증인들—50가지 캐릭터*Der Ohrenzeuge: Fünfzig Charaktere*』출간.

1975 에세이집『말의 양심*Das Gewissen der Worte*』출간. '넬리 작스 상'과 '프란츠 나블 상' 수상.

1977 '고트프리트 켈러 상' 수상. 자서전 제1권『자유를 찾은 혀—어느 청춘의 이야기*Die gerettete Zunge. Geschichte einer Jugend*』출간.

1980 '요한 페터 헤벨상' 수상. 자서전 제2권『귓속의 횃불—삶의 이야기 1921~1931*Die Fackel im Ohr. Lebensgeschichte 1921-1931*』출간.

1981 『현혹』과『군중과 권력』으로 '노벨문학상' 수상, '프란츠 카프카 상' 수상.

1985 자서전 제3권『눈의 유희—삶의 이야기 1931~1937*Das Augenspiel. Lebensgeschichte 1931-1937*』출간.

1987 사유 노트『시계의 비밀 심장 1973~1985*Das Geheimherz der Uhr 1973-1985*』출간.

1988 아내 헤라 사망.

1992 사유 노트『파리의 고통*Die Fliegenpein*』출간.

1994 사유 노트『햄스테드로부터의 부록*Nachträge aus Hampstead*』출간.

8월 14일 취리히에서 사망.

1996 『사유 노트 1992~1993*Aufzeichnungen 1992-1993*』출간.

1999 『사유 노트 1973~1984*Aufzeichnungen 1992-1993*』 출간.

2002 『동물에 관하여*Über Tiere*』 출간.

2003 자서전 제4권 『섬광 속의 파티—영국 시절*Party im Blitz. Die englischen Jahre*』 출간, 『죽음에 대하여*Über den Tod*』 출간.

2004 『작가에 관하여*Über die Dichter*』 출간.

2005 『마리루이제를 위한 사유 노트*Aufzeichnungen für Marie-Louise*』 출간.

2014 『죽음에 대항하는 책*Das Buch gegen den Tod*』 출간.

## 기획의 말

# 세계문학과 한국문학 간에 혈맥이 뚫려, 세계-한국문학의 공진화가 개시되기를

21세기 한국에서 '세계문학'을 읽는다는 것은 무엇을 뜻하는가? 자국문학 따로 있고 그 울타리 바깥에 세계문학이 따로 있다는 말인가? 이제 한국문학은 주변문학이 아니며 개별문학만도 아니다. 김윤식·김현의 『한국문학사』(1973)가 두 개의 서문을 통해서 "한국문학은 주변문학을 벗어나야 한다"와 "한국문학은 개별문학이다"라는 두 개의 명제를 내세웠을 때, 한국문학은 아직 주변문학이었다. 한데 그 이후에도 여전히 한국문학은 주변문학이었다. 왜냐하면 "한국문학은 이식문학이다"라는 옛 평론가의 망령이 여전히 우리의 의식을 장악하고 있었기 때문이다. 그렇게 생각하고 그렇게 읽고, 써온 것이었다. 그리고 얼마간 그런 생각에 진실이 포함되어 있는 것도 사실이었다. 그러나 천천히, 그것도 아주 천천히, 경제성장이나 한류보다는 훨씬 느리게, 한국문학은 자신의 '자주성'을 세계에 알리며 그 존재를 세계지도의 표면 위에 부조시키고 있었다. 그런 와중에 반대 방향에서 전혀 다른 기운이 일어나 막 세계의 대양에 돛을 띄운 한국문학에 위협적인 격랑을 밀어붙이고 있었다. 20세기 말부터 본격화된 '세계화'의 바람은 이제 경제적 재화뿐만 이 아니라 어떤 나라의 문화물도 국가 단위로만 존재할 수 없게 하였던 것이니, 한국문학 역시 세계문학의 한 단위라는 위상을 요구받게 되었던 것이다.

그러니 21세기 한국에서 세계문학을 읽는다는 것은 진정 무엇을 뜻하는가? 무엇보다도 세계문학이라는 개념을 돌이켜 볼 때가 되었다. 그동안 세계문학은 '보편문학'의 지위를 누려왔다. 즉 세계문학은 따라야 할 모범이고 존중해야 할 권위이며 자국문학이 복종해야 할 상급 문학이었다. 그리고 보편문학으로서의 세계문학의 반열에 올라간 작품들은 18세기 이래 강대국의 지위를 누려온 국가의 범위 안에서 설정되기가 일쑤였다. 이렇게 해서 세계 각국의 저마다의 문학은 몇몇 소수의 힘 있는 문학들의 영향 속에서 후자들을 추종하는 자세로 모가지를 드리워왔던 것이다. 이제 세계문학에게 본래의 이름을 돌려줄 때가 되었다. 즉 세계문학은 보편문학이 아니라 세계인 모두가 향유할 수 있도록 전 세계 방방곡곡에서 씌어져서 지구적 규모의 연락망을 통해 배달되는 지구상의 모든 문학이라고 재정의할 때가 되었다. 이러한 재정의에는 오로지 질적 의미의 삭제와 수량적 중성화만 있는 게 아니다. 모든 현상학적 환원에는 그 안에 진정한 가치를 향해 나아가고자 하는 지향성이 움직이고 있다. 20세기 막바지에 불어닥친 세계화 토네이도가 애초에는 신자유주의적 탐욕 속에서 소수의 대국 기업에 의해 주도되었으나 격심한 우여곡절을 겪으며 국가 간 위계질서를 무너뜨리는 평등한 교류로서의 대안-세계화의 청사진을 세계인의 마음속에 심게 하였듯이, 오늘날 모든 자국문학이 세계문학의 단위로 재편되는 추세가 보편문학의 성채도 덩달아 허물게 되어, 지구상의 모든 문학들이 공평의 체 위에서 토닥거리는 게 마땅하다는 인식이 일상화까지는 아니더라도 최소한 정당화되고 잠재적으로 전망되는 여건을 만들어내게 되었던 것이다.

또한 종래 세계문학의 보편문학적 지위는 공간적 한계만을 야기했던 게 아니다. 그 보편문학이 말 그대로 보편성을 확보했다기보다는 실상 협소한 문학적 기준에 근거한 한정된 작품 집합에 머무르기 일쑤였다. 게다가, 문학의 진정한 교류가 마음의 감동에서 움트는 것일진대, 언어의 상이성은 그런 꿈을 자주 흐려왔으니, 조급한 마음은 그런 어둠 사이에 상업성과 말초적 자극성이라는 아편을 주입하여 교류를 인공적으로 촉진시키곤 하였다. 이제 우리는 그런 편법과 왜곡을 막기 위해서, 활짝 개방된 문학적 관점을 도입하여, 지금까지 외면당하거나 이런저런 이유로 파묻혀 있던 숨은 걸작들을 발굴하여 널리 알리고 저마다의 문학을 저마다의 방식으로 감상할 수 있는 음미의 물관을 제공해야 할 것이다. 실로 그런 취지에서 보자면 우리는 한국에 미만한 수많은 세계문학전집 시리즈들이 과거의 세계문학장을 너무나 큰 어둠으로 가려오고 있었다는 것을 절감한다.

이와 같은 인식하에 '대산세계문학총서'의 방향은 다음으로 모인다. 첫째, '대산세계문학총서'의 기준은 작품의 고전적 가치이다. 그러나 설명이 필요하다. 이 고전은 지금까지 고전으로 인정된 것들에 갇히지 않는다. 우리가 생각하는 고전성은 추상적으로는 '높은 문학성'을 가리킬 터이지만, 이 문학성이란 이미 확정된 규칙들에 근거한 문학성(그런 문학성은 실상 존재하지 않거니와)이 아니라, 오로지 저만의 고유한 구조를 통해 조직되는데 희한하게도 독자들의 저마다의 수용 기관과 연결되는 소통로의 접속 단자가 풍요롭고, 그 전류가 진해서, 세계의 가장 많은 인구의 감성을 열고 지성을 드높일 잠재적 역능이 알차게 채워진 작품의 성질을 가리킨다. 이러한 기준은 결국 작품의 문학성이 작품이나 작가에 의해 혹은 독자에 의해 일방적으로 결정되는 것이 아니라, 세 주체의 협력에 의해 형성되며 동시에 그 형성을 통해서 작품을 개방하고 작가의 다음 운동을 북돋거나 작가를 재인식시키며, 독자의 감수성을 일깨워 그의 내부에 읽기로부터 쓰기로의 순환이 유장하도록 자극하는 운동을 낳는다는 점을 환기시키고 또한 그런 작품에 대한 분별을 요구한다.

이 첫번째 기준으로부터 두 가지 기준이 덧붙여 결정된다.

둘째, '대산세계문학총서'는 발굴하고 발견한다. 모르거나 잊힌 것을 발굴하여 문학의 두께를 두텁게 하고, 당대의 유행을 따라가기보다는 또한 단순히 미래를 예측하기보다는 차라리 인류의 미래를 공진화적으로 개방할 수 있는 작품을 발견하여 문학의 영역을 확장할 것을 목표로 한다. 이는 또한 공동선의 실현과 심미안의 집단적 수준의 진화에 맞추어 작품을 선별한다는 것을 뜻한다.

셋째, '대산세계문학총서'가 지구상의 그리고 고금의 모든 문학작품들에게 열려 있다면, 그리고 이 열림이 지금까지의 기술

그대로 그 고유성을 제대로 활성화시키는 방식으로 진행되는 것이라면, 이는 궁극적으로 '가장 지역적인 문학이 가장 세계적인 문학'이라는 이상적 호환성을 추구한다는 것을 가리킨다. 이는 또한 '대산세계문학총서'의 피드백에도 그대로 적용될 것이다. 즉 '대산세계문학총서'의 개개 작품들은 한국의 독자들에게 가장 고유한 방식으로 향유될 터이고, 그럴 때에 그 작품의 세계성이 가장 활발하게 현상되고 작용할 것이다.

이러한 기준들을 열린 자세와 꼼꼼한 태도로 섬세히 원용함으로써 우리는 '대산세계문학총서'가 그 발굴과 발견을 통해 세계문학의 영역을 두텁고 넓게 하는 과정 그 자체로서 한국 독자들의 문학적 안목과 감수성을 신장시키는 데 기여할 것을 기대하며, 재차 그러한 과정이 한국문학의 체내에 수혈되어 한국문학의 도약이 곧바로 세계문학의 진화로 이어지게끔 하기를 희망한다. 이는 우리가 '대산세계문학총서'를 21세기의 한국사회에서 수행하는 근본적인 소이이다. 독자들의 뜨거운 호응을 바라마지않는다.

'대산세계문학총서' 기획위원회

## 대산세계문학총서

001-002 소설 **트리스트럼 샌디**(전 2권) 로렌스 스턴 지음 | 홍경숙 옮김

003 시 **노래의 책** 하인리히 하이네 지음 | 김재혁 옮김

004-005 소설 **페리키요 사르니엔토**(전 2권)
호세 호아킨 페르난데스 데 리사르디 지음 | 김현철 옮김

006 시 **알코올** 기욤 아폴리네르 지음 | 이규현 옮김

007 소설 **그들의 눈은 신을 보고 있었다** 조라 닐 허스턴 지음 | 이시영 옮김

008 소설 **행인** 나쓰메 소세키 지음 | 유숙자 옮김

009 희곡 **타오르는 어둠 속에서/어느 계단의 이야기**
안토니오 부에로 바예호 지음 | 김보영 옮김

010-011 소설 **오블로모프**(전 2권) I. A. 곤차로프 지음 | 최윤락 옮김

012-013 소설 **코린나: 이탈리아 이야기**(전 2권) 마담 드 스탈 지음 | 권유현 옮김

014 희곡 **탬벌레인 대왕/몰타의 유대인/파우스투스 박사**
크리스토퍼 말로 지음 | 강석주 옮김

015 소설 **러시아 인형** 아돌포 비오이 까사레스 지음 | 안영옥 옮김

016 소설 **문장** 요코미쓰 리이치 지음 | 이양 옮김

017 소설 **안톤 라이저** 칼 필립 모리츠 지음 | 장희권 옮김

018 시 **악의 꽃** 샤를 보들레르 지음 | 윤영애 옮김

019 시 **로만체로** 하인리히 하이네 지음 | 김재혁 옮김

020 소설 **사랑과 교육** 미겔 데 우나무노 지음 | 남진희 옮김

021-030 소설 **서유기**(전 10권) 오승은 지음 | 임홍빈 옮김

031 소설 **변경** 미셸 뷔토르 지음 | 권은미 옮김

032-033 소설 **약혼자들**(전 2권) 알레산드로 만초니 지음 | 김효정 옮김

034 소설 **보헤미아의 숲/숲 속의 오솔길** 아달베르트 슈티프터 지음 | 권영경 옮김

035 소설 **가르강튀아/팡타그뤼엘** 프랑수아 라블레 지음 | 유석호 옮김

036 소설 **사탄의 태양 아래** 조르주 베르나노스 지음 | 윤진 옮김

037 시 **시집** 스테판 말라르메 지음 | 황현산 옮김

038 시 **도연명 전집** 도연명 지음 | 이치수 역주

039 소설 **드리나 강의 다리** 이보 안드리치 지음 | 김지향 옮김

040 시 **한밤의 가수** 베이다오 지음 | 배도임 옮김

041 소설 **독사를 죽였어야 했는데** 야샤르 케말 지음 | 오은경 옮김

042 희곡 **볼포네, 또는 여우** 벤 존슨 지음 | 임이연 옮김

043 소설 **백마의 기사** 테오도어 슈토름 지음 | 박경희 옮김

044 소설 **경성지련** 장아이링 지음 | 김순진 옮김

045 소설 **첫번째 향로** 장아이링 지음 | 김순진 옮김

046 소설 **끄르일로프 우화집** 이반 끄르일로프 지음 | 정막래 옮김

047 시 **이백 오칠언절구** 이백 지음 | 황선재 역주

048 소설 **페테르부르크** 안드레이 벨르이 지음 | 이현숙 옮김

049 소설 **발칸의 전설** 요르단 욥코프 지음 | 신윤곤 옮김

050 소설 **블라이드데일 로맨스** 나사니엘 호손 지음 | 김지원·한혜경 옮김

051 희곡 **보헤미아의 빛** 라몬 델 바예-인클란 지음 | 김선욱 옮김

052 시 **서동 시집** 요한 볼프강 폰 괴테 지음 | 안문영 외 옮김

053 소설 **비밀요원** 조지프 콘래드 지음 | 왕은철 옮김

054-055 소설 **헤이케 이야기**(전 2권) 지은이 미상 | 오찬욱 옮김

056 소설 **몽골의 설화** 데. 체렌소드놈 편저 | 이안나 옮김

057 소설 **암초** 이디스 워튼 지음 | 손영미 옮김

058 소설 **수전노** 알 자히드 지음 | 김정아 옮김

059 소설 **거꾸로** 조리스-카를 위스망스 지음 | 유진현 옮김

060 소설 **페피타 히메네스** 후안 발레라 지음 | 박종욱 옮김

061 시 **납** 제오르제 바코비아 지음 | 김정환 옮김

062 시 **끝과 시작** 비스와바 쉼보르스카 지음 | 최성은 옮김

063 소설 **과학의 나무** 피오 바로하 지음 | 조구호 옮김

064 소설 **밀회의 집** 알랭 로브-그리예 지음 | 임혜숙 옮김

065 소설 **붉은 수수밭** 모옌 지음 | 심혜영 옮김

066 소설 **아서의 섬** 엘사 모란테 지음 | 천지은 옮김

067 시 **소동파사선** 소동파 지음 | 조규백 역주

068 소설 **위험한 관계** 쇼데를로 드 라클로 지음 | 윤진 옮김

069 소설 거장과 마르가리타 미하일 불가코프 지음 | 김혜란 옮김

070 소설 우게쓰 이야기 우에다 아키나리 지음 | 이한창 옮김

071 소설 별과 사랑 엘레나 포니아토프스카 지음 | 추인숙 옮김

072-073 소설 불의 산(전 2권) 쓰시마 유코 지음 | 이송희 옮김

074 소설 인생의 첫출발 오노레 드 발자크 지음 | 선영아 옮김

075 소설 몰로이 사뮈엘 베케트 지음 | 김경의 옮김

076 시 미오 시드의 노래 지은이 미상 | 정동섭 옮김

077 희곡 셰익스피어 로맨스 희곡 전집 윌리엄 셰익스피어 지음 | 이상섭 옮김

078 희곡 돈 카를로스 프리드리히 폰 실러 지음 | 장상용 옮김

079-080 소설 파멜라(전 2권) 새뮤얼 리처드슨 지음 | 장은명 옮김

081 시 이십억 광년의 고독 다니카와 슌타로 지음 | 김응교 옮김

082 소설 잔지바르 또는 마지막 이유 알프레트 안더쉬 지음 | 강여규 옮김

083 소설 에피 브리스트 테오도르 폰타네 지음 | 김영주 옮김

084 소설 악에 관한 세 편의 대화 블라디미르 솔로비요프 지음 | 박종소 옮김

085-086 소설 새로운 인생(전 2권) 잉고 슐체 지음 | 노선정 옮김

087 소설 그것이 어떻게 빛나는지 토마스 브루시히 지음 | 문항심 옮김

088-089 산문 한유문집-창려문초(전 2권) 한유 지음 | 이주해 옮김

090 시 서곡 윌리엄 워즈워스 지음 | 김숭희 옮김

091 소설 어떤 여자 아리시마 다케오 지음 | 김옥희 옮김

092 시 가윈 경과 녹색기사 지은이 미상 | 이동일 옮김

093 산문 어린 시절 나탈리 사로트 지음 | 권수경 옮김

094 소설 골로블료프가의 사람들 미하일 살티코프 셰드린 지음 | 김원한 옮김

095 소설 결투 알렉산드르 쿠프린 지음 | 이기주 옮김

096 소설 결혼식 전날 생긴 일 네우송 호드리게스 지음 | 오진영 옮김

097 소설 장벽을 뛰어넘는 사람 페터 슈나이더 지음 | 김연신 옮김

098 소설 에두아르트의 귀향 페터 슈나이더 지음 | 김연신 옮김

099 소설 옛날 옛적에 한 나라가 있었지 두샨 코바체비치 지음 | 김상헌 옮김

100 소설 나는 고故 마티아 파스칼이오 루이지 피란델로 지음 | 이윤희 옮김

101 소설 따니아오 호수 이야기 왕정치 지음 | 박정원 옮김

102 시 송사삼백수 주조모 엮음 | 이동향 역주

103 시 문턱 너머 저편 에이드리언 리치 지음 | 한지희 옮김

104 소설 충효공원 천잉전 지음 | 주재희 옮김
105 희곡 유디트/헤롯과 마리암네 프리드리히 헤벨 지음 | 김영목 옮김
106 시 이스탄불을 듣는다
오르한 웰리 카늑 지음 | 술탄 훼라 아크프나르 여·이현석 옮김
107 소설 화산 아래서 맬컴 라우리 지음 | 권수미 옮김
108-109 소설 경화연(전 2권) 이여진 지음 | 문현선 옮김
110 소설 예피판의 갑문 안드레이 플라토노프 지음 | 김철균 옮김
111 희곡 가장 중요한 것 니콜라이 예브레이노프 지음 | 안지영 옮김
112 소설 파울리나 1880 피에르 장 주브 지음 | 윤 진 옮김
113 소설 위폐범들 앙드레 지드 지음 | 권은미 옮김
114-115 소설 업둥이 톰 존스 이야기(전 2권) 헨리 필딩 지음 | 김일영 옮김
116 소설 초조한 마음 슈테판 츠바이크 지음 | 이유정 옮김
117 소설 악마 같은 여인들 쥘 바르베 도르비이 지음 | 고봉만 옮김
118 소설 경본통속소설 지은이 미상 | 문성재 옮김
119 소설 번역사 레일라 아부렐라 지음 | 이윤재 옮김
120 소설 남과 북 엘리자베스 개스켈 지음 | 이미경 옮김
121 소설 대리석 절벽 위에서 에른스트 윙거 지음 | 노선정 옮김
122 소설 죽은 자들의 백과전서 다닐로 키슈 지음 | 조준래 옮김
123 시 나의 방랑 랭보 시집 아르튀르 랭보 지음 | 한대균 옮김
124 소설 슈톨츠 파울 니종 지음 | 황승환 옮김
125 소설 휴식의 정원 바진 지음 | 차현경 옮김
126 소설 굶주린 길 벤 오크리 지음 | 장재영 옮김
127-128 소설 비스와스 씨를 위한 집(전 2권) V. S. 나이폴 지음 | 손나경 옮김
129 소설 새하얀 마음 하비에르 마리아스 지음 | 김상유 옮김
130 산문 루테치아 하인리히 하이네 지음 | 김수용 옮김
131 소설 열병 르 클레지오 지음 | 임미경 옮김
132 소설 조선소 후안 카를로스 오네티 지음 | 조구호 옮김
133-135 소설 저항의 미학(전 3권) 페터 바이스 지음 | 탁선미·남덕현·홍승용 옮김
136 소설 신생 시마자키 도손 지음 | 송태욱 옮김
137 소설 캐스터브리지의 시장 토머스 하디 지음 | 이윤재 옮김
138 소설 죄수 마차를 탄 기사 크레티앵 드 트루아 지음 | 유희수 옮김

139 자서전 2번가에서 에스키아 음파렐레 지음 | 배미영 옮김
140 소설 묵동기담/스미다 강 나가이 가후 지음 | 강윤화 옮김
141 소설 개척자들 제임스 페니모어 쿠퍼 지음 | 장은명 옮김
142 소설 반짝이끼 다케다 다이준 지음 | 박은정 옮김
143 소설 제노의 의식 이탈로 스베보 지음 | 한리나 옮김
144 소설 흥분이란 무엇인가 장웨이 지음 | 임명신 옮김
145 소설 그랜드 호텔 비키 바움 지음 | 박광자 옮김
146 소설 무고한 존재 가브리엘레 단눈치오 지음 | 윤병언 옮김
147 소설 고야, 혹은 인식의 혹독한 길 리온 포이히트방거 지음 | 문광훈 옮김
148 시 두보 오칠언절구 두보 지음 | 강민호 옮김
149 소설 병사 이반 촌킨의 삶과 이상한 모험
블라디미르 보이노비치 지음 | 양장선 옮김
150 시 내가 얼마나 많은 영혼을 가졌는지
페르난두 페소아 지음 | 김한민 옮김
151 소설 파노라마섬 기담/인간 의자 에도가와 란포 지음 | 김단비 옮김
152-153 소설 파우스트 박사(전 2권) 토마스 만 지음 | 김륜옥 옮김
154 시, 희곡 사중주 네 편 T. S. 엘리엇의 장시와 한 편의 희곡
T. S. 엘리엇 지음 | 윤혜준 옮김
155 시 귈뤼스탄의 시 배흐티야르 와합자대 지음 | 오은경 옮김
156 소설 찬란한 길 마거릿 드래블 지음 | 가주연 옮김
157 전집 사랑스러운 푸른 잿빛 밤 볼프강 보르헤르트 지음 | 박규호 옮김
158 소설 포옹가족 고지마 노부오 지음 | 김상은 옮김
159 소설 바보 엔도 슈사쿠 지음 | 김승철 옮김
160 소설 아산 블라디미르 마카닌 지음 | 안지영 옮김
161 소설 신사 배리 린든의 회고록 윌리엄 메이크피스 새커리 지음 | 신윤진 옮김
162 시 천가시 사방득, 왕상 엮음 | 주기평 역해
163 소설 모험적 독일인 짐플리치시무스 그리멜스하우젠 지음 | 김홍진 옮김
164 소설 맹인 악사 블라디미르 코롤렌코 지음 | 오원교 옮김
165-166 소설 전차를 모는 기수들(전 2권) 패트릭 화이트 지음 | 송기철 옮김
167 소설 스너프 빅토르 펠레빈 지음 | 윤서현 옮김
168 소설 순응주의자 알베르토 모라비아 지음 | 정란기 옮김

169 소설 오렌지주를 증류하는 사람들 오라시오 키로가 지음 | 임도울 옮김

170 소설 프라하 여행길의 모차르트/슈투트가르트의 도깨비
에두아르트 뫼리케 지음 | 윤도중 옮김

171 소설 이혼 라오서 지음 | 김의진 옮김

172 소설 가족이 아닌 사람 샤오훙 지음 | 이현정 옮김

173 소설 황사를 벗어나서 캐런 헤스 지음 | 서영승 옮김

174 소설 들짐승들의 투표를 기다리며 아마두 쿠루마 지음 | 이규현 옮김

175 소설 소용돌이 호세 에우스타시오 리베라 지음 | 조구호 옮김

176 소설 사기꾼—그의 변장 놀이 허먼 멜빌 지음 | 손나경 옮김

177 소설 에리옌 항타고드 오손보독 지음 | 한유수 옮김

178 소설 캄캄한 낮, 환한 밤—나와 생활의 비허구 한 단락
옌롄커 지음 | 김태성 옮김

179 소설 타인들의 나라—전쟁, 전쟁, 전쟁 레일라 슬리마니 지음 | 황선진 옮김

180 자서전 자유를 찾은 혀—어느 청춘의 이야기
엘리아스 카네티 지음 | 김진숙 옮김